你是
独一无二的花

明前雨后

魅丽文化

心晴坊

女性新阅读

世上唯一的花

（全 2 册）

上

明前雨后 著

江苏凤凰文艺出版社
JIANGSU PHOENIX LITERATURE AND
ART PUBLISHING

图书在版编目（CIP）数据

世上唯一的花：全2册 / 明前雨后著. -- 南京：江苏凤凰文艺出版社，2022.10
ISBN 978-7-5594-6546-7

Ⅰ. ①世… Ⅱ. ①明… Ⅲ. ①长篇小说－中国－当代 Ⅳ. ① I247.5

中国版本图书馆 CIP 数据核字 (2022) 第 003002 号

世上唯一的花：全2册

明前雨后 著

责任编辑　张　倩
出版统筹　曾英姿
选题策划　石　颖
特约编辑　王　洁　张　冉
封面设计　白砚川
插画绘制　深　塔　忘川山人
出版发行　江苏凤凰文艺出版社
　　　　　南京市中央路 165 号，邮编：210009
网　　址　http://www.jswenyi.com
印　　刷　湖南天闻新华印务有限公司
开　　本　880mm × 1230mm　1/32
印　　张　16.5
字　　数　397 千字
版　　次　2022 年 10 月第 1 版
印　　次　2022 年 10 月第 1 次印刷
书　　号　ISBN 978-7-5594-6546-7
定　　价　65.00 元（全 2 册）

目录

CONTENTS

目录

C O N T E N T S

每个姑娘，都是世上独一无二的花。

缘起一

坎布里奇的月光

一

莫靖则做了一个梦。梦中他孤身一人，前方是茫无边际的雪野，鸟飞绝，人踪灭。一转身，后面是大雪覆盖的城市，高楼林立，空荡荡的狭窄街巷，窗前垂下冰溜，像空洞眼睛上的白色睫毛。无论旷野或都市，一切景象都笼在浓重的雾里。弥漫的清冷白烟无所不在，渗透了他的皮肤，将他浸在洪荒之中——不知所起，不知所终，无人同行。

他打了个寒噤，在波士顿洛根机场候机大厅的座椅上醒来。周围并不寒冷，庞大的建筑物内温暖、干燥，四周滞留了众多旅客，空气似乎也凝滞了，原本偌大的空间显得无比憋闷。巨大的落地窗外仍然是白茫茫一片，恍惚中分不清是雪还是雾。莫靖则已经在机场枯坐了十几个小时，前序飞机尚未抵达，航班似乎要无限期地延误下去。这是一场早有预谋的暴风雪，就这样耗尽了他的最后一线希望。这真是人生中最寒冷的冬天。

这或许便是天意。他放弃无望的苦候，来到航空公司柜台办理退票手续，然后挎着大衣，拉着行李箱，走向下楼的扶梯。他的心中说不出是苦涩、遗憾、失望，还是隐藏着不愿意承认的释然和解脱。他在咖啡店要了一杯黑咖啡，排在他身后的隐约是一位亚裔女子，一头黑色的短发，穿着米色大衣。刚刚在航空公司柜台前排队时，她似乎就站在自己的身后，身边放着深酒红色的登机箱。此刻她捧了一杯拿铁，和他并肩站在咖啡台前。莫靖则侧了侧身，把糖和牛奶让出来，但是对方没有探身拿取。她只是站在一步之遥的地方，经过二分之一秒的沉默，问道："是你吗，莫靖则？"

他这才从自己的思绪中跳脱出来，凝神打量面前这张微笑的脸庞。他不敢确定，犹疑着，唤出那个十余年不曾提及的名字："梁忱？"

"好久不见。"她释然一笑，"你还记得我。"

二

莫靖则最初见到这个名字，是在初一期中考试的年级大榜上。那次他遭遇滑铁卢，英语只考了七十多分，好在其他科目成绩优异，综合成绩在全学年里也位列前茅。教数学的班主任特意找他谈话，提醒爱徒亡羊补牢，切勿偏科。莫靖则心中略有不平，英语题目他都会，然而这是他人生中第一次参加英语考试，不知道卷子上是不需要画四线格的。考试的时间有四分之三被他用来画横线，自然没有时间仔细作答。他一向不与师长顶撞，只是抿了嘴，默然地接受班主任的谆谆教诲。办公桌上摊着全学年的榜单，他的余光瞥过去，一眼便看到榜首的名字——一年五班，梁忱。他坚信，那里本应是属于他的位置。

榜单张贴在走廊里，难免有同学指指点点。一同踢球的朋友从身后揽过来，胳膊夹着莫靖则的脖颈，说道："你小子很厉害嘛！"莫靖则无奈地笑了两声，听到旁边的女生感叹道："梁忱哦，我小学同班同学呢，好厉害。"

"她爸爸是大学教授吧？"

“是呀，好像在美国呢。”

女生们的讨论传入莫靖则的耳朵，他心中颇不服气。对方的英语是九十九分，难道不是胜之不武？然而他凝神细看，梁忱的其他科目也与他不相伯仲，总分将第二名远远抛下。莫靖则在心中推算，即使自己的英语正常发挥，和梁忱孰胜孰负，也未可知。走廊的宣传栏里贴着几篇期中考试的优秀作文，第一篇便是梁忱的。她的笔迹洒脱飞扬，笔力却是沉着，不失硬朗。莫靖则难免又在心中和对方较量一番，想象一下对方的样子，大概是面相老成，架着一副厚重的眼镜，一心只读圣贤书的文弱书生。

对，在莫靖则心中，梁忱的代词是“他”。

十二月末，学校组织了一场元旦演出，五班的节目是中规中矩的诗朗诵，梁忱的名字出现在领诵人一栏。前排一男一女，和莫靖则想象中相差无几，男生中等个子，脸孔白净，嗓音清亮，但是听起来过于漂浮。反而是旁边的女生，有着一副漂亮的嗓音，又不像大多女生一样尖细甜腻。莫靖则瞟了一眼节目单上诗朗诵的表演者——“梁忱”旁边写着“林帆”。

期末考试放榜，梁忱再占鳌头，莫靖则位列榜眼。他这次没花费时间打格，英语拿了九十八分，但是看梁忱的总分，比他高了四分，就连他最擅长的数学，对方都要多一分。寒假时，区教委组织初一的数学竞赛，各校都选报了十来名种子选手，分了三个班。他们学校自然少不了莫靖则，但是他没看到“梁忱”的身影，倒是和“他”一同领诵的女生来了。

莫靖则有些失落。期末考试一时大意，写错一道填空题的符号，导致数学扣了两分，他还惦记着在竞赛中和“梁忱”一争高下，而“他”竟没有来。五班似乎只来了那位女生，他一回神，发现自己居然还记得她的名字——林帆。她似乎对于听课没有太大兴趣，常常托着下巴，扭头望向窗子。有一天莫靖则恰好坐在她身后，发现她的目光没有落在外面掉光了叶子的枯枝上，而是盯着结满霜花的玻璃。她看得入神，还用手指在上面画了一道浅浅的痕迹。莫靖则顺着那纤细的手指，想看看她到底在看什么。女生似乎察觉到他打探的目光，侧了侧头，恰好对上他的视线。她微微一笑，飞速转过身去。

过了两堂课，她就再没有出现在竞赛班上。莫靖则也渐渐淡忘了这个身影。直到四月末的运动会，他报名参加跳远，候场时看到女生站在八百米的起跑线上。她头发不长，扎了两个小羊角辫，跑起步来身姿轻盈。

扩音器里播报着各个项目的获奖名单，莫靖则四百米和跳远都得了第二名，班主任喜笑颜开，拍着他的肩膀说“不错，文武双全呀。”这时正播报女子八百米的成绩，第一名赫然是梁忱。莫靖则不敢相信自己的耳朵，问：“这是重名吗？”

班主任也听到了梁忱的名字，指了指不远处正在大口喝水的女生：“没想到她也这么能跑。”

她穿着最普通的深蓝色白条纹运动服，因为奔跑而脸颊红润，汗珠还没有消尽，阳光就在她的头发上跳跃。

莫靖则本来对“梁忱”这个“书呆子”的不服气，竟然在阳光下一阵烟似的消散了。

那已经是将近二十年前的景象了，如今她站在自己的面前：“好久不见。你还记得我。”她的模样聪慧灵动，身上的气度也没有改变，仍然从容自在。

“当然记得。”莫靖则笑，“初中时在榜单上压了我三年。”

“是因为这个呀。”梁忱也笑，“也没有吧，你也考了好几次第一呢。”

“没你次数多。”莫靖则佯装认真，“我数过。”

“老皇历了……没想到在这儿遇到你。你也住在波士顿吗？”

“我在纽约，这次来出差。”莫靖则隐瞒了真实原因，“本来还要去芝加哥，看这天气，是飞不成了。”

“都快圣诞了，还要继续公出呀？”

莫靖则笑了笑，没有作答，问道：“你呢？航班取消了？”

“是啊，来这边工作好几年了。本来打算趁圣诞假期去牙买加，现在看来，机票和酒店都要改期了。”

“我大概不必改期了，本来约的今天碰头。”莫靖则微微摇头，“现在也不必去了。”

“也好，明天是平安夜，还来得及赶回去和家人团聚。”

“那只能‘举杯邀明月’了。”莫靖则轻笑一声，“对了，你爸妈都在这边吧？不和他们过圣诞？”

“我爸妈呀……”梁忱抿了抿嘴唇，弯弯的眼睛里依旧带着笑，“他们很早就分开了——在我们来美国一年之后。”

那应该是高二的寒假，莫靖则记得，当时他给远赴美国的梁忱寄了一张新春贺卡，如同石沉大海，自此再无音讯。他没有对任何人提起，也以为这件事早已经被时间碾压为齑粉，而此时看着面前微笑的梁忱，他忽然想起自己将信封投入邮箱时紧张不安的心情。

然后，是漫长的等待，五彩愿景渐渐变成灰白。他很想问梁忱，她是否收到了那封信，此时此刻，却没有了询问的勇气。

如今，金融危机席卷全球，莫靖则在深秋时节失去了华尔街的工作，相处多年的恋人在短短一个月里决定另嫁他人。而他为了保住在美国的合法身份四下奔波，放低身段，联络各地的同学旧友，想要在公司或科研机构找到新的职位，或者退而求其次，重新回到学校，转成学生。然而，在裁员狂潮中想要找到容身之处谈何容易？飞往芝加哥的行程又被一场暴风雪阻断，他想，即使去，大概也没有翻盘的胜算。机场里人潮如织，他的内心却如一片旷野。

此刻落落大方站在面前的，是他人生中第一个需要正视的对手，也是第一个令他感到失落和挫败的人。

他心中，却涌上一丝暖意。

三

自从那次运动会后，莫靖则发现自己常常能遇到梁忱，走廊里，操场上，教研室里……他们的名字总被老师们同时提起。他还发现，原来梁忱家和自己家并不远，她和自己一样，也是骑车上下学。从学校出来，沿着林荫道骑上一道长长的缓坡，路过一片繁华的市场，到了一个丁字路口，正前方是一个小公园，然后他向左转，她向右转。上学时，每天她都会在七点零五分路过丁字路口。他或者早一些，或者晚一些，就和她一前一后骑到学校去。

一次他骑过路口，看见梁忱把自行车支在一旁，弯着腰，似乎在检查气门芯和车胎。从她身边骑过时，莫靖则想停下来问问她是否需要帮忙。但之前他从来没有和梁忱打过招呼，于是犹豫了一下，又继续向前骑去。可她似乎也不算是陌生人，莫靖则的速度渐渐慢下来，在到达下一个路口时，顺势停了下来。他刚侧身回头，就发现梁忱已经不紧不慢地骑过来，和他之间隔了一辆自行车，停在斑马线前，等着红绿灯。

暑假依然要去数学竞赛班。梁忱报了名，依旧是隔三岔五就缺席。有一天莫靖则出门时耽搁了一些，到达学校门口已经晚了十分钟，却看到梁忱背着书包，从楼梯上施施然地走下来。

“今天的课取消了？”他问道。

“没。”梁忱扬了扬手中的报纸，“今天不想上课，我就溜了。”

“去哪儿？”他问道。

“博物馆。”她笑起来眼睛弯弯的，“报上说，有一个刚挖到的恐龙化石。”

“哦。”莫靖则点了点头，和她擦肩而过，走了几步，忍不住回头问道，“那个……是什么龙？”

那天，他们看到了七千万年前的恐龙化石，还有猛犸象和披毛犀，有许多鱼类的标本泡在福尔马林溶液里，另一个厅里摆放着各种填充动物，布置成森林里的景象。梁忱说，在美国的国家公园里，能看到野牛、麋鹿、狼群、灰熊……

莫靖则问：“你爸爸去过那边？”

“他说等着我一起去。”梁忱笑，“但是他会经常给我寄杂志。《国家地理》有一期就介绍了几座国家公园。你如果想看，下次我带给你呀。”

那个假期里，他从梁忱那里借过几次杂志，两个人就约在丁字路口的公园，有时推着自行车，一人买一根冰棍，一边吃，一边聊些书中的趣事，然后也不再多说什么，就这样互道再见。

开学后，两个人依旧像陌生人一样，见面时没有微笑和问候。放学路上，他和几个男生在一起；她和一群女生说说笑笑。他们的名字依旧挂在学年榜单的第一位和第二位。

直到冬天上竞赛班，两个人又一同翘了课，依旧去了博物馆，看台湾蝴蝶展。他们出来时外面下了一场雪，所有汽车都龟速行进，公共汽车站满是翘首以待的人。梁忱说：“不如我们走回去吧。”他们踩着嘎吱嘎吱响的积雪往回走，莫靖则想起什么来，问：“你为什么总盯着窗户看？”

“霜花呀，总觉得是一条路，可以通往另一个世界里。”梁忱眨了眨眼睛，“或者是特别遥远的地方。”

莫靖则笑道：“难道是西伯利亚？”他想起了《国家地理》，想顺势问一句，是否有介绍北极的文章，但最终没有问出来。

“那……接下来你打算去哪里？”梁忱的问话打断了莫靖则的思绪。

“去火车站吧。”莫靖则低头看了看手表，“不知道还有没有回纽约的车票,大巴估计停运了。实在不行,我就在波士顿多住一晚。”

“赶回去有急事吗？”

莫靖则摇了摇头。

“不如……一起过圣诞吧。”梁忱侧头，“不嫌弃的话，我家还有一间客房。”

四

两人搭乘出租来到查尔斯河的北岸。梁忱在一所高校下属的研究机构任职，就住在坎布里奇。

风雪愈加大了，出门不远有家小商店，他们买了足够的食物，做好大雪封路的准备。冰箱里还有一包速冻饺子，两个人煮来吃了。将暖风开大，一人披了一条毯子，各自占了一张沙发，聊起这些年的经历。

莫靖则问：“后来你去过黄石吗？”

“有呀，不过是和朋友一起。”

“coyote（郊狼），buffalo（北美野牛），moose（驼鹿）……”莫靖则一一念到，“这些都看到了？”

“哈，看到了啊。你也去过吧？”

莫靖则点头：“不过最初见到这些单词，是在你借给我的《国家地理》上。那年夏天我买了一本新的《英汉大词典》，词汇量突飞猛进。”

“我也是，边查词典边看。”

莫靖则笑：“我一直觉得，你英语特别好，就和看中文书一样。”

梁忱揉揉太阳穴：“我那时候也刚初一、初二呢，你太高看我了。我也得查着词典看，还想，已经答应要借给你，一定得快点看完，还都得看懂，要不然聊起来会露怯。”

“我和你想的一样，给自己好大压力，平时上课都没这么用功。”

梁忱歪头看他：“其实，我一直觉得你特别厉害呢。”

“是因为，你本来认为，自己的成绩不会遇到竞争对手，是吗？”

梁忱摇了摇头：“是因为觉得你特别酷，做什么都很轻松的样子。我最开始觉得你有点……高傲。”

“怎么这样说？”

“你走路都不看别人的。在学校里，你都没有和我打过招呼。”

莫靖则失笑：“在学校里，你也没有和我打过招呼啊。”

“那，我是女生嘛……”梁忱说着，也笑起来，“哎呀，就怕别人问我，你怎么认识莫靖则的？”

莫靖则点头：“我也是。”

“不过，我从不觉得咱们俩陌生。在榜单上名字总是挨着，想让人不看到，都不容易。”

莫靖则想起一桩旧事：“我曾经以为，‘梁忱’是个男生。”他说起领诵的那个男生。

梁忱有些惊讶：“你说林帆，那个小胖子？喂，你是觉得，女生拿了第一，你很没有面子吗？”

莫靖则点点头，又摇摇头：“我心服口服。我只是不甘心被一个看起来像‘书呆子’一样的人超过，但是对你，我真心佩服。在我心里，你才是高傲的那个，不屑于和我打招呼。”

“真是冤枉。”梁忱大呼，“我看过你的试卷，还看到你参加运动会，真的有些……惺惺相惜。我很想认识你，小孩子嘛，会有一种找到同类的感觉吧。可是别说在学校里，骑车路上看到了，你也不会和我说句话呀。”

“也想过，年纪小，腼腆。”莫靖则笑了，“有一次看到你，好像是车坏了，我本来想停下来问你需不需要帮忙，结果你的车又好了。”

“你分明没有停下来，没减速，就从我身边骑过去了。我要是不跟上，上学就迟到了。你知道吗，我每天都掐着点，同一个时间出门。还在想，会不会有人和我一样……”梁忱撇撇嘴，含着笑瞥了他一眼，“我的车才没有坏。”

在记忆深处，还有多少，是他们彼此所不知道的？

“如果那天没有一起去博物馆，我们是不是也不会有机会说话呢？”梁忱问。

“也许吧。”莫靖则想了想，“确实不知道说什么好。”

“你可以问问我，为什么要看着玻璃发呆呀。”

莫靖则回想片刻：“我后来不是问了？”

“那都过了一年了。”

“我当时就想，这个女生，真奇怪……但是……”

“但你又不是爱打听的人。所以说，我一直觉得你很酷。”梁忱挑了挑眉毛，“如果你的话真的特别多，就不是我心目中的莫靖则了。”

“我本来想问问你，哪一期杂志上有介绍北极的文章。”莫靖则说，“但又怕你觉得，‘这个男生，怎么贪得无厌啊，又来麻烦我。’”

“怎么会？”梁忱说，“我当时多有诚意去和你结交。我问你要不要去博物馆，还说会带杂志给你。”

“你没问我要不要去博物馆。”莫靖则摇头，“你就告诉我，报纸上说，那里有恐龙化石。”

“这也是一种邀请啊。”梁忱叹气，“你看，说了这么多，有一次是你主动问候我吗？”

莫靖则无话可说。

“不过，你竟然都记得。”梁忱语气欣慰地说，“都快二十年了呢。”

“你也是，都记得呢。”莫靖则也无比宽慰。原来，记得那些细微往事的，不只是他一个。

五

莫靖则不知道，是否要告诉梁忱一件事。

在公园门前吃冰棍时，她曾经说过，周末有时会早起，和邻居姐妹来打羽毛球。他便也带着一副球拍，骑车从公园门外路过。但是想到她和朋友在一起，自己一个人进去实在唐突，就借口早市有花鸟卖，哄着小堂妹一起出门，想着带她去公园打球，就算是光明正大。然而堂妹看到花鸟鱼虫就不想走了，在早市逛了一个多小时，还缠着他买了两条金鱼，于是打球的计划只能作罢。

那时候的他，由衷地觉得，梁忱像是一颗闪亮的星星。作为学生代表发言的时候，她沉着镇定，在操场上她活泼灵敏，她说话的时候不疾不徐，但又知道那么多有趣的事，讲述时神采飞扬。

他们的初中时代，就在一种彼此熟悉的陌生感和保持距离的熟识感中度过了。之后莫靖则被保送，梁忱在中考中取得全市前十的名次，两个人来到了同一所重点高中，依旧是在不同的班级。但是因为同一初中考来的人并不多，大家更觉得亲近。即使初中时没太多交集的同学，在走廊上遇到，也会点头致意，或者聊上两句，借一下课本或习题集。再也不用担心有人会发问，你们两个是怎么认识的。

莫靖则依旧没有和梁忱说过太多的话，但他并不觉得，自己要立时和她热络起来。他们不曾亲近，但也似乎不会疏远。就像以前那几次相遇一般，不需要说什么客套话，随便找一个话题，他们就能够自然随意地聊下去。

倒是有其他初中同学，先和他们二人热络起来。于是梁忱要出国的消息，莫靖则是从别人那里听说的。梁忱的爸爸已经去美国几年了，现在要接她和妈妈过去团聚。她们原计划十二月末就要走，但是家里的老人希望她们在家中再过一个春节，于是才改在了二月份。考到同一所高中的一位初中同学建议，送梁忱一张新年贺卡，大家签上自己的名字。

之后的那个春天，几位签名的同学都收到了梁忱从美国寄来的明信片。莫靖则收到的，是美国优胜美地国家公园的半穹顶，背面写着：希望下次是黄石。

他依照明信片上的地址，给梁忱回了一封信，很短，只有寥寥几句问候。

过了一个月，他收到梁忱的回信，写了满满三页纸，讲美国的学校、城市，初来乍到的趣闻和窘事。

莫靖则的回信依旧不长，因为他觉得和梁忱的新生活相比，周围的一切过于平淡无奇。而此时他才有些懊恼，自己当初和她的交谈不多，没有太多回忆可以当作谈资。但是他诚恳地写道："读着你的信，如同自己看到大洋彼岸新奇的世界。"

收到梁忱的第二封信，依旧是三页纸，最后写道："听爸爸说，这些年来读书的中国学生越来越多，或许有一天，你可以用自己的双眼，来观察这里的一切。"

他们往来着写了三四封信。然而秋天之后，就再也没有梁忱的音讯。莫靖则不知道她是不是没有收到上一封信，还是融入了新生活，无暇和一位半生不熟的朋友保持联系。他自然不会写信去问，于是这样等着，一直等到寒假。他试探着，给梁忱寄了一张春节贺卡，也只是提醒她自己的存在。

只是，依旧没有任何回音。她就这样，从他的生活里消失了。

六

"真的被我说中了，有一天，你会自己来看这里的一切。"梁忱晃了晃手里的红酒杯，笑道，“我神机妙算吧？”

“的确是因为看到你的那句话，我才有了出国的念头。之前我觉得，美国特别遥远。”莫靖则说到这儿，轻咳一声，“不过后来，就没你的消息了。”

梁忱收敛了笑容，垂下眼帘：“我收到了你的那封信，本来已经写好了回复，就要邮走，结果家里出了点事……”她长吁一口气，“这么久了，和你说说也没关系。

“我爸本来是访问学者，在美国待了一年后，又换了身份在这边读博士，所以把我妈和我接过来。但是没想到，他独自在美国的那两三年，遇到了国内来的一个女学生……当时我爸希望把这件事做个了断，所以就接我们娘俩过来。不过两个人藕断丝连，被我妈发现了迹象。我妈是一个特别刚烈的人，无论我爸怎么乞求，都不原谅他。同时她的自尊心又很强，不想带着我回国面对亲友。留在美国需要维持身份，所以他们俩依旧生活在同一个屋檐下，但那是一种互相折磨的冷暴力。

“那一天他们吵得很凶，我也终于明白了原因，再看着写给你的那封信，回想来到美国之后的那些新奇和兴奋，觉得是好大的一个笑话。我之前十几年的生活，忽然就被全盘颠覆了。所以那封信，被我撕掉了。”

“后来，我收到了你的贺卡。”梁忱继续说道，“是在大年初一收到的。卡片上两个小娃娃在放爆竹，我们家里在摔盘子。我捧着贺卡，蹲在自己的房间里哭。我多想回国，想回到过去的家，想念快乐自信的自己。我告诉我妈，她却说我没出息。她把所有的希望寄托在我身上，我要做的，就是给她争气——考最好的成绩，申请最好的学校。我痛恨我爸的出轨，但是也没办法心平气和地面对妈妈的偏执和压力。

“上了大学，我就开始抽烟、开 party，越是我爸妈不希望我做的，我越要去做。他俩终于正式离婚了，我爸也没有和那个女学生在一起，后来经人介绍，又找了一个脾气温和的阿姨。他们闹够了，我也觉得累了。搬家时我又看到了你写的那些信，好像又看到以前那种简单的生活。我那么想回去，但是我知道，自己再也回不去了。”

她的语气平缓，但是眼角有泪光闪动。莫靖则一言不发，走过去坐到她身旁，拍了拍她的手臂。梁忱侧身，倚在他的肩上，阖上眼睛。“我从来没有对别人说起过这些。”她说。

莫靖则深吸了一口气，讲起他背着一副羽毛球拍，在公园门外游荡的事情；讲他将贺卡投进邮箱时，忐忑不安的心情。“我也从来没有对别人说起过这些。”他笑了笑，“我只是想告诉你，在你不知道的地方，有人赞许你，惦记你。就算自尊心都碎了一地，心里记住的，还是那个闪闪发光的你。”

“知道这些事，真的是太让人欣慰了。”梁忱轻叹，“其实，我们都不是内向的人。那时候彼此不怎么说话，就是因为，心里有鬼吧。”

莫靖则环着她的肩膀，拍了拍，两个人轻声笑了起来。

他说：“我当时以为，你在这边乐不思蜀，没时间理我了。”

“我当时很懊悔，觉得如果和你再熟悉、再亲近一些就好了，就可以把心里的委屈和难过，痛痛快快地告诉你。”梁忱向后仰身，打量着他，“你说，如果我们出生得晚一些，没有那么拘谨和矜持，会不一样吗？”

“也许会。”莫靖则思考片刻，“但那时候毕竟还是小孩子啊，之后又要分开好多年。也许，最后和现在也差不多。”

梁忱点头：“能遇到你，能再说说以前的事，真好。”

“是啊。这是天意吧……在我离开美国之前，能够遇到你。”

“离开？你要回国发展？”

莫靖则迟疑了一下，还是讲出实情：“其实，我不是来出差的，是来找最后的机会。你也知道，最近金融界不景气……HR 给了我们一段时间的缓冲期，不过，年底 H1-B 也就失效了。”

七

“说起我的近况，才真觉得做人失败。”莫靖则说，“一心规划的人生，没有一件事情如意。”

梁忱宽慰道：“我相信，你还在自己规划的正轨上。之前的努力和付出，也不会都是徒劳。就像漂流的时候遇到险滩，翻在水里，爬起来，接着划就是了。”

“要是，船都不见了呢？”

“没那么凄惨，你也没有倾家荡产，只不过需要换个地方，重新开始。”梁忱盯着他的眼睛，“我知道，在你心里，最难的，是如何面对周围的人。”

莫靖则淡淡一笑，算是默认。从踌躇满志，到一无所有，他来到大洋彼岸的十多年，犹如一场浮生大梦。

“你的学识、你的经验、你的能力，这些都还在。”梁忱似乎看透了他的想法，说着说着笑起来，“你应该还有些积蓄，那无论去哪里，做什么，都能做得不错。”她轻轻握住莫靖则的手，“在我心里，你也是个耀眼夺目的人。”

莫靖则伸开双臂，将她拥到怀里。窗外的雪更大了，雪花扑簌簌地落下，在路灯昏黄的光晕中，连成一条条密集的绒线。墙边壁炉式的取暖器散发着炭火一般的红光，两个人拥抱着，将头枕在对方的肩上，心中都感到安稳和温暖。

“真可惜，才见面，你就要走了。”梁忱的声音闷闷的。

“这样，或许也好。”莫靖则自嘲地笑，“相处久了，会破坏我在你心中的形象。”

“你这么没自信？”她轻声笑起来。

“我的女朋友，应该说，前女友，前些天嫁人了。”

梁忱离开他的怀抱，坐正身体说："既然是前女友，迟早都要发生。"

"之前，我们在一起八年。她在和我提分手的时候，告诉我，她累了，所以要和别人结婚了。"

"一个女生，肯用八年时间来陪你，是很难得的。之前，你们为什么不结婚呢？"

"她也是这么说。"莫靖则想起孙维曦倦然的神色，"她说，不要挽留她。如果我有那颗想挽留她的心，早就应该和她结婚了。"

"听起来你真是个无情冷血的人呢。"

"她和我是大学校友，比我低两届，千里迢迢来美国找我。不过当时申请转学没成功，我们就一直在两个城市。她毕业后本来在中部教书，因为我要在纽约发展，她又跑来东部读了个硕士，刚工作就遇到裁员。但她不想回国，正好有个男生，一直在追她……"

"你觉得，她是为了留在美国，才嫁给对方？"梁忱问道，嘴角挂了一丝戏谑的笑意。

"本来，我很愤怒，是这么想的。但是她说了那句不要挽留她，我反而恨不起来了。"莫靖则拍了拍胸口，"她说得对，我为什么没有早些选择和她结婚呢？我有八年的时间，但是我一直告诉自己，要等生活安定下来。她之前做的每一步，都是为了我。这最后一次，她为自己做了选择。"

"感情在你的生命中，大概不是一件重要的事情吧？"梁忱望着他的双眼，"你有没有试过，自己去努力争取什么？有没有遇到过那个你特别想要和她在一起，想要为了她改变什么的人？"

"我始终觉得，感情的事情是顺其自然的。一段好的感情，不应该带来太多负面影响，也不应该束缚彼此的发展。两个人，应该是向着一个方向，自然而然地走到一起的。"莫靖则揉了揉太阳穴，低声笑道，"一定是红酒喝多了，我以前真的没有仔细想过自己的感情观。说到底，大概就是自己太自私吧。”

“你的前女友，不是不想回国，而是因为她多年的付出得不到相应的回报，需要一个解脱。”梁忱正色道，“能够和你走到一起的人，不能对你有太多要求。”她的拇指、食指拿捏着晃了晃，“你的感情，只有那么多。”

“我唯一一次，特别冲动地去见一个女生，是好多年前了。”莫靖则看看窗外，“也下了这么大雪。我知道她要去机场，但是只知道她家在哪个小区，具体哪栋楼都不知道。一大早我就在门口等着，远远地看到一辆吉普车，有人装上好几个大行李箱。我知道，那是她，但又觉得，冲出去太唐突了。我能对她说什么呢？我当时真的以为，以后都见不到她了。我就在大门外走来走去，但怕被看到，就躲在楼角，像地下工作者似的……然后，那辆车开了出来，转向另一个方向。雪很大，车开不快，我就跟在它后面，只要我跑起来，大概就能追上它。但我只是跟着吉普车向前走，看着它离我越来越远，然后开到浓雾里去了。”

梁忱低下头：“我从家里走的那天，心里总觉得不安。车后堆满了行李，所以我只能隔着车窗向旁边看。可是天刚亮，周围都是霜和雪，什么都看不清。街上没有多少人，我隐约看到有人从后面走过。我当时趴在窗上，想看仔细一些，因为我觉得，那个人特别像我认识的一个男生。但是我又觉得，他是不可能来送我的。”

“这已经是我做过的，最冲动的事情了。”莫靖则缓缓说道，“你说得对，我的感情，只有那么多。我不知道，要怎么说再见。”

梁忱伸出手，把掌心贴在他的脸颊上，手指划过他的鬓角。“我们，不说再见。”她探身，在莫靖则的双唇上，印下了轻柔的一个吻。

八

雪下了整整两天，在第二天夜里终于停了。云朵消散，天边挂了一弯月牙，然而在皑皑积雪的反射下，微弱的光映亮了街巷，仿佛月光是淡蓝色的，雪花一样清凉。

许多人家的窗上挂着彩灯，亮黄色的，星星点点的，让夜色也变得温暖起来。这样的平安夜，静谧，祥和。

纵使不说再见，同样要面对即将到来的告别，他们都不知道漫漫的人生长路上，将于何时重逢。然而坎布里奇的一场风雪，一泓月光，一段重逢，如同是莫靖则此次来到波士顿的全部意义。

莫靖则在年末回国。抵达家乡后，他特意去了一趟博物馆，那里已经装饰一新。之前那具恐龙骨架化石，在多年前巡展的过程中，竟然失火烧掉了。不过看博物馆的宣传彩页，似乎又出土了两具新的骨架化石，比之前的更加庞大。现在不需要门票，只需要提供身份证件就能进入。但是莫靖则没有随身携带身份证，他想，也不是非要进去。于是他笑了笑，把双手插在口袋里，离开时心中轻松起来，竟也哼起久远的老歌。

心中曾有的小小遗憾，或许转个圈，会以另一种完满的姿态，重现于你眼前。

不到两年，他作为高级金融人才，受聘来到北京一家证券公司。那一夜月色也好，一如冬天雪夜中的坎布里奇。

缘起二

你有一个花的名字

夏小橘从梦中醒来时，已经听不到昨夜的雨声。

现在是八月下旬，北京还闷热得像蒸笼一样，海拔近三千米的松潘连着下了几天雨，最低气温降到十摄氏度以下。

她一翻身，热气就从被窝里跑出去一些。真是要鼓足勇气，才能离开温暖的床铺呢。夏小橘深吸一口气坐起来，抓过床头的冲锋衣披在身上，推开窗，街上空荡荡的，氤氲着白色的雾气。

研究所一同来采样的几位同事三天前先行进山，开车到了上纳咪村，唯独夏小橘一人留在县城——出发前一晚，大家说吃顿好的，结果到了夜里她就开始腹泻。

冲向洗手间时，她脑海中的第一个念头是，不会是野生菌子有问题，大家都被放倒了吧？那可就成了研究所的笑谈。

事实证明，被放倒的只有她自己。菌子没问题，医生说她是长途奔波后一时吃得不合适，外加有些着凉。

为了不耽误行程，她再三说自己应付得来，不需要照顾，于是其他几人按照原计划开车进山。她去县医院挂了两天吊瓶。从昨天起，她感觉精神恢复许多，不想独自再租一辆车，便一时兴起，和当地接待游客的马队商议，跟着他们一起进山。

收好行李后时间尚早，楼下的小吃店已经张罗起早餐来。夏小橘依旧有些腿软，默默地看了一眼招牌上的牛杂汤、酸辣粉，还是点了稀饭、包子、咸菜和煮鸡蛋。

独自一人时，容易想起一些旧事。高考结束那年夏天，一群少年去旅行，在海滩上燃起篝火，夜半时围坐唱歌。她被来势汹汹的腹泻击倒，赶一大早的火车回家。那时她暗恋的男生陪在身边，悉心照顾。那是她和他之间的第一次告别。

程朗明明见过她柔弱无助的时刻，但是依旧说道："你给我的感觉，是你自己可以过得很好，从来都不需要任何人。"

其实，是因为他不需要她而已。而如今，曾经她牵挂过的人，或者是牵挂过她的人，都已经天各一方。

夏小橘自嘲地笑了笑，大口喝掉稀饭。这一年，和过去的任何一年都没有分别。我依然是坚强快乐的夏小橘。我不需要任何人。

她背着六十升的双肩包站在马队门口，和同路去雪宝顶的一众游客一同等待出发。其中有一对金发碧眼的美国情侣、几个大学生和成都来的一家三口。

城北路是国道，路两旁是两层的仿古中式建筑，大多是川菜馆子和卖牦牛肉、青稞酒的特产店，尽头是松州古城，城门口立着松赞干布和文成公主像。载重货车在街上轰鸣，风尘仆仆的自行车手自身边结队而过。

马队的马匹都是附近农民家养的，一匹匹被牵出来，身上驼着两个灰扑扑的帆布袋子。这几天穿越的全部家当都在其中。

几位大学生略感失望，叹气道："这马怎么这么小啊！"

一家三口中的爸爸发表评论："川马就是这样的，别看个子小，但耐力好，能爬坡。"

他家的儿子一副小学生模样，站在一旁数来数去："爸爸，爸爸，咱们这么多人，马还不够呀。”

马队经理站在一旁，问带队的向导大叔：“是啊，还有几个人呢？”

夏小橘抬头，正想清点面前的马匹，便听见路上传来清脆杂乱的马蹄声。

她望向古城的方向，弥漫的雾中隐约有急速移动的身影，下一刻便扯破浓白的遮蔽，飞奔到面前来。

十来匹马还没有驮上行李，撒腿跑得欢实。后面骑坐着几位马夫，穿着老式的蓝布工作服或是黑色的夹克衫。最后压阵的是一位年轻人，数他骑的马最为高大矫健，四腿纤长。奔到近前，他勒住缰绳，马嘶鸣一声，打了个圈，将将在门前停下。年轻人利落地翻身下马，他肤色微黑，但整个人带着蓬勃生机，神采飞扬，浓眉平添了几分英气，大概睡醒后没来得及仔细梳头，头发还有几撮翘着。

经理扬了扬下巴：“哟，阿拓今天来帮忙了？老白还没好？”

“就是，让白大叔再休息两天。”他应了一声，和其他人一起整理行囊。

身后的女生们像是发现了新大陆，推推搡搡地说着什么，发出咯咯的笑声。

夏小橘听到她们的评论，目光顺着投过去，恰好看见阿拓的背影。姑娘们说得对，和周围的人比起来，他个子还挺高。至于是否如她们所说的长相帅气，牙齿洁白整齐，他已经转过身去，夏小橘没看到。

大家各自上马，垫脚凳只有一个，姑娘们说说笑笑地呼唤同伴来帮忙。夏小橘出野外时没少骑马，她抓住马鞍前侧，左脚踩住马镫，想要翻身而上。没想到有些腿软，身姿没了往日那般矫健，加之被行李挡了一下，她险些跌下来。

好在有人从身后扶住她，手臂坚实有力，将她托到马背上。

对方正是阿拓。

夏小橘侧身道：“多谢啦！”

经理嘱咐道：“阿拓，照顾好小夏。她可是北京来的大科学家。”

夏小橘发窘：“没，我就是来做个小调查。”

阿拓在马脖子上拍了拍，粲然一笑：“一会儿走山路，可要坐稳了。”

果然像女生们说的那样，目光有神，眼底带着笑，微黑的面孔映衬下，更显得他牙齿洁白整齐。她们是怎么在一眼之间就观察到这么多细节的？

这就是夏小橘记忆中，方拓第一次出现在自己面前的情景。

马队离开平缓的公路，攀上山坡，身边的树木渐渐浓密。晨雾散去，暖黄的阳光隔着枝叶洒进来，垂下一道道金色的明亮光线。马匹呼吸粗重，打着响鼻，但步伐稳健，一刻不停。队伍里的游客们新奇兴奋，拨开拂面而来的树枝，笑闹不停。有人喊前面的马夫：“大叔，你们平时都唱什么歌啊？来一首吧！”

马夫摆手：“唱不来唱不来，你们问小方，他唱得好。”

方拓走在马队最后，没骑马，他身高腿长，上坡也走得轻松自如，倒不比队伍慢。他手中握了一截灌木枝条，摇了摇，笑道：“我也是胡乱唱。”

大叔说：“唱你总唱的那个。”

“记不全歌词。”他说着，自己却哼起来。

女生们笑起来：“大点声呀。”

他也没推辞。

你有一个花的名字，美丽姑娘卓玛拉，

你有一个花的笑容，美丽姑娘卓玛拉，

……

啊，卓玛，草原上的格桑花，

你把歌声献给雪山，养育你的雪山，

你把美丽献给草原，养育你的草原，

……

他摇着树枝，声音嘹亮，唱得随意洒脱，丝毫没有大步登山的疲态。

夏小橘听到，回头瞥了一眼。恰好阿拓望向前方，二人目光相遇，他笑了笑，笑容自然真诚。

“你怎么不骑马？”夏小橘问道。

“它进山七天，昨天刚回来。”阿拓拍了拍马背，“我就不给它增加负担了。”

傍晚时马队来到上纳咪村附近，在山脚的溪流边扎营，抬头可以望见雪山白色的峰巅。向导们搭建帐篷，捡来枯枝垫在藏袍下阻隔潮气，又生起篝火，从溪边盛了水来煮面。

游客们骑了一天马，此刻得以舒展身体。女孩子们看见繁茂的野花便兴奋起来，拿着相机拍个不停。大家聊着聊着，便议论起向导中的阿拓来。

“我觉得他性格挺好，一路上也很关照别人。”

“是呀，长得很精神，也机灵。”

“可惜在山里放马呀。你看好他了？考虑一起在这儿养马呀？”

“放马怎么了？不偷不抢的。他是挺有风度啊，像个男人。”

“好啊，那我们喊他过来，问问他有没有女朋友。”

“你们别闹啊，别闹！”

夏小橘和向导一起把背包从马背上卸下来，耳边传来大家的说笑声，隐约听了个大概。她和向导大叔打了招呼，准备去上纳咪村找联络人。大叔再三叮咛她独自一人不要偏离方向，走到树林深处去了。他还是有些不安，想要陪夏小橘过去，又回头看看篝火上烧着的一大锅水。

“您放心。”夏小橘给他宽心，“我一年里有好几个月在山里，不会乱走的。”

“早知道让阿拓带你过去了。”大叔说，“他刚去村里办点事，你可以和他一起回来。”

暮色清凉，天宇澄净，一路都可以听到淙淙的水声。不多时便看到前面一排炊烟袅袅的藏式房屋，院子外围着木栅栏，小孩子们在水边嬉闹着，不知谁吆喝了一声，大家一窝蜂向村中跑去。

有一户人家正在盖新房，堆积了不少原木，夏小橘走到近前，打过招呼，问道：“这些都是附近山上的吧？”

村民大叔点头：“就是。”

“自己可以进山砍吗？”

大叔笑道：“有砍伐证的。”

夏小橘也笑，自己貌似是有调查中的职业病，还是回归正题，问了当地联络人多杰的住址。走到村中的空场，看见刚刚那群孩子围在一处抢着什么。直到有人嚷着“发完了，真都发完了”，他们才哄笑着散开一些，露出盘腿坐在地上的阿拓。

他也不着急起身，顺手拉住旁边脸蛋通红的小男孩：“就你抢得多。上次教你的乘法口诀呢？背来听听。”

小男孩扭着胳膊挣扎，嘻嘻笑道：“方老师，现在是暑假，开学我再背给你听。”

方拓在他额头上弹了一下：“你还学会讲条件了。”

小男孩挣开：“我捡的垃圾最多啊，等我拿给你看。”

扎着细马尾的小姑娘凑过来，举起手说：“方老师，方老师，我会背。”说着便清脆地背了起来，背完还定定地看着方拓，大眼睛一眨不眨。

方拓揉揉她的头顶：“刚才书本和巧克力不是都拿到了吗？不许再谈条件哦，好好学习是为了自己，知道吗？”

小姑娘点点头，问：“我是想问，宁柠姐还来不来，我还想和她学跳舞。”

方拓愣了片刻，微笑道：“你还记得宁柠姐呀，她开始工作了，很忙的。下次我请别的大姐姐来教你跳舞好不好？”

“上次你就是这么说的。”小姑娘晃他的手臂，“方老师你来教我吧。”

旁边几个小孩子拍着手掌：“方老师，跳舞。方老师，跳舞。”

方拓左支右绌，扭头看见站在一旁笑吟吟看热闹的夏小橘，抬手一指：“让那位姐姐教你们跳舞，快去找她。”

夏小橘转身想跑，脚下一绊，没跑开，被孩子们围了十分钟，唱了首歌才得以脱身。方拓趁机躲到空场一旁。不知谁家拴了一头驴，他长腿一迈，倒骑上去，乐呵呵地袖手旁观。

又闹了一会儿，他才哄着小孩子们回家吃饭，约好下次进山再见。

“你可真会转移火力。”夏小橘松了口气，“每次进山你都来看他们？”

“有时间就来。”方拓应道，“之前的顾客和朋友会寄书本和文具过来。”

“你没太多的口音，是在外面读过书吧？”

方拓点头：“读过一阵。”

“那现在就在马队工作？”夏小橘问道，“冬天或者淡季呢？”

“帮着喂牦牛、赶牦牛。”他说起“牦牛”二字，带了略重的鼻音，又有些当地方言的味道。

方拓问她：“你来村里转转？”

“我来找多杰，他是我们队在村里的联络人。同事们进山了，手机没信号，我去问问多杰他们在哪儿扎营。”

方拓从驴背上跳下来：“我和你去。这里几处营地的位置我都知道，明天带你过去。”

他对村中熟悉得很，沿途都有村民和他打招呼，几分钟便走到多杰家，问清科考队扎营的地点，又招呼夏小橘："我听经理说你肠胃不好，要不要在村里吃碗粥？"

多杰也听说她前几日身体不适，留她在村中住下。

"不给大家添麻烦了。"夏小橘摆手，"我基本好了，面条也一样。"

回去的路上，方拓问："你们是来考察什么的？地质？植物？动物？"

"是我们所和四川省合作的一个项目，对岷江上游生态环境的综合评估。"夏小橘答道，"要考量的因素很多，我们主要是侧重森林覆盖、草场退化什么的。"

"要退耕还林？"方拓问，"你跟着马队走，算是微服私访吗？"

"我们不负责制定政策。"夏小橘笑，"在担心你的牦牛吗？"

二人跨过溪流，方拓站在岸边，想要伸手拉夏小橘一把，一回身，发现她已经从旁边的石头上跳了过来。他收回手，笑着看她："总出野外吧？看你爬山的姿势就不一样。"

"这都能看出来？"

方拓指指眼睛："我见过的爬山的人，比你见过的驴子都多。"

夏小橘思忖片刻："你说我是驴子？"

方拓失笑："什么逻辑？"

天色渐暗，太阳消隐后气温骤然下降，大家裹紧衣服围坐在篝火旁。夏小橘准备充分，又从背包里拿出一件轻便羽绒服加上。她向旁边挪了挪，把适宜烤火的上风处让了出来。金红色的火光明亮温暖，更显得天宇深蓝洁净，空中缀满繁星，银河的烟云缭绕天际。

饭菜已经准备好，一大锅面条和土豆、白菜、胡萝卜煮在一起，还有几张饼，在篝火上热过。大家在山里不怎么挑剔，吃着热腾腾的饭菜，身体暖过来，也有了说话的力气。不过，毕竟走了一天，加上天气寒凉，吃过饭，喝了马茶，坐了一会儿便纷纷钻进帐篷，只有那对美国情侣还在兴致勃勃地看星聊天。因为马队早期接触的外国游客比中国游客多，几位向导的英文日常对话倒是娴熟得很。

夏小橘还不困，但不是很想说话。她坐在帐篷口，抱着膝，望着笼罩山谷上方的一片星空。蜿蜒的星云，像那年远眺的跨海大桥，当时的她仿佛站在一个奇异梦境的入口，只要沿着璀璨的光带一直跑，跑进夜色，就能跑向未来任何一个地方，去所谓的天涯海角。

那天沈多告诉她，毕业后就要随爸爸去法国。对于她深藏于心中的看似无望的单恋，夏小橘同病相怜，还主动让出陆湜祎身边的位置。

当时陆湜祎唱的那首歌，似乎是《天意》：

这条路，究竟多少崎岖多少坎坷途，

我和你，早已没有回头路，

……

她曾经那么怕失去陆湜祎的友情，然而最终还是和他天各一方；至于如果当初换一种身份相处是否能天长地久，这个问题也永远得不到答案了。夏小橘望向天空，视野中的星子模糊起来。

篝火旁传来阵阵笑声，还有美国姑娘苏西的惊叫："天啊，我的喉咙都要着火了。你们确定这不是从医院拿出来的纯酒精吗？"

夏小橘看过去，方拓扬手招呼她："来，这里暖和。"还塞了一个烤土豆给她。土豆外表焦黑，内里带着浓浓的炭火香气，是刚刚埋在篝火旁煨熟的。

向导大叔问："小夏你要不要试试？"

"什么？"

方拓塞过来一个老式的军用水壶，浓烈的酒气扑面而来。

"这有六十度了吧？"她咋舌。

"七十二度。"方拓挑眉，在饭盒盖上倒了一层，一口喝下。

夏小橘惊讶咋舌，被口水呛到，自己咳了起来。

众人笑："他喝酒，你跟着咳什么？"

她摇头："看到就吓到了。"

苏西说："你想试试吗？我根本没喝出味道，就觉得嗓子都要被撕开了。"

夏小橘摇头。方拓也不勉强，收回水壶："算了，她不是这两天肠胃不好？下次吧。"

向导大叔笑眯眯看过来："阿拓对小夏最好了。"

夏小橘大窘："哪有，我是真的才恢复。"篝火的热气传过来，胸前暖暖的。

几个人守着篝火，各自讲旅途中的趣事。苏西和男友又鼓动大家唱歌，有向导唱了两首。方拓拿起木棍拨着火炭，跟着哼了起来：

直到你转身离去的那一刻起逐渐地清醒，
才知道把我世界强加给你还需要勇气，
在你的内心里是怎样对待感情，
直到现在你都没有对我提起，
我自说自话简单的想法，
在你看来这根本就是一个笑话，
所以我伤悲，
尽管手中还残留着你的香味，
……

被酒精浸润的嗓音有些沙哑，他唱了一段，众人都沉寂下来。

苏西说："我听不懂歌词，但是我想，这是一首悲伤的情歌。"

方拓笑起来："百分之九十的情歌都是悲伤的。"他不知道是因为喝多了酒，还是因为一直在烤火，两颊红彤彤的，眼底依旧含着笑意。

苏西断言："我确信，你是个有故事的人。"

夏小橘盘坐着，用中文低声道："她说得对。"

方拓用木棍在她脚前面敲了敲，激起几点火星：“你又什么都知道？我像吗？”

“像。一直笑的人，不等于一直开心。”

方拓瞥了她一眼：“说我，还是说你自己？”

夏小橘打量他：“现在当然是说你，别转移话题。”

向导大叔笑：“阿拓的心上人，可是花儿一样的姑娘。”

方拓推了推木条，篝火噼啪作响，他似笑非笑地应道：“哪个姑娘不是像花儿一样呢？”

第二天本应一早出发，但大学生队伍中的一位男同学突然出现轻微高反的迹象。他一夜没睡好，后脑勺有些疼，又怕被几位女生小看，坚持要和马队向大本营进发。

“现在海拔三千六百多米，今天最高要到四千三百米。你留在村子里喝个茶吧，有一家甜茶很好喝。”方拓嘴角带笑，但语气坚定，没有回旋余地，“这里树多，氧气也多些。”

男生看他态度果决，知道没有商量的可能，也的确心中惴惴不安，于是跟着方拓前往上纳咪村。

游客们到登山大本营附近稍作游览后就返回，因此不必携带大包。众人早早整理好，等待方拓返回的时候，就在附近闲逛着欣赏风景。

从营地走出不远有一片草甸，两个女生一路拍着野花走了过来。

“看那儿。”短发女生指着前方。

“啊，牦牛！不、不会冲过来吧……”穿粉色冲锋衣的马尾辫女生有些恐慌，停住脚步，“向导不是让咱们别靠近？”

“离得还那么远呢，人家牦牛吃多了要消化吗？这么远跑来追你？”短发姑娘笑她，“我是让你看石头旁边。”

粉色冲锋衣顺着她的手势看过去，几只毛茸茸的小动物在大石头附近蠕动着，原来是四只月余大的小狗，毛色棕灰相间，躲在石头旁，不仔细看还难以发现。

“应该是一窝的。”

“好可爱啊！咱们能摸摸它们吗？”

“小心附近有大狗。”身后传来夏小橘的声音，“它们应该还没断奶。”

短发女生不喜欢被人指点，语气有些不耐烦地说：“知道，我从小到大家里一直养狗，我们不会贸然过去的。”

夏小橘也不多说，职业病发作，走到一旁打量林间的这片牧场。刚走了不远，就听到身后传来女孩们惊恐的叫声。一回身，只见“粉色冲锋衣”抱着一只小奶狗，面前正对着一条彪悍警觉的大狗。它咧着嘴发出低沉的呼呼声，绷着身体，弯起后腿，像是随时会扑上来。夏小橘没多想，捡了一截枯树枝握在右手，左手又攥了一块鹅蛋大小的石头。

“我……我要不要跑？”“粉色冲锋衣”声音颤抖，带着哭音。

方拓将男生送去上纳咪村，回到营地发现少了三个人，循着向导大叔的指引找过来，远远就听到女生的尖叫，夹杂着呜咽的犬吠声。他心中一紧，大步跑过去，随手抽出别在腰间的乌朵（一种藏族牧民常用的投石索），抬头便看到夏小橘跌坐在地上，还举着树枝不断戳着。

方拓甩响乌朵的鞭梢，恰好打在大狗前腿上，它呜咽一声，吃痛跑开，一边退，还一边看过来。方拓瞪回去，又甩了一下绳鞭。

见大狗在远处徘徊，不再靠近，他忙跑过来，想要扶起夏小橘：“你没事吧？”

“别动……”她五官皱到一处，抬手制止，“有、有事。”

方拓低头，看见她左侧脚踝上方的灰色冲锋裤破了一道口子，已经洇开几点深黑。

方拓连忙单腿跪下，小心地揭开她的裤脚，一点点卷上去。他仔细检视后说道：“好在只是咬了一口，没撕扯。口子不深，肉没翻起来，不知道要不要缝针。”

“缝针没关系，肉没掉就好，否则腿上就有个坑啊。”夏小橘疼得龇牙，自嘲地笑了笑。

方拓笑她：“对，下雨天要穿靴子，不然坑里容易积水。”

“快回去处理一下吧。”两位女生不安地问，“那狗有没有事儿？要不要打疫苗啊？你还能走吗？”

夏小橘一手撑地，单脚站了起来：“能，就是有点瘸。”

“还是不要耽误大家的时间了。”方拓蹲下，“我背你回去。”

“啊？”夏小橘略感局促，摆着手，“别，我还挺沉的。我可以快点走。”

“走得越快，血液循环越快，你听过毒血攻心吗？”方拓坚持，“放心，背得动，我还扛过马驹呢。”

夏小橘伏在他背上，口不择言：“怎么不说你还扛过驴呢？”

方拓笑：“你说现在吗？”他大步向前，走得又快又稳。

“那个……”夏小橘回过神来，“刚才，我好像戳到它的眼睛了。”

“我还打到它的前腿了呢。要算比分不？”

“我是说，还有几只小狗，它也是护崽。”

“它看起来没事，你大概已经开始变傻了。都咬你了，还觉得歉疚，你是唐僧啊？”

回到营地，方拓让众人将带的矿泉水都翻出来，一瓶接一瓶冲在夏小橘的伤口上，眼看干净了一些，又掏出军用水壶来，把七十二度的烈酒倒在盖子上，嘱咐周围的人：“按着她的腿，可别一脚把我踢翻了。”他用消毒湿巾蘸着酒，一点点擦拭着。

腿上沾了烈酒，皮肤上冰凉，伤口却被灼痛，夏小橘下意识地抽搐了一下，额头出了一层冷汗，眼前一片模糊。

“粉色冲锋衣”塞给她一张纸巾，怯怯地说：“看起来就很疼。”

“我是哭我的新裤子，这种口子不好补。”夏小橘勉强笑了笑，“难得买条正牌，穿了没几天……”

方拓又将壶盖倒满，乐呵呵说道：“让你昨天不喝，这几杯酒算来算去都是你的。”

夏小橘用另一只脚踹他：“有没有点同情心？”

方拓手一抖，壶盖里的酒洒个精光，他指了指向导大叔：“本来剩得就不多，小心酒鬼再咬你一口。”

大叔憨厚地笑，很是谦虚：“不是不是，方拓才真的能喝。”

“村里能打疫苗吗？”有人问。

方拓摇了摇头：“得下山。你们都离夏小橘远点，小心她发作咬你们。”

“可得赶紧去打针啊。”有队友神色紧张道，“听说，狂犬病的潜伏期可能是十几年或者更久，一旦发作就没得治……”

美国情侣也围过来。苏西说：“我在动物救助所当过志愿者，一般来说，如果十天里咬你的那只狗没有发病死亡，你就是安全的。”

向导翻译了她的话，众人将信将疑。

方拓说：“我相信你，不过十天后我去哪儿找这只狗？她也不能安心地数她的牦牛。”

夏小橘心想，谁说我要数牦牛？

他牵来马匹：“就当买个放心，我送你下山打针去。”

二人一路来到上纳咪村，在村里搭了一辆小货车，沿着崎岖颠簸的山路回到松潘。夏小橘的伤口做了清洁处理，打了破伤风和狂犬疫苗。

医生嘱咐了后续疫苗注射的时间和注意事项，夏小橘听说第三天、第七天还要来打针，叹气道：“一定是这次出门没看皇历。”

方拓说："你留下来休息两天吧，省得来回跑。"

夏小橘点头道："我再试试给队里打电话，如果你回去看到多杰或者我们队里的人，也和他们说一声。"

"我先去找个车，送你回招待所。"

"不用，已经不早了，你赶回去都要天黑了。"

"没事。"方拓说，"你客气什么？让人帮你一下会死啊？"

"习惯了。"夏小橘笑道，"总和男生们一起出野外，虽然说男女平等，但他们多少会更照顾我一些。我不想别人当我是累赘。"

"这和性别有什么关系？"方拓"嘁"了一声，"被狗咬还分男女吗？换了是个男生，我也得照顾着他，带他来打针啊。而且背起来肯定更沉！"

夏小橘听他这样说，心中一暖。方拓坚持送她回招待所，将一切收拾妥当后才匆匆离去。她的伤口依旧胀痛，想分散一下注意力，便拿出笔记本记录这两日跟随马队的见闻。

停笔时已近黄昏，太阳渐渐落下去，远方连绵的山峰在坳谷间投下阴影。夏小橘回身望向房间里，空荡荡的，只有自己的影子被暮光拉得很长。她扑在被子上，觉得这一天紧张又好笑，又不禁想，方拓有没有赶回去，和大家在篝火下聊天，可惜，那一壶酒剩得不多了。

夏小橘打完两针后搭车去上纳咪村，在多杰的帮助下和队伍会合，之后隔几日便搭车下山，按照时间要求继续接种疫苗。她大多时间跟着同事们在山林间穿行，经常转换营地，来去之间，在县里恰好遇到了转车去九寨沟的那群大学生，也看到了那两位要北上青海的美国情侣，但没再遇到方拓。

考察接近尾声，一行人回到松潘休整一日，第二天便要返回北京。夏小橘去马队和大家告别，正好看到门口有卖西瓜的大车，便买了两个送进去。迎面碰上一同进山的向导大叔，笑呵呵地帮她搬了一个。

夏小橘问："大叔，你们下山了？"

"今天刚回来。"

她看到门口卸行李的几位向导："方拓呢？没和你们在一起？我还想谢谢他呢。"

"他就是临时替老白，老白好了之后，阿拓就没来了。今天应该是去接小白了。"

夏小橘不知道老白、小白都是谁，随口应了一声，想到明天就要离开了，不能亲自告别致谢，心中隐约有些遗憾。

她一路向着古城走去，想给朋友们买些特产和纪念品。穿过城门，光线收拢了一下，又渐渐明亮起来。对面走过来的人看到她之后放缓脚步，二人对面站着，相视一笑。

"你那几针都打完了？"方拓扬了扬下巴。

夏小橘点头。

他沉下脸来，面色严肃道："幸亏打了。你知道吗，十天后我去找过，那条狗已经……"他头倒向一边，口眼歪斜，吐了吐舌头。

夏小橘嗤之以鼻："我刚遇到向导大叔，他说你后来都没进山。"

"谁说没进山？只是没和他们一起走而已。"方拓笑，"我真的十天后还看到过那条狗，带着它的几只小狗娃，健康得很。"

"它眼睛没事吧？"

"眼睛没事，前腿也没事。"他瞅了瞅夏小橘的脚踝，"你呢，后腿咋样？还疼不？"

"你才分前后腿！"夏小橘瞪他一眼，这才看仔细，方拓换了装束，一身冲锋衣裤，胸前带着品牌的菱形标志。她问道："穿这么专业，是要干吗去？"

"刚从山里出来呀，去接了个朋友。"

"我听向导大叔说了，是小白？"

“对，白大叔的儿子。白大叔人很好，我第一次去雪宝顶就跟着他们父子俩，很照顾我。小白就是脾气太暴躁，前段时间和人家打架，被拘留了。这对他们来说都不算大事了，自己卷个铺盖卷就去了，今天出来。”方拓扬了扬手中的一挂鞭炮，“我刚刚去白大叔家门前放了一挂，驱驱晦气，这个拿去马队。你这是去哪儿？”

“哦，我想去买点特产。”夏小橘指指前面。

“走啊，一起去马队呗。等放完鞭炮，我带你去买，我总来松潘，知道哪里货好。”

“总来？你不是这儿的人，是吧？”

“我也没说我是呀。”方拓笑得狡黠，口音也变了，带着一丝夏小橘熟悉的京腔。

在马队门前放过鞭炮，看到夏小橘刚才买的瓜还剩了半个。经理说：“你们来得正好，大家都吃过了，这块你们解决吧。”

二人在门口台阶上坐下来，方拓掏出小折叠刀，在瓜上利落地划了几道，没切透，西瓜掰得参差不齐。

“真难看啊。”夏小橘摇头，“和狗啃似的。”

他塞过一块瓜：“啃吧。”

“要啃一起啃。”

边吃边聊，说起方拓的经历，他在石油公司工作，常常需要去海上平台，一去就是几个月，但也因此能够连着休假一两个月。读书的时候他参加过学校的攀岩队，后来开始接触攀冰、登山，若干次来到雪宝顶练习，这次也是帮朋友带两支队伍，中间的空当恰好在马队帮了个忙。“我也不是商业带队，就是帮朋友的忙，所以挺怕别人好奇，拉着我问个不停，不熟的人干脆不多说。”

夏小橘笑：“你还挺低调。”

“一直都是我在说。”方拓道，“嘿，你吃得还挺快。”

“那是！”她语气颇自豪。

"你也不吐籽啊！"

"和男生一起出野外，你吐籽的时候西瓜都没了。"

"你以为你不吐就很快吗？"方拓说，"我是让着你，根本就没发挥！"

"好啊，不服气咱俩比比看！"夏小橘竖起手指，"一次只能拿一块西瓜哈。"

马队经理跨出门槛，伸了个懒腰，正掏出打火机要点烟，看到地上一堆西瓜皮，坐在旁边的两个人正埋头狂吃，他笑道："剩了就剩了，你俩不用这么拼。"

二人谁都没答话。

夏小橘放下手里吃了一半的瓜，抢过塑料袋里最后一块，咬了一口，又放回去。这才拿起手边的西瓜继续吃起来。

方拓边吃边说："你这属于犯规！"

"一次拿一块，'拿在手里'的'拿'！"夏小橘重读，得意洋洋。

方拓"嘁"了一声："我还在乎这个？"说着，学她的样，拿出塑料袋里的瓜，在她的牙印旁边也咬了一口。

夏小橘："我还在乎这个？"索性放下手中的，把塑料袋里的瓜吃掉。

方拓也不示弱，吃完自己的又抢过夏小橘手边的。

二人撑得直打嗝："最后抢乱了，这怎么算？"

经理在一旁，烟都忘了点："你俩几岁？"

方拓将西瓜皮一一扔到塑料袋里："你明天回北京吧？正好，帮我带个东西回去。想走邮局，又怕不安全。"

夏小橘说："藏刀吗？上不了飞机吧？"

"不是，是条项链，绿松石的。当地朋友帮忙找的。"他掏出一个小盒子，包装简陋，打开却让人眼前一亮。

"看起来品相不错，是真的吧？"夏小橘赞叹，"不便宜吧？

对方是很重要的女生？你心中那个花儿一样的姑娘？那让我去送合适吗？”

“是我姐啦，和我亲姐差不多，这是补给她的生日礼物。”方拓白她一眼，“本来想自己去送，不过接到通知，过两天直接上平台，来不及去北京了。”

“好啊，不怕我自己贪污了？”

“你就是贪吃点。”方拓晃了晃盛了一堆瓜皮的口袋，“好像不怎么污。我当然相信你，回去请你吃饭，要不，再来个西瓜？”

“你去钻台，我进山，下次不一定什么时候见呢，再说。”

“现在就给你一点报酬吧。”方拓笑道，随手递过一朵金黄的小花。

“喂，你辣手摧花！”

方拓一时无语：“它本来就折了半截。”

“你捡朵残花送我？”

他佯作不耐烦：“你到底要不要？！那么多废话！”

夏小橘笑：“好好，我收着。”她接过来，夹在随身带的笔记本里。

他们各自踏上不同的旅程，天南海北，一年之中偶有相逢，每次见面却并不会感觉陌生，又比赛了两次吃西瓜，各有输赢。

花朵已经风干，依旧还保留着当时金黄的颜色，如同收藏在笔记本中的一点阳光，看到了便能让人会心一笑。

在之后的某一年的夏天，夏小橘收到了陆湜祎的喜帖，那时她正好去了青海考察。在当地的寺庙里，小阿卡带她求了一支签，又请当地的唐卡画师帮忙将藏语誊写在本子上。

为了便于翻找，夏小橘将金黄的小花夹在有签语的一页。

他们都说那是一支上上签，将签文翻译给她听——虽有波折历练，但若心胸豁达，必将和美喜乐。

第一章

缘分的重要性

夏小橘做了一个梦，仿佛又回到高中的毕业旅行。

分数公布前，一群大孩子约着去临近的城市看海。她仿佛又和程朗并肩坐在沙滩上。夏日正午的阳光碎裂在碧蓝的海面上，咸腥的海风吹起他白色的衬衫，他眯着眼睛望着大海，她踩着沙子，却不敢看他一眼。为什么不开口说话呢？只怕开口就听到他清冷的声音：“你已经是我最好的朋友了，但……”但，也只能是最好的朋友而已，不是吗？

梦境像一帧泛黄的老照片，被海风腐蚀得斑驳不堪。她似乎看不清他的脸，只记得他整洁的衣衫、修长的手指和漫不经心的微笑。

下一瞬仿佛又和同学们穿过雨后的树林，山路泥泞湿滑，她几次踉跄，险些摔倒，被赶过来的陆湜祎紧紧握住手腕。他的手温暖有力，林中的光线暧昧不明，鸟叫虫鸣，一队大孩子像快乐的精灵。她站在陆湜祎身边，却忍不住一再回望，看着陡坡下的程朗。他举着手电为经过的同学照亮，光线偶尔扫过他自己的脸，令她眷恋的轮廓便明亮一下，再消隐到山岚里。

如果那是一块橡皮擦就好了，擦掉曾经的注视，擦掉所有曾经的眷恋。你或许只是看不见，但它一直存在着。

夕阳坠入大海，像一个橘红色的句点，远处传来轮船的汽笛声。跨海大桥如同没有尽头的蜿蜒长路，似乎一直跑，就能到达天涯海角。

篝火旁笑闹的少年哼着《爱的代价》，年少的梦，终要凋零的花，人总要学着自己长大。于是那些稚嫩的脸在回忆里变得模糊，她爱过的、爱过她的，流云一样四散在天边，只剩夏小橘孤身一人，独自站在山路的转角，站在奇异梦境的入口处，眼前渐渐涌上一阵浓雾。

这雾气浓重得像要化身成一场阵雨。

在梦中，夏小橘环顾四方，又忽然置身于八月的川北松潘。海拔三千多米的小镇群山环绕，街上空荡荡的，氤氲着白色的雾气。

她站在新翻修的红白色中式商铺前，有些辨不清时空。她来这里做什么？依旧是高中的毕业旅行吗？大家约在一起骑马进山？

这时忽然传来清脆的马蹄声。疾驰而来的身影冲破浓白雾气的遮蔽，飞奔到面前。骏马高大威武，前蹄腾起，一声长啸。马背上的年轻人身姿矫健，勒着缰绳，回身粲然一笑。

夏小橘忍不住笑起来，喊了一声：“阿拓。”

对方肤色微黑，牙齿整洁。他探身向前，伸出手来，张口说道……

轰鸣的电钻声穿墙而入，魔音灌耳。眼前的一切，都云雾一般消散了。

“啊，这才几点啊！”夏小橘嘟囔着抱怨，翻了个身，只觉得墙皮都要掉下来，将枕头捂在脑袋上也盖不住尖利的嗡嗡声。她怎么也寻不回梦境，一边腹诽周末不睡懒觉却施工扰民的邻居，一边迷迷糊糊地摸手机，想看看现在是清晨几点。屏幕亮起，她一个激灵——竟然要中午了！夏小橘掀了被子，翻身跳起，慌里慌张地踩着拖鞋，一迭声地叫着：“完蛋了，完蛋了。”她今天有个重大任务，作为伴娘，陪好友莫靖言去选婚纱。眼看约好碰头的时间还有半个多小时，她还顶着一头乱发站在洗漱镜前刷着牙。

夏小橘在科学院下属的一个研究所工作，最近的项目要做草场退化调研，连着两个月奔波在野外，天南地北，荒漠草原，时常没有手机信号，几乎与世隔绝。她刚回到北京不久，昨天夜里便被高中同学黄骏拉去喝酒、看球。看到半夜他还不肯走，非要再等两点半那一场。他喝多了酒，好多话车轱辘一样地转了一遍又一遍，夏小橘好说歹说才把他劝回去，自己到家都凌晨三点多了，匆忙洗漱，一头栽下，也忘记闹铃只设在工作日，周六早晨会自动罢工。

果然手机上已经有若干未接来电。夏小橘拨回去，向着好友连连道歉："昨晚看球看太晚，才爬起来。"

"少爷就说你肯定也看球来着。"莫靖言在那边笑，"我们快到了，本来想顺路接上你，那你自己过来吧。"

"就来就来。"夏小橘一迭声地应道，飞速刷牙、洗脸，不小心把睫毛揉到眼睛里，怎么都弄不出来。越急事越多，真是让人上火。

她对着镜子扒开眼皮，想找到那根不安分的睫毛。这肇事者顽皮得很，转瞬就不知道藏到哪儿去了。她把眼睛来回转了几圈，都看不到踪影。夏小橘觉得眼球都揉红了，索性不去管它。

真是一个兵荒马乱的早晨……不，应该说，中午了。

夏小橘想，准新郎和她的关系，的确有一点让人尴尬。

绝对不是什么无法言说的三角狗血，夏小橘那点暗恋与被暗恋的情感纠葛，都延续自无知无畏的高中时代。故事中的男生们，也随着时间推移，和她天各一方。

夏小橘在某次野外考察时结识了方拓，继而和他的师姐莫靖言有了联络，因为聊得来，关系逐渐亲密起来。

而莫靖言口中的"少爷"是她的未婚夫，本名邵声，和她的堂兄莫靖则是本科时的好友。本来，夏小橘自觉和邵声都算不上同一个时代的人——她来北京上大学的时候，邵声已经硕士毕业，因为一些命运的阴差阳错，和心爱的姑娘无奈而决绝地告别，独自远赴巴西工作。然而，偏偏要见他时，自己有点莫名尴尬。

原因是，莫靖言的上一任男友，就是夏小橘的高中哥们儿黄骏，而两个人的相识，怎么也算是她牵线搭桥。

想到昨晚喝酒，黄骏拉着自己吐苦水，就差声泪俱下了。夏小橘看着这个常把“万花丛中过”挂在嘴边的老友，真是又气又好笑，难免有些感慨。她和黄骏相识多年，见证了他丰富多彩的情史，对他往日“合则来，不合则去”“挥挥衣袖，不带走一片云彩”的种种言论，夏小橘一直深表不屑，认为不过是他朝秦暮楚的借口。

然而毕竟是知交故友，在朋友面前，黄骏又是颇讲义气的好兄弟。她内心深处也希望他有朝一日遇到真心喜爱的姑娘，能就此安稳下。

说起来，黄骏和莫靖言还是通过她认识的。两个人相处两年，这对黄骏来说简直可以算洗心革面的稳定。然而年初黄骏旧习不改，又和别的姑娘牵扯不清，和莫靖言的感情也告一段落。

黄骏昨夜还义愤填膺，说莫靖言早有预谋，不过是找个借口分手，要不怎么会那么快就和别人在一起。

夏小橘嘴上把黄骏数落一通，心中却觉得，或许他说的也没错。当莫靖言和深爱过的邵声重逢的那一刻，大概就注定了黄骏的败局，无论他浪荡也好，持重也好，落败不过是时间问题。

然而这种事无分对错，因为邵声曾有一段失败的婚姻，莫靖言和他在一起必然要面对来自社会和家庭的各种压力，将来的路定然不轻松。夏小橘心中又有隐隐的羡慕，原以为已经失去的深厚感情又重握回手中，谁会舍得放手呢？

是因为心中的这些感慨，才又梦到那些往事吗？不是早就释然了吗？然而在想到感情这个话题时，还是绕不开曾在生命里留下深刻印记的人。只是她曾经最喜欢的人，和最喜欢她的人，都早已四散天涯。夏小橘摊开手掌，又并拢手指，指缝间隐隐透进一丝光亮来。属于她的寸寸光阴和一线缘分，是否就是从这儿悄无声息地溜走了呢？

她晃了晃头，结束转瞬的神游太虚，随手抓了件T恤和牛仔裤套上，匆忙赶去，发现方拓也刚到，跑得气喘吁吁的："莫莫姐，昨天哥几个看球看兴奋了，凌晨才散。"

"没事，我们也刚到一会儿。去洗把脸吧，一脑门的汗。"莫靖言递过一张纸巾，"小橘也是，你们昨天一起看球去了？"夏小橘摆手，支吾道："没，我、我……在家看的。"她忍不住瞟了方拓一眼，因为被骤然唤醒时正在梦中，她隐约还记得梦中的场景，颇像当初与方拓相识的一幕。梦到程朗和陆湜祎也就罢了。为什么会梦到方拓呢？

方拓看她："你心虚什么？总冲着我挤眼睛。"

"什么心虚啊？眼睛里掉了根睫毛，一直没弄出来。"夏小橘转身，"莫莫帮我看一眼呗。"

方拓看莫靖言手中拿了几本图册，还拎了手提袋，索性扳着夏小橘的肩膀，将她转了回来："她没手了，我帮你。"

"你下手可别没轻没重啊，该把我的眼睛戳瞎了。"

"我就一张纸巾，试试看怎么戳瞎？！"方拓低头，将她上下眼皮推开，"看到了，就在眼角呢。"

他折好纸巾，用尖角轻轻一推，将睫毛带了出来，笑道："睫毛有多长啊，还能扎到眼睛里？"

邵声停好车走过来，和二人打过招呼，自然而然地牵起莫靖言的手："咱们上去吧。"

夏小橘和方拓走在后面，二人你看看我，我看看你，见对方都是一副没睡醒的样子，异口同声地说道：“你是来砸场子的吧？”

“我看球来着，你呢？”方拓压低声音，“昨天找你看球，你不是说临时有事来不了？怎么自己躲在家里看？是怕又赌输了，还得再吃半个西瓜？”

“谁输谁赢不一定好吧！好像你没吃过似的！”夏小橘白他，“我昨天……”她压低声音，“被黄骏拉去喝酒了。”

“啊，黄骏？”方拓睁大眼睛，看了看前面的莫靖言，又看回夏小橘，低声道，“他还活着呢？”

“什么话啊！”

“我是说，好久没听到这个人的消息了。”

“他不知道从哪儿听说莫莫和少爷在一起了，心里不爽，找我念叨念叨。”夏小橘揉揉太阳穴，“说起来没完，八百年前的事儿都翻出来了，我不喝还不行，现在都头疼。”

“那是你功力不行。”方拓乐了，“早说啊，下次让他找我看球喝酒。”

夏小橘撇嘴：“找你？他怎么可能想见你们啊？昨天不断说难得自己想安定下来……就快连我都埋怨了……”

“他能安定？就那么说说，你信？”方拓嗤之以鼻。

夏小橘想了想：“要是黄骏知道莫莫今天来看婚纱，更不能放过我了。他和我一定八字不合。”

方拓佯作惊讶：“和你算八字？什么意思？你俩也谈过？”

“你俩才谈过呢！他的朋友里也就我和莫莫最熟，当然拉着我吐苦水。”

方拓轻哂：“那也不怪你啊。谁让他自己不抓住机会？前两年早结婚不就得了。”

“莫莫嫁给他？那别等你师父回国，你都能炸锅。”

方拓笑道：“难道你会支持？”

夏小橘点头：“也倒是，肯定让她再想想。”

“幸亏没有。”扶梯到了平台，方拓拉着夏小橘，和邵声二人保持距离，“你还是低调一点……别提黄骏这茬儿。我师父要是想起来是你介绍莫莫和他认识，你就……咔咔咔。”他手掌横在脖颈间，做了个抹脖子的手势。

“你也跑不掉！那我得告诉你师父，我是先认识了你，你让我帮忙给你莫莫师姐带生日礼物，我才认识了她，对吧？”夏小橘叹气，“当初黄骏找人编舞，是想通过我联系另一位老同学林柚，人家正好出国培训了，我就介绍了莫莫。后来的事我怎么知道？”

“那你得提醒莫莫提防这个人啊。”

“谁说我没提醒？我没少和莫莫说他的劣迹。”

“反正，在我师父那儿还是不说为好。”方拓低头，和夏小橘咬耳朵，“你是不知道，我师父看着挺镇定的，其实可小气了，那醋都不能用坛子量。”

不觉扶梯到了尽头，邵声就站在扶梯旁，沉着脸看着他：“我还不耳背。”

来到婚纱店，和接待的导购沟通过意向，莫靖言便起身去挑选样衣：“你们也去选一下吧。”

“我的伴郎服最简单。”方拓说，“西服、衬衣自备，看师父要什么样的领带或者领结，我跟着配就好了吧？”他无所事事，便走来走去，等着看莫靖言和夏小橘的试穿效果。

夏小橘挑了一件香槟色的小礼服“这个看着不错，就是有点大。”

导购说：“都是可以根据您的体型再调整的。”

“不改也行。”方拓说，“最近看球，你还不得配着啤酒、炸鸡啊？过俩月再看。”

夏小橘瞥他：“你啤酒喝得多，你来穿！”

方拓从沙发上跳起来：“我还真想试试看。”又转向导购，“可以吗？”

“呃，这个……虽然没有明确规定，不过……”

方拓还一脸认真地看着对方。

夏小橘乐不可支：“你快去试，我给你拍个照片。”

方拓问：“要是我试了合适，就让我当伴娘？”

邵声转过来，看了一眼嘻嘻哈哈的二人，皱了皱眉。这二人抢着说要来帮忙，说到底还是来玩的？

说笑之间，帘子拉开，莫靖言款款走出来。她换上了一字肩的长婚纱，头发半绾，露出纤长的脖颈，两颊泛起红晕，眼睛亮晶晶的。

导购帮她整理裙摆，笑道：“莫小姐真是太漂亮了，身材也好，无论穿哪件都特别好看，这批手工限量版简直就是为您量身定做的。您都可以给我们家做宣传了。”

邵声看了她半晌，低声说：“这件很美。”

方拓看向夏小橘，挑了挑眉，意思是：在师父眼里，莫莫姐穿哪件不美？

莫靖言嘴角含笑，抬眼看他：“那……就是它啦？”

“嗯。”邵声微笑点头，伸出手来，牵起莫靖言的手，坚定地握了握。

莫靖言抿着唇笑，眼睛有些湿润。

导购量着各处尺寸：“如果还有哪些地方需要调整，我也一起记下来。”

方拓笑道：“莫莫姐，从现在到婚礼前，你可得好好保持身材。”

导购说：“莫小姐身材这么好，不会有问题的。稍微有一点变化，我们是可以修改的。”

方拓：“那也是有个范围，如果变化太大，就没法改了，是吧师父？”

邵声板脸：“我觉得，好像换个伴郎也可以，这个变化不算大。”

夏小橘火上浇油："方拓总说，以前他学攀岩的时候挺怕自己师父的，我没大看出来。"

方拓："只要有莫莫姐在，我就不怕了。喏，你看。"

莫靖言和导购说要修改一下腰间的细节，问邵声的意见，果然他走过去，一面对莫靖言，嘴角便不自觉挂了微笑。

方拓坐在沙发上，叹气："看我们的衣服多好挑，真不公平。其实我应该算娘家人吧？我和莫莫姐在一起时间比较多。"

夏小橘说："娘家人？你就是看好刚才那件裙子了吧？你想当伴娘，那谁当伴郎？"

方拓答道："有莫大啊。"

莫靖言听到了，笑他："你是说，你算娘家人，然后让我哥……我哥去当婆家人？如果你认为能说服他，自己去试试看。"

邵声不语，找个伴郎这么难吗？当初喂给这小子的羊肉串都浪费了。

试完衣服，几个人出来，去附近一家东南亚餐厅吃饭。

方拓说："得好好宰师父一顿，我要吃龙虾和咖喱蟹！"

夏小橘举手："我想吃炭烤猪颈肩。"

方拓戳了戳她后颈："炭烤？那得再晒黑点。"

夏小橘扬手要打，正好另一拨顾客迎面从餐厅中出来，其中身量高挑的女人被一群年轻学生围着，瞥见她，喊了一声："小橘？"

夏小橘连忙收手："啊，梁老师，你也来吃饭？"

"是啊，组里有学生毕业，大家一起聚聚。你和朋友一起来的？"

夏小橘点头："最近挺忙的吧？都没看你跑步。"

"是啊，前几天期末考试，还要写个课题申请书……不过也跑，经常半夜跑。"

身边的学生惊讶地问："您半夜跑步，那还能睡着？"

"总跑，习惯了就好，倒头就能睡。"

夏小橘嘱咐：“半夜三更的，注意安全。”

梁老师点头：“在学校里也还好，我都找有保安巡逻的大路跑。对了，北京马拉松开始报名了吗？我最近没怎么注意。”

“还没，不过也差不多了。你先忙，有消息我告诉你。”

“好。不耽误你吃饭啦。”她和夏小橘等人道别，看向莫靖言时，目光似乎稍有停留。

莫靖言留心到她的注视，有些纳闷。对方只是一瞬间的专注，便收了视线，礼貌地向她点头微笑。

领位员过来：“请问几位有预订吗？”

“有的，莫女士，订了靠窗的四人桌。”

已经走出一段距离的梁老师放缓脚步，越过簇拥着的学生，又回身瞥了一眼。

在窗边落座，莫靖言问：“刚刚的梁老师是你们研究所的同事？”

夏小橘应道：“哦，梁忱呀，她是我们所隔壁大学的。牛人一个，去年从麻省回来的，应该已经评教授了。”

“和你一样做生态的？”

夏小橘答道：“不是，大气科学。她研究的是什么大气环流、数值模拟一类，也做气候变化。前段时间我不是参加了一个可持续发展的国际会议，跟着老板去了趟日本吗，一大早我去河边跑步，正好遇到她也来锻炼，一起跑了一大圈，发现还挺聊得来。不过梁老师忙得很，又要教学又要做科研，一般见不到。”

方拓问：“今年马拉松你报名吗？”

夏小橘答道：“我想跑个半程。你呢？”

“你不是跑了好几年半程了？今年全程吧。”

“别忽悠我，我心里可没底。我这隔段时间总往外跑，过两个月还得去张家口，没办法规律练习啊。”

“最近不是在北京吗？一起吧。”

“天太热了，除非像梁忱说的，半夜跑。”夏小橘摇头，“而且你太快，我肯定跟不上。你不是说自己以前随便报了一个全程，都没认真准备，三小时五十多分就跑下来了？”

方拓应道：“那是当年，一直跟着队里练体能，也很魔鬼的。”他想了想，又笑，“也可能是我腿比较长，像你就要倒腾着小短腿，在后面吐着舌头跑。你记不记得我转发给你的视频？和你像不像？”

“好好，你不是柯基。你腿长，再瘦点，要不要摇着尾巴带着一身斑点跑啊？”

邵声和莫靖言相视一笑，这两人像是学龄前儿童。

莫靖言打断柯基和斑点狗之间无意义的争执，说道：“我大哥也要来北京了，要不然你们一块去跑。他在美国好像也跑过马拉松。”

方拓咋舌：“算了，莫大比师父还可怕。师父至少在你面前笑得和朵花似的，佳敏才镇不住莫大呢。”

莫靖言笑：“一起跑步而已，有那么可怕？”

方拓点头：“他和我们说过自己准备马拉松的事儿，一大堆术语，我这个运动达人都没完全消化。还说制订了训练计划就要严格执行，按时，按量，风雨无阻。不太适合和我们这些自由散漫的人一起玩耍。”

邵声评论：“嗯，你们在攀岩队的魔鬼训练计划，最初就是他制订的。”

方拓倒吸冷气：“我就说嘛。”

邵声继续说道：“不过也很科学。我和他说说，他会乐意带你一起训练的。”

方拓哭丧着脸：这算报复不？

夏小橘半开玩笑地说道：“说到科学，我倒是可以推荐莫大和梁老师交流交流。她也特别严谨认真，还和我讨论过系统化训练的计划。”

莫靖言点头：“好呀，等大哥回来。”

方拓问道：“莫师兄工作落实了？”

莫靖言答道：“都还好。大哥前段时间回家办了一些户籍手续，最近在北京看房、租房，认证学位什么的，下个月正式入职吧。”

“就知道他不会甘心一直在阳朔隐居。”邵声笑了笑，“他这段时间这么忙，也没少找我谈话。”

方拓啧啧道：“大舅哥不好应付吧？”

“也没有吧？”莫靖言轻轻拍了拍邵声的手，含笑望着他，“他没太为难你，是吧？”

邵声没忘记被莫靖则打的两拳，下意识地摸了摸胸口：“嗯，没有。说实话，他和我说了一些话，让我感觉挺意外的，不太像我认识的莫大。难道是好多年不见，我真的不了解现在的他？”

“那是因为，以前你认识我哥的时候，不认识我呀。”莫靖言微扬着头，笑嘻嘻挑了挑眉，“我哥也就这么罩着我吧。你以后对我好点，知道吗？”

邵声忍不住笑起来，夹了一大块螃蟹放在她碟子里：“知道，我打不过他。”

方拓侧头，低声说：“师父，我说什么来着？不能太早求婚，以后在家里没地位。”

邵声瞥了他一眼，没搭话。

方拓又转向莫靖言：“莫莫姐，你也是，不能太快答应，以后在家里没地位。”

夏小橘问：“你堂兄在阳朔还有个女朋友是吧？那怎么办？这次一起来北京吗？”

“应该一起吧。”莫靖言思忖，“大哥没说佳敏来的时间，不过最近都在拜托朋友帮她找工作；我和少爷也帮她留心着。”

方拓说：“她想找什么样的工作？我也帮忙问问。”

夏小橘说：“是呀，我们所每年也会招一些行政助理呢。”

“她还想继续当小学老师，不过我觉得不大容易。”莫靖言说，“现在北京的小学老师，是不是都要硕士学历了呀？”

夏小橘答道：“应该没那么夸张吧？但是估计也不好进。”

方拓说：“佳敏可喜欢她班上那些孩子了。我觉得她要走的时候，八成舍不得。”

“是啊，我听大哥说，前两天照毕业照，她眼睛都哭肿了。”莫靖言笑，“我这个未来的小嫂子，为了我哥也是牺牲不少。北京虽然是个大城市，但哪有阳朔那么山清水秀啊，而且还得找一个她喜欢和适合的工作。要不是为了我哥，她也未必会来。”

点好了菜，夏小橘和莫靖言去洗手间。夏小橘一边洗手，一边问：“你们结婚的具体日子定了吗？”

“还没……”莫靖言低头搓着手，“别说具体日期，现在顶多想了个大致时间段，还都不一定呢。”

“你俩婚纱都看了……”夏小橘不解，“你家少爷等得了？还是……你想再缓一缓？”

“我很喜欢这个设计师，这不是难得有手工限量版吗，先预订下来。我们两个，什么时候结都可以。”莫靖言笑得有些羞涩，分明是说，现在就去领证也没问题，“计划是明年春夏，不过，还没和家里商量。”

夏小橘点头：“那是，结婚毕竟是两个家庭的事。”

“但我们的情况吧，有点复杂。”莫靖言叹了口气，“邵声妈妈那边一点问题都没有……”

“嗯嗯，”夏小橘连声应道，“他们一家都爱死你了。”

“可是，我爸妈……还都不知道……”

“不知道少爷这个人？！”

莫靖言点头：“在阳朔的时候，他就说要陪我回家，见我爸妈。不过我哥不同意，觉得太突然了，我爸妈接受不了。他还当着我们的面说……”

“说什么？”

“说，‘你们俩就是觉得不甘心，幼稚。那就先这么处着，没准处几天就处不下去了，也不用和家里说。’没事就和少爷谈话，把他审了个底朝天。”想起莫大当时的一张冷脸，莫靖言哭笑不得，“我当时真有点焦虑，如果以大哥和少爷的关系，他都不同意，那爸妈那关肯定更过不了。”

“那他怎么想通了的？”

“我也不知道。”莫靖言笑起来，“他和我说，‘如果你不是我妹，这件事我一定投反对票；但你是我妹妹，事到如今，我除了支持你的决定，还能怎么样？’”

夏小橘欣慰地拍拍她的肩膀：“莫大哥还是挺疼你的。”

“是啊，他说让他再想一想，也给家人一个接受的时间，时机不成熟的时候，少爷先不要上门。但是他又不反对我们办婚礼，他说，‘该准备的提前准备妥当了，不能让我妹妹再没名没分跟着这小子了。’很矛盾吧？”

夏小橘点头：“莫大也想支持你们，但也难免担心现实问题，所以左右为难吧。”

“大哥说，让我别担心，他来应付。”

夏小橘宽慰道：“有莫大帮着调节，那就好。而且爸妈都是疼孩子的，如果看到少爷对你那么好，也会慢慢接受他的呀。我认识你三年了吧？少爷回来之前，我觉得你是温柔贤淑型的——不是说你现在不温柔贤淑，但是，以前真的没有现在这么开心，这么可爱。”

莫靖言微微一笑，算是默认，又说道：“前些天大哥回家去找他那几件正装，回来后口风又变了，都不像他了，忽然变得有点……感性……还给了我两条建议，笑死了，像言情小说看多了似的。”

“他说什么了？”夏小橘好奇。

“他说……”莫靖言有些腼腆，低头笑道，“他说，你们生个孩子就好办了。”

吃过午饭，四人兵分两路。方拓和和夏小橘去了附近的一家户外用品店，夏小橘要添置两件速干衣，方拓则极力鼓动她置办攀岩装备：“过两天和我们去野外攀岩，你不考虑买安全带、头盔和鞋子？”

“我就穿普通运动鞋，头盔和安全带借莫莫的不行吗？”夏小橘犹豫不决，“我一年里也爬不了几次，还得再搞一堆东西，我那个小宿舍已经放不下了。”

“你一天到晚翻山越岭的，学点攀登技术对你有好处。”方拓拿起一顶橘红色的头盔，扣在她头上，“这个很适合你。”

“有点大呀。”头盔挡住一半视线，她瞥了一眼镜子，“而且不像攀岩，像建筑队的工头儿。”

方拓笑了：“这颜色配你，像个橘子啊。”他又抛过来一条安全带，“这个挺好用的，够宽，吊在上面舒服。你试试大小啊，回头我给你拿个批发价。”

夏小橘冷哼一声：“这么鼓动我，还不说送我一条？”

他答应得痛快：“好，你要是能保证在北京的时候每周爬一次的话！”

两个人说起和邵声等人一起去野外攀岩的计划，夏小橘一边系着安全带，一边说：“莫莫和少爷这事，还真有点复杂。他结过婚，还有个娃。换了我，我也不知道怎么和家里说，但是不说也实在不合适。”

方拓佯作鄙薄地垂眼看她：“算了吧，还换了你？！你应付不来这么复杂的事，你就适合找一个简简单单，不会笑话你吃西瓜不吐籽的人。”一边说，一边帮她整理安全带的腰带，“这个地方要反穿一下，对，这样安全。”

夏小橘脸颊发热，辩驳道：“那我也太没追求了！”

“对了，之前黄骏给你介绍的那个人怎么样？”

“你说顾星群啊，挺好的呀，很有才华，有幽默感，还很绅士，我对他印象不错。”

“那人家对你印象呢？还有来往吗？”方拓抓着她身前的连接环，用力拽了拽，“绳子就系在这儿。”

夏小橘立足不稳，险些撞到他身上，向前踉跄了一步，踩到方拓脚上。

方拓倒吸凉气：“要是人家不理你了，你不用踩我啊！”

“还不是你突然拽我！”她反驳，“谁说不理？他还约我去看过几次艺术展呢，还去过国家大剧院听音乐会。”

“艺术展你看得懂吗？还有，音乐会上你是不是又睡过去了？”

“看不懂他正好给我讲啊，不是说这样男生特别有成就感吗？总不能我俩去植物园，我给他讲花花草草吧？”

方拓笑了，抓着她头盔前缘用力一拉：“傻样。”

“就知道笑我，你呢？宁柠呢？你不是说她又和你联系了？”

“嗯，她说，想从香港调回来。”

“她和那个人彻底分手了？”

方拓把手插在口袋里，淡淡地答道：“我没问。”

两个人说着，从户外用品店转出来，在旁边的冷饮厅买了一个大份冰激凌，这是二人的一贯做法，比单买两个小杯更划算。

两人继续刚才的话题。夏小橘问："你怎么一点都不关心人家？不是说她是你的理想型吗？"

"我的理想爱情，是莫莫和师父啊。"

夏小橘一副被噎到的表情："我头一次知道，你喜欢过莫莫！"

"你别乱说，让师父听到，我还要命呢！"方拓扬拳威胁，"你怎么和娱乐小报似的呢？"

"是你没说明白。"

方拓解释："我刚上大学的时候，就认识师父和莫莫了，那时候就觉得他俩有问题，有些小暧昧、小默契，互相惦记对方，又都不明说。当时我就想，我也应该在学校里谈一场恋爱。"他接过冰激凌，吃了一口，又吃了一大口，递回给夏小橘，"都怪他俩啊，没给小师弟带个好头，之后就无心学业，光想着漂亮姑娘了。"

方拓说得云淡风轻，但夏小橘断断续续听说过他的故事。在方拓第一次去雪宝顶登山时，遇到同学校去上纳咪村支教的志愿者们，其中便有舞蹈团的宁柠。支教团停留了三周，这期间登山队已经做好各项训练，登顶又下撤，然而方拓没和大家一起回北京，而是和支教团一起留下来。

之后第二年，方拓带新队员去训练，宁柠也去了上纳咪村。这次去支教的只有她一个，她留在村中等方拓回来——作为他的女朋友。

那是他青春里最意气风发的时光了吧，站在雪山之巅，心爱的姑娘在山下等他回来。

方拓说过，那次不是他第一次见到宁柠，只不过之前没注意，聊天的时候才发现，她就是和莫靖言一起，在晚会上领舞《踏歌》的姑娘。当时他还觉得，这真是天定的缘分呢。

能够和莫莫比肩而立，也毫不逊色的女生呢。夏小橘想到这里，看了看路边橱窗中自己的影子，穿着所里某个项目发的宽松的大T恤和一条穿了很久的牛仔短裤。早晨出门匆忙，她也来不及细选。或者说，这是她感觉最舒服、最自我的状态，说不上美不美，但是很夏小橘。她又想起莫靖言刚才含羞带怯，让人心生怜惜的神情，能够和她相提并论的姑娘，会是什么样子呢？她能想到的，只有林柚。那个程朗心中最爱的女生。天光水色，流云飞舞，年轻的她，在舞台上跳跃，像小鹿一样。

她刚刚其实想问方拓："如果宁柠回来，如果她还想和你在一起呢？你会答应吗？"

夏小橘举着冰激凌，看着方拓的背影，他看似轻松地哼着歌，但是一时也没再说话。她轻叹一声，甩了甩头，自嘲地笑笑，暗想，这和你有什么关系？

记不清有多少朋友问过夏小橘，她和方拓是什么关系。她一律斩钉截铁地回答："就是好哥们。"甚至当面向别人介绍，也会说一句："这是我铁哥们。"

她不想把事情复杂化，因为她比任何人都清楚，友情和爱情，向来是泾渭分明的。然而，他出现在清晨的梦里，又是为什么呢？

夏小橘皱着眉头想了一路，又笑自己庸人自扰，她还梦到过自己被人追杀掉落万丈悬崖，还梦到过冲破大气层遇见外星人。不就是个梦吗，哪来那么多为什么？

这一天夏小橘很想跑步，回到家里给梁忱发短信，说自己吃了大餐和甜品，热量超标，急需运动。梁忱回应："同跑，我也吃多了。"

她和夏小橘约了九点见面，说："这对我来说，已经是比较早的了。"

夏小橘问："你课题申请写得怎样？和美国那边不大一样吧？

还适应吗？”

“是不一样，继续调整中。”梁忱淡然一笑，“哪里都有规则，要想和人家玩，就得守人家的规矩。”

“你肯定没问题的！就像中国乒乓球队，什么大球、小球，十一分还是二十一分，不管规则怎么改，也不影响你发挥啊。”夏小橘嘻嘻笑道，“我们老板说，你是杰青的苗子，过两年没跑。我就抱你大腿，以后转行跟你读博士算啦！”（注：杰青一般指代国家杰出青年科学基金的获得者。这一基金项目支持在基础研究方面已取得突出成绩的青年学者自主选择研究方向开展创新研究，促进青年科学技术人才的成长，吸引海外人才，获得者多为优秀学术带头人。）

“好啊，不过我们组也很辛苦的，女生们已经缠着我给她们买面膜了。”

“这都可以？那我天天在野外风吹日晒的，也得找老板报销去！”

梁忱认真道：“不过，你不打算出国去读博吗？”

夏小橘赧然道：“那个，我英语没那么好的……”

梁忱了然地点头，笑得有些揶揄：“还是国内有舍不得的人？我今天看到了哟，double dating（双重约会）。”

夏小橘脸上微热，心跳得有些快：“没有啦，那是我哥们，朋友要结婚，找我们做伴郎、伴娘。”

“另一对儿就是准新郎新娘吧？”梁忱回想，“挺配的，新娘很漂亮。”

“是啊，两个人感情好得很，婚期没定，先买婚纱。”夏小橘笑道，“也不是啦，说来话长，家家有本难念的经。正好到了一批设计大师的手工限量版婚纱，特别热门，他俩就先下手定下了，反正感情稳定，早晚要结。”

梁忱静静听着，嘴角抿着，像是一个若有似无又意味深长的微笑。“还是说说，你的那个男生吧。”她转向夏小橘，“是你开会的时候看到一个段子，都要发给他的那个人吧？”

“他啊……我们俩在一起就是互相贫，倒是很开心。”夏小橘故作轻松，“但他就是拿我当哥们，我也不想多想什么。我相信，是我的，自然会来；不是我的，强求也没用。”

“你是有些……说不清对他的感情？”

“没，能说清，就是哥们呗。现阶段这样，挺好的，他也没啥表示。”

梁忱继续问：“那如果……他有表示呢？”

“这……我们认识好久了，不大可能吧……”

梁忱笑：“算了算了，我逗你玩的，别多想了，顺其自然挺好的。”

夏小橘想起宁柠，这件事她不适宜和莫靖言讨论，便问梁忱：“梁老师，你觉得曾经的恋人，有多大的可能旧情复燃？”

大概是她问得突然，梁忱一怔。

夏小橘忙解释：“我那对要结婚的朋友就是破镜重圆。你觉得，这种情况有多大的可能性？”

“这个问题得问社会学和心理学的吧，我也没做过调查分析。”梁忱想了想，“看缘分吧。”

夏小橘笑：“你作为大牌科学家，给我一个这样的解释，太敷衍了吧！”

梁忱笑：“谁说缘分不科学？它也许是由很多变量控制的，只不过现阶段我们不知道，到底是哪些变量在起作用，各自又起了怎样的作用而已。”

夏小橘点头：“有道理。”

“我们说什么样的两个人能在一起，总是说三观、性格、爱好、外貌，还有门当户对什么的，但是缘分，或许是更重要的呢？有时候我们不强调缘分的重要性，因为我们无法控制它，那样会显得我们在感情中无能为力。”

夏小橘感慨：“哇，梁老师，你不应该教大气科学，应该去教婚姻家庭。”

梁忱笑：“最后那句不是我说的，好像是一部电影里的。”

她振了振双臂：“不说了，我们跑步去吧！一会儿我开车送你回去。”

在盛夏的夜里，空气依旧有些闷热，但挥洒汗水反而可以让心情宁静下来。笔直高大的乔木矗立在道路两侧，树叶沙沙响着，池塘里的蛙鸣一片。

这样的夜色，何必自寻烦恼。

过了两周，时至盛夏，城内酷热难当。几个朋友约了一同去野外攀岩、避暑，周六一大早便集合出发。向北行车一个多小时便进入山区，岩壁峭立，绿树蓊郁，从盘山公路上俯瞰蜿蜒的河流，明亮的阳光在水波上跳跃、闪烁。

邵声和莫靖言带着邵一川，后座放了一张儿童座椅，于是方拓和夏小橘一并搭乘莫靖则的新车，同车的还有他的女友——刚刚从阳朔过来的张佳敏。

“没想到北京比阳朔还热呢。”张佳敏降下车窗，任由和爽的风扑面而来，惬意地眯着眼睛。

方拓笑道：“北京的夏天特别有性格，就在又热又干的沙漠气候和潮湿阴郁的梅雨气候之间切换。”

一路上两个开朗善谈的女生已经熟悉起来，夏小橘问：“北京的风景是不是比阳朔逊色多了？”

“不会呀，我们那边是平地出山峰，更秀气一些。这边很壮观。”

她趴在车窗边，“我都没想到北京附近有这么高的山，还连绵不绝，这么大片。”

“爬起来感觉更不一样。”莫靖则微笑，“我也好久没摸过这里的花岗岩了。”

方拓道：“师兄你在阳朔待了那么久，功力大增，就别谦虚了。”

“夸我还是夸你自己？”莫靖则淡淡应道，“你这两年消停过？”

路过晚上落脚的村庄，众人将替换的衣物和第二天的补给放下。房东拿了三间房的钥匙过来，放在桌上。几个男生在整理装备，莫靖言自然而然拿过家庭间的钥匙，带着要上洗手间的邵一川上了楼。

夏小橘看到桌上余下的两把钥匙，一时语塞，面颊泛红——这不是让她和方拓住一间房吧？虽然说出野外有时条件艰苦，大家不分性别，在招待所里各占一张床，风尘仆仆和衣而睡，能听到男生们的鼾声此起彼伏。可这夏日炎炎，攀岩之后一身臭汗，总要沐浴更衣。和方拓二人大眼瞪小眼，多少有些尴尬。

张佳敏随手拿过一把钥匙：“小橘姐，我先去放东西了。”

“哦哦，”她点头，略为窘迫说道，“好像少订了一间房吧？我问老板去。”

“没有吧？还有人要来吗？”张佳敏四下环视，晃了晃手中的钥匙，“咱俩一间，阿拓和靖则一间。”

“这样啊……”夏小橘如释重负，指了指莫靖则，“我以为你们……”

这回换张佳敏面露羞怯了，她转身快步走开：“我先放东西去啦。”

来到岩壁下，铺好地席。方拓和莫靖则相互保护，很快便挂了两条热身线。邵声倒不急于攀爬，选了平地略作清理，支起帐篷，供莫靖言和川川中午休息使用。方拓又挂了一条略短且容易的儿童线，给几个新手和川川一起练习。

张佳敏爬了两趟便不再爬，摘下头盔走到一旁，说要给大家预备午餐。夏小橘在方拓的指导下使了吃奶的劲，总算攻破难点，翻了一个小小的屋檐。

“蛮不错的，我都爬不到那里去。”张佳敏递给她一张湿巾，“擦擦手，我洗了葡萄，快来吃。”

“佳敏你也来，我给你保护。”方拓招呼她，“你在阳朔不是也爬过？”

“爬过是爬过，但差异真的还挺大，这里的石头怎么都是大平面啊。”张佳敏咯咯笑道，“我总怕脚一滑了，脸蹭到岩壁上，那不是要毁容？我还是给你们做三明治吧。”

“天这么热，休息一下吧。”夏小橘说，“我们直接吃面包就好。”

“别听她的！”方拓抓着安全带的后腰，将夏小橘拎到一旁，瞪着眼睛佯作发怒，“你不想吃就啃面包去，知道现在吃佳敏做的东西有多不容易吗！”

“三明治就是把材料叠在一起。”张佳敏笑，“而且，哪次少了你们的？！”

“本来，佳敏做饭是给大家吃的。”方拓解释，“我们每次攀岩回来，路过村口，就去她家吃饭，想吃什么点什么。但后来，能不能吃上，能吃到什么，就得看莫师兄的心情了。佳敏也不在家里的小饭店帮忙了，都快成他的御厨了。”他掂着手中的塑料饭盒，“知道‘海归’师兄爱吃三明治，她连千岛酱都是自己配的，比外面的美味多了。”

莫靖则瞥他，冷冷地说道：“方拓，谁每次去阳朔吃我的住我的？良心呢？”

方拓摸着心口：“我只是替兄弟们表达一下大家的痛心。”又笑着问，“师兄你还想爬哪条，一起去？”

莫靖则起身，整理头盔，顺嘴问道：“莫莫呢？”

方拓应道：“刚刚哄川川午睡，后来和师父去河边溜达了吧。”

透过起伏的青葱芦苇，依稀能看到相拥而立的一双人影。莫靖则定定地看过去，眉心紧蹙。方拓暗笑，用胳膊肘戳戳夏小橘，凑到她耳边低声说：“等着看好戏，莫大又看我师父不顺眼了。”

莫靖则依旧眉头紧锁，心想：邵声是方拓的师父，自己是他的师兄，差辈了吧？

他并非看邵声不顺眼，而是满心郁结，理不清思路。在阳朔时，邵声一路从北京赶来寻找莫靖言，他略加思索，已经想明白当年几个人之间的纠葛，本意并不想让小堂妹再去蹚这摊浑水。

他曾经对邵声说：“如果我有表决权，我是坚决反对你们在一起的。可是在这件事情上，莫莫才有真正一票否决的权利。我不理解她的这种感情，但也只能支持她的决定。你最好不要让我失望。记得我说过，谁对不起莫莫，我一定打得他满地找牙。”

他也说过：“我不希望莫莫太早结婚，也不想她太早生孩子。她这些年并不开心，她在我们家被宠了二十年，凭什么遇到老傅和你之后要吃那么多苦？在我心里，她还是个小女生，不是个拖家带口的家庭主妇。这个转变太大了，别说她适应不了，我们全家都适应不了。”

邵声当时也都答应了，可为什么自己头脑一热，就答应他们早做准备？还拦下要去和家人坦白的邵声和莫靖言，说出自己去和家里协商，要是生个孩子就好了这种话？

莫靖则想，当时自己一定是喝多了。

饮了一杯，叫作岁月的醇酒。

春节在家乡时，莫靖言曾经问他，当初出国后为什么选择和孙维曦在一起，又是如何看待左君，是否无论选择谁，所谓现实和理智的平衡都会超过心底的感情，或者说，感情的多少，会被现实左右。

莫靖则当时笑话她的小女生心态，说只有对她这样的小女生来说，感情才是最重要的事。

莫靖言的答复是："感情未必是最重要的事，除非你遇到了那个最重要的人。"

对于妹妹认真的回答，莫靖则曾付诸一笑。他认为脱离现实去谈感情，本来就是镜花水月，自寻烦恼。说不上幸与不幸，只是她和邵声的纠葛没有断，两个人恰好在还能选择的时候遇到彼此，除了要说服家人，也不需要再冲破什么桎梏。

但不是每个人，都能兜兜转转，和自己的过去相逢。有些不曾说出口的再见，或许便是再也不见；与其惦念过去，不如活在当下。这才是最好的选择。

邵声和莫靖言之间的事，包括后来二人的种种经历，要如何和家人交代，莫靖则还没想好。前段时间他曾回了一趟老家，想着探一探叔叔婶婶的口风，也顺势铺垫一下。平时他最不喜欢被七大姑、八大姨围攻，聊自己的个人情感问题。这次为了小妹，牺牲在所难免，在家庭聚会上多喝了几杯，酒酣耳热的时候聊起来，连从未提起的远在阳朔的小女友都招认了，由此说到年轻一辈的感情和婚事。

婶婶说，感觉莫靖言谈过几个男朋友，都没有结婚的意思，也没往家里带过，大概还是没遇到可心的人。叔叔则不以为意，说家里虽然也着急，但莫莫条件这么好，再等上两年也没关系，总要有个好归宿。

莫靖则有些后悔答应堂妹，一切都由他出面想办法，但当时看着莫莫楚楚可怜，想起她这么多年的艰难和委屈，又不忍心让她再难过一次。

莫靖则不想在这个问题上继续纠结。感情终归是个难题，没有定理，无法证明，为什么非要自己陷入这种不可控制的漩涡？

他去派出所办理了户籍证明，回来途中恰好路过博物馆。在邂逅梁忱，从美国无奈归国的那个冬天，他曾经特意来过，但那时候没有带身份证明，进不了大门，只在门外看了一眼宣传彩页。这次他东西带得齐全，想了想，掏出身份证，信步走了进去。

原来，竟已将近二十年没来过这个地方了。

装饰已经焕然一新，但布展的位置没有太大变化。跃层的穹顶下，依旧摆着恐龙化石骨架。不过这已经不是他当初和梁忱看到的那一具了——最初那个，在一次巡展中失火被烧。现在的展品是新出土的，规模更为宏大。

不知道，这种变化，是幸或不幸。

他在圆形展厅的一侧找了一张长椅，安静地坐下来，定定地看着眼前高耸的恐龙标本。身处恒温恒湿的展馆里，暑意顿消，心情也安宁下来。

巨大的深棕色腿骨化石，将对面观众的身体遮了大半。她坐在对角的长椅上，只露出裙摆一角。她看似并不急于离开，只是不知在那里坐了多久。

莫靖则起身时，下意识地侧头。对方似乎感知到他的动作，也侧头看过来。两人隔着一亿年前白垩纪时期的鸭嘴龙，仿佛看到时光深处的自己。

莫靖则不禁微笑起来，有些舒心，有些欣慰。她也是，笑得自然而然。好像两个人并没有分开多年，不过是像以前上学路上，每天在街口看到彼此时，只有二人之间才会懂得地会心一笑。

莫靖则绕了个半圆，走到展厅对面。梁忱微仰着头，看着他一步步走过来，嘴角弯出浅浅的弧度。

走到近前，莫靖则在她身边的长椅上坐下，轻声问："什么时候来的？"

"不久，这是我看的第一个展厅，还没看猛犸象和披毛犀。"

莫靖则点头："不知道还是不是原来的那几只。"

梁忱穿了一件米色的薄衫，她身体向后仰，手半插在口袋里，抬头看着鸭嘴龙的化石："我听说原来那个被烧掉了，好可惜。"

"是啊，借去邻省博物馆巡展的时候。"莫靖则语带惋惜，"好在，又挖出来新的了。"

梁忱微微侧头，狡黠一笑，低声说道："我觉得，他们应该把那块大陨石赔给我们。"她语气颇为认真，一字一顿，显得有些天真。

莫靖则忍不住也笑起来："我也这么想。"

梁忱问："你回国这段时间都在哪里？"

"一直在阳朔，过几天去北京，这次回来办户籍证明。"

"要去北京工作了？"

"嗯。"莫靖则说了新东家的名字。

"蛮好的，恭喜呀！"梁忱说，"以后有机会……"

说话之间，莫靖则的手机响了起来。

他瞥了一眼："不好意思，接个电话。"

梁忱点了点头，坐正身体，看向恐龙化石。莫靖则起身，绕到一旁的廊柱后。电话那边传来张佳敏欢快清脆的声音："靖则，我买好火车票啦！"

他微微蹙眉："那得坐二十个小时。不是告诉你信用卡号，让你买机票吗？"

"正好有朋友要去旅行，和她一起走啦。现在机票不怎么打折，火车票便宜得多。”

“没差多少钱，坐火车太累了，把票退了吧。”

“没事的，我和朋友都约好了。上车打打扑克，聊聊天，卧铺睡一晚上，很快也就到了。”

莫靖则不再坚持，问道：“哪天的车？几点到？”

张佳敏说了日期和时间。

“好，我那天争取不安排别的事，去车站接你。别带太多东西，能托运的托运。”

她轻快地应着：“知道啦！你在家怎么样？手续都办完了？”

“还好，今天在跑户籍的事儿。”

“嗯，那你先忙，向伯父、伯母问好。我收拾东西去啦，等你有空打给我吧。”

莫靖则放下电话，转回身来，梁忱依旧坐在原处，手半插在口袋里，专注地看着面前的恐龙化石。

他再次道歉：“不好意思。”

“没事。”梁忱也不多问，依旧带着那抹浅笑。

“怎么忽然回来了？也没打个招呼。”

“家里有点事，回来看看。”

莫靖则问：“都还好吧？有需要帮忙的，和我说一声。”

梁忱摇头：“没事，表妹结婚，我妈和我回来参加婚礼。”

“哦，阿姨和你一起回国的？她应该更适应国内的生活吧？”

“是啊，还蛮开心的，惦记着和我舅妈一起去跳广场舞。”

莫靖则问：“那你这次回来多久？”

“不会很久吧……看情况，家里的老房子出租了好多年，正好换房客，也要收拾一下。之前都是亲戚帮忙照看。”

“好在美国那边也放假吧。”

“对，学校放假。”梁忱答道，“不过就是不需要上课而已，事情还挺多。你知道的，实验室里就是时间相对自由，但其实没多少自由时间。你呢？家里人都还好？”

“嗯，还不错，爸妈身体都挺好，家里都还是老样子……”莫靖则客套了一句，语速慢下来，自嘲地笑笑，“也不是很如意，遇到点麻烦事。”

梁忱探身，侧头问：“怎么了？”

莫靖则将小妹和邵声二人的经历简略说了一遍：“我现在拦着他俩不和家里说，但总不能一直这么拖下去。”

“我记得你说过，有个很漂亮的小堂妹，就是莫莫吧？”

“是呢，小时候总和我吵架，烦死她了。没想到现在得替她出头。”莫靖则笑道，拿出手机，翻出和莫靖言、邵声在阳朔的合影，递给梁忱看，“她当初就在咱们初中部舞蹈队，不过她入学的时候，你已经出国了。”

两个人并肩而坐，莫靖则放松肩背，略低了头，头发和梁忱的头发几乎碰到一起。她放大了一下照片，仔细端详：“一看就是跳舞的姑娘，真的很漂亮，气质也好，眉眼和你有点像呢。你未来妹夫也挺帅，看得出，两个人感情很好。”

“其实我也不知道，要怎么和家里开这个口。”

“我也不知道。”梁忱坐正身体，耸了耸肩，“你知道我家里的情况。我不清楚要如何面对这种感情问题，也不是很擅长和一家人周旋。”

莫靖则叹气：“我就是后悔，为什么要大包大揽，说如何处理都听我的……”

梁忱说道：“我倒觉得不算难，让家人一点点了解，一点点接纳呗。

其实莫莫也不用着急结婚。结婚不结婚，有什么太大的分别呢？”

莫靖则问：“你不相信婚姻？”

“说不上是否相信。在我看来，婚姻作为契约，是对彼此的承诺，也是对彼此的不信任。你说呢？”

莫靖则笑：“是家庭义务和社会责任。”

梁忱笑了笑，话题回到邵声和莫靖言身上：“关键是，这个人怎么样？你妹妹和他的感情怎么样？”

“人品没得说，我的老朋友了。但他这些年的经历，也的确复杂了一些。莫莫对他的感情，怎么说呢，我是不大理解……我总觉得是她运气不好，没遇到下一个对她好，也能够让她心动的人而已，否则也不必一直陷在过去。”

“的确，没有哪个人是不可代替的，但首先，你得遇到了能代替他的人呀。从某种程度上来说，这是个小概率的运气问题。我知道你会觉得莫莫受了很大的委屈，但是站在她的角度，更多是失而复得的喜悦吧。如果她足够自立，有能力应对自己的生活，就应该尊重她的选择。”梁忱语气温和，缓缓道来，“而且，很多事情，包括某些感情，你不理解，不等于它不存在。你说是吗？”

莫靖则若有所思，缓缓点头：“就算我支持了也没用，关键是叔叔婶婶的态度。”

“你担心他们不接受？他们是很顽固、很老派的人吗？”

莫靖则摇头：“那倒没有，就怕他们心理落差太大。莫莫从小漂亮可爱，又伶俐乖巧，我们全家都宝贝得不得了。”

“那你不觉得有落差吗？为什么肯替他们俩出头，而不是坚决反对呢？”

“因为……我了解少爷，而且，我不想莫莫再难过了。我的反对除了让她更伤心，大概没什么效果。”

“你是出于对莫莫的疼爱和保护，我相信，她爸爸妈妈也是一样想的。”梁忱微笑道，“听你刚才讲的事，我能感觉到，莫莫很懂事，肯定是家庭教育好，且父母应该都是通情达理的人，没有一味地溺爱、娇宠她。她的父母开始也许会反对，不等于之后还会。最关键的，是你这位朋友，他要用实际行动向莫莫的父母证明自己是一个可靠的人，而且他很爱莫莫，有决心，也有能力让她过得幸福快乐。这样，莫莫的父母才会真正放心。正所谓日久见人心。”

莫靖则若有所思地点了点头。

“至于战术上怎么实现，我可能帮不上太多忙，毕竟我不了解他们。”梁忱慧黠一笑，“说了这么多都是空话，你得有信心，加油！”

“能有人听我说说这些，已经很好了。”莫靖则揉了揉太阳穴，“我都要后悔死了，少爷想自己来说，就让他自己来好了。我干吗要拦下来自己揽事做？”

“这就是你扮成熟老成的代价！”梁忱笑道，“本来就应该让人家自己处理。感情事务就不是你擅长的领域。其实我有一个不靠谱的建议，如果该做的都做了，你叔叔婶婶还是反对，那么应对策略只有一个字，就是拖。要么拖过几年，等莫莫年纪再大一些，你叔叔婶婶就会接受离异有娃，但是其他方面比较优秀的女婿了；要么，拖到她怀孕，爹妈是抵不过外孙的。”

莫靖则也笑了：“你好歹是高知女性，能给点靠谱的建议吗？”

梁忱笑得眼睛都弯了起来。

莫靖则问她：“看我头疼，就这么开心？”

梁忱摇头：“我是笑，你说过自己自私，感情冷漠。其实并不全然如此，你对家人很好呢。”

“她虽然是我堂妹，但从小一起长大，和亲妹妹差不多。亲人没得选，能怎么办？”

“得看对方在你心里有多重要，你愿不愿意为她去费这个力气。”

莫靖则颔首，长舒一口气：“和你说说，心里轻松多了。”

“嗯，你自己多保重，任重而道远呢。”

从博物馆出来，莫靖则要打车送梁忱回去。她说舅舅家离这里很近，走回去就可以。莫靖则问她是否有Facebook或其他社交网络账号，梁忱说：“我很少用这些。你有我的E-mail，发信就好。”

“我这次在家待不了几天，那边入职还有很多手续要跑——学位认证什么的。”莫靖则留下北京的新手机号，看着她敲在电话里，“下次再回来，你别不声不响的，一定要和我说。”

梁忱微笑：“好，下次我回来，一定和你说。”

此时此刻，在层峦叠嶂的群山之间，听到耳边淙淙的流水声，想起梁忱宽慰的话语，莫靖则的眉头便舒展了一些。家里人终归是疼爱莫莫的，日久见人心，也并没有什么解不开的死结。

心中曾有的那些为难的情绪，他不曾在任何人面前表露出来，也想不到要和谁讨论自己的感受，但是见到梁忱，便自然而然说了出来。更重要的是，本来他对邵声和莫靖言时隔多年依旧难舍难离的感情不以为然；但在博物馆门前告别梁忱，看着她乘坐的出租车消失在街角，心里一瞬间空落落的。那时他隐约觉得，对当事人而言，就算时过境迁，久别重逢后也并不会觉得陌生和疏远，或许只会感谢机缘巧合的幸运。

入职前后事务繁杂，偶有感慨，却不知对谁诉说。

他曾经几次打开邮箱，却不知道要对梁忱说些什么好。梁忱也从未打过他的电话，她应该已经飞回遥远的地球彼端，那个他曾经生活了十年，但是再也不会长期居住的国度。

每次想起在博物馆前背道而驰的一幕，莫靖则内心深处都会隐约有个声音在问：如果当时追上她，会是怎样？但总是话音未落，就被自己压下。他们不是莫莫和邵声，没有那么深刻的羁绊，而且各有各的前程，谁又会为谁调转方向呢？

众人在岩壁下待到日暮时分，方拓抢了最沉的装备背回来，登山包里塞了炊具和剩下的食物，腰间挂了十几把快挂，肩上还扛了一捆绳子，手中拎着地席和折叠椅，满脸的汗水和泥土。

夏小橘要帮他拿两样，他努努嘴：“别捣乱了，我拿还走得快点。”

“也太小看人了，就你天天爬山呀？”夏小橘轻哂道，顺手拎了一袋垃圾，“还不是看你那脸花得和迷彩服似的。”

方拓指了指山顶：“不服比比看，明早六点，看谁先爬上去！”

“我才不……”夏小橘说到一半，眼睛转了转，“好呀，看谁先爬上去。”

“不能放我鸽子哈！别到时候就剩我一个傻呵呵爬山！”方拓立刻警觉，“后爬上去的得一口气吃半个西瓜，但要是爬不上去或者根本不去爬，得一口气吃一个！”

夏小橘笑了：“那你背个西瓜呗？如果你先到山顶，就等等我。”

“等你一天是吧？你想把我晒成烤肉？”方拓白她一眼，“以为我会上当？”

夏小橘又笑道：“怕什么？反正你有一个西瓜，找个阴凉的地方慢慢吃呗。”

邵声走在二人身后：“你们俩是有多想吃西瓜？说了一路了。”

莫靖言笑道：“何止一路？自从我认识小橘，他俩已经念叨了两三年了。你们几岁呀？有川川大吗？”

邵一川声音清脆地跟着问：“你们几岁呀？有川川大吗？”

在农家院清理完毕，吃过晚饭，几个人沿着村中小路走去河边散步。

方拓在草丛中翻开石头，捉了一只蟋蟀给邵一川。邵一川如获至宝，放在矿泉水瓶里一路捧着。方拓逗他说："要不然晚上你和我睡呗，我再捉一只，咱俩斗蛐蛐。"

邵一川摇头："莫莫阿姨要给我讲故事呢。"

方拓："我也可以给你讲故事啊。"

莫靖则欣慰地说道："总算不喊莫莫大姐姐了。"

邵一川扯扯方拓的衣角，指着莫靖则，小声说："不和你们睡，他可凶了。"

莫靖则无语。不就是头一次见面时，说过你怎么不改口吗？送你的变形金刚和零食大礼包呢？能收回不？

夏小橘噼噼啪啪地打着胳膊和腿："喷了'蚊不叮'还是被咬了许多包，真希望我血管里流的是杀虫剂。"

方拓举起手："哪儿有蚊子？我帮你打。"

夏小橘推着他的胳膊，拍在他自己脸上："这儿有一只。"

方拓指了指月光下波光粼粼的小河："把你扔进水里藏起来就好了。"

"也不能一直藏着啊，那还不泡肿了？"

"可你也不是泥鳅，头在水面上被蚊子发现就变成猪头了。"方拓笑得特别大声，被夏小橘踢了两脚，依旧笑个不停。

张佳敏挽着莫靖则的手臂，走起路来脚步轻盈，都快要蹦跳起来，看到路边的菜园便仔细辨识，拉着他说个不停。

莫靖则笑她："有时间还是得多带你出来放放风，在城里憋坏了吧？"

“还好，第一次来北京，好多地方想去看看呢，就是天气太热了。”她挥着手在面前扇了扇，“马路那么宽，连棵树都没有，柏油路都晒软了，还四处堵车。”

“秋天还是挺漂亮的，等凉快一些，我带你去转转。”

张佳敏笑道：“也得你有时间啊。没事，我自己先去溜达溜达。”

“当然得我哥陪你去咯。”莫靖言插话，“可不能太惯着他，每天好吃好喝的，他已经够享受了。再说，平时工作忙，到了周末怎么也要放松放松。督促他别总加班，钱赚得差不多就行了。”

莫靖则扫了一眼邵声：“让我怎么说，是夸你把我妹妹宠得没大没小了，还是应该提醒你严加管教你女朋友？”

“管教什么？”邵声佯作不解，垂眼笑着看向莫靖言，“她又没这样说我。”

莫靖言和他一唱一和：“是啊，他又没你那么忙。”

莫靖则不以为然：“他有你就够了。我像他那么悠闲，刚入职恐怕就该失业了。”

回到房间，张佳敏和夏小橘躺在床上，又像寝室卧谈一样聊了一会儿。

张佳敏欣慰地舒了一口气：“前两天真的有点烦，好像一点都不喜欢北京。今天出来觉得还不错，这么快就能到有山有水的地方。而且和大家在一起的感觉真好，就像在阳朔一样！虽然我自己不怎么攀岩，但是给你们当后勤也挺开心的。”

“方拓说，你做饭可好吃了。”

“我也觉得还可以。”张佳敏信心满满，“还有，别听阿拓说什么只能去莫大那里吃饭。他每次来阳朔，爬了一天，比谁吃得都多，自己能吃一只黄焖鸡好不好！吓得别人都不敢和他 AA 了。”

夏小橘“哈”地笑了一声：“他说话我向来不当真。”

张佳敏说道："看你们在一起聊天也很开心呢。"

"我俩就是互相抬杠，我觉得自从认识他，我的智商都下降了。"

"阿拓蛮聪明的。我见过他带队，挺认真、严肃的。"张佳敏侧过身来，笑嘻嘻看着夏小橘，"其实，我以前没见过他这么贫嘴，一定是有原因的哦。"

夏小橘有些脸热："也就我给他捧场呗。"

"我是觉得，你们俩关系不错。阿拓挺好的，很热心。"

"他是挺好的啊，就是贫点，但也够哥们。"

张佳敏穷追不舍："只是哥们？"

"嗯。"

"啊，别把话说那么死嘛。"张佳敏有些失望，"你们在一起那么开心，能分得清楚？"

"能。"夏小橘斩钉截铁，"心动就是心动，和别的感情都不一样。"

"感情会变化的吧。我一开始认识靖则也没喜欢他啊，还觉得他很难接近，后来发现他很有想法，做起事来干净利落，就真的……挺不一样的。"

"你看你，眼睛都亮了。"夏小橘笑了，"像我和方拓这样混在一起好几年，根本不考虑性别的，跟你那时候不了解莫大，有着神秘感，又崇拜又好奇他的感觉，是不一样的。"

"是呀，真没想到后来会在一起呢。"张佳敏笑得甜蜜，"就是北京太大了，我想找个离他近点的工作，每天能一起吃个饭，散散步。"

"你有简历吗？回头可以投我们研究所一份。"

"需要专业对口吧？"张佳敏犹豫地说，"我还不知道自己能做些什么。方拓倒是推荐了朋友的户外团队，帮登山的顾客做组织和筹备什么的，但都是短期的。"

"嗯，先试试看，经验也是一点点积累的，找工作的路子会越来越宽的。”夏小橘逗她，“再说，实在不行，先吃莫大的。”

张佳敏认真地说道：“我爸特意嘱咐我，来北京见识一下好，但女孩子要自立，不能全依靠莫大。”

“叔叔说得对！”

张佳敏转过身去，想起妈妈说的话，有些羞怯，又忍不住偷偷地笑起来。妈妈说：“到了北京，千万不能和靖则住一起，就算你俩没什么，女孩子也是要注意名声的。”

第二天一早，莫靖则和方拓约好了去盘山公路跑步，喊上夏小橘一起出发。她系着鞋带，问张佳敏要不要同去。“我不去了，帮房东大嫂预备早饭去。”张佳敏指了指厨房，“而且你们一跑就是几公里，我跑八百米都不及格。”

跑在公路上，太阳刚从山后探出头来，树影下依旧清凉。方拓不断回头，夏小橘朝他挥手：“你跑你的，我能跟上，比你们慢不了多少。”

莫靖则放慢脚步：“不着急，早起就是热身。”他跑得不疾不徐，三人在蜿蜒的山路上还有余力聊天。

夏小橘问：“莫莫说，莫大你在美国的时候也跑马拉松？那今年要不要跑北马？”

莫靖则应道：“好啊，可以算我一个，不过好久没规律练习了，有半程吗？”

“有，我也打算报个半程。”

莫靖则问：“方拓呢？”

“我啊，不一定，十月份也许去四姑娘山。”

夏小橘瞥了他一眼：“也没指望你。”

方拓说：“要不我也先报上？有时间练我就跑，没时间练的话，我就去路边给你们送香蕉和巧克力。”

莫靖则数落他："要报就认真练，能不能靠谱点？"

夏小橘揭发道："他一定是怕师兄的魔鬼计划！"才说完，就被方拓跑过来挤了一下，险些掉到路边的田里。

莫靖则轻哂道："我才懒得管他。"

"我们单位还有同事要跑。"夏小橘说，"不过我们比较随意，重在参与。到时候你别嫌弃我们无组织、无纪律就好。"

"没事，有时间大家可以互相交流。"莫靖则说道，"平时凑不到一起，周末可以拉两次 LSD。"

"什么是 LSD？"方拓和夏小橘面面相觑，以口型互相攻击，你文盲，你白痴。

"Long Slow Distance，长距离慢跑。"莫靖则解释，"多长算长，多慢算慢，因人而异。不过如果是练习全程马拉松，怎么也要一次跑到三十公里以上，赛前至少跑一到两次。"

方拓挤对夏小橘："你还敢和师兄一起练习吗？"

"学习，跟不上可以学习啊！"夏小橘没跑过全程，听到三十公里也有些心虚，"我有个朋友，也是美国回来的，我觉得她也清楚这些，回头叫她一起来跑吧。"

莫靖则微微一笑："好啊。"

跑回住处，张佳敏已经帮着房东妻子一起做好了早饭。大嫂赞不绝口："现在的年轻人，这么会干活儿的真不多了！"

"我没帮什么忙。"张佳敏摆放碗筷，"看大嫂这豆包蒸得多好啊，回头我要来学一手。"

大嫂热情地答应："有空就过来，除了周末，平时没多少人的。"

张佳敏指了指地上的新鲜蔬菜，有西红柿、豆角、青椒和一捆小葱，对莫靖则附耳说道："早晨和大嫂去院子里摘菜，聊得开心，这都是她送我的呢。"

莫靖则笑道："她大概不知道，你家菜地比这大多了。"

方拓说："你搞好关系，秋天再来，山里还有栗子、核桃和柿子呢！"

夏小橘回房洗脸、擦汗，给梁忱拨了个电话，提醒她北马已经启动先期报名。

梁忱应道："好，我这就看看。今天不忙，晚上要不要一起跑步？"

"我在白河攀岩呢，和朋友一起，估计回去就跑不动了。"夏小橘说，"下次可以和我们一起来避暑啊。"

"我在美国试过两次而已，不怎么会。"

"没事，我也不会。上次你看到的，我陪着试婚纱的那位美女，加一起的那两个男生，还有女生的哥哥，都很厉害呢。我们早晨跑步，还说回头可以大家一起备战北马呢。"

"我估计参加不了，做起实验来时间和你们都不一样，只能夜里跑。"

"也是。"夏小橘惋惜地轻叹，又笑着说道，"不过你有自制力，能制订计划，也能执行计划，不需要别人监督鼓励。"

"我就是随便跑跑，不用管我了。你在山里玩得开心。"

挂上电话，梁忱看着手机，有几秒的恍惚。

那天在博物馆的恐龙展厅，莫靖则起身离开时，还没走远，电话就已经接通。她无意探听，但是那边清脆的声音太有穿透力。她只隐约听到了一声"靖则"，但毫无疑问，那是年轻女孩子的声音，欢欣雀跃，充满活力。

她拒绝了莫靖则打车送她回去的提议，在博物馆宽阔的台阶上转身离开，各自走向不同的方向。转过街角，回身看无人注目，她才挥手叫了一辆出租。说好地址，车掉了个头，没开多久，隔着玻璃窗看到莫靖则的身影一闪而过。

她知道自己和他的方向一致，但不想再和他局囿在如此狭小的空间内。

知道他有一样的惦念，在共同牵挂的地方礼貌道别，到此为止，一切还是温馨美好的。

她不想事情衍生出一个难堪的下文来。

在出租车上，梁忱摸出手机，删掉了莫靖则刚刚留下的号码。

第二章

好朋友、男朋友

第二天又在岩场消磨一日。傍晚时分，莫靖则和邵声的车一前一后开进城区，路况不是十分顺畅。夏小橘和方拓坚持在地铁站口下车，让莫靖则早些送张佳敏回去，不要再绕路。

张佳敏问方拓："你们那边什么时候需要人手，和我说一声。"

"这不是看你刚来北京，没好意思催你吗！"方拓笑，"等你安顿下来，当然越快越好啊！之前都愁死了。那些小子总丢三落四，我说找个细心认真的姑娘来负责，他们都觉得解放了呢。就是我们经费也紧张，薪酬不会太高。"

张佳敏笑吟吟地应道："和我还算那么清楚干什么？交给我就放心吧！"

往地铁站走的路上，夏小橘上上下下打量方拓："没看出来，还是演技派啊。"

他拇指、食指比出一个"八"字，支着下巴故作深沉："我一直以为自己是偶像派的。"

"醒醒吧！"夏小橘用力拍了他后背一把，"之前户外组过那么多次队，没听说你们需要后勤保障。”

“这不是之前问的几个单位，都说不缺人吗？请佳敏来帮忙，我们的确轻松一些。”

夏小橘调侃道：“没想到，你还挺善良的。”

“佳敏这姑娘简单，心眼也好，刚来北京肯定各种不适应。”方拓说，“她在这儿就认识我们几个，能帮一下就帮一下。她有点事做总比在家待着好。”

进站时排了长队，方拓帮夏小橘摘下背包过安检。她看了看长龙，说道：“这么热的天还有好多人出门，早知道赖着莫大送我们了。”

“他还得去送佳敏，的确绕了一些。”

夏小橘好奇地说道：“昨天和佳敏聊天，她说找到合适的租房之前，都住在莫莫那儿。我都没好意思多问。”

“问什么？”

“那莫莫呢？”

“住师父那儿呗，正好阿姨这两天跟夕阳红团去云南避暑了。”

“所以我好奇呀，为什么佳敏不住在莫大那里？莫大新租的房子不是挺大的？”夏小橘单肩背着大包，从检票闸机挤过去时被卡了一下。

方拓托了一下包，把她推过去：“你思想纯洁点行不？”

“我哪儿不纯洁了？！我又没说他俩……”夏小橘面红耳赤，“怎样怎样是吧？总有个客房吧？”

“你看你，跟着紧张什么？”方拓笑了个够，才说，“在阳朔她也一直住自己家，爸妈管得严吧。看不出，你也挺八卦的。”

“好奇之心人皆有之。”夏小橘反击道，“你不八卦？你不八卦怎么什么都知道！”

“反正我师父是求之不得，莫莫姐也没说什么，最初她买房子都是莫大帮忙掏了一部分钱吧。本来前些年莫莫姐说要租房，莫大坚持让她买，说房价以后肯定还会涨。”

夏小橘感慨：“莫大好眼光，我怎么没早点认识他？”

“现在也不晚啊。”方拓抬起头，看着站台上闪烁的屏幕，“我过些天想去看看房，你要不要一起？”

“我……大热天的，才不去。”

方拓循循善诱道：“没准看好了，可以当邻居啊。”

“我又买不起。”

“那……我买个带阁楼的。”方拓挑眉，“你看过《Friends》(《老友记》)吧？Chandler 买房还要惦记能给 Joey 养老，我也够意思吧！”

“喊，等我有钱了也忘不了你，买个带狗窝的。”

方拓拉着她的背包，用力向下一拽：“我可是好心好意，你真是咬了吕洞宾。”

上车的人有些多，二人被推到车厢夹角。方拓伸直手臂，将夏小橘挡在身前。长期攀岩的男生，小臂上的肌肉比一般人的清晰流畅许多，在岩壁上蹭了灰，没擦干净，多了些粗犷的意味，和平素嘻嘻哈哈的形象截然不同。

他的手臂就架在面前，夏小橘忍不住想帮他擦干净，刚要掏出纸巾，车厢晃了一下，有人没站稳撞在方拓背上，方拓被推着晃了晃，T 恤拂过夏小橘的鼻子。她的心一紧，立时觉得脸颊发热，遂侧过头去。

自己的表现，是不是太不镇定了？夏小橘在车窗中看到自己的影子，皱了皱眉。

方拓看过来：“你干吗躲那么远，一脸嫌弃的样子？”

“离我远点啊你，一身汗味！”

“哪有？”他揪起领口，低头闻了闻，“我刚才在休息区洗了脸，也换了衣服。”

“还是有！”夏小橘指指他的手臂，“这叫洗过了，啊？”

“脸，洗的是脸！你怎么这么多毛病啊？”方拓非要站得离她更近些，“再说我拿攀岩鞋对付你了啊。”

夏小橘白了他一眼：“上车安检怎么没有没收你的生化武器啊！”

到了换乘站，两个人本应分道扬镳。方拓提议先在附近吃点东西。走了几分钟，商业街上有一家回转寿司店。一坐下，两个人异口同声对服务员说道：“十份三文鱼。”

方拓冲她扬了扬下巴：“我连你的一起点了。”

“我可没点你的，我自己就能吃十份！”

“嘁，眼大肚子小。”方拓知道她是说笑，盛了一大勺辣根放在她碟子里，“够不够配你的十份鱼！”

身后一对情侣坐下。男生问：“你想吃什么？”

“吃什么都行。”女生柔柔地答道，“不过我不吃海鲜。”

方拓和夏小橘本来都在盯着传送带，听到这句话，互相看了一眼，都强忍着不笑出声来。不吃海鲜来寿司店，岂不是太亏？方拓凑过来，低声在夏小橘耳畔说：“要是有什么你不吃就好了。”

“又没让你掏我那份！”

方拓指着装饰墙上几十种鱼名，问夏小橘：“你都认识吗？”

夏小橘摇头：“就认识几种。”

方拓逗她：“你不是学生态的吗？”

“那我也不是学水产的呀。得问你啊，你不是总去海上平台吗？”

“那我在上面，也不在水里啊！我这学石油的，你觉得石油是能炸鱼还是煎鱼？”

夏小橘扫了一眼：“秀才识字读半边，形声字呗。”

“哦，那我看，鲤鱼的鲤，鲸鱼的鲸，是哦。”方拓故作严肃，继续念下去，“周鱼（鲷，音同雕），有鱼（鲔，音同尾），厥鱼（鳜，音同桂）……”声音还特别大。

夏小橘向旁边侧身躲远：“丢不丢人？我不认识你。”

“你说的哦，形声字。”方拓笑了，“我问你个问题，三点水加‘来去’的‘来’念什么？”

“还念‘来’。”

“你确定？”

夏小橘点头：“当然啊，涞水的涞，涞源的涞，我去过。”

“没劲了……”

“你接着说啊。”

“三点水加‘来去’的‘去’呢？”

“念……”夏小橘眼睛转了转，“你觉得，应该念成‘去’？”

方拓：“问你呢。”

“法啊，当然念‘法’，‘法律’的‘法’。”夏小橘大笑，“你当我是你啊？三岁啊，这么低幼的游戏。”

“笑就笑吧，酱油都快甩到身上了。”方拓拿纸帮她接着，“注意点形象！”

刚吃了两口，夏小橘的电话就响了起来，黄骏约她晚上出来看球。

夏小橘怕再被他拉去喝酒，推辞道：“不去了，刚从山里回来，太累，今天不熬夜了。”

黄骏说：“你就是个伪球迷！”

“是啊是啊，自从巴乔不踢了，足球已经不能影响我的喜怒哀乐了。”

“就知道看帅哥。那顾星群呢？我昨天看到他，问他怎么周末不约你，他说你和朋友攀岩去了。”

“对……”夏小橘不想和他说同去的还有他的前女友。

黄骏倒没问起莫靖言，反而诡笑道：“是不是和方拓那小子一起去的？你不理我是不是还要和他看球去？”

“说了不看球，骗你做什么？”就知道黄骏下面说不出什么好话，夏小橘把手机紧紧贴在耳朵上，生怕方拓听到。

果然，电话那边黄骏“哼”了一声：“我都说了，你和他不合适。你可没他那么精。而且，你想想他原来找女朋友是什么标准，由俭入奢易，由奢入俭难。”

“哪儿和哪儿啊！”夏小橘没法和他大声争执，什么叫由奢入俭难？自己很俭吗？

“这种事情，我会看不准？”黄骏说，“身为老同学，我只能提醒到这儿了。”

“再这么多废话，我拉你去看另一位老同学了哈。”夏小橘威胁道。

“看谁啊？”

“邱乐陶啊，我下周去看她。她要生娃了。”

“哦……哦，那祝贺啊……就不用提我了……”听到青春时代女友的名字，黄骏干笑了两声。

夏小橘笑骂道：“提你干吗？”

黄骏还要说什么，方拓在这边大声道：“夏小橘你说完了没？！菜都凉了！”

周围的食客都一脸惊讶地看过来，想看看这二人在寿司店点了多少热菜。夏小橘冲方拓瞪眼，看到自己面前一摞盘子，最上面一只盘子里挤挤挨挨的，都是三文鱼。

隔了几日，夏小橘下了班去看邱乐陶。两个人高中时亲密无间，趴在操场的双杠上一起讨论心仪的男生。她说起程朗，她说起黄骏，还各自取了代号。工作后虽然都留在北京，见面的机会却不多。一方面住得远，另一方面彼此的生活重心都和以前不同。夏小橘一旦忙起来，就不知道要去哪个荒郊野外蹲上一个月；邱乐陶毕业不久就结婚，之前婆婆家里买了一处小房，隔了两三年小夫妻又换成一处大房，装修、搬家，备孕、怀孕。算下来，两个人一年也见不了几次。

夏小橘地铁换乘公交，中途买了两袋水果。从单位出来到进乐陶家，一共用了一个多小时。她额头冒汗，抱怨道："你家也太远了！"

"在北京上下班一个小时多正常啊！"邱乐陶挺着肚子，脸上起了一些细密的小疹子，尖下巴的瓜子脸也显得圆润了许多。

"我平时可是走路就到。"

"你住在研究所家属区，过条马路就到单位，能比吗？"邱乐陶笑嘻嘻走过来，不方便拥抱她，便勾肩搭背，"让我看看，你有啥变化没？怎么还和学生似的呀？"

邱乐陶的老公是典型的工科男，用她的话说，实在，能干，老婆怀孕后便包揽了全部家务。夏小橘一进门，他便帮着摆好拖鞋，又去厨房端了一盘洗好的水果。

茶几上还有一罐山核桃。"怎么又吃这个？不是说过段时间给你买新鲜的吗？"乐陶老公拿起核桃，"这肯定是去年的存货了。"

"我就是想吃嘛！"

"再忍两个月，忍两个月我给你买新鲜的，好不好？"他连吓带哄，说保存太久的坚果容易变质。安顿好邱乐陶，他转入厨房做饭，留两个女生坐在沙发上聊天。

"你老公真是贤惠！"

“当然。回头买了小核桃，也是他负责剥，我就负责吃。”

“孕妇待遇真好。”

邱乐陶嘻嘻一笑：“他原来也这样，要不然谁嫁给他呀！”

“我看你最近气色不错，也长点肉了。”夏小橘觑到沙发旁有一个瑜伽健身球，把它骨碌到客厅中间玩了起来。

“头几个月吐死我了，吃啥吐啥，就剩骨头上一层皮。最近医生又说我吃太好，长太快了，说吃多了最后肉都得长在我自己身上。”

“那你运动运动啊。”夏小橘把小腿搭在健身球上，手臂支着地板，做了几个俯卧撑。

“累。我报了个瑜伽班，但有时候也懒得折腾。”

夏小橘翻身，坐在球上，抬起脚来维持平衡：“在家稍微动动呗，快走啊，慢跑啊。”

“这些西方模式吧，也就适合你这种一天到晚翻山越岭的，我可坐不住。”邱乐陶摆手，“运动也得循序渐进，像我没怀孕的时候走路都摔跟头，带个球跑步还不得栽地上？”

夏小橘点头：“好，要是我怀孕，一定坚持跑，带球跑！”

“带球跑不是这个意思好吧！你看没看过言情小说呀！”邱乐陶忍不住笑出声来，“你别总显摆自己身体条件好，那你倒是生啊！”

“我和谁生啊？自己生会被单位开除吧？”

“我咋知道你和谁生啊？”邱乐陶撇了撇嘴，“咋样？最近有新动向不？也别天天只顾着往山里钻。”

“基本还是老样子吧。前几个月黄骏介绍了一个朋友给我，偶尔一起出去吃个饭。”

说起短暂交往的前男友，邱乐陶嗤之以鼻：“他介绍的……能靠谱吗？干什么的？有照片吗？让我看看！”

“我找找。”夏小橘翻着手机，“和别人合伙开了家广告公司，做设计出身，画画和照相都很好。”

“帅不？帅不？我最关心这个！”邱乐陶接过手机，“还可以，就是看着有点严肃，嗯，不，是有点清高，艺术家的气息。”

夏小橘谦虚道：“还可以吧。”

“看照片还不错哦，把握住！都几个月了，有啥进展没？”

“我们在青海那个项目刚结束，就见过几次。”

“你得积极点啊，要是彼此有好感，几个月也应该有点眉目了。拖得久了，也就没感觉了。”邱乐陶看见夏小橘坐在健身球上颠来颠去，一副不在乎的样子，忍不住在球上踢了一脚，“你怎么这么无所谓？不是还忘不了程朗吧？”

夏小橘险些从球上掉下来，稳了稳，坐正身体，光明磊落地答道：“啊？我都没关心他现在在哪儿！早过了那个劲儿了。”

“那……大土呢？他还在法国？”

“嗯，他今年回来过一次，我们几个一起吃了顿饭，比原来洋气多了。”

“人家本来就还挺精神，要不然沈多那么漂亮，能看上他？”

夏小橘反驳：“不要这么说，这个世界只看脸吗？”

邱乐陶点头：“不是只看脸，但肯定先看脸。美丽心灵？拜托，我眼睛又不是X光机，看不到。”她又问，“你们有没有问大土，他和沈多到底怎么发展起来的？”

“我没细问。好像是刚到法国的时候火车罢工，他被困在一个小地方，警察都不会讲英语，找不回来。正好沈多给他打电话，就开车去把他接回来了。沈多还有小飞机驾照，带他去飞，在天上让大土试着飞，然后说，‘做我男朋友吧，你要是不答应，就自己把飞机开回去’。”

“这都可以？大土也太不禁吓了吧！”邱乐陶“哼”了一声，

想了想，“还是因为她长得漂亮，你换个降落时脸先着地的姑娘试一试？”

“这个做法，挺像她的，别人真未必学得来。”

邱乐陶叹气：“其实，你没和大土在一起，还挺可惜的。”

“我开始也这么想过呢。”夏小橘也长长地叹了一声，“后来觉得，对他，对我，不见得是一件坏事。我开始就当他是好朋友，后来也只是想在一起试试看，但从来没有过那种心动。如果在一起，也许会发展得不错。但也许，就剥夺了彼此遇到心心相印的人的机会。”

“也许大土不这么想，宁可接受你的试试看呢？”

夏小橘淡淡一笑：“说这些还有什么用啊？我看他现在状态很好，也由衷为他开心。”

“是啊，大土是值得被衷心祝福的人。”邱乐陶感慨，又愤愤道，“最可恶的还是程朗，以好朋友的身份绊住你，耽误了你多少青春！”

“也没有吧？还是我自己一根筋。”夏小橘莞尔，“有时候，我挺怀念以前傻傻的自己。”

“你可别再这么傻了！不过……”邱乐陶瞥了一眼厨房，排烟机轰鸣着，她压低声音，“虽然老公对我挺好的，但多多少少我还是会想起以前的人。或许就像你说的，怀念以前的自己吧。”

夏小橘点头：“会像想起老朋友那样怀念。但其他感情，没有。”

邱乐陶问：“你最近有黄骏的消息吗？

“岂止有啊……差点带他来看你。”

邱乐陶笑着摆手：“别逗了，我老公得气坏了。”

“他知道黄骏啊？”

“知道。”邱乐陶美滋滋地摇头晃脑，“他说我刚入学他就喜欢我了，所以见过黄骏来找我。对了，现在黄骏还和你那个朋友在一起吗？那个跳舞的美女？”

“莫莫啊？分了。”

“他又厌倦了？这么漂亮的姑娘都留不住他的心。”

“这……双方的原因吧。”

“说起莫莫，之前拜托你给她带项链的那个男生呢？你不是说他还挺有意思，后来一直有联系吗？对了，你不是说，他说话有些像大土？”

“你说方拓啊，只有斗嘴的时候有一点点像。”想起他，夏小橘忍不住笑了起来，“大土可真没有他那么贫，那么二！”

“那这个方拓到底怎么样？”

“你能不能不要把我身边的雄性生物都筛一遍啊。”

“我就是问问，关心你呀，都是潜在的资源！”

“我和他在一起胡说八道的时候比较多，就像你说的，认识久了，过了那个阶段了吧。现在就是一起吃喝玩乐，哥们呗。”

“有人陪你开心地玩耍也不错，不过，你也别把所有男性朋友都变成哥们啊。”

“他喜欢的，不会是我这个类型的。”这句话在夏小橘嘴边盘桓了一圈，又咽了回去。即使是面对好朋友，她也不想以这样的语气来表述她和方拓之间的关系。这样说似乎透着一种求而不得的酸涩，而她并不想将二人之间定义为有进一步发展可能的关系。

她想起了黄骏的那句话：由俭入奢易，由奢入俭难。也只有他说话这么尖锐，这么现实。哦对，还有乐陶那句，肯定先看脸。这两人分开这么多年，依旧有一致的观点，表述都这么直白。

那是夏小橘心底隐隐的畏缩。她曾经面对过气质超群的林柚，在程朗心底，那是她一直未曾超越的高度。喜欢过这样的女生，还会喜欢普通人吗？

她也在莫靖言那里见过她和宁柠的合影。两个人刚刚演出完毕，作为领舞，在一群容貌出众的姑娘中间，二人依旧格外出挑。莫莫的美是典雅中带着三分灵动，而宁柠大笑开怀，眼睛眯起来，额头上的碎发没有拢好，却并不显得凌乱，只让人感受到扑面而来的青春洋溢和活力热情。

夏小橘对自己说，她已经告别了程朗，也失去了大士，能够保有异性朋友的关键，是彼此不要涉及进一步的情感。

而方拓，他并不像看起来那样幼稚简单。帮佳敏找工作时，明明是他想方设法地帮她暂时安顿下来，口吻表现得却像是急需佳敏帮忙，不让她有一丝尴尬难堪。当初让自己帮忙带项链给莫莫，后来也交代，是因为那时候觉得师姐情绪低落，希望能够送她一个简单欢乐的朋友，在自己不在北京时陪伴她。他是要做守护大家的小天使吧？看上去嘻嘻哈哈，实则心思通透。这样的人，会不清楚友谊的界线吗？

夏小橘知道，自己现在是在走钢丝，如果不拿捏好平衡，就会坠入深渊。她怕失去，也怕失望。

邱乐陶看出她在神游天外，推了推她的肩膀："你又想啥呢？要我说啊，你也不要前怕狼，后怕虎的。先去谈个恋爱再说，管他对方是谁，你需要经验！"

夏小橘点头："嗯，这你倒是和黄骏说的一样呢。"

邱乐陶笑了："我想知道，他还说什么了？"

夏小橘想了想："他说，'夏小橘你打扮打扮啊，否则我把毕生绝学都传给你也没有用啊。'"

邱乐陶拈起一颗葡萄，放在嘴里："被你一说，我还挺想见见他的，真的。但我更高兴听到，他和美女分手了。嗯，知道他过得不那么痛快，我就痛快了。"

方拓前几天把周末一同去攀岩的几个人拉到一个QQ群里，取名“攀岩小分队”，近日为了筹备马拉松，又改成“攀岩跑步小分队”，还把报名北马的其他几个户外圈朋友也拉了进来。

夏小橘问梁忱是否参加，她回复说，自己没申请QQ号，而且也未必有时间和大家一起跑步。夏小橘说：“也是，估计你也不想跟着一群人闹腾。”

群里讨论了几天，夏小橘说要报半程。方拓劝她：“不都说了好多次，你今年跑全程试试看吗？”

大家也纷纷游说：“是啊，你之前半程不是两个小时就跑下来了吗？”

“基础好，练习一下就可以，还有三个月呢！”

“可是，我还要去坝上一个月啊。”夏小橘道，“海拔一千五百多米，怎么练？”

“高原训练，一般人还没这个机会呢。”方拓鼓动她，“怎么样？你跑我就跑，咱们一起。”

“你不是不一定吗？”

“看你们讨论得热火朝天的，我先把名报上呗。”

夏小橘惴惴不安：“三个月练习，来得及吗？”

莫靖则扔了两个链接到群里：“看完再说。”

打开，两篇都是英文的马拉松赛前准备。方拓打了一个发呆的表情：“老大，能给中文的吗？”被莫靖则直接无视。

方拓在小窗和夏小橘私聊：“咱俩一人看一篇，回头交流一下。我看有一个好像是讲身体供能什么的，有些医学和生物学术语，你看那篇吧，好歹沾边一些。我研究训练计划。”

“就知道你会挑篇短的。”夏小橘发了个鄙视表情。

“那换一换，我翻长的，你翻短的。”方拓道。过了不多时，便扔过来一大段中文。

“你速度也太快了。”夏小橘扫了几眼，“这说的都是什么？你就这种翻译水平？还是用的机翻？”

“Yes, matchine translation.”

“你能不能用心点，就当练英文了？少壮不努力，老大徒伤悲。”

“A word spoken is past recalling.”方拓扔来一句莫名其妙的话，“By machine translation.”

“那你把两篇都翻了吧。”

“No, your turn, Yiyanjichu Sima difficult to recover.”机器的翻译水平方拓自己也看不下去了，“一言既出，驷马难追。”

他又扔了几行字过来：“附赠司马难以恢复的阿拉伯语和泰语版本。”

“能不能正经点！对了，佳敏在你们那儿做得怎么样？”

“还不错，最近在统计信息、采买装备。佳敏细心，而且一说就懂，大家都挺喜欢她。”

“那就好。我觉得她应该还蛮擅长做这些的。”

“就是有几个小子不知天高地厚，和我打听她。”

“啊？是看上佳敏了？”夏小橘幸灾乐祸地说，“你完了，佳敏是你介绍去的，要是让莫大知道你就死定了！”

“之前在阳朔她也挺受欢迎。当时有几个岩友都蠢蠢欲动，互相较劲，估计不管谁得手，都得被其他人狠揍一顿。”

夏小橘问：“那莫大呢？有人敢揍他不？”

“当然没有。当年‘三剑客’里，莫大是最有威严的，我师父看着厉害，其实是最散漫的。”

“你不也是‘三剑客’之一？”夏小橘又问。

方拓解释：“我不是啊，你听谁说的？我入学时他们都本科毕业了。”

“哦，我记错了一个字。”夏小橘打了一串大笑的表情，“是‘三贱客’，哈哈。我不和你多说了啊。和你聊天太耽误时间了，我干活去了。”

“赶紧滚！”

方拓发了一个蜡笔小新滚来滚去的动图：“我错了，我滚。”

结束了每天固定的无意义闲聊，关闭对话框时，夏小橘又看到方拓说的那句，你跑我就跑。也许，一起跑个全程马拉松也不错，总比单枪匹马备战有趣得多。

他们都不知道，这两天张佳敏除了在户外俱乐部帮忙，还在暗自筹备什么。其实她自己也有些不清楚，到底哪一天才算是和莫靖则确定关系的日子。因为他从来没说过“做我女朋友吧”，或是“我们在一起吧”这样的字眼。那么，这个“在一起”的时间点如何确定？是第一次牵手，第一次拥抱，还是第一次亲吻？虽然她读书时也有过懵懂心动，彼此喜爱的男同学，但这样家人、朋友都知道的正式的恋爱，还是头一回。眼看两个人在一起也有一年了，但是具体时间，到底要如何算起？总得给她一个双方认可的周年纪念日吧？

本着“有事问百度”的原则，张佳敏在网上查了一下，怎样才算确定关系。网友们的答复自然也是众说纷纭。

有网友说：“身体的亲密不等于心灵的亲密，别说牵手、kiss，能做的都做了，也未必等于在一起。”张佳敏撇了撇嘴，觉得这种随意的情况并不适合她和莫大。越看越没头绪，心想，就从牵手的那天算吧。

又有人写：“当一方去工作，把你单独留在他家时，等于不介意所有隐私公开在你面前，说明他的内心已经全部接受你了。”张佳敏笑得眯起眼来，看了看莫靖则给她的钥匙，心中乐开了花。

虽然不住在一起，但是张佳敏一到北京，莫靖则就把家中的备用钥匙交给了她。张佳敏觉得他的住所过于冷清，去超市逛上几圈，添置了桌布、靠垫、锅碗瓢盆等，还买了几盆绿植摆在窗台上。玄关放了一棵淡黄色的蝴蝶兰，配上藤草编织的外盆，一进门就让人心情怡然。这一带有不少外国雇员前来租住，很多户型都是宽敞的开放式厨房（和餐厅相连）。张佳敏尤其喜爱这个设计，感觉自己有了大展拳脚的空间。她拉开嵌入式大烤箱的门，眼睛发亮。站在光可鉴人的地板上，开心得想要翩翩起舞。

吃过晚饭，清理了碗碟，莫靖则开车送她回去。

张佳敏兴致勃勃地计划要添置哪些厨具，又说："前两天俱乐部里的小安做了冰激凌，味道真不错，回头我做给你吃吧！你喜欢什么口味的？"

"都好啊，不是薄荷的就行。"

"挑一种最喜欢的呗。"

"巧克力吧。"

"对了，小安还会做面包、烤饼干。好厉害！就是现在天气热，她答应过段时间教我呢。家里烤箱那么大，做个蛋糕都不成问题呢。"

"嗯，好啊。有朋友一起研究一下也挺好。"莫靖则看了一眼导航，"对了，最近两天见客户，回来得比较晚。我和同事随便吃一口就行了。天气这么热，你过来也要绕路，就不要来回跑了。"

"哦……没关系啊。"张佳敏应了一声，"那周末呢？我们一起去看电影吧？我听方拓说他周六和小橘要去看《玩具总动员 3》，还说过段时间会放《怪物史莱克 4》。"

"你们这些小朋友。"莫靖则笑起来，"我倒是也看动画，不过最近有点忙，顶多周末和他们去跑步。要不然，你和他们先去看吧。"

"啊，我才不要做灯泡。"张佳敏有些失望。

莫靖则问："他俩是一对吗？"

"谁知道呢？反正总在一起。"张佳敏望着窗外。自从回到北京，莫靖则和她相处的时间就少了许多，可能都不如方拓和夏小橘相处的时间长。

周末几个要跑步的人起了大早，趁天气没有完全热起来，来到奥林匹克森林公园会合。方拓看到邵声，有些惊讶："师父你怎么也来了？你不是不跑北马？"

邵声瞥了他一眼："来看你听不听话。"

莫靖言笑道："川川听说要来大公园，兴奋得不行。一大早闹铃还没响，他就起来了。我们觉得他主动不看电视，早睡早起也挺好的，应该鼓励。"

张佳敏开心道："好呀，本来以为就我不跑呢，这样有你们和我做伴啦！"她带了不少食物，还拎着地布和新买的藤编提篮，一个人拿起来有些困难。

莫靖则帮她提着大口袋，皱了皱眉："顶多就吃顿早饭，你们这是来郊游的吗？"

张佳敏和莫靖言异口同声地答道："是啊。"

夏小橘说："佳敏你来都来了，不如一起跑呗。"

张佳敏摆手："我不行的，我体育课八百米都会跑吐血的。"

"不一样的，我跑八公里顶多就是出点汗，但是跑八百米真的会吐血的。"夏小橘认真地解释道，"我高中时，还被拉去训练队练过一阵，八百米真是最难跑的一个项目了。相信我，两三公里的慢跑和走路差不多。"

"我不跑了……我还是有点懒。"张佳敏嘻嘻笑着，指了指旁边一块草地，"等你们回来，吃的喝的都预备好了。"

几个人前前后后跑了十公里，莫靖则五十多分钟就回来了，方拓本来和他速度差不多，为了等夏小橘，晚了几分钟。回来时看到邵声在带着儿子练习滑板，邵一川戴着头盔和护具，全副武装。莫靖言也想上去试试，邵声张开双臂护着，她平衡控制得不错，就是停下来的时候有些急，身体一倾便摔到邵声怀里。

张佳敏吃吃地笑着："感觉少爷带了两个娃出门，大的小的都捧在手里。"

方拓摇头："看不下去了，师父你这是大学生追女生那一套吧！要不要带莫莫姐去看个恐怖片啊？"

邵一川举手："我也要看电影。"

"正好我们要去看动画，一起呗。"方拓建议。

莫靖言转向大哥："你和佳敏也一起来吧？"

"我不去了，你们把佳敏带上吧。"

几个人放松身体，吃了张佳敏带来的早餐，便商议下周的训练计划。

莫靖则说："这几天大家分头跑一跑，我周四出差，可能周六才回来。要不就下周日跑？"

"啊，周日呀……"坐在一旁的张佳敏听到，仰起头看过来。

"嗯，对呀，那天有事吗？"莫靖则问。

"没，没什么。"她摇了摇头，低下头继续喝着牛奶，心中说不出是低落还是懊恼。她甚至没有对莫靖则提起纪念牵手一周年这样的事情。对这些小事念念不忘的自己，在他看来，会不会有些过于幼稚呢？

这一日傍晚下了一场急雨，一扫连日的闷热。雨停云散，还露出几颗星子来，夜风一起，透着一丝舒爽的凉意。夏小橘制订了简单的练习计划，打算抓紧机会去跑个十公里。正好方拓打来电话，问她要不要明早一起去跑圈。

"我打算现在去。"夏小橘回了一句，找出跑鞋和腰包。

“这都几点了？你不怕被打劫啊？”

“从九点跑到十点，我想去找个朋友，可以在她们学校跑。再说了，我看起来又不是弱不禁风，谁敢打劫我？”

“好，我怕你跑着跑着去打劫别人！”方拓话里带笑，“学校里倒是人多，但来回路上你怎么办？自己可长点心吧！”

“我会挑大路跑的。”夏小橘没和他抬杠，“难得天气好，真的想动动。”

“那……等我半小时吧。我和你们一起跑。”

放下电话，夏小橘想了想，把刚刚MSN对话框里没来得及发送的一行字一个个删掉——梁老师，晚上有时间一起跑个步吗？

虽然雨后的夜里比蒸笼一样的白天舒服很多，但毕竟时值盛夏，方拓和夏小橘跑了一个小时，依旧出了一身大汗。学生宿舍区路边的小超市还开着，两人各选了一瓶运动饮料，又买了半个冰镇西瓜。

“我有零钱。”夏小橘拉开腰包，翻找出一张二十元和一张十元的钞票，正递过去，方拓也找出一张五十元的，把小臂压在她手腕上，不露声色地挡了回去。

夏小橘侧身，忍不住笑了笑，也没和他争抢。

方拓提着两层塑料袋做双保险，里面装着半个大西瓜。两个人咕咚咕咚地喝着柠檬味的饮料，在宽阔的林荫路上优哉游哉地闲逛。微湿的柏油路格外洁净，雨后泥土和植物的气息氤氲在空气中。

“找个地方坐着吃吧。”方拓举了举西瓜，“勒手。”

“不是要走到浴室门口吗？”

方拓奇道：“为啥？又不在这儿洗澡。”

“你不是说，夏天最享受的，就是坐在浴室对面，一边吃瓜一边看姑娘吗？”

“女流氓。”方拓扔掉空瓶子，指着她，“是你想去看男生吧！”

“明明是你，我听莫莫说……”

没等她说完，方拓一迭声说道：“你怎么这么猥琐啊？夏小橘！”他声音大，语速快，根本没给她反驳的机会，又指着地上的下水井盖，“你看，那个戳就应该盖在你身上。”

夏小橘还真低下头去，仔细看圆盖子上的字——正中写了一个大大的“污”。

“是吧？”方拓站在一旁，哈哈大笑。

夏小橘侧身一步，面无表情踩在他脚上：“不好意思，低头看字，没看路哈。”

方拓抬了抬脚尖：“夏小橘！这是新鞋！看你那一脚泥踩的蹄子印，你得给我刷鞋！”

她憋不住，大笑着跳到一旁。

方拓举起西瓜：“要不是我掏的钱，真想砸你！”

夏小橘笑出眼泪：“我是真听莫莫说过，你告诉她的，最开心的就是一边吃瓜一边看姑娘。”

“那还不是那段时间师父出国了，她不说不笑的，我找点事儿逗她啊？大夏天那么热，谁去浴室门口看姑娘啊？”方拓嗤之以鼻，“显然是去露天泳池啊。”

“莫大给的链接你都看完了吗？”夏小橘问。

方拓撇了撇嘴：“大概看了看。”

“都看晕了，后来我找了一篇类似的中文文章。”夏小橘说道，“我还没仔细看，什么间歇跑、节奏跑、法特莱克跑、乳酸门槛跑，我都搞糊涂了。每个跑法的配速还都得自己算。莫大真是从美国回来的，跑个步还要时时刻刻测速度吗？就像老美做饭一样，非得弄个量杯、量勺。”

“那就别算。”方拓开解她，“我上次跑全程也没这么讲究，就是傻跑。”

“对，你没那么讲究，就、是、傻……”她拖长了音，故意不说那个“跑”字。

方拓没理她，继续说：“怕什么？你有潜力啊，二十公里都是随便跑跑，毕竟平时你一走都是一天……虽然是在原地绕圈。”

夏小橘知道他又在调侃自己，回击道：“你才原地绕圈，还得蒙着眼睛，拉着磨盘。我们出野外叫考察，科学工作者，知道吗？你呢？你出去叫驴友！走得多，不过就是猛驴。”

两人嘻嘻哈哈，走到塑胶跑道旁边，找了个水泥台子坐下，一边吃瓜，一边继续人身攻击。夜里还有些人三三两两地跑步或散步，看到有女生穿着密不透风的减肥裤在兜圈，方拓吸溜吸溜地啃着瓜：“这么热的天，还在捂汗，不怕中暑。”

“觉得减脂吧。”

“真是，都怎么考到这个学校的啊？还能不能相信科学？”方拓继续吐槽，“脂肪要能燃烧，要不要白天站在柏油路上烤一烤？其实就是捂汗嘛。起痱子，搞不好还会脱水。对了，说起来，汗和那啥的成分差不多。皮肤是身体面积最大的排泄器官吧，你说对不对，科学工作者？”

夏小橘瞪他：“好好吃你的瓜！能不能文雅一点啊！”

方拓瞪回来：“我说的都是以前中学生物课的内容，你学没学过啊？”

“学过那么多，你怎么就记得这些！”

“因为……皮肤处理的速度有些跟不上……”方拓指了指一堆瓜皮，“我需要其他途径……”

“谁让你吃那么多啊？不是说剩了就剩了吗？”

“刚才谁说不能浪费啊！”方拓喊冤，“都是你逼我的！”

两个人扔掉垃圾，绕到操场后面的洗手间，发现大门已经被锁上了。

方拓眉头紧皱："不行，这是逼我找树丛吗？"

夏小橘拉着他衣角："别丢人啊，走到校门口就有公厕！"

"那还得十分钟啊，别碰我，要炸了！"方拓五官扭曲，"啊，我看那边有个池塘……"他不过是嘴上说说，还是跟着夏小橘，一步步向门口蹭去。方拓几次依依不舍地望着灌木丛，恰好有保安骑着电动车巡逻而过，夏小橘唯恐他犯错，从后面推着他："别看了，快走快走。"

"别推！不要再跑了！"方拓扭来扭去，不配合，"再跑就得洗裤子了！"

说话之间，路过校医院，大门洞开，透出走廊清冷的灯光来。方拓露出一副喜极而泣的表情，抱着肚子冲了进去。门口值班的护士探头，大声喊他："那位同学，急诊也是要先挂号的！"

夏小橘跟在后面，笑得前仰后合。

二人离开时，走到通向梁忱实验室的路口，夏小橘不禁放慢脚步，愧疚地看了一眼那个方向。刚刚方拓问起，为什么她的朋友没有一起来跑步。夏小橘回答说，实验还没有结束。可是今晚，她根本就没有问梁老师。

夏小橘为此心生歉意，隔了两日特意又约了梁忱跑步。到了约好的时间，梁忱还在办公室没出来。夏小橘站在走廊上等她，看着宣传栏里实验室的大幅海报，其中有一段梁忱的个人介绍，配了一张正装照——温婉典雅，神色毫不张扬，目光中却透着一种执着和自信。

门开了，走出来一个眼眶微红的女孩子，她低着头，轻声轻语地说："梁老师，我走了。"

梁忱点点头："路上小心。"转身看到夏小橘，向她笑着招招手。

夏小橘跟进她办公室，拍拍胸口："梁老师，我刚想夸你是居里夫人的范儿，就看到你把小朋友训哭了。"

"哪有？"梁忱指了指桌上的糕点盒子，"我还请她吃台湾的凤梨酥，你要不要吃点？"

"哇，我都吃了晚饭了，本来是来找你跑步的，吃这个太罪恶了。"夏小橘说着，还是忍不住拿了一块。

"一点点热量，跑跑就没了。"梁忱笑道，"为了安抚小朋友，我把自己的珍藏都贡献了。"

"期末考试没及格，还是论文写不出来了？"夏小橘靠在写字台上，等梁忱换运动服。

"感情问题。"梁忱拢了拢头发，抓了个小发鬏，"我看她情绪太不好了，开导了一下。"

"你这个老板也太全能了。"夏小橘笑了，"给了小姑娘什么建议？"

"我和她说，不要把事情想得太严肃，在校园里谈恋爱，主要是获得经验。"

夏小橘失笑："太冷静、淡定了，怪不得小姑娘哭着出去了。"

"这不是我说的，是我们院长说的。"

"那个大牛院士？"

梁忱点点头："不过，能帮她一下就帮一下喽，大家都曾经少不更事。吃些甜的，能缓解一下压力。"

"嗯，吃多了就控制不住了。"夏小橘说着，又摸了一块凤梨酥，"好好吃。下次要有同事去台湾开会，让他帮忙再带两盒回来。"

她一边吃着，一边想着梁忱的那句"都曾少不更事"，问道："梁老师，我能八卦一下吗？你也经历过感情问题？"

梁忱微微一笑，坦然看她："我也不是生活在真空里呀。"

“我觉得你一路都是好学生，特别标杆、典范那种。一般的男生，都入不了你的法眼。”

“倒不是为了这些。”梁忱侧头，像是陷入了回想，她沉默片刻才说道，“对我影响最深刻的，应该是父母的事情。那时候我刚上大学，以为自己是个大人了，但很多压力自己还是扛不住的。我妈妈在我身上寄托了太多希望，我总觉得自己做得不够好，感觉都要抑郁了。”

“啊……”夏小橘从来没听梁忱说过这些，看到她淡然宁静的面容，默默递过一块凤梨酥。

“谢谢，都是好多年前的事了。”梁忱接过来，神色放松下来，“不过我当时真的想去接受心理辅导了，头痛，失眠，体重也起起落落的。”

“那……后来怎么好起来的？我觉得，你是那种在低谷里，也不会放弃希望的人。”

“当时没想那么多，只想多找一些事情做，分散一下注意力，学习、运动、结交有趣的朋友，缓解那种压抑的心情。虽然每件事的效果都有限得很，真正走出来也还需要很长的时间，”梁忱长呼一口气，“不过，回头看，因为一直去做大家认为积极的事情，也没有浪费太多时间。”

“没有浪费太多时间……简直让人肃然起敬。”夏小橘赞叹道，“如果你一点波折都没经历过，现在已经是杰青了吧。”

“也不一定，人总是受点打击，才会更快地成长。”梁忱莞尔一笑，“也许生活太惬意，就有了别的选择呢。”

夏小橘开玩笑地说：“会是在家相夫教子吗？”

“难说呢。”梁忱态度认真地回答道，“大学时我们几个女生关系不错，偶尔也会聚聚，大家的选择就很不一样，人生道路也就不同。有人和我一样做科研，有人进了企业，有人博士毕业之后回归家庭，在家当全职主妇。”

“我以为你会说，这是一种对教育资源的浪费，女生一定要有自己的事业呢。”

“如果是自由、自愿的选择，别人也没办法做太多评判。我和她们聊天，依旧有共同的话题，看到大家都在继续成长，都没有和社会脱节，就觉得还蛮欣慰。”

夏小橘点了点头，若有所思。等梁忱换好运动服，夏小橘跟在她身后出门，忽然意识到什么，抬头道：“梁老师，你怎么就转移话题了？”

梁忱慧黠一笑：“有吗？”

“我刚刚明明问的是……”夏小橘想着自己也过于八卦，便不再追问梁忱的情感历程，摆手道，“不问这个啦，换个话题，那你的理想型男生是什么样呢？”

梁忱想都没想：“在一起随便说什么都可以，能聊到一起来的。”

“这么简单？”

“其实挺难的，如果能一直聊下去，需要你们的背景、文化、智力、兴趣、性格……统统都要契合。即使没有相恋的激情，也可以像朋友一样互相珍惜、扶持。”

“可是，即使做到这些，也未必会成为恋人啊，也许，就变成了没有性别意识的朋友呢？”说这句话时，正跑过前一天方拓疾奔而入的校医院，夏小橘瞥了一眼，想起值班护士跳着脚喊他回来挂号的样子，不禁挑起嘴角笑了笑。

梁忱看向她：“你真这么认为吗？”

“难道你不相信，男女之间有纯粹的友谊？”

“得看什么程度的。”梁忱调整了一下呼吸，“如果是惺惺相惜的至交，又一直密切联系，不容易。”

夏小橘点头：“除非两个人都看不上对方的长相。”

“你什么时候成了外貌党？”梁忱笑了，“而且……你也不用担心这个。”

“我？我觉得自己太普通了啊。”夏小橘喘了口气，“眼睛不够大，鼻子不够挺，皮肤也不是特别好，更别说一去外面就是一个月，风吹日晒的。”

“小橘，相信我，你很好看，虽然不是让人惊艳的美女，但以后会越来越好看。”

夏小橘哭笑不得：“梁老师，你是鼓励我以气质取胜吗？”

“你怎么像我的学生一样？”梁忱笑她，“那几个女孩子，我真的觉得她们都很好看，各有各的美，但她们对自己都是各种不满意。女孩子，首先得自信，去看到自己美好的一面。”

夏小橘感叹：“梁老师，你要是个男生，我就爱上你了。”

梁忱问：“如果你是个男生，会选择自己这样的女生吗？”

夏小橘想了想，摇头：“我会喜欢莫莫那样的。”

“嗯？”

“就是你看到的，我陪她选婚纱的姑娘呀。”

“哦……的确很漂亮。”

“是啊，那就是个可望而不可即的高度。”

梁忱建议：“想变成和对方一样，当然不大可能。但如果，她有哪些特质是你特别羡慕和向往的，不妨主动向目标靠拢一下。比如说，你也去学跳舞。”

夏小橘摇头：“算了算了，我协调能力太差。”

“你试试看，总会比不练习要好。我们都说要做真实的自己，所以，给自己一些好的改变，也没有错啊。还是我刚刚说的那句，只要这是你自由、自愿的选择。”

虽然跑得不快，但是一边说话还要一边思考问题，夏小橘觉得有些缺氧。她调整步伐，沉默片刻，想要理清自己是真心想要自我改变，还是出于对他人认可的一种向往。

梁忱也不再多说，在她身侧以同样的速度安静地跑着。

跑过昨天吃瓜的地方，夏小橘再次后知后觉想起什么："梁老师，我好像没怎么说过莫莫，你怎么知道她跳舞的呀？"

"哦……我猜的。"梁忱眉毛轻扬，眼睛亮亮的，"看身姿和仪态。"

夏小橘赞叹："太厉害了。"

梁忱不禁轻轻笑起来，因为她早就知道莫莫啊，那个兄长口中蹲在花鸟鱼市场不肯走的小女孩。

周日一早，众人又到奥森一同跑步。莫靖则周六夜里刚刚回来。张佳敏知道他入职后事务繁杂，他不在北京的时候两人也没有电话联系，只是相互发了几条短信。早晨见到，没说上两句，莫靖则便和大家讨论起长跑过程中的各种技术问题。众人边说边热身，都想着要抓紧时间，趁太阳还没升高前跑上一个多小时。

张佳敏看众人聊得兴起，也跃跃欲试地想加入他们。她把带来的各类食物整理好，堆放在野餐垫一角，问莫靖言："莫莫，你就在这里，哪儿都不去吧？"

莫靖言点头："川川还想玩滑板，我们仨就在这附近。"

张佳敏起身，振奋精神："那我也和他们跑一会儿。"

夏小橘鼓励她："慢慢跑，不着急，我陪你……"

话没说完就被方拓拉走："别找借口磨蹭，今天怎么也得跑个十五公里吧。"

"我没磨蹭，我这不是……"

方拓拉着她快跑出去几步，在她耳边轻声说："你以为佳敏真想跑步？"夏小橘恍然大悟，回头一看，果然，莫靖则放慢脚步，陪在女友身边。

“跑步时不要含胸，把肩打开。”莫靖则一边跑着，一边帮张佳敏调整跑姿，拍了拍她的肩胛，又说，“注意脚尖，不要外八……多用臀部和大腿的力量，不要在地上蹭……注意摆臂……注意呼吸的节奏……”

张佳敏平素带着学生课间活动，爱玩，爱闹，但因一向很少跑步，虽然莫靖则已经放慢速度，对她而言想跟上依旧吃力，更别说被他指出一连串问题，越调整越觉得跑得别扭，不到一公里就已经岔气了。

莫靖则看她面色潮红，按着侧腹，还想要咬牙坚持，微微叹了口气：“第一天跑，也还好，以后慢慢来。你先走一会儿吧，我去和他们跑两圈。”

“我再试试。”张佳敏跟在莫靖则身后又跑了十来米，发现岔气的症状又加剧了。她只能放缓脚步，慢慢地向前走了一段，直到莫靖则转个弯，身影消失在跑道尽头。她撇了撇嘴，闷闷不乐地转了个身，沿着来路走回去。

远远看见邵声和莫靖言带着川川练习，三个人笑闹不停。她深吸一口气，佯作轻松地小跑回去，笑道：“也太热了，出好多汗啊。让他们去跑吧，我还是躲荫凉吧。”

邵一川跑过来跪坐在她身边：“佳敏阿姨，你今天带了什么好吃的？能给川川看看吗？”

“川川，让阿姨休息一下。”邵声喊他，“还有，阿姨没有邀请你一起吃，不能自己主动去要。”

邵一川回头，眨了眨水汪汪的眼睛：“我就是看看。”

莫靖言扯了扯邵声的衣襟，轻声嗔道：“他才几岁呀。”说罢走过去坐在邵一川身边，轻轻搂着他，“对呀，佳敏阿姨会做好多好多好吃的，我们一起来看看。”

“今天真的有呢！”张佳敏嘻嘻一笑，从保温袋里掏出一个饭盒，“冰激凌，巧克力味道的，我自己做的哟！”

莫靖言鼓掌：“哇，佳敏阿姨厉不厉害？”

邵一川也拍手：“好厉害！”

四个人吃过早饭，等其他几人跑回来时，邵一川正捧着一只方便纸杯，开开心心地吃着巧克力冰激凌。

“哟，大侄子，冰激凌哪儿来的？给我吃一口呗！”方拓跑上前去，蹲在邵一川面前，张开大嘴。

小朋友有些犹豫，但还是盛了一大勺递过去。方拓把嘴张得大，但只是象征性地抿了一口，笑着揉了揉邵一川的头发：“够义气！”

“都有，都有。”张佳敏递了毛巾给莫靖则擦汗，然后蹲在一旁给大家分冰激凌。莫靖言看邵一川吃得开心，便询问起做法来。

说起这些，张佳敏兴奋起来，燃起斗志：“下次我要调一调配料比例，争取做得更好吃！”

莫靖言赞同：“我也研究一下，自己做没有添加剂，也不用放那么多糖。”

莫靖则看向妹妹，挑眉笑道：“你学做饭了？平时在家做吗？”

“哦……我一直会啊。”这话说得不大有底气，“煎个牛排，做个沙拉……不过最近天气热，我们在附近发现了一家不错的日本料理店，川川很喜欢。”

邵一川指了指邵声：“奶奶不在家。莫莫阿姨洗菜，爸爸做。”

莫靖言连忙点头：“对，为什么一定要女生做饭呢？你也别总让佳敏忙来忙去的。她简直是田螺姑娘，给你收拾房间、洗衣、做饭。”

张佳敏笑着摆手：“有我在，他抢不到厨房的，我就是喜欢呀。对了，有时间我请大家吃饭吧！”

众人纷纷赞成。

莫靖则看了看表："一会儿我得去公司一趟，看个报告。要不，你们去我家里聚？"

张佳敏略有些失望，轻轻"哦"了一声。

方拓连忙说："别今天聚了，天太热不适合下厨。改天等我登山回来再聚，你们可得等我啊！"

莫靖则也看出女友情绪有些低落，笑道："对，大热天，不要忙着买菜什么的。我争取早点回来，带你去吃莫莫说的那家日料。"

张佳敏喜笑颜开，忙不迭点了点头。

隔了几日，莫靖则的师兄从美国回北京公出。师兄和莫靖则背景相似，多年来对他点拨与提携，当年莫靖则被裁员后，师兄还曾帮他争取到芝加哥一家金融机构的面试，只不过因为波士顿一场暴风雪的阻隔，未能成行。

莫靖则难得准点下班，带张佳敏参加朋友聚会。同来的朋友多数是他的校友，或是和他一样去过美国读书，或是在国内金融行业就职。圈子不大，众人有许多共同的朋友和工作伙伴，从大学趣事聊到经济动态。张佳敏陪坐在一旁，看众人谈笑风生，时常感觉跟不上节奏。

大家调侃当年学习时钻研人生奥义，讨论的都是关于未来与选择这样的话题，师兄说："对，future and option（注：双关，可翻译为未来和选择，也是金融术语中的期货和期权）。"众人不约而同地笑了起来。张佳敏大概听懂了两个英文单词，却不知众人为何发笑，只能跟着礼貌微笑，埋下头来认真吃菜。

师兄的妻子就坐在张佳敏身旁，以为年轻女孩腼腆拘谨，不断给她布菜，又夸赞她的刺绣白衬衫独特精致。

张佳敏答道："是在我家那边买的呢。"

席间几位女士听说她从阳朔来，又换了新话题，讨论起桂林山水、烟雨漓江来，又说起这两年阳朔越发商业化，夜里的西街人流如织，挤得走不动。

“的确有很多商业的东西。”张佳敏认真解释道，“但离开游客区，热门景点之外的自然风光也很美，我家那边就还好。”

师兄的妻子笑道：“一定是的。要不然靖则也不会在那边待那么久，多少公司盼着他出山呢。”

莫靖则笑道：“又拿我说笑了。”

朋友们也纷纷说起莫靖则读书时如何出类拔萃，他成绩优异，涉猎广泛，做过学生干部，也在社团挑过大梁。师兄总结道：“你在阳朔是韬光养晦，我们都知道，你一定会回到这个行业的。”

众人聊得开怀，难免要喝上几杯。莫靖则开了车，但是架不住朋友劝说，又有提携自己的师兄在场，难以推托。宴席持续到酒店打烊，莫靖则打电话叫了代驾。连日加班辛劳，此时倦意被酒精加倍放大，蔓延到整个身体。他坐在后座，阖上双眼，睡意渐浓。

迷糊中，柔软的双手拉着他的手掌，又抚着他的额头，轻柔体贴地问：“喝得难受？”

他勉强答道：“还好。”

“那是累了？”

“嗯。”

这语气和对白有些熟悉，他隐约期待着什么，似乎是一个让人心安的拥抱，和一句浅唱低吟般的安慰：“Everything's gonna be alright.。”他在半梦半醒间，似乎感觉到风雪之夜，伫立窗边时，渗透进来的丝丝凉意。

直到身边的声音带着轻快的笑意说道：“马上到家了，我给你熬醒酒汤吧！”莫靖则从未知的梦境中惊醒，发现只是汽车的空调冷风拂面而来。

张佳敏搀扶着莫靖则回到家中，翻出前几日添置的米醋、红糖，又切了姜片熬在一起。从厨房里端出来，看见他已经靠在沙发一角，垂着眼帘又睡过去。张佳敏不忍心叫醒他，连背带扛，好不容易把他带回卧室，又把瘫在床上的他尽力摆正，已然累出一身大汗。她拿手背在额头上抹了抹，长吁一口气，他看着挺瘦，怎么那么重？

她闲不下来，用湿毛巾帮莫靖则擦了脸，又开始整理房间。他的衣橱里基本都是正装，和以前在阳朔时的T恤、牛仔裤截然不同。张佳敏来北京之后，特意在网上学习了衬衫和西服如何洗涤熨烫，不多时她就把阳台上晾晒的衣物收进来熨烫整齐，两双皮鞋擦得干干净净，桌上的资料也整齐地叠放好。

全部结束，再看表，已经接近午夜。张佳敏抓起背包，喊了一声："我走啦！"

没有听到回音。她蹑手蹑脚地折回来，站在卧室门前，看到莫靖则还和刚刚一样，仰卧在床上，姿势都不曾换一下。她犹豫了一下，像是要给自己找些什么事做，又在玄关摸了摸蝴蝶兰花盆里的水苔，依旧微微湿润，还不需要添水。

张佳敏在大门口和卧室前走了几个来回，劝说自己："都已经这么晚了，不一定好打车吧？下车那段也不一定安全吧？反正妈妈也不知道，我住下也没什么关系吧？"

她洗漱完毕，找出莫靖则的大T恤当睡衣，又拿了一套寝具铺在沙发上。躺了几分钟，辗转反侧，她又忍不住倒了一杯水，端去放在莫靖则床头。昏黄的台灯光映在他脸上，只要看一眼，就让人心生欢喜。

张佳敏趴在床边，托着腮，凝神打量着莫靖则的睡颜，回想起席间他和朋友们谈笑风生，镇定自若的样子。那是一张轮廓坚毅的脸，和他的性格十分相配，沉着冷静，果决内敛。他像一个巨大的漩涡，吸引着她的目光，怎么都看不厌倦；又像一条静水流深的河，她只是漂荡其上的一叶轻舟。

他是她存在的意义，他去的地方就是她的方向。

但想起众人聊天的内容，她难免觉得有些尴尬和气馁。席间谈到的经济、金融话题，她全然不懂，即使大家说起的是天南海北的见闻，她也只有赞叹、羡慕的份儿，不知道如何给出一个得体的评论，或是优雅的回应。

她不禁想起在阳朔的日子，每天放学后她回家做了饭，再带上一两个菜去找莫靖则。他有时候去户外用品店打理生意，有时去岩场和朋友们一起爬线。晚上如果家里来的客人多，张佳敏就临时再做上几道菜，攀岩一天的伙伴们狼吞虎咽，吃得兴起，嘻嘻哈哈，说起岩壁上下的趣事，谁又攻克了哪条难线，谁又出了什么糗。她也会讲班上的调皮鬼们惹了什么祸，哪个小孩子耍了小聪明，但是她没有拆穿。周围的朋友就像一群天真的大孩子，每天都聊着一些琐事，也能那么欢乐开怀。

莫靖则多数时候只是微笑听着，偶尔点评两句，他对众人的技术和性格把握得准，总是一语中的，大家都敬佩、尊重他，也被佳敏的厨艺吸引，小院自然成了岩友们心爱的据点。在花木扶疏的院子里，和风拂面，张佳敏从众人之中看见莫靖则投射过来的，专属于她的目光，就会觉得很幸福。

当年初来乍到时沉默的他，却莫名地吸引着她的目光。后来能倚在他肩头，一同闻桂花，看星星，树下品茗，骑车去荷塘摘莲子，对她而言已经无比幸福。

那时几乎每天都在一起，所以她舍不得长久分离。然而来到北京，能相聚的时光却寥寥无几。

莫靖则没有让她搬进来，张佳敏内心并非没有遗憾，但也心存庆幸。在阳朔的时候，有一次回去晚了，身上还带了酒气，被妈妈盘问了很久，说如果女孩子不自爱，对方也不会珍惜。

可是，莫大他应该是珍视、宝贝她的吧？那一天岩友带来了农家自酿的糯米酒，清冽甘甜，大家喝得似醉非醉，说说笑笑，不知多热闹。众人散去后，只剩下她还在嘟嘟囔囔和莫靖则念叨着什么，或许都是些无意义的呓语，讲着讲着自己就笑了起来。她记得他和她抵着额头一同轻笑，记得他缠绵的亲吻和掌心灼热的温度。

当莫靖则抱着她走进卧室时，她的内心慌乱紧张，好奇甜蜜，又带着隐隐的期盼。他的吻和平素都不一样，有点蛮横，像是不可辩驳的命令。然而她深深地迷恋着莫靖则，他想要怎样，她都不会拒绝和阻拦。

可是她生涩凝滞的回应和微微颤抖的身体说不了谎，莫靖则从意乱情迷的亲吻中清醒过来，平静片刻，果断地翻身坐起，扯过毛毯将她包裹起来。他说："我喝多了。小丫头，快回家去吧。"

张佳敏一直将这一夜，看作莫靖则对她的珍惜与尊重。

可是，现在回想，是不是在他心里，自己还是个小孩子呢？张佳敏微微叹气，想起跟在莫靖则身后，跑到岔气的自己。你起步早，那我就勤奋一些。你跑过很多的路，我就再努力一些！她总是对学生说，最怕的就是安于现状，不肯努力，这句话同样适用于自己。从现在开始，要成长，要跳出自己的舒适区域。

她亲了亲莫靖则的嘴唇，握拳鼓励自己：张佳敏，你要加油啊！

莫靖则早晨醒来，侧身，正对上一张睡脸。张佳敏穿着他的T恤，蜷缩在窄窄的一溜床沿上，显得格外娇小。她的鼻头微翘，饱满的嘴唇半张半阖，看起来格外天真单纯。莫靖则心生怜惜，忍不住俯身吻上她的双唇。张佳敏醒觉，抬手环住他，两个人吻得更加缠绵。

这时手机闹铃响起，莫靖则伸手按停，平复呼吸，拍了拍张佳敏的脸："一早有个重要的会，我要去盯一下，你再睡一会儿吧。"

张佳敏起身帮他准备早饭，问道："晚上会回来吃吗？"

他正要洗漱，想了想，答道："好。"

临出门，莫靖则像是想起什么，拎着公文包站在门口，回身说道："之前我想，你找好工作再定住处，免得上下班通勤太久。不过，如果你不嫌坐车辛苦，可以住到这附近。"

张佳敏喜笑颜开，用力点头。

莫靖则也微笑起来："那你有空的时候，问问中介吧。户型、地点、小区环境，这些你喜欢就好，不用太在意价格。"

莫靖则出门后，张佳敏高兴地在床上仰面躺倒，笑得停不下来。她跳到穿衣镜前，看着自己合不拢的嘴，暗暗鼓劲：要加油啊，加油！

第三章

恋爱的套路

方拓过几日要带领一支队伍去新疆攀登慕士塔格峰，临出发前叫嚷着有将近一个月要远离文明社会，拉上夏小橘一同去看电影。二人来到影院，正好看到服务台有办理会员储值卡赠送《玩具总动员》马克杯的活动，方拓立时决定要办一张，说平时看电影也能打折。

夏小橘在一旁看着影院的宣传图册，正要揶揄一下方拓的幼稚，只见他拿着水杯，模仿巴斯光年的语气，拉长声音，粗声粗气地说了一句片中的经典台词：“To infinity, and beyond!（飞向宇宙，浩瀚无垠！）”手中的水杯还像飞船一样画了几个圈，停在夏小橘面前。

她不禁伸手接过，杯后露出方拓的一张笑脸，他说：“这种幼稚的东西，适合你，拿着吧。”

“嘁。”夏小橘嗤之以鼻，“你才幼稚，留那么简单的密码。”

方拓斜眼瞥她：“你偷看。”

夏小橘看了看周围，低声道：“太明显了吧？你的生日嘛……我看了两位数就猜到了。和钱包、身份证一起丢了呢？”

“大不了捡钱包的人变成票贩子喽。”方拓不以为然，“虽然用了我的生日，但不用我拿着呀。”

他刷了两张当日的电影票，把卡扔到夏小橘手中的水杯里：“给你保管了。反正这个月我也不在。”

夏小橘心中一乐，却依旧一脸嫌弃：“我那么多卡，还得记着它放在哪儿了。你给保管费吗？”

“新疆有的是好吃的，说吧，你想吃啥？”

“烤全羊。”

方拓打量她：“你有两个选择——第一，钻到我的登山包里去；第二，升堆篝火，把自己刷洗干净了。”

“才不指望你呢。”夏小橘撇了撇嘴，“下个月我就去坝上草原了，自己去吃！”

方拓问：“具体什么时候？”

“八月末九月初吧。”

方拓皱眉：“那我回来没几天，你就出发了。你是故意的吧？等你回来，我又该去四川了。”

“我是去工作，你才是故意的吧！”夏小橘嗔道，“再说了，为什么要一起都在北京？”

“能比赛吃瓜的日子已经不多了！”方拓痛心疾首，“今年还没有一、决、雌、雄！”

夏小橘失笑：“雌雄，这需要决吗？”

“还有，北马之前，至少得拉练一次三十公里以上的长距离啊。一起跑呗。”

“那倒是……”夏小橘点头，“自己跑三十公里也够无聊的。”

“我是没问题。我跑过全程。”方拓揶揄道，“我是怕你坚持不下来，带带你。”

夏小橘踌躇满志：“你登山去，没法练习吧？等我和梁老师还有莫大取取经，认真跑一个月。看下次三十公里，谁把谁拉劈哦！”

方拓笑了，拍了拍她的肩膀：“傻样，我就喜欢你这种小孩子一样的斗志。”

夏小橘晃了晃肩，嫌弃地把他的手晃掉：“说我？也不看看自己几岁。”

两个人买了情侣套餐，一大桶爆米花，加两瓶可乐，坐在走廊的长椅上候场。方拓问：“你在职硕士读得如何了？能按期毕业吗？”

“能啊。已经拖后一期了，再拖就没机会了。”

“那你还一天到晚出来玩。”

“是谁说自己出发之前要享受一下文明社会啊？我就是可怜可怜你，要不然我就写论文去了。”夏小橘指了指他怀中的爆米花，“无论我来不来，你都会买大桶的，因为这个包装是《冰河世纪》里面的橡果，还附赠两瓶可乐。但你一个人拿这么多又会很奇怪，所以叫上我来充数。”

“你是我肚里的蛔虫吧！”方拓笑，“可不，自己抱着这么多，像失恋似的。”

“什么虫？不要用那么 disgusting 的比喻好不好！”

方拓乐了：“你还学会跩英文了。是最近和你那位朋友，对，美国回来的梁老师，在一起太久了？”

“我有点想考个托福。”夏小橘答道。

“为啥？你要出国？”

“鞭策自己多学学，也算是个英语证明吧，有些国家资助的交换项目也需要。”

方拓松了一口气：“我以为你要出国读博士呢。”

“博士，再说吧。不过我要是留在研究所，早晚还是读了比较好。”

方拓张大嘴，露出一个夸张的惊讶表情：“你要读博士？真的？”

"你可别说什么读了博士变成第三类人哈！"夏小橘指着他的鼻子，"梁老师说了，这是赤裸裸的性别歧视。"

"我是想象不出来，你这个性做博士的样子，上蹿下跳的。"

"你才上蹿下跳的！"夏小橘反驳，"到了岩壁上和猴子似的。"

"再说，你本来就是第三类人啊。"方拓笑嘻嘻地看着她，卖了个关子。

夏小橘斜乜过去，翻了个白眼。

"不是说，有普通青年、文艺青年和夏小橘吗？"

"那还不是因为总和你混……"夏小橘也拍了拍他的肩膀，拉长声音，"近、朱、者、赤啊！"重音落在了那个"朱"字上。

方拓不禁笑起来："你还学会讽刺我了？有进步啊！"两人互相揶揄着入了场，直到电影开演才安静下来。

散场后两人去吃肯德基的全家桶。用方拓的话说，在雪山上啃压缩饼干时就是会想念这些不健康的垃圾食品。总在野外奔波的夏小橘表示赞同。她想起在户外俱乐部帮忙的张佳敏，问道："这个项目就要结束了，之后佳敏呢，还会留在俱乐部帮忙吗？"

"我认识不少户外用品店、俱乐部、代理商什么的，大家都觉得这个姑娘细心认真，性格也好，有工作机会都会关照的。"

夏小橘认同："嗯，我们所或者附近的研究机构也有不少招行政助理的。"

方拓啃着鸡块，弄了一手的油，他摇了摇头："但我觉得，佳敏不会很想去。我觉得她好像有心事，虽然还是每天笑呵呵的，但是偶尔会发呆。"

夏小橘点头："我也觉得，她还是更想去和莫大相近的行业，前两天她还发了一个招聘网页问我，知不知道银行的行政助理是做什么的，需不需要专业知识。"

“佳敏又不想直接拜托莫大吧。”方拓评论道，“她来北京认识的朋友里，你和莫大的关系是最远的。所以问了你，没问我们。”

“我看了一下职位描述，觉得应该是综合事务处理，不一定需要什么专业技能。就像我们所，也不用招个学生态的来做行政。”夏小橘说道，“我对金融界不了解，不过我也和佳敏说，这样的商业银行，和莫大的工作内容应该还是有区别的。她说没关系，一步一步来。她蛮有决心的样子，我就说，‘如果这是你自己想达成的目标，是你自由、自愿的选择，就去努力争取吧。’”

方拓鼓掌：“夏老师，人生导师啊。”

“前两天梁老师和我说的啦。”夏小橘笑。

“总听你提起她，偶像啊？”

“那是，今年他们学校要是再评最受欢迎教师，我觉得梁老师有戏。她还请学生吃凤梨酥呢，那个牌子真不错。”

方拓笑了，塞了一只鸡翅给她：“你可真是，三句话不离吃。”

“话说回来，”夏小橘咬了一口，继续说道，“我多少有些担心佳敏。”

“嗯？”

“梁老师说的是自由、自愿的选择，她去银行，完全是为了莫大啊。她真喜欢吗？”

方拓佯作不解：“真的喜欢……你说银行，还是莫大？”

“你说呢？明知故问！”

“那就是了，你说呢？”方拓反问。

夏小橘略一寻思，明白他意有所指：“也对。她很喜欢莫大，想要去了解他的世界，哪怕走近一点都好，其实也是一种自由、自愿的选择。不过你之前不是说过，她以前在小学当老师，很喜欢自己的工作吗？”

“是啊，我也担心她在北京不适应。”方拓难得认真，正色道，“佳敏一家人都很热心、善良。她对学生也是真心实意地关心和鼓励，同学、家长、同乡，还有附近的岩友，都很喜欢她。虽然大家都说北京机会多、资源好，但她毕竟要从头做起。”

夏小橘心有戚戚：“唉，女生啊，一旦为情所困，就洒脱不起来了。希望莫大不要辜负她。”

“为情所困还有男女区别吗？”方拓笑道，“我这位师兄一向很受欢迎，但是绯闻真不多。我听说过以前有不止一个师姐很喜欢他，条件都不错，但他从来没什么朝三暮四、拈花惹草的花边新闻。”

“懒得拈吧？不知道莫大是不是太忙了，工作紧张不说，跑步的事也研究得那么透彻，能用在感情上的心思就比较少了吧？”夏小橘评论道，“你看莫大对佳敏，相比少爷对莫莫，简直是天壤之别。”

“我师父？那个小气鬼。”方拓回忆，“我想起来了，刚认识的时候，我要是和莫莫姐稍微亲密一些，比如让她帮我压腿什么的，师父就把我揪到一边，恨不得废我武功。”

“他们两个蛮好呢，虽然历经波折，但必将和美喜乐。”夏小橘慨叹。

方拓笑她：“这又和谁学的？这么文艺。黄骏介绍的那位文艺青年吗？”

那是她在高原的佛寺中求得的签语呢。夏小橘扬了扬下巴：“不告诉你！”

“你也就是对着我吧，这么邋遢。要是当着人家的面，你可注意点形象！”他拿起一张餐巾纸，拍在她嘴角，“啃了一嘴的渣子。”

隔了几日，方拓出发前往喀什，和来自各地的队员会合，检查、整理，做好攀登前的物资准备。黄骏恰好来夏小橘工作单位附近办事，问她有没有时间一起吃饭，她欣然应允，两个人去了附近一家韩国餐馆。

这家店还是方拓推荐的，他每次来必点泡菜炒五花肉和调味牛排，两个人曾经还创下了每个人连喝五碗南瓜粥的纪录。夏小橘忍不住拍了一张调味牛排的照片，趁黄骏打电话的空当发了条彩信给方拓。

不多时，方拓就回了消息："我刚离开北京，你就背着我去吃调味牛排！别再把人家的粥喝光了。"

"喝不光，还差你那五碗呢。吃你的烤全羊去吧！"

他也回了张照片，是在喀什的小吃街里，他和当地店主并肩而站，捧着满满一托盘的手抓肉，旁边还有同行的朋友左右开弓，两手各举了十来串新疆大肉串。方拓发消息说："馋吧？不给你吃。"真幼稚啊。夏小橘心想，忍不住"嗤"地轻笑一声，又唯恐黄骏看到，连忙抬头。

黄骏并没发觉，他正温柔地讲着电话，时不时蹦出"宝贝""乖"这样的字眼，你侬我侬地聊到牛排都被夏小橘吃了一半，说了几次"再见"，才挂断电话。

夏小橘调侃道："看你的样子，恢复得不错啊。"

黄骏摊手："那能怎样？不就是分个手吗？难道前女友以后嫁人，我还不活了？"

夏小橘点头："也是，分手这事儿，熟能生巧，你擅长。"

"夏小橘你真学坏了。"黄骏指着一桌子的菜，"我大老远来请你吃饭，就是被你损的？"

"那我应该赞扬你不屈不挠，百折不弯呗？"夏小橘给他倒啤酒，"来来，请客的黄老板，赶紧喝一杯。就是每次听你打电话都差不多，我都有点分不清，你到底在和哪个姑娘谈。"

"本来也差不多啊。"黄骏一口气喝了半杯啤酒，"谈恋爱不就是这样？都是套路。”

“对象不一样，还是有区别的吧？”

黄骏大大咧咧地回答道：“差不太多。一般都是留个电话或者QQ什么的，你逗逗我，我逗逗你，聊开心了就约个时间一起吃吃饭、看看电影；有点打打闹闹的小动作，你帮我整理领子，我帮你撩一撩头发；之后有意无意地拉一拉手，过段时间如果男生不主动，女生大概就明里暗里地问‘我们现在算什么’。”

“你是不会主动的，对吧？”

“刚才说的是一般人，我不会那么没效率。以我的风采，需要铺垫那么久吗？”

“嘁。”

“不过谁先问这句话，和表白也没什么区别了，就已经输了一半。”黄骏说道，“也许对方只是想暧昧一下呢，到了这个环节，就会退避三舍了。”

夏小橘不以为然：“你这样谈恋爱有意思吗？都是套路。”

黄骏似笑非笑：“你又没谈过，怎么知道没有意思？”

夏小橘撂下筷子：“黄老板，虽然你请客，但这句话太伤人了，我可走了啊。”

“别别。”黄骏连忙挥手，“我错了我错了，再要一盘肉好不？”

“这还差不多。”夏小橘嘟嘟囔囔地坐下。

“你有点姑娘的样子好不好？”黄骏摇头，“但是，我确实可以算是个过来人，对吧？看在混袆的面子上，我怎么也得指导指导你啊。”

“你说你的，和大土有什么关系呀？”夏小橘抬了抬下巴，“我看看你能说出什么花来。”

“首先，咱们说说你自己。你啊，从学校到科研所，接触的大多都是些单纯的人。而且出野外太久了，根本不知道如何像个姑娘一样和男生相处——不懂得适当示弱，也不懂得欲拒还迎。”

“是你喜欢那些套路吧？那也太假了。”夏小橘不屑，“我要是那样，那还是我吗？我觉得周围的姑娘都挺真实的啊，没谁刻意去假装，包括莫莫也没有。”

“我是喜欢过她。可是，作为一个美女，需要这些吗？”黄骏轻哂，“她对哪个男生有意，多看两眼，笑一笑就够了。十个人里，有八个人会心潮澎湃，剩下的人里，一个是高度近视，没戴眼镜，另一个是弯的。”

夏小橘没反驳：“倒也是。”

“不是总有文章教你们，说女生要像猫一样吗？看起来楚楚可怜，对人若即若离，但撒起娇来对方就完全没脾气。”黄骏点了点夏小橘，“不要像狗狗似的，看到喜欢的人就开始摇尾巴。”

夏小橘嗔道：“我哪有？”

“我好心提醒你一下呀。你太简单，喜怒哀乐都写在脸上。”

已经不止一个人这样评论过自己了，夏小橘撇了撇嘴：“看来我还得养只猫学习学习。”

“也不一定有用，因为男生们也不傻啊，也有人意识到这一点了。”黄骏嚼着五花肉，“就像拿着逗猫棒逗猫似的，没事儿撩几下，但也不会真的让猫抓住。”

夏小橘提问：“那遇到这种没事撩几下的男生，或者说猫遇到逗猫棒，怎么办？”

“要是有本事，就一把扑下；要不然，让他哪儿凉快哪儿待着。”黄骏喝了两瓶啤酒后，话有点多，“我是真心拿你当朋友，一般女生，我怎么会告诉她这些啊？而且大土出国前交代我，得多照顾你。答应兄弟的事，我就得说到做到，是吧？”

“怎么又扯到大土头上了？都多少年前的事了？知道你们俩关

系好，继续说你的逗猫棒。”

“刚才说到，你要是有本事的话……”黄骏顿了顿，“小橘，我和你可是有什么说什么哈，有些话说得比较直接，可能不太好听，你多担待。”

夏小橘点头，示意他讲下去。

“你呢，的确是个好姑娘，特别爽快，也有趣，有的男生就喜欢这种类型，要不然大土也不能死心塌地那么多年，要不是遇到沈多这样雷厉风行的，没准在法国绕了一圈还得回来找你。不过你的经验和技巧，还有个人的形象管理，实在……一言难尽。首先你要做一只猫，其次，你眼睛里不能只有一个逗猫棒啊。既然没确定关系，就应该放轻松，同时多发展几个目标。但是如果你就盯着一个人，眼里只有唯一的选择，那就被对方吃得死死的，你懂吗？”

夏小橘觉得他话里有话，问道：“我怎么觉得，你说这些都有针对性呢？”

“那是因为，我说这些的时候，你自动对号入座了啊，对吧？”黄骏笑得狡黠，“方拓还和以前一样，一回北京，就天天找你呢？”

“没天天。我们都总是四处跑，一年也见不着几次。”

“但他喊你吃饭、看电影，你都随叫随到；我约你就和见大领导似的，没错吧？不是我爱找碴，我和他吧，互相都看不顺眼，你知道为什么？”

夏小橘摇头。

“因为我们太像了，一眼就能看穿对方。”

夏小橘失笑：“一样二，是不是？”

“他可比你精明多了！看着二，其实心里和明镜似的。”黄骏嗤笑，“他长得还不错，聪明，能逗你开心，也细心体贴，你承认吧？这样的男生，不适合你练手，太容易把自己栽进去。因为他周围不会缺女生，也不缺选择的对象。但他为什么没有女朋友，总和你在一起，又没有把你变成女朋友？”

夏小橘反驳：“那是因为，我也没打算把他变成男朋友啊。”

黄骏笑了笑，没和她争论，继续说道：“从一个男生的角度，我必须说，我们也是喜欢浪漫的，和你们女生一样。我们在空窗期也喜欢身边有人陪。说话有趣，长得还可以……”

夏小橘打断他的话：“我要说谢谢吗？”

他继续道：“最重要的，是维护成本低。如果你对他的吸引力，不是特别强，不足以让他来追你做女朋友，那么就维持亲密朋友状态，也挺好啊。他都不用付出太多的时间和感情成本，何乐不为？”

夏小橘问道：“所以，即使不是你特别喜欢的姑娘来追你，你也不会拒绝，是吗？”

“我知道你总损我，但其实我比很多男生坦诚，不是吗？”黄骏笑得坦然，“有好感就在一起，觉得处不下去就分开，你看过我一直吊着谁吗？”

“还振振有词了。”夏小橘和他碰杯，脸上虽然一副不屑的神色，心中却像比萨斜塔的基石开始松动下沉，向着一个方向不断倾颓。

“如果你想和对方发展下去，就不要做忠犬，召之即来。你要让他知道，‘我不想以现在的朋友身份相处下去’。而你的态度分明就是，‘现在这样很好啊’。但你又不能直说‘别做朋友了’，那和表白没区别，得表达得有技巧。”黄骏摇头叹气，“所以我就说，你没经验呢。你又不是谁的女朋友，为什么不能多给其他人一些机会呢？要我说，你就试试顾星群。让你多见识见识条件优秀的男生，又没让你以身相许，你紧张什么？相信我，他的人品还不错，不会花言巧语，占你便宜；有我盯着，行不行给个准话，我也不会让他和你玩暧昧。而且人家未必打算和你天长地久啊，反正他现在也是空着，对你印象还不错，觉得和你相处不累。你没事别总把人家的邀请给回绝了啊。”

夏小橘心情有些低落："如果一段感情要这么算计，我宁可不要。就不能两个人简简单单，自然而然地走到一起吗？"

"能啊，如果对方对你也有心的话。所以让你打扮打扮呢，别总以无性别差异的形象出现。他有没有心，我说了你也不信。但是，你对方拓不是一点心思都没有，是吧？"

夏小橘果断否认："没有，从头到尾都是你在说。"

"当着我，你就不要嘴硬了。现在不是以前，怕我回去和莫莫说，她再不小心告诉方拓。"黄骏又喝了一瓶，话说得更直接，"如果一个男生喜欢你，你是不会感觉不到的。你以为他对你好，其实他对谁都好。如果你对他的心意有怀疑，他八成就不喜欢你，或者是，没那么喜欢你。想想以前，你怀疑过大土对你的感情吗？"

夏小橘沉默不语，低头看着手机，盘中的肉片已经冷了，她也没了继续吃的兴致。

"就得举重若轻，记住，不要把他当回事！"黄骏还在滔滔不绝，"就算你真和顾星群在一起了，也别太担心以后和方拓没机会了。我看过一篇文章，说调查表明，女性单身的时候，会高估周围男性朋友的吸引力；而对男性而言，无论他的女性朋友是否处于恋爱中，对他的吸引力都一样。就是说，他想追你，什么时候都会追，和你有没有男朋友没关系。"

夏小橘挤出一个笑容："这种科研结果都被你掌握了。没看出来，你还是个人才。"

黄骏哈哈大笑："你不损我行不行？"

黄骏打车离去，夏小橘就住在附近，一路踢着石子走回去，耳边回响着黄骏的嘱咐：不要表白，不要倒贴。

她当然比谁都清楚，如果对方无心，自己再多的关心、体贴都是无用。她从来没有后悔曾经喜欢过程朗，那是她少女时代的一腔孤勇，坚定，执着，不计得失，足够深刻，想起来也不会觉得青春虚度。在深圳街头和他的那个拥抱，让她终于释怀了多年的少女心绪。而且她认为，早早跌上一跤也是好的，曾经以为无可替代的人，无法抚平的伤痛，最终都可以平静地面对。夏小橘以为，经此一役，今后处理任何感情问题，她都可以更豁达，更坦荡，更懂得维持安全距离和自我保护。

在对方没有动心之前，不要表现出依恋和不舍。

可是在黄骏眼中，真的就已经那么明显了吗？他说方拓和他是一样的人，难道每次见面，方拓也洞察到她心底隐约的喜悦了吗？夏小橘摇摇头，不不，她对方拓没有那种感情。她的确喜欢和他相处，但是，没有那种对程朗的倾慕和心悸啊，甚至连当初想对大土说的那句“我们在一起试试吧”，好像都不知如何对方拓开口。她想象了一下面对方拓说出这句话的情形，他呆呆地看回来的样子，自己便先觉得尴尬、可笑了。

而方拓呢？夏小橘不愿用黄骏的说辞来解读他。但是，当他想到宁柠时，是否还有眷恋？

他对自己，又是怎样的感情？

登山队已经出发，俱乐部的项目告一段落。张佳敏之前投出的一系列简历也终于收到了几个回应。她选了一家商业银行部门办公室的行政助理职位，顺利通过面试，过了一周就签署合同，进入试用期。

兴奋之余，她心中难免忐忑，约上莫靖言和夏小橘去逛街，在二人的参谋下买了一薄一厚两件小西服，几件不同颜色和款式的衬衫，搭配的及膝裙和西裤，一条素色连衣裙，还有相应的发饰、丝巾和提包。大多时候都是莫靖言在提供意见，她边走边讲，哪些小细节需要注意，如何改善身材的视觉效果。在卖发饰的柜台前，她又帮佳敏演示了几个简单发型的变换，结合衣服的搭配，打造出不同的气质，适应若干工作、生活中的场合。张佳敏一一记下，夏小橘也听得入神，只觉得相比之下，自己的生活的确太不精致。

几个女生提着大包小包走出商场大门，张佳敏说道："今天给你们添麻烦了，一起吃饭吧？靖则也快到了。"莫靖言和夏小橘互相看了看，知道这二人单独相处的时间也不多，相视一笑，"我们还都有事，你们俩吃吧。"

不多时，莫靖则开着路虎停在路边，三个女生把大包小裹塞到后备厢里。莫靖则嘱咐了堂妹几句，又转向夏小橘，问道："最近练得怎么样？是按照我发给你那个十二周训练表跑的吗？"

他看着和颜悦色，但语气很是认真。夏小橘不由得紧张起来，原来在高中训练队里面对教练老郭也没这么没底气。

她讪讪一笑："还好，基本执行了……有的时候忙起来……"没敢说，忙着看电影和吃烤肉。

"时间不多，得按计划跑啊。"

夏小橘连连点头。

张佳敏笑着拖他的胳膊："走吧走吧，别和老师检查作业似的。小橘姐也得早点回去吃饭呢。"

"我这两天就跑，有空就跑。"夏小橘如获大赦，连忙保证。

坐在车上等交通灯时，张佳敏想起此前在饭局上莫靖则的同门师弟讲了一个笑话，便问："那天他们讲的红灯绿灯的笑话，怎么说来着？"

"哦，说一位物理学家不小心闯了红灯，他对警察解释说，因为他向着红灯运动，光会发生蓝移，所以他看到的是绿灯。警察说：'好吧，那你超速了。'"

张佳敏还是没有体会到大家为何发笑，更不懂什么是蓝移，她

"哦"了一声，把这个词默默记在心里。她没多说话，莫靖则看出她的窘迫，想了想，尽量通俗简单地解释道："蓝移和红移是从光的波动性来考虑，在天文学里总提到，是星系靠近或远离的证据。如果你和发光体相向运动，就会感到颜色的变化，如果要达到从红色到绿色的过渡，这个行驶速度是可以和光速比拟的级别了，所以说他超速了。"

张佳敏勉强听了个大概，点点头。

莫靖则安慰她："这是个很冷的笑话，没什么好笑的。隔行如隔山，你问我别的学科的术语，我也未必懂。"

张佳敏心里轻松许多，但想到在他所知的世界里这不过是沧海一粟，还有许多是她不了解的，生出一股斗志的同时，隐隐约约有些茫然。

来到银行工作的头几日还算顺利。几位新助理的工作内容以协调科室内部运转、处理日常行政事务为主，最初无非印制、分发材料，做好会议服务，帮其他员工跑腿，等等。张佳敏性格开朗，做事认真细致，大家都乐于对她指点一二。加之这些琐碎事务和核心工作相距甚远，倒也没出现她此前担心的缺乏专业知识带来的窘境。闲暇时刻，她也格外愿意听大家聊天，尤其是讲述业内的种种新闻动向，总觉得多了解一些，就离莫靖则更近一些。

某天有外资机构来银行洽谈业务，张佳敏提前准备会议室，看着对方和本行的团队鱼贯而入，每个人看起来都衣着光鲜，气度不凡。中间几位女士妆容亮丽，谈吐文雅，毫无瑕疵。张佳敏不禁想：莫靖则平时在工作中的状态，是不是和他们一样呢？不，他应该更加出色，从容不迫，卓尔不群。她忍不住回头看了两眼，才缓缓退出，将大门轻轻带上。

午饭时同一部门的几个女孩子聊起工作见闻，对上午几位潇洒出众的男士评头论足起来，对他们的相貌、气质大为夸赞。有人推了推张佳敏：“你出门的时候，有个小哥还冲你笑了笑，把握机会哦！”

她认真回答：“哪有？我没看到。就算有，也是礼貌。”

“我以为你看到了呢，看你在门口还停了一下。”

“不要只看表象，真有这样的男生来追你，也要提高警惕，把他的底细摸清楚了再说。”一位老员工半开玩笑，“这都是各个学校选出来的人尖儿，个人形象好，活动能力强，能说会道，收入又那么高，平时接触的人也多，好多肤白貌美，大长腿的姑娘为他们争先恐后。对他们来说，什么都是交易。你们这些小姑娘，道行太浅，小心吃亏。”

“我们就是说说，就像说明星一样，八卦着玩呗，也没说真的就要找个这样的啊。”同事推了推张佳敏，“你说对吧？”

她跟着笑了笑，把之前想说的一句“我有男朋友了”咽回肚子里。莫靖则一向忙碌，很晚回家，更是常常天南地北连续出差。张佳敏一周见不到他几次，平素发给他的消息，也不知要隔多久才能收到回复。

她想起同事八卦的业内各种花边新闻，又想起她们的形容，“经常飞来飞去，出入高档商务酒店，他真想做什么，你也是控制不了的”，内心有一瞬的惶恐，但又给自己吃定心丸，哪个行业都会有不检点的人，也都有约束力强的人，莫莫也曾经告诉她，莫大对待感情，唯一的缺点大概就是一旦忙碌起来，分给恋人的时间和精力会比较有限，但从没听说他和谁不清不楚。

这些张佳敏都理解，只是有时候对着空荡荡的房间，真的怀念在阳朔时，每天在桂花树下絮絮私语的日子。她叹了口气，摸了摸蝴蝶兰柔嫩的花瓣，最边上一朵已经有些枯萎，但好在，还有更多的骨朵含苞待放。

夏小橘认真筹备跑步，制订训练计划，莫靖则反而会发来长篇的指导意见。张佳敏听她说收到了莫靖则的建议，慨叹他最近都无暇和她聊天。夏小橘连忙解释，说莫靖则回她消息也很慢，多数是留言很久，半夜才收到回复。

但是，至少会收到回复。

办公室传达通知，这一年的北京马拉松，行里将组织大家以方阵的形式参加迷你马拉松，从天安门出发，到复兴门结束，一共4.2公里，鼓励员工们踊跃报名。张佳敏心念一动，决定和大家一同参赛。她在QQ上求救夏小橘，问她训练时能不能带上自己。

夏小橘回复："咱俩住得有点远，你夜里来找我不安全。不如你先自己慢跑一段时间，周末我再带你跑。"她找了几篇入门的文章发给张佳敏，又向她讲解如何添置装备。夏小橘也研读了莫靖则发给她的全程马拉松练习计划，发现并不像之前随便跑跑那么简单，还要通过不同方式的速度组合，来提高最大摄氧量和乳酸门槛。她看得有些头大，打印出来，晚上带到梁忱的实验室和她一同研读。

看到这份英文版的详细训练计划，梁忱不禁微笑起来："这是你找的？"

"朋友给我的。"

"我说嘛。"梁忱评论道，"你本身能力不错，对跑马又没有那么强的目的性，这么一板一眼地练习，不像你的风格。"

"我从来没跑过全程，心里没底。不过半程我两个小时就能跑下来，全程的关门时间是六个小时，也就是说，我有四个小时完成剩下的半程二十一公里，走也走下来了。"

梁忱笑问："你的要求就是完赛？"

夏小橘点头："是呀，第一次跑全程，能跑下来就是胜利。"

"那对你而言太轻松了。"梁忱建议，"如果有机会，跑一两次三十公里以上的长距离，你会更有信心的。"

“嗯，我听朋友说了，LSD。”夏小橘扬了扬手中的表格，“那我还要按照这个练习吗？”

梁忱接过来，又仔细看了一遍：“如果你有时间，能按照这个练一下也不错。如果没有，保证每周的总跑量就好，周末拉练长距离，循序渐进。赛前一个月至少完成一次三十公里。”

“那我还是随便跑跑吧。下个月我就去草原了，每天去哪儿跑十组四百米、八百米的啊？”夏小橘把表格放在写字台上，“这个可以抛弃处理了？”

梁忱瞟了一眼：“先放那儿吧。”

热身的时候，夏小橘问道：“梁老师，上次吃凤梨酥的姑娘怎么样？缓过来了吗？”

“还好吧。正好暑假，我让她回家待几天，和朋友出去玩玩，过两周再回实验室。”

“唉，吃一堑真的就能长一智吗？”夏小橘慨叹，“有了足够的经验，就能在感情中立于不败之地了吗？”

“感情不是竞赛，不是游戏，为什么要分胜负呢？”梁忱反问，“如果真的要当作男女之间的角力，唯一不会输的办法，大概就是别谈真感情。”

夏小橘想了想：“那 get experience 的意义是什么呢？成为一个老手，更清楚恋爱的模式和套路？以后遇到问题会处理得更好？”

“我同意更好地处理问题这个说法，知道自己究竟想要什么，明白自己承受的范围，学习应对情绪变化。”梁忱边想边说，稍稍一顿，“可是，虽然感情里有一些常见模式，但是套路并不能掌控人生。有些人，你用套路也套不来；但该属于你的人，不用套路也能亲近。”

夏小橘深表赞同：“就是啊，要是两个人在一起，天天算计这个，算计那个，活得那么累，还何必在一起呢？”想了想，又问道，“那……

不要太 serious 呢？是说不要太严肃，想得太多吗？”

“是说得失心不要太重，一段感情的结束不是世界末日。”梁忱笑道，“能轻易失去的，本来也不属于你。”

夏小橘由衷赞道：“梁老师，下学期开一门公共选修课吧，比如，恋爱与人生。”

“我只是说自己的意见，未必适用于别人。”梁忱莞尔，“每个人的需求不同，判断标准不同，行事方式也千差万别，并没有优劣、对错的分别。”又补充道，“就像那张训练表格，很科学，很严谨，但是不适合你现阶段的情况，你就不会选择它。”

和梁忱聊了片刻，夏小橘只觉得心里似乎轻松了许多。她有些羡慕梁忱的状态，从没有见她表现过任何关于感情的困惑，目标明确，自信从容，不为外物左右。

什么时候，自己才能有这样的豁达呢？

张佳敏住处附近有个公园，夏天天黑得晚，常常可以看到三三两两散步和慢跑的人。夏小橘发给她的文章都是浅显易懂的入门介绍，还有其他人跑步的心得。她想起夏小橘的嘱咐，“不要把跑步当作是一件难熬的事，这不是体育测验的八百米，没有时间要求。要想着你是出门放松的，看看风景，听听歌，如果跑不动了就走一会儿，跑跑走走也是可以的”，似乎也不算太难。站在绿地旁，她拿出学校里孩子们常做的广播体操的姿势，伸展、活动了一下身体，然后随着健身的人们一同跑了起来。耳机中一首歌还没听完，她就觉得自己的呼吸有些跟不上，胸口发闷，腿也越来越沉。脚步渐渐慢下来，夏小橘说过的调整呼吸节奏也没奏效，她记得清楚的只剩下那一句，“跑不动了就走一会儿”。于是她随着路边遛弯的大叔大妈一起，绕着小公园走了两圈。

第二天感到小腿有些酸，又捶又揉了半小时也没缓解，这一天便没怎么跑，只是出门快走了半个小时。如此下来，一周也只跑了三天，多数是跑了一公里多就坚持不住，一旦走起来，就只能再跑几步，然后越发不想跑了。

莫靖则出差未归，方拓还在慕士塔格，周末跑步小分队便没有正式活动。张佳敏约了夏小橘去奥林匹克森林公园，请她指点一二。

夏小橘带她做了热身，慢跑了一小段，又将她的问题逐一分析给她听："你说小腿酸痛，是因为在你跑步的过程中，这个部位参与发力比较多。普通人不是专业运动员，慢跑时后脚跟先着地或者全脚掌着地，都没问题，但是发力要在臀部和大腿上，而不是用小腿蹬。"她一边说，一边演示，"喏，上身正直，收紧腹部，但不要向后仰，也别坐着跑……注意呼吸节奏，鼻子进气，嘴吐气……"

张佳敏又向前跑了一段，感觉姿态有些别扭，垂着嘴角："啊……我觉得自己都不会跑了。"

"动作协调是建立在肌肉力量均衡的基础上的，除了跑步时候注意姿态之外，还要做一些辅助练习。"夏小橘鼓励她，"但你想想，一开始你还觉得八百米很难跑，不过一周你已经能连续跑一公里多了，这就是进步呀。"

张佳敏叹气："我这一公里慢得像蜗牛似的。感觉要学的好多啊！我什么时候才能连续跑下来五公里？"

"相信我，你坚持下去，过一个多月五公里就没问题了。"夏小橘语气坚定，"能跑五公里，就能跑十公里；能跑十公里，就能跑半程马拉松。你现在真跑一个八百米，成绩都会比以前好很多！"

"不跑不跑，我有心理阴影了都。"张佳敏摆手，"我还是跑跑走走吧。"

"那我先去跑一圈。"

"你今天要跑多远啊？"

“十五公里吧。”

“十五公里？！”张佳敏咋舌，“这要是在操场上跑圈，要将近四十圈吧。”

“我今年可是报了全程，那可是一百多圈。”夏小橘笑起来，又愤愤地“哼”了一声，抱怨道，“都是方拓这个大忽悠！”

夏小橘跑了十五公里，天气已经热起来，汗水从额头流下来，滴到眼睛里，微微刺痛。张佳敏在草坪等她，递过来一瓶饮料。

夏小橘问：“等很久了吧？”

“还好呀，刚才去水边的草地上坐了会儿，看到好多蜻蜓，我还挺喜欢来这儿的。”

“城里难得有这么大一片绿地呢。”夏小橘做着各种拉伸，“在城里待久了，觉得该出去透透气了。”

“是啊，我觉得阿拓现在的工作就不错，能去自己想去的地方。”

夏小橘点了点头：“还在慕士塔格呢。”

张佳敏之前在俱乐部帮忙筹备登山项目，很清楚大家的日程：“应该已经到三号营地了，等天气好就会冲顶吧。”

和梁忱聊过之后，这几日夏小橘没怎么纠结，但想起方拓的言行，和黄骏的话一一比照，心中还是觉得有些别扭。她“嗯”了一声，也不想接话。张佳敏继续说：“听小安说，山上好像有人出事了，大概是体力透支，严重的高山反应。”

夏小橘心中一紧。

“不过不是我们的队伍。”她又说道，“阿拓他们还是挺仔细的，领队经验都很丰富，队员的选择也谨慎。”

夏小橘放松了一些：“也是，现在各种户外队太多，有些人本身没什么经验或者对路线不熟悉就带队。有些报名的人对自身能力和经验的估计也严重不足。”

张佳敏笑道：“阿拓他们没问题，会一切顺利的。”

夏小橘不由得笑起来："那是，一定会的。"

方拓到达大本营后，对参加登山活动的队员进行了基础技术培训，组织器械操作练习，又进行了两次适应性攀登，从四千四百米的大本营前往五千五百米的一号营地。之后往来于几个不同海拔的营地进行适应性训练，做好登顶准备。

高山营地上已经没有手机信号，方拓想起之前夏小橘发过来的照片——一堆大盘小盘的菜肴之后，隐约还露出一副碗筷，还有一杯啤酒。他刚出发没几天，她居然就带着别人去他们的据点吃调味牛排！是谁呢？

已经过了好久，再问也有些奇怪。更何况等下山有信号，前后都隔了将近二十天了。当时开玩笑问上一句就好了。嗯，就是有些想八卦而已。

他一边想着，一边拿冰镐在地上随便画着。同行的队员探头看了一眼："哟，阿拓，你为啥画了个苹果？"方拓一愣，瞅了一眼，笑道："哈，平平安安呀！"

回到喀什，队员们休整了两日，陆续踏上返程。从零下二三十摄氏度的雪山回到将近零上三十摄氏度的城市里，一时有些时空错乱，方拓做好收尾工作，心绪也渐渐平静下来。他整理行装，准备返回乌鲁木齐，再飞回北京。

安静下来，想起在高山营地拍的一张照片，顺手发给夏小橘，解释道："虽然抹了防晒，但有一天大意了，润唇膏抹得不够，都要紫外线过敏了。"

看到方拓噘着厚嘴唇的照片，她果然回复了大笑的表情："香肠嘴！《东成西就》，伟仔同款！！"

"说话都说不清了，还总流口水。他们都问，'队长你怎么了，队长？'"方拓回了一条消息，等着夏小橘再回一句。以她的个性，八成会说一句，猪头小队长。到时候他就说，是啊，带你这个猪头跑步的小队长。

可是夏小橘只回了“哈哈哈”三个字。

方拓又发了三张照片：刚刚组队时和大家的合影，和离开北京时并无两样；登顶之后远眺群峰的身影，背后碧空澄澈，白雪皑皑；还有撤回喀什的照片，满面风霜，风尘仆仆，脸孔黑得发紫，头发也乱蓬蓬的，像是荒年流离失所的难民，和网上骑行川藏线前后的对比照差不多。

夏小橘评论：“去了二十天，变化挺大。”

方拓不甘心地说：“就这样？”

“啊？怎样？”

“夏小橘同学，默契呢？”方拓在键盘上运指如飞，“我顺序都给你排好了，你难道不应该说，‘这就是普通登山青年、文艺登山青年和呆傻登山青年’？”

“哦，这就是普通登山青年、文艺登山青年和呆傻登山青年。”夏小橘重复了一遍，“满意了吧？呆傻登山青年。”

方拓正要再说什么，夏小橘又发来一句：“对不起啊，我没仔细看，正在和同事商量去坝上调研的事，忙翻天了。你先和朋友们玩吧。”

“这样，那你先忙吧，回去一起吃韩餐。”方拓悻悻回了一句。没劲，二十多天没见，她是忘了怎么和别人斗嘴了？

夏小橘并不忙，办公室就剩她一个人，项目已经筹备得差不多，但是她提不起兴致和方拓斗嘴，随便回了两句，感觉大失水准，便找个理由结束了对话。

那天听张佳敏说起有人重度高反，她特意去方拓常去的户外论坛看了一圈，确认是另一支队伍的队员，这才放下心来。看大家的回复，又有人说，同时登山的一支欧洲队伍有人掉到了冰缝里，好在被救了上来。就这样，顺着各种线索，从一个帖子跳到另一个帖子，在论坛和大家的微博与博客上逛了一个多小时。

在一位队员随行家属的博客上，她居然看到了方拓登顶后，回到大本营过生日的照片。那天夏小橘给他发了一条短信，祝他生日快乐，过了一天才收到他的回复，说："谢谢啦，山上没信号。"很是简短客套，也没多说一句话。照片上，他在一群人的簇拥下，笑得那么开心。夏小橘仔仔细细看了一分钟，只觉得他在朋友中的笑容，和面对自己的笑容，似乎并没有什么不同。她想起黄骏的贯耳魔音，也许自己在方拓生活中，真的只是一味带了浪漫色彩的调剂，不觉心中发堵，决定不再主动发消息给方拓。

方拓回到乌鲁木齐，和几位尚未离开的队员碰头，大家一同去逛大巴扎。还有两位队员的女朋友也随团到过大本营，和方拓相熟，见他买了一堆葡萄干、无花果、巴旦木等，笑着逗他："阿拓你一个男生，也这么能吃零食？快说是买给谁的。"

"送几位朋友。"他收获颇丰，拎着袋子，想起夏小橘吃起饭来速度飞快，嘴塞得满满的样子，补了一句，"和喂松鼠似的。"

"松鼠哪吃得了这么多？"

方拓笑道："哈哈，要过冬的松鼠，能吃。"

他看到几个女生围到一处买薰衣草精油和香皂，也凑过去，拿着试用装的小瓶打量："这个看着不错，怎么倒不出来啊？"

"这样，转个角度就可以啦。"一位姑娘演示着，"你买这个干啥？就觉得风吹日晒，这两天太沧桑了，这张脸也得捯饬捯饬了？"

"还用问？送女朋友呗。"另一位姑娘揶揄道。

"送我姐不行吗？"方拓一边选着精油和香皂，一边佯作严肃，瞪眼道，"警告你们，别瞎说啊，都别给我瞎说！"

众人推推搡搡，有队员搭着他的肩膀："别不承认啦，漂亮妹子就要抓紧啊！我说你刚到喀什的时候，买了一把那么漂亮的英吉沙小刀，分明是送姑娘的。”

有女生连忙问：“阿拓，你还没送吧？送刀不好，刀是利器，是一刀两断的意思。”

男队员也推他：“我看你登山前就寄走了，不是直接寄给女朋友了吧？”

“没有没有。什么和什么啊？我寄给自己行不行啊？”方拓扬手从众人间挤出来，“没事拿来切西瓜！”

这两日夏小橘都没发消息来，不像每次他去登山，还要问问哪天回来，想要吃什么，顺便揶揄一下他再次变野人，吃啥都不讲究。这次或许是她也出发在即，临行前要筹备的事情太多，顾不上和他联络。总出远门的方拓想了想，表示可以理解。方拓这样想着，飞回北京后狠狠睡了一天，第二天打算约夏小橘出来跑步，拨通电话，她那边噪音巨大，嘶嘶啦啦，都听不清说话声。

方拓问：“信号不好？我再打一遍？”

“风……风声太大啦！”她的声音断断续续传来。

方拓一怔：“你在哪儿呢？”

“我到坝上啦。”

他好奇地说道：“你不是应该下周才出发？”

“需要有人打前站。”

“你是故意的吧！”方拓假装厉声呵斥，“不是说我马上回来，让你等几天吗？”

“那工作上的事排到我了，我还能拒绝吗？”夏小橘转到越野车后，裹紧冲锋衣，把套在脖子上的魔术围巾又塞了塞。

风小了些，方拓的声音清晰了一点：“我带了好多好吃的呢，可没你份了哈。”

“都有啥？”

方拓一一道来。

夏小橘听到最后，哼了一声："没有烤全羊？差评。反正都是放不坏的东西，等我回去再说吧。"

方拓："等不到！我天天看着流口水！"

"拿个密封袋扎起来。"

方拓笑问："把吃的扎起来，还是把嘴扎起来？"

"随你。"夏小橘没再和他贫下去，"我这边还有事，回头再说吧。"

方拓应了一声，嘱咐了两句注意安全，那边便收了线。他看了看电话，刚刚一句"有空我去找你呀"还在思考，没来得及找到时机说出口，她就已经挂断了。

方拓把手机揣在兜里，想了想，又拿出来，发了一条短信给夏小橘："那边能骑马吧？有空我带人过去找你玩。"

她的消息回过来："我要走访当地牧民，八成没时间陪你玩。"

这个夏小橘，不打个招呼就跑了！等她回来，是不是他又要出发了？方拓看了看桌上一堆吃的，抓了一把葡萄干塞在嘴里。

第四章

草原星夜

夏小橘提前去了草原，莫靖则最近忙得变成空中飞人，到了周末，方拓也没什么心情组织跑步，不知道是不是在雪山待了将近二十天，回来醉氧了，整个人懒洋洋的。倒是张佳敏在QQ群里问了两次，大家要不要一起去奥林匹克森林公园练习一下。

奔波之间，莫靖则在群里发了一条消息：“佳敏报了迷你跑，方拓你指导她一下吧。”

大师兄开口，方拓有一种君命难违的感觉。他也想看看张佳敏的进展，便答应下来。

张佳敏这两三周的练习颇有成效，已经能连续跑上两三公里，之后走走跑跑，一圈五公里，四十分钟能绕下来。

方拓说：“不错啊，有进步。”

张佳敏面色红润，但也没有刚开始跑步练习时上气不接下气的憋闷感，笑道：“多亏小橘姐指导，给我打气。”

说到夏小橘，方拓心念一动，问道：“师兄最近还总出差？”

张佳敏叹气：“可不是？他那天还说，这么飞下去，马上就是几家航空公司的金卡了。”

她已经有一段时间没有和莫靖则安静地相处，他天南海北奔走时，联系的方式也只剩下短信和网络，还有偶尔几分钟的通话。她所热爱的生活中的细微小事，似乎都不应该在他忙碌的时候说出来听，好像那是对他的一种打扰。

方拓发了一条消息给莫靖则："佳敏跑得不错，很有进步。但是我看她情绪有点低落。"

莫靖则简短回复："最近太忙，你们去玩就带她一起。"

"好啊，我计划一下。"方拓说，"那师兄把车借我用一下吧。"

莫靖则问："去哪儿？"

"照你说的，出去玩啊。放心，弄不坏！反正你出差，它也是在车库睡觉，我还能去机场接你。"

莫靖则隔着屏幕都看出方拓嬉笑的样子："想开直说，那么多废话。用不着你接机！"

接下来的周末风和日丽，张佳敏从没去过草原，听说要去骑马，开心地准备了不少水果和零食。她还邀请了户外俱乐部的小安和阿霞，三个姑娘忙了一晚上，烤了两种饼干和一个吐司面包。小安那边设施齐全，和方拓一同准备好帐篷、折叠椅、烤肉工具、气炉等。

坐在车上，三个姑娘开心地聊个不停。

张佳敏说："还得谢谢阿拓，刚回来没多久，周末就带我们跑这么远的路。"

小安说："嗐，没事，他体力好，让他一直闲着才会把他憋坏了。"

方拓说："我是不是醉氧了？回北京反而不适应，得找个海拔高点的地方再过渡一下。"

张佳敏问："天气这么好，草原上能看到银河吗？"

方拓问："今天农历多少？不是十五前后吧？"

张佳敏看了一下手机："不是，差好些天呢。"

“那就没问题。”方拓应道，“那边空气好，人家少，没光污染，看得很清楚。可惜忘了带单反和三脚架，不过夏小橘他们那儿应该会有的。”

翻过城北的崇山峻岭，开向河北与内蒙古交界，路边的视野越发开阔起来，方拓的心绪也舒展许多，前两天那些杂乱的念头似乎都可以不再考虑。他开着车，忍不住哼起歌来：

你有一个花的名字，美丽姑娘卓玛拉，

你有一个花的笑容，美丽姑娘卓玛拉，

……

那正是他最初遇到夏小橘时，唱过的一首歌，此时旋律不自觉便萦绕耳畔。想起她时而发呆、时而大笑的神情，天真直爽、毫无城府的性格，他便也翘起嘴角来。

几个人出发得早，一路畅通无阻。车行向北，路边渐渐染上秋意，和城中绿意盎然的树木相比，沿途已经能看到泛黄的叶子，乔木的轮廓被阳光镀上一层金边。河流在草原上蜿蜒而过，因为已经过了水草最为丰美的季节，没有图片上玉带迤逦的景象，但是山丘舒缓蔓延，曲线柔和地起伏，偶尔能看到散放的马匹和牛羊在没有边际的草场上或漫步，或在河边饮水，或一群群爬上缓坡。湛蓝的天空似乎与山坡相连，蓬松的云朵如翻滚的波涛，一波波涌过山巅。

北方辽阔的草原和秀美的桂林山水相比，各有千秋，张佳敏一路上惊喜连连。一行人不时在路边停下，跑到草甸上观景、拍照。

夏小橘的驻地在靠近内蒙古的桦林镇，方拓把车开到附近，看车上的姑娘们玩得兴起，也没着急和她联络。他打开导航，沿途走走停停，想到了镇上能投宿的地方再给夏小橘打电话。

草原上没有公路，导航图上一条细线，常常不过是前人往复压出的车辙。过了一个雨水充沛的夏天，所谓的小路便有可能被茂密的青草覆盖；到了秋天，只剩茫茫一片旷野。

方拓在姑娘们的催促下沿着车辙开到草原上，向前路过一片收割了的莜麦地，眺望远方，似乎有汽车疾行而过。他向着那个方向开去，绕了两个弯，前面却是一道绵延的铁丝网，车辙也消失在一片黄草之下。

“我们沿着铁丝网开呢？”张佳敏建议。

“在草原上乱开车，夏小橘知道了可饶不了我。”方拓吸了一口凉气，调出导航图，继续寻找新的车辙。他脑门有些出汗，倒不是担心走不出去，而是怕蹭到底盘，这可是莫师兄的新车啊！他拍着胸口说保证不损坏的。

姑娘们倒也不着急，中途见到有拖拉机一颠一簸缓行而过，张佳敏主动跑上前去问路。老乡讲的方言她听不懂，连说带比划，二人聊得还挺开心。总算弄清楚前行的方向，姑娘们又说饿了，催着方拓拿出炉子烤肉。对他而言，生火、烧烤都是熟练工种，姑娘们帮着打下手，将路上买的新鲜羊肉切成小块，又洗了不少茄子、青椒、蘑菇，炭火烤过，撒上孜然，或是刷一层调制的蒜蓉酱。

姑娘们吃得开心，看到田间的草卷和麦秸垛也觉得十分新奇，摆着各种姿势拍起照来。眼看已经到了下午，方拓不时看表，又觉得催促大家不好，毕竟，是他答应了莫大，要带佳敏出来散心的。

开到桦林镇已经时近傍晚，方拓这才给夏小橘打了个电话，问她住在什么位置，是否还能帮大家再预订几间客房。她的声音有些惊讶：“你们过来了？可我今天不在镇上啊。”

方拓脑门一紧，只当这一行要扑空，忙问：“那你们住在哪儿？”

她如实说了。住地并不远，方拓详细记下沿途路标，凭借多年野外行车的功力，又开向苍茫的草原，一路庆幸不已，幸亏开了一辆底盘高的车，才能应对坑坑洼洼的泥土路。

夏小橘住在一处当地牧民经营的度假村。方拓将车开过去，远远看见缓坡上散布的若干蒙古包。看向前方，一泓幽静的湖水铺展开来。正是黄昏，水色如绸缎，一轮夕阳正坠入山后，地平线附近的天空蒙上粉、紫、橘红色的雾气。

眼前堆叠了一层层的颜色——天空静谧的蓝，夕阳炫目的金，晚霞神秘的紫，湖水荡漾的灰，碧草葱郁的绿。湖边孤零零立着一棵树，在油画一样的天地间，夏小橘手揣在口袋里，静静地望着湖上随波起伏的水鸟。

方拓在不远处停车，姑娘们拿好随身物品，张佳敏大声喊着夏小橘的名字。她回身，开心笑着，快步跑过来。

总算到了目的地。看到夏小橘的笑脸，方拓松了一口气，不觉也笑起来。

张佳敏说："小橘姐，我们可算找到你了，方拓说不着急打电话，他丢不了。不过这个湖导航上好像没有呢。"

夏小橘答道："有两个名字吧？一个蒙语的，一个汉语的。"

"阿拓也说了，这儿叫什么淖尔，就是蒙语里湖的意思吧？他还告诉我们，全名是……牛粪湖……还说牛粪对牧民很重要。"

夏小橘瞥了方拓一眼。

他摆手："我哪里懂蒙语？顺口瞎说的。正好路过的村里有一堆啊。"

夏小橘也没再说什么，转过身去，听佳敏拉着她汇报最近跑步的进展。

以前两个人经常抬杠，说句傻话也没什么怪异的感觉；但当只有他一个人说笑时，显得好傻啊。方拓悻悻地转回身，无意扫了一眼。看到不远处有一位不认识的男人，身姿挺拔，也是一身户外装束，干练利落。他拿了一台单反相机，配了显眼的长焦镜头，正微笑着看过来。

"你同事器材挺专业啊。"方拓说着，看向夏小橘。

“哦。”她脸上闪过一丝尴尬，“那不是我同事，是个朋友。”

你不是说没时间带我们玩吗？方拓忍不住追问了一句：“不认识。谁啊？”

“顾星群啊。”

方拓只听过两次，但对这个名字记忆深刻，心里一时五味杂陈，想揶揄夏小橘两句，却什么也说不出来。

张佳敏向夏小橘介绍了同来的朋友，顾星群也走到近前，说道：“刚刚给你们拍了几张照片，没打招呼，希望大家不要介意。”张佳敏几人一听，也都没了陌生的距离感，都围到他身边看起来。

夏小橘没凑到近前，摆手道：“我不上相，最不会拍照了，每次都紧张。”

“没有啊，很好看的。”张佳敏兴奋地招呼她，“小橘姐，这张真的很美。”

方拓探身瞥了一眼，是夏小橘回身，笑着向他们扬手。颜色丰富的背景被虚化，像是浅淡清丽的扎染，风吹起她的发梢，夕阳残照透过来，飞扬的发丝被染成浅棕色，她笑得灿烂，整张照片仿佛都闪着光。

“是吧是吧，我就说这张照得好看。”张佳敏把照片放大。

“没有啦。”夏小橘发窘，“嘴咧得那么大，头发乱七八糟的。”

“那是你自然真实的状态，虽然细节上不可能尽善尽美，但组合在一起，让人感觉很舒服。”顾星群评价道，“你的笑容感染力很强，一看就知道这个女生很有亲和力，很真实，一点都不做作。”

夏小橘介绍双方的朋友。方拓和顾星群握手，想着他是黄骏的朋友，内心先多了一分本能的戒备。夏小橘问大家晚上是否找好住处，说现在只有她和另一位同事到了现场，大部队还没到，因为顾星群想来草原拍星空，就请当地的联络人帮忙，推荐了远离城镇的度假村。

顾星群说道：“是啊，小橘问我怎么拍星空，把我拍照的瘾也勾起来了。周末正好有空，就过来了。”

夏小橘窘然道：“我倒是把单位的大相机拿来了，不过怎么都拍不出网上那个效果。”

几个女生纷纷表示，也要住在蒙古包，夜里可以一起看银河。

“好呀。本来我们就订了烤羊腿，大家一起吧。”顾星群赞同，转向夏小橘，“小橘，现在还来得及再加一只吗？”

“我打电话问问。”她拿出手机，又和顾星群商量了吃饭的时间和地点。

夜幕低垂，闪亮的星子跃上天空。蒙古包前架起篝火，旁边的烤架上挂了两只羊腿。方拓的车上还有没吃完的蔬菜，张佳敏帮他一起搬下来，她捧了一个饭盒：“这是中午的调料，还剩了一些。”

“一起用吧，正好多了一只羊腿。”顾星群挽高衣袖，拿着刷子，也捧了一盒调料，“不知道你们也有，我刚刚也调了一些。”

“顾总独家秘制，不能错过哦。”和顾星群同来的年轻同事罗超大力推荐。

“那太好了，有两种口味可以吃呢！”张佳敏上前来帮忙，“阿拓调得也不错哟，就是中午一下做太多了。”

“把调料盒放在这儿就好，女生们不用来帮忙啦。”顾星群吩咐道，“这种烟熏火燎的事情，交给我就好。”

方拓驾轻就熟，帮忙生起篝火，发现顾星群动作利落，想来也总在户外行走。他把路上买的新土豆和红薯洗了洗，拿木棒推到篝火底部的木炭下煨着。

烤了一会儿，大家把羊腿上层的肉切下来，油脂渗出来，带着木炭的焦香，剩下的再拿回去继续烤熟。鲜美的滋味让人欲罢不能，中午刚刚吃过烤羊肉的几个人，闻到香气依旧食欲大振。

吃了一盘又一盘的烤肉，喝了一杯杯浓郁的酒，不知不觉，已经繁星满天。走出蒙古包的大门，头顶的星星繁密闪亮，那么亲近，又无比遥远。草原的温度急剧下降，大家就着红亮的篝火取暖。罗超在度假村的大厅里看到一把吉他，拿出来抱到篝火旁，坐在树桩上，弹唱起《乌兰巴托的夜》。悠远的歌声中，夜色里的草原显得更加辽阔、静谧。

顾星群拿出相机，给罗超拍了几张，也照下了篝火旁的姑娘们。

有一张是夏小橘坐在篝火旁，只有红与黑的色调，光线明明暗暗，勾勒出面容的轮廓，宁静温柔。

张佳敏赞道："暖红色显得很温暖，黑色又很神秘。"

罗超一曲歌罢，笑道："你的感受力不错嘛。"

夏小橘说："顾总照相技术真不错。"

顾星群笑道："说不上技术好，照相不过就是记录真实世界里值得记录的瞬间。"

说到这儿，夏小橘又问起如何拍摄夜空。顾星群拿出手机，找到以前的照片，一张张解释给她听——如何拍摄星轨，如何拍摄银河，如何进行后期处理。夏小橘听得认真，不时问上几个问题。

顾星群坐正身体，四下看了看："这边不错，不过还能看到镇上的灯光。我们可以去山坡后面拍，应该可以把远处的灯都挡上。拍星轨时间太久，照银河没什么问题。"

夏小橘跳起来，拍了拍身上的灰："好呀，我和你学习一下。"二人开上顾星群的车，从度假村后面出去，不多时车灯便消失在山坡后面。

其他人烤着火，吃着刚刚煨熟的土豆和红薯。方拓不说话，用木棒从火里拨出一个红薯来，怕它烤焦，放在离火焰稍远的地方。

小安问："阿拓你吃不吃？不吃别浪费，给我们拿过来。"

他挑了挑嘴角："留给夏小橘吧，小心她没吃饱，你们带的面包、饼干就留不到明天早上啦。"

张佳敏抬头看着星空："一边烤火一边看星星好美啊。阿拓你在野外总能看到这样的星空吧？"

"能啊，雪山上更美，有时候能看到星星把山顶照亮，银河就挂在山尖上。"方拓掏出手机，"喏，就这样。"

"是你拍的？也很不错啊。刚才应该和顾总交流一下。"张佳敏问，"你要不要去和他们一起拍？"

"没带单反来，就不看别人拍了。"方拓收起手机，"不过，要是你们好奇怎么拍的，可以去看看。"

小安和阿霞表示离开篝火实在太冷了，她们宁愿等在这儿看成果。方拓说："可以补个光，把人和银河拍在一起。"姑娘们一听能拍到人物，立刻兴奋起来，催着方拓开车带大家过去。

转到山坡后不久便看到顾星群的车，方拓将车停在一旁，关上车灯。璀璨的银河浩渺无边，似乎要从天上飞流而下。顾星群架着三脚架，和夏小橘站在一旁。张佳敏跑过来问道："小橘姐，拍得怎么样了？"

夏小橘打了个抖："照了几张不错的，就是刚才有点冷。"

张佳敏点头："是呢，感觉像冬天，幸亏阿拓提醒我们多带衣服。"

方拓走过来问道："我后备厢里还有件冲锋衣，你们谁要？"话说完，眼睛适应了夜晚的光线，看清夏小橘身上的轻便羽绒服足够宽大，把她的外套都包了起来——始祖鸟，年度新款，男式。

她笑了笑："没事，顾总把他的借给我啦，佳敏你们呢？"

顾星群说道："我没那么冷，女孩子嘛，多穿一点比较好。"

方拓不再说话，抬起头望了一眼星空，夏小橘这种笑容，是他所不熟悉的，一种很温柔的笑容。好像也见过，什么时候来着？他想了又想，似乎是初相识，还有某一次她说起往事的时候。

当初自松潘一别，再相遇已经是深秋，方拓回到北京后总算得了些空闲，便约上夏小橘吃饭，感谢她帮忙将项链带给莫靖言。

两人去吃螃蟹，还各喝了一瓶黄酒，加了话梅一同温热，甜滋滋的，不知不觉喝了许多。和夏小橘聊天总是轻松自然，虽然不过是第二次相逢，但总觉得像是一位熟识多年的老友，二人天南地北地聊着，醺然欲醉中几乎忘了时间，不知不觉提起了各自的感情经历。

方拓说起宁柠，也听夏小橘讲到程朗和大土。回忆往事时，她脸上也有过类似的温柔。

今天傍晚下到湖边，远远看到夏小橘，方拓便用手机拍了一张照片，和顾星群的那张角度相似。手机不像长焦镜头那样可以突出人物，但也有水色潋滟、夕阳、一棵树和夏小橘的身姿，在大片的云霞之间，她就是小小一点。

方拓挺满意，觉得意境不错，刚想拿给夏小橘看，就被顾星群抢了先，更没想到，对方还说了那么一大段话。他一直认为，夏小橘笑起来带着一种天然的纯真，毫无藻饰。不，是她的每一个表情，都那么真诚、简单。不知是否因为这个原因，他才愿意和她说笑话，看她脸上千变万化的神色。

方拓心里有些别扭，他和夏小橘已经无比熟稔，再去评论她反而显得客套见外。然而顾星群也发现了她美好的一面，于是，本应属于他的台词，被人抢先了。这样不再多嘴，温柔宁静的夏小橘，比起在松潘初相逢时的篝火之夜，感觉更加疏离而陌生。

辽阔的星空下，二人各怀心事，就站在彼此身边，但又感觉好远。

第二天一早，天空晴朗无云，朝阳耀眼，但光线凉白，还不足以驱散凝结了一夜的寒意。张佳敏拿出之前和小安一起烘焙的饼干和面包，想着去厨房里找些新鲜牛奶，再做几个煎鸡蛋。

夏小橘拉住她："别忙啦，我们去镇上吃羊杂汤吧，要是吃不惯下水，有一家包子铺也不错。"

罗超拉开门进来，揉着眼睛，看到饼干就拣了一块塞在嘴里，立刻鼓着腮帮赞叹道："嗯，好吃好吃，你们自己做的？"

张佳敏欣喜："是啊，你怎么知道？"

"当然，批量生产的味道有点假，香味剂放得比较多。"罗超一副了若指掌的样子，人也清醒过来，"还有面包？我带了咖啡豆，等我去拿咖啡壶和磨豆器。"

夏小橘喊住他："你们都不想去吃羊杂啦？"

方拓恰好走进餐厅，看起来精神抖擞："到了坝上就吃羊杂汤吧，这边料新鲜。"

张佳敏点头："好呀，我也想试试。"

"可香了。"夏小橘拍她的肩膀，"你可以先尝尝我的，吃得惯就再来一碗。"

张佳敏看方拓额头上有一层细密的汗珠，身上衣衫也单薄，问道："一早你就跑步去了？"

"是啊，空气这么好。"他揪着领口抖了抖，"到湖边跑了半小时，我起的时候看你们房门都关得紧紧的，估计还在睡懒觉，就没喊你们。等我换件衣服去。"

"我在屋子里都觉得有点冷呢。"张佳敏打了个哆嗦。

夏小橘站在桌旁，挡了通向后院的路，方拓经过她身边，轻轻拍了拍她的肩膀："来，让我过去一下呗。"她微微侧身，方拓和她擦肩而过，笑道，"谢啦。"

在白河攀岩的时候，早晨他可是跑去自己和张佳敏房间外，"砰砰砰"把门砸得山响，高喊着："夏小橘你快起床，再不跑就该吃午饭啦！"现在的方拓过于礼貌，几乎认不出是他来了。

众人开车来到桦林镇，镇上只有一条主路，当地人推荐的早餐店就在刚进镇子的十字路口。夏小橘先点了两碗小份羊杂汤试吃，汤色鲜亮，浓香扑鼻；羊杂分量充足，从汤面冒出一个尖来，没一点腥膻味。张佳敏尝了一口，只觉得味道和口感都十分宜人，便也要了一碗。男生们更是每个人吃了一大碗，吃得鼻尖冒汗，浑身暖洋洋的。

张佳敏吃着香酥的烧饼，又喝了一口汤："要撑死了，这边的羊肉和羊杂真是好吃呢。"

"这儿的小份比城里的大份的量都足！"罗超听说她从阳朔来，又说道，"我去过阳朔两次呢，大学一次，工作后又去了一次。早晨去吃米粉，就要最普通那种，又便宜又好吃，加点酸笋、酸豆角，想起来都流口水。"

二人从米粉聊到各色小吃，说起随处可见的啤酒鱼和黄焖鸡。"我们家很少做啤酒鱼，不过黄焖鸡总做。"张佳敏看着方拓，笑道，"那时候阿拓他们来攀岩，每天晚上都要吃一锅鸡，多待几天就要把村里的鸡都吃光了。"

方拓笑："别把我们说得和黄鼠狼似的。"

罗超说："看拓哥的身材，就像是攀岩高手。"

方拓应道："还好吧，从大一就开始爬了。"

"阿拓很厉害的，绝对是我们俱乐部的第一高手，金牌领队。"小安对他赞不绝口，"他读书的时候做过攀岩队队长，后来又开始登山，前段时间刚带队去了慕士塔格。"

"哇，太崇拜了！我还是个菜鸟，在阳朔试过一次攀岩，胳膊酸死了。"罗超转向顾星群，"顾总也很喜欢户外，走过好多徒步路线呢。"

顾星群和夏小橘坐在长桌另一侧，和方拓相对，正在讨论附近适合拍照的地点，听到这一句，抬头笑了笑，语气谦逊："方拓是专业人士，我那只是小打小闹的腐败游，顺路拍些照片。"

"又不是在公司，顾总你就别端着了。"罗超揶揄道，又转向众人，"和同事一起喊顾总喊习惯了，他工作的时候可严肃了。其实私底下就和我哥似的，以前也是文艺青年范儿，还是浪迹天涯那种。对了，顾总还开过个人影展呢。”

“那就别提了。”顾星群摇头，无奈地笑了笑，“给旅行社的路线打软广告的。”

说了几处目的地，果然顾星群和方拓都去过，但路线多有不同。常常是顾星群在雪山下徒步穿越，寻找林间草甸和清澈湖泊拍照，方拓在某一座山峰上探索攀登。顾星群笑道：“你看，我就说方拓是专业的。”

张佳敏兴致高昂：“顾总你回头翻翻照片，对对时间，没准你拍照的时候阿拓就在哪座山上呢，放大了找找看，有没有他！”

夏小橘没怎么插话，低头喝着羊汤，她碗中的羊杂捞得差不多，汤也喝了大半碗。方拓看到，问她：“吃饱了吗？要不要再来一碗？”

夏小橘瞪他：“怎么吃得完！我有那么能吃吗？”她只是不想说话而已，要是不往嘴里塞点东西，未免太尴尬。

方拓想说，一贯的啊，你还没充分发挥实力呢。可是在几位半生不熟的朋友面前，他张了张嘴，还是忍住了。他看得出来，这一次夏小橘没心情和他打诨插科，明显安静柔和了许多，只有刚刚对他凶了一下。这算不算一种抗议，提醒他不要在别人面前破坏她的淑女形象？方拓也低头喝汤，内心有些不平：你何必掩饰本来的自己？那样挺好的啊。

顾星群看到这二人不再说话，便插了一句：“说到户外，其实最了不起的是夏小橘。我们都是为了个人的爱好和梦想，但她风餐露宿，做的是真正有价值、有意义的事。”

夏小橘险些被羊汤呛到，咳得脸都红了：“我这真的也就是一份混口饭吃的工作，自己还算喜欢而已。”

吃过早饭回到草原上，顾星群在湖边给几位女生拍了不少照片。

顾星群总是能找到合适的角度，在相机里呈现每个人真实且动人的一面，姑娘们围着他，叽叽喳喳评论着。罗超举着相机，耸了耸肩："我也带单反了啊，看来技术差距还是太大。"他转向方拓，"拓哥，要不我给你拍两张吧？你就摆出每次登顶后，气吞山河的架势。"方拓笑骂一句，转身走开。

拍了照，顾星群和罗超在车后架起遮阳天幕，炉头上的摩卡壶里煮着现磨咖啡，刚好搭配面包和饼干。方拓看了看时间："刚吃完早饭又吃上午茶，还打算骑马吗？"

"骑呀！"张佳敏笑眯眯地答道，"不过反正我们也不会骑，慢慢溜达呗。"

罗超掰了一块花式的豆沙面包："这个造型挺好看的。"

小安说："佳敏想到要做花式面包，在网上查了方子。"

"真不错，有钻研精神。"罗超兴致勃勃地拿出相机，"得记录一下。"他找来白碟子放在木桩上，将面包和饼干仔细摆放，又摘了两朵亮黄色的小野花做装饰，"道具有限，只能拍成这样啦。"

"哦，像杂志上的呢！"张佳敏掏出手机，模仿罗超的构图，"既然是面包，路上应该捡两个麦穗放在旁边，效果会不会好？"

罗超点头："你的想法很上路嘛！"

张佳敏吐吐舌头："也是受你启发。我自己没什么创意，模仿一下别人还可以。"

她在罗超的指导下照了两张，很是满意，发送给莫靖则，写道："面包、饼干和照片都是我的作品，怎么样？"

他到了上海，要见客户，还要见几位大学时代的老朋友，不知现在正在哪里奔忙。消息回得很快，但是只有一行字："越来越厉害了！玩得开心！"

受到表扬，张佳敏却振奋不起来，这如同她期末写给孩子们的评语——勤奋好学，乐于助人。每个人都会得到几句放之四海而皆准的套话。她轻叹一口气，心想：越喜欢的地方，越开心的事，越希望你能在身边，和我一起分享啊。

度假村的工作人员找牧民带了几匹马来。张佳敏没骑过，请向导帮她挑一匹脾气温顺的。向导大哥牵过来一匹高大矫健的深棕色骏马，皮毛光亮，耳朵竖起，推荐道：“这匹好，可听话了。”张佳敏站在马旁，比马鞍高不了太多，连连摇头：“也太高了，我上都上不去。”她指了指旁边鬃毛编了两条小辫的，“这匹怎么样？”

“脾气还好，就是走得慢。”

“那正好适合我呀。”

众人挑马之际，另一位年轻的向导掏出一把弹弓来，一抬手，石子打到树下的土坷垃上，“噗”地激起一阵烟尘，他懊恼道：“就差一点！”

“这是打什么呢？”罗超问。

“黄鼠。”

“有些地区鼠害还是挺严重的，黄鼠、鼢鼠都有。”夏小橘解释，“过度放牧引起草原退化，不适合其他动物生存，各种鼠类适应力强，天敌却减少了。鼠类会破坏土层结构和牧草根系，进一步引发草原退化，都成了恶性循环了。”说着她拍了拍年轻向导的肩膀，“打老鼠可以，可别拿着去打鸟和黄鼠狼呀。”

向导笑容朴实：“知道，不会的。”

张佳敏试了一下，她根本拉不开弹弓上的皮筋。“我来！”罗超跃跃欲试，从她手中接过来，但是准头也不怎么样。

小安怂恿方拓：“阿拓你试试看，这些东西你都会玩吧？”

“真没怎么用过。”他从包里掏出一条长索来，“倒是把它带来了。”

张佳敏好奇地问道：“这是什么？”

“乌朵，藏族牧民用的投石索。”方拓捡了一块石子，放在长索中段的菱形小兜里，甩动长绳，手上一抖，石子飞出去正正地砸在树干上。

小安揶揄方拓：“你天天往外跑，都要变少数民族啦，走到哪儿还得带着你的宝贝乌朵。”

“这不是来草原吗？”他答道，“万一被野狗追呢？”

众人只当他开玩笑，嘻嘻哈哈也没往心里去。只有夏小橘想起在松潘被野狗追逐，方拓带着乌朵出手相救的一幕，不禁抬头看了他一眼。方拓恰好也看过来，将乌朵收好，向她眨了眨眼睛。

向导们继续分配马匹，还剩两匹高大强健的，有骑行经验的方拓和顾星群各领了一匹。夏小橘还要去邻近村子里和村民们商谈，看一行人沿着湖畔迤逦出发，便开上车，驶向相反的方向。

来到村中，夏小橘走访了几位村委会成员和生产小组的负责人，基本确定了下周的访谈范围和时间，忙到下午才得空去相熟的联络人家中吃点东西。莜面鱼鱼和大烩菜端上来，刚吃了两口，电话铃声大作，度假村的工作人员声音慌张：“小橘你还在村里吗？你朋友骑马出事了。”

她心头一紧：“啊？怎么了？”

“有个小伙子从马上摔下来了，胳膊动不了了。他们已经出发去医院了。”

“好，我这就和他们联系一下。”夏小橘又询问了几句，要挂电话前，稍一迟疑，“是哪个小伙子？”

她三两口吃掉碗里的莜面，抓起桌上的车钥匙出门，途中给张佳敏打了电话。张佳敏的声音怯怯的：“是罗超，他从马上掉下来了。”夏小橘连听带猜，大概知道了事情的前因后果。

几个人玩得兴起，沿着湖滨一直走到山坡下的防护林旁赏景、拍照，很是开怀，还骑着马小跑了一会儿。罗超忍不住带头唱起歌来：

“让我们红尘做伴，活得潇潇洒洒；策马奔腾，共享人世繁华……”

方拓和顾星群二人的马都不过四五岁，年轻好动，精力旺盛。到了开阔的草原，两匹马都快步颠起，想要纵身飞奔。你前我后小跑了一会儿，人和马的好胜心都被激了起来，二人也不再拉紧缰绳束缚，任它们四蹄凌空，奔腾驰骋，很快就变成几乎看不清的两个小点。老向导怕他们出事，策马追了过去，留下年轻向导陪在其他几人身旁。

张佳敏骑的马身材矮小，走得稳，有时还偷懒停上一会儿，她也忘了害怕，还总是催着马儿快走。谁想转了个弯，看到远处散放的几匹马，她骑乘的这匹扎了小辫儿的姑娘却转了性子，鬃毛飞扬，向前奔去。张佳敏只觉身体一轻，心忽悠一下飘到嗓子口，吓得大喊出来。

年轻向导追了上来，勒住辔头。马儿转了两个圈停下来，腿有些发软的张佳敏惊魂未定，只听身后“哎哟”一声，罗超本想过来帮忙，策马奔到近前。马儿在向导面前转身急停，他没准备，从马背上栽了下去。

“你们现在到哪儿了？”夏小橘问，“怎么没和我说一声？”

“阿拓说你忙，让我们别打扰你。”张佳敏说了地址，转身看到方拓站到一旁。她收了线，小声说，“我告诉小橘姐了，她说这就过来。”

方拓皱眉：“来就来吧。”

夏小橘赶到中医接骨诊所，罗超已经拍了片子，疼得龇牙咧嘴，顾星群和方拓二人从旁固定，医生帮他打上夹板。张佳敏神色愧疚：“是我不好，乱喊乱叫，把大家都吓到了。”

罗超咧嘴一笑：“嗐，小事儿，也没错位。我就是大意了，要不也不会摔下来。”

“是我莽撞了，来骑马是我的提议，但又没照顾好她们。”方拓走过来，转向顾星群和罗超，“给你们添麻烦了。”

“大家都没大事就好，也提醒我们出门都得小心一些。”顾星群应道，“可惜今天时间耽搁了，下次有空再聚。”

两方客套了一会儿。眼看暮色低垂，顾星群和罗超计划在镇上多住一晚，第二天一早再赶回北京。方拓这边几位女生第二天还要上班，只能连夜回城。三位姑娘将仓促堆上车的行李重新摆放好，方拓拣了两个大塑料袋递给夏小橘，满满的新疆特产——核桃、无花果、巴旦木、葡萄干。

“带来路上吃的，吃不完，留给你和同事了。”方拓瞪眼，佯作凶狠，“没有烤全羊，不许说差评！”

夏小橘忍不住笑了一声：“能说的都被你说完了。”

方拓问：“你村里的事情都忙完了？”

夏小橘摇了摇头。

“都是因为我撺掇她们来，才耽误了。你别生气啊。”他态度诚恳，但语气依旧客套得有些陌生。

她也不知道回答什么好，只好答：“怎么会？这么说太见外了。”

走出诊所，三位姑娘都上了车，方拓关上后备厢之前，从大登山包夹层里摸出一个帆布口袋，递给夏小橘。她疑惑地打开，是一把深蓝刀鞘、前端翘起的小刀，刀鞘和刀柄镶银，做出羽毛的纹路，十分精巧，刀刃锋利，光亮如水。

“在喀什随手买的英吉沙小刀，适合你。”方拓说道，“可以切西瓜，吃烤全羊。”

“真的很漂亮，谢谢。”

方拓笑起来，学她的语气：“你这么说，就太见外了。”

夏小橘攥着英吉沙，心中忽然愧疚起来。听了黄骏的话，她的确有些沮丧，似乎内心已经将方拓界定为感情空窗期和女生暧昧的人，可是，他也是她的朋友啊，他对她，难道没有朋友的真心？他刚从慕士塔格回来，就驱车奔波几个小时来桦林镇。虽然说带着张佳敏出城放风，还有其他两个姑娘同行，可是，他还记得给她带来在大巴扎买的好吃的，远在喀什时还记得给她带一份精美的礼物。到底是他暧昧多情，还是她想得太多？而作为朋友，他又做错了什么？这一天半的时间里，她都没怎么和他说上几句话。

看她抿着嘴低头不语，方拓摆摆手："那……我们回去了哈。等你回来，我差不多又要去四川了。"

夏小橘心中一软："马上天黑了，开车小心。"

"放心，知道的。"他关上后备厢，走向车门，暮色中，他的头发和衣领的细节都模糊起来。

"方拓，"夏小橘忍不住喊住他，走到近前，"这次是真的没时间陪你们，顾星群……他们也是临时起意，自己过来的。"

方拓释然一笑："没事。"

夏小橘解释："我想说，我没一点厚此薄彼的意思。"

"怎么没有？"方拓挑了挑眉。

夏小橘正要辩解，方拓继续道："要厚也是要厚我啊。"

夏小橘笑出来："怎么个厚法？比谁脸皮厚吗？"

"是'厚待'的'厚'啊！"方拓摇头，面露不屑，"有这么说救命恩人的吗？好歹你是我从狗嘴里抢下来的。"

"什么话？"夏小橘嗔道，"我又不是肉骨头。"

"那是什么？肉包子？"

夏小橘白他一眼："喊，我是肉包子，你和狗抢肉包子，你是啥？"

"这就对了，"方拓揉了揉她的头发，"这才是我认识的夏小橘。"又甩了甩手，"哇，你该洗头了，摸我一手沙子。"

"滚蛋！"夏小橘踢他一脚，"你在外面吹一天风试试！"

两个人互相嘱咐几句，在小城的暮色中告别。

夏小橘目送路虎离开，下意识抚了抚额前的头发。干燥的街道上扬起灰土，透过弥漫的烟尘，橙红色的夕阳低低地挂在街巷尽头，又大又圆，那么温柔。

回城的路上，连着玩了两天的姑娘们累得东倒西歪，小安和阿霞靠在后座上沉沉睡去。张佳敏也有点眼皮打架，但是她知道开长途的司机最为辛苦，便强撑着继续和方拓聊天。路过服务区，方拓停靠下来稍事休息，买了两罐红牛，和张佳敏一人一罐，站在车旁喝着。她这才得空问方拓："顾总是小橘姐的朋友？之前没见过呢。"

"是吧。"方拓明知道黄骏介绍二人相识的目的，却不想说破，"我也第一次见。"

"他俩还挺有共同话题。"张佳敏说道，"顾总有风度，拍照又好，还支持小橘姐的工作。如果他俩能发展一下，那也不错啊。"

"这个人吧，社会气有点太重了。你看夏小橘，毕业了就去研究所，现在都跟个学生似的。"方拓倚在车门边，晃了晃易拉罐，"我没说她这样不好，不过顾星群明显是老油条嘛，不合适。"

"还好吧，我就是觉得，他挺细心，而且真的很会说话。"张佳敏顿了顿，"倒是你……"她说了一半，忍着笑，向前探身，打量方拓。

方拓一副若无其事的表情："我怎么了？"

"没看见你和小橘姐斗嘴啊，我都觉得怪怪的。"张佳敏仔细回想，"前几次一起出去，你俩都说个不停。我是没见你和别人那么贫过。"

"我俩在贫嘴这件事儿上，算是棋逢对手了。"方拓笑了笑，"这不是有别的朋友在，总得照顾一下她的形象嘛。"

"唉，你怎么也这样说？"张佳敏泄气，"我还想着，你俩有机会发展一下也不错呢。"

"怎么叫'也这样说'？"方拓耳朵尖，"还有谁说什么了？

夏小橘吗？”

“哦，是啊，她说，抬杠这事，也就她给你捧场。”

“是我哄着她好吧！她还说我什么坏话了？”

张佳敏连忙摆手：“没，小橘姐没说你坏话，她还说和你是好哥们呢。”

方拓还想追问下去，但是又觉得有些鲁莽。他捏了捏手中的空罐子，想到顾星群此刻依旧在桦林镇，不过罗超小臂骨裂，他大概也不会抛下同事，再去和夏小橘拍银河。有人受了伤，自己却感到庆幸，的确太不厚道。可是，方拓真不希望夏小橘又穿着那件始祖鸟的黑色羽绒服，在横亘苍穹的璀璨银河下，站到顾星群身边去。

刚刚夏小橘在诊所门口喊住他，向他解释的时候，方拓心中有一种失而复得的喜悦，两日来束手束脚的陌生感和憋闷一扫而光。他伸手去揉夏小橘的头发时，她有些惊讶，有些窘迫，睁大眼睛，微张着嘴，表情十足地天真，像个永远长不大的小孩子。这样的夏小橘，他不想让顾星群看到。

回望来路，绵延的公路消失在天际。方拓有些懊恼此次的相聚过于短暂，没有多说几句，就匆匆踏上归程。

张佳敏去了一趟草原，心情振奋了几天。莫靖则最近的项目需要和上海方面对接，经常是回北京待上一两天，便又匆匆离去。他不在家的时候，张佳敏就独霸厨房，台面上摆满烘焙工具和原材料，热火朝天地练习起来。她借来两本烘焙入门书，取代了案头金融读物的位置。乳酪蛋糕、栗蓉虎皮卷、布朗尼都是一举成功，她带去银行和同事分享，大获好评后斗志更浓。

但也不是一帆风顺。做戚风蛋糕时需要分离蛋清、蛋黄，一个鸡蛋有点散黄，滴了一些在蛋清里。张佳敏拿着打蛋器搅了半天，依旧没出现所谓雪白细密的打发状态。她硬着头皮坚持做完，本应蓬松轻软的蛋糕变成了一个厚实的蛋饼，被她配着牛奶当早点吃了两天。还有一次设了定时转身去洗衣服，蛋白饼干在烤箱里闷了太久，浅黄的饼干镶了一层焦煳的黑边。

每天试上一两种新品，总体而言，还是成功的次数多。她对自己做的曲奇和虎皮蛋糕卷最为满意，特意留给莫靖则，他试过之后赞不绝口，但也不多吃，只是有节制地尝了几块，问张佳敏最近烤了这么多，有没有长肉。她揉了揉肚子："还好吧，都分给大家吃了。"

"真的？不是一边做一边吃？"莫靖则笑着捏了捏她的脸，"回头又要喊着去跑步。"

张佳敏神色赧然，她最近忙于烘焙，跑步的事情多少有些松懈。"迷你马拉松只有四公里多，我应该没问题吧。"张佳敏犹豫道，"跑跑走走，怎么也能完赛。"

"既然报名了，就认真对待。"莫靖则态度严肃，"如果真是长距离，跑跑走走也没问题。不过只有四公里，按照之前的计划练，你应该可以跑下来。"

"知道了。"她撇了撇嘴，"我会继续练习的。"

罗超左前臂骨裂，大概要养上一两个月。张佳敏觉得他受伤多半是因为自己，心中歉疚，烤了一个大理石重乳酪蛋糕，用奥利奥做了饼底，带去公司看他。罗超喜笑颜开，带张佳敏去休息区坐下："你要喝什么咖啡？美式、摩卡、拿铁还是卡布？"

张佳敏不大知道区别："都好，你推荐吧。"

"配重乳酪，我觉得美式就不错，不放糖，不放奶。"罗超一边说着，一边拿出咖啡粉来。

张佳敏连忙起身走过去："你手不方便，告诉我怎么弄就好。"

"很简单的。"罗超指点她煮了一壶咖啡，"这个粉还比较新鲜，不过怎样都不如用豆子现磨的好。"咖啡煮起来很香，不加糖，不加奶，喝在嘴里有点苦，还带着微微的酸。张佳敏抿了一口，不是很喝得惯。

但是配上乳酪蛋糕，层次便丰富起来，咖啡的香醇和蛋糕的浓郁相得益彰。

罗超对蛋糕赞不绝口：“质地细腻，吃在嘴里绵绵的。”

“是吧，没放太多黄油，但是用了酸奶……好像其实是要放酸奶油的……还熬了一些蛋奶酱加进去，所以口感很润滑。”张佳敏得到表扬，兴奋地和他讨论起来。

“烤蛋糕和做实验似的，要看配方和细节。”罗超听张佳敏说起之前失败过两次，“等你熟练了，再作调整。”

“看不出来，你一个男生也喜欢这些东西。”

“男生就不能喜欢吃蛋糕吗？”罗超叫屈，“我以前还在咖啡店打过工呢。”

他讲起在各地旅行时见到的特色咖啡店，还有冲泡咖啡的各种器具和不同方式。烘焙、研磨、萃取……滴漏、虹吸、法压……这些名词张佳敏基本都没听过，但罗超讲得津津有味，她便报以微笑，耐心听着。

罗超翻出在日本和欧洲旅行时拍的甜品照片，张佳敏眼前一亮。

“你研究一下网上的方子，这些基本款都做得出来。”罗超说，“你也应该多记录，发在博客上。”他将落地窗旁的玻璃茶几布置了一下，扯过纱帘遮挡阳光，对着三角块的芝士蛋糕拍了两张。

张佳敏欣喜地说：“照得好清楚。”

“清楚是基本要求。”罗超咳了两声，“我得告诉你，怎么正确地夸奖一位摄影师。”他举起相机，拍了一张她举着咖啡杯坐在窗边的侧影，“看，最美的其实就是自然光，纱帘又有柔光的效果。”

张佳敏看着照片中的自己，很是满意：“回头发给我啊！”

两个人聊得开心，不知不觉说了一个小时。罗超看看时间，说：“我晚上还要加班，委屈你，咱们在附近随便吃点吧？”

“不用了，我还得回家做饭。”张佳敏起身，“我男朋友今天出差回来。”

“你男朋友？”罗超惊讶地问，“不是拓哥吧？”

“当然不是。”张佳敏咯咯笑着，“我男朋友是阿拓的师兄。”

“哦……上次没见到他。”

“是啊，他总出差。”两个人走向电梯间，张佳敏和罗超道别，“你好好休息，早日康复！”

“嗯，谢谢你的蛋糕。”看着电梯门合上，罗超轻轻叹了一口气，自嘲地摇了摇头。是啊，这么漂亮活泼、可爱可亲的女孩子，怎么会没有男朋友呢？

莫靖则的飞机预计在八点降落，张佳敏煮上排骨莲藕汤，又利落地备好虾仁、肉丝和青菜，只等他到家炒上三两个热菜。等到晚上九点还没有他落地的信息。张佳敏拨了电话，很快便接通了。“飞机降落了？”她问，“我等你回来炒菜。”

“这边事情没处理完，先不回去了。”他的声音有些疲倦，“刚开完会。”

“哦……”张佳敏看着厨房林林总总、颜色鲜亮的食材，心中有些失望。

“对不起，忘了和你说。”莫靖则轻声安慰，“还没吃呢？”

“没事没事，我傍晚吃了块蛋糕，不饿。”张佳敏勉强笑着，和莫靖则聊了两句，他便匆匆收线。

排骨汤煮好了，电饭煲里的米饭也冒着香气，她一个人懒得炒菜，吃了两口饭，喝了半碗汤，独自坐在宽大的餐桌前，食之无味。桌上还放着她买来的铁皮饼干盒子，上面绘着欧式田园风光。当时她挑了造型最完整、漂亮的曲奇，用纸托垫着，一层层码放在饼干盒里。打开一看，莫靖则再没怎么吃过。

张佳敏捧着饼干盒子，半躺在沙发上看电视。从一个台换到另一个台，那些逗趣的综艺节目真的惹人发笑吗？为什么她都看不进去？她闷闷地吃着饼干，一块接一块，也不想出去跑步。无所事事就容易胡思乱想，从饼干想到嵌入式烤箱，想起莫靖则说过美国几乎家家都有。那么，他以前的女朋友喜欢烘焙吗？所以在她看来烤蛋糕一类的新鲜事，他都觉得没什么可稀罕的吧？不知不觉，吃得肚子有些撑，她才惊觉饼干盒子几乎见底了。

而说到上海，张佳敏记得莫靖则有一位师妹在那边工作。之所以印象如此深刻，是因为在他刚刚到阳朔的那个春天，那位叫作左君的师妹曾经去找过他。那时候张佳敏对他已经心生好感，难免暗中留心，借口说家里做多了菜送给莫靖则，和左君打了个照面。言谈之间，得知左君以前也是攀岩队的。看她纤细文弱，和常见的攀岩姑娘截然不同。左君在莫靖则家住了两天，他还带她去遇龙河上划了竹筏，看《印象刘三姐》的演出。

张佳敏和莫靖则在一起之后，曾经旁敲侧击打探过，他说左君是当时队里的宣传骨干，是他的好朋友和得力助手。莫靖言也说过，堂兄大学没谈恋爱，只有出国后孙维曦那一位女朋友。但张佳敏一直记得，左君看向莫靖则时温柔专注的眼神。女孩子的直觉是不会错的。

从莫靖则的同学、朋友口中，偶尔也会听到左君的名字，说起她，每个人都是连连夸赞。左君温婉清秀的面容，谦和有礼的态度，还有看似简单却一丝不苟的衣着和妆容，都有着她所不能比拟的典雅和精致。那么，莫靖则最近频繁地往来于京沪之间，是不是也会遇到这位曾经青睐他的师妹呢？虽然左君不曾是莫靖则的女朋友，但并不表示二人之间毫无瓜葛。

张佳敏不觉又想起在茶水间里，同事们讲起金融圈的风言风语，有谁明修栈道，有谁暗度陈仓。她曾当笑话一笑置之，然而此刻那些念头，却像藤蔓一样，将一颗心渐渐裹了起来。

第五章

风雨北马

夏小橘回到北京时已经是九月末，时值金秋，碧空高远，气温适宜，正是跑步的好时节。跑步小分队的练习时间也改到了更为舒适的下午。刚过完中秋节，张佳敏做了不少月饼，特意留了几块带过来。一见面夏小橘就笑了，揽着她的肩膀，问：“佳敏，最近是不是没有认真跑步呀？”

“小橘姐，你怎么知道？”张佳敏脸一红，“你也看出来我长胖了？”

“是长了点肉，不过我觉得正好呀。”夏小橘捏了捏她的胳膊，“你原来太瘦了。不过你们南方妹子，骨架小，人看着也苗条。我要是去了广西，肯定装不了当地人。”

夏小橘逐一检视她带来的月饼：“有冰皮的，还有酥皮的，南瓜、紫薯、莲蓉……蛋黄红豆沙……听起来就好好吃。”她恍然大悟，“做了这么多又好看又好吃的甜品，长点肉也是值得的。”

“前些日子你没在，佳敏拉我们几个试吃。”方拓揉着肚子，“如果这么吃下去，我再上雪山就爬不动了，直接冬眠好了。”

夏小橘瞥他：“佳敏下次做什么好吃的，可千万别告诉方拓！”

张佳敏赧然："我最近就研究这些，的确跑得不多。得好好练习，要不靖则又说我不认真对待了。"说着撇了撇嘴。

"莫大又出差了？"夏小橘好久没见到他，"他只知道说你，自己飞来飞去，能练习吗？"

"你是低估了师兄的执行力。"方拓耸肩，"他还坚持一周跑三四次呢。时间长就跑长距离，时间短就跑变速或者冲刺，见缝插针，绝不浪费。"

说起莫靖则最近频繁往来于北京、上海之间，张佳敏旁敲侧击，问方拓："你们不少同学在上海吧？他可以约着朋友一起跑呀。"

"也不一定。他不是一早跑，就是半夜跑，谁跟得上？"方拓答道，"上海那边我还真不熟，附近没什么山可爬呀。"

张佳敏也不再问。她速度比不上方拓和夏小橘，落在后面，按自己的节奏慢慢跑。夏小橘一直在坝上草原奔波，能跑的时间不多，体能明显有所下降，用熟悉的速度跑十公里，竟然有些气喘。方拓状态尚可，有时候跑起来压不住步子，就超过夏小橘几十米，再折返回来。夏小橘有些岔气，蹙眉道："你别这么绕来绕去，看得我眼晕。"

"我不是在等你吗？"

"你这么跑出去又跑回来，我觉得自己和遛狗似的。"

"你才是，狗咬吕洞宾。"方拓在她肩头拍了一巴掌，"我这不是等着你，给你鼓劲儿吗？"

夏小橘脚下一个趔趄，皱眉道："你手怎么那么重呢？"

"有吗？拍疼了？"他伸过手去，"给你揉揉。"

夏小橘抬手拂开："一身汗，脏爪子，别碰我。"

跑了两圈，买了几瓶运动饮料，二人溜达着去找张佳敏。夏小橘叹气："我这个状态，还能跑全程吗？有点担心。"

方拓问："那你到底想不想跑了？"

“当然跑啊，都报名了，大不了后半程走下来。你呢？不是过些天就去爬山了？”

方拓一脸认真：“跑啊，那时候我肯定回来了，大不了后半程陪你一起走呗。”

夏小橘白他一眼：“什么陪我走？！分明是你自己也跑不下来。”

“我这体能，就算直接上场，四个小时也能跑下来好吗！”方拓轻哼一声，“到时候跑没影了，你别说我不等你！”

“有什么了不起啊！你跑你的，我走我的。”

“我就这么说说。”方拓笑道，“跑跑走走多舒服啊，我背点零嘴，咱们可以边走边吃。”

“行吗？会岔气吧？”夏小橘将信将疑。

“吃的时候走慢点呗。”方拓说，“反正没人管。”

夏小橘摇头：“我不，太丢人了。”

“我背着！那我吃，你看着。”

“那更丢人！”

二人说着说着，和张佳敏碰到一起。稍事整理，方拓问：“附近有一家大棒骨还不错，要不要一起去吃？”

张佳敏摇头：“我不吃了，最近得节制点。”

方拓说：“饭总是要吃的吧？”

“我回家熬点粥，吃点蔬菜。”

夏小橘面露愧色：“我是不是也不应该去吃肉了？最近在坝上吃了那么多肉。”

“谁告诉你们吃肉长肉啊？”方拓握拳屈臂，露出二头肌的轮廓来，“我比你们吃得多多了，有肥肉吗？都是肌肉！”

夏小橘从路边捡了根小树枝，戳着他的肩胛骨和胳膊：“对，都是鸡肉。这是鸡翅根，这是翅中。”

方拓反手捉过她的树枝，佯装发怒：“你俩都饿着吧！看你们到时候怎么跑，我可不管哈，回头自己坐收容车。”

说归说，夏小橘可没有张佳敏意志坚定，还是在方拓过几天就要进山吃苦的说辞下，陪他去吃了酱骨棒。吃过饭，伴着漫天晚霞，又乘车去之前办卡的地方看电影。方拓问夏小橘想看哪一部。这一档期上映的有《盗梦空间》和《山楂树之恋》，她对前者更感兴趣，但想着已经上映了二十多天，不知方拓是否已经看过。方拓催她：“这也要想那么久？我就是客气客气，问你一句，你要说不看《盗梦空间》我可和你急。”

“看呗，我以为你看过了呢。”

“我都忍住了，一直等你回来。”他随口应道，“就知道你也喜欢看这种。”

夏小橘脸一热，心道：谁说我非得和你一起看电影啊？

方拓买了大份的爆米花，塞给夏小橘捧着，外包装又是《冰河世纪》里的橡果造型。他还一字一顿大声道：“幼稚！”

夏小橘将爆米花转到另一侧：“那你别吃！”只是放了句狠话，还是放到二人中间的扶手上。

“这样放不稳的，你胳膊一抽就都扣了。”他说着，把扶手抬起来，爆米花放在座椅的中缝上。

看到构建梦境的段落，街巷挤压折叠，方拓轻侧身体，几乎和夏小橘头抵着头，低声说：“这段拍得牛。”评论完，他并未远离，依旧和她肩膀挨着肩膀。

夏小橘心跳加快，想到拿爆米花时，手指偶尔碰在一起，还带着焦糖的温热，黏黏的，彼此似乎有短暂的停留。她想起在草原星空下，他们并肩而立，却彼此无言，但是在篝火旁，方拓特意为她留了一个烤红薯。他是否还记得，在雪宝顶山下的篝火旁，她说过这样烤熟的最好吃。心头虽然暖暖的，但是，有了期盼，才会有失落。

夏小橘不想和好友之间还要耍什么欲擒故纵的心眼，但是也不想走入窠臼。再也不要像当初对程朗那样，名义上是好友，却因为对方的一个眼神、一个动作、一句暖心的话而心情起落，柔肠百转。她猛然警醒，这不一样啊。她那时候喜欢程朗，一心一意，奋不顾身。但是，她可以不喜欢方拓啊。她不会的。

这场电影本来就烧脑，看到最后夏小橘大脑有些空，只是茫然地看着大荧幕上激烈的打斗。

从电影院出来，二人说起这几日的安排。方拓在十一之前便要出发去四川，先去四姑娘山，带一个入门级的团队徒步，攀登二峰。之后再去雪宝顶，做雪山攀登练习。夏小橘算了算时间，她还要再适应一两天十公里，然后跑三十公里的长距离，那时候方拓大概已经出发了。方拓随口说道："你十一如果没安排，可以和我们去四姑娘山啊。"

夏小橘一怔："啊？十一游客多，机票贵，现在订有点晚了吧？"

"那就十一之后，去趟雪宝顶，还能顺路去趟九寨沟。秋天很美啊，你找个项目就过去了呗。"

"研究所也不是我家开的，哪儿能说去就去？"

"嘁，你就是懒得动。"

夏小橘摊手："是啊，你爬你的山，我去干吗？干等着呀？"

"你要是想登顶，我也可以带你呀。"

"我什么装备也没有。"

方拓鄙夷地看着她："最基本的户外服装你总有吧？还需要什么？我马上能给你准备出来。"

"操作也不会。"

"我教你。"

夏小橘耍赖："我平时的工作就是往野外跑，好不容易休假，能不能让我歇歇？我不想住帐篷了！"

方拓“哼”了一声：“我就是试试你，看你是不是真懒！”

“我翻山越岭的时候，你不知道在哪儿呢！”夏小橘有些心动，但是依旧嘴硬，“我项目要总结，真的走不开……而且好不容易回北京，我要享受城市生活。”方拓拗不过她，也不再坚持。

夏小橘又跑了一次十公里，接着找了一个天气晴好的夜晚，早早出门，预备拉练一个三十公里。她在网上问方拓要不要拉练，他说第二天一早的飞机，正在家整理行装，于是她便留言约了梁忱。梁忱只报名了半程马拉松，规律练习，说没有那么长的时间陪她跑完三十公里，但是可以陪她跑最后十公里，在她难以坚持的时候给她鼓劲。

头二十公里，只有夏小橘一个人踏上漫漫征程。她选了一条路线，一大圈正好是五公里，第一圈跑得很轻松，第二圈稍微有些渴，就在路边小卖部买了一瓶运动饮料。喝了几口，觉得跑的时候握在手中晃来晃去，就找了一棵大树，放在树后的草丛中。沿途遇到同一位送快餐的小哥，一来一往，碰头两次。骑着电动车的小哥面露惊讶：“同学，你还在跑啊？这是跑了多远？”

“一共要跑三十公里！”夏小橘利落地应了一句，跑到刚刚藏水的树后，摸了一把，却摸了个空。

饮料瓶不在。夏小橘心中纳罕，以为是记错了位置，把前后几棵树都绕了一圈，仍旧没有。她不觉气恼，低声嘟囔：“这是谁啊？别人的一瓶水都拿。”

只听身后有人说：“同学，又见面了。”

夏小橘回头，看到方拓笑盈盈地站在路灯昏黄的光线中，手里摇着她的饮料瓶：“你知不知道，乱扔垃圾，可是要罚款的哟。”

“我还说呢，哪个人这么鸡贼，连一瓶水都要拿！”

“我是爱护环境卫生的。我看见有人鬼鬼祟祟把塑料瓶子扔在树后。”方拓用瓶子戳了戳夏小橘的手臂，“谁啊谁，说自己翻山越岭，这点环保意识都没有？”

夏小橘辩驳：“我就是懒得拿。”

“你可真是懒到家了。”方拓挥手，“接着跑吧，我帮你拿着。”

夏小橘心中美滋滋的：“你不是明天一早的飞机？”

“我东西都收拾完了。一会儿回家洗澡就睡，明天飞机上补觉呗。”

“早说我等你一会儿，我都跑了十多公里了。”

“我也跑了将近十公里了。”方拓笑，“傻，有人跟踪你都不知道。不怕被打劫啊！”

“路上还有挺多人呢。”

“是，你不打劫别人就好。”方拓揶揄道，“不过我看到送快餐的小哥和你搭讪了。”

“他应该觉得挺惊讶吧。我一加速和他的电动车差不多快。”

“嗯，我觉得快递小哥是感受到了威胁。”方拓点头，“你还不用电。人家肯定以为你是来抢生意的。”

二人说笑打闹，不知不觉又跑了一圈。梁忱打来电话，问夏小橘跑到哪儿了，自己去实验室门前等她。夏小橘扫了一眼身边的方拓，一时间说话有些语无伦次，便随口应着，跑过去与梁忱会合。

楼前树影摇曳，梁忱已经换了运动服，一边热身，一边等夏小橘过来。远远看到有两个人转过路口，其中一个正是夏小橘，她身边还多了一个略微眼熟的青年男子。仔细回想，是上次吃饭时在餐厅偶遇的，当时莫靖言也在场。

跑到近前，夏小橘停下来为二人作介绍：“这是我的朋友方拓。他今年也报了全程马拉松，所以一起跑个LSD；这位就是我提到过的，未来的杰青——美貌与智慧并存的梁忱老师。”

二人打过招呼。

方拓说："我听小橘说起过，经常来这边找朋友一起跑步，我也来过，不过还是第一次遇见梁老师，幸会幸会。"

夏小橘忽然想起，上次和方拓一起吃西瓜吃得他险些水淹七军，那天本来是想约梁忱的。虽然不算放她鸽子，但依旧莫名尴尬起来，她连忙找话题打岔："咱们先跑吧，要不然心率该降下来了。一会儿跑完了，喝点东西，慢慢聊啊。"

"没事，我就是坐了一天，肩背僵硬，想活动活动筋骨，下楼拉伸一下，已经好多了。"梁忱笑得狡黠，"我本来怕你后十公里坚持不下来，不过既然你们互相鼓励，我也就放心了。正好，我还想备备课，就早点回家啦。"

她一走，夏小橘反而更加尴尬起来，总觉得无论面对梁忱还是方拓，自己都不那么磊落。方拓不以为意，跑在她旁边，问道："这位就是你说过的，从麻省回来的那位教授？"

"是啊。"

"我还以为是个刻板的老学究呢。"方拓笑了，"是你科研道路上的偶像吗？"

"我可达不到梁老师的高度，她比咱们大不了几岁，在我这个年纪，早都出了不少成果了。"

"那……你还打算读博士吗？"方拓问，"还想去国外读？"

"还没想好。如果能在国内读个在职的，也可以考虑啊。"

"那挺好的啊。"方拓笑道，"我也跟着沾沾光。"

夏小橘好奇道："你怎么沾光？"

方拓放缓脚步，落在她身后："那我现在就是，博、士、后呀。"

两人说说笑笑，很快跑了二十公里，一直压着速度，耗时两个小时十分钟。之后的十公里便不那么轻松了，夏小橘的双腿越来越沉，大腿有些抬不起来，小腿和脚底也渐渐酸胀。她咬牙坚持，一边跑一边心中默念：加油，别泄气，至少跑到下一个路灯再走……路灯到了，再跑到前面的路口吧……

实在腿酸得难受，她就停到路边揉一揉。方拓比她跑得少，体能也充沛许多，但是也不催促，跑去小卖部又买了两瓶水，一路上握着。夏小橘想帮他拿一瓶，方拓挥手格开：“还不如我自己拿，左右还平衡一些。”

最后两公里夏小橘几乎是跑跑走走才熬了过来，看了一眼时间，三十公里总耗时三小时二十五分钟。她长吁一口气：“关门时间六个小时，还有两小时三十五分钟来完成十二公里，走也走下来了。”

方拓揶揄道：“夏小橘，你有没有点追求？”

“有啊，完赛就是我的追求。”

夏小橘感觉脚掌前侧有些磨，不知是不是已经起了水泡。路过一片草坪，她叹息道：“好想趴下来……还要走回家啊。”

“就知道你懒得走。”方拓攥住她手腕，“出门我打个车送你回去。”

他的手掌大而温暖，可是她刚刚跑了三十公里，手臂上汗津津的。夏小橘有些尴尬，使了个千斤坠，拖住脚步，想把手腕抽出来。方拓手中一滑，变成和她手掌相握。夏小橘觉得脸上越发燥热起来，好在刚刚跑成一个大红脸，也看不出什么差异。

“别耍赖了，我一撒手你该坐地上了。”方拓的声音里隐隐透着笑意，“怎么？还得我背你出去？”

“别说大话了，就算你比我少跑五公里，现在腿不软吗？”

“小看我，又不是没背过，要不要试试？”

“不用！”夏小橘心跳加速，果断拒绝。

“那好。”方拓说着，松开夏小橘的手。

她的心一瞬间轻松下来，虽然多多少少有些失落。

正怅然，方拓的手臂便压下来，环着她的背，小臂搭在她肩头。他的声音近在耳畔：“换你背我好了。”

夏小橘骤然间失去言语，全身僵硬。二人以前也曾经心无旁骛，兄弟般勾肩搭背。但她总觉得，今日这个距离格外亲昵，像是他将自己揽在怀中。她隐约能感受到他温热的气息，还能嗅到T恤上残留的淡淡皂香味道。

不是他今天离得格外近，就是自己想太多。对，一定是自己想太多。夏小橘捉着他的手腕，嫌弃地丢开："才背不动你，能吃能睡的，一回北京就长肉了吧？"

方拓笑了笑，也不再说话。气氛一时有些尴尬。他清了清嗓子："十一的时候，真不和我去四姑娘山了？"

夏小橘稍一迟疑，答道："不去了，真的不想折腾了。"

"那……等我回来。"方拓敛了笑容，"别四处乱跑。"

他的语气过于认真，夏小橘有些慌乱，依旧摆出一副强硬的态度："我……我能跑到哪儿去啊？"

"我哪知道？或许看个星星，看个月亮的。"方拓撇了撇嘴，"没时间带我们骑马，但是有时间和人家拍照。"

"我不都解释过吗？你怎么还念叨啊！"夏小橘踢他一脚，"怎么这么小肚鸡肠！"

"分明是你先伤害了我们幼小的心灵的！"方拓佯怒，"还有，等我回来，才能去吃调味牛排！"

夏小橘嗔道："这你管得着吗？"

"我是怕你喝太多免费南瓜粥，以后人家不供应了。"

方拓再三坚持，在大门口打了一辆出租，送夏小橘到宿舍区外。她下了车，同他挥手道别："多谢你过来陪我跑步。回去早点睡，一路平安。"

方拓降下车窗，伸出手来："加油练习，等我回来，和你一起跑全程。"

夏小橘和他击掌，情不自禁地笑了起来。方拓今天说了好几次"等我回来"。她最近没有出行计划，当然哪儿也不去，就待在北京。但是，要给逝去的每一天，增加一个等待的意义吗？看着远去的出租车，夏小橘心中一时甜蜜，一时怅惘。

距离北京马拉松的比赛日还有一个月，夏小橘也不再安排长距离拉练，计划赛前跑一次二十公里，其他时候便以八公里、十公里的训练为主。过了几日，夏小橘又约了梁忱跑步。实验楼的宣传栏里挂着"最受欢迎教师"候选人的介绍，梁忱赫然在列。夏小橘赞叹道："梁老师，你不仅科研做得好，在学生中的口碑也不错哦。"

"大概因为今年开了全院的公选课，认识我的人比较多吧。"梁忱笑道，"这些展板都是学生做的。我什么都不知道，忽然就成了候选人，十一之后正式投票。"

夏小橘一字一句读着个人简介："'温柔而坚定，细腻却通达'，写得蛮到位哦。有笔吗？我再给你添一行，即将参加北京马拉松半程比赛。"

"那就不用了，等我什么时候跑全程再说吧。"梁忱问她，"你准备得怎么样了？"

夏小橘说了三十公里 LSD 的用时。

梁忱算了算："前段时间你在草原，跑得不多，三个多小时也跑完了。再练二十多天，到了比赛，肯定比现在状态更好，那么全程四十二公里，四个半小时问题不大，最多也就四小时四十分钟。"

夏小橘赞同："能完赛就不错了。不过的确每次到正式比赛，都比自己跑的成绩要好。"

"有方拓带着你，完赛肯定没问题。看他体型就知道，运动能力不错。"

"是啊，他以前是攀岩队的，后来总去爬雪山，没事也要去操场练体能。那天跑完 LSD，他就又出发去四姑娘山了。"

“哦？那他是特意过来陪你跑三十公里的？”梁忱笑得别有深意，“小橘，这个男生还蛮好。”

夏小橘心里有鬼：“那……我们是铁哥们嘛。”

梁忱耸肩：“好，你说是，就是吧。”

“梁老师，你怎么一脸不相信啊！”夏小橘窘迫，“还有，别总说我了，说说你啊。”

梁忱一脸无辜：“关键是，我没有什么好说的啊。”

“那个……你有男朋友吗？”

“现在？没有。”

“一定有人追你吧？”

“还好吧，回国之后有一两个，但没什么值得说的。”梁忱眨了眨眼，“我就说我没什么好说的，很无聊吧？”

“一般男生也不敢追你吧？”夏小橘叹气，“很优秀的男生呢，大部分又都有女朋友了。不过我相信，你这么好，一定会遇到一个各方面都和你很相配的人。”

“如果，遇不到呢？”梁忱反问，语气平静，“朋友们总对单身的人说，‘You deserve someone better.’（你值得更好的人）；可实际情况或许是，连一个足够好的人，都不会出现。”

“这……未来这么长，这样讲有点悲观呢。”

“我应该不算悲观，只是不把找到The one作为乐观的一部分。”梁忱语气舒缓，“想想从小到大，你遇到过几个真正心动的人，其中有几个天时地利，又有几个彼此合适？这个概率很小的。而且客观地说，过了一定年龄，概率的确会越来越小。怎么能保证，这样的人一定会出现？我只不过，不抱着这种目标而已。它不是一项必修课。”

夏小橘觉得梁忱说的话无从反驳，但又觉得，如果人生真的如此，那还真是寂寞如雪啊。

梁忱看她不说话，笑道："当然，机会还是可以人为主动创造的嘛。再说你现在身边也有很多不错的男生吧？"

夏小橘自然而然想起方拓，支吾道："还好吧。"

"我只是说，遇不到的可能性是存在的；但是如果你遇到喜欢的人，也不必想太多呀。"梁忱微笑道，"去爱吧，像没有受过伤一样。"

夏小橘失笑："梁老师，你连这个都知道？"

"为什么不知道？学生每天说的我都知道。"梁忱轻快地笑起来，"我看起来像个老古董吗？"

夏小橘在台历的日期格里写下训练计划，十月二十四日的比赛日用红笔粗粗地描了个圈。

国庆假期游客众多，户外俱乐部前后组织了两支入门级别的队伍去四姑娘山附近徒步，攀登二峰；之后约了另一支队伍去雪宝顶。想起来，那是她和方拓最初相遇的地方呢。

夏小橘想起上次翻阅的论坛和博客文章，继续找出来，翻着大家的照片。方拓要照顾队员，途中匆忙，自己很少更新。她只能从别人的照片上看到他的身影，从他们的描述中，想象他的动作和表情。想到他的那句邀约，夏小橘忽然有些后悔，为什么不趁着假期，和他一起去一趟四姑娘山呢？

方拓一行人结束了在四姑娘山的徒步和攀登，乘车前往松潘。一路车程漫长，众人谈论起之后几日的计划，便闲聊起来。有人问冬天是否还要组织到双桥沟攀冰，方拓说："你们定计划，我不一定。我要休息两个月，至少不长时间出远门了。"

众人好奇道："你每年必然去攀冰，今年不爬了？"

"爬啊，不过不出来训练那么久了，或者就在北京附近。"

同伴从后座探身，用胳膊箍着方拓的脖子："怕总跑来跑去，女朋友吹了吧？"

身边有和方拓相识多年的朋友，知道这是他几年来避而不谈的话题，拿胳膊肘戳了戳口无遮拦的问话人。

方拓不以为意，朗然一笑："吹什么吹？和谁吹？还没有女朋友呢。"

"哦……"周围的人一片起哄声，"那就是有目标了？谁啊谁啊？我们认识不？"

有人问："又是带队时认识的小姑娘？"

"不能吧？吃一堑长一智，阿拓不可能再找一个那样的小粉丝。"有人生性直爽，聊得兴起也不避讳，"是吧，阿拓？像上次那姑娘，叫什么来着？人家为了你进了户外圈，分手之后都退出了吧？"

方拓告饶："就当我年少无知，兄弟们放过这一茬吧。"

另一人信心十足："我猜是上次的英吉沙小刀！"

众人附和："对啊，你上次那把刀送谁了？不是和你说不能送刀吗？"

更有知情人问："前段时间你说想看房，如何了？女主人找好了吗？"

"哎，我说你们，刚才一个个困得东倒西歪，这么一会儿又都精神了是吧？"方拓扬手，把凑到近前的几张脸推开，也不禁笑起来，"我要真有女朋友，肯定不会藏着掖着，到时候请你们吃饭，行了吧！"

"当然行！"众人哄笑，七嘴八舌地报了一堆价格不菲的餐馆。

笑闹了一会儿，大多人又在颠簸的车程中昏昏沉沉地睡了过去。公路在山间蜿蜒穿行，峻峭的山壁和奔腾的河流在车窗外交错而过。看着飞速流淌的光影，不知为何，方拓便想起那天跟在夏小橘身后跑步的情形，看着她步履轻松，还时不时跃起去够头顶的树叶。路灯光从枝叶间漏过来，明明暗暗地洒在她身上。方拓刻意压着步伐，不去超过她。在将近一个小时的慢跑中，他想了很多，三年中从相识到熟悉，从亲近到牵挂。知道跑得离她越近，便越没有回头路。

他心中有期待，但也有惶恐，然而更多的，是喜悦。

是无论何时何地，想起她，都会不自觉地微笑。

车窗外偶尔掠过深色的山岩，方拓从玻璃中看见自己扬起的嘴角。看着夏小橘无辜又忙乱地在草丛里翻找着自己的饮料瓶，他终于忍不住喊了她的名字。她看到他，也不禁欣喜展颜。那一刻，方拓想，为什么明天又要出发了呢？他真的还不想走。

他们在松潘和需要带领的顾客会合，距离回京的日子越来越近。攀上雪宝顶后，队友看到方拓又拿着冰镐画着什么，凑过去一看，笑道："你怎么又画了一个苹果？"

"什么眼神？"方拓轻笑，在旁边写了几个字。

"本来就是个苹果，难不成是个香蕉？这就说我？！"

在那个扁圆的顶个叶子的水果旁，写了大大的三个字：你真二。

下山回到大本营，装备还没放下来，就有人迎上来，促狭地笑道："方拓，大惊喜，可知道你为什么买一把小刀了！"

他有些不解："嗯？怎么？"

对方嬉笑道："人家姑娘找来了，刚到，路还挺熟。"

方拓心中惊喜，走过去拉开帐篷的门，一边说道："我就知道你会来！"

里面的女生抱膝而坐，她仰起头，粲然一笑："是吗？"

距离北京马拉松还有三天。连日来温度不高，天色阴霾，气象预报说周末有小到中雨。夏小橘有些犹豫，不知道这样的天气是否还要跑全程，但还是领取了参赛包，备好压缩裤、速干 T 恤、号码布和跑步腰包。又额外预备了一件冲锋衣，一早出门时穿在身上防寒。

前一夜她早早便躺下，但是翻来覆去睡不着，一闭眼，以前跑过的半程终点就跃入脑海。之后的二十一公里，每一步都不曾涉足；

现在想起来，漫长得令人紧张。

迷迷糊糊中似乎没睡多久，闹铃就响了。出门时六点刚过，天色昏暗，和浓黑的夜区别不大，空气湿漉漉的，分不清是浓雾还是细雨。

夏小橘搭乘地铁到了前门站，刚下车就接到张佳敏的电话，说她和莫靖则就在入口不远处。雨丝似乎密集起来，夏小橘撑开折叠伞，随着挤挤挨挨的人潮通过安检。

起跑的等候区按照赛程分成几部分，最前面是特邀运动员，之后便是全程、半程、十公里，最后是迷你马拉松的队伍。张佳敏和银行的同事们站在一起，莫靖则本应站到广场东侧中部的半程起跑区，时间尚早，他斜斜地打了一把大伞，将张佳敏完全罩在伞下。张佳敏看到四下张望的夏小橘，扬手喊她过来："我跑完回家等你们。预备火锅一起吃！"

夏小橘摆手："你们先吃，等我跑完大概已经下午了。"

"没关系啊，火锅嘛，随到随吃。"

"还是一起去饭店吃吧。"莫靖则建议，"你跑完也歇歇，别折腾着做饭了。"

"不折腾啊，也没什么要做的。"张佳敏笑道，"我昨天都买好蔬菜和海鲜了，今天再去买些羊肉。冰箱里还有我做的提拉米苏呢。"

张佳敏的同事们拉着横幅，凑在一处，以前门和天安门为背景拍着照片。她笑着跑来跳去，右脚的鞋带松开，拖在泥水里。张佳敏俯身，系了一道蝴蝶结，在上面又系了一个结。

莫靖则喊她过来："这样系鞋带很容易开，我不是教过你怎么系吗？"

"没记住。"她吐了吐舌头。

莫靖则叹气，蹲下身来，将她右脚鞋带拆开，重新理了一遍，解释道："看，两侧各绕一个环，单边抽过去，收紧。"

"哦。"张佳敏拿着伞站在他身边，点了点头。

夏小橘站在一旁，向入口的方向瞥了一眼，无意看到梁忱学校的队伍，学生们打着旗子，很多人穿了本校的衣服，颜色很是整齐。仔细一看，梁忱就站在一群学生中间。她戴着一顶轻便的户外帽，也看到了夏小橘，向她挥了挥手。

夏小橘招手示意她过来。梁忱和她还有一段距离，摆了摆手，用口型和手势告诉她，人太多，一会儿见，便随着人群涌向半程的等候区。

莫靖则系完一侧鞋带，起身接过雨伞："记住了吗？那你试试看另一侧？"

"好呀。"张佳敏依言而行，重新绑好左脚的鞋带。

旁边围观的同事嘻嘻哈哈打趣道："佳敏你男朋友真好，成熟英俊，还这么体贴。"

张佳敏有些羞怯，挽着莫靖则的胳膊，笑得甜蜜而舒心。

"我先过去存包。"夏小橘说，"佳敏加油哦，你没问题的！"

"嗯！"张佳敏用力点头，"一点问题都没有！小橘姐你也要加油哦！有朋友和你一起跑全程吗？"

"认识的人里，好像没有呢。"

张佳敏替她抱不平："这个阿拓，临阵逃脱，都要比赛了又说不来。不还是他鼓动你跑全程的吗？"

"说是队里出了点状况，有人生病了，走不开。"夏小橘无所谓地耸了耸肩膀，"反正我自己也想试试看。就是没想到，遇到这种天气。"

张佳敏问："你有一次性雨衣吗？"

夏小橘摇头："方拓本来说他有很多，我就没预备。他忽然说回不来，我也懒得去买了。如果今天雨大，我跑到哪里算哪里，直接坐地铁找你们吃饭去。”

“那也好。”张佳敏笑，“你还有其他朋友跑吧？我看你刚刚好像和谁招手来着。”

“哦，就是平时总一起跑步的梁老师啊。”夏小橘向着前方学校的大旗指过去，“她也跑半程。”

莫靖则微侧雨伞，顺着她手指的方向看过去，只见晦暗的天光下，茫茫一片人海。

广场上灯火通明，橘黄色的路灯在朦朦胧胧的雨雾中映出一团团柔和的光晕，让人觉得此刻仿佛是黄昏。雨依旧下着，不算大，但是绵绵密密，丝毫没有停歇的征兆。即将起跑的人们挤在一起，也并不觉得冷。

夏小橘原本计划把冲锋衣脱下来，放在背包里寄存，但这样的天气让她犹豫了一下。于是依旧穿着冲锋衣，只是将折叠伞塞到背包里，拿去物品寄存车。

能跑到哪里是哪里吧。她对自己说。中途有迷你跑、十公里和半程的出口，随着人潮拐出去就好。

正思考间，电话响起来。方拓在那边问：“开始跑了吗？”

“还没，快了。”

“北京是不是下雨了？”

夏小橘简短答道：“嗯。阴天，雨不大，但也停不了。”

“温度怎么样？穿够了吗？”

“放心，我心里有数。”夏小橘应道，“你一个逃兵，别指挥我啦。”她语气平平，没有往日的生动畅快。

“我这两天应该就能回去。”方拓的语气小心翼翼，试探着问，“你没生气吧？都是我的错，回去请你吃调味牛排。”

“没事，你忙你的。”她淡淡地应了一句，“你的队友好些了？”

“差不多了，今天再去吊个瓶。”

“好。不多说了，我要出发啦。”

他大概自知理亏，也没多嘴，只是在那边鼓劲:“夏小橘，加油！”

“嗯，会的。”她挂断电话，感觉胸口抽紧，像是一团被揉皱的纸。

发令枪响，人群缓缓向前移动。起跑线附近架着各式相机和摄像机，人们欢呼着跑过起点的大门，浩浩荡荡，沿着长安街一路向西。跑步者们还没有拉开距离，摩肩接踵挤在一处。

路面上一层水光，雨雾扑到脸上，湿湿凉凉的。夏小橘靠到边缘，寻着空隙不断向前。过了一会儿，莫靖则就从身后追了过来。他的雨衣刚出发就抛下了，上身只穿了一件短袖T恤，已经被小雨打湿大半。夏小橘的橘红色冲锋衣颇为显眼，他放慢脚步，和她打了个招呼。夏小橘问：“佳敏呢？还在后面？”

“是。”莫靖则应道，“我和她一起起跑的，不过他们单位要一个方阵一起跑。我就先过来了。”

他身高腿长，步伐稳健，比夏小橘快上不少。凄风冷雨中，她不好意思耽搁对方时间，说道：“师兄你跑得快，我肯定跟不上的，你先跑吧。”

“好。一会儿见！”莫靖则挥了挥手，“加油！”

尽管下着雨，路边依旧有围观加油的观众，或是被交通管制拦下的路人。耳机中传来欢快的音乐声，还有冲锋衣摩擦的沙沙声。

这件冲锋衣半新不旧，洗过两次，没再做防水处理，已经能感觉到雨水在慢慢地浸润，好在身上依旧热腾腾的，只是穿得太多，跑起来有些笨拙。

路面湿滑，夏小橘降低速度，尽量踩稳每一步。路过迷你马拉松的终点，已经陆续有人转了进去。她瞥了一眼，对全程而言，刚刚过去十分之一。她感觉体能尚可，就算跑不下四十二公里，现在撤出还为时尚早。

过了复兴门向北，再左转跑向钓鱼台国宾馆方向。雨渐渐大了起来，和每年欢腾的队伍相比，今年大家都格外沉默。夏小橘已经感觉到皮肤上的潮湿，不觉加快脚步，胸口依旧暖热，但是手上沾了雨水，越跑越冷，寒意顺着指尖、手背和胳膊一路蔓延上来。她把手凑到嘴边，呵着热气。

一时间，思绪便回到在野外跋涉的日子，还有三年多前在松潘时，第一次和方拓相遇的早晨。

那一次也是雾气弥漫，但天色比现在亮白一些，急促清脆的马蹄声自远而近，一人一马，扯破浓雾的帷帐冲出来，都是矫健敏捷。

方拓给她的第一印象，是谨慎少言，彬彬有礼。越来越熟悉后，他的话便越来越多。她相信，就是从比赛吃瓜那一刻，二人都看到对方身上的相似点，便无所顾忌地亮出自己幼稚、嬉闹的一面。

而直到现在，她还能想起来，正为无法告别而遗憾，却在穿过城门的暗影时，看到他笑脸的喜悦；还有他说的那一句，“让人帮你一下会死啊”。当时夏小橘满怀欣慰，只觉得又多了一个可以把酒言欢的朋友。

眼看路标已经过了八公里。湿气透进衣服，不断踩在水中的跑步鞋更是早就湿透，每一步都变得更加艰难。夏小橘放慢脚步，从背包里拿出一根巧克力威化来，剥开包装，边走边吃，香甜的味道和酥脆的口感让人心安，仿佛又增加了些许能量。她深呼吸一口气，继续跑起来。

之后那年深秋，她和方拓在北京重聚，喝酒、吃蟹，半醉半醒间，说起各自的过去。那一天她听到了宁柠的名字，知道在上纳咪村相识不久之后，两个人便顺理成章走到一起，意气风发的攀岩队新晋队长和引人注目的舞蹈团领舞，在校园内不知令多少人艳羡。曾经情深意笃的两个人，却在毕业两年以后分道扬镳。

原因方拓没有细讲，只是微醺之际，半开玩笑：“或许，她是觉得我太幼稚吧，总是口无遮拦。”

当时夏小橘点头：“对，有时候是挺二的。”

方拓佯怒：“我自己说那叫自谦，你这是落井下石。”

马上到了十公里，每一步都踩在水中一般。夏小橘看了一眼时间，已经过去一小时十分钟，比平时的练习慢了十分钟。她兴致不高，有些不想跑了，四下张望却没看到出口。她一时有些记不清，迷你跑之后的赛段出口是九公里，还是十公里。要从围观的人群中挤出去，在众目睽睽下弃赛，她觉得颜面上有些挂不住，抬脚继续向前跑去。

想起方拓积极游说她一同跑全程，还几次三番说，只要有空就和她一起跑。如果不是他煽风点火，自己今年绝不会那么坚定地报了全程。明明说好的，事到临头他又说走不开。夏小橘心中腹诽：借口，都是借口，似乎所有事情都被黄骏说中了。

真是太可恶了，再也不要理他了。

然而想起方拓临出发前，赶去陪她拉练三十公里，一路细心体贴的陪伴，她隐隐又觉得不舍。还有在桦林镇那个傍晚，他在漫天晚霞中，那句带了些许惆怅的“我走了哈”，真的让人觉得，他们一转身，就会离开彼此的视线。

然后，终有一天，会有各自不同的生活。

夏小橘也知道，方拓和宁柠分手之后，短暂地和另一位姑娘交往过。是他曾经带领登山的队员，在一起两三周，大概只牵过手，吃过几次饭，看过一场电影。分开的理由令人啼笑皆非，从影院出来，他招呼姑娘时，错喊了宁柠的名字。对方当场翻脸，怎么都哄不好。

于是，他便也没有努力去追回。

然而，在方拓说来，那位姑娘毕竟是他曾经交往过的人。夏小橘想，自己和他，那些打打闹闹，牵手搂抱，又算什么呢？是兄弟情分，还是无声的暧昧？

即使这样，他也从不认为，是会和你在一起的啊……夏小橘想，她再也不要这种似近还远的距离了。

雨点密集，风也渐渐强劲起来。又过了两三公里，身上的衣物和脚下的鞋子都已经湿透，夏小橘机械地移动着脚步，勉强产生一点暖意，但很快就消散开来。周围的人也明显比前两年跑得痛苦，许多人腿部抽筋，在路边寻找医疗人员。被围起来的志愿者举着云南白药喷雾剂的空瓶，一脸为难："没有了，真的都用光了。"

夏小橘又抽出一条威化，手指冻得麻木，已经剥不开了，便拿牙撕咬开来，边走边吃。她的小腿也有些僵硬，大腿微微发酸，以前到了二十多公里才出现的疲惫感，今天提前十公里便出现了。

身体冷得打战，夏小橘想去洗手间，十五公里附近正好有一个，便停下来排队。排了两分钟，正好梁忱从后面跑过来，喊了她一声，问道："就你自己？方拓呢？"

"他们队伍里有点事，来不了。有人高反加感冒，去医院了。"

梁忱应了一声，又问："你带能量胶了吗？"

夏小橘摇头，这本来都是方拓拍着胸脯说自己回来再准备的。梁忱从腰包里摸出两条，塞到她手中："我快跑到了，你拿着吧。"她戴了帽子，但能看出来，在冷雨中脸色也有些苍白。

"不用不用，我还有两根威化。"夏小橘递回去。

"我还有，足够。"梁忱微微一笑。

夏小橘也不再推却："站着太冷，你不用等我。"

"好，那我先跑一会儿。加油哦！"梁忱跑开两步，又转回来，握了握夏小橘的手，轻声道，"天气不好，也别太勉强。"她的手指一样冰冷，但掌心透过一丝暖意，夏小橘鼻子微酸，抿着嘴点了点头。

转到北四环附近，路上加油的观众寥寥无几。道路空旷，风似乎吹得更猛。许多选手一边走一边发抖，还有人索性坐在路边，抱紧身体，等着收容车过来。

夏小橘浑身湿透，只觉得每跑上一步，胸腔里的热量都要被抽空一些，她的牙齿轻轻打战，仍然在勉力坚持。贴身的手机振动起来，是方拓打来的：“我看电视，雨还不小。你跑到哪儿了？”

“十六公里，跑着呢，没法和你说话。”她手指僵硬，都要握不住手机，生硬地答了一句，便挂断电话。

他又在忙什么呢？此刻又陪在谁身边？真的有人在严重高反时患上重感冒？还是那只是他想留下的借口？

夏小橘不禁想起，在她辗转寻得的博客上，也有人参与了雪宝顶的攀登，还上传了一张大家回到大本营之后的合影。站在方拓身边的姑娘笑盈盈的，似曾相识的脸，花一样的容颜，身上披着一件熟悉的男款外套。夏小橘曾见过她和舞蹈团的合影，一直记得她笑起来明艳动人的样子。

夏小橘当时第一个反应，是下意识地关掉了网页。她这才意识到，方拓在雪宝顶所拥有的回忆，不仅仅是和她。那是他们相逢的地方，也是他和宁柠相遇的地方。他说过，从来不怪当年宁柠决绝离开，只怪自己的幼稚和大意。那么，现在他心中是否都是失而复得的喜悦呢？

但是，你为什么还要对我守口如瓶呢？何必说上那么多句“等我回来”，给我期盼的错觉呢？何必用你的体贴和默契，让我对你心生依赖呢？

北风穿过湿透的衣服，寒意涌遍全身。夏小橘只觉得无论如何努力，都无法让身体温暖起来。脸上湿漉漉的，是雨水吧？是吧。抹过去，似有若无的温度转瞬即逝，变得和风雨一般冰冷。

路边出现了越来越多行走的人，还有人脸色发青缩成一团。她曾以为终于找到可以风雨同行的人，最后，还是要自己跑完漫漫长路啊。

梁老师说得对，找爱人，的确不能当作人生的目标。你相信你会遇到更加默契共鸣的人吗？或许到了最后，发现他和黄骏口中的那些人，并没什么不同。

夏小橘意识到两件事：方拓于她，不仅仅是一个好朋友；然而，她宁可和他不再有任何瓜葛。像当初对程朗那样，默默守护吗？多少年心情随他跌宕，换来一句，“你已经是我很亲近的人了，但我不能控制我的心”吗？好在还没有用情至深，还能痛下决心，快刀斩乱麻。

她不再是少女时代情窦初开的夏小橘，她不要重蹈覆辙，再当一个委曲求全的“好朋友”，再经历一次漫长无望的守候了。

恍惚中，已经跑到知春路上，半程终点便在近前。夏小橘站在通往半程出口的分岔路上，犹豫片刻，鼓足力气向着全程的主路继续跑去。

梁忱站在右手边的隔离带旁，喊着她的名字。她还没取衣物包，依旧穿着比赛时单薄的一身，隔着栅栏，把帽子戴在夏小橘头上：“多少能挡挡雨。”

夏小橘嘴唇发紫，想吃一条能量胶，却连咬都咬不开。

梁忱问她：“你还好？”

夏小橘机械地点头：“还行。”

梁忱有些担忧：“量力而行。”

夏小橘总算剥开能量胶，挤出来吃掉，挥了挥手，继续向前跑去。

没有他，也要完成自己的目标！

莫靖则不到两小时跑完半程，也被雨水淋了个透，北风一起，冷得打了两个哆嗦。他去存包车领了自己的背包，披上外衣，撑起伞来。张佳敏打来电话，说顺利完成4.2公里，耗时三十分钟，不过身上也都湿了，已经回到家中等他们回来。莫靖则鼓励她：“不错，很棒呀！”

她笑得开心，应道：“是啊是啊，我也没想到自己能做到，很厉害吧！”

他脸色柔和，笑道：“厉害，就是以后也得坚持！”

“没问题，看到小橘姐了吗？”

“刚过广场就看到了，应该还没过来，我去看看。”莫靖则挂断电话，贴着隔离带走过去，远远看到夏小橘鲜亮的橙红色衣服。路边有人和她说着话，拍了拍她的肩膀，摘下帽子，戴在她头上。

莫靖则如坠梦中，一时周围的世界都没了声音，他脚步凝滞，也忘了要走过去给夏小橘加油。第一眼便觉得她的身形和心中的影像隐约重合，在她摘下帽子的那一刻，他几乎无法相信自己的双眼。隐约想起夏小橘说过，有朋友在隔壁的高校，经常一起跑步，出发前，还说见到了这位朋友，她喊她梁老师。

可是，莫靖则从来没想过，她的这位朋友，一起跑步的梁老师，是他以为远在地球彼端的人。

她一直就在这座城市，而他对此竟一无所知。

梁忱目送夏小橘远去，转过身来，隔了十来米，看见伫立在路边的高大身影。他擎着一把伞，双唇紧抿，直直地看过来，目光中掺杂了太多情绪。梁忱不想一一辨识，也没躲避，随着拥挤嘈杂的人群向他走过来，莞尔一笑：“我们又见面了。”

第六章

暮秋逢故人

她落落大方地站在面前，恬然自若，微笑时嘴角翘起的弧度依旧让人感到心安。然而莫靖则心中并没有之前相逢时的欣慰，纵使是惊喜，也不过是一丝喜悦，转瞬被席卷而来的惊讶淹没，浪涛深处，还有隐隐约约的气恼。她的表情波澜不兴，若不是有备而来，便是觉得此刻的重逢无足轻重。但自己心中已经闪过一连串疑问，又不知从何说起。

还有跑步者陆陆续续到达半程终点，从伫立的二人身旁经过。

不过凝滞两秒，像是沉默了几个小时。莫靖则克制住种种猜测，语气尽量平和自然：“没想到，你也来跑北马了。”

“是啊，今年是北马三十周年，觉得还蛮有意义。”她答得轻松，就像解释早餐吃了什么一样简单随意。

莫靖则试探着问：“你最近，来北京访问交流？”

“回来工作，有一年多了。”

莫靖则蹙眉：“上次没听你提起。”

“哦。”梁忱微笑着应了一句，“大概一直在说别的，就把这个话题岔过去了吧。”

莫靖则依旧难以置信。他凝神回想，几个月前在博物馆并肩而坐，他告诉梁忱自己回到北京，还问她回来多久。她说打理老房子，停不了太久，因为学校虽然有假期，但依旧忙碌。现在想起来，她说的“回来”，只是说回到家乡，而不是回到中国。就这样，被她刻意轻描淡写地隐瞒过去了，而他却无法理直气壮地指责对方。他有什么立场，又有什么身份？

当时谈天说地的安宁时光，那份深藏于心的默契和温馨，现在似乎都在嘲笑他的自以为是。

一阵疾风呼啸而过，梁忱抱紧手臂，打了个寒战：“不介意我先去拿包吧？”

莫靖则恍然醒觉，意识到她是真切存在的，头发上挂着水珠，面色发白，嘴唇也是浅浅的青紫，单薄的衣服湿漉漉地贴在身上。“对不起，快去吧。”他走到近前，将她罩在雨伞下方，“我跟你过去。”

走了两步，眼见还有不少人排队领取背包。莫靖则将雨伞塞过来：“你拿一下。”

梁忱来不及推托，只能接在手中。对方个子高，她要将手臂半举起来，才能遮住他的头顶。莫靖则已经把运动服脱下来，披在她身上，又顺手将伞接了回来。

“谢谢。”梁忱也没拒绝，扫了一眼莫靖则，他只有一件速干短袖T恤，手臂上还蒙着一层水雾。在冷风中他紧抿着双唇，神情说不上是严肃还是僵硬。梁忱收回目光，将披在肩头的衣服理好，以免滑落下来。

转入旁边的路口，梁忱找到自己的存衣车，凭号牌领了背包。她将运动服脱下来还给莫靖则：“多谢了，我也带了外套。你快穿好吧，天气还是挺冷的。”关切的措辞，语气礼貌客套。

莫靖则问：“你住在哪里？我送你回去吧。”

“马拉松沿线都封路了，也不好打车。我住得不远，去坐地铁就好。”

他解释道：“我昨天来附近办事，知道今天不好打车，特意把车放在这边的。”

“那就好，你也能早点回去休息。”梁忱抬手指了指，“不过这个路段还要再封一会儿，现在堵车严重，我还是坐地铁回去更快一些。”

莫靖则知道她心意已决，也不再勉强：“好，那我陪你走到地铁站，正好我的车也放在那边。”

梁忱点头。二人从选手和围观的人群中穿过，周围的人或兴奋，或欢欣，或疲惫，然而莫靖则的心思已经从奔跑之后的兴奋中剥离出来。他看向梁忱，二人不约而同地问了一句：“最近工作怎么样？”

梁忱笑了笑，示意他先说。莫靖则说道：“还好。工作性质有变化，比在美国忙，加班、出差是家常便饭。”

梁忱颔首：“我也是，需要适应调整。好在实验室建立起来了，也开始招研究生，算是上了正轨。”

莫靖则问：“你和小橘是跑步时认识的？”

“算是吧。一起去开会，早晨出门晨练，正好遇到她。”梁忱莞尔，“她是个很好相处的姑娘，后来也一起跑过。”

“嗯，我听她提起过，晚上去附近的学校，和朋友一起跑步。”莫靖则应道。只不过，不知道那个朋友是你。

梁忱如实说：“也不知道她现在跑到哪儿了。她衣服已经都湿透了，天气这么冷，我有点担心。”

“本来我师弟说和她一起跑，不过他带队登山去了，队里有些突发情况。”

“我听说了。”

你听说过方拓，那么，是否从夏小橘那里，听说过更多？莫靖则的脚步和心情都越发沉重起来。

路过一家快餐店，莫靖则问：“要不要随便吃点东西？”

“不用了，衣服还都湿着。我想赶紧回家，好整理一下。”

“那……我去买两杯热饮。”莫靖则语气坚决，只是告知，没有商量的余地，“你看起来也很冷，暖暖手。”

梁忱没再拒绝。莫靖则在点餐台前排队，她去洗手间换上背包里干爽的衣物。出来时他已经买好了两杯热可可，微烫的纸杯捧在手中，热气蔓延开，梁忱不禁打了个哆嗦，这才感觉到身上寒意浓重，源源不断地透出来。“真不错，能补充一下能量。”梁忱笑道，“多谢了。前面就是车站，我直接过去了，你慢慢喝，暖和暖和再走。”

透过快餐店的玻璃窗，已经能看到地铁站的标识。莫靖则不好再坚持什么，他有好多话堆在胸口，但又觉得，真正想说的话不知如何开口。“那……有空再联系。”莫靖则说，“你有我的电话。”

“嗯，有空再联系。”梁忱浅浅一笑，镇静自若。

莫靖则不待询问她的电话，自己的手机先响起来。方拓在那边关切地询问：“我刚才在电视上看北马的新闻了，看起来雨还不小，听说大家跑得挺艰苦的。师兄你怎么样？都还顺利不？”

“还可以，反正跑完了。”

“师兄厉害，用了多少时间？”

“厉害什么？将近两个小时。你小子在哪儿呢？”

“成都。朋友还没好利索，来这边休养两天。”

“嗯，成都好地方，巴适哦。”莫靖则哂笑，“我看你是故意的，回来还得风雨交加。”

“我倒是想跑啊，怎么也准备了好几个月，还有报名费，真是一时走不开。”方拓语气诚恳，“对了师兄，你看到夏小橘了吗？”

“她全程，还在跑。刚从半程终点过去二十多分钟吧。”

“哦，就她自己？”

“对，本来不是你……”莫靖则恍然醒觉，方拓并非打电话来对自己嘘寒问暖，“你找小橘？和我那么多废话，自己直接问她。”

方拓踌躇片刻，说道：“这个，她没接我电话……”

出发前他还和夏小橘简单聊了两句，给她鼓劲儿。到了医院，在电视上看到北京风急雨骤，又打了一个电话，她只冷冷地回了一句，便挂断了电话，不知是跑得太辛苦，还是因天气恶劣对他更添几分怨怼。

方拓坐立不安，过了将近一个小时，又拨给夏小橘，第一次响了十来声，还没接通便传来“嘟嘟”的短线声。他又打了两三次，都是被直接按断。

在电视一晃而过的镜头中，看到风雨中奔跑的人们，每个人都面色凝重，还有扶着腰大口喘气，步履蹒跚的，或是干脆坐在路边瑟瑟发抖的。方拓心中焦灼，只能打电话给师兄。莫靖则听说夏小橘不肯接，轻笑道：“也是，让你放了鸽子。”

方拓不安：“的确是我忽悠她跑全程的，回去大家想怎么算账怎么算吧。我知道她的能力，担心她会硬撑。要是天气好，她跑完全程一点问题都没有。但现在……刚才过半程时她怎样？”

莫靖则一时答不上来，起初是梁忱的身影遮住了夏小橘，等她摘下帽子，他根本忘了自己是去路边给夏小橘鼓劲的，只看到她跑远的身影。他思忖片刻，答道：“今天跑得都不容易，小橘很有毅力。我帮你留心着。”

方拓长吁一口气：“好，师兄费心了。”

放下电话，莫靖则又拨给夏小橘。她的声音有些颤抖：“还好，雨小了。我到学院路了。”

莫靖则应道：“那就好，方拓还问你跑到哪儿了。加油！”

梁忱还没道别，就站在一旁安静听着，等他挂了电话问道：“小橘怎么样？”

“她说还好。不过，声音听起来有些抖。”莫靖则蹙眉，“方拓说，怕她逞强……但是我来问……”

梁忱点头，她想的也是一样，就算夏小橘有什么难处，也未必会告诉莫靖则。她说：“再等几分钟，还是我来问吧。”

电话拨过去，梁忱温言问询：“小橘，你跑到哪儿了？感觉怎么样？”

“快到……二十六……公里了。”她的呼吸粗重，“还……还好，就是……挺冷的。”

“跑起来也不暖和？”

“风……风有点大。”

梁忱面色也凝重起来：“小橘，你总出野外，应该知道要避免hypothermia（低温症），如果你的核心温度过低，是很危险的。”

“我知道……”夏小橘的声音轻轻颤抖，“可是，梁老师，我要是现在放弃，半途而废，是不是很没有出息啊？”

“傻姑娘，真跑到进医院，就有出息吗？”梁忱劝慰道，“你最初跑步也是为了强身健体，而不是伤害身体，现在不是比拼意志力的时候。”

夏小橘声音哀戚：“我真的……很想……想跑下来。”

“还有下次，又不是只有这一场马拉松。”梁忱说道，“这一次条件不合适，放弃并不代表你的品行有任何问题，是不是？”

夏小橘有片刻无语，之后声音渐低，哽咽起来：“梁老师，我真的……真的跑不动了……”

“快找一个暖和的地方避一避。”梁忱问，“你在哪儿？我去找你。”

“不用，我去坐……收容车吧。你也……好好休息。”

“这里离你家不远，坐收容车去终点做什么？”

“我的伞……还在背包里，寄存了……”

梁忱哭笑不得。

莫靖则在一旁低声道：“告诉小橘，我开车去接她。”

梁忱看了他一眼，稍一迟疑，便说道：“告诉我一个位置，我正好遇到一位朋友，我们开车去接你。你看附近有没有商场或者饭店，先去暖和一会儿。”

夏小橘听说还有别人过来，惭愧道：“跑了一半，折腾这么多人来找我，真是……”

梁忱轻笑着宽慰她：“你比我们跑得都多，已经很棒了。”

收好电话，梁忱转身走向柜台，想再买杯热饮带给夏小橘。莫靖则拦住她：“我来吧。”又买了三份汉堡套餐。

梁忱说：“谢谢你，陪我过去找小橘。”

莫靖则想起她说的“遇到一位朋友”，怎么也笑不出来，语气生硬地应了一句：“她也是我的朋友。”

从快餐店出来，梁忱要沿着刚刚的方向继续向地铁站走。莫靖则轻轻扯了扯她衣袖，没说话，向反方向扬了扬下巴。梁忱立时明白，他说的停车方位只是借口，也没多问，转身又和他返回半程终点附近。

接到夏小橘时，她沿着公路又走了一公里，身上披了好心的路人送上来的一次性雨衣，脸上和嘴唇上都没了血色，身体轻轻颤抖。梁忱推门下车，跑过去揽着夏小橘的肩膀，将她带到车旁。莫靖则也从驾驶座下来，拉开后门，等着二人。

夏小橘在寒风中冻得身体僵硬，头脑也有些发木，一时想不清梁忱说的一位朋友，怎么变成了莫靖则，二人又如何认识对方。坐到车里，莫靖则开大暖风。梁忱介绍说：“小橘，这位是我中学同学，莫靖则。正好他今天也来跑马，刚刚在终点遇上了。”

夏小橘勉强笑笑：“我认识莫师兄，好巧啊。”

梁忱露出一丝讶然的神色，笑道：“你们两个认识？这么巧。”

莫靖则只觉得她笑得狡黠，有一种诡计得逞的顽劣，只能生硬地接了一句：“是啊，真巧。”

莫靖则问了夏小橘的家庭住址，掉转车头：“怎么，还想去终点拿你的雨伞吗？”

夏小橘撇着嘴，摇了摇头。

梁忱和她并肩坐在后排，拍了拍她的手臂：“算了算了，回家吧，我送你把新的。”她放低声音，语气轻柔，像是在哄小朋友。夏小橘心中一暖，鼻头发酸，视线便模糊起来。她低下头，握着梁忱递过来的热饮，半晌没说话。梁忱在她手中塞了一包纸巾，也不多看她，探身和莫靖则说起如何规划路线，避开拥堵的路段。

夏小橘飞快擦了擦眼睛，深吸一口气。正好前方路口是红灯，莫靖则停下车来，回头看她，笑道：“没事吧？半天没听你说话，难得见你这么文静。”

夏小橘赧然，嗫嚅道：“忽然觉得，自己好没用。如果好好准备一下……”

“方拓刚才还给我打电话，拐弯抹角地问起你。”莫靖则说，“你抽空和他联系一下吧，免得他担心。”

“他？”夏小橘的问号中有一半是不满，轻轻“哼”了一声。

梁忱指着前方：“马上变灯了，先走吧。”

到了夏小橘楼下，梁忱也背好自己的衣物包，对莫靖则说：“你先回去吧。我陪小橘一会儿，看她没什么事了我再走。”

他看了一眼一身疲惫的夏小橘：“没关系，我在楼下再等一会儿。

万一小橘不舒服，就近去医院。”

夏小橘抱着手臂：“我没事，刚才太冷了，现在好多了。”

莫靖则点头：“缓过来就好，需要的话给我打电话。”

“嗯。”夏小橘点头应道。

他又转身问梁忱：“对了，你手机号码多少？”

夏小橘在一旁巴巴地看着，梁忱不好推托，于是将号码报了出来。

莫靖则拨过去，看见她手中的屏幕亮起来。一瞥之下，看到一串号码，并没有姓名。在博物馆的时候，明明看见她记下了号码，总不会这么快换了新手机，还没有备份。莫靖则皱了皱眉，似乎明白了什么。

夏小橘和他道别，好巧不巧又说了一句：“今天麻烦莫师兄了，你快回去吧，佳敏还在家等着呢。”

他有些懊恼，看向梁忱，她礼貌地笑了笑，面色十分平静。

回到家中，梁忱嘱咐夏小橘先不要急于洗热水澡，以免体力不支。夏小橘去卫生间擦干身体，换了一身干爽的衣服，寒意不断透出身体，她的脸颊渐渐红热起来，不时打一两个哆嗦。梁忱听她有些咳嗽，从冰箱里拿出鸡蛋，利落地打散搅匀，烧起水来，蒸了一碗鸡蛋羹。

夏小橘咬着汉堡在一旁看着，问道：“梁老师，你平时在家做饭吗？看起来还蛮熟练。”

“做得不多，没时间，太复杂的做不来。”梁忱笑道，“不过也不难，感觉和做实验差不多。”

“鸡蛋羹蒸得很嫩呢。”夏小橘拿勺子挖了一小块，“我妈蒸的总会有蜂窝。”

“我就是觉得，自己复刻能力还不错。”梁忱说道，“我小的时候，发烧感冒、伤风咳嗽，我妈都会蒸鸡蛋羹，她手艺还不错。”

说起小时候，夏小橘忽然想到莫靖则，问道：“梁老师，你和莫大是初中同学还是高中同学？那也认识好多年了吧？”

“哦，以前初中、高中都是一个学校的，这次凑巧碰到了。”

“是哦，要是之前你和我们小分队一起跑步，大概早就遇到了。”

“现在遇到也一样。”梁忱浅浅一笑，“本来也不是同一个班，联系也不多。”

莫靖则打了个喷嚏，不知道是不是因为有点冷。他还没有走，本来想掉头离开，但总觉得心底空落落的，似乎此刻一走，便不知何时何地才能重逢。

他拿出手机，给方拓发了个消息，告诉他夏小橘已经平安回家。随后便从车里出来，倚在门边，抬眼看过去便是两个女生进去的楼道。他也不知道自己的等待有什么意义，也不去想见到梁忱要问什么。

因为他很清楚，无论说什么，她都会有一个滴水不漏的答案，避重就轻地绕开他的问题。而他从未如此刻一般，这么迫切地想要了解另一个人的心情。

你为什么回北京？为什么回来那么久却不联络？是否连电话号码都删除了？

对于发生过的事，你到底是在意，还是不在意？

他想起两年前的圣诞前夕，远在坎布里奇的风雪之夜，她温暖细腻的掌心贴在他的脸颊上，手指划过他的鬓角，他仿佛可以记起，那几根被拨动的头发，如何让心底如水波一样泛起涟漪。

她比他所盼望的更加大方勇敢，探身过来，微仰着头，在他唇上印了一个轻柔的吻。他回她以热烈的深吻，将她拥紧在怀中，感到她的回应也一样热烈，没有半点的犹豫和拒绝。

炉火暖热的红光在房间一隅明明暗暗，在她背光的脸上留下浓重的暗影，一双眼睛却是明亮的，像是闪着光，里面隐约有他的影子。

不需要细致周全的打量，只是盯着这一双眼，慧黠灵动中隐约透出妩媚，便如同藏着千言万语。他沉醉其中，如同酒意涌上头来，有些微眩晕，低头吻在她眼睛上。

他真切感受到自己的贪婪、急迫和炙烈，然而这些遇到她，便都过滤成纯净而美好的模样。无论他如何沦陷于无法自控的缱绻之中，他都觉得，此刻的心境，和在路口看着少女时代的她，骑着单车翩然而至，浅浅一笑时的欢喜满足，并无不同。

窗外大雪纷飞，不舍昼夜，绵密的雪花像是填满了天与地之间的缝隙，反射出柔白的雪光来。那时他打量着在自己臂弯酣睡的梁忱，她的面孔柔和天真，和平素思维敏捷、镇定自若的模样截然不同，但是又如此自然地融合在一起，丝毫不令他觉得意外。

虽然只有两三日的相处，却如同谈了一场绵延多年的恋爱。

他们用冰箱里不多的食材做了一顿圣诞“大餐”——西红柿炒鸡蛋、咖喱牛肉、蔬菜水果沙拉，甜品是巧克力香蕉鸡蛋饼。平安夜时一起倚在沙发上看《Love Actually》，梁忱扯过厚毯子，蜷在他怀里，头发弄得下巴痒痒的。他们一人捧了一杯热红酒，肉桂、丁香、柠檬的香气和馥郁的酒香氤氲在一起，让人感觉温暖安宁。

风停雪住，他们踩着齐膝的积雪去看邻家院子里挂着彩灯的圣诞老人和驯鹿，在绚烂闪烁的灯光下鼻尖对着鼻尖，她嘴角微扬，笑着问嘴唇会不会冻在一起，他说不妨试试看。

他们像是当年一样无忧无虑，不计过去和未来，并肩漫步于冬夜的少年，只生活在属于自己的幻梦里；又总能洞悉对方的言语与深意，像彼此默契，一同生活了很久的爱侣。

圣诞翌日，梁忱送他去唐人街坐大巴返回纽约。两个人在街边拥抱亲吻。她说：“我能不能自私一点就送你到这里？我不擅长告别，也不想看着你走。”

那时候，他们都以为就此一别，地球两端，天各一方，不是吗？

莫靖则以为，她只是投射在自己心底一束温暖的光，却没想到，时隔两年，依旧能记得她当时的话语和细微的表情。他听到不远处传来的脚步声，抬起头，看见梁忱脸上的一抹惊讶。

她问：“你还在？”

“嗯。”莫靖则点点头，“还是想送你回去。”

梁忱垂眸片刻，再看向他时，又是一片沉静澄明。但她并没有拒绝。

莫靖则想起，梁忱曾经说他，“你的感情只有那么多”。是的，他很少能感受到个人情绪的大起大落。但现在，却有说不清道不明的暗流在心中涌动。看她坐在自己身边，系好安全带，抬起眼帘，恰好对上他凝视的眼神。稍纵即逝的对望，他的心跳却急促起来。

记忆都变得鲜活，他依旧有想要吻她的冲动。

梁忱的住处距离夏小橘不算远，放慢速度开，遇上几个红绿灯，也用不了二十分钟。一路的气氛不算尴尬，她讲起回国后的各种欣喜和不适，不熟悉流程引发的闷气和笑话；讲起应接不暇的丰盛美食，但是偶尔会想念缅因州物美价廉的龙虾；讲起学生们时而聪敏可爱，时而偷懒耍滑，和他们那些被一眼看破也不需要拆穿的小伎俩。

她的话语生动有趣，然而就像一篇新闻通稿，可以是关于任何一个人的生活的描述，她可以用这样的语言和任何一个人迅速拉近距离，但并没有太多的个人情绪掺杂其中。

不，或许别人会以为，他所见到的，就是真实的梁忱。莫靖则暗想。你以为她是健谈的、风趣的、易于亲近的，可并不知道，这些无非是她和谁都可以讲的客套话。一个个有趣的又无关痛痒的小故事，将她本来的聪明剔透都掩藏起来，你并不会因此而清楚她情感上的好恶。

即使这样，他也愿意听她说话，她叙述的方式让他觉得轻松有趣，恰到好处的停顿，合情合理又出人意料的转折。而且，可以让他窥见冰山一隅，多少了解分别后她的生活。

将到目的地，电话铃声在车厢里回荡起来。莫靖则心头一紧，他的手机自动连接了车载蓝牙，忘记要切换。显示屏上亮起“佳敏”二字，他犹豫片刻，还是接了起来。

她声音清脆欢快：“我回来路过超市，买好了海鲜和蔬菜，刚才还煮上了一大锅骨头汤，一会儿调火锅汤底。你什么时候到家，能顺路把小橘姐也捎上不？”

“还要等一会儿。”莫靖则应道，“我刚送小橘回家，她有点不舒服。”

“啊，小橘姐没事儿吧？这个时间，她没跑完？”

“嗯，跑了不到三十公里。问题不大，就是冻透了。”

张佳敏关切地问：“你还在她家附近吗？要不要我过去看她，带点吃的？”

“先不用了，让她好好休息。”

“那她吃东西了吗？”

“嗯，在快餐店买了点。这边有点堵车，开得慢，你要是饿了就先吃一口。”

“没事。”她笑起来，“等你回来。”

电话挂断，车厢内一片安静。莫靖则不知是否应该继续刚才中断的话题，他一瞬间蒙住，甚至想不起电话来之前，梁忱正在说什么。她面容平静，也不再开口。

车里暖风开得大，气氛却降到冰点。

很快便开到梁忱居住的学校公寓区。“我在这儿下就好。”她说，“里面车停得乱，不好开进去。”

“好。”莫靖则点点头，“后备厢有伞，你拿着吧。”

“已经不怎么下了。”梁忱微微一笑，“谢谢你送我回来，让你绕路了，早些回家休息吧。”

她抬起小臂，摆了摆手，转身走进大门。莫靖则看着她的背影，自嘲地轻笑，停了片刻，驾车掉头离去。

梁忱听到远去的车声，稍稍驻足，回身望了一眼。她揉了揉太阳穴。在冷风中跑了两个小时，她也有些头疼，或许是起得太早，让人有些疲倦。她对自己的表现还算满意。毕竟早就知道，莫靖则和她一样跑半程马拉松，虽然有数千人跑同样的路线，起点和终点选手们接踵摩肩，相遇的可能性算不上太大；但是和在千万人的城市中偶遇相比，这个概率还是大大提升了。

所以，不由得她不想，如果见面了，要以怎样的姿态，说些怎样的话语。

“想”这个词，含义还真是丰富。梁忱自忖，可以是想起、想到、想念、想望。她对莫靖则呢？应该如何归类？

偶尔想起，一瞬想念？

从不想望。

不应想望。

她承认，荷尔蒙作祟，心中曾难免闪现过浪漫的幻象和旖旎的绮思，其中便会有他的身影。但她并不认为这说明了心灵的归属。大概只是因为，他是这两三年内，唯一一个和她情侣般相处过的人。

如此而已。

张佳敏带着超市采买的几大袋食材回到公寓，莫靖则和夏小橘迟迟未到。她忙着煮汤、择菜，罗超倒是发了几张照片给她，是刚起跑不久，她和同事们的方队刚刚经过广场的场景。

她回了条消息："你今天也在？没看到呢。"

罗超的电话便打过来："我可是看到你们了，有十分钟一直在拍照吧！我在路边喊了你一声，你大概没听到。"他没说，之所以没继续喊她，是因为随后便看到张佳敏挽着高大英挺的男人，一脸甜蜜地拍了两张照片。随后他嘱咐了几句，自己先跑远了。罗超这才拿起相机，拍了几张银行的方阵。

张佳敏问："这么大雨，你还去了，那怎么不报名比赛呀？"

"没你那么厉害，我可跑不了多远，就是去看热闹的。每年好多人奇装异服，还有一位大爷，每年都滚铁圈，特逗。"罗超笑，"你知道不，还有人专门去红墙下面……"

张佳敏不解："去做什么？"

"去……方便一下。平时谁敢呀？"

"哎呀，太不文明了。"张佳敏想起教育小朋友们的情景，"怎么能随地大小便呢？我看路边好多警察，也不管吗？"

罗超笑："怎么管？没收作案工具吗？"

张佳敏到底脸皮薄，不知如何接下去，只是尴尬地笑了笑。

罗超也听出她的局促，连忙换了话题："哦对了，最近有个蛋糕品牌刚来北京，想打开市场，他们的推广活动就是我们承办的。你想不想来？免费试吃哦。"

"嗳，什么时候？"张佳敏开心起来，"我能再带个朋友吗？"

罗超想起和她合照的男人，有些犹豫："这……人数本来也有控制，我想想办法……"

"啊，要是太麻烦就算啦。"张佳敏唯恐让他为难，"本来我想叫上小安。对，你也见过，在坝上。"

罗超心头一阵轻松："早说啊，没问题。"

听到钥匙开门的声音，张佳敏跳起来：“哎呀，我得赶紧做饭去了。先不多说了哦，咱们回头再约吧。”

莫靖则推门而入，张佳敏笑逐颜开，迎上去给他一个拥抱。她心情欢畅：“靖则，我跑完迷你马拉松啦，而且和大家一起跑，到了最后都一点不累！五公里、六公里，应该都没问题！”

他轻轻拍了拍她的后背：“真不错，很有进步。”

“可不是，我前几个月真没想到自己能跑下来这么长的距离呢！现在看，八百米算什么啊？真不知道以前读书的时候都在怕什么。”张佳敏兴奋地说个不停，“那时候我在班上都是倒数，和几个女生一起哭天抹泪地跑。要是她们知道我现在能跑好几个八百米，得惊讶坏了！”

“那是因为以前练习不够，努力了就能做到。所以，得对自己有点信心。”

张佳敏用力点头，这才意识到还将莫靖则堵在门廊，他的衣服依旧潮湿，神色看起来也有些疲惫。“啊，我只顾着开心了。”她接过莫靖则的背包，“对了，小橘姐怎么样？没事吧？”

“回家休息了，刚才太冷。她身体底子好，问题不大。”

“我跑四公里都觉得手脚冰凉，小橘姐还打算跑全程，太辛苦了。”张佳敏叹气，又抱怨道，“这个方拓，前段时间叫得那么欢，到了比赛当天倒是不知道跑哪儿开心去了。等他回来，让他请大家吃饭，尤其是小橘姐那里，看他怎么赔礼道歉。”

“他特意打电话，来问小橘。”

“哦，那还算有良心。”

“小橘没接，方拓打给我了。”

“啊！”张佳敏睁圆眼睛，“小橘姐平时脾气那么好，看来是真生气了。”

莫靖则有些心不在焉，随口应着。张佳敏只当他跑了半程，又为夏小橘的事情奔波，此刻倦意袭来，忙催着他去洗澡更衣："你也累了吧？咱们也别吃火锅了，我简单炒两个菜，你洗完澡能快点吃完，赶紧睡个午觉。"

热水从花洒中喷洒而下，浴室里雾气升腾。莫靖则长长地叹了一口气，只觉得刚刚的重逢，如同是一场幻梦。

等他换好衣服出来，厨房里的张佳敏已经用排骨汤煮了两碗手工面，又用备好的火锅食材做了几个快手菜，油爆大虾、金针菇肥牛卷和青菜炒蘑菇，剩下的食物分门别类，整整齐齐地放在冰箱里。

张佳敏牵挂夏小橘，难免又抱怨方拓几句，叹息道："我本来觉得，他和小橘姐还挺配，希望他俩能有发展呢。可现在看，他也没怎么把这事放在心上。要不然还有副领队呢，还有当地接应的联系人呢，谁留下来陪队员不行？为什么非要是他？"

"他毕竟是主要负责人，职责所在吧。"莫靖则解释道，"他还是惦记小橘，才打电话给我。"

"那……你也觉得，阿拓对小橘姐有心？"张佳敏停住筷子，抬起眼睛，探求地看向他。

"这种事，我一般不太关心。等方拓回来的，你问他。"

"那……我问他，他再害羞呢？本来有希望也被吓到了。我不成了帮倒忙？"

莫靖则失笑："方拓害羞？他知道这俩字怎么写吗？"

"我还是再观望一下吧。不过我还是挺希望他俩在一起的，那得多有趣呀！"张佳敏喜滋滋地笑着，低头继续吃饭，"我是希望大家都开开心心的。"

她的言语挚诚而天真。莫靖则心中一暖，伸手撩起她的头发，别在耳朵后面。张佳敏抬眼瞥向他，嫣然一笑。他一时恍惚，心中又倏然掠过一丝怅惘。和梁忱相比，面前的脸庞更为年轻娇俏，像一颗饱满莹润的果实。可是他在对着这样一张面孔时，贪得无厌，想起梁忱临走时似笑非笑的眼神，其中说不上是不屑，还是嘲弄。是有备而来，看到他的震惊与慌乱，因此志得意满吗？

可是，他错了吗？他从没想过梁忱会放弃美国的一切回到中国来，更不敢相信是为了他——他自忖自己在她心中还没有那个分量。如果真是和他有关，回国需要筹划一段时间，她也应该会和自己商量，至少会打个招呼。可是，她什么都没有说。

莫靖则不禁想，如果那时候，在她决定回国的时候，就告诉他，一切会是怎样？

他想得有些入神，张佳敏又说了什么，他都心不在焉。她的手搭在他小臂上："你累了吧？吃完就去睡一会儿吧。"

看着张佳敏关切的眼神，莫靖则心中浮上一丝愧疚，不知道是为了她，还是为了梁忱。

第七章

我是你的谁

梁忱走后，夏小橘筋疲力尽，想着趴在床上缓缓乏，等身体完全暖和过来再去洗澡。眼皮一旦耷下来，就沉重得不想睁开。迷迷糊糊中听到手机短信提示音，她也不想看，调整姿势继续睡去。醒来时已经是傍晚，还是被饿醒的，肚子扁得前胸贴后背。她抓起手机看时间，上面有若干条短信，除了梁忱和张佳敏嘱咐她好好休息的，都是方拓发来的。

“听莫大说你到家了。今天特别冷吧？暖和过来没？”

“是不是睡着了？等你醒了我给你打电话呀。”

夏小橘冷哼一声，回了一条：“和不讲信用的人，没什么好说的。”

他马上回消息：“我错了我错了，我真的知错了。小橘同学你宽宏大量，给我一个将功补过的机会好不？”

“不必道歉，你没错。”夏小橘回了消息，直接关机，将手机扔到一旁。

世界一片安静。她仰面躺在床上，只觉得这一幕似曾相识。

高中时在市运动会上，她为了和林柚在四乘四百米赛场上一决高下，特意换成了接力最后一棒，却因为程朗的一句“林柚，加油”而乱了脚步，扑倒在跑道上。当时自己那么奋力，是想证明什么？即使赢了，又能改变什么？只有在耗尽全力跌倒时，才意识到自己的不甘与无助，才能撕下伪装，直视自己的失败吗？

林柚、程朗、大土、乐陶，他们经过她的身边，给她以鼓励和劝慰；然而还是只有她自己，用毛巾遮着脸上的泪水，叼着草叶吹着不成调子的音符。

她早就明白，世界比她想象的，更为复杂和真实。只是遇到方拓后，她渐渐放松了警惕和防备，如果这些默契和亲昵都是虚伪的假象，那么还有什么是能够相信的？

在凄风苦雨的路上，她也曾心存幻想，希望就和那天三十公里的夜跑时一样，在经过某个路口时，他忽然出现在自己身后。

然而，他没有。

当初的考察笔记还记录着在青海寺庙里求得的签语——若心胸豁达，必将和美喜乐。方拓送她的那朵灿烂的金黄色小花，便夹在这一页，虽然已经风干了，但依旧留有旧日的颜色。

她承认自己动了心，那么在为他哭泣的这一刻，这段感情就此完整，可以画上句点了。

他并不是那个能带给她和美喜乐的人。或许，世界上并不存在这样一个人。

夏小橘双手捂住眼睛，身体微微颤抖，不禁轻声抽泣起来。

虽然什么都不想吃，但是胃里空得泛酸，好像胃液会从内向外把整个身体消化掉一样。夏小橘挣扎着起身，就着水龙头的凉水抹了一把脸，晃荡到楼下的小餐馆点了一份盖饭。宫保鸡丁，鲜咸香辣，开胃。她胡乱塞饱肚子，回家冲了个热水澡，没等头发干透就又昏昏沉沉地睡了过去。四肢百骸毫无力气，好像这一觉会睡到地老天荒。

第二天，明亮的阳光透过窗帘缝挤进来，不大的房间变得明亮温暖。夏小橘迷迷糊糊睁开双眼，拉开窗帘，居然看到一片湛蓝的天空。时间不早，她从昨夜一直睡到将近正午，脑袋有些发涨，洗过脸后一点点清醒过来，似乎也没有预想中的沉重疼痛。她舒展身体，除了大腿和小腿肚有些发酸，脚指被湿透的跑鞋磨起泡来，浑身再没有什么不适。

没有喷嚏，没有咳嗽，没有流鼻涕和喉咙痛，昨天在寒风冷雨中艰难跋涉的场景，似乎不过是看过的一出戏。夏小橘自嘲地笑了笑，这些年翻山越岭，走南闯北，一路上也吃过各种苦，她的身体比自己想象的更为强大，根本不给她伤春悲秋、自怜自艾的机会。

手机上有方拓的未接来电。夏小橘嗤之以鼻，没回复。

算了，她还是她，那个坚强乐观的夏小橘。感觉心痛的时候，用力按一按就好。

隔了两天收到方拓的来电，夏小橘知道如果自己不接，他没准就跑来研究所门口等着，于是按了通话键。

他语音轻快："我到北京了，中午一起吃个饭呗，我请你吃调味牛排。都是我错了，钱包归你了，想吃多少吃多少。"

她语气冷淡："来不及，下午我们组还要开会。"

"哦，那晚上呢？"

"有同学过生日，要去吃饭、唱歌。"

"那明天？去看电影？"他耐心地问，"我看最近要上映一部动画，叫《泰若星球》，据说有点像《阿凡达》，还让人想起《独立日》。你不是最喜欢看那种地标倒掉的电影吗？"

"明天也没空。你以为谁都像你似的，回了北京就闲得五脊六兽的，我有的是事要忙呢！"夏小橘语气生硬，内心却是酸楚——有时间你去陪你的宁柠，不要来讨好我。又想和一直惦念的意中人旧梦重温，又想和红颜知己相处得亲近融洽，天下哪有那么多好事？都被你一个人占了！

他也没争辩："那就等你有空。"

"我……"总不能说最近都没空，夏小橘犹豫片刻，支吾道，"谁知道你哪天回来？我已经约了别人了。"

方拓将信将疑，他知道夏小橘义愤难平，不想见自己，但不知她说约了人这句，究竟是真是假，于是试探地问道："还有谁和我似的闲得五脊六兽的？"

"你管！再说，人家和我看电影，怎么就叫闲得五脊六兽呢？"

方拓哭笑不得，别人陪你看电影就是正事，我刚才约你看电影就是五脊六兽？他大概能想象出夏小橘气得奓毛的样子，当然不会和她争论。他还想再说些什么，就听夏小橘不耐烦地说："没什么事儿不聊了，我得赶紧吃饭去了。"

"哦，好，那……"没等他嘱咐两句，听筒中已经只剩下"嘟嘟"的忙音。

夏小橘当然没有约任何人。马拉松之前顾星群曾邀约过两次，她都借口抓紧时间练习跑步推掉了。顾星群泰然处之，还说了一堆赞扬和鼓励她的话。

不过作为别人介绍的相亲对象，此时他也必然心知肚明，她不主动接招，对方也不会那么不识相，还撞上来碰壁。夏小橘愤愤地想，早知道方拓这么不靠谱，当初不如答应顾星群呢。

张佳敏也约过她，不过二人离得远，夏小橘这几日也没有心力长途跋涉去看一场电影，又不好意思让佳敏下班后奔波过来。

梁老师除了特别想看的片子，极少进影院。

莫莫自从被少爷从阳朔追回来，就没和自己一起看过电影。更别说像邱乐陶这样早早嫁人生子的老同学们。

夏小橘掂了掂手中的影院会员卡，自嘲又无奈地笑了笑，转了一圈，还是回到一个人去看电影的状态呢。其实也好，想看什么片子，选哪个场次和什么位置，都不需要和任何人商议。一个人也能吃大桶爆米花，大不了不吃晚饭了。

只是，这张卡，还是当初方拓交款办理的，找一个机会，应当还给他。想起他当时笑着说，“虽然密码是我的生日，但是交给你保管呀”，当初暗喜的甜蜜，经过时间的腐坏，都变得酸涩发朽。

她还是独自一人看了这场电影，看到流浪星际的地球舰队，的确和《独立日》中形状可怖的外星人处境相似，很想找个人吐槽，可两旁不是结伴而来的朋友、恋人，就是带着小朋友的一家人。夏小橘把一肚子的话憋回去，抱紧大桶，塞了满满一口爆米花。

吃得太多，喉咙甜腻得发干，她掏出矿泉水来，拧得太用力，不小心把剩下的半桶爆米花都碰倒了，洒了自己一身。电影散场时，她一站起来，身上还扑簌簌掉了好几颗下来。

前一场的观众从观影厅的后门退场，工作人员简单清扫后，下一场的观众从银幕旁的侧门进入。

方拓走到自己的位子上，放下座椅，发现上面还滚落着几粒爆米花，他随手拂开，嘟囔了一句：“一边吃一边漏。”

他也买了一桶，虽然每次和夏小橘一起来，两个人都像比赛一样吃得飞快，但独自坐拥一大桶，仿佛也没有那么想吃了。

电影即将开演，一对差点晚点的小情侣急匆匆赶来，就要坐到方拓身边的空位子上。“不好意思，这儿有人，我女朋友来晚了。”方拓拿出两张票来，“你们的座位要向里串一个。”他也不知道自己为什么想要一个空位子，是期盼着谁改变主意，突然出现吗？还是他需要想清楚，最希望把这个座位留给谁。

不过答案呼之欲出——这分明就是某人每次看电影最喜欢的位

子，比他习惯的距离银幕更近一些，还总嚷着说这样有很强的浸入感，总被他嗤笑说某一天会晃瞎了。

曾经他以为，宁柠是符合他所有期望的那个人。的确，那时他快乐满足，也在别人的夸赞中有隐约的自豪。毕业之后他去了海上平台，密集工作一段时间，之后便有一个月左右的长假。最初一两个假期他哪儿也没去，全程陪在宁柠身边。后来伙伴一再邀约，他忍不住，便拿出一半的时间和他们走南闯北，徒步穿越，攀登雪山。

聚少离多的生活或许是一个诱因，但更重要的，或许因为他们眼中的彼此都已经改变了。在宁柠眼中，他安于现状，不思进取，只想着去哪里玩耍，想法变得幼稚、散漫，缺乏远大目标，不为未来做打算。方拓并不承认，他觉得自己的品性始终如一，也在为二人的未来做规划，只是没有她的那种急迫感。

从学校出来，她见到的世界，比他眼中的雪山更为五光十色。美丽姣好、仪态万方的姑娘从来不缺少追求者，其中不乏成熟稳重、事业有成的竞争者，他们随手送出的生日礼物，足以让方拓半年的薪水相形见绌；言谈间更有一种指点江山、挥斥方遒的气度。

当方拓发觉这些的时候，已经无法改变对方的心意。

那段时间方拓没少喝酒，胡子不刮，蓬头垢面，闷在房间里听《单身情歌》，循环播放二十四小时。他为了宁柠的离去心如刀绞，更想不通，她曾拒绝了那么多家境优渥的男生，为什么在二人经济渐渐独立时，反而离他而去。

这一直是他心底久久不敢触碰的伤，哪怕后来在朋友眼中又重新振奋，恢复了爱贫嘴逗趣的模样，只有自己知道，那种失落感如影随形，或许在独处时，或许在人群中，或许就藏在某一个笑容背后，常常毫无预期地袭来，将整颗心攫取。

他知道不能沉溺于这种伤痛的浪漫中，也想着要振作，让生活回到正轨。现在回想，随后展开的第二段感情，便开始得过于草率。或者说，他以为自己痊愈了，也不会经常想起宁柠，想起她也不会感到惋惜和心痛了。对方也是登山时结识的朋友，算得上志同道合，相处舒服融洽，女生主动向他示好，他也觉得自己可以放开往事，去尝试一段新恋情。

然而在某些相似的境况下——牵手走在街上，并肩坐在影院里，在餐厅点餐看到对方低头的模样，他时常会忽然一阵心悸，想起和宁柠相处的场景。终于，看完一场电影，心思还系在故事中的时候，走出影院，他回身脱口而出，喊了宁柠的名字。

他知道道歉无用，也知道不应如此继续相处下去，只是没想到女生会那么伤心。

之后听朋友说起，这位姑娘已经默默关注他好久，为了他才刻苦练习，总算能并肩攀上同一座山峰。方拓不知道如何才能弥补，除了爱情，她什么都不想要。

不爱，便是最大的伤害。

女生退出了他们熟悉的登山圈，不仅和他，也和朋友们断了联系，几乎从他的生活中销声匿迹。

由朋友到恋人，便是面对万丈悬崖，若不能比翼齐飞，便只能坠落深渊。至少，方拓是这样想的。

那么夏小橘呢？本来是无拘无束的好哥们。最初相遇时，他这么想，她也那么想，一同喝醉了酒，勾肩搭背，口无遮拦，也只有亲近，没有狎昵；再相逢还是正大磊落，光风霁月。

可是从什么时候起，这一切隐约变了。他会忍不住逗弄她，只为看她千变万化的生动表情；他会想起两个人说过的话，独自一人时会心一笑；他会看到好吃的、好玩的，就忍不住想买给她；他会关注那些和她过从甚密的男人，并且评头论足；他也想拨弄她的头发，拍打她的肩膀，这些以前他也做过，可是心情似乎都不一样。

可是，他唯独不敢再向前一步。再走近一步，这个念头曾经在脑海中像流星一样划过，却没敢继续深究。如果，有那么万分之一的可能，如果重蹈覆辙，是不是他也会永远失去她呢？

不能想象，生活中如果和她再没有交集，会变成怎样。

他知道这次是真的惹恼了夏小橘，风尘仆仆赶回北京，下了飞机就给她打电话，然而她说，并不想见他。方拓当然清楚，如果他直接冲去研究所门口堵着她，软磨硬泡，死缠烂打，夏小橘未必会那么决绝。但她也未必肯心平气和同自己说话。但他心中又着急，隐约有个计划，又找不到合适的执行时间，不免坐立难安，憋着的话都压在心头，总想找个人念叨念叨。

看完电影第二天，方拓十一点便跑到舞蹈工作室去等莫靖言，说要请她吃午饭。她穿好大衣，好奇道："周末佳敏不是说请大家一起去吃饭吗？你今天就跑过来找我，有什么急事？"

"请我姐吃个饭，还需要原因吗？"方拓笑得无辜，"而且现在只能约午饭，哪儿敢找你吃晚饭？自从师父回来，你就不是我莫莫姐了，是……师娘。"

莫靖言粲然一笑，有些羞赧："你肯定有话想说，别总拿我的事当话把。"

二人聊了聊方拓此行带队的经历，还有舞蹈工作室的近况，便说到周末的马拉松。

方拓说："佳敏跑完迷你跑，不觉得跑步是件难事儿了吧……这种烂天气，莫师兄居然也跑出一个小时五十分钟的成绩，到底功力深厚……"绕了一圈，总算说到夏小橘，"这一次没跑下来就没跑下来吧，就怕她硬扛，我听师兄说，她也冻得够呛。”

莫靖言听出他关注的重点，打趣道：“既然这么关心，就去请她吃饭，跑这么远来找我做什么？”

方拓尴尬地笑了笑：“她说她太忙。”

“是不想见你吧？”莫靖言直言不讳，“我那天就听大哥说，她不接你电话，还是大哥联络的她。”

方拓点头：“我觉得，她这次真生气了。”

莫靖言想都没想：“能让小橘这么好脾气的人生气，肯定是你的错。”

“我动员她跑全程，说和她一起，但是没回来。”

“只为了这个？小橘她没这么小气。”莫靖言想了想，“除非……”

方拓探寻地看她：“怎样？”

“你肯定心知肚明，也要问我？”莫靖言瞟他，“之前我没怎么问你和小橘的事。因为有些事旁人是看不准的，而且，每个人都有自己的步调。或许你们心里有什么保留和顾虑，也不用我多话。但现在，她气得不见你，你巴巴地来找我，好像不是好朋友那么简单了吧？”

“就等着你出谋划策呢。”

“我哪有什么好主意？我自己的事，也是理了好久才理明白。”莫靖言莞尔一笑，“你有什么想法，当然是要直接和她说。我是不喜欢男生犹豫不决；我想，没哪个女生喜欢。”

“是，夏小橘在我心里，挺不一样的。”说起心中对她的牵挂，方拓有一瞬的忸怩，“我早该发现这一点，不过之前犹豫，是多少有些担心。你知道，宁柠之后，我又交过一个女朋友。”

时间久远，又从未谋面，莫靖言只听方拓提过一两次，已然忘记女生的名字，想了片刻，道，“你说的是和你交往两周半的登山伙伴？”

“对。”

“上次是因为你心里旧情未了……不会现在还……”莫靖言指着他，若有所思，“我听说，宁柠也在留心北京这边的工作机会，有合适的就会回来……如果你还惦记宁柠，那就别总缠着小橘。”

方拓反而笑了：“倒没什么余情未了。前些天……我见到宁柠了。”

“啊，在北京？”

“四川，她去雪宝顶找我。”

莫靖言恍然道：“怪不得你爽约，放小橘鸽子！”

“真不是因为她，哎，也不是……”方拓百口莫辩，“我没忘和小橘的约定。但是宁柠来得匆忙，从成都飞到九寨沟，又一下就上到四千米的大本营，高反加上重感冒，情况比较棘手。她是来找我的，周围又没有别的亲近的朋友，我总不能置之不理。我把她送去成都，住了几天院，等她恢复得差不多，我就回来了。”

“她特意去找你？还是你们两个认识的地方？”莫靖言和师妹宁柠同在舞蹈团相处两年，对她和方拓之间的感情历程颇为清楚，“总不是只为了叙旧吧？你呢，怎么想？”

“想了好多。”方拓慨然长叹，“感慨万千。”

“没想到她去找你？”

“想过她如果回北京工作会来找我，没想到会追去四川。”方拓赧然一笑，“多少有些得意。毕竟她当初离开的时候，那么坚决。”

莫靖言笑了笑，表示理解：“她还通过我联系过大哥，问他们的新团队还要不要人。”

“我就是觉得有点讽刺，她为了另一个人、另一种生活离开我。现在我还是我，连稳定的铁饭碗都不要了，不是更加幼稚？但是她回来了。”

“你觉得，她为什么离开你？”

“最初当然觉得她嫌贫爱富。后来想，呵，爱富没错啊，我也想发财呢。对方经济条件更好，也比我成熟、稳重，因此能带给她一个更大的世界，还有一个稳定的将来。这些我给不了。而我拥有的那些，她不在乎。她有重新选择的权利。”

他停顿片刻，莫靖言替他说下去：“但是，有一天她发现，对方不过是因为年资更长一些，积累了更多的阅历；过了几年，他能给宁柠的，她通过自己的打拼也能得到；她自己也会变得成熟、能干。但是有些快乐，却是别人给不了的，是吗？”

“我当初一直在问自己，究竟是不是我做错了，还是看错了人。”方拓笑起来，“所以说现在有些小得意，感觉被质疑的那部分，终于又获得了认同。但是，也只是认同感而已，我知道自己不再对她动心了，也并不想怪她。毕竟分开这些年，我也终于成熟起来。”

莫靖言失笑，打岔道：“成熟，有吗？”又想到什么，“那你说，小橘这么生气，有没有可能，她知道宁柠去找你了？”

方拓点头：“我想，她有好多渠道可以知道。”

“刚才的话，你不是想我转告小橘吧？”莫靖言试探地问。

“还是我自己说吧。”方拓坦言，“就是现在说显得强词夺理。毕竟没赶回来和她跑步，错了就是错了。”

“你能这样想，态度还算端正。”莫靖言笑，“但是，总得拿出行动来呀。”

“时机合适，立刻就去。”方拓摸着鼻子，有些不好意思地笑了，“就是，有点紧张。”

莫靖言失笑：“还紧张？真不像你。”

“以前不顾一切，是觉得没什么可失去的。”方拓轻叹，笑着摇了摇头，“现在没法试错，开弓没有回头箭啊。”

送莫靖言回了舞蹈工作室，方拓去坐地铁，掏出手机刷了刷新闻，顺便查了一下最近的天气。地铁通道的广告牌上，有一张大幅的旅游海报，雄伟壮美的南迦巴瓦峰，白雪之巅，日照金山。他瞥了一眼，想起大雪纷飞的雪宝顶。没想到在下山的时候，再次见到宁柠，她穿得单薄，不知道因为激动还是寒冷，白皙的脸庞上，双颊粉扑扑的，依旧是让人欣赏的灿烂的美，他也有一瞬的震惊。之后发现她病倒，紧急就医，种种忙乱。他关心她，怜惜她，可是那种感情，和以前毕竟不同了。

离开成都的前一日，宁柠打完点滴，方拓搀着她回住处，好言安慰，说第二天送她到机场，自己也会直接飞回北京，又叮嘱道："多照顾自己，不能只顾着美，像这次上雪山，就得多穿点。"

"恰好出差，知道你在，就来了。"宁柠笑得有些虚弱，"以为你会很开心。"

方拓也笑了笑："还是不生病的好，大家才能开心起来。"

宁柠问："我给你发了几封邮件，你没怎么回？"

"忙，从十一前到现在，都没在北京。"

"我本来想找你引荐，后来通过莫莫姐，问了她大哥。"

方拓问："真打算回北京工作？"

"先看有没有合适的机会……和你提过一次，不过，你也没怎么关心。"

宁柠说话一向直接，方拓笑了笑，算是默认。

"所以，我想，如果我不来找你，大概以后也没机会了。正好这个时间，来这个地方，对你，对我，毕竟都不一样。"

方拓没说话。

宁柠轻轻握住他的手，盯着他的双眼，轻声道："记得我去大本营找你那天，是什么日子吧？"

方拓点头。

“都已经八年了。我多希望，能回到那天，告诉当时的我，答应了这个傻小子的表白，之后，你就是世界上最开心的姑娘。千万——不要——放开他的手。”

“现在，你依然可以做一个开心的姑娘。”方拓用力握了握她的指尖。

“你怨我，都是应该的。我说你幼稚，其实自己也是一样。”

“不，的确是我幼稚，不成熟，也没什么长远打算。”方拓轻轻一笑，缓缓将手从宁柠的掌中抽出来，“我当然怨过你，不过后来想通了。我现在可能还一样幼稚。或许，那就是我性格中的一部分。”

他想起和夏小橘一同吃西瓜的情景，不禁笑起来：“大概，以后也不大容易改。”

他抬眼看向宁柠，心中一片澄明：“说到雪宝顶，我是挺喜欢这儿的。因为我攀登的第一座雪山，就是这里，现在都记得头一眼看到的那种震撼。来过之后，魂牵梦萦；去哪儿都觉得，和这儿比差了一些。但第二次又回来，心情就平静多了，当然还是很喜欢，还是觉得它很好，但就是出于攀登和带队方面客观的评价了。那种一见倾心的冲动，就再没有了。”

宁柠明白他的弦外之音，沉默半晌，问：“方拓，你有女朋友了？”

“还没。”

“那就是……有目标了？”

他笑了笑，目光柔和。

“她接受你这种生活方式？”

“她跑得更多。”方拓挑了挑眉，“我得适应适应。”

“本来以为，这个时间得到来四川出差的机会，是一种缘分呢。”宁柠脸色暗淡，“大概是我之前太不珍惜，这是应得的。”她深吸一口气，“不过我小心眼，没打算祝福你和她天长地久，况且，谁知道你追不追得上？”说着说着，她扬起脸来，粲然一笑。

方拓想起被夏小橘拒接的电话，略感棘手，应和着笑了笑。

如果，那么怕失去，是不是更说明对方的重要呢？而且，现在这样亲密无间的好友状态，真的能保持一生吗？怕是等不到各自结婚生子，就各奔东西。他又有什么可迟疑？

隔日是个大风天，夏小橘出门走到街上，一转向北，就觉得风扑到脸上，硬得让人喘不上气。她在路边买了早餐，低头逆风而行。口袋里的电话忽然响起来，她一手捧着豆浆，一手拎着鸡蛋灌饼，好不容易折腾到一处，把手机掏出来，一看是方拓打来的，皱了皱眉，冷哼一声，还是接了起来。

两边风都大，好像能在手机之间穿梭，听筒里都是呼啸的风声。方拓的声音有些不清楚。他扯着嗓子，大声问道：“夏小橘，你猜我在哪儿呢？”

听到这句话，夏小橘讶异又欣喜，心不由自控地悬了起来。她立刻停住脚步，下意识地回身张望。

上班的人们行色匆匆，自她身边潮水一样涌过。

电影中的场景都是如此，在奔流如虚影一般的人潮中，你等待的那个人伫立不动，在庸俗的世间独自发光、发亮，拿着手机，微笑着看向你。天地之间，背景音也是欢快浪漫的乐曲。

然而夏小橘的目光再三逡巡，这一幕却并未出现。她有些气恼于自己的痴心妄想，只落得一场空欢喜，不由得迁怒于方拓，憋着一肚子气，说道：“我不猜，你爱在哪儿在哪儿！闲人一个，我还得上班去呢。”

“你不会猜我在你后面吧？”他的句末语音上调，像是忍着笑，

“给你三次机会。”

夏小橘被说中心事，气恼道：“一次都不要！你在哪儿关我什么事啊？我挂了！”

“别啊，我开玩笑呢……”他急忙拦住，“不逗你了。我在天安门广场呢。”

夏小橘一怔，还是冷哼一声：“干啥？想搞破坏啊？我打 110 了哈。”

“我奉公守法好不好！不过在这儿站了一会儿，估计已经被便衣盯上了。”

“哼，送到昌平挖沙子。”她揶揄了一句，好奇心却被勾了起来。

“你知道吗？从回来开始，我就盼着下雨。”方拓说道，“谁知道连着这么多天都是晴天！今天勉强降了降温，风还挺大，将就一下吧。你看成不？”

夏小橘好奇道：“啊？什么成不成？”

“跑全程马拉松啊。”方拓道，“虽然晚了，但是答应过你，我现在跑回来。好不好？”

他语气中带了一丝讨好的意味。猛然听到这出人意料的消息，夏小橘心中一暖，有些感动，但依旧嘴硬：“想跑你就跑，用不着问我意见。记住，也不是我让你跑的。”

“好，我想跑，真的。到了八点我就开始跑。”方拓笑起来，“那不多说了，今天喝西北风啊，可真大。”

电话断线，夏小橘又愣在原地十来秒，这才意识到自己在微笑。她把手机揣起来，自言自语嘟囔一声：“神经病。”不知道在说方拓，还是她自己。

这一天上班的时候，隔半个小时左右，就能收到方拓发来的消息。夏小橘一个字都没回，但他依旧锲而不舍地发过来。

照片都是他举着手机和路边地标建筑物的自拍合影，从天安门广场到复兴门林立的高楼，从钓鱼台墙外金黄的银杏路到波光粼粼的昆玉河。只不过马拉松比赛时全程封路，现在方拓却只能在人群中穿梭前进，偶尔还有几个好奇的路人入镜。都是大头照，脑袋总归有点变形，脸上沾了尘土，头发也被疾风吹得像丛丛簇簇的杂草，总归好看不到哪儿去。方拓还咧着嘴，笑得开心，有几张还比出剪刀手。

夏小橘知道他是故意的，在办公室里也忍不住笑了一声，心想，真是太二了！

狂风呼啸，树枝晃个不停，变了颜色的叶子哗啦啦地翻飞，跌落一地。玻璃窗隔绝了寒意，阳光倒是暖融融的，夏小橘捧着一杯热腾腾的水果茶，眯着眼睛想，这种天气就是懒洋洋猫在屋子里最好啊，换了她，肯定不想跑。

不禁想起，莫靖言对于方拓两段感情的评价。她说，她也见过他后来那位短暂交往的女友，感觉二人在一起就是有些别扭。当时夏小橘不禁问："那他和宁柠在一起是什么样？"

"捧在手心里。"

那时候莫莫还和黄骏在一起，夏小橘也没多想。直到她见到邵声，才忽然明白，莫莫所说的"捧在手心"是什么样。她甚至不大相信，方拓能够彻底地放下宁柠，那个笑容灿烂的姑娘。更何况，宁柠也不畏艰难险阻，千里迢迢跑到海拔四千米的大本营，在漫天风雪中陪伴他。

本来都已经说服自己，果断一些，狠心一些，不要再执迷不悟，重蹈覆辙。不能再贪恋方拓的关心和默契，沉迷于毫无结果的暧昧中。可是，他怎么又出现了？而且还嬉皮笑脸地去做这样费心费力的事。她简直都快原谅他了怎么办？

方拓的照片又发过来，十点十分，他已经跑到知春路上的半程终点附近：“从这里起，我要继承革命前辈未竟的事业，继续向前。”

夏小橘按捺不住，险些回他一句：“姐姐我才不是在这儿倒下的，还要再跑六公里！”仔细再看一遍他的消息，又失笑，心想这人还没被风吹傻，知道不要写“革命先辈的遗志”，否则她和他急。笑了两声，又痛恨自己的立场不坚定。她也无心工作，盯着电脑屏幕上的地形图发呆，不禁想起前一日梁忱说的话来。

那天梁忱难得说晚上有空，问她要不要一起找点美食。夏小橘正要去逛街，梁忱便说陪她一起，自己恰好也要买换季的羊绒大衣。夏小橘唯恐耽误她的宝贵时间，在商场里不敢随意乱看。梁忱看出她的局促，微笑道：“既然说一起逛街，就没安排别的事。最近项目也不赶。”

买过衣服，吃了晚饭，又一起去剪头发。

夏小橘有些犹豫。她想起在高中时，因为知道程朗喜欢别人，她跑到家门外的小店剪了个犬牙交错的短发，心中的背景音乐都是梁咏琪的《短发》：“我已剪短我的发，剪短了牵挂……一寸一寸在挣扎……”

然而，那些充满仪式感的了断，都被后来的光阴证明，是无济于事的。

梁忱见她举棋不定，也不催促。反而是夏小橘在发廊门前站住，问道：“梁老师，你觉得换个发型，对换个心情，真的有帮助吗？”

她笑道：“只是剪个头发，不要加那么多意义。那天看到实验室里的学生新做了头发，很好看，我觉得她的脸型和你很像，不妨试试。”

夏小橘也笑：“主要还是看脸吧。”

“也对。”梁忱和她并肩站在店门口，透过镜子的反射看向她，

“但是你很美啊。而且，会越来越美，相信我。”

“人终归是视觉动物吧。”夏小橘叹息，“而且，女生太独立是不是也不好？大家都觉得，你不需要别人照顾。在异性面前，需要适度示弱吗？”

梁忱答道：“彼此尊重和彼此依恋，是同样不可缺少的吧？如果要刻意示弱才能留住对方，大概他还是能力有限或者不够自信，你真的确认你的生活里需要这样一个人吗？”

“如果不知道对方怎样想呢？”

“感情永远是主观的。我们说，不能被感情蒙蔽双眼；但是反过来看，也不能走向另一个极端。感情中永远没办法客观、公允地去评价对方。所以，更关键的，是自己怎么想。”

夏小橘从沉思中清醒过来，看着窗外猛烈摇曳的枝叶。她怎么想？她不敢想啊。

一上午就在浑浑噩噩中度过，已经到了午饭时间，夏小橘忍不住又拿起桌上的手机看了一眼。按理说，以方拓的速度大概也跑到了，但是始终没收到他到达终点的消息。他的上一条消息是：“终于看到奥森了，不用满大街找 WC 了！”

或许是过了三十五公里之后开始“撞墙”，能量和体力消耗到了崩溃的临界点，绝大多数没有做好充分练习准备的跑步者，都会在这个距离速度大减。尤其顶着北风跑了一上午，对孤身独行的方拓而言，更是生理和心理的双重考验。

夏小橘踌躇半晌，拨弄着手机在面前转了几个圈，想起自己在雨中跑到通体僵冷，只剩心窝的一口热气，依旧觉得委屈、难过，终是咬了咬牙，狠下心肠，没给他打电话。同事三三两两去吃饭，走在最后的人喊夏小橘：“这都几点了？你要绝食吗？”

“风太大，有点懒得动啊。”她找借口，“这就去，等等我！”

中午吃了一碗牛肉面，出了一身薄汗，感觉手指尖都透着暖意。同事们说笑着，讲起这北风是不是一路从坝上草原吹来的，又说起桦林镇十几块钱一大碗的羊杂汤，搭配香酥的烧饼最美味。

夏小橘听着，又想起黄昏时分小镇的十字路口，方拓在夕阳下的道别，回想起来，神情十分温柔，目光中也满是不舍。她说不出心酸还是感慨，只觉得不是自己太自作多情，就是对方演技一流。

吃过饭，大家一同走向办公楼，夏小橘不禁掏出手机来，一边迈上大门前的台阶，一边打开方拓发来的一串照片。依旧没有新消息。

走到平台上，恰好翻到最后一张，还是在奥林匹克森林公园的入口处。看起来他嘴唇都有些干，是被风吹的，还是因为太冷，冻得发白？图像不够清楚，她试着放大，想看仔细点。

正要细看，一声中气十足的喊声传来，一字一顿，带着笑意：“夏、小、橘！”

她正看着照片上的这个人，他的声音却突兀地出现在身后。夏小橘打了个激灵，险些将手机掉在地上。

她深呼吸一秒，强自镇定地转过身来，面无表情地看过去。方拓笑嘻嘻地倚在旁边一株银杏树上，中午的阳光把深秋的叶子照得金灿灿的。

看她回头，他站直身体走过来。他依旧穿着黑色的压缩服和压缩裤，外面套着速干T恤和跑步短裤，披了一件单薄的皮肤风衣。鞋子在风里吹得灰扑扑的，看得出，脚步有些僵硬。

同事们见有朋友来找她，纷纷说：“先进去了呀。”

夏小橘随口应了一声：“好。”转向方拓，却一时不知要说什么。

他走到台阶下，仰头看她，笑得十分开心。不知道是不是许久不见，现在的她比记忆里更好看一些。不对，是真的变得更好看了。

方拓凝视了几秒，开口道：“呵，你怎么变形象了？”

夏小橘被他看得浑身不自在："要你管？"

"染头发了吧？不扎起来挺好看的。"他诚心诚意地评价，"大衣也是新的吧？不错。"

素色的薄羊绒大衣，及膝裙和羊皮小靴子，加上一条手感柔软的围巾，的确都是昨天梁忱陪她一起买的，式样看似简单，但裁剪合身，做工精细。夏小橘一咬牙，痛刷了半个月的工资。"好不好看，也不关你事。"夏小橘有些气恼自己贫乏的词汇，她平时很少和人怄气，词到用时方恨少，翻过来掉过去只会这一句。

"好，那我就看看。"他的笑容一如既往地真诚。

夏小橘不知如何应答，生硬地问了一句："你跑完啦？"

"是啊，跑完了。"他掏出手机，晃了晃，"听歌加照相，被我玩没电了。"

"喊，那谁知道你最后奥森那几公里有没有跑？"

"当然有！不信你问那公园里锻炼的大妈！她还问我，'小伙子你不冷啊？'"

夏小橘看他，脸色如常，耳朵、鼻子都不怎么红，就是嘴唇干裂，起了一层皮。她轻哼一声："看不出来哪儿冷。"

"早知道不打车过来了。"方拓看她视线，猜了个八九不离十。他走上台阶，只比夏小橘低了一阶，这才注意到，"哎，你怎么还比我高？你穿高跟鞋了吧？"

"有谁规定我不能穿……"夏小橘话音未落，只觉得肩头一沉。

方拓垂下头来，放松地倚在她肩上，喃喃道："这样也不错。好累哦，脚指头都磨破了。"

周围还有同事三三两两走过，探寻的目光纷纷投过来。夏小橘又羞又急，一把将他推开，肩头一轻。

"你……你，跑得又是汗又是土，脏不脏啊！我这可是新衣服。"

“简直太无情了！”方拓佯装抱怨，“我刚才特意去你们水房洗了脸！”他几乎和夏小橘平视，只略低一点点，抬起眼睛时，眼底眉梢都是笑意。

夏小橘和他四目相对，离得近，心跳加速。她强自镇定，心底暗暗鼓劲：“不能就这样心软啊，得硬气一些！”

“今天太阳这么好，不就是风大点！”她这话说得底气不足，“你累是因为你缺练，本来就没打算跑吧？！”

“我本来是想等一个下雨的日子的，等了这么多天，居然没下！”

夏小橘轻哂：“你可以再等啊，过些天差不多该下雪了。”

“夏小橘，我头一次发现，你也挺狠心！”方拓瞪了瞪眼睛，皱起眉头，做了一个夸张的愤怒表情，“好，你给我等着！”

他顿了顿，继续说道：“等过几天下雪，我再跑一次！”边说边探询地看她，“中不？”

夏小橘只觉得笑意像是一阵暖流，从心口涌到嘴角，她努力憋住，“哼”了一声：“随你。”

“不过那是改天，现在我要饿死了，能吃下一头牛，还有一盆米饭！”方拓扬了扬下巴，“走啊，吃饭去啊，想吃调味牛排了。”

“那你就去吃呗。”夏小橘含嗔带笑，“我吃过了。”

“可是，我想和你一起吃啊。”他有点像个撒娇的小孩子。

面对方拓祈求的语气和诚挚的目光，夏小橘的心又漏跳一拍，差点就要点头应允了。

方拓看她脸色，知道她的态度有所松动，一步迈到她旁边，揽着她的肩膀：“那就再吃一顿呗。”

夏小橘打了个激灵，忽然想起一起跑三十公里那晚，他说，你背我吧，也是这样的亲昵，仿佛将她圈在怀中。可是，那又能说明什么呢？转身衣服就披在宁柠身上，和她在雪山下并肩而笑。

电光石火的回想，在她内心中呼啸着扇了自己一巴掌。夏小橘，你可长点记性吧！

她越想心里越不是味，嫌弃地把方拓的手拍开，脸上蒙了一层薄怒“我说想跟你吃饭了吗？跑个步就完事了？你能跑得超越光速，时间倒流吗？当时没跟上就是没跟上，有之后这么往回找的吗？”

“要求越来越高了呢。下雪天还好说，这个我可真，能力有限。”方拓轻咳一声，“你是生气我没和你一起跑，还是生气我没和你跑的原因？”

夏小橘一愣，没想到他这么直白地点明，一时不知要不要坦诚盘踞心头的不快。

两个人僵在原地。

二楼的办公室。有人推门而入：“嘿，刚才在楼门口，有个男生抱着夏小橘，你们看到没？”

“没，还没抱上。”另一个目击者辟谣，“他就是把头靠在小橘肩上了，被她推开了。”

“啊？谁啊谁啊？”趴在桌上午睡的也抬起头来。

“不认识，喏，还在楼下呢。”

“重大八卦啊，快继续关注！”

窗户被悄悄推开一道缝。

“哎，你们别挤。”最前面的人低声抱怨。

“对，挤了也听不见。”

“哎，那男生怎么还拉着夏小橘又走远了啊？都快看不到了。”

方拓拉她走到银杏树下。“今天是没下雨，但我越跑越糟心。”他敛了笑容，声音也低下来，“我想起打电话给你，但你沿途的反应……也听莫大说了，那天你跑得很艰难。其实，那时候你就知道我没回来的原因了吧？越跑心越冷，是不是？”他自嘲地笑了笑，“我是好久没跑了，挺累的。我一边跑，一边想，‘你觉得累，算个屁，那天小橘比你累多了。方拓你太过分了，小橘不原谅你是对的。’”

夏小橘想起风雨中的自己，无限委屈，鼻子一酸，视线有些模糊。

方拓深吸一口气：“是啊，没赶回来，是因为宁柠。她去找我了。”

夏小橘强忍辛酸，冷哼一声：“不错啊，这下你开心了吧？”

“但是她的确生病了，高反加上重感冒，有肺水肿的迹象。和她熟的人又只有我，作为朋友，也不合适把她自己扔到医院。”

“那你就直说，说什么队友生病啊？这有什么不能坦白和我说的呢？”夏小橘情绪激动，“你瞒着我，是什么意思？你觉得……”

她说不下去。你以为隐瞒我，就可以继续之前的亲昵与暧昧，而不需付出任何承诺吗？

方拓坦言道：“当然是因为怕你知道了生气。我本来想回来就和你说，当时也没想到，你知道得这么快。”

知道得快，等于自己密切关注他这件事被拆穿。夏小橘又羞又怒，脱口而出：“是，我是知道了。我是在网上关注了你一下，那又怎样？不等于我就低你一等吧？不等于你想怎样对我，就能怎样吧？是，我脾气是好，但不是没有！把你的甜言蜜语收起来去哄别人吧！”

“小橘，宁柠对我而言，就是一个朋友。情况有些特殊，但现在也只是朋友。平心而论，如果一个朋友来找我，我需要向另一个朋友交代吗？”

夏小橘一愣，却不知道如何驳斥，只道：“不需要交代，什么都不需要。我是你的谁啊？”她转身就走，再不走眼泪都要流下来了。

“别别，我又说错话了！”方拓拉住她的手，“我是说，从朋友的角度，不需要向另一个朋友交代。但是，我真的错了啊，因为我没把你当朋友。”

夏小橘有点晕，更多的是不相信自己的耳朵。

“而且，我也没想到，你也会……吃这么大醋。”

“吃什么醋？”她羞赧气愤，“你别臭美了！”

“她是去找我了。可是，我来找你了啊。”方拓捉住夏小橘的手，“我当然得给你个解释。不过，得先明确一个问题，你是我的谁啊？”

夏小橘面红耳赤：“谁稀罕你来找我。”

“我稀罕。”方拓的拇指轻轻摩挲着她的手背，“我得抓紧啊，不然你这么好，好多人抢着要呢。”

“什么要不要？凭什么别人来要我呀？我是东西吗？！”夏小橘脑中轰鸣，方拓说的话她已经快处理不过来了，CPU 都要短路了，只能梗着脖子强词夺理。

“好好，你来选。那……你要不要我？”

“要你做什么？”夏小橘的脸烫得发烧，手被他攥着，怎么也抽不回来，“我……我不需要任何人！”

“可是，我需要你啊。”方拓笑，“你说，你是我的谁？”

夏小橘又尴尬，又惊讶，更有无法抑制的欢喜，却还剩最后一丝理智。她努力向回拽着自己的手：“我是你姑奶奶！”真是，和方拓口无遮拦惯了，觉得自己越发粗鄙了。

方拓“扑哧”一声笑出来：“别有亲戚关系，那还怎么在一起啊？”他就势拉了一把，将夏小橘紧紧抱在怀里，大声说道，“夏小橘，我喜欢你！”

声音太大，路边的人们听得清清楚楚。

窗内爆出一阵欢呼，终于等到，这令人振奋的一刻！

夏小橘被方拓紧紧抱在怀中，刚才那句话他讲得很用力，她不仅耳朵听到了，身体也感受到他胸腔的共鸣、回响。她一时蒙住，如同坠入一场幻梦。

清醒一些，第一个反应是，天啊，她还站在办公楼前，刚才有不少熟面孔经过，方拓的声音那么大，是不是有认识自己的人听到了？她下午还怎么上班呀！

本来就发烫的脸大概红得像煮熟的螃蟹一样了。夏小橘尴尬又羞臊，不知如何见江东父老，只能又往方拓怀里扎了扎，眼睛躲到他的手臂后，挡住自己的视线，好像看不到周围，就不会被旁人关注一样。

方拓感觉到她的紧张。她和平日里直爽开朗的样子判若两人，就如同一个情窦初开的小女生。他心头一瞬变得无比柔软，也不再说话，手掌抚着她的头发。刚剪过的发，清爽顺滑，丝丝缕缕穿过指缝。

他衣服穿得薄，夏小橘能听到他急促振奋的心跳声，感受到他的胸膛坚实的触感和隐约的温度。这一切越来越清晰，她终于真切地意识到，这不是一场梦境，刚刚他讲过的话也不是自己的臆想。他就站在自己面前，他的手臂、他的气息、他的声音、他的温度，都真切地环绕着自己。

而从这一刻起，这个男生属于她了。

这个她喜欢的男生。

她不需要再躲避自己的想法，也不用再克制自己的情感。心底的闸门打开，她才发觉，自己远比开始以为的，还要喜欢他。

她的双臂被方拓拥紧，于是微微抬起手来，扯着他的衣襟。方拓意识到她的小动作，闷笑一声，抬了抬手臂，像是个鼓励。夏小橘环着他的腰，把脸贴在他胸前，又是羞怯，又觉得心中无比满足、安稳。

二人安静相拥，还没等再说什么，只听方拓的肚子叫了一声。

都要像他的表白那么响亮了。

方拓自嘲地笑了一声，轻声说：“怎么样？现在可以和我去吃烤肉了吧？”

“我吃过了……”夏小橘无力地反驳，有些心口不一，“而且，我下午还得上班啊。”

“不去了。”方拓说，“和你们领导说，你男朋友身体不舒服，你得照顾他。”

夏小橘轻轻推他，嗔道：“大家肯定都看到了，你这哪里像不舒服的样子啊？”

方拓笑起来：“哦，你承认了。”

“承认什么？”

“你是我女朋友啊！”方拓闷笑，“我以为你是我姑奶奶呢。”

后背被捶了一拳。

“哎，真的是你自己主动说的，我还没问呢。”方拓话音未落，后背又被捶了一拳。他夸张地叫了一声：“啊，要死了。本来刚跑完就虚，现在你男朋友身体真的不舒服了。”

夏小橘内心交战，她也不想现在就和方拓分开，但也不知道如何开口请假，更不知道回去如何面对同事们。一定有人多嘴回去八卦了吧！她太了解他们了。

“我……想想……”

“别想了，回去拿东西，我等你。”方拓松开手臂，揉了揉她的头发，“快去快回。”

夏小橘站直身体，正要说什么，手机响了起来。她看了一眼来电显示，头皮一紧，冲着方拓比了个噤声的手势：“别说话啊，是我们领导。惨了，肯定是看我到点没回去。来找我。”

他用口型说：“正好请假！”

领导不紧不慢地问：“小橘啊，下午你忙吗？”

一听，这是找她干活的节奏，她支吾道：“呃，还好，我……我这就回去。”

“好。你要是手头没急事，去跑个外勤吧。”

“啊？”

“去趟部里，拿个批文。”

夏小橘一愣，这通常都有专门负责行政事务的同事去跑，但还是机械地应了一声。

那边又说：“要是去城里堵车，就不用着急赶回来啦，明天上班把文件带过来，也是一样的。”

她好像明白了什么，下意识地抬头，看到自己的办公室窗户大开，热情的同事看到她的目光，躲也不躲，开心地挥了挥手。

窗内传来一片笑声。

第八章

月儿弯弯

过两天便是周末，难得莫靖则有一天空闲，又有上海的合作方送了一箱大闸蟹，张佳敏张罗众人去他的公寓吃饭，还说又尝试了两个新蛋糕方子。方拓和夏小橘买了若干时令水果，走到小区门口，夏小橘有些踌躇："咱俩分开上去吧。"

方拓知道她面皮薄，依旧故作不解："为啥？"

夏小橘忸怩："那……他们还都不知道……"

他大大咧咧地应道："那正好知道一下。"

她略微发窘："我还没准备好。"

"这需要什么准备？"方拓瞪眼，"我很拿不出手吗？"他把两大口袋都换到右手提着，左手揽着夏小橘的肩膀，"自然点，他们也早就该想到了。"

"就是因为……"夏小橘想起自己一直在朋友面前，大义凛然说方拓就是好哥们的样子，恨不得把那些话捉回来塞进嘴里。

她低着头想事情，方拓扬了扬手，开心地笑起来，又拍拍夏小橘的肩膀，低头轻声说："别想了，目击证人都有啦。"

夏小橘一怔，只见一辆熟悉的 SUV 停在不远处，莫靖言从车上下来，刚拉开后门，邵一川就蹦下来，开心地向着二人跑过来：“方拓叔叔好，小橘阿姨好！”莫靖言和邵声并肩而立，笑眯眯地看向二人。

来到莫靖则公寓，他打开房门，看到四个大人一个小孩齐刷刷站在门外，有些惊奇道：“你们约好了一起到？”

“哦，恰好在楼下遇到他俩。”莫靖言笑着看向方拓。

“对，”方拓接道，“我们和他们是碰到的，我俩是一起来的。那个，介绍一下，这位是……”

话音未落，侧腰被夏小橘从背后捅了一下。他倒吸一口凉气：“别乱捅呀，捅坏了算谁家的？”

张佳敏从厨房出来，听到他说“我俩一起来的”，正要打趣两句，就看到后面一幕，恍然大悟，长长地“哦”了一声，笑嘻嘻说道：“阿拓你不用介绍啦，我们都明白。”

莫靖则轻嗤一声：“方拓你小子还挺有手段啊。前些天跑完北马，我以为小橘以后都不会理你了。”

“说起来，还得谢谢师兄！”方拓夸张地一抱拳，“有什么吩咐，但凭师兄差遣。”

莫靖则递给他一瓶香槟：“来，一会儿你开瓶。”

张佳敏已经备好了菜，清蒸鳜鱼、芋头扣肉、酿豆腐、干煸豆角、田园小炒，还有几道小凉菜。扣肉已经焖好，等众人来了，快手炒菜，大火蒸鱼，一道道接连摆上桌面，琳琅满目。

莫靖言一边帮忙递菜，一边问：“大哥，哪个是你的贡献？”

莫靖则指了指众人面前的碗筷：“摆碗。”

莫靖言笑道：“都是佳敏把你惯坏了。”

莫靖则冷哼：“都是邵声把你惯坏了。”

莫靖言问邵声："你惯我了吗？"

他正在陪邵一川看大闸蟹，告诉他如何区分公母，闻言转头应道："没，做得还不够，怕你大哥教训我。"

"师父，要硬气一点！"方拓插话，"要给我做个好榜样！"顿了顿，又道，"但作为姐夫，我真心觉得，你还不错。"

邵声瞟他："哪儿都有你。当着小橘，我就不说你了。"

夏小橘脸憋得通红，和谁都搭不上话，生怕人家问她和方拓交往的细节，只好和邵一川搭讪："川川呀，你学会怎么分辨螃蟹的公母了吗？"

邵一川点头，无比开心地说："看肚脐呀！我数过了，一共有六对！"

"没错，川川真聪明。"她用哄小孩的语气鼓励道。

"小橘阿姨，"邵一川抬头问，"你和方拓叔叔，也是一对吧？"

夏小橘哑口无言。我们俩是大闸蟹吗？再说，这些是你一位小朋友应该关心的吗？

清蒸鳜鱼出锅，莫靖则招呼大家落座。众人齐齐举杯，感谢辛苦了一上午的大厨张佳敏。

"没事没事，我就是喜欢做饭。先吃菜，垫垫肚子，我再去蒸螃蟹。"她围裙还没摘，举起杯来，"也要谢谢大家捧场，看你们吃得开心，我就更开心。"

众人边吃边聊，一片欢声笑语。和往日比起来，夏小橘却显得安静得多。她一向不停嘴地和方拓抬杠，今天坐在他身边，一旦有人看过来，就觉得别人微笑的目光别有深意，只能端着碗埋头吃饭。啊，明明光明正大在一起，怎么和暗恋一样紧张？

张佳敏也看出她的不自然，给她夹了一大块鱼，笑道："小橘姐，你今天怎么这么低调啊？"

夏小橘尴尬："啊，你的手艺太好了，我光顾着吃了。"

方拓应道："是啊，要不是你说预备了好多吃的，本来我们就不打算来了。"

夏小橘瞪他一眼。方拓不顾被掐的风险，继续说道："我刚告白完，还紧张着呢。"

莫靖言笑他："难得你还有紧张的时候。"

方拓转向她："刚表白完，需要点单独相处的时间吧？莫莫姐，你说是不是？"

莫靖言想起往事，脸上一红。

邵声瞟向方拓："那你单独出去溜达一圈吧，正好川川也有两只螃蟹了。"

夏小橘又戳了戳方拓，他侧腰一痒，哈哈大笑起来。

莫靖言赶紧换了个话题，问道："小橘，你的头发是新剪的吗？这个造型不错，颜色也蛮适合你。"

"哦，是呀，那天和梁老师逛街来着。"夏小橘答道，"还顺便买了件大衣。"

莫靖言问："就是你说过的，一起跑步的梁老师？"

"对，她给我的建议，和你说过的还挺像。"

"回头还得谢谢梁老师。"方拓应道，"她不是还送了你一把雨伞？"

"你还说……"夏小橘撇了撇嘴，"我那把存在行李车上了。"

"之后是不是有个集中认领？过几天我帮你去拿啊。"方拓说，"不过梁老师这次也很帮忙啊，回头我得请她吃顿饭，感谢她那天帮我照顾你。"

"人家那么忙，有没有时间还不一定呢。"

"对了，"方拓忽然想到什么，"我知道你崇拜梁老师，学她别的可以，但是别动不动就说出国读书的事了哈。”

“为什么不说？”夏小橘明知故问。

方拓一字一顿：“你总要考虑一下我的感受！如果你去，怎么也要把我给F2过去吧？我还能去那边徒步啊，登山啊，攀岩什么的，顺便带几个队伍赚点生活费。”

夏小橘认真想了想，纠正道：“在美国带队需要当地的资格证吧？而且，F2不能工作吧？”

莫靖言失笑：“重点难道不是，他让你F2他……”话音未落，想起刚刚和邵声在一起的时候，二人关于未来的种种畅想，心中又是甜蜜，又是感慨。抬眼看他，他也正好看过来。手背一暖，被他的手掌握住片刻，又轻轻松开。

姑娘们的话题转向妆容、服饰，男人们聊起最近的经济形势，又说起冬天的计划。方拓和邵声在讨论什么时候去练习攀冰，更要预留时间，大家一起去郊外滑雪。

方拓说：“那就这么定，都放莫师兄车上？”

莫靖则一愣：“什么都放我车上？”

“我说，如果去滑雪，可以和朋友租雪具，比雪场的品质好。到时候集中放你车上。”

“可以，怎么去你来安排就好。我不一定有时间。”莫靖则应道，“你想开我的车，不用拐弯抹角的。”

他们说要去哪个雪场来着？刚刚似乎听方拓提起一句，但是从耳中一滑而过。因为莫靖则在走神，注意力都在女生那边。夏小橘正在描述那天去哪里逛街，去哪里理发。偶尔有一两次，提到了“梁老师”三个字眼。仿佛，离她的生活近了一些。

炒菜吃得差不多，张佳敏把大闸蟹也蒸上。一共六对螃蟹，若按大人们一人两只来算，还少邵一川的一份，邵声说：“没事，我和川川一起吃。”

莫靖言已经剥了一小块蟹肉，放在邵一川碟子里。

方拓说：“还是吃我这份吧，我最怕麻烦了。”说着推了一只公蟹过去。

张佳敏笑道：“所以让你们先吃菜，垫垫肚子。”

夏小橘说：“对，这就当嗑瓜子了。”她把自己面前的公蟹一分为二，默默地放了一半在方拓碟子里。

“看，还是有女朋友好！”方拓笑眯眯看她，试探地问，“要不，你也帮我剥了？”

夏小橘神色赧然，嗔道：“想吃就自己剥，不想吃就还给我。”

“我都是塞在嘴里嚼啊。”方拓笑道。

“对了，我还听说过一件有趣的事。说有一篇文章，写二战结束后，加拿大纽芬兰地区的人民生活困难，还在上小学的作者要带午饭，他家太穷，妈妈买不起鸡肉，于是……”夏小橘顿了顿，“给他带了两只龙虾。”

众人都笑起来。

方拓笑得咳了两声：“你是不是特别想穿越回去？”

夏小橘辩驳道：“是你想穿越，我可没说。”

“你嘴一张，我就知道你想说什么好吗！”方拓“嘁”了一声，挑了挑嘴角，“你总和我想的一样，有点新意好不好？”

只有莫靖则笑得勉强。这个故事是他讲给梁忱的，没想到她一直记得，还转述给别人。当时二人吃着梁忱冰箱里的速冻饺子，莫靖则慨叹大雪封门，又恰逢节日闭店，想请她吃顿大餐也不能。于是便说到龙虾，说起更北方的缅因州和加拿大。

莫靖则想起在一本飞机刊物上看到的这则故事，讲给梁忱听。

她说："那可以去阿卡迪亚国家公园，看红叶，吃龙虾。对，龙虾点两只。"又笑道，"你在纽约那么久，应该去过吧？"

"真没去过。"莫靖则摇摇头，"不过，倒是想和你一起去。"

"可惜，"她看了看窗外纷飞的鹅毛大雪，"现在不是秋天呢。"

当时他心中惶然，尚不知下一个秋天自己会在哪里。否则，是否可以应一句"那我们秋天一起去"？

所谓跨不过的万水千山，不也是只有十几个小时的航程吗？而现在，又到了红叶萧索的季节，他们在同一座城市，却远过远渡重洋。

这大闸蟹吃得索然无味。他拎起一只放在莫靖言面前，又分了一只给张佳敏："你们多吃点，我前几天去上海，没少吃。过些天也还要去出差。"

邵一川最开心，他面前堆了好几只螃蟹。他的兴趣点也不在吃上，对他而言，这些还没有佳敏阿姨做的扣肉好吃，可是，他学会了如何区分公母，正兴奋地把它们一只只翻得肚皮朝上。

邵声轻咳，低声说："川川，吃饭的时候，不要玩你的食物。"

夏小橘听到，瞟了一眼方拓。他拿一大一小两个螃蟹壳，摞起来做身子；又拿蟹螯和蟹脚当作手脚，拼了一个人不人，妖不妖的怪物。她轻轻踢了方拓一脚，低声道："听到你师父说什么了吗？"

他还沉浸在完成艺术品的喜悦中，一愣神，笑道："奥特曼！哦，不，钢铁侠！"

要是放在以前，夏小橘有十万句话来揶揄他的幼稚，可现在，她嘴唇动了动，一个字也没说出来。

首先，这人是她自己选的啊，不给他留面子，总得给自己留点面子。其次，这个幼稚又脱线的男生，怎么能这么可爱呢？当然，这句话她更说不出口。

吃过午饭，张佳敏要收拾碗碟。莫靖言拦住她：“佳敏你歇一会儿吧，没有让你又做饭又洗碗的道理。”

莫靖则看了小妹一眼：“你在家刷碗吗？到我这儿来表现。”

莫靖言理直气壮地摇了摇头。

“还是我来吧。”夏小橘起身帮忙。

“没事，小橘。”邵声向她摆摆手，“莫莫这句话，是在喊我呢。”

莫靖言嘻嘻一笑：“他不用我喊的，可自觉了。”

邵声“嗯”了一声：“等我当大厨的时候，家里的规矩就变成——谁做饭，谁洗碗，谁让你用那么多碗……”

莫靖言赧然：“那下次我洗。”

“嫌你刷不干净吧？”莫靖则揶揄道。

“肯定是师父心疼莫莫姐。我看等川川能够到灶台，他们爷俩一起刷。”方拓笑道，又看向邵声，蹙眉道，“师父你真是，在家里一点地位都没有。”

邵声冷眼看他：“别叫我师父。”

“嗯？”

“你去学川剧吧！变脸这么快。”

方拓大笑：“别把我逐出师门啊。还是我主动表现一下吧，我来刷。我刷得挺干净的！”

张佳敏还要和他客气两句。莫靖言拦住她，笑道：“没看出来他今天格外爱表现吗？就给他个机会，让他刷。”

夏小橘帮忙把碗碟收拾过去，站在厨房门口，探头问：“我和你一起呀？你刷第一遍，我涮干净。”

方拓指了指两三摞碟子和碗：“大话都说出来了，我自己来吧。”

“怕你刷不干净，回头还得佳敏刷第二遍。”

“夏小橘你太小看我了！”方拓在洗菜盆里用洗涤剂搅出一堆泡沫，“来，帮我把袖子挽起来。”

夏小橘依言，帮他把衣袖挽高。方拓低头，似笑非笑地看着她。两个人站在厨房的过道里，离得近，身边都是烟火气，心中都觉得有一丝甜意蔓延开来。

方拓努着嘴，用下巴点点右边："这边低了，两边不一样高。"

"你强迫症啊！"夏小橘佯怒，"唰"地将他右侧衣袖拽高了一大截，"我不管你啦！"

"谁啊，刚才还要帮我刷碗！"方拓叹息，"到底是我女朋友，连变脸快这事，都随我。"

夏小橘在他肋间戳了一下，两个人一起笑起来。

方拓说："要是心疼我干活多，就帮我捏捏肩膀吧。"

"这才哪儿到哪儿啊，就和我讲条件。"夏小橘嘴上揶揄着，却伸长手臂，在他脖颈两侧捏了捏。

方拓心满意足地吁了一口气。

夏小橘在他背上拍了一下，赧然道："好好干活！"手上似乎还留着帮他揉捏肩颈的触感。看着瘦削的男生，骨架宽阔，肌肉紧实又有韧性，让人想要再抓两下。

张佳敏正要来拿抹布，走进厨房便看到拍拍打打的二人，她忙侧过身，抬手挡住眼睛："我什么都没看见。"

邵一川在家养成吃完饭就扫地的习惯，在邵声的指挥下，跟在佳敏身后来拿扫帚，也学她的样子，转身捂眼，清脆地说："我也什么都没看见。"

莫靖言笑着小跑过来："他俩在厨房干吗呢？"

"没，没干吗……"夏小橘一紧张，不知道如何回答。

方拓坦然一笑："我干活，她监工呗。"

莫靖言笑眯眯地站到门口："我也来看看。"

张佳敏飞速擦了桌子，回来站到另一侧门边："我也来看看。"

夏小橘有点不自在："那……那我先去客厅了，里面太挤。"

方拓挡在她旁边，不让她走，转头看向门口两位门神，语气夸张地抱怨："拜托两位，没看过人家谈恋爱啊！"

莫靖言忍着笑："不是监工吗？"

"姐，我一个人刷碗，需要你们三个监工吗？"

"我就是考察你一下。"

张佳敏也点头附和："对！"

方拓看过来："佳敏，咱们第一天认识吗？莫莫姐更别说了，你都认识我十年了啊！"

莫靖言摇头："身份不一样，考察内容不同。"

张佳敏说："对，现在我们是作为小橘的闺密，看看她男朋友怎么样。"

方拓投降："看吧看吧，随便看，不收门票。"又问莫靖言，"那你要不要作为我姐，考察一下我的女朋友？"

"需要吗？"莫靖言佯装讶异，"你希望我说什么？"

"说，'这个女朋友真是太好了，阿拓你要看住她呀！'"方拓细声细气，模仿莫靖言的语气，又用肩膀搡了搡夏小橘，"你说是吧？"

夏小橘正想转身离开是非之地，脚下不稳，差点被他推到水池上。她连忙扶稳，鼓着腮瞪了他一眼："我想说，能退货吗？"

"一旦售出，概不退换。"方拓伸出手来，"对，卖身还得有个转让费呢。"

夏小橘在他掌心打了一下："给你五毛。"

"小橘这个男朋友还不错，就是有点贫。"莫靖言评论道，"看着就像没长大一样，不过，遇到大事，他心里还算有数。"

"这算夸我吗？"方拓挑了挑眉，指了指夏小橘，"你们觉得，她长大了吗？”背后又被偷袭一拳。

张佳敏看着打打闹闹的二人，轻不可闻地叹了一声：“其实贫嘴也挺好啊，看你们一直都有那么多话说。”

方拓旋即明白，笑道：“那不是因为我们没长大吗？我废话多，也就是小橘爱听。”

莫靖言岔开话题：“对了小橘，方拓怎么表白的？你怎么就原谅他了？”

张佳敏又精神起来：“对呀，刚才餐桌人多，没好问你。”

夏小橘赧然。现在人少吗？只是少了两大一小三个男人而已，其他四人都挤在厨房里。

“心诚则灵。”方拓替她回答，“我跑了个全马，一身大汗去找她。夏小橘一点都不心疼我，就心疼她的新衣服。”

夏小橘辩驳：“哪有！”

方拓笑着逗她：“哦，那就是说，还是心疼我咯？”

“自己跑了个全程？这么厉害！要是我，也原谅他了。”张佳敏咋舌，“我还说阿拓这两天干吗去了，怎么看起来有点腿软。”

莫靖言忍不住“扑哧”一声笑出来。

夏小橘总跑野外，没少听各路人马讲起俚俗的笑话，看她一笑便反应过来，同样大窘。

“是啊，好久没练，跑得膝盖疼。”方拓一本正经地回答了张佳敏的提问，又转向莫靖言，佯装抱怨，“姐，你的淑女形象呢？！”

莫靖言笑得咳了两声：“好好，我错了。我带她们去那边聊，我们去看看佳敏养的花。”

“好呀！”张佳敏笑道，“蟹爪兰都开了呢！还有，推荐你们买蝴蝶兰，真的是常开不败。”

夏小橘如获大赦。

三个女生站在阳台上，张佳敏顺手摆弄着花花草草，摘掉几片枯叶，一边将花盆转动方向，一边问夏小橘：“说说看，阿拓到底怎么和你表白的呗？我就是有点想象不出来他会怎么说，总觉得一想就会笑出来。”

“他挑了个风大的日子，自己跑了个全程。跑完了，去找我呗。”夏小橘有些忸怩，大概说了当天的情形。

“那同事是不是也知道了？”张佳敏欢快地笑起来，“那之后呢？有没有浪漫的烛光晚餐呀？”

“陪他去吃烤肉咯，他一直念叨来着。”夏小橘答道，“之后看了场电影。”

是之前方拓约她看的《泰若星球》。他提出建议后，夏小橘没好意思说，因为赌气，她早就独自看过了。方拓又买了大桶的爆米花，把二人之间的扶手抬起来，夏小橘以为他要把大桶放下，谁知方拓左手捧着爆米花，右手伸过来，环住夏小橘的肩膀，向怀里带了带。

她和他离得近，稍一侧头就靠在他肩膀上，这样亲昵的距离让夏小橘又是欢喜，又是紧张。方拓什么都没说，只是轻轻地理了理她的头发，安慰般拍了拍她的肩膀。

在黑暗中，夏小橘渐渐放松下来，感觉到他怀抱的温暖，还有宽阔结实的臂弯带来的安全感。电影讲什么，早就不重要了。

反正她也看过。

这个感觉很舒适，仿佛可以让人睡过去。过了一会儿，她感觉方拓的头垂过来，靠在她头顶，重量一点点压过来，他的呼吸也变得悠长平静。

夏小橘失笑，一定是跑完全程后太累了，灯光一暗，忍不住就打瞌睡。她扫了一眼，方拓手中的爆米花桶都斜了过来，眼看就要翻倒。她伸手，轻轻接过来捧着。方拓迷糊中察觉到，以为桶掉了，赶忙去摸，一把拉住夏小橘的手。

她一手抱着爆米花，一手和他握在一起，心乱跳了一阵，忍不住笑了一声，低声道："你要是困，就睡会儿吧。"他迷迷糊糊地"嗯"了一声，便又睡了过去。

直到电影散场，灯光亮起，夏小橘推了推，方拓才悚然惊醒，赧然道："啊？我睡着了？没打呼噜吧！"

"那我早就把你推醒了。"夏小橘直起脖子，揉了揉，"你还打呼？"

"特别累的时候，会有一点。"

"倒是没打呼噜，就是差点把爆米花洒了。"

"我怎么敢？要是你的新衣服蹭到油，还不得砍了我啊？"方拓笑道，"前两天我来看电影，前面的人还洒了一凳子爆米花，边吃边漏。"

"你来看的什么？"

方拓意识到，自己刚醒来脑袋不清楚，竟然说漏嘴了，尴尬地笑了笑："那天约你啊，你不来，我票都买好了，就自己来了。"

夏小橘把两个人各自看过一场的事，简略地告诉了面前两个好奇打探的姑娘，赧然道："其实，我估计那个洒爆米花的，八成就是我。不过我没告诉方拓。"

莫靖言点头："对，不用什么都告诉他，尤其是你又陪他来看了一遍。不能让他太得意。"

"那后来呢？又去哪儿浪漫了？"张佳敏继续追问，又轻叹一声，"到底本来就是好朋友呢，好有默契。"

"具体怎么回事，咱们问阿拓吧。"莫靖言替夏小橘解围，又侧头看向张佳敏，"那……我大哥，他怎么表白的？我更想不出来。"

"我们……就是很自然而然地在一起啦。"张佳敏恬然一笑，"那天有朋友来，我们一起搭竹筏夜游漓江，回来的路上，他就拉着我的手。”

她还记得，满月从奇秀峻峭、重重叠叠的山峰后升起，悬在蜿蜒幽静的江面上，柔美的月光映亮了叠翠的峰峦和微波荡漾的水面。夜空是深蓝色的，月亮和星子是金黄色的。她身边的人就和夜空一样深沉，像星星一样闪耀。

竹筏靠岸，上岸时他拉住她的手，她的心急促地跳动起来。不知莫靖则是否也看到了她眼底的欣喜和羞涩，他的手便再没有松开。在朋友注视的目光和惊喜的欢呼中，反而攥得更紧。

于是她便有了信心和力量。

“就这么把你追到手了？也不肯多说两个字？还真是他的风格。”莫靖言浅笑，“佳敏，我知道你能干，但也不用把他照顾得那么周到。你也要上班，还跑来给他做饭，也蛮辛苦的。北京好多餐馆还不错，让大哥带你去试试。”

“靖则也这么说过，不过我看他更喜欢在家吃饭。”张佳敏嘻嘻一笑，“我是真的喜欢厨房，也不觉得辛苦。”

“那倒也是，不忙的时候我们也在家做饭。”莫靖言点头，又看向夏小橘，“方拓说要买房，你们看得怎样了？”

说笑之间，那边方拓也刷完了碗，喊道：“你们几个监工，可以回来验收啦！”

张佳敏喊回：“相信你啦！我去煮咖啡，大家一起来吃蛋糕吧！”

夏小橘帮着去拿盘子和小勺，方拓打开碗橱：“我来我来，你们都去坐着吧。”

客厅里，莫靖则和邵声也在讨论近期的房价，看方拓过来，问他最近计划得如何。方拓答道：“一直在看，预算有限，没想好是买远的、大的，还是近的、小的。”

莫靖则说：“看你们的需求。”

方拓笑："我都行啊，反正我也不坐班。"他看向夏小橘。

夏小橘脸红，自己和他清清白白啊，谁说要住一起了？

莫靖则说："要买早买，也未必一步到位，以后再换更合适的。就当投资了，贷款也不是坏事，还可以对抗通胀。"

夏小橘点头："是啊，梁老师也这么和我说的。哦对，说起来，莫师兄你们也认识，还真没想到，真是太巧了。"

"嗯，初中同校不同班，她很早就出国了。不过那时候她成绩很好，所以有印象。"

"想也想得到，梁老师现在也很厉害。"夏小橘笑了，"我一直叫她'杰青'，估计这两年一定能评上。"

莫靖则淡淡一笑："意料之中。"

咖啡豆一磨，香气便飘散过来。冲上热水，馥郁诱人的芬芳便氤氲在房间里。莫靖言深吸一口，说："这豆子不错呀。还有手冲壶也很漂亮。是新买的？"

"对啊，我对这些没研究，都是朋友推荐的。"张佳敏答道。她一边把蛋糕摆好，一边给众人倒上咖啡。

邵一川小朋友面前摆上了一杯可可奶。他的目光都黏在面前漂亮的奶油蛋糕上。海绵蛋糕体烤成柔和的小麦色，切片和淡蓝紫色的蓝莓慕斯交互叠加，上面用发泡鲜奶油挤花，和蓝莓一起做装饰。还有几个印着卡通图案的小玻璃瓶，里面盛着焦糖布丁。

"每次来你这儿都吃得太开心了！"夏小橘由衷赞叹，"就是明天我得认真跑几圈了。"

方拓拿了一个布丁放在她面前，自己也拈来一瓶，乐呵呵地坐下来。"我刚跑完四十二公里，毫无压力，大家吃不完的都给我。"他又捏捏夏小橘的胳膊，"你也放心吃，总跑野外，得积蓄点能量。"

她嗔道："你当我是去野外冬眠吗？"两个人又相互揶揄了几句，

一起笑起来。

“你们什么时候去跑？也叫上我吧。”张佳敏托着腮，“我觉得我脸都圆了。”

“好呀，一起练习呗。”夏小橘说，“我还想再跑个全程。”

莫靖则问：“明年再跑北马？”

夏小橘点头：“嗯，不过我想先报个厦门马拉松。”

“一月初吧？”方拓讶然，“没听你说呢。”

“哦，前两天刚定的，没来得及说呢。”

方拓恍然，估计是夏小橘和他冷战那两天。他笑道：“好啊，支持！我陪你一起跑。”

众人同情地看着他，这位前两日刚刚为自己“鸽子王”行径付出代价的男人。

夏小橘撇了撇嘴。

“总得给人改过自新的机会吧。”方拓坐正，看着夏小橘，“我冬天没有出远门的安排，下次就算有机会去珠穆朗玛峰我也不去了，陪你跑步。说到做到！”

邵声看着儿子认真地挖着布丁，盯着他不要用手指去抹瓶底，头也没抬，说道：“方拓别轻易说大话，自己还没跑够吧？全程不够，小橘你要让他跑个百公里。”

“没事，不用人陪。”夏小橘耸了耸肩，“我就是自己想跑。有机会你还是去珠穆朗玛峰吧。”

莫靖言笑：“小橘，你就算这么想，也别这么说。当然得让他和你一起跑！”

方拓皱眉：“姐，你胳膊肘往外拐了哈。”

夏小橘摇头：“我是觉得，自己想做的事情，就应该努力实现。上次没跑完全程还是挺可惜的。反正前段时间我也练了，不如继续努力。”

张佳敏点头："支持！我也想报，是不是可以试试十公里？"

夏小橘鼓励她："没问题啊，咱们一起练习。"

午后的阳光里有香浓的咖啡和绵软清甜的蛋糕相伴，几个人谈天说地，随意讲着趣事，都觉得安然愉悦。只是有那么一瞬，看到邵声和莫靖言看向彼此时藏不住的眷恋爱慕，看着方拓和夏小橘一刻不停地笑闹戏谑，张佳敏隐隐觉得有些羡慕。虽然她早就明白，莫靖则不是感情外露的人。但她欣赏他的自律，仰慕他的沉稳，能在一起便已经感到幸运和开心。只是，别样的相处方式，看起来似乎也不错。

她抬起头，看到莫靖则也看过来，安静地望着她。张佳敏一时紧张，不知他是否看到了自己的怔忡。莫靖则笑笑，递过一张纸巾，指了指她的嘴角。那里沾了一抹蓝莓酱，像个小小的黑痣。

他也在想事情。

想起了在美国工作后，一众朋友在感恩节时的家庭聚会，热闹喧嚣，觥筹交错。他看着衣着光鲜的男男女女，有资历尚浅的师弟师妹，也有比他打拼更久的前辈。似乎自己人生的前十年和后十年，都一眼看得到。

他在那时候，就知道自己的未来应该是什么样，需要向着哪个方向去拼搏奋斗，走在时代的前端，不断去寻求成就感。而家庭，就应该是个安稳的大后方，是他可以安心休憩的港湾。至少，在当时，他是这样想的。

他曾经不怎么理解邵声，也不怎么理解莫莫。可是，就在午后怡人的阳光里，他听到心底有个声音在问：你到底想要什么样的生活？你想怎样度过你的人生？

从莫靖则家出门时，方拓从厨房拎了两袋垃圾，说要带到楼下去。

张佳敏说："我去送送你们，顺便扔了好了。"

“没事，我带下去就好，顺路。”

邵一川也说：“还有我，我也可以帮忙。”

张佳敏笑：“川川真乖。不过怎么说，你们都是客人呀。”

“我去送他们吧。”莫靖则说，“还有什么要扔的？”

莫靖言赞同：“对，让我哥去！”

到了楼下，邵声问方拓和夏小橘去哪儿，可以捎他们一段。两人都说不用，要在附近随处逛逛。邵声了然一笑，带着邵一川去开车。这边，莫靖言陪大哥扔了垃圾，站在花坛边和他说话。

“我觉得，你该考虑一下和佳敏的未来了。”她说。

“嗯？”莫靖则微一蹙眉，“她和你说什么了？”

莫靖言摇头：“她和你在一起就很开心。但是，不知道你有没有留心，她也会有自己的小情绪，也会羡慕别的情侣的亲热甜蜜。”

“我最近的确比较忙。”

“我知道，你一直是大家关注的风云人物，要忙的事情也很多。可是，佳敏就只有你。”

莫靖则不说话。

她继续说道：“之前你和左君姐的事，我是觉得蛮遗憾，但也不觉得你处理得有什么问题。毕竟，我喜欢她，你又没那么喜欢她。你没给过她希望，也不算你耽误她。可是佳敏呢？你们已经在一起了，总得想想以后吧？”

“想过。”

“考虑过结婚吗？”

莫靖则点头。但现在的心境，令他不想谈这个话题，也不知道如何对小妹解释。

“也是，要不然你也不会带她来北京。”莫靖言轻叹，“但也没有下定决心吧？是，你是尊重她，给她单独租房子。可是另一方面，你自己也怕担不起这个责任，是不是？”

莫靖则轻笑一声：“现在轮到小妹来教育我了。”

“大哥，在感情上，我经历的，不比你少。”莫靖言感慨地叹了一声，“我知道，你没多少心思去考虑感情的事，但如果佳敏是你感情生活中最重要的那部分，你对她，还是要再上心一点。她是个好姑娘，本来可以简单快乐地生活。别让她有苦难言，好吗？”

那边邵声已经掉转车头，等在不远处。看风又掀起落叶，吹得树枝不断摇曳，他打亮车灯开过来。

莫靖则看过来，打趣道：“别教育我了，快走吧，你家少爷等着急了。”

邵声摇下车窗，恰好听到这句，笑道：“晚上降温，莫莫穿太少。要聊改天去我家聊。”

莫靖则挥手：“走走，赶紧都快走。改天去看你刷碗！”

目送朋友们离开，站在清冷的晚风中，莫靖则忽然被一种寒凉的惶然所包围。听到夏小橘说起梁忱，他心中憋闷，又有一种浓重的无力感。如果她决定回国，要么早点让他知道，要么永远不要让他知道。

可命运究竟是在厚待他，还是在捉弄他？以为是只能在回忆中存在的人，却一再出现在面前。当她不存在，不再好奇打探她的消息，似乎他做不到。

从高层的阳台上眺望都市流光溢彩的灯火，一切显得繁华而陌生。张佳敏走过来，揽着他的腰，安静地陪着他。莫靖则想起妹妹的话，心存愧疚，将张佳敏抱在怀中。她的头靠在他胸口，那里便暖暖的。

她抬起头，额头碰到他的嘴唇，再一踮脚，双唇吻到他的下巴。莫靖则知道，她想要一个吻。他低下头，看见她微阖双眼，脸上带着期许。他的记忆却在一瞬间被坎布里奇的风雪之夜击中。真的只要闭上眼睛，双唇吻到谁，都是一样的吗？

从莫靖则家出来，方拓和夏小橘执意不坐邵声的车，说要走去地铁站。方拓揉着肚子：“其实走上几站也可以，太撑了。”

夏小橘嗔道：“到人家吃那么多，你可真有出息！”

“我这是捧场呀，都吃光了佳敏才开心呢。”

“那倒是，我看莫大吃得也不多。”夏小橘略一回想，“看人家吃蛋糕，就很有节制的样子。”

方拓笑了一声：“他忙得没时间运动。有佳敏这样的女朋友，他再不节制，过两天定制的西服都穿不进去了！说起来，佳敏最近可是没少烤蛋糕，得跟咱们跑跑步了。”

夏小橘也想起张佳敏日渐圆润的脸庞，提醒道：“下次你当着面，可不能这么说人家女生哈。”

“我只是陈述一个事实，我没说她现在这样不好看呀。”方拓解释，“原来太瘦弱了。再说，我的审美是以瘦为标准的吗？看看我找的女朋友。”自然被夏小橘拧了一把。

“你别……”他边躲边笑，“我说你恰到好处，有错吗？”

邵声开着车，从二人身边经过，能看到莫靖言和邵一川隔着车窗向他们招手。

“莫莫和少爷隔了这么多年能破镜重圆，也不容易。”夏小橘感慨，“看现在的她，真的是一脸幸福。”

“那是，爱情的魔力呀。”方拓揽着她的肩膀，“感同身受吧？”

夏小橘情不自禁地笑了起来，板下脸来搡了他一下，没推开，反而被拉得更近，便低头含笑，和他偎依着向前走去。她想起方拓前两天顶着呼啸的西北风跑了全程马拉松，问道：“你膝盖怎么样？还疼？”

“还行，就是好久没跑这么长，之后又没充分放松，觉得有点紧。”方拓答道，“疼能怎么办呀？你背我？”

“疼就打个车，要不，今天不去溜达了。”

“我还没那么脆弱。”方拓笑，“陪你溜达，轻伤不下火线啊。”

“说起马拉松，我想起一件事来。”夏小橘说道。前几日她的心思都在方拓身上，现在回想起来，才觉得事情有些古怪。

“想起什么？你也觉得全程不够，我得再跑个百公里？”

“不是，我是想起来梁老师和莫大，觉得有点奇怪。”

方拓问：“你是奇怪他俩一起来接你？”

“有点，你那天是给莫大打的电话吧？”

方拓点头。

“过不了多久，梁老师的电话就打来了，怎么这么巧？而且还说和一个朋友一起来接我，见面后才说，‘原来你和莫大认识呀。’但他俩跑完半程就应该遇到了吧？难道梁老师没听到莫大给我打电话，不知道我们认识？”

“有道理。我也觉得，梁老师给你打电话不是偶然。”方拓分析道，“是因为我说了怕你强撑，但莫大又不擅长劝说别人，才由梁老师出面联系的你。”

“现在想，他们说话时的态度，不像好久没见的邻班同学那么客套，但是说熟悉，又觉得梁老师开始的介绍有一种距离感。刚才吃饭的时候说起梁老师，莫大也是一样的态度。”

“哈，夏小橘，别名夏洛克吧。”方拓笑，“夏洛克•Junior•橘•福尔摩斯。”

“我就是感觉。”

“在半程终点能遇到，也不容易啊。”方拓话中有话，“将近二十年没见，不是自己班的，还能认出来。只能说莫大和梁老师，都驻颜有术。”

“会不会是，一个人对另一个人，念念不忘……”夏小橘说完，惴惴道，“我们是不是有点太八卦了？”

“咱俩自己分析，也不和别人说。”方拓笑，“你觉得，谁对谁念念不忘？”

“这……不会是梁老师吧？她那么通透，才不会在乎这些。但莫大，他一个工作狂，也不像啊。”夏小橘左思右想，“最好都不要，莫大还有佳敏呢！”

方拓附和道：“就是，他俩就是老同学呗，当初都是风云人物，肯定彼此都有印象。别多想了，尤其不能和佳敏说。”

夏小橘嗔道：“我有那么傻吗？”

方拓乐出声来：“你说呢？”

夏小橘佯怒：“都是你传染的，你比较傻！”

方拓顺势应道：“对，我更傻。”

“嗯？”

方拓：“明知道你傻，还和你在一起，我傻到家了。”

从小区的街道出来转上主路，晚风扑面而来，一瞬间凉意四起。方拓把夏小橘拉到自己的侧后方：“多少给你挡挡风。”

“还好，不怎么冷。”

“不冷你缩个脖子？”方拓笑，“想好去哪儿没？”

“不知道啊。”站在地铁站入口，夏小橘也一时蒙住，“以前我们都去哪儿来着？”以前总是混在一起，也经常漫无目的地闲逛，似乎也没有特意商量过。现在换了身份，摆出约会的架势来，反而有些不知所措。

方拓答道：“吃吃喝喝，看电影，K 歌，打游戏。”

夏小橘莞尔。二人最常做的，似乎就是找一条商业街，从这头吃到那头，看到有趣的店就去试试看，两人分享一份小吃，在人家店里聊上一小时。

今天吃得饱，两个人先去了商场的游戏厅。方拓看到有满额返赠的活动，便掏出一张粉红大钞，换了满满一口袋游戏币。他又要了一只口袋，把钱包交给夏小橘拿着，自己分着游戏币。

“可别贪小便宜吃大亏，”夏小橘提醒，“这得来几次？”

“也就来个两三次，又没有有效期。”他晃了晃手中的袋子，像个开心的小孩子，“你不是挺喜欢来玩吗？”

“说我，难道你不是？”

方拓笑了一声：“连吃瓜你都能和我比赛，别说打游戏了！”

以前二人也没少一起打游戏，不同的是现在他可以肆无忌惮地揉她的头发；一起玩投篮机，他可以托着她的胳膊纠正她的动作；闲聊时方拓讲一个笑话，她可以不顾形象地笑倒在他肩头。

说是吃多了，看到有卖奶油泡芙的，还是没忍住买了一只。两个人牵着手，你一口，我一口。方拓举着泡芙，喂到夏小橘嘴边，故意一抬手，就在她鼻尖沾了一点奶油。夏小橘瞪圆眼睛，他再笑着帮她擦掉。

就这样游游荡荡，直晃到商场打烊。方拓打车送夏小橘回家，到了家属区，还执意送她进去。走到楼下，夏小橘略感紧张，羞赧道：“我家里乱，今天出门一天，还没来得及收拾，就不请你上去坐了。”

方拓看出她的局促，也没再调侃，微笑道：“没关系，你回去早点休息。我也有点困了。”

“嗯，那我上去啦。”手还被他握着，夏小橘轻轻向外抽了抽。

“嗯，晚安。”他说完，也不走，依旧笑着看过来。

夏小橘有些心跳加速，她想起方拓表白那天，两个人看了电影回来，也是在楼旁高大的法国梧桐树下，他说过晚安，然后低下头，轻轻地在她唇上印了一个吻。

只是想起当时的场景，她的双颊似乎就恢复了当时的热度。看着笑而不语的方拓，夏小橘心中更是慌乱紧张：“那……那个，晚安。”

方拓略一探身，低头看她，神色认真：“男女平等。今天换你了。”

夏小橘窘迫尴尬，又不想他看出来，踮脚在他脸颊上蜻蜓点水般亲了亲，随后拍他肩膀，粗声粗气道：“可以了吧？走啦走啦。”

“太敷衍了吧！”方拓拽着她手腕，将她带到怀中，手臂圈在她身后，似笑非笑地看过来，凝望的眼神渐渐变得温柔。

只要目光和他相接，夏小橘便心若擂鼓，她略垂了眼帘，看向他的肩膀。方拓的气息近了，温热的双唇在她鼻尖轻轻一点，带着笑意：“你这个橘子还是奶油味的呢。”

她“扑哧”一笑，略一放松，他的唇便覆过来，盖在她的嘴巴上。温润，柔软，还真的有一丝丝的甘甜味。

真的是那只奶油泡芙的味道吗？她脑中轰鸣，无暇分辨。和前一次礼节性的晚安吻不一样，他的唇轻轻摩挲，又含住她的唇，细腻地轻抿，温柔地等待她的回应。夏小橘渐渐回过神来，鼓起勇气，紧咬的牙关松开来。他的舌尖滑过来，触碰在她嘴唇上。

夏小橘心中一惊，浑身再次僵住。她十足紧张，不仅是担心会被来往的人窥视，更重要的，是她心中涌起一丝无法言喻的不安。方拓的手掌托住她的头，想让她放松下来。他似乎感受到她无声的抗拒，只是揉着她的头发，本想深入的一吻，变成流连于唇边的缱绻。

夏小橘也说不出自己的压迫感从何而来，她两颊绯红，心底涌上一丝愧疚。方拓笑了笑，没说什么，在她唇上轻轻碰了碰：“早点回去休息吧。”

“嗯。”她点点头，“你到家也和我说一声。”

“我看你上去。”他松开手，在她肩头拍了拍。

夏小橘一步三回头，和他挥手道别。回到房间，看见方拓依旧站在楼下。他看到她的身影，笑着挥手告别，一边转身离开，直到走过转角，再也看不见。

夏小橘目送他的背影离开，心头甜蜜而温暖。可是，她抚摸着自己的嘴唇，欢欣的情绪却笼上一片阴翳。这不是她惦念牵挂，会为之伤心、吃醋的人吗？这不是她想要的不再暧昧，稳妥确定的关系吗？她喜欢方拓的气息，迷恋他的拥抱，想要时时刻刻和他黏在一起。可为什么对于这种亲密的触碰，却有一种难言的抗拒？

夏小橘叹了一口气，心中有说不出的惆怅。

“你觉得，谈恋爱这事，是不是也需要学习？”夏小橘拿了一只香梨，心不在焉地左手换右手。

“那还用问？”邱乐陶白她一眼，“看你愁眉苦脸的，真是来看我的吗？”

“当然是啊。再说，我哪有愁眉苦脸？”夏小橘争辩道，“顶多算心事重重。”

“不是刚在一起吗？心事重重？应该如胶似漆才对啊。我还指望你这次带某人来瞧瞧呢。”

“下次吧，我这不是想和你聊聊天吗！”夏小橘逗着她家小女儿，“笑了笑了！你看，和你长得一模一样。”

邱乐陶笑道：“现在有点像啦，不过我觉得更像她爸。刚生下来觉得她可难看了，都想揣回肚子里。”

“有你这么当妈的吗？这么说自己闺女。”

“你自己生一个就知道了。在肚子里怀着的时候，其实最省心。”

夏小橘脸红，撇了撇嘴。这要是在以前，揶揄只是揶揄。现在这句玩笑却成了意有所指。生个孩子好像也不是遥不可及的事了。不过她嘴上依旧不放松：“哪儿和哪儿啊？八字没一撇呢。”

“我当时也这么想，但结婚生娃，感觉都是一眨眼的事。其实我可羡慕现在的你了。”邱乐陶在她脸上摸了一把，“还备受爱情滋润啊。看，说起人家时你那个害羞劲，和高中比一点长进都没有。”

“你娃都有了，回过头来羡慕我什么？”

“还是不一样，那种怦然心动，多美好！”邱乐陶搡着夏小橘，“你们怎么在一起的？仔细说说呗，也让我的少女心复活一下！”

夏小橘略一忸怩，还是从方拓约自己跑马拉松说起，讲到他大风中孤身跑完全程，在办公楼下表白。

“名为跑步，暗度陈仓！”邱乐陶笑道，“不不，其实应该更早就有苗头了！我早就说了，你俩有奸情！还不承认！”

“你哪儿说过……”夏小橘无力地争辩，“你就是问过那么一句。”

“问过就说明我嗅觉灵敏呀！你不是早就说和他能聊到一起、玩到一起，还想怎样？”

夏小橘义正词严：“开始真的只是好朋友！”

邱乐陶毫不客气地拆穿：“好朋友在一起亲嘴！”然后挥着小宝宝的手，指着她，“小橘阿姨不害羞！”

夏小橘脸红了：“那，现在不是关系变了吗……”她轻叹一声，“我也不知道什么时候起，想法就变了。本来我觉得，自己对友情和爱情，分得很清楚。”

“有一见钟情，也有日久生情，你对程朗属于前者，对方拓就属于后者。量变终于产生质变了。”邱乐陶说得头头是道，“你说分得清，不就是说大土吗？当初你心里一直有程朗，才没接受大土；如果没他，你和大土怎么发展，也不一定啊，对不对？”

夏小橘被她说得无言以对，点头也不是，摇头也不是。

邱乐陶很满意自己的分析，嘻嘻一笑：“人家说一孕傻三年，我的头脑好像没怎么退化。”

夏小橘侧头，托着下巴："就是现在，我有点搞不清这个界线了。"

邱乐陶教育她："安心搞对象就可以，搞什么界线？"

夏小橘吞吞吐吐答道："就是有时候，会觉得，有点别扭啊。"

邱乐陶追问："啥时候？"

"就是……那个……"邱乐陶看她欲言又止的羞涩模样，凑过来嬉笑道："你俩那啥啦？"

"没！"看着她熠熠闪光的眼神，夏小橘就知道闺密心里在想什么，断然否认，"才没。就是 kiss 的时候，感觉有点怪怪的。"

邱乐陶单刀直入："某人吻技不好？"

夏小橘发窘："什么好不好？我又没得比较。"

"你自己觉得怎样？你喜欢，觉得享受就是好。"

"我……还好吧……碰碰嘴唇还好……要是再进一步……"夏小橘抱着抱枕，半张脸躲在后面，赧然道，"我是不是太没经验了？"

"本来就是！不过这事不用那么多经验，跟着本能走就好。"

"可是，我心里就觉得很别扭，好像我们不应该这么做。"

邱乐陶奇道："那应该怎么做？你不喜欢他？"

"喜欢呀。但就感觉，像是……乱伦。"

"乱伦？"邱乐陶一愣，被她这个说法逗得大笑起来。

"是啊，我觉得我俩勾肩搭背就对了，嘴唇碰嘴唇也还好……但是……"

"夏小橘，这才哪儿到哪儿？"邱乐陶笑出了眼泪，她擦了擦，逗着小女儿，"你不会以为碰碰嘴唇，就生出这么大个娃来吧？"

"当然知道……所以才觉得是问题……"夏小橘又叹了一口气，"他拉我的手，抱着我，我都觉得很开心；但是，他把手放在其他地方，我就觉得……他好流氓。"她想起和方拓在游戏厅里打打闹闹，他不小心碰到她的胸口，她下意识地退了一步，双手护在胸前。

邱乐陶若有所思："夏小橘，你不是那个冷淡吧？"

"啊？"

"不喜欢深吻，不想他碰你，你说说呢？"

夏小橘忸怩："我才不是……"

"那你都想些什么呢？你和他在一起，要学得没羞没臊才对！"

"我总觉得，我们的相处和以前比变化不大，只是可以名正言顺地打打闹闹了。其实兄弟之间，心无旁骛的话，也可以的啊。"夏小橘自我剖析，"可能，我需要一个适应的过程。"

"你想想看，如果是以前你喜欢程朗的时候，他亲你，你会反感不？"

夏小橘仔细回想，记起陪程朗一同喝酒，那个几乎超越朋友界线的拥抱，如实回答："以前的话啊，会很紧张，但大概，也就是紧张而已。但是我当初显然从来没当他是朋友啊。"

"那如果是大土呢？"

从未对任何人提起的记忆被唤醒，夏小橘蓦然脸红："别乱讲！"

"程朗说得，大土就说不得？"

"我和大土，真的是……"是什么？夏小橘想起他，思忖斟酌，"他对我而言，真的是像家人那么亲近，不管离多远。"

那么，对方拓呢？可以拥抱，可以牵手，但是抵触进一步的亲密举动，不也是如同兄弟姐妹一样的亲情？多走一步都觉得尴尬。

"你也不用想太多。"邱乐陶宽慰她，"我老公第一次亲我的时候，我也觉得不自在。"

"嗯？"夏小橘还是第一次听她说起。

"没有想象中那种激动吧，心里比较平静。所以说，我还挺羡慕你的少女心的。"

"你也挺开心啊，有娃了。"

邱乐陶淡淡一笑，垂眸抚着女儿娇嫩的脸庞，沉默了一阵，轻声道："我那天，又梦到黄骏了。"

"啊？"

"我梦到，他说，和我走吧。我说，太晚了，现在真的不能回头了。"

夏小橘略感错愕，不知说什么好。

"我知道，就算做梦，也不过是一厢情愿。他才不会和我说这些。"邱乐陶自嘲地笑笑。

夏小橘道："大概是有了娃，一时有些不适应吧。"

"嗯，不过也问过自己，是不是结婚太早？有时候会觉得，还有很多浪漫的想法没实现。"

夏小橘字斟句酌："黄骏也不见得能给你想要的浪漫，只不过因为没在一起，会把一些理想化的情景寄托在他身上吧。"

"是啊，不知道怎么，就梦到了。"邱乐陶莞尔，"不说啦，反正就是个梦。还是说你和方拓吧！"

"就这些，都和你讲啦。"

"那你喜欢他吧？"

"嗯。"夏小橘不假思索地点头。

"和程朗比呢？"

"这怎么比？我早都不喜欢程朗了。"夏小橘想了想，"不像那时候那么钻牛角尖了。"

"你心里就只有方拓，以前的事情不会再想了？"

夏小橘果断点头，想起方拓的表白，情不自禁地微笑起来，略带感慨地说道："他和我说，'我需要你啊'，那时候我真的特别欣慰。我甚至觉得，如果不是经历这么多波折和等待，也未必会和他在一起。"

"那不就得了？能和特别喜欢的人在一起，是多开心的事呀！别的事情，循序渐进吧。"邱乐陶评论道，又缠着夏小橘拿出手机来看照片，"啧啧，挺帅一个小伙啊，看着身材也不错，你以后……

就开心去吧！”

隔了几日，方拓和几位同门受邀回母校，为师弟师妹做一场攀登技术的基础培训。夏小橘离得不远，说好过去看热闹。

临到下班她跑去洗手间，觑着左右无人，拿出化妆包来。她大多时候素面朝天，只怕手艺不精，适得其反，于是洗了脸，简单抹了薄薄一层粉底，涂上几乎看不出的眼影，再把眉毛画整齐。口红抹上，用纸巾抿了几次，依旧觉得有些突兀，索性蹭掉，只涂了一层润唇膏。

正在抹着润唇膏，有同事进来，笑道："咦，今天晚上佳人有约呀？"

她手忙脚乱把小化妆包塞到一旁："哦，就是快入冬了，嘴唇有点干。"

同事不以为意，继续说道："看你最近心情不错，气色很好呢。什么时候带来给我们看看？"

夏小橘只能应下来："啊，好呀。等我问问他时间。"

"我看他挺大方的。"同事挑眉笑道，"反正我们大家也见过。"

夏小橘脸颊发热，跟着笑了两声，揣起化妆包匆匆忙忙跑了出去。

等她赶到人工岩壁下，已经是日暮时分。器械操作的培训接近尾声，方拓正在检查师弟师妹们的学习成果。夏小橘唯恐打扰众人，贴着铁丝网走到岩壁侧旁的角落。

方拓一瞥之下看到她，扬眉一笑，手臂微抬，无声地打了个招呼，目光又回到学员身上，继续纠正细节。绳结是否平顺，身体的姿态和手臂的位置，快挂和扁带的连接和使用顺序，等等，逐一检视，细致入微。他目光敏锐，讲解条理分明，和平时嘻哈笑闹的形象相比，平添几分严谨专业的威严。师弟师妹们听得认真，眼神中写满崇拜和敬佩。

夏小橘难得见他收敛嬉笑，只觉得陌生又新鲜。方拓一旦严肃起来，有一种不同以往的英武之气，她欢欣喜悦，心中的喜爱之情似乎又多了几分。

和方拓一起来的朋友在旁边一同巡视，走到队伍末尾，看到了场边的夏小橘。他之前在若干场合遇到过夏小橘，也知道她和方拓的身份有了变化，不禁了然一笑，推了推方拓："你看，谁来了？"

整个队伍都听到，十几位同学齐刷刷地看过来，有人惊讶，有人轻笑。夏小橘面对众人的瞩目手足无措，恨不得沿着绳子爬到岩壁顶上藏起来。强自镇定下来，等众人转过头去，她松了一口气，心中隐约又有些甜蜜和自得。

天色渐晚，众人结束练习，有条不紊地整理装备。方拓交代了两句，转身向着夏小橘走过来，递过一瓶运动饮料："一会儿去餐厅吃个饭，晚上还有攀登慕士塔格的分享会，一起过去吧。"

夏小橘有些心动，但想起稍晚另有安排，略感为难："今天是梁老师学校'最受欢迎教师'颁奖典礼，之前我和她说过，要去给她加油和照相。她还特意给我留了票。"

"没事，作为梁老师的小粉丝，你就去吧。我这边结束了去找你们，请梁老师一起吃个宵夜如何？"方拓鼓励地在她肩头轻轻拍了拍，"你不在，我讲得还能放松点。"

夏小橘莞尔："你当着我的面还会紧张吗？说出来有人信吗？"

"我也要随时保持最佳形象的好不好！"

她故作惊讶："你有形象吗？我之前认识的那个，不是你吗？"

方拓伸出手来，大拇指在她额头上划了一下："以前的印象都清空，重新来。仔细看，我还是挺帅的！"

夏小橘不禁笑出声来："要是最后不自卖自夸，还是挺帅的。"

见完方拓，夏小橘匆忙赶去梁忱学校的礼堂，路上随手买了个肉夹馍垫肚子。梁忱提前去后台做准备，安排学生在门外等候夏小橘，帮她预留了一张入场券，就和学生们坐在一处。夏小橘看着同学们都穿了印有院系名称的T恤，笑道：“我们算后援团吗？早知道我也应该搞一件。”

“有的有的！”负责的学生笑着从书包里翻出来。

夏小橘去洗手间，脱了外套，将T恤罩在薄毛衣外面。刚走出来，就看到正前方通道口，在学生志愿者的引导下，一个熟悉的身影一闪而过。虽然只是仓促一瞥，但对方身形挺拔，考究的西装革履在浓郁的校园氛围里显得格外扎眼。

她惊讶地瞪大眼睛，急忙跑到岔口处，看着对方的背影又确认了一遍。她实在按捺不住，掏出手机给方拓发了一条消息：“你猜我在颁奖现场看到谁了？”

SUNNY
魅丽文化
心晴坊
女性新阅读

世上唯一的花

（全 2 册）

下

明前雨后 著

江苏凤凰文艺出版社
JIANGSU PHOENIX LITERATURE AND ART PUBLISHING

第九章

暗涌

能容纳两三千观众的礼堂内，舞台布置得富丽堂皇，灯光变幻渲染，流光溢彩。由学生们设计组织的活动，专业程度也不容小觑，灯光、音响等舞台效果，包括女主持人摇曳生姿的大摆裙晚装，都像极了电视上的文艺晚会。

夏小橘一边咋舌，一边随着梁忱的学生们入场坐下。大家来自同一学院，开场前彼此说笑，好不热闹。趁着组织就坐的学生起身张罗，夏小橘在他身影的掩护下也半蹲半站，抻着脖子偷偷摸摸地四下张望，果然看到不远处靠近观众席中间的位置，端坐着她要寻觅的目标人物。

手机振动起来，低头，是方拓忙里偷闲回了她一条消息：“看你的语气我就猜到了。莫大吧？！”

夏小橘回复：“别说又是巧合。”

方拓：“那你还是别探头探脑了，被他看到你又要尴尬了。”

夏小橘轻哂，他是千里眼吗？还知道自己在探头探脑。还有，什么叫“又”尴尬了？不过仔细想，似乎的确不知道怎么和莫靖则打招呼。于是她乖乖坐下来，仗着同款 T 恤的掩护，老实地隐匿在学生方阵之中。

开场热闹精彩，声乐团、合唱团轮流登场，舞蹈团的现代舞热力十足。各位获奖教师的视频介绍穿插于节目之中，短片制作精良，全场颇有电影节颁奖典礼的炫目感。夏小橘心不在焉，一边看着节目，一边忍不住频频转头，目光瞥向莫靖则所在的方向。奈何台下灯光昏暗，远远地看不清他脸上的神情。

莫靖则并不知道自己已经被暗中监视，梁忱的介绍短片还没到，他低着头，翻看着手中制作精良的活动手册。对他而言，说巧也巧。他主管的项目渐渐步入正轨，需要招揽人手，除去聘用有丰富从业经验的成手，也亟待补充新鲜力量。前几日 HR 询问他的意向，问他是否愿意参与一场小型学术沙龙，顺带做招聘宣讲。听到校名，莫靖则略一思忖，信手翻了翻日程表，便果断答应下来。

准备沙龙上的发言提纲时，思绪时常飘忽，他下意识地在搜索引擎里输入了梁忱的名字，再限定校名和专业，她的学术成就、社会活动等跃然眼前，有她新近在校内获得奖励的信息，参加的学术论坛的纪要，带领的团队在知名期刊上发表重要文章的新闻，还有一则 BBS 上的消息，说她虽然加入本校不久，但因深受学生喜爱，获推成为“最受欢迎教师”候选人。

一条条看过去，依旧是熠熠闪光的她，漂亮的履历，毫无瑕疵。

来到学校参加沙龙这一天，莫靖则才发现，沿途四处可见颁奖典礼的宣传海报，时间正是今日。或许他驻足打量的时间太久，负责接待的学生解释道：“这是学校每年都会举办的活动，全程都是学生组织，学生推荐提名，为自己的老师制作宣传材料，学生投票选举。”

莫靖则微微一笑：“我以前在学生会的时候，也办过类似的活动。说起来，好久没参加过学校的大型活动了。”

学生立刻热忱地应道：“如果您今晚有空，可以去看看，我们每个学院都有预留的嘉宾坐席。”

莫靖则点头：“也好。我也想看看现在同学们的组织策划能力。”

此刻他就坐在最为中间的位置，不远不近，视野极佳，能看清台上的每一处细节。他不禁产生了一种错觉，自己的一举一动，也能被台上的人看得一清二楚。当梁忱的声音响起时，他忽然感到心脏剧烈跳动起来，一下下敲击着他的肋骨。她的语气舒缓，温和而坚定，透过礼堂里的音响，从四面八方地笼罩过来。

“作为这座校园的新鲜人，我有很多不同的身份……科学殿堂里的朝圣者，各处探索佳肴的食客，实验室里的老板，操场和林荫道上的跑步者……但我最为珍视的身份，是同学们称呼我的那一声‘老师’。”

随着她的娓娓道来，大屏幕上交错出现有关于她的各种场景，实验室里的专注，讲台上的谈笑风生，游走在校园中的放松随意。之后视频中出现了对学生们的访谈，采访他们对梁忱的印象，并将答复剪辑在一起。有严肃认真的，也穿插了一些有趣的评论——

“对梁老师的崇拜有如滔滔江水啊！”

“超美，超有范儿！”

有学生合掌做憧憬状：“偶像，女神！”

观众们被他夸张的崇拜神情逗得哄堂大笑。在友善的笑声中，莫靖则忍不住弯起嘴角，和大家一同微笑起来。

后排不知坐着哪个院系的学生，本院推荐的老师以一票之差惜败，梁忱又是获奖者中教学资历最浅的，此时难免愤愤不平，颇不服气。莫靖则只听身后传来轻哼的鼻音，十分清晰。两个女生的对话也故意没有压低声音，一句句传过来。

“美吗？也没有吧，就是一般人。”

“可不，现在真是女神泛滥，稍微年轻周正点就是女神了。再说，这个评奖怎么能拿颜值当宣传点？好多兢兢业业的老教师，就是吃亏在太低调了。”

“也不算年轻吧？在美国工作了好几年才回来的。你仔细看，她笑开了的时候能看到眼角的皱纹。”

“听说还没结婚？”

“走女强人路线吧。”

“嗯，要不然太忙，要不然太挑剔。”

“说起来，我还是更欣赏那些事业、家庭都能平衡的老师。”

二人的语气颇为不屑，正在交头接耳，忽然前面投来冷冽的目光。之前正襟危坐的高大男人侧过头来，只是一瞥，但是眼神锐利严肃，极有威压。她们知道那是VIP坐席，只当对方是学校或院系领导，连忙闭上嘴巴，坐正身体。

宣传视频播完，主持人邀请嘉宾为梁忱颁奖。她落落大方，从后台走出来，飘逸的米色高领衬衫，中灰色齐膝裙，点缀一条纤细的腰带，显得干练优雅。她身姿挺拔，脚步轻盈，神色自然可亲，站在艳光四射的主持人身边也毫不逊色。侧方有一个方阵来自梁忱所在的学院，爆发出一阵欢呼，高声喊着：“梁老师，我们爱你！”她笑起来，开心中带了一丝羞怯，轻轻向着学生们摆了摆手。

梁忱领奖后，有学生冲上舞台献花，她接过来捧着，笑着说谢谢。她在致辞中感谢了支持工作的学校和学院，提携、指点自己的资深教师前辈，帮助她适应新环境的同事们，也向着台下的学生们挥手，说道：“这是我所获得过的最重要的荣誉。它不仅属于我，更属于为此奔忙的同学们。对于我，它不是一个结果，而是未来成长路上的鞭策和鼓励。”

中规中矩的答复，神态真诚坦荡，语调令人如沐春风。

莫靖则忍不住拿出手机，拍了两张照片。

音乐响起，梁忱走入后台。主持人开始介绍下一位获奖者。莫靖则的目光追着她，直到她的身影消失在幕布之后。后面的系列活动一瞬变得寡然无味，无比漫长。偏偏他坐在最中间的位置，哪儿都去不了。

颁奖典礼结束，莫靖则随着退场的学生们缓缓走出观众厅，看到支持梁忱的那一队鱼贯而出，到了大厅里又嘻嘻哈哈地聚拢在一起。他看过去，不觉精神一振，梁忱便在学生的簇拥当中，微笑着听他们说说笑笑。莫靖则下意识走近两步，听到有学生夸奖梁老师今天格外美丽动人，另一位学生展开学院的旗帜，说：“不如我们拍一张合影吧！”

大家赞同，左右张望，却没找到梁老师那位说要帮忙照相的朋友。正好看到伫立不动的莫靖则，有学生冲过来，递上单反相机：“不好意思，能麻烦您帮我们拍一张合影吗？”

莫靖则点头，接过相机。学生指着快门：“按下一半可以对焦，按到底就可以拍照了。或者直接按也没关系啦。”

他微微一笑：“嗯，好。”

领队的学生招呼大家聚在一处，站在正中的梁忱看过来，对着莫靖则礼貌地笑了笑。

莫靖则熟悉相机的使用，快门按下一半，对焦的小红方框亮起，定在梁忱眼睛上。他的眼睛贴在取景器上，她透过镜头望着他的眼睛，似乎能看到他心里去。

莫靖则一时恍惚，快门就按了下去。他都忘记自己是否调整位置和构图，把几排学生全都照进去，尤其是站在边角，努力向中间靠拢的几位。他回过神来，说道："光线有点暗，我再照两张。"

相机还回去，梁忱并未躲避，走过来微笑道："这么巧，你今天也过来了。"依旧是客气而疏离的语气。

"嗯，有个宣讲会，组织方邀请我来看典礼。"莫靖则伸出手来，"恭喜了。"

梁忱和他轻轻一握："谢谢。"也不再多寒暄，也不向学生们介绍他，对他的出现也没有表现出讶异，坦然得像一切都是自然而然的事情。

莫靖则只能客套道："今天的活动不错，听说都是学生组织的。"

"是呀，现在的孩子们，都很能干。"梁忱转向身边的学生们，"大家辛苦了，我请你们吃宵夜吧！"学生们发出一阵欢呼。

梁忱又看向莫靖则："我得带小鬼头们出去，真抱歉今天不能多聊了，你先忙，回头有时间再联系吧。"

真会再有联系吗？不过是拒人于千里之外的礼貌。莫靖则也不多说，恢复了泰然自若的神色，点点头，目送他们离开。

夏小橘站在洗手间里，心不在焉地洗了手又烘干，在门口探头望了一眼，远远看到莫靖则和梁忱在说些什么。她觉得还是不现身为好，于是躲回去又洗了一遍手。再探头，等看不见莫靖则的身影了，她才贴着墙边，想要溜出礼堂。

刚松了一口气，手机振动起来。方拓在那边问："完事了吗？请上梁老师去吃烧烤啊？"

夏小橘蹑手蹑脚，低声道："我刚才和梁老师说有事先走，然后就藏起来了。不敢让莫大看到我。"

方拓笑她："你怕什么？"

夏小橘应道：“好尴尬啊！你说莫大为什么来？”

方拓一本正经：“融资，翻修他们的礼堂，来实地考察。”

夏小橘失笑：“你可真能编。”

“那你觉得呢？”他反问，“你心里不是有答案？”

“我的猜测太让人不安了……”夏小橘忧心忡忡，“所以躲起来，还能装什么都不知道。要不然我和莫大说啥？和佳敏说啥？”

“别跟着担心了，你跟着尴尬什么？要尴尬也是莫大啊！”方拓安慰道，“你藏在哪儿了？我去找你。”

“好，我也出来了，去学校门口碰头吧。”

方拓笑问：“你着急忙慌跑了，晚上吃饱了吗？宵夜还去不去？”

“去呀！”夏小橘欣然应允。一个肉夹馍早就消化得差不多。

“一提吃的你就那么兴奋，能有一次矜持点不？”

“那多虚伪呀！”

两个人边吃边聊，夏小橘说起现场的见闻，她没敢一直盯着莫靖则看，但是到了为梁忱颁奖的环节，还是忍不住转头望过去。台下光线暗，看不大清楚他的神色，但也大概能感觉到，他专注地看着台上，似乎还拿出手机拍照。

方拓听她说完，皱了皱眉：“就当莫大真有什么公事，去了学校一趟吧。说实话，我对这个师兄不够了解。”

“我也这么希望。”夏小橘撇了撇嘴，“不过，我看梁老师没怎么搭理他。”

“对呀，就算你觉得莫大有什么古怪，总信得过梁老师吧？”

夏小橘回想了一下，点头道：“那倒是，不管梁老师原来和莫大什么关系，她应该知道佳敏的存在。她心里有数。”

两人吃了一打炭烤扇贝、几份烤蔬菜，喝了两瓶啤酒。之后方拓送夏小橘回去，她的住处就在附近，二人边走边聊。

“今天又没跑步。”夏小橘叹气，捏了捏侧腰，“光长肉了。”

“有三层褶了没？”方拓笑着，伸手想去捏她的肚皮，夏小橘下意识地向回一缩。

他微微一愣，探出的手抬起来，扯了扯她的脸颊：“没事，冬天多吃点，顶多小橘子变成个大橙子。”

夏小橘笑骂着，把他的手拨开：“别扯我的脸，明天去跑步！”

“好啊，想去哪儿？我和你一起。”

到了楼下，又絮絮叨叨地彼此抬杠，说了些笑话。眼看时间不早，夏小橘依依不舍：“那……明天下班给你发消息，换了衣服咱们去跑步？”

方拓点头：“好啊，你好好休息，做个好梦。”

“你也是。”她背着手，有些忸怩，“那我先走啦。”

在她转身时，方拓忽然捉住她的手，将她带到怀里，紧紧拥抱了一下：“晚安。”

夏小橘心中甜蜜，想到将要发生的事，又莫名紧张起来。然而方拓只是安稳地抱着她，也没有进一步的动作。过了片刻，拍拍她的后背：“我看着你上去。”

夏小橘回到房间，推开后窗和方拓挥手道别，心中涌上一点怅然。她知道，方拓定然察觉到了她的紧张，也体谅、照顾她的情绪，可自己别扭的反应，让他失望了吗？

莫靖则开车穿行于北京的夜色中，灯火的光影映在车窗上，光怪陆离。走在回家的路上，却仿佛要进入一个陌生的世界。他忽然觉得，曾经的默契都是假象。

他并不懂梁忱，也不懂自己。

张佳敏打来电话，问他是否到家了。莫靖则应道："在开车，快了。"

她开心地笑道："还好，今天收工不算太晚。晚饭吃过了？"

"嗯。"

"朋友给了周六的入场券，请我和小安去看蛋糕展。离你公司不远，你那天加班吗？我找你吃午饭呀？"

"明天看时间再定吧。可能要去上海。"

"好吧。"张佳敏的声音有些失落，"要不然等你回来……"她提了两个备选计划，说给莫靖则听。

他努力聚精会神，却总觉得有些心不在焉，不禁对女友心怀愧疚："看哪个周末不忙，我带你去吃下午茶，同事推荐过一家大酒店，说有很多不同的蛋糕。"

"当然好呀！"

莫靖则又和她闲聊了几句，挂上电话，没来由地烦乱起来。他内心忽然闪过一个念头：如果他还是自由之身，梁忱会删掉他的电话吗？会对他退避三舍吗？他自己呢，又会做些什么？从来不曾去争取，从来不愿分心费神的他，又能做些什么？

为了一月初的厦门马拉松，夏小橘摩拳擦掌，根据上一次备赛期间莫靖则的建议，在网上又搜索了不少类似的文章，重新制订了训练计划。她之前基础尚可，周末的时间留给长距离慢跑，计划比赛前两三周跑一次三十五公里。

方拓想要和她一起报名，但夏小橘想了想，还是决定独自冲击全程。上次未能完成北马她一直耿耿于怀，倒不是依旧纠结于方拓的缺席，而是自己树立了目标，却没有尽心准备。方拓看她态度坚决，也没再坚持，但依旧预留时间陪她去厦门。

张佳敏也颇为心动，一来想参加十公里比赛，二来想去看望在厦门工作的闺密。

众人一同吃饭时，莫靖则看她有意同行，便嘱咐方拓订票的时候带上张佳敏。她欣喜道：“和你们一起走就可以，到了当地我就自动消失，不会当电灯泡的！”

莫靖言当时建议：“要是大哥不忙就一起去吧，厦门也挺好玩。”

张佳敏满怀希望地看着他，只听莫靖则道：“明年年初的安排还说不好，到时再看吧。”

周日，夏小橘和方拓去奥森公园跑步，也叫上了张佳敏一同练习。天气渐凉，来的路上夏小橘穿了冲锋衣裤，跑步时轻装上阵，脱下来的外套折叠整齐，方拓接过来放在背包里，侧面还插着一瓶矿泉水，一瓶运动饮料。

张佳敏看他也穿了一身运动装，将背包带束紧，讶异道：“阿拓你背着包跑？那边能寄存吧？”

方拓点了点夏小橘，说：“我是为了降低一下配速，免得某人跟不上。”

夏小橘赧然，从背后轻推了他一下：“都说我要自己跑，这不又成了你帮我？”

“这不算额外帮助吧？”方拓指着自己，“正式比赛不也有存衣车和补给水站？但你没见过这么智能的移动补给员吧！”他又转向张佳敏，“你有什么要放过来的没？哦，我包里还有一瓶水，一会儿给你。”

“好啊，多谢啦。”她微笑致谢，心里却难免有隐约的落寞。

方拓看起来总是一副嬉笑玩闹的神态，内里却细心体贴，夏小橘说要凭自己的能力备赛，他也不多嘴评论，无微不至地悉心照顾，还要找个光明正大的解释，让小橘无法推却。她用自己的节奏跑着，他便压住步子，不疾不徐，笑吟吟地跟在身后。

张佳敏跟不上二人的速度，跑了几分钟就落下一大截，她加快脚步，不觉有些岔气，腹部隐隐绞痛。

方拓回头看她："没事吧？"

"没，你们先跑吧，我慢慢跑。"

"好，加油！"方拓笑着挥手，转身向着夏小橘追去。

走了两步，鞋带有些松，张佳敏走到路边，想起莫靖则教她的方法，依样打了个结，看起来却有些别扭。果然，没跑两步就又松脱了。她叹气，谁让自己当时没有仔细看他打结的方式呢？那时她满心欢喜，注意力都在他身上。他半蹲半跪为她系着鞋带，透着浓浓的体贴与关爱。

每当她落寞寂寥时，都会一再想起当时的情景，告诉自己莫大和当初在阳朔并无不同，只不过他现在要面对更多挑战和压力。她不能又要求他事业上拼搏进取，又要求他有大把的空闲时间对她关爱备至，那样是不是太贪心？

她不禁想起前一天和小安一同去参加品牌蛋糕的推广会，罗超作为主办方邀请的摄影师，带着二人将新品尝了个遍，拿了制作精美的产品图册给二人看，说那些诱人的美食图片大多出自他的相机。他又问张佳敏最近有没有尝试什么新方子，他可以帮忙拍片。

张佳敏意兴阑珊："最近打算少做一些，感觉把自己都喂胖了。"

罗超说："没觉得啊，你这个年龄还是婴儿肥，脸圆圆的，看起来饱满，有朝气。"

小安说："分给别人吃呀。你看我做的蛋糕、饼干，都喂给你们啦，哈！"

罗超评论："像你这样有心的朋友，请给我来一打！佳敏，就看你了。”

她轻声低叹：“都是大家捧场，其实我也做不了多好。”

她倒是乐于与朋友分享，但最想得到的，是莫靖则的肯定。不过对于甜品这种诱惑，他总是浅尝辄止，表现得理智而克制。就如同，他对自己。

如今，站在奥森公园蜿蜒的跑道上，想起她怎么都追不上脚步的莫靖则，张佳敏忽然有些恐慌。是不是，在他的生活中，自己并非一餐一饭般不可或缺，只是可有可无的点缀？回想他最近的拥抱和亲吻，都显得有些潦草。

张佳敏不禁更加怀念阳朔的日日夜夜，甚至遗憾地想，如果当初那个意乱情迷的夜晚，有了她所未曾经历过的发展，是否两个人就不会卡在这种不尴不尬的境地？

那天闲聊时，小安说起久闻大名但鲜见其人的莫靖则，张佳敏解释他事务繁忙。小安便叮嘱道：“莫大那个圈子不简单的，他那么英俊有为，你要看住了哟！”

罗超半开玩笑，半是不屑：“怎么不说佳敏这么漂亮能干，他也得看住了？”

关于类似的劝诫，张佳敏在单位的茶水间里没少听闻。茶余饭后，流传的都是圈子里的香艳新闻。有人金屋藏娇，有人脚踏两船，有人权色交易。其中不乏道听途说、添油加醋，但也有一些铁证如山，当事人的信息资料和各类证据一起打包，给多少人平淡无趣的生活添加了八卦探奇的佐料。

这些事，她从来没和莫靖则说起过，也不讨论。但由不得她不去多想，在他周围，是否也充斥着各种诱惑，莺莺燕燕，明眸红唇。男女之间，似乎并不如她想象的那么简单。除了彼此的理解与扶持，还存在着一些更为原始的吸引力。

张佳敏又小跑了几步，感觉肚子上的肉似乎跟着颤了两下，她戳了戳软软的肚皮，好像真的长了好多呢。这样的自己，是不是在容貌上也大打折扣？她深吸一口气，给自己定了个小目标：厦门马拉松前，要把长上来的肉都掉回去！

隔了一周，众人以为邵声过生日为名，一同去吃了一顿海鲜大餐。席间莫靖则自动罚酒，说因为要将就他的日程，让这场生日宴拖后了数日。

夏小橘低声问方拓：“你师父本来哪天生日？”

方拓挑眉一笑：“你猜。”

夏小橘本想说“这我怎么猜？”，忽然道：“十一月，不会是‘光棍节’吧？”虽压低声音，但依旧被身边的莫靖言听到。

莫靖言“扑哧”一笑：“可不是？以前大家非得和我说，少爷的生日是个节日，我那时候刚上大学，哪儿知道什么光棍节？”

邵声给她夹了块排骨，斜乜方拓：“还笑，哪儿都有你。”

“我说什么了？明明是我姐……”方拓百口莫辩，“真冤。”

邵一川问：“什么是光棍节？”

方拓逗他，举起自己和夏小橘的筷子：“11 月 11 号，就是两副筷子，所以也叫‘筷子节’。”

邵一川回国一年，已经深谙中国节日的精髓，问道：“那‘筷子节’应该吃什么呢？”

方拓一时被他问住：“这个，失传已久，我得查查。不过北方人，吃饺子总是没错的。”

夏小橘吃菜喝汤，总不忘偷眼打量莫靖则，又不敢直视，只能捧着碗，举着汤匙，越过碗沿上方偶尔窥视。总想观察他和佳敏说话时的神色，对比记忆中他在台下凝视梁忱的目光，想要找出什么蛛丝马迹来。

过了一会儿，手机振动起来，低头一看，竟然是方拓发来的消息。她诧异地扭过头，正待发问，手已经划开了那条消息："夏洛克·橘，别鬼鬼祟祟的，吃饭！"

她忍不住笑了一声，在桌下踢了方拓一脚。

张佳敏并没有留心夏小橘不断溜来溜去的目光，她正和莫靖言讨论几种乳酪蛋糕的不同做法，这次邵声的生日蛋糕便是莫靖言亲自操刀，选了最不容易出错的重乳酪。她信心满满，预备等邵一川生日时，再挑战一下水果奶油蛋糕。

莫靖则也无暇留心夏小橘的"贼眉鼠目"，他和邵声说了自己近期的行程，又说道："我爸妈和叔婶过几天要来北京，然后去广东走亲戚。我和他们说，那段时间我要出差，拜托朋友接待一下。"

"我知道，回头航班信息发给我。"邵声点头，又回身看了莫靖言一眼，"我会好好表现的。"

莫靖则嘱咐道："你们两个的关系，这次先不要讲了。"

邵声轻轻一笑："也好。我本来也想找个时间，正式去拜访莫莫的父母。"

"先留个好印象再说。"莫靖则道，"戏做足一些，我在上海多待两天，这次就不出场了。你和老人们多接触接触。"

张佳敏在一旁竖着耳朵，心不在焉地和莫靖言说着烘焙的话题，心中实则充满期待，希望莫靖则介绍自己和他父母认识。听到最后，只有对邵声和莫靖言的种种嘱托，却没她什么安排。她心中不禁失落，哪怕见上一面，也是好的。于情于理，如果莫靖则出差不在北京，少爷作为好兄弟去接待各位老人，那么她作为莫靖则的女朋友，难道不应该出现吗？

出差前一晚，莫靖则难得按时下班，和张佳敏一同在家吃了晚饭。因为要给邵声多预留两天表现的机会，他这一程去得略久。他从衣柜里找出几件衬衫，正要叠放在行李箱里，张佳敏整理完厨房，走上前接过：“我来吧，你早点洗漱，明天不是最早一班飞机？”

“好，交给你了。”他微微一笑，揽着她的肩，在她额头上轻轻一吻。

听着卫生间淋浴花洒水声响起，张佳敏低低叹了一口气。她和莫靖则之间，有种说不清道不明的疏离感，亲吻也更像客套，似乎也没有以前的亲昵和温度。她努力想要追上他的脚步，可是在银行做小职员，唯一和他的圈子有交集的，就是种种流言。日前便有消息，某位妻子通过手机短信，察觉了丈夫和情人之间的暧昧，顺藤摸瓜，捉了个现行。

想到这儿，张佳敏摇了摇头，想要把自己都觉得不干净的想法甩出去。不会的，莫靖则不是品行不端的人，对自己他都掌握分寸，又何必在外拈花惹草？可是，未必别人不会打他的主意。尤其是在上海，还有她一直耿耿于怀的左君。

张佳敏百般思忖之间，目光不觉投到写字台上。莫靖则的手机安静地躺在电脑旁。

张佳敏内心挣扎，终究按捺不住不安和好奇。她将手机轻轻拿起，手有点抖，唯恐下一秒哗哗的水声就会停止。

屏幕亮起，需要输入四位数的锁屏密码。张佳敏有些失望，将手机放下，同时也松了一口气，总算不需要为了是否窥视而经受良心上的挣扎。

水声依旧不减。她想起什么，咬了咬唇，又将手机拿起来。她用过莫靖则的银行卡，他说密码是大学学号的后六位；因为和她弟弟的生日相似，张佳敏便一直记得。此时她回想起来，略一思索，输入了学号的最后四位。图标跃上，屏幕顺利解锁。

张佳敏一颗心提到嗓子眼，飞速地划开通话和短信记录，还有照片图库，都并没有左君的消息。她勉强松了一口气，又想，现在联系方式那么多，网络聊天，电子邮件，何必依赖于手机呢？匆忙放回原位，她心中依旧有些别扭，不知道是看不起自己的鬼鬼祟祟，还是对于他的过往耿耿于怀。

想起当初在阳朔时，那个温婉雅致的女人曾经在莫靖则家中住过两天。周围的朋友和乡邻都指指点点，但莫靖则淡然以对，毫不避讳，依旧带着她游山玩水。到底是心中坦荡，还是对她格外照顾？只是那些都属于莫靖则的过去，而且他口碑一向颇佳，没有牵扯不清的花边新闻，所以她一向相信他的人品，他说左君只是队里的好助手、好朋友，她便都相信了。

只是现在见闻越多，她越发觉得，这个世界，并不像她当初所想的那么单纯。更何况，现在的莫大，已经不是阳朔的莫大。现在的他们，也不是阳朔的他们。女友这个称呼，更像一个毫无实质意义的符号。

莫靖则初抵上海时公务繁杂，眼看父母和叔婶去北京的日期将近，和他们简短通话，说自己仍在公出，已经拜托朋友去机场接机。父母一再表示打车就可以，不需要麻烦他的朋友。

莫靖则轻笑："邵声和我是多少年的哥们，我的家人就是他的家人，你们不用和他客气。"他不知道邵声会如何表现，但想来会比自己还周到细致。二人商定接机一事时，邵声看似镇定冷静，但反复询问几位老人的喜好，其中一些饮食和出行习惯莫靖则都没太注意过。

想到这一层，莫靖则只觉得好笑。他和邵声最为亲密的时候是本科四年。印象中，那时候的他自在洒脱，孤傲不群。没想到这位特立独行的少爷，后来居然对自己娇憨的小堂妹言听计从，这要是说给当年的他和邵声听，两个毛头小伙子都是百分之二百地不相信。

但转念又一想，莫靖则就觉得这事情也没那么好笑，反而让人有些感慨。这世上让人不敢相信的事情难道还少吗？比如他自己，安静下来，就会想要搜索梁忱的消息——她学院里的个人主页、校内校外各种报道、BBS 上的评论，有些明明已经看过，还要找出来再翻阅一遍，希望能从字里行间多了解她一些。他甚至不想深究自己这样做的目的，只是下意识地打开浏览器，轻车熟路进入到 BBS 上她的学院版面。

在“最受欢迎教师”评选结束后，版面上颇热闹了两天，同学们分享了许多课堂内外和梁忱接触的趣事，还有人上传了颁奖典礼当天的合影，莫靖则认得，正是自己拍的那两张。照片上她笑得自然随意，细细打量，莫靖则依然能记起，取景框中的她正正地望过来，周围一切人，其他的声和光，都如同消失一般。

后来 BBS 上平静了几天，文章多是学生们的日常灌水。直到今天，出现了一篇回复众多的热门帖，题为“在十大热门的女博士帖被围攻，7456”。莫靖则隐约有种预感，点开，果然发帖人写道：“他们讨论他们的，干吗要扯上 L 老师？什么年代了？一群封建思想大男子主义，要多低端有多低端。”

回复纷纷安慰，还有人说要组团去支持楼主。

莫靖则找到十大热门帖，是一位女生匿名发帖讲述困扰——硕士即将毕业，应该选择继续读博士，还是去找工作。她说觉得自己个性相对内向，喜欢在学校做学术的氛围，但是也不确定自己有走科研之路的天赋，担心毕业后年龄大，高不成，低不就，更难就业；而且自己还没有男朋友，是否有了女博士的头衔，就更加令人望而却步。

回复中众人各抒己见，不乏中肯的建议——

“你应该找到自己真正的兴趣点。”

“读博不是目的，想想看你以后真正想做什么，再决定要读书还是去工作。”

“其实二者不矛盾呀，如果真喜欢，工作之后再回来读书也没什么不可以。”

又有人跳出来：“那岂不是更耽误时间？楼主现在都在担心找男朋友的事情了，工作之后再读博年龄不是更大？”

“读不读博士和找不找得到男朋友有相关性吗？难道不是看脸？”

“两手抓，两手都要硬。”

“女博士不好嫁？建议出国读啊，一下飞机就被好多师兄盯上有没有！”

之后莫靖则便看到，为何讨论的热点被引向了某学院新晋的“最受欢迎教师”的 LC。

回答者应该也是一位女生：“女生读博士并不会变成‘第三类人’，如果有人因此对你望而却步，倒是可以趁机先过滤掉一批目光狭隘、见识短浅的男生。但从另一个方面来说，做科研也不等于放弃个人其他方面的修养，一样可以优雅动人、气质超群。比如我的偶像，LC 女神！”

于是开始有人讨论：“LC 是哪年的？也没结婚吧？有男朋友吗？”

“好像没有吧。眼光太高？而且她那么忙，又是新晋 PI（Principal Investigator，项目负责人，项目首席科学家），哪有时间顾家？一般男人也不会找这样的老婆吧。”

“L 老师根本就不在乎这个的，她的敬业、智慧和从容，根本不是普通人能企及的。”

“但我并不觉得她多成功。至少，人生不是因为你事业上取得了多少成就，就是完整的。作为女人，美满幸福的婚姻、家庭也同样重要啊。”

“难道人的价值就要体现在婚姻和生育上吗？尤其是女人。为什么你们就不会这样评论男性是否成功，不是说他对老婆有多好，孩子有多好，而是要看他事业有为？”

“小妹妹你别激动，我只是说婚姻、家庭和事业同样重要啊。而且认清现实吧，男女就是有差异。如果 LC 老师是男人，再过十年都会有好多小姑娘想嫁给他。可作为女人，如果她还希望有婚姻、家庭，尤其是生育下一代，那就得抓紧啊。”

“人家的成就感并不体现在孩子身上呢？”

“没结婚，没孩子，不了解这种家庭的快乐，你才会这么说。总之在我看来，她的状态没什么可羡慕的，就是不完整的。”

也免不了有人更加阴阳怪气：“LC 还要评杰青的吧？她也不是很年轻了吧。”

“你错了，四十五岁以下都还是青年。”

“两个人在一起总有一个要顾家吧？事业上一无是处的，她肯定看不上；事业有成的，多数又忙不过来。”

“真心觉得，LC 还是嫁个外国人吧，有几个中国男人受得了老婆比自己强？”

“楼上又一竿子打翻一船人了。”

有学生气不过：“你们讨论归讨论，拜托不要再扯上我老板了。虽然她本人根本就不在意这些，但是我们觉得闹眼睛！”

莫靖则越看，眉头蹙得越紧。无论是崇拜或是讥嘲，他都不希望看到别人如此讨论梁忱。在他们眼中，她不过是一个标杆，或是一个图腾——卓越的学者，优秀的教师，杰出的科学家。

然而，在他心中，她是一个活生生的人，有血有肉，无关身份地位，无关年龄容貌。世人看到她的聪慧，看不到她的狡黠；看到她的端庄，看不到她的天真。而他自己呢，对梁忱又说得上了解多少？明知占据了自己的时间和心神，为何却念念不忘？他唯一想知道的，是梁忱在忙碌之余，是否也会偶尔想起他的存在。

莫靖则一走数日，张佳敏总是心神不宁。说起周末的计划，他仍旧留在上海，可能会和同行的老同学们短暂小聚。张佳敏试探："要是不忙，不如回北京？你爸妈也要到了吧？"

莫靖则道："已经和少爷说好了，让他好好表现两天。我回去他机会就少了。"

张佳敏心中失落，"哦"了一声。

莫靖则隐约听出，问："你那边一切都还好？"

"好是好，就是……"张佳敏忍不住，说起最近工作中的委屈。

她负责几个楼层的会议室调配、预订，有一位经理想要预约二十人左右的场地，她便帮忙预订了九层的会议室。经理提出想要提前查看场地、布局，当时正好九层被占用，张佳敏就带他看了同格局的八层会议室。谁想到了会议当日，经理带着外方客户团队直奔八层，和另一拨会议人马恰好相遇，他又认准了自己预订的是八层，场面一时尴尬。

会后连带张佳敏都被他劈头盖脸数落一通。她十分委屈，对莫靖则说："明明告诉他预订了九层，是他着急看布局，我就给他看了一模一样的八层。"

莫靖则说："你预订后，有发邮件和他确认吗？"

"没。"张佳敏低声道，"但是我亲眼看到他记在自己手机上了啊。"

"空口无凭，这些都不能作数。"莫靖则嘱咐道，"我不是和你说过，无论大事小事，流程上一定要正规，往来必有凭证。”

张佳敏抱怨：“哪想到遇到这么一个不讲理的？！”

“工作是工作，也不能指望人人都厚道。而且每个人的工作都很多，不能指望脑子那么好使，能记得这些小事。”莫靖则安慰道，“权当是个教训，第一认清了这个人，以后敬而远之；第二，以后工作中也更规范化，更谨慎一些。”张佳敏并不觉得这是安慰，她满腹委屈，只觉得更加难过了。

周末罗超又接了一单帮朋友咖啡馆拍宣传照的活，半是玩乐，半是义务，也喊上张佳敏和小安一同去玩。咖啡馆有一方小院，安装了玻璃幕墙，夏天可以开窗通风，冬天便是暖房，一年四季花木葱茏，几只毛色光亮的猫咪悠游其间，或嬉戏，或懒散。小安逐一拍照，玩得不亦乐乎；张佳敏情绪低落，心不在焉。

罗超给她们点了带着猫咪图案拉花的咖啡，还有猫爪样式的小饼干。张佳敏一面说着不想吃，要减肥，一面不知不觉又吃了很多。

罗超看她神色恹恹，关切地问：“怎么，哪儿不舒服吗？最近感冒的不少，你也多穿点啊。”

张佳敏摇头，把工作上的烦心事一吐为快。罗超气愤地说道：“这样的人也太过分了，做事马虎，还没有担当。”又安慰佳敏，“你也不要太和他一般见识，只不过他级别比你高，没人站出来为你说话。但平时你工作怎样，他怎么样，大家也都看得到。放心，就他这样的人，以后自然有摔跟头的日子。”

小安“扑哧”一笑：“你是说，人在做，天在看？”

罗超也笑了：“佳敏也是，我们知道你做事认真，脾气也好，可是遇到这样的无赖，真是秀才遇到兵了。下次你也留个心眼，该白纸黑字有个证据的，就留下。免得他再抵赖！”

张佳敏捧着咖啡，看杯中的小猫脸微微荡漾，心中一暖，笑着点了点头。

第二天夏小橘和方拓去拉练二十五公里，也叫上了张佳敏。她兴致不高，看着一边做着热身准备，一边互相揶揄的夏小橘二人，心中暗暗叹了口气。

连夏小橘都看出她情绪低落，走过来揽着她的肩膀："待会儿一起去吃午饭吧，方拓的朋友推荐了一家烤鱼，据说味道特别棒。"

"我才跑几公里，就不去长肉了。"张佳敏强自笑了笑，"好羡慕……"

"好羡慕小橘姐跑得这么快。"她不想看起来太哀怨，话锋一转，"我什么时候才能跑个全程呢？"

"制订一个科学的训练计划，并且坚持执行，一点点地累积！"夏小橘给她鼓劲，"之前你还说自己八百米都跑不下来，现在五公里不也轻松？"

张佳敏赧然："还是得走走跑跑的。"

"那也没关系啊，中间调整一下，有什么关系呢？"

起跑不久，张佳敏照例被二人落在身后，她看着默契十足，步伐一致的一双背影，只觉得自己越发形单影只。最初踏上跑道无非是希望离莫靖则更近一些，可他有他的节奏，并不会为她而放慢脚步。方拓的确会为了迁就夏小橘的速度而跑得慢一些，但夏小橘本身实力强劲，越跑越有状态，也不需要对方过多的等待。

只是她自己呢，信誓旦旦想要追上莫靖则的步伐，努力地改变着，但相较之下，依然如同原地踏步。她跑了几步，脚下越来越凝滞，索性放缓，走了起来。还不能停下啊，不能，那只会眼睁睁看着他越来越远。这个念头让张佳敏心中惶恐。一定要使出全力！她鼓足劲头，迎着晨风，大步跑了起来。

夏小橘自从北马之后，第一次又跑了二十五公里的距离。身边的“人工智能补给站”适时地送上运动饮料，又递来一条能量胶。

“我也带啦。”夏小橘说着，拉开腰包，取了一条。

“小橘同学，”方拓拎着能量胶的一角，无奈地晃着，“让我感受一下自己存在的意义，好不好？”

“我也没打算带着你一起跑厦马啊。”她眨了眨眼睛。

“我知道，不用再说一遍了，好伤人的。”方拓捂住胸口。

“那总不可能我每次跑马，你都在旁边啊？或者是，我想做别的呢？”

方拓笑道：“你坦白，想背着我做什么别的吧？还不带我？”

夏小橘发窘：“是因为，我们两个不可能什么事情都绑在一起啊。你有你自己想做的事儿，我也有我的，就算这次你陪我跑了，下次呢？”

“遇到别的事再说，这次就让我助你一臂之力吧！”方拓一边说，一边伸直手臂，推着夏小橘的背。

她咯咯笑起来，不肯加快脚步，反而挺着后背，和他的力量抗衡：“那我依赖性越来越严重了，怎么办？”

方拓手一松，夏小橘立足不稳，向后跌了一步，他笑着跨步上前，将她揽在怀里：“那我就让你赖着呗。”

二人轻轻松松，打打闹闹就跑了下来。回到集结地点，却没看见张佳敏的身影。夏小橘掏出手机，这才看到她半小时前发来的短信：“小橘姐，我跑完了，有点累，回家洗澡去了。”

夏小橘忙拨过去：“你还没走远吧？到哪儿了？和我们一起吃饭去吧。”

“不去了，有点累。”

“今天跑了多少？”

“十二公里……不过后两三公里是走的。”

“那也相当不错啊！”夏小橘鼓励道，“更要吃点好的补一补。”

“不去了，我回家随便吃一口吧。正好最近也要控制体重。”

夏小橘极力劝说，奈何张佳敏一再婉拒。她没办法，看向方拓，无奈地耸了耸肩。

张佳敏坐在摇摇晃晃的公交车上，疲倦得几乎睁不开眼睛。今天原本只想跑五公里，但是她忍不住走走停停，绕着南园又多跑了一圈。小腿酸胀，胯骨侧旁也有些发木。挥洒汗水的过程并没有让人感到酣畅淋漓，全身轻松，反倒是倦意越积越多。跑完之后才发现脚底打了一个水泡，已经磨破了，袜子粘在伤口上，揭开的时候痛得她直皱眉。

窗外天空湛蓝，偶尔闪过一株银杏，在秋风中闪耀着太阳的颜色。这是秋末最后一笔浓烈的颜色了，风稍微大一些，便摇落片片金黄。去白河时她曾经听大家讲起群山之间秋景的绚丽，也曾盼望着和莫靖则一同去看传说中的几条银杏大道，可是都没有实现。虽然也有别的朋友邀约，但是都不能弥补他不在身边时的寂寥。那种惆怅，就像北方秋天的天空一样辽远。

“我还是有些担心佳敏。”吃饭时，夏小橘被辣到，大口大口灌着酸梅汤，“咝咝”地吸气，“她最近状态不大对啊……”

“她之前都没跑过十公里以上吧？”方拓问，“有空你得提醒她，循序渐进，别冒进，容易受伤。”

“我觉得她是心情不好。我猜，八成和莫大有关系……”

“这都不用猜……”

“莫大也是，佳敏为了他背井离乡的，就算他忙，也得考虑一下佳敏的感受啊。”夏小橘抱不平，“而且他还……”她说不下去，就算莫靖则一厢情愿，她也万万不想为这种事提及梁忱。内心闪过一个念头，如果莫靖则感情天平两端是张佳敏和梁忱，他会如何选择？夏小橘赶紧甩了甩头，只觉得这个想法对佳敏和梁老师都不尊重。

她问方拓：“你说，我改天要不要和莫莫念叨念叨？我是觉得莫师兄这事不地道。”

“莫莫姐应该也看出来了。”方拓说，“不过最近先别提这些了。她爸妈来北京，我师父正严阵以待呢，丑女婿总要见泰山。”

夏小橘乐出来：“你小心我告诉少爷，你说他丑。”

“你是我女朋友吗？有这样憋着劲害我的吗？”方拓抱怨，“我白请你吃鱼了。”

夏小橘的筷子在一堆青笋、腐竹和辣椒中拨弄着，叹了一声：“让佳敏吃饭她也不来，最近总念叨要控制体重。”

“就是，跑这么远，不就为了多吃点吗？”方拓笑道，贴着盘底掀起一大片烤得焦香的鱼肉，放在夏小橘碟子里。

她表示赞同：“那可不是？！”

“说的就是你！你已经用实际行动证明了。”

夏小橘嗔道：“嫌我吃得多了？”

“没。”方拓大口吃饭，摇头，“和你吃饭才痛快。从小吃吃到正餐，之后还能来个甜点，我相信你的实力。”

“让你说得，俩饭桶。”夏小橘嫌弃地向旁边蹭了蹭，“和你在一起我都没形象了，得离你远点。”

“别，要是就我一个人，多没劲啊。”方拓拉她的手，“走啊，巧克力熔岩蛋糕？”

“我饱了。”她拨完碗里的饭，口不对心。

方拓逗她："那我吃，你看着？"

"看着就看着。"

"有点骨气，不许抢我的。"

方拓捏她脸颊："谁抢谁是小狗。"夏小橘侧头，作势要咬他手指，方拓飞速收手。

"现在就咬？你打疫苗了吗？哦对，你打过……"他哈哈大笑，把手指伸到她嘴边，"既然你都打过狂犬疫苗了，咬吧咬吧。"难免被夏小橘捶了两拳。

两个人从饭店出来，溜达着去坐地铁。夏小橘觉得喉咙里似乎还贴了一片辣椒，忍不住咳嗽了两声。方拓拿出背包侧面的矿泉水递给她："怎么，刚才呛风了？"

"可能是辣椒……"

他忽然眼睛一亮，拉了拉她的手腕："那儿有卖梨的，我给你买几个吧。"

"啊，我没……"夏小橘想说自己没事，但看他关切的样子，心中也十分喜悦，便由他去向小贩询价。

水果摊主自然极力推荐，说自家的香梨细腻清甜，方拓买了十多个，拎在手中。

"我吃不了这么多。"夏小橘说，"再拿个袋子，你拿几个。"

"有什么吃不了的，你？"方拓一副不可置信的表情，"再说了，不能'分梨'。"

小贩抓住机会，再次推荐："那买点苹果吧，平平安安。或者是砂糖橘。"他指了指旁边一个个橙红色的网兜，里面满满地塞着小巧鲜艳的砂糖橘。

方拓搡着夏小橘："嘿，这个不错，看，好多小橘子。"

"对，就是这种小橘子才甜呢。"小贩热情地递过来一个，"来，尝尝，随便尝。”

“不用尝，小橘子肯定甜呀。”方拓忍俊不禁，接过来剥开皮，递到夏小橘嘴边，“你说是吧？”

夏小橘只觉得两颊发热，吃也不是，不吃也不是，又羞又窘地推了推他：“别闹。”

小贩依旧锲而不舍地推销：“尝尝看，这一批真的很好吃。”

“你不吃，我吃了啊！”方拓晃了晃，见夏小橘没答话，把手中的砂糖橘塞到嘴里。

小贩问：“没骗你吧？甜吧？”

方拓鼓着腮帮，点头，认真答道：“小橘子，特别甜。”

离开水果摊的时候，方拓左手拎了一塑料袋香梨，还有一网兜的砂糖橘；右手牵起夏小橘的手，一本正经道：“左手也有小橘子，右手也有小橘子，哪个比较甜呢？”

“我只知道，中间的这个比较二。”夏小橘笑骂，“你别念叨那么大声啊，人家以为你脑子有问题。”

“你、嫌、弃、我？”他佯装震怒，一字一顿道，右手却和她十指交叉，握得更紧，“那也晚了。你跑不掉了！”夏小橘只听到自己的心“扑通”“扑通”跳得格外响亮，一抹笑容从嘴角绽开，怎么都收不住。

第十章

耶利亚

莫靖则人在上海，时不时能收到堂妹发来的消息，向他汇报这两天的行程。邵声借了一辆七座商务车，机场迎接，设宴款待，周末带几位老人游遍各大景点，还去山中古刹品茗、吃素斋。莫靖言也偶尔随行，只是没有说明二人关系，一路喊他“师兄”。

莫靖则想着小妹和邵声二人彼此客气，正襟危坐的样子，觉得有些好笑。即将返回北京，候机时闲来无事，忍不住想要揶揄二人两句，便问莫靖言：“你俩还习惯？小心穿帮。”

“他们眼睛挺毒的，我都怀疑是不是露馅了。”莫靖言回道。最初都是莫靖则的爸爸坐了副驾驶，以长辈的身份嘘寒问暖，过了一天便把位置留给了莫莫。

晚上回家，莫靖言便对上母亲的一张笑脸：“说实话，邵声是不是对你有意思？我们都觉得，不像是只看在靖则的面子上。”

莫靖言心中有鬼，支支吾吾地抵赖，说自己和他不算太熟。

母亲笑道：“我觉得这小伙子不错呢，一表人才，做事也靠谱。你可以多了解了解。”

莫靖则看了短信，边笑边回复：“其实你心里都乐开花了吧？”

莫靖言写道：“少爷觉得一直瞒着家人也不好。想等爸妈旅行回来，就和他们坦白。”

“也好，早晚要面对。叔叔婶婶对他印象不错，说开了，再逐一解释。”

赶回北京，还有时间和家人一同晚餐。邵声早已订了一处四合院的官府菜，莫靖则自机场打车直接过去。莫靖言打来电话，说胡同中不好进车，告诉他在哪个路口下车，如何步行进入，之后又问：“既然你回来了，要不要叫上佳敏一起？”

“我们就不喧宾夺主了。”莫靖则答道，“这次还是以你们俩的事为主。”

“只是一起吃顿饭。伯父伯母明天不就走了？”

莫靖则思忖片刻，拨通了张佳敏的电话。她过了好久才接起来，声音含混不清，听起来有气无力。

“怎么，在睡觉？”莫靖则看表，夜里七点。

“啊，有些不舒服。你回来了？”

“嗯，刚到北京。你嗓子有点哑，是感冒了？”他问，“晚上吃饭了？”

“还没，不是很想吃。头有点疼，可能上午跑步，有些着凉了。”

“出汗之后被冷风吹的吧？下次记得及时加衣服。”莫靖则看看表，“想吃什么，叫个外卖。我稍晚一些过去看看你。”

“嗯，好。你还要去公司吗？”

莫靖则顿了顿：“和莫莫他们一起吃个饭。”

张佳敏头脑昏昏沉沉，但稍微定神，也知道是他家中聚餐。固然这次是为少爷和莫莫的未来铺路，但她毫无立足点，像个局外人。莫靖则没有邀请，她也不知道如何开口询问，只觉得夜里漆黑的房间里，心也沉寂下去。

莫靖则听到那边的沉默，轻咳一声："你不舒服，就先好好休息。我们吃不了太久，我去坐坐就走。想吃什么？我打包带给你。"

"都行，什么都可以……还不饿。"

"要不你继续睡会儿。"

"好……"

挂了电话，莫靖则轻叹一声。他知道张佳敏盼望着和他家人见面，此时定然满心失落。她身体不适，给了他一个稍显蹩脚的借口，让她在家中静养休息。可他又说不出虚假的宽慰，比如"等你状态好一些，给家人留个好印象""他们过段时间还会回来的"。因为他清楚，这并不是自己内心真实的声音，他不愿意哄骗佳敏，也无法说服自己。

事到如今，一切并不如他在阳朔预想的那样发展。和佳敏之间，本来按部就班的发展节拍，现在似乎难以为继。曾经规划清晰的人生，前路越走却越茫然。他要如何面对她的感情，又要如何面对自己？

席间一切如常。莫靖则的妈妈倒是问起，听说他的小女朋友也在北京，为什么不一同叫来吃饭。莫靖则推说她最近工作忙碌，又因为换季降温，身体不适。

妈妈说："那赶紧吃，一会儿我和你一起去看看她。"

"才睡下，让她多休息吧。"莫靖则淡淡说道，"而且你们不是明天一早的飞机？吃过饭就回家吧。"家人知道他一向难以说服，也没再坚持，只说回程路过北京，再找机会见面。

几日间邵声已经颇得莫家几位长辈的欢心，帮大家斟酒布菜，说起菜肴的烹制也能和莫靖言妈妈聊上两句。莫莫妈妈十分开心："现在肯做饭的年轻人不多。你看我家莫莫，做饭就马马虎虎。"

又转向女儿，“有空要和你师兄多学学。”

莫靖言脸颊发热，轻声嗔道：“妈，夸奖别人的时候，就不要给我拆台了。”

莫妈妈恍然，想起不应该在自己看好的年轻人面前说女儿不擅长家务：“我就是这样说说。莫莫平时忙，可能也没顾上。你看她文文静静，其实也挺能干的，前几年和朋友一起开的舞蹈工作室，现在发展得也不错。”

好吧，又进入自我夸赞的推销模式。莫靖言索性不说话，埋头喝茶、吃菜。邵声偶尔瞥她一眼，眼角都是藏不住的笑。他应道：“是，莫莫是挺了不起的。”

吃过晚饭，莫靖则坚持去结账，顺便去拿给张佳敏打包的杂炒时蔬、清酱牛肉和白粥。邵声和莫靖言陪着长辈们从包厢出来，沿着迤逦的石子路走向大门。恰好另一拨客人从四合院对面的包厢出来，两队人马各说各的，没留心，在内院的垂花门附近打了个照面。

对方一惊，讶异地喊了一声：“莫莫？”

莫靖言正扭头和家人说话，听到这一声呼唤，打了个激灵，回过头来一看，正是黄骏。

他和一群客户在一处，看到莫靖言身侧的邵声，了然地点点头：“好久不见。”又礼貌地和邵声握手，“邵总也是，好久没见了。”说话之间，两个人手上都加了点劲。

邵声道：“没想到在这儿遇到了。今天还忙，改天再和黄总联系吧。”

黄骏笑：“不必客气。”

边说边走到大门口，就要分道扬镳。黄骏看着莫靖言身畔几位长辈，有一位和她眉眼极为相似，立时明白是她母亲。其他人在夜色中看不清容貌，但看起来是两家长辈，他大致猜测，八成是邵、莫两家父母见面。

黄骏心中自嘲地轻笑，去年此时还和莫靖言说过“过年各回各家，各找各妈”，现在这场面，人家只怕是婚期将近。他自视豁达，作别时潇洒地挥了挥手：“我也听小橘大概说了。提前祝贺二位，百年好合，永结同心。”

夏小橘和方拓打过电话，又洗了澡，换了柔软温暖的加绒睡衣，一边整理衣物，一边轻松地哼着歌，不知是不是毛絮飞过，鼻子一痒，对着灯打了个喷嚏。她转到厨房洗了一只香梨，看着两口袋水果，想起和方拓牵手走在街上的情形，忍不住又笑出声来。刚啃了一口，就接到黄骏电话，他劈头盖脸地问：“你是不是有事瞒着我？”

“啊？”夏小橘心虚，心想，我谈个恋爱，不用事无巨细都向你汇报吧？

“莫莫是不是要结婚了？”

夏小橘还没告诉他关于定制婚纱的事情，遮掩道：“你说啥？结婚？没有的事啊。再说人家结不结婚，和你有什么关系啊！”

“我今天看到她爸妈了，还有邵声一起。”

“啊！那你都说什么了？”夏小橘大惊。她知道邵声这次没透露身份，只是要先博得莫靖言父母的好感，再争取二人的认同。

“还能说啥？我这么豁达。”黄骏没好气地说，“祝他们白头偕老呗。”

听了黄骏的复述，夏小橘暗叫糟糕，跺脚道：“你这个成事不足，败事有余的家伙。”

“什么意思？”黄骏不解，“你是觉得我当初没挽留莫莫？我留得住吗……当时她……”

夏小橘心急火燎地打断他的话：“我先不和你说了，有点急事。”话音刚落，就挂断了电话。

黄骏举着电话，听到一串忙音，又好气又好笑，自言自语道：“你最近有点嚣张啊，和方拓混得你翅膀硬了。”

夏小橘想给莫靖言打电话，又怕她正和家人解释，于是怯怯地发了一条短信询问。稍过片刻，她回复道：“是，爸妈知道了，明天不走了。”

夏小橘担心黄骏坏事，唯恐莫靖言父母问出真相，一时无法接受，强烈反对。而她作为黄骏的好友，当初二人也是通过自己才认识，颇为自责，急得在地上团团转。

她手中还握着汁水淋漓的半个香梨，想着赶紧吃完，和方拓商议一下。她一边拨着方拓的号码，一边三两口啃掉梨肉。电话刚拨出去，瞬间被接通。

夏小橘没准备好，又急着讲话，迫不及待要将嘴里的香梨咽下去，只觉得嗓子一紧，最后一块正正卡住喉咙，上也上不去，下也下不来。她第一反应是猛地咳一下，梨块纹丝未动。夏小橘想起那些儿童气管吸入异物的新闻，悚然一惊，额头冒出冷汗来。

她不会，因为一块香梨窒息而亡吧？

此时夏小橘最担心的不是自己的小命，而是如果遭逢不测，明天一定会上报纸和网站的社会新闻——“女科研人员暴毙家中，香梨哽喉亦可致命”。

她又羞又急，都要哭出来。电话那边传来方拓的声音：“喂，小橘，说话呀？你不是又碰到重拨了吧？我数三个数，你不说话我就挂啦。”

夏小橘半张着嘴，说不出一个字来。

方拓还在那边各种呼唤：“喂喂喂，啦啦啦，咿咿咿，夏小橘你听到了吗？听到请回答！”又粗着嗓子道，“是我的声音不够大吗？！”

夏小橘越急越发不出声音，就算能说话，她也不知道要和方拓说什么好。

“我被梨噎住了……”太有爆笑效果了吧？

“方拓救我……”古装武侠电视剧吗？

“我要挂了……”嗯，这是我最后的党费。

她脑海中闪过无数台词，双手捏在自己喉咙上，怎么挤压也吐不出来。她心想，可算知道白雪公主吃的那个苹果是怎么回事了，就是被噎死的吧？

方拓在那边卖力吆喝，听不到任何回音，只当夏小橘误碰了重拨键。二人刚刚在电话里嘻嘻哈哈聊了半小时，按说她也没什么要紧事，他又大喊了两声她的名字，笑着收了线。

夏小橘欲哭无泪，她还不想壮志未酬，英年早逝啊。她看着屏幕上的亮光消隐，心中悲戚——她还没有好好和方拓谈一场恋爱呢，好像都还没有对他说过“我喜欢你”这几个字。

她犹豫要不要给方拓发一条短信。写什么呢？“救救我。如果来不及，记得我喜欢你……”

是啊，就算方拓立刻打车过来，窒息几分钟后就是不可逆的脑死亡，等他到了，自己也死得透透的了。

夏小橘努力想再咳一下，只觉得梨块像长在喉咙上一样，根本不为所动。她一口气把自己憋了个好歹，心情却稍稍平静了一些，怎么也折腾了一分钟，还没有窒息的感觉。

她集中注意力，试着用鼻子慢慢吸气，咦，果然是通的！太好了！悬着的一颗心放下一半，至少说明气管是通畅的，她不会因为梨子窒息毙命了。

然而怎么拿出来呢？她想起为了出野外学过急救课程，当时介绍过海氏急救法（海姆立克急救法），如果被异物噎住，需要另一个人从身后抱住，单手握拳，另一只手拢住，在上腹部以大力挤压，刺激横膈膜，将噎住的食物喷出来。可现在只有她独自在家，如何操作呢？

这个力道需要向内并向上，夏小橘想了想，找了个椅子，握拳放在胸腹交界的膈膜处，另一只手包上，在椅背上猛地撞了一下。

然而对待自己毕竟下不了狠手，担心万一心肝脾肺肾什么的破裂了，那可怎么办？最后一刻她还是收了力道，横膈膜没有刺激到，只觉得手背撞得生疼，骨头都要被硌断了，痛得她眼泪都流下来。

好在暂时没有性命之忧，她心中也平静一些，打开电脑上网，搜了一下，海氏急救法针对的是阻塞气道的异物，她现在还能顺畅呼吸，这块梨应该只是卡在食道上。可是，她也吐不出来啊。

夏小橘在房间里转了两圈，无奈地抓起小包，带了证件，去看社区医院的夜间急诊。临出门时电话响起，方拓的名字闪现在屏幕上。她踌躇片刻，决定这么难堪的事还是先不告诉他，于是把手机捂紧，揣在口袋里。

社区医院夜里只开了一个急诊窗口，夏小橘站了十多分钟，终于等来值班大夫。她试着对大夫解释，声音很小，而且说不了几个字就有口水要流出来，急忙仰起头，忙乱地在包里翻着纸巾。大夫拿压板压着她舌头看了看，摇了摇头："这得找耳鼻喉，你还是去大医院看专科吧。"

夏小橘无奈。时近夜半，她在路边站了十来分钟，总算等到一辆出租，乘上去直奔附近名声最响的大学临床医院。在车上又收到方拓发来的消息：“睡了吗？刚才是不是又按到电话了？我打回去你也不接。”

她回复，解释道：“可能不小心碰到了。刚才洗漱来着，没听到。这就睡了，晚安。”

没想短信刚发出去片刻，电话就响起来，铃声在出租车内格外清晰。夏小橘不好再装听不到，硬着头皮接了起来，纸巾捂着嘴角，含含混混应道：“喂，是我啊。”

他声音含笑：“没事，就看你睡没睡。”

“睡也被你吵起来了。”

“你怎么不说刚才你的电话吵了我呢？喊你那么多声都不答应，我还以为你被人绑架了呢！”

“没……我没听见……”

方拓听她声音有异，好奇道：“你不都洗漱了？还吃东西呢？”

“没啊。”

“那说话呜噜呜噜的，像嘴里含了个东西。”

说话之间，已经到了目的地。司机师傅打表，报上价钱。

方拓道：“你在出租上呢？这么晚去哪儿？”

夏小橘只得坦白：“喉咙卡了东西，我来医院看看。”

“不是鱼刺吧？白天没听你说呢。”方拓那边传来窸窸窣窣穿衣服的声音，“你在哪家医院呢？先去挂号，我这就过去找你。”

“哎，不用，没大事……”

“别那么多废话，”他佯装发怒，“快说在哪个医院！”

夏小橘挂了耳鼻喉科的急诊，没想到半夜三更，前面还有两三个人排队。一个小房间，门半开着，里面说什么都听得到。

前两位是小朋友。第一个就是晚餐被鱼刺卡了，家人喂了醋，塞了馒头，到了夜里依旧疼得睡不着，爸妈抱着急匆匆赶来医院。

难免被医生教育了两句，不要用土方法处理，真的刺破食道麻烦就大了。医生拿上镊子，两秒就夹了出来。夏小橘想，我这梨子怎么取？要用钩子吗？

第二位小学生是急性中耳炎，医生处置后开了滴耳液，嘱咐第二天来复诊。

第三位是个年轻人，自述下颌骨和耳朵交界处疼痛，张不开嘴。他傍晚去游泳了，担心是泳池水不干净，耳朵里进水发炎。医生没看耳朵，让他活动了一下下颌，说道："TMD，要去口腔科。"

夏小橘一愣，看年轻人也木然站着，估计都被医生一句"TMD"震住了。不是自己的科室，也不能骂人呀。医生继续解释："全称是颞下颌关节紊乱综合征，有可能是单侧咀嚼过度，也可能是因为磨牙。大多数人休息两天就能好转，具体的明天去看口腔科吧。"

夏小橘长吁一口气，幸好不用面对一场医患大战了。不过，这简写也够给力。她想着想着，不禁暗笑起来。

下一个便轮到她。夏小橘有些心虚，她刚才笑了半天，若是说了就诊的原因，只怕自己才真的会成为笑柄吧？她羞愧地回头，好在后面没有新的患者跟上，心下松了一口气。

照明灯打过来，舌头被压舌板压了一下，夏小橘感觉到医生一边看，一边拿什么器械戳了戳那块冥顽不化的香梨。她翻了翻眼睛，等着医生问询，再商量处置方案。斜眼瞟了一眼操作台，也没看到类似钩子一样的器具。

正走神呢，医生二话没说，手中的器械向下一压。夏小橘只觉喉头一松——梨子已经被推了下去。让她惶恐不安，以为要命丧于此的元凶，就这样被解决了。

这就完了？这么简单？她顿觉呼吸顺畅，神清气爽。夏小橘对着戴了口罩，只露出一双眼睛的中年医生千恩万谢，感觉自己都要爱上这位神医圣手了。

她喜滋滋出门，走到前厅，正看到方拓迎面推门而入，一脸焦灼。他三两步跑到夏小橘身边，关切地问："怎么样？看完了没？没事儿吧？"

夏小橘羞愧且尴尬，支吾道："没……没啥事。"

"鱼刺拿出来了？"

她想点点头，但最终还是诚实地摇摇头。

"急诊解决不了，得明天再来？"

她不好再隐瞒："不是鱼刺……"

"那是怎么了？"

夏小橘嗔道："都怪你。"

"啊？我？"

"都怪你给我买香梨……我刚才着急给你打电话……那个……"她忸怩着，简略说了经过。

"没事就好，吓我一跳。"方拓佯装擦汗，揽着夏小橘的肩膀向外走，"不过，你是说，你吃梨噎到自己了？"他语气正经，但夏小橘听得出，他尾音里有强忍的笑意。她羞惭地想从方拓臂弯中挣脱，晃了晃身体，没得逞。

方拓继续问，笑意更浓："要来医院？"

"那人有失手嘛！"

方拓终于笑出声来："哦对，你有失蹄。"毕竟是在医院，他笑得收敛，努力压低声音，憋得肩膀一颤一颤的，"我这个女朋友，可真是个活宝。吃个梨都能噎着。以后我得小心点看住你，这个世界对你来说太危险了。"

夏小橘气恼："刚才我吓死了，以为自己要挂了。你还笑？还笑！"说着胳膊肘在他胸口一顿乱戳。

方拓告饶："别、别，我错了，姑奶奶。再戳，我就要进急诊室了。"

二人走到大楼外，夏小橘讲了刚才黄骏打来的电话，说自己有些担心莫靖言和邵声。方拓倒不太在意："师父和莫莫姐处理得来，就算要担心，也明天再说吧。我先送你回家，今天是真的被你吓一大跳。我刚才路上就想，要是普通鱼刺，你不至于跑来看急诊，我真担心刺破喉咙出血什么的。"

夏小橘想起他匆促赶来时关切的神色，心中一暖，正想着牵起他的手，却听方拓话锋一转："谁想到，是噎梨呀。"他自己乐起来，"小橘，你知道吗，有一首特别著名的歌，就是唱给你的。"

"什么？"她一愣，旋即明白。

这边方拓已经哼起来："很远的地方，有个女郎，名字叫作耶利亚……耶利亚，噎梨噎梨呀，神秘耶利亚……耶利亚，噎梨噎梨呀，我一定要找到她。"

刚刚涌上心头的柔情立刻消散，夏小橘又好气又好笑，追着要打方拓。他在前面不疾不徐跑着，总和她差一步的距离，边跑还边哼着歌："耶利亚，耶利耶利亚，神秘耶利亚……"

好不容易揪住他的衣角，两个人都已经跑得气喘吁吁。方拓摆手："不跑了，大半夜的，再跑跑饿了。"

夏小橘也喘着气，点了点头。

两个人互相望了一眼，又"扑哧"一声，一起笑了起来。

走到大路上去打车，已经将近半夜两点，出租车更是稀少。好不容易过来一辆，从二人身后赶过来一位胳膊打着绷带，用三角巾吊起固定的患者。夏小橘自诩已经是非病号了，和方拓退了一步，把出租车让了出来。看着出租车远去，方拓叹气："哎，师傅，忘了说，我们这儿有位名人呢！名字叫作耶、利、亚！”

夏小橘扬手，作势要打，却被方拓握着手腕向前一带，整个人便撞到他怀里。方拓依旧在笑，她的脸颊贴在他的大衣上，能感觉到胸腔欢快的共鸣。他笑了一会儿，将她抱得更紧，轻叹一声：“小橘呀，其实，我刚刚也很害怕。看到你没事，我真的太高兴了。”

她伸出手来，环住方拓的腰，双手在他身后交握，内心安稳而庆幸。

“看来是不好打车了。”方拓抬起头，眺望长路尽头，缓缓说道，“要不，去我家吧？”

“啊？”

“走回你家，四公里，要将近一个小时。”

夏小橘有点紧张：“你家就近了？”

“不近。”他顿了顿，“不过，有夜班公交。”

话音未落，两道车灯的光柱射了过来，越行越近。

“我刚刚就看到了。”他说，“走不？”

公交车停在二人身畔，车门打开。方拓扬了扬下巴。

生死关头都过了，还怕什么？想到这儿，夏小橘大义凛然，果断地点了点头。方拓拉起她的手，笑着跳上公交。

和他并肩而坐，看着窗外静谧的城市光影，夏小橘心若擂鼓，但也有一丝甜蜜。她小心翼翼地侧过头去，倚在方拓肩上。

有那么一瞬间，真以为自己小命休矣，当时第一个念头，就是还有好多话没来得及对方拓说，也从来没认真地亲过他。人生多遗憾！

方拓租住在一家事业单位的老式居民楼，楼梯间的感应灯年久失修。到了没有光的地方，他便回身牵起夏小橘的手，低声提醒她还有多少台阶。打开门，正对着几平方米的小门厅，一张折叠餐桌上放着若干头盔，夏小橘大概都认得，有攀岩的、滑雪的、骑行的。

“刚才你打电话，我正在整理装备。”方拓说，“家里比较乱，没有拖鞋，直接进来吧。”

夏小橘点点头，有些局促，不知道双手放在哪里好，也不知道接下来应该说些什么。好在转入里间，灯一亮，看到满地的户外装备，她松了一口气，立时不担心找不到话题了。

她蹲在地上，翻检着琳琅满目的装备，大到背包、帐篷、睡袋，小到头灯、攀登保护器、口哨，分门别类，摆放整齐，旁边写字台上还放了两张纸，看得出走之前他正在逐一记录。

“你最近要出远门？”夏小橘忍不住问。

“是啊。”

“啊……”她略有一丝失落，“去哪儿呀？没听你说起呢。”

“过一个月。”他顿了顿，故意卖了个关子，“去厦门啊，陪女朋友跑步。”

夏小橘轻笑，哂道：“难道去厦门要带帐篷？”

方拓摊手：“是啊，她住宾馆，我住公园，穷啊，要攒钱买房。”

夏小橘白他一眼：“嘁。”她想说，我住宾馆怎么可能让你住公园？一个人住店和两个人住店不是一样价钱？但是话到嘴边又说不出，那不成了她主动邀请他？

“就是因为好多装备最近用不到，所以想整理一下。”方拓挠挠头，“堆得四处都是，眼看放不下了，所以想买房。”

夏小橘环顾四方，房间里说不上凌乱，不像大学男生宿舍里衣服、袜子四处飞散，但也说不上多整齐，墙边角落柜顶都被他塞得满满当当，的确是需要专门开辟一间装备间。

她随口问道：“这边租金贵吗？其实买房也好，交了首付，省下租金还房贷。”

“租金有两年没涨价啦，房东也是个户外爱好者，特别照顾我。”方拓笑道，“我带他去徒步、攀冰什么的，他就挺开心。不过莫大也说了，房价还会涨，想买不如早买。你说是吧？”

夏小橘脸上一热，应和着点了点头：“是啊，你想买就早买。”

“好啊。”他依旧笑盈盈地说，“等你周末有空，一起去看吧。”

夏小橘蹲在地上，努力做出漫不经心的神情，手里拿着炉头翻来覆去地看，好像它比方拓的话更有趣：“嗯，到时候再约吧。”

方拓看她貌似聚精会神地研究装备，实则紧张局促得动也不敢乱动，心中好笑。他打开衣柜：“这一格有运动服，你换一件，睡觉舒服。我去烧点水。你饿不饿？家里还有方便面和鸡蛋。”

夏小橘摇头：“不饿。”

方拓说：“嗯，也是，吃梨也该吃饱了。”

她面露窘色，嗔道：“不许再说啦！”

方拓哈哈大笑：“好，不说就不说。”

他转去厨房。夏小橘这才起身，从衣橱里飞快地挑了两件换上。他的大T恤和篮球短裤，穿在她身上都肥肥大大的。衣服上隐隐约约带着洗衣液的味道，她用力吸了吸鼻子，和她常用的有细微差别，但是很熟悉，是时常能够嗅到的，属于方拓的气味。

房间里暖气烧得热，换上宽松的运动服舒服了许多。夏小橘关上衣柜门，转身看到在写字台角落还有一个纸盒，是她总见到的能量胶的品牌，打开来，已经空了一半。翻看口味，就是平时方拓带给自己的那些。夏小橘拿起一条，在手中晃了晃，心中甜丝丝的。

厨房传来方便面调料包浓烈的气味，虽然明知是各种添加剂刺激的辛香，但半夜三更的确分外诱人。夏小橘忍不住走到门厅，探头向厨房里看了一眼。方拓在小煮锅里还扔了切成片的西红柿、几棵小油菜、一根火腿肠，鲜红翠绿，围绕着滑嫩的荷包蛋，在咕嘟咕嘟沸腾的面汤上微微颤动着。

刚说完不饿，她就不争气地咽了一口口水。方拓侧头，扬了扬手中的筷子：“要吃吗？”

夏小橘故作高傲，转回头来：“垃圾食品。”

方拓关了火，盛了一碗面走到门厅，放在餐桌上：“你先吃，我再盛。”

“我不饿……”她还负隅顽抗，“你还煮了两碗啊？”

“嘁，怎么还学客气了？”方拓转入厨房，“不管饿不饿，就知道你会抢我的。”

“才不会。”

“吃吧吃吧，反正我都煮了。”

“那……我是帮你的。”

“让你吃个面，还那么多废话！”方拓在她面前拍了一双筷子，“吃！”

汤汤水水，热气腾腾，两碗面吃得一干二净。方拓主动收拾碗筷，让夏小橘去卫生间洗漱。她拿着方拓给她的新牙刷，看着玻璃隔板上的男士洗面奶、剃须泡沫，没来由地紧张起来。装备看完了，方便面吃完了，已经夜深，总不能硬撑着一晚不睡吧？她有些懊恼随他回家的决定，对今晚可能发生的事情，自己真的都准备好了吗？

方拓已经把装备简单地拢到一旁，地中间放了一块自充气的长睡垫，铺上展开的信封式睡袋，又扯了一条薄睡袋当被子。

夏小橘啧啧称叹：“看起来不错啊，还都是大牌呢！”

“有不少是活动拉来的赞助。”他吹了个充气枕头，“看着不错，那给你睡啊？”

“好啊。”

方拓扬手：“算了，你还是睡床上吧，怎么说也是从急诊室出来的。”

夏小橘“哦”了一声，走过去坐在床沿，只听一颗心“怦怦怦”撞击着胸膛。她努力化解心中的紧张、尴尬，讲起候诊过程中看到的趣事：“我和你说，前面有个小孩子，吃鱼卡刺了，他妈妈给他吃了一整个馒头。”

“还有一个人得的病名字特别长，我都记不住了，你知道英文简称是什么吗？……TMD。哈哈，我真担心他和医生打起来。”

方拓一边洗漱，一边听她惟妙惟肖地描述，他擦着脸走过来，笑道：“他们会不会也回去说，今天看到一个女生，名字叫作耶利亚？”

“才不会，后面没别的病人了。”夏小橘跷着脚，踢在方拓腿侧，“不许再叫我耶利亚，否则我和你绝交！”

“好好，我怕你了。”方拓笑个不停，“赶紧睡吧……神秘女郎。”自然，腿上又中了一脚。

关了灯，室内一片黑暗，两个人忽然都陷入沉默。没有了光线、声音的干扰，嗅觉变得格外敏锐。枕头和被子上都是他的气息，将夏小橘包裹其中。她控制呼吸，无声地深深吸了一口气。因为用了他的洗面奶，似乎连自己的脸上和手上都沾染着和他一样的气味。

她翻了个身，听到地板上传来睡袋窸窸窣窣的声音，便轻声问：“困了吗？大半夜还折腾你跑去医院。”

“还好，困是困，不过……”方拓轻叹一声，“下次再有这种事，能不能第一时间就给我打个电话？”

“谁说我没打？”夏小橘脱口而出，想起自己被梨噎得说不出话来，脸上又是一热，窘得想钻到被子里。

方拓想起第一个无声电话，明白过来，强忍着笑："说不出话来，发个短信也好。"

"才不会有下次呢。"夏小橘抗议，"我哪有那么笨！"

"你说呢？"方拓反问，"不过没事啊，那才显得我聪明。"

"嘁。"夏小橘在黑暗中翻了个白眼。

"我开玩笑的。"方拓笑了两声，认真道，"你一点都不笨，只不过，有一种小孩子一样的纯真。"

夏小橘轻声一笑："你直接说我傻就好了，或者幼稚。"

"可不是吗！"方拓顿了顿，"这才好，因为，我也一样啊。"

夏小橘听得出他语气真诚，并没有调侃的意味，心中软软的，借着夜色的掩护，羞怯地用被子挡了半张脸，轻声问道："那……你喜欢我什么呢？"

"只有和你在一起，才能把噎梨这种事都变成乐趣。"

"这算夸我？"夏小橘不满，"说优点！"

"啊，怎么说呢？"方拓翻了个身，笑了一声，"反正，我越来越喜欢自己。"

夏小橘哭笑不得："嘁，自恋。"

"真的，和你在一起，我就越来越喜欢自己，特别简单、快乐，我觉得这才是真正的我，可以放心做自己想做的事。随便一点破事，也能一起笑一天，越来越开心，看周围所有的人和事，都觉得开心。每天都是很随意放松的状态。"方拓仰面躺着，双手垫在脑后，眼睛一点点适应了黑暗。

夏小橘侧身，向着声音传来的方向，心中甜蜜，笑意泛上嘴角："我也是。"

方拓继续道："能一起谈理想，也能一起犯二。"

夏小橘抗议："谁和你一起？分明就是你自己犯二。"

“好好，我犯二。”方拓也不恼，笑道，“谁让你就喜欢这么二的我啊？”

她吃吃地笑起来：“自我感觉良好。”

方拓追忆往昔：“你要是对我没好感，当初在松潘，能等着我一起吃瓜？”

夏小橘嘴硬：“别臭美了，那是买给大家的。”

方拓不以为意地笑了笑：“虽然那时候，不是现在这种喜欢，但第一印象也是很好的。”他半撑起身体，“你知道我为什么找你给莫莫姐带项链吗？”

没开灯的房间里，隐约看得见他的轮廓。夏小橘道：“你不是说，怕寄丢了。”

“才不是怕项链丢了……是想找个理由请你吃饭。”方拓轻笑，“我是怕，把你丢了。”他探身，望着夏小橘，“我那时候就想，回到北京，我还想见到这个女生。”

夏小橘心中既甜蜜，又感动。方拓的脸庞就在近前，她向前探身，头枕在床沿。他撑起身体，微微侧头，轻柔地吻在她唇上。

夏小橘心中像雨后的草原，绽放一朵朵细小的野花。她刚刚以为性命垂危的紧要关头，心心念念的愿望，就这样实现了。又能吻到他，这感觉真好。

他的脸庞，他的衣服，带着熟悉的气味，甚至牙膏淡淡的薄荷香，都是一样的，混在一起，分不清彼此。他微张的嘴唇像是安慰和鼓励，令她在黑暗中放松下来。

夏小橘似乎从温柔宁静的夜色中汲取了勇气，方拓一只手捧着她的面颊，她也伸出手臂，环住他的脖颈，一点点地张开双唇。

牙齿轻柔地咬啮，舌尖醉人地试探撩拨，她只觉得自己的唇舌和牙齿似乎都变得更加敏感，像是一种说不清的痒，将一颗心都勾起来，悬在半空。让人只想和他贴得更近，缠绵得忘记呼吸。

方拓向后仰身，一声轻吟，像是满足，又像是期盼更多。他的吻越发炙热，带了一种夏小橘所不熟悉的占有欲。他恣意而热烈地引导着她，她沉醉其中，如同看见夜空中迸放的烟花。

原来真正的吻这样使人沉醉。夏小橘恍惚想到，之前自己错过的真是太多了。

他半倚在睡袋上，夏小橘的身体渐渐探出床沿，直到失去重心，像条鱼一样滑下来，扑进方拓怀里。他单臂撑在地上，被她一撞，没稳住，仰面躺了下来。跌落的瞬间，夏小橘手忙脚乱，下意识地撑了一下，手掌按在方拓胸口。他“啊”地叫一声，带了些许痛苦：“肋骨要折了。”

夏小橘急忙将手挪开，身体不稳，被方拓轻轻一带，就趴在他身上。他的声音含着浓浓的笑意，在她头顶响起：“你下手太狠了吧？想让我也去趟急诊？”

夏小橘赧然，在他胸前拍了一掌。这个拥抱的姿势过于暧昧，她侧头贴在方拓肩上，埋住大半张脸。方拓拥着她，轻轻摩挲着她的后背。他佯装严肃道：“夏小橘，有件事，我还没问你呢。”

她奇道：“什么事？”

“你喜欢我吗？”方拓的声音清晰地传来，“我可是在光天化日之下表了白，你喜不喜欢我，还没说过呢。”

“废话。”她脸一热，嗔道，“这还用问吗？”

方拓揶揄道：“谁知道你是不是在大家面前下不来台，勉强答应我的呢？”

“我才不会勉强自己。”夏小橘轻声辩驳。

“那你说，喜不喜欢？”

“嗯。”

方拓不依不饶：“‘嗯’是肯定还是否定啊？”

她闭着眼睛，贴在他胸口，声音小得像蚊子：“喜欢呗。”

他佯装不满：“真是，这么点声音，喜欢我很丢人吗？”

夏小橘揪着他衣角，鼓足勇气：“我……喜欢你！”她长长松了一口气，“这下行了吧！”

“这还差不多。”方拓笑着，抚摸着夏小橘的后脑勺，手指穿过她的头发，遇到马尾轻轻勾了一下。她微扬起头，感觉他的气息又近了，温润的唇覆过来。心中的喜悦都变成了唇边的甜蜜，夏小橘觉得自己已经迷恋上这种感觉了。她甚至有了勇气，若有若无地撩拨他。

方拓的手抚摸着她的背脊，沿着中间的凹陷滑下去，停在腰间。他的呼吸有些凌乱。夏小橘的吻难免稚拙，但她细碎的咬啮都一下下落在他心上。耳边听到她加重的呼吸声和嗓子里偶尔逸出的吟哦，他只觉得自己的意志力在一点点地崩溃。

他的掌心灼热，身体也灼热。夏小橘意识到他要有所动作，想要寻回身体的重心，腿一挪，忽然碰到什么，更是灼热。夏小橘一愣，忽然明白过来，只觉得脸上着了火一般。

方拓的手搭在她的腰间，还没等用力，忽然觉得她的动作一滞，身体紧绷起来，揪住了他的衣角。隔着单薄衣物，他当然知道夏小橘一瞬间的紧张从何而来。方拓的心里像是有谁用力撞了一口钟，他晃了晃头，清醒了一些。夏小橘没有言语，没有反对。但是，到此为止，这一夜对她的冲击，大概已经足够多了。

或许甜言蜜语，循循善诱之下，她不会反对。可是，他不想推着她走得太快，他希望，让她按照自己舒服的节奏，一点点地接受情侣之间的亲昵。

方拓深吸了一口气，定了定神，将她 T 恤的下摆拉回原位。一吻既了，他啄了啄夏小橘的嘴唇，侧过身来，让她滑到睡袋上。

“早点睡吧，”他说，“今天你也累了。”

“哦。”夏小橘也意识到刚刚他有怎样的企图，正紧张得不知如何面对，他竟然松手，放开了自己。方拓的语气淡淡的，她有些忧虑，担心他是不是因为自己的退缩而失望。她也觉得，总是给男朋友泼冷水的女生，大概挺扫兴的，于是撑起身体，爬回床上去。她有些懊恼，轻声叹了一口气。

“小橘啊，”方拓的声音幽幽传来，“没事，一回生，二回熟。明天我继续给你练习。”

他的语气满是一本正经的宽慰，夏小橘忍不住笑了一声，有些赧然：“本来……都挺好的。我是不是……又太紧张了？”

“没事。”方拓低低地笑起来，“已经很有进步了。”

“或许，我需要点时间。”夏小橘如实说，“当了太多年哥们，是不是得有个逐渐转变的过程啊？”

“我才不会亲一个哥们呢。”方拓轻哼了一声，伸出手来，拍了拍夏小橘的手臂，和她十指交握，“我不着急。反正你啊，跑也跑不掉。”

第十一章

爱情的微光

第二天天气阴霾，深深浅浅的灰云将天空遮了个严实，风里也透出寒意。夏小橘心情却不错，昨夜睡下已经很晚，今天又一早起来，但依旧感觉神采奕奕。方拓送她去地铁站，路上给她买了早餐——豆浆、鸡蛋灌饼，外加两个包子。她塞在背包里，到了研究所，拿去休息室的微波炉加热。

同事们纷纷到达，她笑着和大家一一问候。有人停下来，上下打量：“小橘今天看起来精神头不错呀，笑得这么开心！”

另一位来接水，凑过来问：“对了，今天早晨怎么看你从地铁站出来？你家走路不就十多分钟？”

之前的同事一副了然的神色，推了他一把：“问什么问？看你就是专注单身三十年。”

“不是……”夏小橘脸热心跳，又不知如何解释，毕竟人家也没说什么，她总不能此地无银，只能尴尬地笑着摆手。

她吸着豆浆，想起方拓拎了好几只小塑料袋从排队的人群中挤出来，一一挂在她手上的样子。他认真叮嘱她别在路上吃，免得呛风。他微笑的眼睛里满是关心，在地铁口还用力抱了抱她。

想着想着，她便忍不住一个人傻笑起来。虽然早晨刚分开，又迫不及待想见到他。

吃过早餐，漱口、洗手，她看着镜中的自己，眉梢都是笑，嘴角也一直向上弯着。夏小橘抿了抿嘴唇，想起夜里缠绵的吻，心跳几乎和当时一样急促。

她好像上瘾了，一路都在想着方拓，想起他就想要吻他。嗯，不是最初那种礼节性的嘴唇碰嘴唇，是那种热烈的让人浑然忘我的吻。真不知道前段时间自己紧张抗拒时，他心里有多无奈。

这一上午她也无心工作，欢欣喜悦的心情恨不得和全世界分享，但让人羞涩的小秘密又不知道说给谁听。乐陶正在家晨昏颠倒地带娃，莫靖言恐怕还在为了如何和家人解释而发愁。想到这儿，夏小橘发了一条消息，问她事情处理得如何。莫靖言回复："我先来上班，家里有点低气压。"

二人聊了一会儿，夏小橘大概了解了事情经过。前一夜黄骏祝福的话，身后四位长辈都听得一清二楚，面面相觑，俱是一愣。惊讶过后，莫靖言妈妈脸上带了一丝喜色，问她："刚才你那位朋友说的，是真的？"

莫靖言无奈，点头承认。邵声连忙上前道歉："这件事是我考虑不周，本来早就应该登门拜访。"

莫靖言也低声解释："你们这次停两天就走。本来打算等你们回来再详细说的。"

妈妈知道莫靖言此前另有男友，相处两年也不见人影，本来已经颇有微词，现在只当她和邵声刚在一起不久，心中的喜欢大过惊讶："知道你们忙。莫莫也是，电话里先和我们说一声，我们早来两天多好。"又忍不住低声问女儿，"是不是才在一起，觉得太突然了？不过邵声这个小伙子还不错，又是你大哥的好朋友。怎么不早些和家里讲？”

莫靖言支吾应对。

这时莫靖则结账回来，看大家依旧站在原地，只当是在等他，也没在意，喊上众人去停车场。他带父母回家，邵声则开车送莫靖言一家三口回去。

一路上妈妈不再像前两日那般客套地嘘寒问暖，而是像看姑爷一样问东问西，难免问起邵声的家庭情况，父母做什么，是否还有兄弟姐妹。邵声不知是否应当在这种情境下提起川川，几次话到嘴边，又犹豫。

莫靖言把话拦下，嗔道：“妈，回头坐下来再聊吧，你先让他好好开车。”

回到住处，她又借口明天要早起送机，催着邵声离开。妈妈喜滋滋地说等旅行回来，要约上邵声的母亲一起吃饭。莫靖言头疼：“不用那么心急吧？我们又不是说要马上结婚。”

妈妈不以为然：“不管结不结，见见面总是好的，也能知道他家人什么样，好不好相处。你见过他妈妈？”

莫靖言点头：“嗯，见过，阿姨很喜欢我。”

妈妈放心：“那就好。婆媳相处也和谈恋爱似的，第一印象很重要，有时候喜欢也是没来由地喜欢。不过我家莫莫又可爱又懂事，长辈肯定都喜欢。”

莫靖言心一横，翻出手机里的照片递过去——秋天一家人去山中赏红叶，野餐时她和邵一川在做游戏，邵声妈妈在旁边微笑看着。妈妈先是仔细端详未来亲家，评论道：“他妈妈眉眼挺慈祥，笑得也开心，看起来不难相处。”再看一眼，又问，“你在逗谁家小朋友？蛮可爱的。是他家亲戚吗？和邵声还有点像。”

莫靖言深吸一口气，鼓足勇气说道：“他叫邵一川，是邵声的儿子。”

听到这儿，夏小橘不禁“啊”了一声，深感忧虑：“这突然不？你爸妈能接受吗？”

“总要说出这么一句话的。”莫靖言轻叹一声，“我爸妈是有些不高兴，觉得我们是刻意隐瞒，也怀疑少爷别有用心，想要哄骗我瞒着家里，等要结婚了再和爸妈说，也就没有回头路了。所以他们连机票都改了，先留在北京不走了。”

“那以前的事情呢？爸妈知道吗？要告诉他们吗？”

“少爷说，早晚要面对，不如都讲了。昨天太晚，今天他说有空就来我家。不过，我怕爸妈不肯见他。”

夏小橘也不知如何劝慰。设身处地地想一想，如果有一天她和方拓分开，无论什么原因，如果他另娶他人，还生了孩子，自己还会和他有任何瓜葛吗？他离婚后再来找自己，会接受吗？念头一动，就觉得连假想都不现实。她和方拓无忧无虑地混在一起，怎么可能分开呀？再说了，她根本想象不出方拓娶妻生子的样子，别说和别人，就是和她自己，都觉得有点遥远。

这一日莫靖则约了合作方在城北会谈，工作之余，也难免记挂起小妹来。昨天回家的路上，他也知道了结账时发生的一切。莫靖则心知瞒不住，简单说了邵、莫二人的境况。父母难免埋怨了他几句，说他不该鼓励堂妹隐瞒家人，而且再怎样都是叔叔的家事，让他不要过多介入。

安顿好父母，他又带上打包的饭盒去探望张佳敏。她吃了药，蜷在家中睡睡醒醒。见莫靖则心神不定，问他是否还有工作上的事要忙，说也不用花太多时间照顾她。知道了他的烦心事，张佳敏感叹道：“莫莫和少爷经过那么多波折，能在一起不容易。换了我是莫莫，是怎样都不会和少爷分开的。你还是帮帮他们吧。”

莫靖则点头应允，却不知要如何劝服叔叔婶婶。他知道，从感情上而言，莫靖言是死心塌地要和邵声在一起；但从现实和理智出发，他认为对堂妹而言，这条路未免过于艰辛。但是这几个月来，他也见证了她舒心而幸福的笑容。

开着车，不禁想起小妹说的那句话，感情未必是最重要的事，除非你遇到了那个重要的人。他心中千头万绪，却不知道要和谁坐下来一一细说。

天色早早就暗下来，彤云密布，仿佛将傍晚城市的灯火收拢在巨大的穹庐下，天顶的云层折射出暗暗的赭红色，满目都是红色车灯的长龙，缓慢蠕动的车流让人心烦气躁。忽然，车窗上多了一些晶晶发亮的小点，越来越多，越来越密，渐渐连成一片。天上的云层像是被谁扯开的鸭绒被，车灯映照之处，雪花随着夜风轻盈飘飞。

莫靖则坐在车里，似乎也嗅到了空气中的清冷之气。他降下车窗，只觉得凉寒的夜风中，带着一种沁人心脾的熟悉气息。凌乱的思绪瞬间蛰伏，倏然平静了许多。本来莫靖则应该跟着东向行驶的车流汇入四环，他忽然心念一动，向右挤了出来。绕了两道弯，重新调整行驶方向。

梁忱的学校，就在长路尽头。这样飘雪的夜晚，给了他想要见到梁忱的期盼，似乎也给了他鼓励和勇气。

刚好是晚饭时间。梁忱和实验室里的几位学生一起去了食堂，吃饭时话题又讲到前不久的评奖，学生们讲到网上有些人的酸葡萄言论，难免要为梁忱抱不平。

“梁老师就是实至名归，不知道为什么有些人就是那么嘴欠。”

有人心直口快地说：“您不用在乎 BBS 上怎么说，哪儿都有那么一两个人，要不然是偏激，要不就是哗众取宠。”

也有学生说：“梁老师没时间去 BBS 吧，也不在意。”

梁忱莞尔："你们也别在这上面耗费时间。是来和我做实验，还是研究八卦的？"

出来时雪花漫天飞舞，地上铺了薄薄的一层。学生们伸手接着雪花，欢欣雀跃，有人甚至计划要出来堆雪人，又被北方的同学打击，说这雪太薄，而且温度不够低，未必站得住。梁忱微笑道："如果一会儿下大了，晚上就不要窝在实验室，都出来玩吧。"

众人欢呼。有学生问："您以前在波士顿，冬天雪很大吧？会下到膝盖吗？"

另一人插话："你看不看新闻？岂止膝盖，遇到暴风雪，车都被埋了，超市也被抢购空了。"

"是，很大。"梁忱微仰着头，脸上凉沁沁的，"学校会停课，清了雪，都不知道要堆到哪儿。"

"梁老师，那您印象中最大的一场雪，有多大？"

"记不清了，下大雪的次数太多。"梁忱应道，"不过，有一年圣诞，航班取消，本来想去度假，也没去成。"

那时候的雪，真如永远不会停歇一般，虽然没能去往晴空艳阳的加勒比海岛，但她拥有的，是人生另一段可遇不可求的假期。

走到实验楼前，不远处的路边停了一辆SUV。在这大雪纷飞的夜里，司机没有等在车里，而是安静地站在一旁，没半点动作。梁忱眼角余光瞥到，下意识放缓脚步。学生们说说笑笑，拥入楼门，她跟着走上台阶，略一踟蹰，还是回过身来。

在叶子落尽的悬铃木下，熟悉的身影长身而立，站在风雪之中。借着十余米外路灯淡淡的光晕，能看到他的头发和肩上都覆了雪花。还有更多的雪，随风在他周遭飞舞，纷纷扬扬地洒落。

学生扶着推开的玻璃门，喊她："梁老师？"

"哦，你们先回去吧。"她回过头来，"看到一位朋友，打个招呼。"

“好。”走在最后的学生回身望了一眼——梁老师这位朋友有些眼熟，最近是不是在哪里见过？

梁忱走下两阶台阶，双手半搭在大衣口袋边缘，微笑着看向莫靖则。明知她此刻谦和的表情中礼貌多于喜悦，但他依旧觉得，夜色笼罩下她的脸庞笼着柔和的光，让走在寒风中的人心生暖意。他想快些走到梁忱身边，但平素沉稳持重惯了，做不到像毛头小伙子一样心浮气躁。只是穿过马路，跨上人行道的一瞬，脚下一弹，像是一个小小的腾跃。

梁忱主动问他：“今天又过来这边开会了？”

“嗯，路过。晚高峰，加上下雪，堵车厉害。不如在学校里多转一会儿。”说辞他是刚刚就想好的，本想拨个电话给梁忱，问她要不要一起吃饭，却忍不住反复思量，要怎样邀约才不会被她拒绝。实验室那么多盏灯光，不知她在哪一扇窗后面。莫靖则自出了车门，便仰头望着，连肩上落了一层雪花也没注意。

看她和一群学生走回来，莫靖则大概也想到，按照学校的作息时间，应该是去了食堂。他无奈地笑笑：“本来，想问问你要不要去吃饭。”

“刚从食堂回来。”

他抬腕看了一眼手表：“这么早？”

“去晚了的话，菜就不多了。”梁忱微扬着头，“随便吃一口，实验室还有事情，孩子们也被我拉着加班。”

“经常要工作到很晚？”他微微低头，却有些不敢看她的眼睛，目光扫过她的眉毛。

“还好，一般也不会总熬夜，还是要保证充足的睡眠的，做事才更有效率。”她一边说，一边回身看了一眼实验楼。

莫靖则明白，这又是梁忱不露声色的拒绝，大概之后便会说，有些忙，改天再聊吧。雪花飘落，有两片挂在她睫毛上，融了一半，显得眼睛格外湿润。梁忱也觉察到了，抬起手来，食指在睫毛下方轻轻一弹。

趁着这短暂的空当，在她开口道别前，莫靖则抢先说道："那去喝杯茶吧，不会太久。我记得前面就有家咖啡厅。你也提提神，好继续工作。"

"是不远，不过，大家还在等我……"话尚未说完，她已经看到，莫靖则的微笑开始变得不自然，却还勉强维持着嘴角的弧度。他的发顶和肩头都粘着薄薄一层雪花，即使在黑夜中，借着路灯的微弱光芒，也看得到他的耳朵和鼻尖冻得变了颜色。

梁忱略一迟疑，"我先回去了"几个字便没说出口。她淡淡一笑："就不喝茶了，影响睡眠。晚饭吃得饱，我正好想走走，去买些饼干和小点心，给学生们当加餐。"

莫靖则松了一口气，笑道："他们也太幸福了。我读博士的时候怎么没遇到这么好的导师？"

"学生们还说被我喂胖了。"梁忱笑，"对了，你还没吃饭吧？那边的意大利面还不错，你可以去试试。"不过是十来分钟的短暂相处，之后依旧是兵分两路的安排。

莫靖则也不好继续纠缠，点了点头："走过去，看看再说。"

一盏盏路灯在飞雪的夜里映照出暖黄的光圈，两个人肩并肩，隔了一拳的距离，似乎说什么都会破坏夜晚的静谧，于是沉默着，仿佛能听到雪花飞落在肩头的沙沙声。

风有点紧，梁忱隐隐后悔，居然答应他，一同走到风雪之中来。她将大衣的领子竖起来，又理了理围巾。

莫靖则看她半低着头，小半张脸陷在羊绒围巾里，轻声问："冷吗？"

“还好，不漏风就暖和了。”她微笑道，“这个温度还不算冷。”

“是，你是从波士顿回来的呢。”莫靖则也笑了，换了个方向，走到迎风的一侧，稍稍和她靠近了一些。没有了扑面而来的朔风，梁忱感觉似乎一下就暖和了不少。

二人再次陷入沉默，在飞雪的日子想起波士顿，难免有恍如隔世的感觉。洛根机场的重逢，坎布里奇的雪夜，圣诞那天踩着雪去看邻家的灯饰，他也是走在她上风一侧。不同的是，那时候他张开双臂，将她紧紧地拥在怀里。

莫靖则惊觉，那幅画面仍如此清晰，他似乎还记得拥抱时她头发间淡淡的香气。自此之后的几百天，他仿佛一刻都没有忘记。

只不过，那时候他以为分别就是永别，甚至没有想过去争取，也没有胆量问一句，我们是否还有未来。当时的他一无所有，落魄至极。而她是学术界的新星，踌躇满志，前途光明。他想不出有任何理由，梁忱会舍弃一流的研究环境，改变既定的生活轨迹。为了和他的两日相处吗？莫靖则自问还没有那么大的魅力。

然而她现在确实回来了，真切地走在自己身边。在他离开美国后不到一年，她就回到了中国。更不用说，此前还需要筹备和求职的时间。莫靖则提醒自己，不能再想下去，否则难免自作多情。

他想要另起话题，便说道：“还记得我和你提起过的堂妹吗？”

梁忱点头：“记得，她和你好朋友怎么样了？和父母见面了吗？”

“一言难尽。”莫靖则轻叹，简单说了这几日发生的事情。

梁忱略一思索，应道：“也是天意，说开也好。早点出现问题，也能早点解决问题。”

莫靖则失笑：“我怎么记得，你说核心策略就是一个字——拖？”

她嘴巴还藏在围巾里，眉梢扬起，侧着眼睛看他。遮了半张脸，也看得出她笑得狡黠。“我好像说过，那是不靠谱的建议吧？最核心的，还是让你叔叔婶婶了解你的朋友，去接纳他，信任他。”

莫靖则摇头：“他们现在见都不想见邵声，更别说了解了。”

“总归肯见你吧？”

莫靖则一怔，旋即明白：“我是会帮他们说好话的，但能起到多大作用，我不知道。”

“我倒觉得，会有帮助。”梁忱娓娓道来，“你叔叔婶婶当莫莫是小孩子，她现在无论说什么，他们都会觉得是不成熟的；而邵声呢，大概莫莫父母根本就没有见他的心情。可是，你不一样。从小到大，你在这个大家庭里应该一直是标杆一样的存在，而且你很少感情用事，你给大家的印象，都是冷静、理智的。莫莫父母虽然是长辈，但你的话未必没有说服力。”

莫靖则微微颔首：“我本来也打算去看看。怎么说我也和莫莫一起隐瞒了家里，还是得去和叔叔婶婶道个歉，解释一下。真有些头疼，不知道怎么说。”

“其实也没那么难。”梁忱浅浅一笑，“如果你心中认为，莫莫的选择是对的。你过得了自己这关，才能说服别人。”

莫靖则若有所思，当初在博物馆里和梁忱的对话一一浮现在脑海中。他说，并不了解莫莫的感情，只觉得她运气不够好，没遇到更好的人，才一直陷在过去。

而梁忱告诉他：“没有哪个人是不可代替的，但首先，你得遇到了能代替他的人呀。从某种程度上来说，这是个小概率的运气问题……很多事情，包括某些感情，你不理解，不等于它不存在。”

莫靖则忽然觉得，自己的运气也不太好。不，或许是运气好极了，但是他的应对方式，实在是糟透了。他或许曾经不理解，不懂得，但此时此刻，梁忱那些点明他薄情的话回响在耳畔，如芒在背。

你的感情，只有那么多。

雪花翻飞，梁忱头发上也落了一些，在灯光的映照下晶晶亮亮。她说完，微仰着头，在等莫靖则的回复。她的神色从容镇定，但莫靖则心中却如冬日里未曾冰封的大海，浪花拍上海岸近旁起伏的碎冰，汹涌澎湃，难以平静。是，或许他的感情不算多。所以有生以来，他第一次有这样的想法——发自内心的，想要和面前的这个人，共度一生。

“我们在一起吧。”这个想法在嘴边盘桓，几乎就要脱口而出。但莫靖则闭紧嘴唇，咽了回去。他现在没有资格，对她说出这句话。

“过段时间就要放假了吧？”莫靖则问。

“嗯，大概还有一个多月。”

“就不会像现在这么忙了吧？我是说……也要过年了。”

梁忱微笑：“能好一些，所有人放假回家。作为一个好老板，也不能太压榨大家。”

“你还会回去吗？我是说，回老家。”莫靖则顿了顿，“我想，等忙过了这一阵，把手边的事情好好整理一下，应该会有空回去多待几天。我还想，再去博物馆看看。”

梁忱眼帘低垂，似是在想什么，但她只迟疑了几秒，便重又抬起眼睛，微笑着看他：“能回家看看挺好……不过，我冬天可能不会回去。”

“要出国交流？”

梁忱摇头：“要去海南，看我妈妈。”

“哦。”莫靖则松了一口气。北方许多人如候鸟一般，在冬季离开天寒地冻的家乡，去温热的岛屿过冬。他内心已经隐约有个念头，等到他能对她说出那句话时，回乡也好，去海南也罢，对他而言并没有什么区别。

梁忱解释道：“其实我妈妈很想回家过年，不过她身体不好，我觉得家乡的天气对她还是有点严酷。”

莫靖则一愣：“阿姨怎么了？没事吧？”

她的手在胸口轻轻点了点：“前两年检查出来的，切除了右肺下叶。”

莫靖则第一次听她说起，不觉震惊：“现在恢复得还好吧？”

“自己照顾自己没问题。她有几位朋友也去了海南，有人做伴，心情也还不错。”梁忱微微一笑，“虽然我假期才能去看看她，不过她觉得，能回国就蛮好的。”她深吸一口气，“说实话，我当初是更喜欢美国的研究环境，也觉得不大可能被别人左右我的生活。但是她到底是我妈妈，不是别人，不管之前我们怎么争吵过，她的执拗给我带来过多大的压力。

“那时候在美国，她做完手术醒过来，和我说，‘忱忱啊，我想回家。’

“我说，‘好，我带你回家。’

“她说，‘我说的是，回中国。有句俗话，叶落归根。是时候了。’我当时就……”

梁忱深吸一口气，侧过身去，微微仰头看着天空。雪花纷纷扬扬，不知所起。

“所以我回来了。”她回过头来，眼睛像落入细雪一样澄明，“为了我妈妈。”

到了咖啡店，梁忱买了几筒饼干和两个虎皮卷。莫靖则跟在梁忱后面排队，不好意思不点餐，于是硬着头皮，点了一份她推荐的意大利面。结账之后，她拿上打包的纸口袋，客气地和莫靖则道别。他机械地回应，送她到门口。

雪花依旧漫天飞洒，她转身离去，越行越远，身影在雪夜中渐渐斑驳模糊，直到完全隐没在飘雪中，莫靖则依旧木然地站在原地。

他早已不是两年前一无所有，颓唐无奈的失败者，然而此时心中却如同暴风雪之夜被困罗根机场时那样，有一种无法预期和掌控未来的茫然与荒芜之感。

她已经明确告诉他，回国的原因是大病初愈的妈妈，如此而已。白茫茫天地间，似乎依旧只剩他一个。或许他应该退回去，回到他自己的世界。

送餐的店员推门喊他："先生，您的意大利面好了。"

"多谢，不用了。"他并没有心情坐下来。

店员又问："要不要帮您打包？"

他摆了摆手，双手插在口袋里，半低着头，向着梁忱的方向走回去。在她的实验楼下，莫靖则仰起头来，深深地望了一眼，长长地呼了一口气。气流在喉咙中轻轻摩擦，像是略带怅然的叹息。

他开了车，从寂静的校园走出来，又融入喧嚣的车水马龙之间。梁忱说过的话清晰地回响在耳畔：

"感情在你的生命中，大概不是一件重要的事情吧？"

"你有没有试过，自己去努力争取什么？有没有遇到过那个你特别想要和她在一起，想要为了她改变什么的人？"

此时此刻，他无法欺瞒自己。那一个心中充满期盼和渴望的自我，在她注视的目光中无所遁形。他也是第一次见到那个他，陌生，新奇，令人惶恐。本来以为远在千里之外的人，竟然早已回到这座城市。曾经由她带来的甜蜜与温暖，却如同镜花水月，再也不能触及。

梁忱曾经说他感情只有那么多；那么她自己呢，又有多看重感情？还是说，他并不是她感情生活必不可少的一部分？的确，他现在没有权利去争取什么。但是当他婉转提出，要将现在的一切整理好再来找她，她的神色平和宁静，波澜不兴。

莫靖则心上像是被插了一刀，闷闷地痛。然而更让他心疼的，是刚刚梁忱说起母亲生病时的眼神。她说起母亲对她说，叶落归根。那时她眼中湿润，如同笼了一层雾气。之前他也见过这样的梁忱，说她少年时到美国后，面对父母的失和，在农历新年收到他的贺卡，家里却闹得不可开交。她想回国却得不到母亲的体谅，一个人捧着贺卡蹲在房间里哭。

在坎布里奇，他可以走到她身边去，让她倚在自己肩头。伴着壁炉暖红的火光，他们相互给对方支持，陪伴取暖。在她人生不如意的转折点，少年的他没能陪在她身边。将近二十年崎岖之后，依旧没有。

莫靖则相信，梁忱聪颖，慧黠，独立，没有什么是她解决不了的。可是他明白这背后的辛苦和坎坷，也因此深深地疼惜她。可她，不想再从他这里寻找慰藉。

一路走走停停，天雪路滑，莫靖则心不在焉，红灯时险些和前车追尾。他悚然一惊，提醒自己收敛心神，向着莫靖言家开去。路上，他给堂妹打了个电话，响了颇久那边才接起来。

“小叔、小婶都在家吗？”莫靖则问。

“在。”莫莫的声音里有一丝无奈，听起来情绪有些低落，想来和爸妈的沟通并不顺畅。

莫靖则知道她父母大概也在身边，也不多问，只说：“好，我一会儿过去一趟。”

开到小区，莫靖则在堂妹公寓楼附近找了车位停好车。刚走到大门前，看到有人捷足先登——路对面，邵声缓缓踱着步子，从一盏路灯下，走到另一盏下面。

莫靖则扬了扬手，算是打过招呼。他心知肚明，也不问他怎么不上去，只道：“怎么没在车里等？”

“限号，没开车。”邵声答道，“下午去找了莫莫，刚刚打车送她回来的。”

“我叔婶看到你了？”

“我没上去。”邵声扯了扯嘴角，“估计叔叔阿姨现在也不想见我。”

“就一直等到现在？”莫靖则微微蹙眉，“那就先回去吧，有什么事我和你说。”

邵声抬眼望了望莫靖言的房间：“又担心她……算了，等着吧。”

莫靖则晃了晃车钥匙：“去我车里等？”

邵声摇了摇头，呼吸间呵出白烟：“不用，在这儿挺好，静静心。”

莫靖则也不再坚持，在邵声肩膀上捶了一拳：“我先上去。”他按了呼叫，防盗门应声而开。莫靖则一只脚迈进去，想到什么，转身轻嘲地笑笑：“你还真是挺幸运，喜欢莫莫这么个傻姑娘。天大的事，三言两语就哄好了。”

在电梯里，莫靖则看着镜面一样的厢壁上自己的身影，似乎依旧在戏谑地笑着，笑他羡慕别人的两情相悦，笑他自己的踌躇和无力。

进了屋，看到餐桌上还摆着碗碟，几道家常菜，看起来还没谁认真动过筷子，但从菜肴的色泽和盘里的油花来看，多半已经凉了。

吃饭的人心不在焉，碗筷都还没收拾。叔叔神色尚且和缓，像往常一样和他打招呼。婶婶的态度明显冷淡许多，没有了平日的热情和说笑。莫靖言低着头坐在沙发一角，眼睛和睫毛都湿漉漉的，听到堂兄进来，抬头看了看他，神色委屈。她似乎想要起身过来，但是看到餐桌一旁的母亲，抿了抿嘴，又转过头去。

莫莫爸从中调和："靖则还没吃饭吧？我去把菜热热。你们娘俩也一起再吃点。"

"你们吃吧，我饱了。"莫莫妈冷冷应了一句。

"还有这么多菜，别都剩下啊。"莫莫爸安抚妻子，"靖则在这儿呢，有什么事回头再说。"

莫莫妈瞟了一眼，轻哼一声："不是来帮人说好话的吧？不管谁来说，这件事情，我不同意。"

莫靖则还没换拖鞋，站在门厅，一时有些尴尬。莫莫爸招呼他，"来来，进来，先吃饭，先吃饭。"

"吃吃吃，现在还有心思吃吗？"莫莫妈气不打一处来，"你们看莫莫，简直就是鬼迷心窍。你们俩男人都觉得这不是什么事，是吧？还都觉得她和邵声算是破镜重圆，挺好的，是吧？"

"我的意思是，这件事，咱们一家人坐下来慢慢说。"莫莫爸向妻子使眼色，"你们娘俩都先冷静一下，让靖则好好吃个饭。"

"这件事，本来应该咱们仨关起门来说。"莫莫妈看了一眼莫靖则，"不过，一来，靖则不算外人；二来，有些事，你大概比我们清楚前因后果。你就一起听听，到底是我说得对，还是你妹妹有道理。"

莫靖则站也不是，坐也不是。他脱下风衣挂在玄关，拉过椅子坐在侧旁："小婶您说，我听着。"

“我不管莫莫以前和邵声处没处过，感情怎么样，那都是好多年前的事了。我们只说现在，他离婚了，还有个五岁的儿子，这是不是事实？”

莫靖则点头。

“你们都当过妈吗？”莫莫妈质问道，“知不知道当妈有多不容易？更不要说是当后妈！是，川川看起来很乖，很可爱，但他一个男孩子，以后淘气呢？叛逆呢？你能像管教亲生儿子一样管教他吗？就算平时你对他有一百个好，只要照顾得稍微疏忽点，稍微说两句重话，旁人会不会说一句，‘看这个后妈’？自己的儿子，打两次，骂两次，他都还爱你。别人家的儿子，你说得准吗？”她对着莫靖则，但说着说着，目光就投到女儿身上。

莫靖则无言以对。他没有婶婶想得那么长远、细致，但觉得她讲得也在理。

“都过了这么多年了，有什么情情爱爱，也该放下了。要我说，从他回国，你们就不该再在一起。”莫莫妈说着，又扫了莫靖则一眼，颇有些埋怨之意，“你们这到底是爱，还是不甘心？大学时你们瞒着大家在一起，好，我理解，免得对着朋友们尴尬；后来分手，我理解，你俩都觉得愧对昭阳，承受不住；邵声去巴西，我也理解，昭阳的救命钱就是这么换来的。可是，他娶过别人，生了孩子，这都是现实。你们既然结束了，就结束了，不要再回头了！”

“我能理解你们，你们能不能理解一下我？我姑娘这么好，凭什么要给人家当后妈！？这条路太难走了。”莫莫妈情绪有些激动，“川川从懂事起妈妈就不在身边，邵声会觉得亏欠儿子，奶奶会觉得亏欠孙子。要是真有矛盾，谁会站在你这边？只有我这个当妈的，最舍不得自家姑娘……”说着说着，声音便哽咽起来。

莫莫爸叹了一口气，塞过一张纸巾，示意她侄子还在。莫靖则转头，看见小妹依旧坐在角落，一动不动，但隐约能听到她压抑的抽泣声。一家三口都不再说话。

莫靖则想起在阳朔时，他也曾和堂妹说过，跟着邵声，并不是什么更好的生活，要面对的没有那么简单。然而她没有丝毫犹豫。她说：和失去他相比，其他事情都不重要。

当时他付之一笑，认为她不过是一时莽撞，感情用事，可现在回想，小妹何尝没想过可能面对的种种难处，只是，她选择了坦然面对，勇敢接受。只为了能和那个人在一起。

房间里继续沉默着。

莫靖则轻咳一声，缓缓说道："我是半年前知道的，这么大的事没和家里说，对不起叔叔婶婶。那时候我真的不想莫莫和邵声在一起，就像小婶说的，这条路太难。只不过，我说服不了他们。我要是硬拉着，越得不到，她心里越惦记着。我就希望，莫莫能知难而退。我想着，就算他俩能相处几天，弥补一下之前丢的那些年，之后被现实生活打击打击，也就没那么浪漫了。"

莫爸应和道："对，当时也是拦不住的。"

莫靖则继续说道："邵声在巴西的时候，也说过，莫莫值得更好的人，不要困在过去。当时我不知道他俩的事，以为说的是昭阳。那时候我奖学金没多少，每年节衣缩食，也就剩下三五千美金。昭阳的治疗费用，大多是邵声捐的。我知道他遇到过泥石流，矿上的钱，都是搏命赚回来的。是，他是没等着莫莫，让莫莫伤心那么久。可是当时年轻，还背着好朋友一条命，他是真放弃自己了。以为一次分开，就是一辈子了。以为分开的人，再也不会见到。之后再遇到什么样的人，做什么样的选择，都不敢奢望，她还能在身边……"

说着说着，莫靖则声音渐缓。似乎看见十二月凛冽的风雪，自面前飞舞飘过。

“是，没有谁不能被代替，也不是非要和当初的那个人在一起，才能幸福。只不过，能够深爱的人，虽然一辈子不止一个，但也不可多得。有的人或许一生都没有遇到过。”他轻叹一声，“能够重新遇到心爱的人，彼此还有感情，也很难得。”

莫靖则起身，走到小妹身后，手掌搭在她肩上：“小婶说的话，我说过类似的。但莫莫和我说，‘对我而言，这不是难走的路，这是唯一一条我想走的路。能一起走下去，固然好；但即使要分开，也是以后的事情。现在我只想和他在一起。’”

莫靖言声音哽咽，肩膀轻轻颤抖：“妈，我知道你心疼我。我也知道会很难啊，但是我只想和他在一起，不和他在一起才更难。你说一辈子能爱的不止一个人，我都懂，可是……我现在……只爱他啊。”说到最后，她泣不成声，转身抱住兄长，泪水抑制不住地滚落，在莫靖则怀中凄凄地呜咽着。

莫靖则深吸一口气，说道：“我知道，叔叔婶婶担心他们的将来。但这些年，莫莫也很努力，她比我们想象的坚强、勇敢、能干。我相信，她不是小女孩耍性子，而是变得更强大，有底气去追求自己真正想要的东西。而邵声，他如果想要和莫莫重新在一起，那些问题，就不应该成为莫莫的问题，而是应该由他来解决。

“他有一段失败的婚姻，有一个年幼的儿子，这也是小婶最担心的问题。那么，照顾家庭，教育川川，是他应负的责任，而不是由莫莫来直接扮演这个角色。在这点上，我没权利也没经验代表长辈们来评判，但是，我能感觉到他的诚意。他对莫莫的宠爱，经常都是我不能理解的。我并不是说，希望小叔小婶接受他们俩，但是能不能，给邵声一个机会，听听他怎么说，看看他和莫莫的相处。”

莫妈妈没有接话。

莫靖则继续道：“少爷现在还在楼下，等了很久，不知道是不是冻透了。这些话本来应该他自己说。不过我觉得，从我的角度说出来，或许稍微客观一些。”他顿了顿，坦然道，“看到他们，我有时候会想，自己的人生，是不是也错过了什么。”

窗外依旧大雪纷飞。邵声仰着头，头发上覆了一层洁白松软的雪花。莫靖言从大哥怀中挣脱出来，跑到窗边，看着楼下的心上人，泪水奔涌。莫莫妈不肯松口，但看着女儿难过的神色，不免万般怜惜、心痛。她走过去抱着莫莫，母女相拥而泣。

莫靖则的心情稍稍平静了一些，他刚才说了许多话，而他从来没想到，这样的言辞会从自己的口中讲出。他曾经不相信、不认可的感情，竟是如此清晰、真切地存在着。他的每一句话，说给莫莫和邵声，也说给自己。那么，他又能为了这份感情，做出多大的改变？

周末跑步的时候，难免又说起莫靖言和邵声经历的风波。夏小橘综合了几个人获得的信息，分析道：“所以莫莫的爸妈还是没同意她和少爷在一起？”

“我觉得没什么问题了。”方拓长舒一口气，“至少，没说坚决不让他们来往啊，还说想见见川川，基本就是默许了。”

张佳敏笑道：“川川那个鬼灵精，人见人爱的，应该没问题。”

“再怎么可爱，莫莫爸妈心里大概还是有点别扭。”夏小橘略感担忧，“不过，最重要的是少爷真的对莫莫好，我是觉得她现在比前几年开心多了。”

方拓耸肩：“那还用问？”

“我一会儿问问靖则，他们聊得怎么样。”张佳敏说着低头看了一眼手机，好像男友随时会打电话来一样。

她今天一直喜滋滋的，因为莫靖则破天荒有一天空闲，虽说主要是为了从中斡旋，陪着莫靖言一家三口和邵声父子见面，但之前也开车送张佳敏到奥森来，说和叔叔婶婶吃过午饭，再回家找她，陪她一起去逛街。

虽然前一次跑步张佳敏颇耗体力，回家感冒卧床两天，但她只是略感风寒，恢复得还不错，这个周末又和方拓、夏小橘一起来练习，加上心情舒畅，连带脚步都轻松起来。

前几日刚下过雪，但天气不够寒冷，跑道上已经没有丝毫积雪，只有草坪上的背阴处还残留着一些。张佳敏谈起大雪依旧兴奋，说她忍不住下楼，在别人车窗的落雪上写了好多字。

夏小橘问："你都写什么了？"

"'你好''下雪啦''北京晚安'……"张佳敏轻快地笑着，"不知道第二天早晨司机们看到那些字，都是什么表情。"她有些遗憾，当时莫靖则不在身边，不过后来得知他去帮邵声二人说和，听大家转述了他的话，心底也有一丝感动和自豪。

夏小橘对方拓说："那天你师父就在楼下等着，冻得够呛吧？"

"他体格好，冻一冻没问题。"方拓不以为然地摆摆手，"最基本的姿态总要有吧，上刀山，下火海，他也得去呀。"

"我是没想到，叔叔阿姨的态度能那么快软化。"夏小橘说道，"莫大功不可没啊。"

张佳敏听到别人赞扬莫靖则，就像赞扬她一样开心。而且在她看来，这说明莫靖则并非想象中那么感情淡薄，他只是更为内敛深沉，如同厚硬的冰层下，沉静无声却奔流不息的河。

热身完毕，方拓和夏小橘要去跑上二十五公里，预备下周再拉练一次三十公里的长距离。他们特意嘱咐张佳敏，要是跑完天气太冷就不要等二人，直接回去就是。

她笑吟吟应道："我今天也要跑个十公里试试看！应该会比上次轻松！"

一同跑了两公里，距离渐渐拉大。夏小橘回头看了一眼，没有了张佳敏的身影。跑步时说不了长句子，她言简意赅："莫大有点怪。"

"哪儿怪？"方拓明知故问，非得引着她说出来。

"不像他。"

方拓照顾她的速度，跑得轻松，好整以暇道："他就是想帮莫莫姐和师父呢？"

"那些话，就不像他说的。"夏小橘轻轻摇头，真想象不出啊。这要是一场戏，这位男演员一定拿错台本了。

空气微寒，却有一种沁人心脾的凉意，夏小橘戴着脖套和帽子，跑起来十分舒爽，只有鼻尖冻得发红。结束了二十五公里，看到张佳敏发来的短信，说她也轻松完成了十公里，先坐地铁回去了。

"我看佳敏今天心情很不错啊，状态也好。"夏小橘说着，叹了口气。

"那你叹什么气？"

夏小橘坦言："她被莫大影响太多了。"

"之前你觉得莫大冷落佳敏，有些担心；现在他对佳敏上心，你又担心。"方拓微微一笑，"跟着担心的话，别太激动哈。对，这次我不能给你买梨……嗯，苹果大概也不行。"

"又笑我！"夏小橘赧然，撞了他一下。

方拓哈哈大笑，顺势向前跑了几步："哎呀呀，你一定是吃多了，好大的动能！"

“你觉得这样的莫大，正常吗？”夏小橘问。

“他又没精神失常。”方拓笑道，“你是担心佳敏，还是你家偶像？”

“愁就愁在这里。我是喜欢佳敏，但我不觉得她有改变莫大的能量。”

方拓点头：“你觉得，有人可以，也做到了，是吗？”

“嗯。如果你了解梁老师，就明白了。她和莫大有很相似的地方，说不好，是气场？”夏小橘叹气，“我这么说，又好像很对不起佳敏。”

“他们的事，让他们解决。现阶段，我们就当什么都不知道。”方拓揽着她的肩膀，“话说回来，你不是说要带我去和你偶像吃饭吗？”

“啊，是哦。”夏小橘这才想到，自己已经颇有一段时间没约着梁忱跑步吃饭了，也不了解她最近的动态。想不到“重色轻友”这顶帽子，有一天也会扣到自己头上。她强词夺理，“那……你也没带我见过你的朋友啊。”

方拓失笑：“是，是，莫莫姐、少爷他们，都不算，那都是你朋友。”

“本来就是！”夏小橘扬了扬眉毛，理直气壮。

“之前倒是想，但是你那个矜持样儿，人家会以为你是我拐卖的。”方拓不和她争辩，揉揉她头发，“不过现在好多啦，小媳妇已经听天由命啦。”

“谁是你小媳妇？”夏小橘羞赧。

“谁是我小媳妇，我也不知道。”方拓摊手，耸了耸肩，“那我下午自己去看房好了。”

“嘁。”夏小橘轻哂一声，别过脸去。

走到地铁站台，看着玻璃门上的影子，方拓又倚过来，和她勾肩搭背："你不要总说人家，咱俩也有很像的气场啊。"

夏小橘看着身姿矫捷的一双身影，周身都透着生机勃勃的活力，心中暗喜，脸上仍佯装不屑："我才不要，你那么二。"

"你再说一遍？"方拓扬眉立目，胳膊紧紧箍着夏小橘脖子。

"喂喂，"她咯咯地笑，轻声道，"别闹别闹，公众场合，注意影响。"

方拓贴在她耳朵上，也压低声音："你不是说我二吗？"他憋着笑，在夏小橘头发上用力揉了两下，这才松开。

张佳敏回到家中，痛痛快快地洗了个热水澡，头发吹了半干，一边哼着歌，一边翻找着衣服。上周十二公里跑完后，她身体酸疼，头也隐隐作痛，咳嗽了两三天。没想到恢复之后，今天走走跑跑的十公里这么轻松，最后的总耗时也不过是一小时十五分钟，比她预想的快不少。厦门马拉松的十公里目标已经不在话下。更让她开心的是，莫靖则记得她的喜好，之前许诺要带她去大酒店喝下午茶的事，便在今天下午要实现。

张佳敏想，答应她的事情他不是不记得，大概之前真是太忙。或许也是劝解莫莫父母的一番话，让他有机会反省自我。

张佳敏一边想着，一边拿出长款毛衣，罩在身上试了试，觉得这两个月真是长肉了，粗棒针的毛衣一套，整个人立马大了一圈。再换一件衬衫和短裙，又过于刻板，好像要去上班，没有约会的轻松甜美。挑来选去，好不容易确定了一套，她坐下来化了个淡妆。镜中的女孩子年轻可人，似乎比初来北京时多了几分精致和优雅。她调整表情，露出一个甜甜的笑容。

收拾停当，室内一瞬间安静下来，她的心忽然又有些惴惴——莫靖则不会因为在堂妹那边耽搁太久，又遇到工作上的事务要处理，因而临时爽约吧？

所以短信一响，她便迅速扑过去，拿起手机。

却是罗超发来的：“照片发你信箱了，收到了没？”

张佳敏开启电脑，下载了一个巨大的压缩包，打开来，是上次在罗超朋友的咖啡店里拍摄的。当时他不肯给她原片，说只有加过后期处理，才算一位摄影师完整的工作，否则不足以体现全部水平。

他拍了许多张，不乏张佳敏的特写。她安静地坐在咖啡馆一隅，舒适地倚在沙发上，阳光透过老式格子窗棂，在她面前绘出棋盘一样的影子，她低垂着头，抚摸着膝盖上慵懒的猫咪。还有她捧着咖啡，微仰头望向窗外的侧影，一枝深红的枫叶自画面侧上方探出，曲折如画。还有她和店主人请教猫爪饼干做法的画面，她举着托盘，半捂着嘴，露出讶然钦佩的表情，神态极为生动。照片自然真切，看不出哪里修过，但每一幅都格外合她心意，必然是精挑细选、仔细打磨过的。

张佳敏回了一条消息：“都收到了，好喜欢，拍得太棒了。”

他回复：“水平有限，模特更棒。”

她莞尔一笑，心中暖暖的。张佳敏又和罗超讨论了一会儿咖啡馆的布局，莫靖则的短信进来，说已经到了楼下。

“我先出门，回头有空再聊。”她匆匆和罗超道别，提起手袋，临出门又探头看了看穿衣镜中的自己，满意地露出一个俏皮的微笑。

走出大门，看见莫靖则的路虎就停在斜前方，他也看到了张佳敏，从车中下来，走到副驾驶一侧，替她拉开车门。他的短大衣合体笔挺，显得肩膀宽阔，身姿挺拔。衣襟敞开，露出深色高领羊绒毛衣来，看上去舒适柔软。张佳敏痴痴地看了他几秒，才忍着没在街头扑进他怀中——那一定是坚强又温暖的。

似乎好久没有这样正式地约会了，她心中窃喜，不禁涌起一阵强烈的爱恋与甜蜜。坐在车上，偷眼看着身边的莫靖则，像当初暗恋他时一样紧张而兴奋，越看越喜爱。他脸部的轮廓坚毅硬朗，握着方向盘的手指修长有力，骨节分明，神色中没有少年人的自傲和锐利，看似沉稳内敛，却有睥睨一切的气度。

从最初的相识，莫靖则给她的印象就是如此。即使那时候的他沉默而孤高，看上去格外难以相处，但她的目光总是被他吸引。在一群热情欢闹的岩友中，他总是最有震慑力的那一个。张佳敏从未奢求可以改变他，哪怕没有邵声对莫莫那样的关心备至，没有方拓和小橘之间的默契欢快，只要莫靖则也在意她，她便甘之如饴。

最近相聚的日子真的太少，都觉得有些疏远，气氛一时有些沉闷。张佳敏问："莫莫那边还好？"

莫靖则点头："还好。一起去吃自助餐，川川很乖，也黏着莫莫。叔叔婶婶觉得他不挑食，不贪多，很有教养。"

"川川是很招人喜欢，也很懂事，希望莫莫的爸爸妈妈见到他，就不要那么担心了。"

"他们担心的是以后。"

"少爷那么爱莫莫，不会让她受委屈的。"张佳敏对二人信心十足。

莫靖则笑了笑，没说话。

她又想起什么："你吃了自助？还能吃下午茶吗？"

"吃得不多。"莫靖则说的是实话，他兴致不高，又要哄叔叔婶婶说话，又要不露声色地夸赞邵声，这顿饭吃得很是劳心劳力。

张佳敏嘻嘻一笑："我可是跑了十公里，回来就吃了一根香蕉。"说起最近长跑的进步，她又兴奋起来，向莫靖则汇报今天的进展，“之前感冒好几天没跑，今天又冷，以为跑不动了。谁知道感觉格外轻松，从头到尾呼吸都很顺畅。腿还是酸，但不会觉得没劲，是不是还挺神奇？”

“每次突破自己的极限，才能有进步。”莫靖则评论道，“要跑出自己的舒适区。”

“我都觉得，十公里有些容易了。”张佳敏忽然跃跃欲试，“你说，我下两周加加量，周末都跑十五公里，能不能去跑个半程？”

“量力而行，今年先跑十公里吧。”莫靖则说道，“以后好好练习，下次再说。”

说话之间已经开到了商务区中心地段的大酒店。大堂侧旁的餐吧供应下午茶套餐，二人在一身黑衣的侍者的引领下，走到窗旁的沙发坐席。张佳敏跟随莫靖则参加过若干次聚餐，对于这样的环境不再觉得无比新奇，尽量表现得镇定自若。然而毕竟是朋友们口中高端大气的英式下午茶，她难免偷眼四下张望，细细打量。

悠扬的钢琴声在高挑的穹顶下舒缓地流淌，打着石膏线的吊顶和墙面、富丽堂皇的吊灯、端正典雅的沙发、厚实细腻的地毯，无不透出欧式风格的繁复华丽来。张佳敏想起莫靖言强调过的如何调整优雅体态，不觉挺直脊背，打开肩膀。

不过，她也在内心暗想，是不是自己还是略为稚嫩，不大能欣赏得来这种装饰风格。相比之下，她更喜欢小巷里那些咖啡馆，尤其是老房子经过改造，在天井小院里种满绿植，时常浇水，看起来湿漉漉的，房间里有明亮的阳光、原木长桌，还有慵懒可爱的猫咪。

这些想法都不过在心头一闪，张佳敏并没有说出来。莫靖则百忙之中还惦记着满足她的心愿，两个人难得单独相处的温馨午后，她才没那么煞风景。再说，这里气派又不乏浪漫，显然也更符合他的身份。

莫靖则点了双人份的下午茶套餐。侍者轻柔礼貌地问道："请问二位要喝什么茶？我们这里有阿萨姆、大吉岭和锡兰红茶，还有铁观音和大红袍。"

莫靖则看向张佳敏："你看呢？"

她微张着嘴："我都可以。"

"你们家哪款茶比较好？推荐一下吧。"他淡定应道，"要么，就大吉岭吧。"

侍者走后，张佳敏探身，轻声问："这些茶都有什么区别呀？我都没概念。"

"我也不知道。"莫靖则如实道，"同一个实验室的印度同学，好像喝过大吉岭。"

张佳敏莞尔："我以为你什么都知道呢。"

茶点一一上桌，精巧细致的骨瓷茶具，搭配银质茶匙和白色餐布，三层点心架看起来颇为优雅美妙：最下层是新鲜制作的三明治，都是小巧的长条形；中间一层是几块其貌不扬的司康饼，旁边配着凝脂奶油和暗红色的树莓果酱；上面一层最为精美，有浆果泡芙、草莓塔、巧克力蛋糕、乳酪慕斯等，还有一枚马卡龙，每一个都小小的，组合在一起却显得丰盛而别致。

张佳敏兴奋地拍了几张照片，选了一块鲜虾牛油果的三明治。尝了一口，味道不错，但是并没有想象中美好得让人流泪的感动。司康饼看上去很硬，吃起来软软的，搭配奶油和果酱，口感还算丰富。每块蛋糕尝上一口，中规中矩，没有哪一个让人感觉惊艳。

果然看起来比吃起来更为诱人。张佳敏心想，这慕斯里面放了多少琼脂呀？都没有自己做的口感细腻。

抬起眼来，莫靖则坐在对面，也不认真吃，安安静静地看着她。发现张佳敏回望过来，他便微微侧头，似乎是被她发现了自己专注的目光，有些不好意思。那些中庸的口味，一下显得甜美起来。张佳敏忍不住弯着嘴角笑起来。

莫靖则问："喜欢这儿？"

"嗯。"她用力点头，津津有味地吃起来。

"那……你喜欢北京吗？"他又问。

"嗯……还好呀。"她顿了顿，"我是说，蛮好的。你知道，我刚来北方，多少会有些不适应，不过现在觉得都还不错。"她继续解释道，"这里有好多原来没试过的好吃的、好玩的，也认识了很多有趣的新朋友。哦，前几天还下雪了，好开心，我还跑出去写字了呢！"

"喜欢就好。"莫靖则轻轻松了一口气，"你为了我来到北京，我却没有多少时间陪你。"

"还好啦。"张佳敏垂着眼帘，弯起嘴角，"我也想见识见识更大的世界呀。"北京有他，因此而更美好。如果能够一直这样，她发自内心觉得很欢喜。

莫靖则整理思绪，坐正身体，缓缓说道："我问过你想不想来，但是一直没问过，你真正喜欢什么样的生活，有什么样的愿望。"

张佳敏心跳加速。要不要说出实话呢？自己的愿望，就是嫁给他，每天都和他在一起。太难为情了。她托着腮，感觉脸颊有些发热，支吾道："有啊……我想，开个自己的甜品店。"

"相信你有这个天分。"莫靖则笑笑，"不过也要更努力，开店不只是会做蛋糕那么简单，还得应对各种杂务。"

"是啊。前几天去过朋友的店，也知道他们很辛苦。不过，有个自己的小天地真的不错呢。"张佳敏翻出在店里拍的照片，

"看，是不是挺惬意的？"

"如果喜欢，可以和他们多了解一下。自己做头绪比较多，能和他们合伙也好。"莫靖则说道，"或许这里，比银行更适合你。"

张佳敏连忙掩饰："啊，银行啊，也不错呢。"

"那里的工作比较中规中矩，事务性的内容比较多，你喜欢吗？"莫靖则了然，此前张佳敏为了他亦步亦趋，在他眼中，一切顺理成章，他并没有多想。但真正设身处地，很容易便明白那并非是她心头所好。他心中歉疚，道："对了，后来还有人为难你没？"

原来他都记得。张佳敏莞尔一笑："好多啦，按你说的方法，有什么业务往来我都有邮件记录，也没再遇到那么过分的人。"

"那就好，学会保护自己。"莫靖则点头，"遇到什么不开心的事，不要太委屈自己，也要和我说。就算忙，我也会优先帮你解决。"

他的语气诚挚，张佳敏听来分外感动。她极少听到莫靖则如此体贴的话语，总觉得他不是忙碌奔波，就是过于深沉内敛，不会有闲暇和心思来剖白自己。但他现在便端坐在面前，认认真真地表述着对她的关心，她鼻头一酸，眼眶有些潮湿，心底却比嘴中的蛋糕还要甜蜜。

莫靖则又问她有没有添置冬装，说北京的冬天还会继续降温，怕南方来的她没有御寒的衣物。

吃过下午茶，二人破天荒地一同逛起了商场。张佳敏只觉得受宠若惊。莫靖则回到北京后一直忙于工作，连睡眠的时间都一再压缩，稍有闲暇也要和业内的朋友互通有无，或是跑步健身。逛商场这样消磨时间的事情，一向是他不屑一顾的，所以她从未提出和他一同逛街的要求。今天和他并肩走在商场里，她心中无比欣喜，又觉得有些不真实。

明亮的店堂里不断有其他情侣擦肩而过，隔了半臂距离的二人却显得有些生分。张佳敏偷眼瞟向莫靖则，他目不斜视，并没有被琳琅满目的橱窗吸引，好像正在思索什么。

大概心里依旧放不下公司里的项目，却肯抽时间陪伴自己。张佳敏这样想着，心中甜蜜柔软，不露声色地向他靠近一些，垂下的手指抬了抬，轻轻钩住他的，将自己的指尖塞到他的掌心里。

她期待着莫靖则有所行动，那样他们就可以向迎面走来的那些恋人一样，十指交握，或者是她挽着他的手臂，将头微靠在他肩膀上。然而他手指一僵，似乎无所适从，虽然没有抽回手去，但是也没有主动回应。他就这样轻轻攥着她的指尖，像刚才一样，不远不近地走在她身边。

张佳敏略感失望，只当他维持成熟稳重的风范，不愿意在公众场合做出年轻恋人那般亲密的举动。而当初在阳朔时，他们挽着手臂去夜市，穿过接踵摩肩的游客大潮，在月下的漓江边散步。今天下午，他的体贴让她以为，一切都能回到过去。然而现在，虽然她不想承认，却有一个念头在心中渐渐清晰，有些什么，到底还是不同了。

她试穿了几件大衣和羽绒服，在款式和颜色上举棋不定，想要征询莫靖则的意见。他坐在试衣间前面的沙发上，微笑道："我对这些没什么研究，你喜欢就好。"

"我喜欢这件的帽子。"张佳敏摸了摸风帽周边镶嵌的毛边，"但是又觉得那件短款的米白色更漂亮。"她将两件一左一右举在身旁，"你觉得哪件更适合我？"

"都不错，都挺好看。"

导购也在旁边大力推销："是啊是啊，这件比较可爱，很适合你女朋友这样笑起来甜甜的姑娘；这件短款的裁剪就比较干练，适合上班通勤。不如两件都带着吧？能体现不同的风格。"

张佳敏翻看价签，正要摆手拒绝。莫靖则点头："可以，那就都包上吧。"

导购喜笑颜开，引着他刷卡签字："我们家的衣服都很有设计感，一定越穿越喜欢。"又转向张佳敏："看，男朋友对你多好！真让人羡慕。"

她笑着接过购物袋，再看莫靖则，他只是礼貌地弯了弯嘴角。张佳敏想，这样的场合或许真是不适合他，以后逛街还是叫上闺密们比较好。

从商场出来，张佳敏坚持要回家做饭。二人顺路从附近的超市买了菜，回到莫靖则家中，她在厨房里忙碌，他站在一旁，想要帮忙，又不知从何下手。张佳敏看他手足无措的尴尬样子，有些想笑："我来切肉，你帮我把青菜洗了吧。"

莫靖则应了一声，站在水槽边洗了起来，去掉老叶、烂叶，仔细冲去根上的泥土。张佳敏探头，惊讶道："咦，洗得还蛮像样的。"

"那是。"他微微一笑，"以前在美国读书，偶尔也要做饭的。"

"也对。"张佳敏说着，想起他当初相处多年的前女友。她听莫靖言说过，二人大多数时候异地而居，不知道这样的感情是否算得上深厚？她虽然痴迷于莫靖则，但心中明白，他不会为了感情改变自己的人生轨迹。当初他问她是否要来北京，张佳敏知道，如果不跟上他的脚步，两个人便会渐行渐远，最终走到分离。

想到这儿，她看了看身边挽高袖子，一板一眼洗着菜的莫靖则，心中有些无奈，也有更多的庆幸——无论怎样，只要他还在身边就好，而且一切似乎都向着好的方向在发展。

备好菜后，大火急炒，莫靖则也帮不上忙。张佳敏将他推出厨房，独自忙碌起来。他走到书房，拿出纸笔，想着下午二人的谈话，在纸上勾勒起来。

张佳敏很快便做好晚餐，香酥里脊、清蒸鳜鱼、清炒荷兰豆、虾仁蔬菜沙拉，又熬了杂菌豆腐羹，房间里飘荡着米饭和菜肴的香气。厨房的热气散开来，在冬天的夜晚，让人感觉格外温暖。莫靖则走到桌边坐下，浅黄色的吊灯下，张佳敏笑盈盈地捧着汤羹走过来。她系了一条米黄色碎花围裙，看起来温柔甜美。

他内心不禁感慨。在人生最为低落失意的一段时光里，他有幸得到张佳敏悉心陪伴。在她仰慕的目光和活泼开朗的笑声中，这样的温馨时光一日复一日。因为她无微不至的照顾，他的生活安定而舒适；她的心灵手巧更是为他此前严肃而沉闷的生活添加了无数惊喜和快乐。这一切也让他放松和贪恋。

在他询问张佳敏是否要来北京的时候，在心底已经做好规划。当一切步入正轨之后，便会考虑人生新的篇章。他会娶她，生儿育女，家庭和美幸福。但是他没有想到，自己的心灵在几次短暂重逢后，便不受约束地弃他而去，紧贴在另一个人身边，回过头来大声呼喊他。

不要再走远了。再远，就没有回头路了。

眼前这一切，就像装在水晶球里的一场梦境。一旦他松手，就会摔得粉碎。

张佳敏并没有意识到即将到来的急速坠落，她虽然还有失意，但更多沉浸在这一日的甜蜜和满足中。她也坐下来，一边给莫靖则盛饭，一边和他随意聊着天，说起方拓和夏小橘二人去看房，问道：“也不知道他们看得怎么样了，如果定下来，会不会就结婚呢？”

“也许吧，如果想要两个人家里一起出首付，一起还贷的话，还是结婚比较好。”

张佳敏并没有想这些现实操作的问题，她的关注点截然不同。“不过，说起来，他们俩在一起也没有多久哦，会这么快结婚吗？”想了想，她又推翻自己的分析，“但他们认识得比较久，之前又是好朋友，彼此了解，又很默契，所以也不需要谈那么久吧。”

莫靖则点头：“是，和时间长短没有太大关系。”

张佳敏还想再说什么，但看莫靖则不是很热衷于这个话题，继续下去，好像是自己在旁敲侧击一样。今天二人稍微亲近一些，她不想表现得过于急切。

晚餐吃得差不多，莫靖则说：“我有些事，想和你说一下。”他神色严肃，张佳敏的心不觉漏跳了一拍，她攥紧了筷子。上次见到他这副神情，还是他郑重其事地告诉她，自己要回北京发展，问她想不想和他一起走。这次，又会是怎样重大的变化？她心中紧张，又隐隐有一丝期盼。

“刚才我仔细想了一下，你说过的开店的事情。”他拿过刚才写写画画的稿纸来，“我对这个行业不了解，只是依照一般企业的发展做了个简单的分析。”

张佳敏懵懂地看着他，心想，他太有效率了，自己就是随口说说，他这么快便提上日程，还正襟危坐地分析起来。

“你也许只是想开一家小店，但是对于甜品或者西点这个行业，了解有多少？它的产业链是如何运转的，从源头到终点，都有哪些环节？你希望有什么样的商业模式？或者说，如何盈利？

靠什么挣钱？挣谁的钱？还有，你的核心竞争力是什么？这些都需要想清楚，比如开店位置、目标群体、销售品类、成本和利润，等等，都是相互依托的。”莫靖则指着纸上的流程图，一一解释，“还有，你的信息来源在哪里？论坛上的帖子和讨论，行业展会，还是朋友之间的交流？”

“啊，我还没想过那么多。”张佳敏揉了揉太阳穴。她跟着罗超去过几次蛋糕品牌的推介会，只觉得自己稍加练习，手艺不逊于店里的烘焙师，而布置一个温馨怡人的环境更是不在话下。大家在一起，聊得最多的是如何调整烘焙方子，怎样将环境打造得更舒适漂亮。莫靖则提出的问题，她没想过，也没去讨论过。

“没关系，很多开小店的人大概都没想过。”莫靖则淡淡一笑，“有空的时候我可以和你一起整理一下资料，好好了解一下这个行业的运作模式，分析几个比较成功的案例。你不是说有朋友想合伙一起做吗？租房和商业模式这些，大家一起商议也可以。我们边摸索边做就是了。”

“让你一说，我觉得自己做不来。”张佳敏有些心虚，“我看，还是再缓缓吧。”

“要看这是你的爱好，还是梦想。”莫靖则放下笔来，认真地看着她，“你可以系统地学习一段时间烘焙，也多接触这个行业里的人，看自己是否真的愿意把这个兴趣，变成一种谋生的手段，或者是实现梦想的事业。”

“专业的学习班都很贵的。”张佳敏低下头，喃喃道，“我不想，什么都依靠你。”

“那当我们合作，我投资给你好了。”莫靖则笑道，“我会一笔笔记下来的。”

“你说真的？”张佳敏不敢置信地说，“我是怕你太忙……”

“时间都是挤出来的，当初莫莫要开舞蹈工作室，我也帮她出过主意。”莫靖则看了看她，“你想做的事，对我来说，也一样很重要。”

张佳敏心中喜悦，用力点了点头。她对于所谓的行业分析依旧一头雾水，开心的只是莫靖则对她的重视——他愿意为了她小小的心愿而花费时间。

莫靖则和她一起收拾餐具，清理厨房。张佳敏本想和他一起看会儿电视，或者就是偎依在沙发上聊聊天，像方拓和小橘那样说些毫无意义的傻话，可莫靖则已经取过大衣和车钥匙：“时间不早了，我送你回去吧。”

她略感失落，但又极少在他面前撒娇，于是耷拉着嘴角，没精打采地应了一声。莫靖则察觉到她情绪的变化，轻不可闻地叹了一声，牵起她的手。他的手掌宽阔温暖，张佳敏的心也觉得安稳下来。他已经陪了自己很久，大概也攒了要阅读、整理的报告，或许需要赶工到深夜。这样一想，就没有那么沮丧了。

二人的住处相距不远，很快就开到张佳敏楼下。

“那我走啦。”她拎着提包，手放在门把上，却没有推开。

莫靖则应道：“早点休息。”

她依旧微仰着头，在等他的告别吻。

那天在阳台上，她就是这样抬起头来，眼睛中写满期望。当时莫靖则俯身，轻轻吻了吻她的唇，柔软温润的触感，像绽开的花瓣一样让人迷恋，却心生愧疚。

莫靖则探身过去，在她额头上吻了吻。张佳敏抿着嘴，目光黯淡下来，说不出地失望。莫靖则的心被揪了一下，他不知道哪一种抉择对张佳敏更为合适，是虚伪的掩饰，还是直白的坦承。

没有哪个更好，都会是深深的伤害。然而善意的伪装也不会改变他的决定，继续下去无非是对张佳敏的欺骗，对梁忱的不敬，还有对自己的反复拷问。

“佳敏，”莫靖则深吸了一口气，缓缓开口，“以后，我不能再吻你了。”

第十二章

寂静平安夜

张佳敏在一家烘焙学校报了平日的晚班，老师曾经在日本学习并工作数年，认真严谨，对时间的把控也极为严格。她每天工作结束后顾不得认真吃饭，便要挤地铁赶过去，常常在便利店买两个包子，边走边吃。

烘焙学校的课堂洁净整齐，设备簇新繁多，食材品质优良，一人一套工具，课程自然价格不菲。罗超帮助学校做过宣传推广，和负责人颇为熟悉，帮她申请到相对优惠的折扣。

此前张佳敏租住的公寓与莫靖则相距不远，黄金地段，房租也是他负担的，每个月自动转卡。她临时决定搬离，按合同要多扣一个月的房租。张佳敏和房东商议，这一笔钱由她来支付。

她手头并不宽裕，在阳朔时工资微薄，也多数给了家里做家用。离开阳朔时母亲想要让她带些钱傍身，她卡里也只存了两三千元。学费和违约金加在一起，几乎花光了她这几个月的所有积蓄。

张佳敏依旧在银行上班，因为她需要稳定的收入。然而她越来越不喜欢这份工作，此前还有说服自己坚持下去的理由，仿佛那是通往他的世界的一扇门。然而现在所有的道路都引向绝境，无论她怎样努力，前面只有不断坠落的深渊。

离开莫靖则，才发现在北京的生活如此艰辛。

不仅是经济压力骤增，而且她才发现，自己如此孤单。此前她的生活圈子有大半和他是重叠的，且不说莫莫，就连夏小橘和方拓，算起来都和他更为亲近。

在小安的帮助下，她总算在北五环外有了暂时的安身之所。原房客是两位姑娘，合约未满，其中一人就找到男友要搬离，张佳敏便接替她住进去。好在也免了押一付三，按月结算租金即可。

退房、搬家、报学习班，前后不过一周，她也不免惊讶于自己的效率。尽管忙碌辛苦，却让神经时刻处于亢奋状态。白天头脑里被各种信息塞满，夜里整理房间疲累得倒头便睡。

那一夜的对话就好像没发生过；那个人，就好像从来没存在过。

只是当她整理妥当，去超市采购时，路过琳琅满目的生鲜区，看到翠绿饱满的蔬菜、新鲜洁净的肉类、刚做好的冒着热气的豆腐、弹动跳跃的半透明的大虾，她还是会下意识地走过去驻足打量。她这才发现，自己关注的，都还是他最喜欢的食材。

脑海里不禁浮现出他站在身旁，认真洗菜但又略显笨拙的样子，那一刻的温馨让她以为一切会向更美好的未来转变，却不知只是残忍告别前虚伪的安慰。

她垂下头，飞速抹了抹眼睛。在鲜艳的西红柿和水灵灵的小白菜面前落下泪来，实在太让人难堪了。

城市的节奏依旧那么快，早出晚归的地铁永远人山人海，要把她挤成一张纸片。身边川流不息的人潮，面孔都不清晰，他们急切的步履后，又有怎样的喜怒哀乐？

灯火越辉煌，人流越拥挤，越让她感到疲累、孤单。

没有谁关心你过得好不好，能否活下去，是否想要在人群中声嘶力竭地呐喊，或者是捂着脸庞痛哭失声。

然而，她也无路可退。

离开阳朔时，周围的议论已经足够多，有友善的祝福，也有不屑的质疑，如果此刻落魄地回到家乡去，只会让真正关心自己的人们感慨、难过，给那些等着看热闹的人平添了茶余饭后的谈资。

日子依旧一天一天过，似乎和之前没有太大分别，这几个月她和莫靖则已然聚少离多。

然而最大的分别，就是她没有权利再惦念他了。

他更不会惦念自己。因为他爱上别人了。

这个念头像一把利刃，时刻剜在张佳敏心尖。

烘焙学校的授课内容详实丰富，老师有多年从业经验，从烘焙的文化讲到食材选用与处理、材料调整、正确的手法和程度的控制，等等，都是张佳敏想要学习了解的内容，她却提不起太大兴趣，上课时要强打精神才能集中注意力。

老师夸赞、褒奖的学生里，从来没有她。

课后大家分享成果，无论多么鲜美细腻的西点，吃在嘴里都无法让她振奋、喜悦。然而她那么迷恋这份甜蜜，好像心灵在那一刻能跟着充盈起来，只是甜美浓郁的奶香散去，心中更加空空荡荡。

罗超时常也来烘焙学校，每次都背着相机，记录大家忙碌的景象。负责人也看出他的醉翁之意，但凭空多得了若干宣传照，也乐呵呵随他去了。罗超从佳敏和小安的只言片语以及她低落的情绪中，已经猜测到她感情生变，然而看她消沉寡言，便也不多问，只是课后和她一起品评西点，或者是指导她如何拍照。

他展示了一组此前在咖啡馆拍摄的照片，作为宣传片挂在各个社交网络上，好评如潮。其中不乏张佳敏的身影，他刻意隐去了正面特写，只保留背影、半侧影和俯拍的角度，依然有网友评论道："一看就是个娴静美好的妹子。"

张佳敏看着这评论，勉强笑了笑。

罗超游说道："之前说过开设博客和微博的事，你想得如何了？"

"我可能……没有时间。"她推托，也并没有那份心情。

"没关系呀，你只需要记录制作的步骤，我来拍摄、整理照片。或者我来写步骤也可以，你检查一下对不对。"罗超翻出一些美食博客作为范例，"这些其实都不难弄，类似的照片我随手就是一张。想要成功，首先要持之以恒，要经常发，最好每天都有更新；其次，如果能融入一些故事就更好，让大家向往你的生活。不仅想复制你的作品，也想由此复制你的生活，这才有吸引力。"

"我的生活……有什么好复制的？"张佳敏垂下眼睛，扯了扯嘴角。

"来自山明水秀、风景如画的小城，喜欢自然而简朴的生活，热爱一切美好的事物，即使在嘈杂冷漠的都市里，依旧保有纯净与真诚的心灵，发现身边细节的点滴之美，用双手去妆点平凡的每一天。"罗超如同诗朗诵一般，抑扬顿挫地说了一长串。

"我哪是你说的那样？"

"宣传和包装都是不可少的。"罗超爽朗地笑起来，"而且，你就是很好呀。相信我，我到底也做过几年宣传推广，等你积累了一定的粉丝和人气，发展的道路就会更宽广，也可以把你的兴趣爱好变成职业。"

“可是，我觉得要考虑的事情还很多。”张佳敏想起莫靖则在餐厅里说过的一番话，既是提点，也是劝诫。想起他认真而关注的神情，心又被紧紧攥住，痛得不想说话，“真要开一个店，实在太难了。”她简略说了一下心中的顾虑。

“想那么多干吗？做了就是。知道一堆大道理就一定能成功吗？哪个大企业不都有一个智囊团，最后都能杀出一条血路吗？”罗超大抵猜到她的想法是受了谁的影响，不以为然地撇了撇嘴，“我们不是开店，而是先打造你个人的网络形象。有我在，几乎就不需要什么额外的成本了。”

张佳敏犹豫不语。

“就当尝试一下。”罗超鼓励她，“你只需要继续做自己喜欢做的事。”

“好啊。”张佳敏不忍拂了他的好意，勉强笑笑。

回去的地铁上，张佳敏疲累得要睁不开眼睛。她倚在栏杆上，翻看罗超拍的照片。几日下来，她也更真切地感觉到他的殷切关注。有人说，通过照片能看出对方心中的你究竟是什么模样，那么这一幅幅安静秀美的画面，就是他无声的凝视。

张佳敏攥紧手机，有些难过地想到，之前她给莫靖则看照片，他没有太多夸赞，也没有关心是谁拍摄的，只是淡淡说：“拍得不错。”

她隐约还想过，如果知道是另一个男生拍摄的，他会不会吃醋，自己要如何解释。

可是，他全然不在意。

以为他终于会为了感情改变，却从兴奋的巅峰跌入谷底。

一切都是假象，都是欺瞒。

张佳敏的鼻子一酸，背过身去，在车窗的镜像里看见泫然欲泣的一张脸。即使这样，那张脸依旧年轻秀美，无可指摘。

但他并不在意，他另有所爱。定然是那个人的出现，让他改变了既往对于感情的态度。

并不是为了她啊。她怎么能那么傻？以为他的若即若离并不是寡情，只是沉稳内敛，原来，都是因为不爱啊。

想着想着，眼泪就滚落下来。

那天莫靖则对她说：佳敏，以后，我不能再吻你了。

她一时蒙在原地，无法接受这句话背后的含义。

在良久的沉默后，他继续说道：“对不起，是我的错。我给不了你要的那种感情，也不应该，再拖住你。”

张佳敏不知道要说什么，一张嘴，眼眶里的泪就涌了出来。他是说他不喜欢她了吗？到底是怕拖住她，还是她的存在已经阻碍了他和另一个人的幸福？

“你……和别人在一起了？”她听到自己的声音在颤抖。

“没有。”

“但也并不远了，是吗？”

“不知道。”

“真的没有？”

莫靖则摇了摇头。

“你为了一个不确定的人……”张佳敏哽咽了。为了一个不确定的将来，甘愿放弃如此执着地爱着他的她。

“为什么？我有什么做错了吗？还是我做得不好？”她咬着唇，咧着嘴角，感觉脖颈都僵硬起来，眼泪停不下来一般，“我可以改，也会好好学的，我可以更努力，给我一点时间，好不好？”

“你很好，佳敏，你不需要改变自己。”莫靖则抽出纸巾来，塞在她手中，手轻轻搭在她的肩膀上，“你是一个特别好的姑娘。”

你口口声声说我这么好，为什么却不肯选择我呢？

张佳敏无法问出口，她怕听到那个更伤人的答案。

我不爱你。

只是因为，我不爱你。

回到家中，扑倒在床上，还有几个纸箱没打开，她也不想整理。

电话响起来，是夏小橘打过来的，问她说再过一周就是平安夜，有没有什么安排，她和方拓要参加户外朋友圈的聚会，邀她一同出席。

“我……也有朋友聚会，”张佳敏支吾道，“就不去了。”

“哦，这样，那和朋友好好玩。”夏小橘又问，“那这个周末，要不要一起跑步，或者是吃个饭？”

“不跑了，这两天‘姨妈’来，想休息一下。”

“也好，现在来了，一月初厦马就不会遇到了。”

“嗯。”张佳敏应了一声，也不确定自己会不会按计划前往。这才想起，当时的往返机票也是莫靖则买的，心中钝痛，脑袋也木木的，有些痛。

夏小橘收线，向着餐桌对面的方拓耸耸肩，说道：“她不来。佳敏和莫大闹矛盾了吗？要不然莫大为什么给我打电话，让我圣诞喊上佳敏？不过我本来也打算叫她一起过节的，你那个师兄每天不知道都在忙什么，也不见得有个假期。”

“我也不知道。师兄给你打电话，你怎么不问问？”

“他语气一向那么威严，我除了答应，还能说什么？”

二人最近忙于看房，在中介的带领下走了不知道几家房源，这几日和朋友们疏于联络。

“大概就是太忙了，只能想到找你吧。”方拓说，“莫莫姐自己的事情还没处理完。”

“真的就是这样？”夏小橘按着胸口，“我怎么觉得心有点慌啊？”

“是吗？”方拓伸过手来，覆在她手背上。

“干吗？”夏小橘警觉地瞥他一眼。

“看看你有多慌。”

“这么多人，吃饭呢！”夏小橘左右看看，低声道，“流氓！”

二人又聊起莫靖言和邵声的近况。

“莫莫姐最近都回家住不说，还总跟着爸妈走亲戚。”方拓夹了一块烤得滋滋作响的雪花牛肉放到夏小橘碟子里，“反正家里就是希望她少和我师父见面。师父现在每天两头跑，没事就送个大闸蟹或者水果什么的，也未必见得到莫莫姐。”

夏小橘叹气：“唉，也真不容易。”

方拓笑道：“还是有希望的，偶尔还能上楼一趟和叔叔阿姨打个招呼。要是真不想给他机会，见都见不着。”

夏小橘点头：“可惜现在没什么需要出力气的地方，要是以前，还能扛个大米、煤气罐什么的。”

方拓也给自己夹了一块牛肉：“你是这么打算的呀？那我得多吃点。”

邵声还在争取表现的机会，莫靖言父母对方拓和夏小橘却是热情有加，冬至那天还邀请二人去家里吃饺子。

席间，莫莫妈妈不停地给他们布菜，招呼道：“多吃点，别客气。以前就总听莫莫说起你们，说这些朋友特别好，特别帮忙。”

夏小橘多少有些拘束，还客套地应了两句，不断地说着谢谢。

方拓自在许多：“阿姨，我们要是不客气点，菜都不够吃。您做得太好吃了，在家里吃饭就是舒服。”

莫莫妈妈喜笑颜开："这孩子，太会说话了。"又转向夏小橘，"你们平时在家，自己做饭不？"

夏小橘虽没有以前那么羞怯，但冷不丁被长辈问了一句，依旧脸颊发热，支吾道："我们……各吃各的……"

"哦哦……"莫莫妈妈恍然大悟，又问，"我听莫莫说，你们要买房了？看得怎么样？"

夏小橘应道："正在看，还没选好。"

"现在北京的房也真是够贵的。"莫莫妈妈叹气，"多亏靖则，早就提醒莫莫要买房，还说首付不够可以帮忙。"

"师兄还是很疼莫莫姐的。"方拓话里有话，"他给的建议，都是为了莫莫姐好。"

"就是靖则他们公司怎么那么忙？"莫莫妈说道，"隔三岔五就出差，喊他来吃饺子，说已经在机场了。"

莫莫爸接过话茬："看你说的，人家的工作，当然比吃饺子重要。"

"我知道他有上进心，不过也不能总这样不着家啊。"莫莫妈慨叹，"谁嫁给他，也够不容易了……对了，他不是有女朋友吗？改天叫来一起吃饭。"

莫莫爸笑道："大哥大嫂上次来都没看到，你就别跟着操心了。"

说话之间，莫靖言的电话响起来。邵一川在那边嗓音清脆，颇为认真地问："莫莫阿姨，前两天你怎么没来看我踢球呀？我都想你了。"

莫靖言耐心答道："阿姨家里有点事，你有没有认真训练？"

"有！我这个周末有比赛，你来吗？"

莫靖言抬眼看了一眼父母，没怎么迟疑便应道："好啊，我一定去给川川加油。”

待她放下电话，就对上母亲的目光。

“是川川想找你，还有有人想找你呀？”

“川川的确有足球比赛。”莫靖言避开母亲的注视，低头吃菜，“他练了好久了。”

“看你答应得那个痛快，最近是不是又见着邵声了？”

“没……”莫靖言答得有些心虚。

夏小橘知道她和邵声二人虽然答应家里冷处理，还是时常找机会一起吃午饭。她一向面皮薄，替别人遮掩比自己说谎还慌张。此时也不作声，都不知道看哪儿好，只能埋头吃着饺子。

方拓忍着笑，在桌下轻轻踢了踢她的脚。

莫莫妈没再说什么，莫莫爸过来解围：“川川这么小就学踢球了？来，我看看他踢得怎么样。”

他一边看着莫靖言手机中的视频，一边开怀笑道：“呵，小朋友踢得还挺有样，这么小点，还一本正经的。这控球，这架势，不愧是从巴西回来的。”

莫莫妈本来也抻着脖子想瞟一眼，听到这句话哼了一声，哼完忍不住又探头看了一眼，问：“刚拍的？”

“嗯，前两天……”莫靖言一时说走嘴，连忙停住。虽然见面不多，但每日和邵声的联络并不少。视频就是邵一川央求爸爸发过来的，说一定要给莫莫阿姨看看。

母亲并没留心，转而嗔道：“这么冷的天，穿这么少，还出汗，感冒了怎么办？”

听她语气关切，方拓和夏小橘彼此挤眉弄眼，相视一笑。

莫靖言试探地说：“那下次，我让川川多穿点。”

莫莫妈撇嘴：“想去看就去看，好像我能拴得住你似的。”

隔两日便是圣诞节。

平安夜前一天，烘焙学校的老师教授了一款颇具节日气息的树根蛋糕。学员们兴致勃勃，又从老师提供的小饰物里选出自己喜爱的两款，装扮在蛋糕卷上，有圣诞树、圣诞老人、小雪人等等。

张佳敏没有挤在前面，只是从别人挑拣剩下的饰物里随便选了两个。

“今天的课就上到这儿。”老师说道，“明天、后天放假，你们自由发挥，用自己的手艺和心意去烘焙，送给身边最重要的人。相信带着一份爱心做出来的甜品，会有意想不到的美味。”

众人喜气洋洋地议论着。张佳敏转过头去，透过宽大的玻璃窗，看见街边的树上缠绕着蓝白色的彩灯，商场的广场前摆着高大的圣诞树，空气里透出浓浓的圣诞气息。

她却只看见一座寒冷而空阔的城市。

下课后罗超来找张佳敏。老师和同学都已经对他的出现见怪不怪，还有人笑着和他打招呼。罗超说第二天在朋友的小店里有圣诞聚会，邀她一起去。

张佳敏兴致不高，也并不想和众多的陌生人欢呼笑闹。可是走在街上，欢快的圣诞乐曲随风飘荡，无论她走在哪儿都被紧紧环绕，更衬得她如此寒冷而孤单。想到明天或许一个人蜷缩在床头，抱着被子无声哭泣，她心中便说不出的惊惶与哀伤。

于是她强自笑笑：“好啊，正好明天不用上课。”

“太好了，那你下班就直接过来吧。我得和朋友布置场地，就不来接你了。”罗超说着，停下脚步，在街边的小贩手里买了一只绒线编织的太阳花，递了过来，“圣诞快乐！”

她一愣：“还没到呢。”

“祝福早点到有什么关系？”罗超塞到她手中，“你看它笑得这么灿烂，多像你。”

她笑起来，接过太阳花，将树根蛋糕递了过去：“好，那也提前祝你圣诞快乐。”

罗超将她送到地铁站，二人去往不同的方向。

道完别，目送他乘坐的列车离开后，张佳敏抬头看着站牌，一时有些失神。在不久前，那个方向也是她每天期盼的归属，有时候茫然间还会随着人群走错站台。

仿佛只要登上下一班地铁，她就还能回到他的身边。就算不能每天见到，但是哪怕独自一个人等待他归来，也是一种幸福，让人觉得每一天都充满希望。

然而车灯远去，铁轨震荡的声音消失在隧道深处，一如她的痴心妄想。

无论她如何想要在时间的河中逆流而上，都没办法改变莫靖则的决定。因为即使追溯到他们相遇的那一天，可能那时候他的心里已经住着别人了。

孙维曦、左君，还有她自己，争先恐后，都不过是飞蛾扑火。

自从莫靖则提出分手后，每一天夜里她都难以入眠。关上灯，往事便一幕幕从眼前掠过，静美如画的青山碧水、喧嚣热闹的夜市、花木扶疏的小院、笑语晏晏的两个人，那么美好的时光，难道只有自己珍惜和怀念？她辗转反侧，阖上双眼又睁开，在黑暗中反复拷问自己。

是不是没有跟上他的脚步？是不是自己不够聪明漂亮？是不是自己过于幼稚，见识狭隘，没办法理解他、支持他？她要做些什么，才能挽回他的心思？

她对他的真心从没有一丝改变，为什么他变了？他又有了喜欢的人吧？或者是哪个喜欢他的人穷追不舍？也许是个千娇百媚的姑娘，也许是工作中共同进退的伙伴，或者是，对他余情未了的有心人。

她的怀疑大多着落在左君身上，许多潜藏在脑海深处的记忆清晰起来。当初左君来到阳朔时，说话的语气，望向莫靖则的目光，都在无声地表述着她深切的眷恋。而莫靖则对她也无疑是关心且重视的，烟雨纷飞的季节，还把自己的风衣披在左君肩头。

可是，莫靖则说起去上海和老同学们聚会时，格外地坦荡。而且如果他对左君有心，就应当在她来阳朔探望时便欣然接受，何必又将自己扯在当中？

这几日她常常魂不守舍，杯子里还有前一天的凉水没倒，就扔了新茶包进去，只能扔了茶包再刷杯。

在开水间听着各色家长里短，有同事义愤填膺，说男朋友最近状态不对，聊天时会用一些以前从来不屑使用的表情符号，又说看到她进来，会把聊天的对话窗口迅速关掉。她冷哼道："这些男人都以为自己精明，说恋爱中的女人智商为零。那是因为信任你，要是不相信了，你玩个花招试试？分分钟戳穿你。"

旁边有人附和："对，女人的第六感，就是这么敏锐。那你还忍着他？"

"我旁敲侧击了一下，量他有这个贼心，没这个贼胆。自从他去过同学会，整个人的状态都不对，不知道是不是又碰到当年的什么女神了。"

另一位同事笑道："都说同学会同学会，拆散一对是一对。"

张佳敏忽然如醍醐灌顶。

莫靖则的同学里，她曾经听说过的，除了师妹左君，还有一个名字。虽然很少被他提及，却是夏小橘口中的人生偶像。北京马拉松当天温度骤降，冷雨扑面，夏小橘没有跑完全程便无奈弃赛。后来她也说起，是莫靖则和梁老师一起接到她。

可是那天回家，莫靖则讲起小橘和方拓，说到跑马的种种，唯独对此缄口不言。

而她自己呢？沉浸在完成迷你马拉松的兴奋和对夏小橘的关切中，而且当时的假想敌只有左君，竟没有对此产生怀疑。

说到底，那个时候她还是傻傻地相信着莫靖则，惧怕他被左君那样的女人吸引，心中却坚信他的品格。

疑虑一旦产生，就像玻璃上碎裂的纹路般不断蔓延。回到工位上，张佳敏便打开浏览器，搜索起梁忱的名字来。夏小橘几次提起过她的学校和研究方向，此刻都仿佛从水中浮现出来，清晰得纤尘不染。

搜索起来并不困难。除了她的个人介绍，在搜索结果的前两页，还有学校的一则新闻，配图是梁忱在舞台上获颁“最受欢迎教师奖”。

张佳敏如同被谁迎头痛击。

她见过两张类似的照片，只不过是手机成像，没有这么清晰。当时她趁莫靖则走开，飞速地搜寻着和左君有关的痕迹，电话、短信、照片……这流光溢彩的舞台也曾跃入眼帘，当时她只当莫靖则出席了哪里的公关活动，并没在意，紧张中便一带而过。

然而那张瞬间划过的照片，却和眼前的舞台一丝丝重叠起来。

他照片和视线的焦点，便是图中那位手持花束，大方优雅的女人。

此时张佳敏正站在地铁站台上，耳边飘荡着圣诞乐曲。她没有告诉任何人，在前一天，她见到了那个人。

没有人提供任何佐证。但是当见到梁忱的那一刻，张佳敏便坚信，她就是莫靖则改变的原因。

见梁忱的机会并不用大费周章。

张佳敏搜索到她在学校网站上的个人主页，上面列举了她开设的一系列课程，其中有一门面向全校的公共选修课。主页最下端列举了教学重点和参考资料。时值期末，又添了一条公告——提醒选课的同学们出席最后一次课程，布置期末报告和讲解考试相关事宜。

时间、地点一清二楚。

那天张佳敏连烘焙学校都没有去，一下班就挤上地铁。下车后在偌大且陌生的校园里边问边找，颇绕了一些路，赶到教室时距离上课还有几分钟。

上座率很高，能容纳二百余人的阶梯教室里几乎被坐满。张佳敏在最后一排的角落坐下，躲在前面高个子同学的身后，歪着身子向讲台上张望，心情慌乱而紧张。

讲台旁几个人正说着话，被学生环绕的女老师侧身而立，看不清长相。她身材高挑，半倚在讲台旁，背脊依旧挺直，姿态放松而优雅。

上课铃响，学生们散去，她转过身来，略一惊讶，旋即莞尔一笑："我才发现，有这么多人选了我的课。好像还有些新面孔，要不要我们先认识一下？"

大家都笑起来，张佳敏吓得心怦怦乱跳。周围有同学说："啊，梁老师还点名？"

另一个人答道："逗你玩，这一学期也没点过……"

"我们还有最后两个知识点，这堂课大家一起学习一下，之后是你们最关心的——期末考试安排和总成绩的计算方法。"梁忱一边说，一边打开 PPT。

张佳敏因偷窥有些尴尬和慌乱，不敢一直盯着梁忱看，只能拿出烘焙的笔记本遮掩，随手写写画画，偶尔抬头瞟上一眼。仓促之间，只觉得她也说不上惊艳，脸上虽然没有明显的岁月痕迹，但毕竟也没有年轻女孩一般飞扬明丽的光彩，更没有莫靖言那种让人眼前一亮的姣美，甚至和自己比，五官都稍显平淡一些。

张佳敏有些失望，想着可能自己疑心过重，找错了方向。但既然来了，便硬着头皮待下去。

然而过了几分钟，她就被梁忱的讲授吸引，渐渐抬起头来。

她听不懂课程内容，但是以教学的标准来看，她知道梁忱是一位善于把握课堂的老师。她的姿态大方自然，对自己讲授的内容胸有成竹，语速不疾不徐，声音清朗干净，令人如沐春风。她如同讲述故事一般娓娓道来，张弛有度，其中夹杂了不少日常且有趣的例子，看似信手拈来，却和课程内容环环相扣。

张佳敏呆坐在位子上，心中五味陈杂。她也曾站在讲台上，且不论学业上梁忱是她望尘莫及的，单单是授课的台风和技巧，对方都更胜一筹。这不仅源于她的专业素养和精心准备，更出自与生俱来的天赋。举一反三，旁征博引，似乎讲台就是她的舞台。

梁忱素淡的面孔也显得温润起来，和她的声音、仪态融合在一起，仿佛在人群中也可以发光、发亮。

初时的失落，此刻在心中化作深深的恐慌和不安。张佳敏感觉到自己的身体在微微发抖。太熟悉了，看似温和却自信而自我的人，带着让人心悦诚服的镇定与从容，这种感觉太熟悉了。

台上的这个人，和莫靖则才是同一个世界的。

张佳敏忽然对左君的存在也释然了，甚至有几分同病相怜。左君文静雅致的气质和梁忱有几分相似，但是她没有这种把控全局的强大气场，她不过和自己一样，痴痴地仰起头，眺望遥不可及的星光。

可是，这样势均力敌的两个人，真的就适合彼此吗？她能够像自己一样，无微不至地照顾莫靖则的生活吗？她能以他的事业为中心，给他安稳而舒心的家庭吗？她和莫靖则同龄，算起来是否也过了生儿育女的黄金年龄？这些他都不考虑，不在意吗？

张佳敏心中一时惊惶，一时不解，一时不甘，时间就在她千回百转的思绪里一点点地过去了。

台上，梁忱布置了期末报告，也讲解了最终成绩的核算方法，正在做结课陈述。

“我记得第一堂课，问大家对这门课程的期望是什么，收上来的答案五花八门：‘为什么天气预报总是不准？’‘您对全球变暖怎么看？是刻不容缓的挑战，还是骇人听闻的谣言？’‘您相信蝴蝶效应吗？能通过蝴蝶振翅来预知一场风暴，或者是由一场风暴来倒推它的起因吗？’一学期过去，我很高兴地看到……”她顿了顿，“很多问题不是我研究的专长，你们也并没有得到满意的解答。”

台下一片哄笑。

梁忱继续说道：“但是，促使你们问出这些问题的，是一颗好奇心。所谓的科学研究，在很大程度上，也是为了满足人类的好奇心。希望你们能一直保有一颗好奇的心，再加上一些追根究底的探索精神，一些持之以恒的毅力。也许你不会成为科学家或学者，但同样可以因此而继续学习、成长，丰富自己的生活。”她看了看时间，“还有几分钟才下课，大家还有什么问题？”

有人问了两个期末大作业的细节问题，之后前排一位同学举起手来：“梁老师，您看 BBS 吗？”

“偶尔。”

下面一片哗然。

“那您怎么看女生应该读博，还是读了硕士就工作这件事？”

梁忱笑了笑，不假思索地说：“做你喜欢的，真正想做的事情。无论你是男生，还是女生，读博并不是为了镀金，读了硕士就工作也不意味着生活就更加安逸稳定。关键是，你要试着去掌握自己的人生。你们能坐在这里，和绝大多数同龄人相比，已经拥有了更高的起点和更多的资源。对于自己的将来，应该有勇气和信心，做出更为自主的规划，不是吗？”

张佳敏心绪翻腾，她有自己想问的问题，却不好当众问出口。附近一位快嘴的同学抢了先：“梁老师您有男朋友吗？”

众人哗然，惊讶地扭头看他，又期待地望着梁忱。

她落落大方，坦然答道：“没有。”

张佳敏微微松了一口气。

“那您会感到来自父母的压力吗？”

“或许父母会感到压力，我没有。”梁忱语气轻松，大家一同笑起来。

“好了好了，最后一堂课，也满足你们的八卦之心了，可以回去认真复习了吧？”梁忱敲了敲黑板，“最后一分钟，还有人有关于考试的问题吗？”

大家纷纷摇头，开始整理书包。

张佳敏盯着她，鬼使神差地举起手来。

梁忱看到了她：“好，那位女同学，对，后排那位穿墨绿大衣的。”

张佳敏战战兢兢地站起来，觉得双腿有些微微发抖，她定定地望着梁忱，刚刚鼓足的勇气一瞬间烟消云散。她感觉全场的目光都汇集过来，虽然自己居高临下地望着梁忱，却仍然不敢直视她的目光。

几秒钟的沉寂之后，她听到自己艰涩的声音：“那……你理想中的那个人，是什么样的呢？”

学生们窃窃私语，不是说要问最后一个关于考试的问题吗？不过他们也同样好奇，兴致勃勃地期待着梁忱的回答。

“这个问题，我回答不了。”梁忱语气温和，“要他出现了，我才知道。”

张佳敏离开教室的时候，梁忱依旧被学生们包围着。她定定地望过去，恰好梁忱抬头，目光投过来。在她看来，这个乖巧漂亮的女生大概研究生年纪，十分面生，但眼睛中有些和其他学生不一样的东西，关注中还有三分戒备。

梁忱友善地微笑，挑了挑眉毛，探询地看着她，可她什么都没问，垂下眼睛走出教室。

张佳敏走在冬夜的校园里，寒风凛冽，她忘记围上围巾，迎面而来的冷风闯进大衣里，将她冻了个透。她本来在心中无数次愤怒地斥责对方，嘲笑她的道貌岸然。此时此刻，却不知道是要讨厌她，还是应该讨厌见异思迁的莫靖则。最讨厌的，是这个暗中窥视又满心嫉妒、怨怼的自己。

不知道什么时候，她已经是泪流满面，脸在风中像刀割一般地痛。

平安夜当天，从中午吃过饭开始，实验室里的学生们便自动开启了节日模式。梁忱从系里开会回来，看他们一个个心猿意马，眼巴巴望着自己的样子，忍不住笑道：“把手头的事情收拾利索，下午都早点撤吧。”

有硕士生问心有愧，怎么也要表明一下态度，问道：“您不是在等我们的模拟结果？不耽误进度吧？”

“也不差这半天。”梁忱微笑，“留住你们的人，心早都不知道飞哪儿去了。不如玩得开心些！”

学生们欢呼，加快手中进程，不多时纷纷告辞，还有几个学生带上包装精美的礼物去赴约。

梁忱坐在办公室里，无奈地笑着摇了摇头。这个舶来的节日传到国内后，不再是居家团聚的节日，反而平添了几分浪漫气息。不过那些年轻的孩子，无论什么节日，都能过得像情人节。

夏小橘也发来消息，问她晚上有什么安排。

“把学生都放走了，自己干活吧。”

“我和方拓去参加一个户外品牌的推介会，也当圈内朋友小聚了。”夏小橘写道，“离你们学校不太远，要不然晚上我们去找你？我买个蛋糕带上吧。”

梁忱颇有一段时间没见过夏小橘，和方拓也不过只匆匆见过一面，见她这样提，知道她这算正式向朋友介绍自己的男友，便欣然应道：“好，我走得晚，随时欢迎。”

这时有人敲门，两个女生去而复返，探头说道：“梁老师，Merry Christmas！”说完笑嘻嘻地碎步小跑过来，在她桌上放了一个草莓奶油蛋糕和一杯热巧克力，“总是您请我们吃点心，刚才路过咖啡店，大家说也给您买一份。”

梁忱心头暖暖的，微笑致谢，女孩子们开开心心地说笑离去。

房间里安静下来，她扫了一眼，看到外包装的纸口袋，正是不远处那一家，风雪之夜她和莫靖则道别的店。

梁忱轻轻地长出了一口气，将瓦楞纸热饮杯握在手中。巧克力的浓香扑鼻而来，她啜饮了两口，热巧还有些烫，一丝热气从喉咙直通到心里。

她拿大拇指在店名上蹭了蹭，不禁想起那个寒冷飘雪的夜晚，莫靖则的耳朵和鼻尖，在朔风中冻得微微发红。她看到了，想说让他买杯热饮，但是旋即又把这个念头收了回来。她不想对他表现出任何礼貌、客气之外的关注。

梁忱想，她读懂了莫靖则眼中的一些情绪，有惊讶、欣喜、不解、失望，也有或多或少的一些眷恋。那又如何？最终占了上风的，或许还是他的摇摆与贪心。

当年在坎布里奇那一场让人心安的重逢，不过是两个从现实世界中偶然逃离出来的人，依偎着相互取暖而已。他们都从暗淡的过往中发现了彼此心底的光芒，重新汲取了前行的力量，那就足够了。

既然深情欠奉，就应该放下眷恋。

对于扮演中年男士心底念念不忘的纯情初恋，梁忱毫无兴趣。

梁忱起身，捧着杯子走到窗边。前不久的那一场雪早就消融得毫无影踪，想来再也见不到坎布里奇那种仿佛覆盖全世界一般的风雪了。

远处一辆方正沉稳的黑色SUV缓缓开了过来，她对各类车型了解不多，但是这质朴粗犷的线条却格外熟悉。还未仔细思考便有一种强烈的直觉，但随后觉醒的理智提醒她，自己已经将话讲得不留情面，他那样一个自信且自傲的人，是不应该再来的。

然而车停在路边，推门而出的，真的便是莫靖则。梁忱站在二楼窗边，正对着他的停车位，她下意识想退后一步，旋即觉得自己光明磊落，定了定神，脚步便没有动。

莫靖则抬头，恰好看到她的身影，欣慰地笑了，向她扬了扬手。

躲无可躲，虽然学生们已经都离开了，但梁忱仍旧不想在工作场合解决什么个人感情纠葛。她索性拿起大衣，反手带上房门。

走到楼梯口，忽然想起和夏小橘的约定，忙掏出手机给她发短信：“临时有朋友邀约，现在要出门，咱们改天碰面吧，我请你俩吃饭。”

夏小橘回复：“好，那就新年前吧！”

梁忱应允，揣好手机，深吸了一口气，缓步走下楼去。

莫靖则已经等在门廊，正端详着布告栏里的放假通知。听见她的脚步声，便侧转身体，微笑望过来。

“梁忱，”他略一停顿，声音中带了一丝不易察觉的拘谨，“圣诞快乐！”

她报以浅浅一笑：“圣诞快乐。”

“今天楼里蛮安静的。”莫靖则四下望了望，“门前的自行车也比上次少多了，学生们都跑去过节了吧？”

梁忱上次便是借口大家都在等她，不动声色地推却了对方的邀约，今天不能再以此作为借口。她脸上仍有笑意，从容应道：“是啊，下午就都坐不住了，剩下的工作，就都扔给我自己了。”

言下之意，我依旧很忙，请勿打扰。

他没提邀约的事，从大衣口袋里摸出一个小盒子：“今天路过，正好看见这个小玩意，很适合当作圣诞礼物，希望你喜欢。”

盒子是一家颇出名的饰品店的包装，梁忱略带戒备地抬眼看他，迟疑着不肯接，正要婉言谢绝，听见莫靖则说道：“又不是什么贵重的东西。也不要说什么‘无功不受禄’一类的话，就当是老朋友的节日祝福。”

“那……谢谢。”梁忱接过来，认真仔细地将包装拆开，露出方方正正的小盒子。打开来，一枚剔透精致的水晶挂坠安然地躺在深蓝色的绒布底座上——那是一朵六瓣雪花，打磨过的棱面璀璨生辉。

有那么一瞬，梁忱的思绪略一凝滞。

“我不知道，合不合你的心意。”莫靖则小心翼翼地观察着她情绪的变化，竟有些少年时和她说话时的忐忑，“只是看到了，就想起你。”

“我知道你大概不会和我吃饭。”他自嘲地笑了笑，“我也想过要带花过来。不过你在学校也是公众人物，我怕太扎眼。其实有句话，两年前我就应该问……”

“不要说两年前，前几天下的雪，都已经化了。”梁忱忽然打断他的话，声音不高，却字字清晰，“真正的雪花，握在手心里会化，所以人们才做了这个假的替代品吧。它也晶莹剔透，还能长久存放，但是，那只是人们的良好心愿而已。”

她将盖子扣好，递回给莫靖则：“如果你送别的，我或许考虑一下会收下；但是这份礼物，我不能收。我也明白你想说什么，不过，过去的，就是过去了。”

莫靖则没想到她会这么直白，不觉愣了一下，旋即反应过来，解释道：“虽然感情上的事，我一向处理得不得当；但在我对你说这些话之前，我还是会确认自己是否有这个资格，也不会给你带来任何道义上的困扰。”

“你对自己的生活做出的选择，不要以我作为缘由。”梁忱抿了抿唇，“我承担不起那么多别人的期望。”

“对我而言，能够重新遇到你，的确是生活中最大的改变。”莫靖则从未在人前如此剖析自己的心事，手心竟都渗出汗来。他自嘲地笑了笑，“我好像，都不认识自己了。”

“那你又真的了解我吗？”梁忱略一垂眸，又抬起眼，望进他的眸子里，“如果我并不是你想象的那种人呢？我并不是很多人眼中的那个我，没有那么大度、温和、贤淑。就让你的回忆，停在一个最美好的瞬间，不好吗？”

她晃了晃手中的盒子：“只是你要记得，这并不是真实的我。”

“但那时候的感情，都是真实的，不是吗？”莫靖则自嘲地轻笑，“我知道，这些年自己处理感情的事情，都是一团糟。大概也不能给对方足够的安全感。”

“我没有想那么多。”梁忱微微摇头，“我其实是个目的性很强的人，我喜欢的事情，就会努力去争取。”她环视四周，“我喜欢我的工作，喜欢身边的学生和同事，喜欢这个校园，喜欢我的朋友们。如果你问我，什么是我最喜欢的，那就是自己现在拥有的生活。”

“我不想有什么改变。”她顿了顿，深吸了一口气，随后的话语像是长久的叹息，“靖则，我们都不再是为别人改变自己生活轨迹的年纪了。”

方拓的朋友在老城区开了一家户外主题的咖啡店，这一天组织圣诞节聚会，登山圈中的好友们齐聚一堂。方拓下午就赶过去帮忙，留了地址给夏小橘。

因为都是户外圈的朋友，夏小橘出门时选了一身休闲风的装束，但想着第一次以女朋友的身份去见方拓的朋友，还是需要格外打理一下。下班后她先跑到隔壁的理发店，请发型师帮忙吹风造型，看着镜中的自己变得精致起来，心里甜蜜又略为紧张。

她买了两个圣诞蛋糕，大的带去聚会，小的留给梁忱。

赶到咖啡店，方拓引着她和朋友们一一介绍。户外圈众人大多开朗热情，加上夏小橘也有多年野外考察的经验，和大家有不少共同话题，很快就熟起来，几位对生态环境感兴趣的朋友兴致勃勃，围着她聊个不停。

还有人和方拓一起去过慕士塔格，此刻搭着他的肩膀问：“可算知道，你当初的英吉沙小刀是送给谁了，还说自己留着切羊肉。”

另一位朋友打趣：“喂喂，小点声，你怎么知道阿拓把英吉沙送给小橘了？万一他送给别人，你让他怎么解释？”

“哦对，不是什么小粉丝吧？”

方拓笑骂一句：“你们够了哈，就算我女朋友大度，也不带这么当众拆台的。”

有人故意开玩笑：“阿拓当时好像买了好几把小刀是不是？”

方拓指着他：“喂喂，这可属于栽赃了！”

一位忠厚老实的山友过来打圆场：“小橘你别听他们瞎说哈，这帮小子平时总被方拓打趣，总算找个机会来整整他。方拓是个好小伙，和他在一起，你就一百二十个放心吧。”

朋友们嘻嘻哈哈，说了方拓在野外的不少趣事和糗事。

忽然有人想到什么，一拍大腿：“我终于明白了，他在山顶画的不是苹果！”

夏小橘好奇地问道：“什么苹果？手机吗？”

“他画了个苹果，我问他为什么，他说平平安安。”

方拓从果盘里拿过一只饱满的红苹果，塞到他嘴里：“对，平平安安，吃你的苹果。”

朋友咬了一口，一边嚼，一边口齿不清继续说：“见到你我才知道，那不是个苹果，哈哈。”

夏小橘略一想，便明白过来，他想画的是个橘子。她的脸颊有些发热，心中却甜丝丝的，笑容从嘴角漾出来。她轻轻撞了撞方拓，嘻嘻一笑，轻声道：“来，画个苹果给我看看呗。”

方拓又拿了一只苹果，递到她嘴边：“给，苹果。”而后缓声严肃地说道，“慢点吃哈，别走神，今天医院急诊开不开，可不一定。”

夏小橘又好笑又气恼，偷偷踢了他一脚，瞥了他一眼，咬牙道：“方拓你找揍吗？”

朋友又说：“哦，当时在雪宝顶吧，他还在苹果，哦不，橘子旁边写了三个字哦，我还拍了照片。”

啊，三个字？夏小橘脸红耳热，但又有些好奇。

“够了够了，能不能把这茬儿给我跳过去！”方拓箍着朋友的脖子，“你想要封口费还是被灭口？”

“小橘，他要挟我，快管管他呀！”朋友笑着大叫，将手机塞了过来。

夏小橘眼疾手快，抢在方拓之前接住。她想着方拓写下了三个字，心跳加速，划开屏幕一看，白雪上一个看不出是什么的圆形水果，旁边歪歪扭扭写着：你真二。

夏小橘哭笑不得。辛辛苦苦爬上山顶，还惦记着要揶揄她一句，到底谁比较二？

众人在一起说说笑笑，欢乐开怀。

夏小橘本来担心梁忱在北京朋友不多，想着晚些时候带方拓过去找她过节。聚会没结束，二人便起身告辞，刚走到胡同口，却收到梁忱发来的短信。

她拿给方拓看：“梁老师说临时有朋友来找她。”

方拓点头：“咱们应该不用过去了。”

夏小橘做思索状：“今天，这个时间忽然来，不会有谁找梁老师表白吧？”

她噘着嘴，眉头轻锁，眼睛转到一边，手指捻着下巴。方拓看她表情夸张，忍不住捏了捏她的鼻子：“怎么？你还想跟过去看看？”

“想啊！”她兴奋地应道，又叹了一声，摇头，“就是，不知道要跟去哪儿啊。”

“你这好奇心也太强了。”方拓笑她，“梁老师要是真有了男朋友，你早晚也会知道的。”

“我总有预感，这位八成也是炮灰。”夏小橘耸耸肩，“没觉得有谁配得上梁老师，她都没提过有什么合适人选。”

“或许人家就是不说呢。”方拓含笑看她，“以前你也总在朋友面前提起我吗？”

“才没有。”夏小橘做不屑状，“有什么好提的啊？好像谁惦记你似的。”

方拓乐了：“我还可以吧，在你朋友面前还能拿得出手吧！”

夏小橘道：“本来今天说见梁老师，她临时有约；想叫佳敏来一起玩，她也有聚会。大家都很忙吗？”

方拓道：“也不一定，人家那叫有眼力见。把时间留给我们。”

二人面面相觑。这时间，他们已经从朋友店里出来，又不必去找梁忱，做什么呢？方拓扬了扬手中的蛋糕盒：“找个地方，把它吃掉？”

两个人沿着街边走过去，方拓自然地揽着夏小橘的肩，她心中暖意十足，刚刚喝了两杯红酒，不知道是不是酒精作用，只觉得脚下轻飘飘的。

节日当晚，附近的小店里都坐满了人。二人踅进几家店，不是太吵就是已经满座。走到路口，方拓停住脚步，侧身看着夏小橘，半开玩笑，半是认真地说：“怎么办？去哪儿？现在可能都不好打车了。”

夏小橘抬头，看到路边的公交车站牌，想起上次午夜在街头打车的经历，借着酒意脱口而出：“要不，还去你家？”说完酒醒了一半，连忙摆手，“我开玩笑的。”

“我可没开玩笑。”方拓微笑，“去不去？”

夏小橘心若擂鼓，方拓的凝视让她有些抬不起头来，但是她也很想被他抱在怀中，和他一起蜷在沙发上聊天、看电视，沉醉拥吻。

她思前想后，半晌没抬眼，只是轻轻点了点头。

方拓柔声问她：“你认真的，还是开玩笑？要不，再逛一会儿我送你回去。”

夏小橘用一个拥抱做了回答，钻到他怀里，靠在他肩上，用力点头：“去就去。”

方拓笑起来，拍着她的背，把身上八爪鱼一样的夏小橘揪下来，低头看她，直到她羞怯得抬不起头来，他才勾着她的下巴，在霓虹闪烁的街头深深地吻她。

回到家，方拓翻箱倒柜，找出一瓶朋友送的红酒。

“家里平时都用手电的，连个蜡烛都没有。”他拿出一把防水手电，浸在盛满水的玻璃杯里，“怎么样？这么看有没有浪漫一些？”

夏小橘在网上查了热红酒的方子，其中需要的几味香料都配不齐，于是改成了简略版的水果酒，红酒泡上切片的橙子和苹果，再加一听雪碧搭配。

方拓啧啧叹息：“据说是不错的红酒呢。”

“要泡出好喝的水果酒，也要好喝的红酒。”夏小橘振振有词。

“对，反正我也鉴赏不出来。”方拓笑呵呵地帮她削着苹果，“我们这一对没品位的人在家偷偷喝，谁也别笑话谁。”

二人关上大灯，围着茶几，借着杯中手电朦胧的光晕，你一口我一口，啜着芬芳的水果酒，吃着甜美的奶油蛋糕。

“呀，你脸上沾上奶油了。”方拓指了指夏小橘的脸颊。

“哪儿有？”她伸手抹了一下，没摸到。

“这儿呀。”方拓话音未落，手指蘸了一点奶油，飞快地在她嘴边一抹，“哈哈，慢点吃，都吃到脸上去了。”

“你才吃到脸上去了！”夏小橘也学他，拿手指蘸了奶油，要戳到他脸上去。

方拓笑着闪身，敏捷地躲开，抬手捉住她手腕：“你手不够长。”说着另一只手又在她嘴角抹了一把。

“喂，再惹我，我就掀桌子啦！”夏小橘威胁道，“快，过来让我抹一把。”

“摸什么摸？”方拓打岔，“你矜持一点好不好？”他攥着夏小橘手腕，向前一带，探身在她嘴角吻了吻，“我帮你擦掉，还不行？”

夏小橘一颗心怦怦乱跳。

方拓捧着她的脸颊，把她嘴角的奶油一点点地舔掉。夏小橘感觉到他温热柔软的舌尖扫过唇畔，而后头一偏，便吻在她的唇上。

柔软缠绵的感觉让她心跳加速，又像是被包裹在蜜糖中，动作都无比慵懒。她一时如同轻飘飘荡在空中，一时又如同沉浸在温暖的海洋中。她不想睁开双眼，心甘情愿融化在这甜蜜的吻中。

方拓的吻和平日相比，多了一些强势和霸道，他一只手托着夏小橘的后颈，指头掠过她的头发，另一只手环着她的背，轻柔地摩挲着。两个人的嘴唇紧贴在一起，彼此碾磨，挑拨试探，想要从对方那里找到最沁人心脾的那份甘甜。

夏小橘能感觉到，方拓的呼吸渐渐急促起来，她自己也快喘不过来气，喜悦而又慵懒。略松开嘴唇想要透一口气，耳畔是他沉重的呼气声，还有不知不觉从自己嘴中溢出的轻声吟哦，“嗯”的一声，带着一丝从未有过的柔媚。她脸一红，羞怯地把头埋在方拓脖颈旁。

方拓拨开她的头发，温柔地拢在耳后，亲了亲她的耳朵，鼻子贴住她的发丝，吸了口气："你闻起来真像个小橘子。"

她赧然道："我今天洗了头发。"

"不是，一直都有。"方拓啄着她的耳垂，"特别好闻。"

耳朵被他呵得痒痒的，又有一种奇异的触电般的感觉。夏小橘的身体轻轻抖了抖，搭在方拓胳膊上的手指不觉攥紧了一些。

方拓感受到了她的紧张，环着她的手臂略松，和她拉开一些距离。他眼神清亮，认真地望着她的眼睛，仿佛要一直看到她心里去。

"还是有点紧张？"方拓问她。

夏小橘侧过脸去，轻轻点头。

"会害怕吗？"

她又点了点头。

方拓轻笑一声，吻了吻她的嘴唇："这个呢？"

夏小橘咬了咬唇，把一个微笑憋了回去。

"那就是还喜欢咯。"方拓揉了揉她的头发，"我们慢慢来。"

夏小橘扯着他的衣角，手指绕来绕去，低下头，声音细如蚊蚋："其实，也没那么害怕。"

方拓佯装没听清，耳朵凑过来："你说什么？"

"没那么害怕啦！"夏小橘又羞又窘，在他胸前推了一把，"我又不是什么都不知道的小屁孩。"

"好好，你什么都知道。"方拓忍不住笑，将她拉到床边，抱在怀里，"那你觉得什么时候准备好了，也让我知道一下，好不好？"

夏小橘埋在他怀中，被他的气息环绕包围。他的气息既亲切熟悉，让人心生安稳，又带了一丝吸引和诱惑，让她按捺不住心中的好奇——接下来，会怎样？

和方拓在一起，她没有什么可害怕，她沉醉于他的亲吻和拥抱。对于未知的世界，她心甘情愿和他一起去探寻。

她借了三分酒意，鼓足勇气，主动仰起头来，吻在方拓的脖子上。那里皮肤柔软，能感觉到下面血管中脉搏的跳动，沉稳有力，是一个男人应有的雄性力量。

“就是，现在。”她喃喃应道，语气轻柔而坚定。

第十三章

与你同行

第二天是周末。夏小橘懒散着不想早起，只听到方拓窸窸窣窣穿衣服的声音。

“我去买早餐吧，你再睡会儿。”他在夏小橘额头亲了亲，把被角塞紧，“楼下的油条挺好吃，去晚了就卖没了。”

她裹在被子里嘟嘟囔囔：“啊，里面有明矾，总吃会变傻的。”

“你怎么那么多废话啊！”方拓佯怒，隔着被子戳她的侧腰，“到底吃不吃？”

夏小橘咯咯地笑起来，“吃，吃。反正你都吃那么多了，我总得陪你一起。”

方拓在她头顶重重揉了揉：“傻妞。”

他起身出门，夏小橘的嘴角依旧带着笑意。想起昨晚发生的事情，又是欢喜又是害羞，在床上翻来覆去滚了两圈，又忍不住笑出声来。身侧还留着方拓的温度和气息，她侧身躺着，好像还能对上他安静的睡颜一般。夏小橘枕着自己的胳膊，痴痴地想，这样的生活也不赖。

她好想每天早晨一起来，第一眼就能看到方拓。

方拓回来时拎着豆浆、油条、包子、豆腐脑和鸡蛋。他看夏小橘依旧蜷在床上，走过去半跪着，把装着包子和鸡蛋的塑料袋贴在她脸上，热乎乎的，微微发烫。但他身上还带着室外清冷的寒气，有冬天特有的金属一般的气息。

“起床啦，吃饭了！”方拓隔着被子，在她屁股上拍了一下。

夏小橘人倒是一下清醒了，想要掀被子起来，这才惊觉自己不着寸缕。阳光斜斜地透进来，她有些羞赧，将被子裹得更严实。

“多大人了，还赖床。”方拓笑她，把冰凉的手探到被子里，贴在她脖颈旁，冻得她一哆嗦。

“这么冷啊？”她捏了捏方拓的手指。

“是啊，排队来着，人不少。”方拓在她脸上掐了一把，“快起来吃，一会儿凉了。”

“那个……”她揪着被子，眼睛瞟向一旁，“我的衣服……”

“都在这儿呢。”方拓转身放下早餐，把散落的衣服一件件捡起来，码放在床头，“我找个碗把豆腐脑倒出来，你赶紧穿哦。”说着他轻轻向下拽了拽被子，凑过来，脸和她挨得很近，挑了挑眉毛，嘴角一弯，笑道，“怎么？害羞啦？反正看都看过了……”

夏小橘怕他掀被子，紧紧拉住，一颗心怦怦乱跳，两颊绯红：“别闹了，赶紧去弄你的早饭！”

方拓也没再继续调戏她，哈哈笑着走进厨房，拿了两只碗，把塑料袋里的豆腐脑倒出来，又将油条和包子码在碟子里。从餐厅望过去，夏小橘手忙脚乱地穿着衣服，睡眼惺忪，还有两绺头发鼓起来。他心情不错，一边摆放餐具，一边哼起歌来。

夏小橘抓紧时间洗脸刷牙，看着镜子里的自己，也是藏不住的娇羞喜悦，忍不住又笑了起来。

坐在桌边，她睁大眼睛：“买了这么多？能吃完吗？”

“小看我的饭量，还是你自己的？”方拓塞给她一根油条，“多吃点，今天得走好几个地方呢。”

“去哪儿？”

“看房呀。”

“之前你也看了两三个月吧，没有中意的？”

“也没认真看，有点时间都忙着谈恋爱去了。”方拓咬了口油条，“你又不是不知道。”

夏小橘轻哂：“嘁，还算到我头上了。”

“之前的确也忙，要不要买，买什么样的，也没想好。”方拓目不转睛地看着她，“但现在感觉到买房的迫切性了。”

嗯，这件事好像还真的能算到自己头上。夏小橘美滋滋地低下头喝着豆腐脑，就听方拓叹气：“再不买，这越来越多的装备都没地方放啦。”

她有些懊恼，气哼哼地抬眼看他，却对上方拓笑吟吟的一张脸。“我之前就想，是去远一点的地方买个稍微大些的，还是在城里买小一些的。现在看，还是离你单位近点好。”他顿了顿，“要不然你这么能睡懒觉，一定迟到。”

他是说，以后要住在一起吗？虽是早晚的事情，但是不是太快了呀？他们也没谈多久，还没见过爸妈呢。但是，又觉得已经是无比熟悉的两个人，再怎样亲密都是顺理成章、水到渠成。夏小橘掰着油条，一瞬间心中闪过无数念头。

方拓笑：“你想什么呢？一想事情，脸上表情就千变万化的。”

二人在中介的带领下走了几户二手房源，距离夏小橘的上班地点都不算远。周一她上班路过其中一个小区，依旧止不住嘴角的笑意。

到了办公室，一位和她关系要好的师姐捧着水杯走过来，倚在她桌边：“小橘今天心情不错呀。”

隔壁座位的同事揶揄道：“小橘最近心情都很好。”

师姐拉她一起去茶水间，边走边问：“周末去哪儿玩了？”

“就在城里转了转。”夏小橘看没旁人，低声道，“方拓要买房，拉我一起去看。”

师姐讶然：“哈，你们打算结婚了？这么快！”

“没……”夏小橘忸怩道，“暂时没打算，就是看看。”

“那也不远了，早作打算。不过，我是想和你说……”师姐嫣然一笑，伸出手来，无名指上的戒指熠熠闪光。

“哇，赵哥向你求婚了？”夏小橘由衷为她感到喜悦，“恭喜恭喜！”

“本来我们也想再等一两年，不过……”师姐点了点肚子。

“哦，哦，我明白了。”夏小橘恍然大悟，“那更要恭喜！”

“所以，你最近没结婚打算？”师姐问。

夏小橘摇了摇头，笑道：“怎么？需要选婚纱？我可以陪你去啊。还是需要伴娘？”

“到时候肯定要找你一起去逛的。”师姐笑道，“不过这个秋天的交流项目，我就去不成了。咱们组里其他几位资历老的，要不然是‘海龟’，要不然也都去过。你在职硕士就要毕业了吧？你英语又好，如果你感兴趣，回头我和老板提一句，你自己也争取一下吧。”

夏小橘惊讶地问：“啊，一年的那个，访问学者？”

“对，耶鲁林学院。”

这一日夏小橘心神恍惚，写着写着年终总结，心思就飞到师姐的话上。她当时没有立刻决断，说要再想一想。师姐看到她的犹豫，表示理解：“你是舍不得你家方拓吧？也是，你们刚在一起，正是最难分难舍的时候。不过项目八月份才开始呢，而且就一年。你要是现在不去，回头像我一样，结婚生娃，这几年就更不能去了。”

她说的，都很有道理。

夏小橘暗自叹了口气，托着下巴，望着电脑屏幕发呆。如果之前告诉她有这样的机会，大概会兴奋得欢欣雀跃吧。师姐说得对，今年不去，明年、后年是否有机会不一定，而且那时候，自己大概也要考虑结婚的事情了吧，更加走不开。可是，有一年的时间见不到方拓，想到周末他还在意气风发地畅想未来，心中就酸涩难言，更觉得不舍。

她思前想后，给梁忱发了一条消息：“梁老师，今天忙吗？晚上找你吃饭呀。”

梁忱很快回复：“好呀，随时欢迎。”

二人约在梁忱学校附近的韩国烤肉店。她看到只有夏小橘一人赴约，略感惊讶：“咦，我还以为你会带方拓一起来呢。”

自从和方拓在一起后，的确就疏忽了和梁忱的联系，直到遇到事情想找人商议，夏小橘才又迫不及待找上门来。她愧疚赧然：“那个，他有点事，下次吧。这顿饭，我来请吧。”

“没关系，咱们两个能吃多少呀。”梁忱莞尔，“这顿还是我来吧。下次有机会，再请你们一起。”

炭火上架着铁丝网，牛肉片滋滋地冒着油水和香气。二人寒暄了两句，夏小橘也没再拐弯抹角，将白天听到的消息转述了一遍：“我和师姐说，让我再想一下，明后天再和老板说。”

梁忱微微一笑，问道：“的确机会难得，但你又舍不得方拓？”

夏小橘点头：“我也知道，其实就一年，分开也不算久。但我现在还犹豫，是不是很没出息？”

“你是觉得，我会鼓励你选交流项目，是吗？”梁忱莞尔，“你自己在心中已经有了一个预判，觉得这才是正经事，对不对？”

夏小橘又点了点头。

“的确，你在研究机构，学历、学位是很重要的。别说出国做交流，有机会的话，最好能去那边深造，继续读博士，接受一下另一个体系的学术训练，对你今后的发展很有帮助。我虽然和方拓不熟，但从你对他的描述，我想他会支持你。”

“是，一定会的，他会表现得比我还开心。”夏小橘抿了抿唇，“不过，我还没和他讲。”

“因为，你现在不想离开他；你也知道，无论他再怎么真心实意地支持你，也是压着心里的不舍。”梁忱垂下眼来，微微一笑，“其实不用我说，你自己都能讲出一堆理由来，去争取这次交流的机会。提升自我，职业规划，未来发展，情情爱爱的事，都应该为它让路。”

夏小橘继续点头，默然无语。

“但如果，这些原因真的能说服你自己，你就不会跑来找我了。”梁忱笑起来，眉眼弯弯，打量夏小橘，“你还不是真心想去。在‘应该怎么做’和‘我想怎么做’之间，觉得很难选，对不对？”

夏小橘发现自己一直在点头。她理了理思路，应道：“的确，我觉得那样有点对不住方拓。之前我们俩都天南海北地跑，在一起之后，他打算把工作重心从户外带队转到装备代理上，最近已经在和几家供应商谈了。他其实很喜欢带队登山，但也愿意为了两个人的将来牺牲自己的爱好，我现在就说走……”

梁忱笑道：“这些都不是关键，关键是，你不想离开他。怎么说，你们也刚刚在一起一个多月，正是最难舍难分的时候呢。”

夏小橘想起近日来二人的相处，羞赧地红了脸，只当烤炉太热，两颊发烫。

“其实，你觉得我会劝你出国。”梁忱顿了顿，“但我并不觉得，这是唯一正确的选择。的确，它对于你工作发展的助力不用多说，但毕竟还不是一锤定音、生死攸关的决定。想要实现自我发展，或者说获得海外经历，以后也会有许多机会。你人生的成功与否，并不是这一年决定的。但一段良好的感情，也是可遇不可求的，恋爱过程中最新鲜、最美好的这部分，也是一种难能可贵的人生体验。”她拿了盐和胡椒的瓶子，左右各摆一只，“并没有哪个选择，超越另一个。它们只是不同而已。”

夏小橘若有所思：“嗯，我再想想。”

“你可以和方拓还有你的老板都谈谈，无论怎么做，其实都不赖。”梁忱莞尔，“你应该开心，有两条光明大道在等你选。”

听她这样讲，夏小橘如释重负，也开心地笑起来。

心情轻松，便有了八卦的力气。夏小橘夹了一片牛五花，喝了两口啤酒，向梁忱眨了眨眼：“梁老师，平安夜那天，你怎么过的呀？”

“我把学生都放走过节去了，自己给他们收尾清场。”梁忱看出她的好奇，微笑应道，“后来，有朋友路过，来找我聚聚。”

“嗯，特意选的这个日子吗？……是男生朋友吗？”夏小橘眼睛发亮，殷殷期盼。

“男生又怎样？圣诞节而已。”梁忱拢了拢头发，语气平静，“是在美国时候的一个老朋友，我也没想到他会来找我。不过他也待了没多久，很快就走了。”

“走了？去哪儿？回美国？”夏小橘略感失望，“那他是对你有意思吗？”

“算是吧，也可能是好久没见，一时激动。”

“那你不考虑一下？啊，他都要走了。”

梁忱微微摇头。

她在莫靖则眼中又看到了坎布里奇风雪之夜的柔情，然而她不相信，这是可以长久存在的。他表现出来的留恋，或许只是一时的不甘和冲动。

看着眼前喜上眉梢，面孔都在发光一般的夏小橘，这才是遇到了心有灵犀，彼此爱护的另一半时该有的样子。

厦门马拉松就在新年假期。临近出发，夏小橘一边忙着年终工作收尾，一边和方拓商量到了厦门后的行程安排。

张佳敏本来说要去看望一位闺密，但是那位姑娘和男朋友趁着小长假要去北方旅行，正好和她擦肩而过。

她想着说过不给方拓和夏小橘做电灯泡，不禁犹豫是否还要按计划前往厦门。

最近她有些心神恍惚，做什么都提不起精神来。平安夜聚会的时候，小安看出她的心不在焉，还安慰道："分明是莫大没眼光，你也不要觉得损失了什么。你看着他很风光，不过因为他比你大那么多，有阅历和财力的积累。等你到了他那个年纪，就会觉得这样的男人也挺普通的。你的青春可比他长多了，何必为了他闷闷不乐呢？"

张佳敏不知如何作答。她知道朋友不过是宽慰自己，然而无论莫靖则出色或平庸，他和自己的未来都没什么关系了。日子终归要过下去，不会因为他的离去而静止或倒退。

她看着机票行程单，想到那些跑得堪称呕心沥血的日子，一个念头渐渐清晰——总有些什么还是自己能把握的，便不该轻易放弃。

这一日夏小橘吃过午饭，正在网上看着厦门的旅游和美食攻略，忽然楼下有客来访。电话响起，格外出人意料，竟然是颇有时日没见到的莫靖则。

夏小橘一头雾水,一边下楼一边琢磨,想不通他来找自己的目的。

莫靖则和她问过好，也没多寒暄便直接问道：“过两天要去厦门了吧？”

“对，31 号傍晚的票。”夏小橘答道，“和佳敏一起。”

“嗯，记得。”莫靖则说着，从车里拿出一个纸袋，“我知道方拓都会准备，不过还是买了一些。”

夏小橘接过来，打开一看，有能量胶、创可贴、腰包、头带、薄手套，林林总总，一堆跑步的小物件，能看得出，都备了三份。

“这是给我们的？”夏小橘有些惊讶，旋即笑道,“方拓不跑，就是给我们打杂的。还有，佳敏那份，你直接给她不就好？”

“麻烦你转交一下吧。”

“嗯？”

莫靖则顿了顿：“也不要说是我买的。”

“这……”夏小橘疑惑地看着他，心想，莫师兄这是玩什么深沉？

“我们，”莫靖则看出她眼中的疑问，轻咳一声，“分开了。”

“啊？！”夏小橘讶然一声惊呼，“你们，分……了？”

莫靖则沉默以对。

“什、什么时候的事？”她瞪圆眼睛。

“不久前。”

夏小橘错愕地看着他，难怪他嘱咐自己带着佳敏去过圣诞，难道那时候就已经各奔东西？之前毫无迹象，张佳敏说起男友更是一脸痴迷。那只可能，是莫靖则单方面提出，突然且坚决。

她隐约觉得有个念头在脑海中飞逝而过，似乎能捕捉到一丝踪影，但又不敢多想。

莫靖则打破沉默："我也想到了佳敏没告诉你们。"他拿出几个信封，交到夏小橘手上，"之前她来回搬家，所以通信地址写的还是我这儿。这里有她的几封信，稍后，也麻烦你转交给她。"

"为什么你不亲手……"夏小橘接过来，脱口而出，旋即又醒悟过来，"算了，的确，师兄你还是不要见她比较好。东西我先收下了。"

他面色凝重，应道："多谢了。"

夏小橘微仰着头看向莫靖则，心中感慨："因为师兄你，是不可能回头的。你做的决定，任何人都改变不了，对吧？"她垂下眼来，随手翻着手中的信封，"我知道，佳敏现在会很难过。我也不好评论什么……不过，如果不喜欢了，离远一些也好，也不要表现得还很关心对方，那么做，只会让她更放不下吧。"

在一众广告邮件中，有一个牛皮纸信封显得格外扎眼，上面是工整但稚拙的字迹，写着"张佳敏老师收"，老师二字略小，在她姓名的右下角，这大概是她暌违已久的称呼。看大小和质地，里面应该是一张新年贺卡。

夏小橘拈在手里，想起张佳敏曾经说起，离开阳朔时和学生们依依惜别，心中便涌上一股难言的酸涩。她轻叹一声："我会好好照顾佳敏的。这些信，等从厦门回来，我再给她吧。"

莫靖则微微颔首："也好，让她去散散心。"

临走时他叮嘱夏小橘："佳敏提过想开蛋糕店，其实开店一点不比上班轻松。只不过我现在也不方便出面，如果她那里有什么需要，租店面或是购置设备，或者是需要大家出谋划策的，你告诉我一声，到时用你和方拓的名义帮帮她。"

夏小橘随口应了一声，看着他驾车远去，心中五味杂陈。

莫靖则并非不知道张佳敏向往什么，需要什么。在分手前，他如果拿出此时这种关注的一半来，恐怕已经足以让她欢欣雀跃。

而现在这些惦念算什么呢？不过是心怀愧疚而已。

但是再多的于心不忍，再多的倾囊相助，大概都没办法抚平佳敏心中的伤痕。

夏小橘深深怜惜，因为她曾经站在类似的位置上，明白对于曾经拥有又化为泡影的佳敏而言，心中大抵会更痛。

三人在这一年的最后一晚去坐飞机。夏小橘和方拓提前两天便选好了座位，张佳敏到了机场换登机牌，只拿到一个后排的位置。飞机起飞不久，方拓便来游说张佳敏，说他这几日忙碌，未来三天还要做苦工，需要好好休息，所以要来乘客稀少的后排躺平了睡一会儿。

张佳敏拗不过，换到前排，坐在夏小橘旁边。

夏小橘自然早就和方拓讲过莫靖则的来访，二人也商量着这一路上不要过于亲密，由她多陪陪张佳敏。可她坐过来，夏小橘还是难免有些小心翼翼，只怕说什么都会刺激到她。

张佳敏比她想象的要振奋许多，拿出洗好的水果和她分享，又递过闺密发给她的厦门美食清单，和夏小橘研究起来。

讲到两天后的比赛，张佳敏笑着对夏小橘致谢："你和阿拓太贴心了，其实我就跑十公里，都没想到要准备这些。"

"不用谢我……"夏小橘略感尴尬，"那个都是……都是方拓，他是个装备党，喜欢研究这些。"又转移话题，问道，"对了，最近天冷，你还跑了吗？准备得怎么样？"

张佳敏摇了摇头："跑得不多。有健身房新开业，拿着体验券去跑了两次。"

"不过你之前也跑过这个距离，十公里完赛没问题的。"

张佳敏轻叹："希望吧。真有点不想来了，还要打扰你们。"

"大家一起出来玩嘛。我们也是为了跑步来的。一起跑，那才热闹！”

张佳敏看起来也有些疲倦，夏小橘问：“是不是最近年底，事情太多？你要是累了，也睡一会儿吧。”

她抿着唇，点了点头。

夏小橘看着她倚在窗边，身体缩紧，娇小的身影显得格外落寞，不禁暗自叹息，帮她把披在身上的风衣盖好。见她呼吸渐渐舒缓，这才起身去找方拓。

走到机舱尾部，方拓果然独霸了一排三个座位，把手抬高，扭着身体歪倒下来。长度不够，小腿还垂在座位下。

“方拓？”夏小橘轻声喊他，毫无反应。

她轻哂道：“嘁，还真会找地方。”她探身想捏住方拓鼻子，刚俯身下去，方拓忽然睁开双眼，“哈”地一声轻笑，拉住她手臂，将她带到怀里。

夏小橘吓了一跳，嗔道：“你幼稚不幼稚？”她推着方拓胸口，想要站直身体，“不是说了？这两天，保持距离！”

“我知道啊。”他一脸无辜，“所以不得趁现在多抱抱？”

夏小橘一拳捶在他肩头，嘴角却忍不住弯了起来。在刚刚的感慨和唏嘘过后，为了自己的幸运而无比欣慰。

“佳敏怎样了？”方拓问她。

“还好，倒是也和我说话，还表现得很兴奋的样子。”夏小橘总算挣扎着起身，向前排望了望，“但你知道，有些人伤心的时候，反而要在别人面前笑出来，也不想看到朋友怜悯的目光。”

方拓似笑非笑地看着她：“说你自己呢？看上去大大咧咧，嘻嘻哈哈，其实柔肠百转，感情比谁都细腻。”

夏小橘向他翻了个白眼。

“有什么不好意思的呀？”方拓坐正身体，将她揽在怀里，笑道，“我也是啊。”

夏小橘嘴硬：“谁和你一样？”

方拓垂眸，看她噘嘴的样子带了几分娇憨，忍不住在她鼻子上刮了一下：“以后，以后都不会了。”他将夏小橘搂紧，“对着我，你可以放心地想哭就哭，想笑就笑……哦不对，和我在一起，应该忘了‘哭’字怎么写才对。”

“脸皮可真厚啊！”夏小橘“扑哧”一声笑出来，环着方拓的腰，贴在他胸口，心中十分安稳。

新的一年就要来了。她依旧是坚强快乐的夏小橘。只是这一次，有这样一个人，她可以放心地在他面前卸下所有防备和伪装。

抵达住处时已近深夜。方拓订了两间房，自己拿了单间的门卡，把标间留给夏小橘和张佳敏。办好入住，放下行李，他敲了敲门，问两位姑娘要不要出去吃宵夜。

张佳敏没有异议，但她一路奔波，看起来无精打采。夏小橘知道她在强撑，又不想将她一个人丢在宾馆，将门拉到半开，向方拓挥了挥手：“不去啦，早点睡吧，调整一下生物钟，后天还要早起。”

方拓看她背对着房间，冲自己挤眉弄眼，心中明白大半，也没再勉强：“也是。那早点睡吧，明早去吃沙茶面！”

夏小橘看过攻略，光听名字就觉得浓郁鲜美，她重重点头，爽快地应道：“好！”

方拓忍不住点了点她嘴角：“看你那架势，口水都要出来了。”

夏小橘更衣洗漱，想起出门前买了三副牙膏、牙刷的旅行套装，都放在方拓的背包里，于是披上外套去敲他的门。

“来了。”他应着，声音由远及近，拉开门笑道，“怎么？

又想出门吃东西了？”

“不吃啦。”夏小橘压低声音，“看佳敏也困了，早点睡，明天早晨去吃。”她摊开手，“牙膏呢？”

“这就找给你。”方拓在她手心拍了一把，就势将她拉到房间里。

大门在身后关上，夏小橘脸上一红：“我得赶紧回去哈，佳敏等着呢。”

“你来得正好，”方拓单手支在门上，将她困在身前，抬腕看了看手表，“马上。”

她不解：“嗯？”

方拓倒数：“五，四，三，二，一……”话音刚落，他低下头，在夏小橘嘴上亲了亲，笑道，“新年快乐啊！”

夏小橘一愣，旋即笑容从嘴角绽开，她踮起脚来，也回亲了方拓一下：“新年快乐！”

方拓捉着她胳膊没松手，吻得热烈缠绵。夏小橘被他拥在怀里，抬着脚跟，后背都要贴在门上了。她整个人陷在狭小的空间里，似乎只能感觉到方拓的存在。

两个人的呼吸都有些急促，稍一分开，夏小橘就在方拓眼里看到那个眼波流转的自己。她心下不舍，但还是收整心绪，推了推他，支吾道：“那个，我不能待太久啊，还得回去。”

“知道的。”方拓依依不舍，啄了啄她的嘴唇，“让你们一起住，倒不单单是照顾佳敏。”他松开手，转身去找牙具，边走边叹气，“也免得我们俩饱受折磨。”

“咱们俩？你和我？”

“我、们。”方拓蹲在地上翻着背包，一字一顿，“你认识的。”

夏小橘一怔，旋即明白，在他背上推了一把：“流氓！”

方拓向后抵了抵，岿然不动，笑道：“也是为了你好好跑步。

不能又因为我，跑不完全程，责任太大了！”

两个人又说笑了几句。夏小橘道：“我真得走啦。”

方拓摊手：“谈个恋爱，和做贼似的。”

“体谅一下佳敏嘛。”

“那是当然。”方拓点头，“而且我觉得这样挺好。”

“哈？”

“偷偷摸摸，特别刺激！”

到了比赛当日，三人六点多就起床吃饭。方拓整理背包，塞了两瓶矿泉水，几瓶运动饮料，若干能量胶，一把香蕉，还有创可贴、云南白药喷雾、一次性雨衣和医用保暖毯。他经常出门，动作利落，各种补给分门别类放好，背包收拾得规矩整齐。除了双肩包，他还带了一部单反相机，斜挎在肩上，又在附近租了一辆自行车。最夸张的是，他还带了一个导游们常用的别在腰间的扩音器，正琢磨着如何固定。

夏小橘觉得这个移动补给站、啦啦队兼摄影师功能齐全，虽然单枪匹马，但也声势浩大，一个人就像一支队伍。她指了指扩音器：“这个就别带了吧？多夸张呀，到时候所有人都瞅你了。我可不过去凑热闹。”

“夸张点好呀，要不然人山人海，你们也不容易看到我。”方拓考虑周全，也提醒二人不一定要穿组委会发的比赛服，或者再加一件辨识度高的衣物。他从装备店帮夏小橘购置了柠檬黄长袖速干 T 恤和青绿色跑步短裤，谁知官方配发的是一件红色短袖 T 恤。

夏小橘眉头拧在一起：“你是让我穿成交通灯吗？什么审美！？”

方拓大笑：“醒目啊！户外就讲究亮骚！”

他也带了一件长袖T恤给张佳敏，她将红色短袖套上，笑道：“那我是什么？西红柿炒蛋？”

这一日天气晴好，厦门的一月依旧绿意盎然。然而体感温度并没有看起来那么温暖舒适，清晨海风拂面，带着凉寒的湿意，走在路上还是让人忍不住想要抓紧冲锋衣的领口。

方拓将二人送到起点，三个人伸出手来，依次交叠，大喊了一声：“加油！”

放眼望去，参赛者和志愿者都是正红色的服装，热情如火。有的运动员短袖短裤，无比清凉。路边看热闹的人群中，不乏穿着厚重大衣或是轻便羽绒服的，对比十分鲜明。

起跑处参赛者们接踵摩肩，人声鼎沸。全程、半程和十公里的等候区彼此间隔。夏小橘和张佳敏暂时别过，她把外套寄存，套着一次性雨衣挤在人群里，刚刚途中湿凉的寒意荡然无存。她在领操员的带动下简单热身，听着人们的欢呼，雀跃着等待比赛的开始，心情振奋，充满期待。

发令枪响，参赛者举高双臂，欢呼着跑过起点大门。

夏小橘随着人潮缓缓前行，每一步踏在明亮的阳光里，心情也如同天气一般晴朗明媚。路边的加油声此起彼伏，同行的跑步者每个人脸上都洋溢着自信的笑容。她的身体似乎也变得轻盈起来，脚步应和着耳机中的乐曲，感觉双腿毫不费力，每次落地，都轻巧无声地弹起。她摆动双臂，寻着人群的缝隙前行。脸孔渐渐热起来，微凉湿润的空气扑面而来，虽然衣服上很快都沾染了潮意，呼吸却无比舒畅。

要在人山人海中发现路边的方拓并非易事，他过了半小时打来电话，问夏小橘的位置，说自己就在五公里的补给站附近。讲明位置，正好她路过水站，拿了一杯水，脚步稍稍放缓，便看见尽头处不断挥手的方拓。

他不知何时预备了一道小小的条幅，用力挥着，上面写着两个大字：“加油！”

看夏小橘跑过来，又迅速切换成相机。看着他紧张高效的节奏，夏小橘笑了一声，跑到他旁边，伸手击掌，又向前继续跑去。

方拓等到张佳敏，给她加油拍照，又骑上车，一路穿城，奔赴下一个事先约定的地点。

路边的公里指示牌一一掠过。夏小橘看了一眼时间，比她平时练习的正常速度还要快一些，前十公里用了不到一个小时。她不断超过身边的选手，也被别人一再超越。心中没有急躁和攀比，只觉得有许多人相偕同行，这条路热闹而欢快，让人浑身充满力量。

她不禁想起高中时在田径队训练的场景。那时她表现出无与伦比的积极性，围绕操场热身跑上二十圈，只觉得自己像轻盈的小鹿。当时的她并不在乎什么提高成绩，一颗心都系在程朗身上，只想着每天能见到心心念念的男生，在他面前要表现出自己的开朗、敏捷，还有那么一些俏皮可爱。虽然心里无数次构思过和他的对白，走在一起却还是会紧张羞涩到语无伦次。只是，那些惦念和注视，在当时似乎是可以不求回报的，只要能看到他，被他看到，就是完美的一天。因为有他在，便总要做出认真训练的样子。

那时候啊，身边的每个人都心思单纯，少年的思慕与哀愁，都如同是春天一缕不留痕迹的和风，在心底轻柔拂过，留下淡淡的花草香气，又没有一丝影踪。那也是十余年前的事情了，想起来像是一场老电影，仿佛都是属于别人的故事。

马拉松的赛道进入老城区，道路稍显狭窄，但多了几分烟火气，只让人觉得这座城市更加亲切。观众和志愿者们夹道欢迎，热情洋溢。夏小橘在街角又遇到方拓。他也看出她跑得轻松愉悦，拍了几张照，又随着她跑了一段。路边人多，他跑不起来，到了街角便挥挥手，折返去取自行车。

“这段不打扰你，保存体力，好好跑！”方拓临走还不忘大喊两声，“夏小橘，加油！”他没带那个夸张滑稽的扩音器，但对夏小橘来说，即使在嘈杂的人声中，他的声音也格外清晰。

她想起当初在赛道上飞奔的自己，想起想要带跑但是被工作人员一把拉开的陆湜祎，想起呼啸的风中程朗那一声击垮她的呼喊——“林柚，加油！”

当时她仿佛一瞬间沉入深潭，脚底一软，直直地扑倒在塑胶跑道上。她的追逐和奔跑毫无意义，用尽全力却如此狼狈不堪，所谓的自尊和自强，似乎也被周边超越的脚步踩进泥土里。

而现在，在她奔跑的前方，有人晃着加油的旗子，呼喊着她的名字，让人心生欢喜。

她曾全力以赴地追随别人的脚步，也曾被人宝贝一样珍惜，一再地寻找，一再地失去。

然而在漫长人生路上，某一个节点的喜悲，真的不足以决定今后命途的走向。

夏小橘不禁庆幸，虽然跌倒过，膝盖上留着永远不会消失的隐隐疤痕，但这一路上，她又昂首挺胸，斗志昂扬地跑下去。

到了半程和全程的分界点，她的脚步依旧轻盈。经过之前三十公里的长距离适应跑，此时二十公里显得轻松随意，她依旧感觉自己体能充沛，但是也放缓脚步，补充水分和能量胶。继续前行，便是赛道上最为优美的一段海上大桥。

身边闪现了二十六公里的路标。夏小橘放缓脚步，拿出手机，请路边的志愿者帮忙拍了一张照片。

对她而言，这是上次北京马拉松折戟的距离。今时今日，这是新的开始。

她想起了生命中那些惊惶无措的日子，求而不得的程朗，去国离乡的陆湜祎，在高原的云天下的感慨，和方拓的偶遇和此后的揣测波折，对他不知从何而生的牵挂惦念，患得患失的惶恐纠结。想到这些，心中无限感慨。

她不知道方拓骑到哪儿了，也不想打电话问。

在北马的凄风苦雨中，她耗光了全身的力气，瑟瑟发抖，如坠冰窟。当时她以为，自己动了心，便要永远失去方拓了。若果真如此，此刻的她还会不会站在厦马的赛道上？

夏小橘只想了一瞬，便给了自己一个肯定的答案。

那次她垂头丧气走在路边，等梁忱来接，心中最懊恼的，并不是方拓没有及时出现，而是想要完成的目标，并没有倾尽全力。她为自己的半途而废深深自责。要么应该更加认真地准备，要么量力而行，认清个人的局限。人生便如同一场又一场漫长的马拉松，有规划、有准备，才能有所掌控。

和方拓的感情，与其说是命中注定，不如说机缘巧合。她更希望能够证明，自己的坚强和快乐，并不会随着时间和境遇有改变。

属于她的路，无论有多么崎岖坎坷、颠沛流离，她都有勇气去面对。

想到这里，夏小橘深吸一口气，鼓足精神，昂首跑上演武大桥。她迎着耀眼的阳光，身侧是波光粼粼、浩瀚无垠的大海，只觉得自由得要飞起来。

在转角处，影影绰绰看到方拓和他手中向着她挥动的颜色鲜艳的横幅，她忍不住笑起来，欢欣地跑过去。

方拓不断拍着照，看她跑近，又将小条幅展了开来。“加油”二字在风中不断晃动。“加油，超越自己！”他大喊着，忽然将条幅翻了过来。背面是他画的分不清到底是苹果还是橘子的圆形水果，旁边写着三个大字——我爱你。

夏小橘心情激荡，笑着跑过去，扑到方拓怀里，又觉得鼻子一酸。

真讨厌啊，还有那么长的距离要跑，为什么要把人家弄哭呢？

接下来的路途，夏小橘跑得都相对轻松，过了三十七公里，才真正感到疲惫。看了看时间，还不到四小时，如果努力一下，或许还有可能在四小时三十分内完赛。她喝了口水，又咬牙跑了两公里，渐渐觉得脚底有些疼，大腿的力量也不够充足，大概体力已经消耗得差不多，跑快了就会打晃。她不想拼得太猛导致受伤，于是又吃了一条能量胶，放缓速度，跑跑走走。

快到终点附近，路边的观众们热情地加油。方拓骑着车，在外围不紧不慢跟在夏小橘后方，也不催促；知道她此时体能渐渐耗尽，也不过去和她多说话，只是在她跑起来的时候大喊两声“加油”。

到了最后一个水站，夏小橘向方拓挥了挥手：“去终点等我吧，要是你跟着我的话，我一走起来压力好大。不要跟在我这边，我压力好大。”

方拓笑道：“好，那我在前面等你。终点见！”他说完挥挥手，抬起身大力蹬了两下，从人群后疾驰而去。

到了终点附近，加油呐喊声更盛。夏小橘感觉双腿几乎是不自控地做着机械运动，但就像发条上了锈的铁皮玩具，每一步都越发涩滞，只能缓慢地小步跑着。

身边也有不少参赛者脚步沉重，也在跑跑走走。有个姑娘走起来有点瘸，还在咬牙坚持，想要努力跑两步，然而脚底踉跄，险些就要跌倒。夏小橘忙伸手，过去扶了她一把。

姑娘眉头拧在一起：“腿好像有点抽筋。”

“来，坐在道边，我帮你按摩一下。”夏小橘一边说，一边扶她坐下，帮她拉伸按摩，“还有最后一公里多了，加油啊！”

“谢谢，耽误你的时间了。”

“没关系。现在如何？能走了吗？”

姑娘试了试：“能。”她起身，步履迟缓，但还是继续向前走着。

夏小橘笑着挥手：“加油吧！”

终点的红色大门已经映入眼中。参赛者们骤然之间似乎忘了疲累，都凝聚起全身最后一点力气，扬起手臂，高呼着奔向终点。

夏小橘也奋力迈动双腿，似乎已经感觉不到它们的存在。越来越近了，她看到周围每个人脸上疲累却欢欣的笑容；看到终点大门上电子指示牌的时间越来越清晰，时间刚刚四小时四十分；看到路边不断拍照，又抬起头来向她大喊加油的方拓。她加入了人们的欢呼，挥着手臂，大步冲过终点线。

方拓不知从哪里寻了个空，也跃入终点区域，穿过人群，冲上来和她拥抱。夏小橘开心地笑着，和他紧紧拥在一起。她以为过了终点线，自己会浑身一软，瘫倒在方拓怀中。然而并没有，心底的无限兴奋和坚持到底的成功感支撑着她，她全然忘记了刚才的伤痛。

“我就知道你可以，真是太棒了！”方拓比她还高兴，抱着她转了两个圈。

夏小橘想要说两句感谢他的话，又觉得太过见外，只是傻乐着，说不出半个字来。

方拓看着她满面风尘却依旧灿烂的笑容，笑道：“高兴傻了？”

她也不反驳，只是用力点头。

方拓捧着她的脸，用拇指拂去她面颊上的一抹灰渍，没再多说，便低下头来，吻在她唇上。在人声鼎沸、众人瞩目的终点线前，这短暂的一吻却显得格外热烈。

夏小橘心情激荡，刚刚他打出的条幅好像还在眼前晃，她有些忸怩，想着如何开口说一句回应，告诉方拓：“我也爱你。”

她还在思忖，就听方拓笑了一声：“快去洗脸吧，你脸上都有小盐粒了，咸的。”

夏小橘大窘，在他肩头捶了一拳。

领了纪念品和存衣包，夏小橘问：“佳敏呢？她是不是已经回去了？”

“嗯，她刚才打电话说到十公里了，没问题的。我说等你完赛了，一起去吃饭。”

“好呀，咱们去找她吧。我要吃大餐，好多好多肉！”

“好！”方拓揽着她的肩膀，“吃完再去做个大保健，全套的。”

跑完马拉松当天，夏小橘只觉得腿脚沉重，吃喝洗漱完毕，早早就歇下了。第二天起来才觉得浑身酸痛，臀部和腿部的肌肉都揪在一起，尤其是下楼的时候，恨不得把腿拆下来，用手搬着走。每迈出一步，都想要“哎哟”地叫一声。张佳敏也是步履蹒跚，扶着扶手，侧身小心翼翼地走着。方拓笑二人俨然变成横着走的螃蟹。

三人去了鼓浪屿，走走停停，一路说笑玩耍，把知名的小店都试了个遍，然后摸着圆滚滚的肚子赶往机场。

换了登机牌，依旧是夏小橘和方拓在前排。张佳敏主动说：“这次我不和阿拓换票了，你们俩聊天吧，我想睡会儿。”

夏小橘应道：“嗯，昨天跑完，今天逛了一圈，是需要多休息两天。”

方拓递过两份报纸：“据说上面有马拉松的专题报道，一人一份，留作纪念吧。”

到了座位上，方拓放置行李，夏小橘坐在窗边翻着报纸，忽然“啊”地惊叫了一声。

方拓探头：“怎么？有什么新闻？”

夏小橘“唰”地合上报纸，疑惑地看他：“你看过报道吗？”

“没啊，顺手买了，一路忙着给你们照相、买吃的，哪儿顾得上来？”

“也太……”夏小橘面露羞怯，将报纸塞给他，“你自己看！”

方拓翻开，看到专题报道上的几幅压题照片，不禁“哈”地笑起来：“这挺好呀，我都没想到，还有人给我拍照。”

彩页居中的一幅，正是方拓和夏小橘在终点线拥吻的照片。

夏小橘脸孔发热，烦乱地挥了挥手，轻哂道：“真是的，怎么能偷拍人家啊！”

“沿途摄影师拍了那么多，选了这张，说明什么？”方拓仔细打量，“说明咱们好看呀！”

对他的脸皮厚度，夏小橘一向有信心，她刚才只瞟了一眼，哪里还想到要仔细研究？只听方拓说：“哎，到底你是参赛选手，你看，你的脸就清楚一些，我呢，就被挡得差不多，不过看起来也还算精神哈。”

“那咱俩换换？”夏小橘捂脸，“我可不想这样上报纸。”

“别捂了，除了熟人，谁能认出来你呀？”方拓笑着拉她手腕，“这是厦门，不是北京，厦门人民顶多羡慕一下这对幸福的小情侣就是了。”

夏小橘依旧窘得抬不起头来。方拓摩挲她的头发，大笑：“哎，我说墨镜呢？大明星去机场不都需要墨镜吗？还有什么来着？哦哦，棒球帽，口罩！”

夏小橘轻轻戳他：“别闹了，大家都该看过来了。”

“看过来也不认识呀。”方拓向旁边侧身，做出惊讶状，“原来就是你啊！你不就是报纸上那个女生？请问，照片上这位英俊潇洒的男生，是你的男朋友吗？”

夏小橘扑过去捂他的嘴，两个人笑作一团。

这时夏小橘的手机响起，是一声短信提示。她摸出来，不禁一愣，是好久未曾联系的一位旧友——程朗。

他在短信中问：“你跑了厦马？”

“对啊。你怎么知道？”

“我也跑了。”

夏小橘对他早已不再介怀，但毕竟曾经是熟悉亲近的朋友，便回道：“你看到我了？那不打个招呼？”

程朗回：“看到你的照片了，在报纸上。”

夏小橘只觉一瞬间面部又被充血了。谁说没熟人看到？谁说的！她翻着手机，无言以对。

这时机组乘务员进行起飞前检查，提醒大家关闭手机。

夏小橘匆忙回了一句：“我在飞机上，要起飞了。”

“好。”程朗回道，“新年快乐！”

夏小橘莞尔：“你也一样。”

待她收起手机，方拓看似随意地问了一句：“谁呀？”

夏小橘挠了挠头：“一个朋友。”

“哦……”他应了一声，似乎还要说什么，但又把下半句憋了回去。

夏小橘听见他悠长的尾音，还在等后半句问话，但只有沉默加沉默。她自己先忍不住，扭捏道：“程朗啦。”

“我猜到了。”方拓说得云淡风轻，“你说一个朋友，又不讲名字，我就猜无非是程朗或者大土。”

夏小橘一头虚汗。以前和他太熟也不好，早年那点情感纠葛，当作下酒菜没少拿出来和他说。她倒不心虚，但看方拓一副看似不在意又有点小别扭的样子，还是主动蹭过去，挽着他的手臂，不觉带了些撒娇的意味：“他也来跑马拉松了，看到报纸，问我是不是也来了。”

“嘁，看到就好。”方拓“唰”地摊开报纸，正是二人合照的照片，“官方认证！”

飞机起飞，夏小橘倚在方拓肩头，不觉想起二人未来的规划。她轻声问：“陪我跑完马拉松了，你冬天打算和朋友去登山吗？”

“这个冬天不去，就在北京附近攀冰吧。”方拓答得痛快，“还得看房呢，买好了还得装修呢。就算我能干，现在也不能多线程，啥都惦记着，总有个最重要的，是吧？”他说着，捏了捏夏小橘的手。

“那个，想去就去吧。”夏小橘和他十指交握，“你知道，我也不反对你登山的。”

“总有轻重缓急，不差这段时间。”他懒洋洋答道，“问为什么登山，不是有句名言，说‘山就在那里’。换个角度，它就在那里，跑也跑不了，不差这段时间。”

夏小橘想起去耶鲁访学的机会，一时心潮起伏。方拓见她忽然陷入沉思，拿肩膀推了推她：“怎么，接了个短信，你这就嫌我烦了？”

夏小橘拉下脸来：“你再乱说就找揍了哈！”

方拓大笑，揽着她的肩膀：“我错了我错了。我逗你的，谁在乎他呀！”

夏小橘靠在他怀中，身体疲倦，但又觉得无比踏实。

真的不想离开他，还要一年那么久。也许以后做得到？也许吧。她并不怕分离会疏远感情。像之前的三年，她和方拓各自走南闯北，常常有几个月都见不到面，再相逢依旧默契十足，哪怕稍微有点拘谨、客套，也是顿饭就能弥补的。

但是，她现在就是不想和他分开，怎么办？

然而，对于这次交流机会，她并不是毫不心动。属于两个人的未来，总是要共同探讨的。她听到自己探询的声音：“我们所里有个出国交流的机会，本来要师姐去，她怀孕了，想推荐我。你觉得怎样？”

“去哪儿啊？”

“耶鲁林学院。”

方拓开心地应道：“好呀，不错啊，当然去！”

“可是，要去一年呢。”

方拓愣了愣，摩挲着她的头发，沉默了片刻。旋即他便笑起来：“也好啊。那我可以计划一下，去哪儿登山了。”

张佳敏坐在后排，飞机有些颠簸，她只觉得头更疼了，不知道是不是前一天跑步有些着凉。她蜷缩在座位上，想睡但是又睡不着，索性和空乘要了纸笔，写起比赛的经历和感受来。

她的十公里跑得还算顺畅。虽然最近这段时间情绪低落，没什么心情练习跑步，但毕竟之前一鼓作气跑上十二公里的积累还在。站在跑道上，被周围的选手和热情洋溢的观众带动，心情也变得轻松起来，不知不觉就跑到了十公里终点附近的岔口，看看时间，只用了一小时二十分钟，比她预想的快上很多。她甚至抽空给方拓发了条消息，告诉他自己已经到了十公里终点附近，一会儿去旅店和他们会合。

看着两条分道扬镳的赛道，她忽然有些惶恐和不安——这么快，就到了要结束的地方了？她给自己定的目标，是否过于简单？她还有力气，却要在此画上句点吗？

她放慢脚步，任其他选手从身边飞奔而过。他们大多跑得轻松，对全程选手而言，这还仅仅是个开端，还有三十多公里的路程要跨越。看着他们斗志昂扬的脸庞，有种久违的亲切感，就如同在阳朔时看到的那些岩友，每个人的脸上都写着自然、真挚与自由。

张佳敏没有告诉任何人，趁着下拨人跑过来时，她撕下身上的号码牌，叠好握在手中，跨步汇入人潮。

她想，按照这个速度，就算走走跑跑，用一小时四十分钟完成剩下的十一公里，应该也并非难事。但是她没有想到，随着路途的累积，疲劳并不是成比例叠加的，而是坐了火箭般层层飞跃。过了十五公里，她的胯骨、膝盖、大腿、小腿、脚底……每一个部位都酸胀疼痛，右侧小脚指侧旁大概磨起了水泡，脚指甲也顶得发痛，只能一瘸一拐，咬着牙向前蹭。

她咬着牙给自己鼓劲：张佳敏，加油啊！你可以的！别人能做到的，你也可以！

视线中，半程的终点越来越清晰，电子计时器上的数字在不断跳动。她顾不得腿上的酸痛，也忘了呼吸的节奏，用尽全身最后一丝力气冲过了终点线。

时间停留在两小时五十五分。

在三小时的关门时间前，一身伤痛的她，终于冲过了半程马拉松的终点。

张佳敏鼻子一酸，捂着脸要哭出来。她内心说不出地激动，只觉得终于战胜了自己，到达了从未到达的高度，似乎只要努力，就没什么不能克服。

心中的自信和喜悦膨胀起来，她欢欣地乘车折回终点，打算和夏小橘二人会合。南方的阳光透过玻璃窗照在脸上，在清冷的一月里，带着盎然的生机和融融的暖意。

因为马拉松赛道占据了滨海公路，城里的交通也说不上顺畅。她赶到终点时，夏小橘也接近比赛的尾声。张佳敏知道她冲刺前方拓一定陪伴在旁，两个人未必有时间查看手机，便也没打电话。她来到结束区附近，在人山人海中，看到完赛的夏小橘和方拓紧紧拥抱在一起，热情地亲吻。

张佳敏本来想跑过去祝贺夏小橘，但在这一瞬，忽然觉得自己的出现不合时宜。这一路上，方拓和夏小橘对她照顾有加，也没有特别亲昵的举动，现在想起来，多半是为了照顾自己的情绪。张佳敏心中感动，但是看着甜蜜相望的一对恋人，心中不免五味陈杂。

刚刚炽热的兴奋心情和沉甸甸的成就感，被海风一吹，都像淬水一般冷了下来。

此时此刻，她被一种隐约的空虚和无力感攫住。她这样的努力，又是想证明什么？又能证明什么呢？她之所以开始跑步，便是为了追逐莫靖则的脚步。甚至最初她选择来北京，也是为了他。

最初每一次想要跑更远的距离，她都要付出几倍于熟练跑步者的努力，常常跑到肺如火烧，胸口即将炸裂一般地憋闷。的确，她达到了之前以为遥不可及的目标。但是，和周围那些矫健的跑步者相比，还是龟速一样。

张佳敏清楚地看到，就算她跑得更久，跑得更快，依旧无法追上莫靖则的身影，更是永远无法和梁忱并驾齐驱。

变得更好又怎样？更努力又怎样？失去的，已经永远都失去了。

第十四章

抉择

刚回到北京，方拓就收到中介的电话，和夏小橘二人又开始了一下班就马不停蹄的看房之旅。夏小橘还是没完全恢复，老旧的筒子楼没电梯，每次下楼时都皱着眉头，一点点往下蹭。

方拓走到楼梯转角，笑着蹲下来：“等你蹭下来都赶不上吃饭了，要不要我背你下去？”

中介也笑：“你们俩感情真好。买了房就要吃喜酒了吧？”

方拓：“这问题让我怎么回答？我什么都告诉你了，她还有惊喜吗？”

夏小橘抿着嘴，心里乐开了花，但转瞬又想到即将要做出去留与否的答复，心中又多了几分茫然。

告别中介，方拓一边分析着他天花乱坠的推荐，一边说起莫靖则的指点，又掰着手指算自己有多少装备，需要什么样的存储空间。

夏小橘感叹：“你就应该买个仓库。至于你师兄，他的那些聪明才智都用到工作上了，某些方面就是一笔糊涂账！”

方拓笑：“你为佳敏抱不平？”

夏小橘点头："她有点奇怪呢。按理说十公里完赛，应该挺开心的，但你看她闷闷不乐，都没怎么和咱们讨论。我们同事组织年底活动，我邀请她来给大家讲烘焙，她情绪也不高，说好累。"

"也是，最近这么奔波，她也不光是身体疲惫……"方拓点头表示理解，"有时间你多找她聊聊吧，在北京她也不认识谁。她和小安好，但那也是个小丫头，开解不了太多。"

"我也想啊，不过……"夏小橘心存顾虑，"我和她说些什么啊？别再适得其反。"

"你怎么想，就怎么说。"方拓拍了拍她的肩膀，"我特别相信你……实在不行，你和她比赛吃瓜呀。"

"去你的！"夏小橘屈起胳膊肘，在他肚子上撞了一下。

她想了想，又道："孩子们的信我也给佳敏了，她看了也没说什么。莫大交代我们好好照顾她，回头是不是得向他复命啊？"

方拓看她不情愿的样子，笑道："你不想联络师兄？"

"可不是嘛。"夏小橘叹了一声，"他想什么都不告诉我们，又希望我们帮他善后，太老奸巨猾了吧。"

"你真以为他无所不能？想想他的经历，你觉得他擅长处理这些事情吗？"方拓笑了一声，"能找到我们帮忙，大概也是他能想到的最佳解决方式了吧。"

二人一路随意聊着，说起也有段时间没看到莫靖言，应该约她小聚，一来惦记她和邵声的进展，二来也可以一起八卦一番她大哥。

电话打过去，才听说她在医院。

夏小橘忙问："啊？这是怎么了？"

"我爸住院了，问题不大，胰腺炎。"

夏小橘在电话里听了个大概。莫靖言父母计划去南方走亲访友，因为她和邵声的事情一直滞留北京，莫爸不像妻子，每天惦记着和女儿谈心交流，于是隔三岔五就去拜访在京的老同学和亲戚们。赶上新年假期，他连续吃了几天高档餐厅，酒肉穿肠过，终于扛不住了，某一日回家就吐了。莫莫妈当他是喝多了，数落了一通。谁知夜里又开始持续腹泻。莫莫妈只当是胃肠不适，翻出酵母片和止泻药来。第二天白天还是邵声听莫靖言说起，提醒她带父亲去检查。他立刻开车赶来，接上一家三口去医院就医。结果莫爸当天就被留院查看了。

夏小橘和方拓面面相觑，约了时间去医院探望。

隔日傍晚来到住院处，不只莫靖言和妈妈在陪护，邵声的母亲和邵一川也在，看得夏小橘和方拓一愣。

邵一川正在安慰莫莫爸："莫爷爷，我也住过院，打点滴一点都不疼的，护士还会给你糖吃。"他站在床边，正好和莫莫爸视线相平，一本正经的小圆脸让人忍俊不禁。

莫莫爸点头："对，我要向川川学习，要勇敢。"

邵一川又掏口袋："这是我攒的零花钱，都给爷爷买好吃的吧。要是不够，我再问奶奶借点。"

"不用不用。"莫莫妈按住他的小手，"这个爷爷啊，就是因为吃多了才住院。"

莫莫爸蹙眉："能不能不在川川面前说这个？"

莫莫妈轻哂："都提醒你了，少喝酒，你还总觉得自己是年轻小伙儿啊？以为自己瘦就是身体好啊？"

邵一川接了一句："我爸爸也瘦，他不喝酒，所以身体好。"

众人忍不住笑起来。

方拓在夏小橘耳边轻声道："有戏。"

邵声妈妈给病号熬了米汤，又带了一保温杯的饺子给莫靖言母女。莫莫妈推辞道："最近给你们添了不少麻烦，怎么能好意思再劳烦你帮我们做饭？我们去楼下随便吃点就好。"

"外面的饭哪有家里做的吃着舒心？"邵母笑道，"你陪在这儿，莫莫他们又要上班，我正好包了饺子，顺路带来，不麻烦。"

方拓和夏小橘对视一眼，不约而同地点了点头——邵声一家老中青三代齐上阵，看来颇有成效。

二人待了一会儿，你唱我和，明里暗里将邵声夸了一通——不沾烟酒，体贴顾家，对邵一川严加管教。连莫莫妈都摇头感叹："啧啧，人家就是个小孩子，这也太严厉了。"

方拓和夏小橘自觉已经完成任务，可以功成身退了，刚退到门口，正碰见风尘仆仆赶回来的莫靖则。他刚出差归来，下了飞机，便由机场直奔医院。

夏小橘和他打过招呼，又定在门口，一时有些尴尬。

莫靖则和房间中众人寒暄过，又转向夏小橘，问："你们从厦门回来了？跑得如何？"

她中规中矩地答道："全程顺利完赛，四小时四十分。"

"还不错。这次筹备的时间短，好好练习，还有提高空间。"

夏小橘欲言又止。方拓为她解围，说道："我俩最近都在看房，看了几处，有点拿不定主意，师兄你帮我们分析分析？"

莫靖则本也想和二人再私聊几句，点了点头："我们不在这儿吵大家休息，出来说吧。"

三人到了走廊，走到楼梯附近的公共区域。方拓演戏也要做足，真的把看过的几处房源都说给莫靖则听，二人你来我往，说了几分钟。

莫靖则也大概清楚夏小橘想要找他的真实目的，稍一空下来，便转向她说道："这次出门，辛苦你们了。"

"还好吧，我们也没做什么。"夏小橘淡淡答道。面对莫靖则，她忽然又有些没底气。她只是气愤这些天他对张佳敏不闻不问，似乎把跑步的装备和补给交到她和方拓手中，他就完成了天大的任务，后续如何发展，和他已经毫无瓜葛。

沉默片刻，莫靖则见她不再说话，主动说道："佳敏怎么样？也顺利完赛了吧？我最近有个项目收尾，元旦也一直加班，没来得及问你。"

"嗯，完赛了，不过看起来跑得挺辛苦。具体怎么样，没和我们说。"

莫靖则沉默片刻："她平时跑得不多，的确不容易，不过对她自己来说，也是个进步。"

夏小橘皱了皱眉："怎样才可以算成是进步呢？我是没看出来，她有什么完成目标的喜悦和振奋。是，跑步是一件好事，但如果这件事以后会和负面情绪挂钩，可能就没那么好了。"

莫靖则一时不知如何接下去，轻咳了一声道："她最近还好？你有没有问她接下来的打算？有没有什么我能帮忙的？"

"她一直有更新博客和微博，发了很多蛋糕的制作流程图，还有几篇上了推荐。开店的打算，听她说起过，但也没最后决定呢。年底了，她们也忙，她还是想把手上的工作先做好。"夏小橘说着说着，话里有话，"佳敏是个踏实认真的姑娘，做事情没那么三心二意。"

莫靖则笑了笑，假装没听出她的弦外之音："我还没见过她发的文章，你把链接发给我一下吧。她有什么近况，你也和我时常更新一下。"

他的表情依旧平静，看不出关切或自责，夏小橘有些懊恼，想要再揶揄两句，但是对方是方拓的师兄，莫靖言的兄长，加上她本身也不善于指桑骂槐、冷嘲热讽，一肚子的情绪生生又憋了下来。

方拓忽然拍了下脑袋："对了，过两天是川川生日吧？我差点忘了，等我去问问这小子想要什么礼物。"他说完，拍了拍夏小橘的肩膀，"你和师兄慢慢聊，我去去就来。"说完脚底抹油，向着病房的方向疾步而去。

待他身影消失，夏小橘才反应过来，一时哭笑不得。

"我知道，这件事情，是我做得不对。"莫靖则坦言道，"之后的事，我也未必处理得好。在这些朋友里，我能够拜托的，也只有你了。她经常和你们在一起，受到一些积极乐观的正面影响，我还能放心一些……"

"莫师兄，"夏小橘打断他的话，"你喜欢过佳敏吗？"

"当然。"莫靖则点头。

"有没有更深厚的感情呢？喜欢到想要一起过一辈子？"

莫靖则沉吟片刻："这好像……不是同一个问题。"

夏小橘轻哂："我不大懂。师兄是觉得，喜欢、爱、一起过一辈子，这几件事都是不相关的吗？"

莫靖则无法作答。在漫长的岁月里，他很少考虑这个问题。而最近发生在自身的种种，似乎完全颠覆了他既往的认知。

夏小橘看着面前器宇轩昂的莫靖则，一身合体的西装，做工、裁剪精致，样式和颜色都稳重低调，却透出岁月对一个男人的历练与恩赐来。再想想青春热情，涉世未深的张佳敏，一直以来卑微地仰视，虽然近在身边，却从来没有博得对方相同的深情。她不由得深深感慨，依稀看到当年自己的模样。

她和佳敏哪个更幸运，程朗和莫大哪个更残忍，似乎都不是一言半语能够解释清楚的。

“那——我能不能再多嘴问一句？”

莫靖则顿了顿，但是没有拒绝。他只等夏小橘提到另一位朋友的名字，要如何应对，是否和盘托出，只能走一步看一步。

“你要和佳敏分开，是因为看清楚自己的心意了吗？”

莫靖则点点头。

夏小橘怅然叹息，并没有提及他人，只是低声说了一句：“那也好，师兄应该记住现在的感觉。不管以后怎样，如果再遇到小女孩崇拜你，照顾你，还是……放对方一马吧。”

莫靖则听到最后一句，扯了扯嘴角，自嘲地笑了笑。

“我知道师兄不是故意拿感情当儿戏，不过，你大概理解不了佳敏的心情。或许你很想做些什么，来弥补对她的歉疚，但在我看来，不可能的。”夏小橘深呼吸，淡淡地说道，“她会好起来的。但这是怎样一个过程，师兄你永远体会不了。”

两个人相对而立，一时没了言语。

方拓这时不知从哪个墙角踱出来，笑道：“我把川川的生日蛋糕也包圆了，莫莫姐还说她想自己做，现在估计也没时间了。不过好消息是，川川邀请莫莫姐的爸妈去他的生日聚会，阿姨没拒绝哦。”他说着，顺手揽上夏小橘的肩膀，“走，咱们逛街，给川川买玩具去！”

莫靖则嘱托道：“看到合适的，也帮我带一份吧。”

夏小橘“哼”了一声：“是啊，师兄太忙。”

莫靖则不以为意，微微一笑：“多谢你们了。”

进了电梯，夏小橘冷冷瞟了方拓一眼：“刚才你跑得倒快。”

“我相信你，有你一个，就搞定师兄了，我就不跟着煽风点火了。怎么说他也是我师兄，是莫莫姐的大哥，我也得给他留点面子。”方拓搂紧她，“我听了一耳朵，别看你今天凶巴巴的，其实语气还是太温柔。”

“哪有？”夏小橘撇嘴，不知道应该抗议他说自己凶巴巴，还是语气太温柔。

“你就应该干净利落，指着他的鼻子说，‘莫靖则，听好了，以后不许祸害人家小姑娘了！’”方拓细着嗓子，学女生讲话。

夏小橘一声轻笑，道：“那我是不是还应该说‘否则本女侠替天行道’？”

方拓故作严肃，说道：“我觉得你可以试试看。”他又劝慰道，“好啦好啦，我觉得不用你替天行道，也会有人教育他的。能让这位冷面师兄上心的人，那得多厉害啊，他一时半会儿搞不定。”

夏小橘用力点头：“以后机会也不大！”

方拓看她一脸严肃、义愤填膺的样子，笑道：“今天这橘子，怎么变麻辣味的了？”

“也没啊……”夏小橘想起自己是因为感同身受才大发感慨，忸怩着不想对方拓讲。

“其实啊，佳敏只要跑了，收获就是她自己的，是吧？”方拓缓缓说道。

夏小橘点点头。

方拓继续说道：“失去肯定是不好受，但是，总得咬着牙向前走。没准走着走着，”他忽地握着夏小橘的手，举了起来，“嘿，就不知道从哪儿骨碌过来一只橘子。”

夏小橘忍不住笑了起来，一肚子的愤懑也大半消散。她想把手抽回来，像是和方拓较劲，又像是在玩闹。

看过别人的分分合合，患得患失，她更加庆幸走过崎岖坎坷长路后，自己身边有这样一个人相依相伴。夏小橘心中忽然无限留恋。或许自己没有什么学术追求，也没什么事业心，这样每天在一起嬉闹的日子，才是她最想要的。

莫靖则在医院又停留了一阵，临走时堂妹送他出来，问他道："阿拓和小橘房子看得如何了？"

莫靖则简单回应两句。

"那……你和佳敏怎样了？"

莫靖则蹙眉："你听小橘说的？"

莫靖言摇头："这还用说吗？我爸住院，你都来了，她却没来；就算你不让她来，她总会打电话问我。但这一段时间，我都没她的消息了。"

原来所有人都目光敏锐。莫靖则长呼一口气："分开了。"

"果真……"莫靖言眉头轻蹙，"大哥，就没有缓和的余地吗？"

莫靖则淡淡一笑："我想，你应该比他们都明白我。因为，我大概，比以前更理解你。"

莫靖言略一寻思，恍然道："你帮我和少爷说话的时候，我就觉得，你有哪儿不一样！"

莫靖则自嘲地轻笑："我也没想到。"

"那佳敏怎么办？"莫靖言担忧，"你在她心里是什么位置，相信你也清楚。现在这种情况，她一个人背井离乡的……"

"我也不知道，先拜托小橘了。"莫靖则低头，眉心轻蹙，"她对我也没好气，不过，总会帮衬佳敏的。不过小橘说得对，无论我做什么，都很难弥补。但如果继续下去……只怕会更愧对她。"

莫靖言忽然问："另一个姑娘是谁？"

莫靖则答非所问："你记不记得小时候，我带你去过早市，还给你买了金鱼？"

莫靖言不明就里，点了点头，以为他要讲一个隐喻的故事。谁知莫靖则只是笑了笑，拍拍她的肩膀："我得赶紧回去改个报告。好好照顾叔叔，今年过年，他还有的是酒想喝呢。"

他话锋转了又转，莫靖言眨了眨眼。

"这个傻妹妹，还不赶紧和少爷计划计划？总要带回家，让亲友们都认识一下吧。"

莫靖言还要再问，莫靖则显然不想多说，转身乘上电梯，和她挥手作别。

莫靖则并不是想对小妹隐瞒自己对梁忱的情愫，只是他不善于诉说感情。而每当想起梁忱，心中就涌起前所未有的澎湃波澜。他没有办法以一向的冷静和自控，向任何人叙述这一段绵延多年却无甚交集的感情。连自己都感叹，这段故事听起来天真懵懂，又荒诞冲动。但它真实地存在着，戏谑地嘲弄他的自负和无知。

他在住院处楼下回身，望着寒凉夜色中透出静白灯光的整整齐齐的窗子。从他步入医院开始，其实就在惦记梁忱。

叔叔住院，有这样多的亲人朋友来探望帮忙，从中照拂。但是梁忱呢？她母亲现在怎样了？当初在美国入院治疗时，她一个人又承受了多少心理和生活上的压力？他知道，她什么都能妥善处理，却总想着要为她做些什么，哪怕能给她一个安稳的拥抱。

他希望自己是被需要的，希望自己在她的生命中是有存在价值的，却又不知如何能向她证明。

他从机场来，没开车，走到路边拦了一辆出租车，刚刚报了住址，手机便响起来。

是张佳敏。

他略一犹豫，立刻接了起来。

两边都是沉默。但对面的空气似乎有微微的震颤扰动，仔细听，是几乎低不可闻的啜泣声。

“佳敏？”他探寻地问。

听到他的声音，对方再忍不住，嘤嘤地哭了起来，哽咽道：“我……我知道不应该打给你，可是，我……我好想你……”

莫靖则不知如何安慰，沉默中，听到听筒中传来的风声，张佳敏的话音中也带着三分薄醉。

他有些担心：“你在外面？”

“嗯。”

“早点回家。你在哪儿？我帮你叫辆车。”

“我……”她犹豫了一下，道，“你家楼下。”

莫靖则一时不知该如何应对。他知道此刻不应该再和张佳敏见面，随便一句关切的话，都会给她不切实际的希望。然而他一向不善于推诿，也找不到搪塞的理由，只好回道：“已经很晚了，还是早点回去吧。”

“不，我要等你。”她含混的声音显得莽撞又坚决，“我就在楼下等你。”

莫靖则听她的语气，想来是多喝了几杯，借着酒意壮胆，不禁叹了口气：“好，我就快到了。”他放下电话，转向司机，“师傅，一会儿到了别停表，再帮我送个朋友。”

车到小区路边，就看见张佳敏坐在门口的台阶上。她蜷着腿，抱着膝盖，裹在蓬松的羽绒服里，更显得一张脸小小的。单元楼入口的灯光洒在她身上，她看起来像是个无家可归的孩子。

莫靖则拉开车门，三步并作两步跑过去，想将她拉起来。张佳敏本来就站不稳，就势一晃，扑进他怀里。曾经日思夜想的熟悉气息，又真实地将她环绕，她闭上眼睛，环紧莫靖则的腰，唯恐一松手他就消失不见。

莫靖则推开也不是，回抱也不是，只能半张着胳膊，僵硬地伫立在原地。良久他才抬起手来，轻轻拍了拍她的肩膀：“佳敏，你喝酒了是不是？你搬去哪儿了？我送你回去。”

“不要赶我走……”她喃喃低语，“别赶我走，好不好？”

“不是赶你走，我送你回家。”

“不……”她抱得更紧，“我还有好多话想和你说，不要躲着我，好不好？”

莫靖则只觉得陷入了两难的境地。和借酒浇愁、情绪波动的张佳敏显然无法正常对话，他苦口婆心也好，声色俱厉也好，对她都没有什么效果。但是又不能强硬地掰开她的手，将她一个人扔在冬夜的寒风里。那样，她恐怕会失魂落魄，一个人不知道游荡到哪儿去。天寒地冻，孤单单一个小女生，怎么想都不安全。

他心底叹了口气，连抱带拽，将她塞到出租里，自己也坐上去，对司机说：“去城北。”

司机一边启动车子，一边问：“城北什么地方呀？”

莫靖则轻轻推了推张佳敏：“你现在住哪儿？”

她随口报出的，还是他的地址。莫靖则还待再问，司机踩了一脚刹车：“您到底知不知道去哪儿啊？别开过去咱找不着地方。”

“先过去，”莫靖则冷脸道，“大不了再开回来。”

车一启动，又一晃。两次颠簸，张佳敏摇晃得恶心，脸色一变，喉咙中翻滚一声，差点吐出来。

司机早就看出她喝多了酒，不时从倒车镜里打量，支棱着耳朵听动静，稍有异变，连忙又将车停下来：“来来，要吐您路边吐，千万别吐车里。要我说，您二位想明白了去哪儿，再打车吧。”他连劝带轰，将莫靖则和张佳敏又从出租车上赶了下来。

莫靖则本想坚持送张佳敏回去，但看她面色苍白，忍得难受，无奈只能结了车钱。一回身，看她扶着路边的小树，将吐未吐，很是难受。张佳敏抱着树站了一会儿，脚步发虚，倚着树干的身子渐渐向下滑。

莫靖则无奈，看了看时间，也不好再找夏小橘来救急，只能架着张佳敏先回公寓。进了门，扶着她靠在沙发上，用清水洗了毛巾帮她擦脸。张佳敏总算稍稍清醒一些，接过毛巾按在头顶，嗫嚅道："我想喝水……"

莫靖则给她倒了一杯水，皱眉问："到底喝了多少？"

"不知道……"

"都喝的什么？"

"啤酒……还有威士忌……"

"和谁一起喝的？"

"朋友……"

"男的？"

张佳敏怯怯答道："有男的，也有女的……"

莫靖则面带愠怒，又不好发作："你自己不能喝，又不是不知道！喝成这样，这么晚了在路上晃，安全吗？"

张佳敏借着酒意，胆子也大了不少，反驳道："我安不安全，和你还有关系吗？"

"这话由我说，会显得虚伪，但是……"他顿了顿，依旧说道，"不管别人怎么对你，你总还得对自己负责。"

"我怎么负责？我怎么做才算负责？"张佳敏捉紧他的衣襟，定定地望着他，"那你呢？你想过要对我负责吗？你让我离开阳朔来北京，想过和我一辈子在一起吗？"

莫靖则侧过脸，微垂眼帘："佳敏，对不起。那些都过去了。"

"我想知道啊……你怎样都不会改变的，是不是？"她面色哀戚，苦苦乞求，“就当我最后问你一次……你想过吗？”

他叹了口气，点头应道：“想过。”

“那……现在还可以吗？”张佳敏的眼泪落下来，“我们不分手好不好？不用一辈子，能在一起多久都可以，但别现在分手，好不好？”

“佳敏，你今天喝多了，我们不说这个。”莫靖则抽出衣襟，“其实我们都讨论过，所有的错都在我，是我没能完成自己的承诺，辜负了你的期望。但是，你要相信我，这是我现在能做的，最好的选择，对你也是。”

“不是，不是。”她涕泪交加，摇着头，“你和她在一起了吗？要是没有，我可以这么陪着你。我不会缠着你的，像以前那样，偶尔看到就好。真的，那样就好。”

“佳敏……”莫靖则重重叹了一声，“不值得的。你应该把你的时间，用在自己想做的事情上。你想要烤蛋糕也好，开咖啡店也好，我相信你都能做得很好。如果有什么需要的，我都可以帮你，就像我对莫莫一样。”

“莫莫是你的妹妹，但我不是……”张佳敏泪流满面，“我不是你的妹妹……你这么说，是愧疚吗？这个不是我要的。你知道我要什么吗？你知道吗？！”

“我知道。”莫靖则点了点头，“但是，这件事，我真的帮不了你。”

他说着便要起身，张佳敏不知道哪来的力气，拦腰扑过来，撞在他怀中。

“靖则，我心里只有你……”她的脸闷在他怀中，“无论怎样，我都不会后悔的……我们今天还在一起，好不好？”

她身上带着熏人欲醉的酒气，还混合着头发和脸颊淡淡的香气，玲珑柔软的身体贴在他身上，面颊酡红，眯着眼，嘴唇半张半合，不由得让人心中一阵悸动。

莫靖则有一瞬间的失神，几乎舍不得怀里娇俏青春的面孔。但也只是一瞬。他旋即反应过来，推着张佳敏的肩膀将她的身体扳正，随即起身，退到一旁，深吸一口气："佳敏，你醉了。"

"我没……"她猛地起身，忽然觉得胸口一滞，捂着嘴巴冲去卫生间。

胃里翻江倒海，什么都留不住。

莫靖则不作声，默默地清理着卫生间的狼藉。张佳敏这样一折腾，身体虚弱，更加支撑不住，但凭借酒精才燃起的莽撞勇气，就此被扑灭大半。她挣扎着洗漱干净，又要帮莫靖则擦洗马桶。

"不用，再冲冲就可以了。"他淡淡应道，"你也累了，早点休息吧。"

她依旧头疼，赧然应了一声，回到客房，将自己裹成一个茧子。

莫靖则倒了一杯清水，放在她的床头："晚安吧。"

"靖则，"张佳敏低声喊他，"再陪我坐会儿，好吗？"

"太晚了，睡吧。"

"我就是想……知道你们的事。你和她。"她藏在被子里，露出一双疲倦的眼睛。

"我和她，现在什么关系都没有。"莫靖则勉强笑了笑，"以后，也不一定。我觉得，我大概不是很懂她。"

张佳敏又问了两句，他和她怎么相识，又如何重逢。莫靖则没有提及坎布里奇的风雪之夜，其他便也如实说了。聊了几分钟，她困倦不堪，说着说着便合上眼睛睡了过去。

莫靖则关上台灯，转身出去，随手带上房门。他还有出差归来的文件要整理，明天还要和组里下属们碰头，便又回到写字台前。

想起夏小橘说，张佳敏的博客和微博最近涨粉不少，便翻出她给的链接，一路浏览过去。她的文字依旧青涩，搭配蛋糕制作步骤和成品图，却吸引了不少读者。题目多数是“太过甜蜜的浓情，往往使人流泪”一类，还有若干篇上了热门推荐。在他看来，都有些小女生的多愁善感，一时莫名惆怅，一时又莫名乐观，好像所有情绪都加了个放大镜。

此时的张佳敏，已经远不是当初在阳朔时无忧无虑的她。她似乎成熟了一些，世故了一些，虽然她对于这个世界的认知，在他看来依旧是片面和幼稚的，但他也能感受到她内心浓浓的失落与忧伤。

莫靖则现在更能体会求而不得的感伤与无助，他心中涌上怜惜，更多的却是无能为力的愧疚。他无奈地叹了一声，知道张佳敏这些改变多半是拜他所赐。他将她从那个桃源一般的小镇拉出来，却不能陪伴她继续成长。

接下来应该怎样做，才是对得起她，对得起自己的良心，也对得起自己的真心？

第二天上午莫靖则还要开会，他本来也习惯早起，但没等闹铃响，便听到厨房传来的声音。他略一犹豫，不知道要不要起来，出去见到张佳敏应该说些什么。还在整理思路，就听到大门被扭开，又轻轻阖上，锁扣“嗒”地一响。

他披衣起身，走出卧房。公寓里安安静静的，垃圾也被清理一空，好像昨天并没有人来过——除了餐桌上兀自冒着热气的早餐，有煎好的鸡蛋和火腿，还有煮好的一碗素面。

旁边压了一张字条，是张佳敏的笔迹，写着两行字：“冰箱里实在没什么，好好照顾自己。昨天打扰了。”

她就这样不声不响地消失了，似乎没有出现过。莫靖则握着纸条，想起她孤单落寞的身影，心中说不出的滋味。

张佳敏走在清晨的大街上，天刚蒙蒙亮，冬天的街景一片灰暗，没有半丝绿意来装点。她半边脑袋依旧隐隐作痛，但还大概记得昨天自己的举动，一早睁开眼，恨不得找个墙缝钻进去。又回到他的住所，她一时恍惚，好像还没从梦境中清醒过来，但是瞬间欣喜后，涌来的是无边的哀伤与惆怅。她收拾停当，下意识地打开冰箱，想着最后一次为他做点什么。

可是里面只有半盒鸡蛋，两袋火腿片。她苦笑了一下，拉开橱柜找到一袋挂面，还是当初她买来的。手边可用的食材也只有这么多，心中酸涩、绝望中夹杂着甜蜜，再为他做一次丰盛的早餐，也都是不可能实现的愿望。

张佳敏的眼眶有些湿润，心情却不似前一夜那么急剧波动，就像熊熊燃烧后的篝火，只剩下一堆灰烬。

准备一顿简单的早餐，不过几分钟的时间。她也顾不得煎蛋会不会凉，面条会不会黏在一处，简单擦净灶台，便拿起大衣，逃也似的从莫靖则家溜了出来。

临出门前，她扭头望了一眼主卧的方向。又怕他推门而出，又盼着他推门而出。

然而，再见一面，又能改变什么呢？

转身之间，只看见玄关桌上那盆黄色的蝴蝶兰，之前明明还有几个花苞，最近因为缺少照料，明显已经枯萎了。

最近这段时间，张佳敏的心情总在自我振奋和失落之间跌宕起伏。

她做了几款新蛋糕，按照罗超的指点，分步骤拍照，上传到博客上。每篇蛋糕方子以一个感情细腻的话题引入，还有她自己侧脸或低头制作时的场景入镜，颇受读者欢迎。加之罗超本来就有资源帮她运作，方子被作为热门推荐了几次，迅速积累了不少人气。

前一日她便是和小安、罗超及几个做宣传推广的朋友一同聚会，大家对她颇多赞誉和鼓励，觥筹交错，难免喝多了几杯啤酒。之后几个人去唱歌，又陆续点了酒水。在众人的玩笑起哄下，她和罗超也唱了几首情歌对唱。两个人肩并着肩，随着音乐一起左右摇摆，偶尔对视，她能在对方眼底看到浓浓的笑意，一颗心不觉跳得急促，连忙垂下眼去。

罗超看她羞涩慌乱地挪开视线，将麦克风换了只手，靠近她的右手垂下来，轻轻捉住了她的手指。

微醺的张佳敏有片刻迟疑，男生的手温暖宽大，她并不觉得反感、厌恶，反而有些喜爱这种她怀念的温度。罗超见她没有拒绝，轻轻叉开手指，和她十指交握。

在浪漫抒情的对唱中，他们挽着胳膊，亲昵地并肩而坐，那一刻，张佳敏觉得，能一直这样也不错——有一个年轻帅气的男孩子，他的眼里只有自己。然而她一扭头，看到对方凝视的目光，忽然便觉得心虚。她无法安然地面对对方，也不可能饱含爱意地去注视他。她能够放松地倚在他怀中，无非是那种触感和温度让她觉得熟悉，只要微合双眼，就如同自己从不曾离开。

委屈和伤心如同涌起的潮水，又瞬间将她淹没。

张佳敏不顾朋友们的挽留，找了个理由匆促告别。在奔向莫靖则家的路上，她想起小朋友们发来的新年贺卡。

孩子们用稚拙的笔迹写着：张老师新年快乐！今年能吃你的

喜糖吗？记得要寄给我们呀！

她是那么想念他们，也想念当初无忧无虑的自己。

张佳敏捂着嘴，不让哭泣的声音被路人们听见。她这样努力，想要得到别人的认可，想要找到属于自己的一方天地，然而为什么，总是会被偶尔出现的关于某个人的念头轻易击垮？

她到底要怎样做，才能彻底遗忘？

如今走在清晨寒凉的路上，她没有戴围巾，双手拢着一盆小小的蝴蝶兰，花茎尽头，只留着几朵摇摇欲坠的小黄花，在冬日薄灰色的晨雾中，绽露不合时宜的颜色。

张佳敏心中萌生去意，夏小橘是第一个得知的人。

这一日她本来约好方拓，下班后一同去给邵一川购买生日礼物，下午却接到张佳敏的消息，说给川川做了生日蛋糕，想要委托她转交。

从厦门回来，张佳敏收到夏小橘转交的寄到莫靖则家中的信件，便知道她和莫大二人分手的消息是方拓和小橘心知肚明的秘密，想起一路上他们对自己照顾有加，她说不上是惭愧还是感激。本不想再麻烦他们，但是事到临头，能放心拜托的人，第一个想到的还是夏小橘。

方拓收到夏小橘发来的信息，回了一串省略号，又道："你又抛弃我去吃！"但也没再多说什么，只是嘱咐她，"陪佳敏多吃点。"

夏小橘和张佳敏约在附近一家越南餐厅，点了牛肉汤粉、鲜虾春卷和香茅烤鸡。张佳敏带来一个巧克力栗蓉慕斯，说邵一川喜欢栗子的味道，早就答应要送他一个蛋糕。

她语气轻快，但神色间也藏不住落寞。设身处地，夏小橘很能明白她的心情——要和莫靖则的圈子保持距离，却忍不住想要做些什么。她需要一场具有仪式感的告别，或者心中隐隐期望，能够以一种无声的方式，在他身边提示自己的存在，哪怕只是激起转瞬即逝的一丝涟漪。

张佳敏不提，夏小橘也不想主动挑起和莫靖则有关的话题，只是说起莫莫和少爷二人的近况。邵声跑前跑后，联络医院，办理手续，安顿莫靖言家人，在她父母面前再没吃过闭门羹。莫莫父亲日益好转，二人的母亲相处融洽，川川更是成了一家人的开心果。

莫莫妈语气松动，对莫莫说："他就算刻意讨好我们，能假装到这个地步也不容易。"

隔几日又说："看他妈妈和川川，他的人品也不会太差。"

在医院待久了，听了二人的旧事，又触景伤怀："也真是造化弄人，要不然……"

后来也不再多说什么，看到邵声也能心平气和地和他聊上几句。

夏小橘道："莫莫还向我问起你，说想一起吃饭，不过她最近总跑医院。"

"她要上班，还要照顾叔叔，也辛苦了。倒是我，也没有去探望。"张佳敏感叹道，"不过，多少也算因祸得福吧，莫叔叔生了一场病，也有机会让大家看到少爷的真心和诚意。"

"是呢，莫大……"夏小橘脱口而出，这才反应过来提到了一个不该提及的人物，支吾两声，话又收不回来，只好顺着说下去，"他们还说，少爷继续好好表现，争取跟莫莫回家过年。"

"过了莫叔叔和阿姨这关，也没什么问题了。莫莫他们感情那么好，少爷对她也是一片真心，爸妈又怎么会拦着呢？"张佳敏轻叹一声，"有时候，我还挺羡慕他们的。"

“可不要盲目羡慕别人。”夏小橘摆摆手，“想想他们吃过多少苦？当初分开的时候，不知道多难熬。”

“可是，毕竟熬出来了啊……”张佳敏苦笑，“哪怕分开，知道自己在对方心里依旧是最重要的一个人，也会感到欣慰吧？”

“不会吧？”夏小橘想了想，道，“当时以为以后再也不会重逢，会觉得每一天都是煎熬。”

“可是，”张佳敏微微攥拳，垂下眼睛，“总好过付出很多，在对方心里什么都不是。”她鼻子一酸，“再怎么努力，他都看不到。”

夏小橘也不好受，看着自惭形秽的张佳敏，仿佛看到昨天的自己坐在对面，心中涌上无限怜惜。

“佳敏，你的想法，我都理解，真的。”她缓缓开口，“很多人生活中没有太大的波折，情感上的失意，大概就是最让人感到挫败的事情了。失败的感情很打击人的信心，让人不断自我怀疑。我到底哪儿不好？不够聪明漂亮，还是不够体贴懂事？只不过因为对方不喜欢自己，就觉得自己一无是处。”

“是，被对方拒绝，或者是很难受、很难受的事……”夏小橘深吸一口气，“可是，我不是为莫大开脱，的确他有做错的地方，但是最后选择果断分开，其实并不是一件坏事。从某个角度来说，我们得感谢那些果断拒绝的人。表明态度，不给希望，才能让对方尽快地走出来。也许，你在他心中，并不是什么都不是，他也会看到你的闪光点，你也是很重要的人，只不过，爱与不爱是没有模糊地带的。不爱了，就是不爱了，和你好不好，没有一点关系。你的努力，也改变不了他的想法。但总有一天，你会感谢，曾经努力过的自己。”

“小橘姐，我知道你说的都对，可现在，我真的还是……”

张佳敏抿了抿嘴唇，“我试过，努力工作，学习烘焙，认真跑步，和朋友们聚会，想让自己开心起来。但都只能解脱一下下，之后又会失落。我真的……时时刻刻，一点点小事，都会让我想起他来……”

“至少你要告诉自己，你会好起来。想要忘记一个人，本来就不是一件容易事呢。”夏小橘淡淡一笑，“总是下定决心要忘了他，觉得好像已经忘了，某天忽然又想起，觉得他无可替代……就这么循环往复，不知道要三四次，还是五六七八次……之后也不会就忘了他，只是接受了他不爱自己的这个现实。”

“大概是我不够坚强……”张佳敏自嘲道，“要是我像你这样乐观开朗就好了，就不会这么纠结。我总以为，再也不会遇到这么爱的人了。”

“我？”夏小橘笑了起来，揉了揉鼻子，“正好，方拓没在，我已经挺久没和别人说以前的事情了。”

她默默掰着指头，一只手不够用，又数另一只，问道:“你知道，我忘记一个男生，用了多少年吗？”

夏小橘转着面前的冷饮杯，冰凉的杯底在木桌上留下一圈水印，她说起命运的轮盘如何急速旋转，当年操场上程朗潇洒的一跃，如同张开双翼自她的天空飞过，是如何改变了她，或者还有大土的人生。之后是绵延多年的纠缠眷恋，不知道多少次的走近和远离，贯穿了她青春年少的学生时代，跌跌撞撞，一次次痛下决心，一次次身不由己。

“当初真的以为，如果他不喜欢我，一生就这样过去了，我再也不会那么纯粹地去爱别人。我不知道，相比之下，我和你谁更幸运。我当时曾经想过，哪怕程朗用我对他的心思，喜欢我那么一天，我也知足了。可是，那样会不会更不甘心，更加失落？”

夏小橘说着说着，视线有些模糊。

她没想到，再说起当初的事情，依然会感到唏嘘。而这并不是慨叹和程朗之间缺失的缘分，而是着实心疼当初那个执着、简单的自己，无论有多辛酸，多委屈，却固执到底。

虽然今时今日，她依旧是那个勇敢坚强的夏小橘，但如同站在岁月的河流边，看见倒影中已经变了模样的自己——还是乐观开朗，笑起来没心没肺，却如同一棵幼苗经历了风雨洗礼，枝干变得更加结实强韧，姿态更加镇定从容。

如今出现在佳敏脸上的那种惶恐不安，她也曾经有过，却不知何时起，已经离她而去。

夏小橘发自内心地总结道："这个世界上你能喜欢的人不止一个，喜欢你的人，也不止一个。他离开你，并不是天都塌了。只要你相信自己会好起来，就一定能。"

张佳敏静静地听着，沉思半晌，轻声道："小橘姐，谢谢你，和我讲这么多。其实，好多道理，我也能想明白，可是，就是自己做不到。"

"本来就不是能够一下恢复的，说明你之前认真投入过。有些事情的结果，是你努力了也改变不了的；但不等于，努力就没有意义。"夏小橘说道，"你好好工作、学习烘焙、练习跑步，增加的都是自己的技能，对你的未来都没有坏处。对了，你不是还想开店吗？"

张佳敏点点头，又摇摇头："是想，不过，我不是很想留在北京了。在这里并不开心，总会想起他来……我很想念我的家人，想念学校里的孩子们……"

"你想要……回去？"

她又摇了摇头："但我又觉得，遇到一点挫折就退缩，会不会显得不够勇敢？还有，总觉得是一事无成，灰溜溜回去，怎么面对家人和亲友……”

“我不知道，哪个更好，是不是留下来，就意味着坚强勇敢。”夏小橘也想不明白，思索良久，字斟句酌道，“我只是觉得，你不要觉得自己胆小。为什么不能换个角度想，离开或者留下，都要面对挑战，都很勇敢呢？”

张佳敏叹气：“好像我做的每一个决定，都是被别人左右的。我是要开始一段新感情，才能摆脱他吗？”

夏小橘笑：“其实仔细想，在我决定放弃程朗的时候，对他不是彻底没有好感的，而是坦然接受了他不喜欢我的现实。我已经不难过了，而且今后我的每一个决定，都不会再被他左右了。我已经可以放开他，去迎接生活的一切可能。”她顿了顿，“不是要摆脱，不是要遗忘，而是，让过去的事情停在过去，不再被它束缚。”

张佳敏若有所思。两个女生沉默下来。

这时夏小橘的手机收到一条消息，方拓问：“你们还在吃饭？”

夏小橘回道：“是啊，怎么了？”

“我在街上看到你了。难道是我看错了？”随后他发来一张照片，“看。”

夏小橘心中纳罕，打开照片，只见方拓高举手机自拍，旁边的玩偶几乎和他一样大，是一只眯着眼睛，看起来没睡醒的考拉。

她没忍住，“扑哧”一声轻笑出来，吓了张佳敏一跳。

夏小橘面色发窘，连忙道歉：“都是方拓，总恶作剧。”

张佳敏看她眼角眉梢转瞬都染上笑意，又极力想要压下来，心中无比羡慕：“小橘姐，你们这样真好。”

夏小橘尴尬地应了两句，又嘱咐道：“今天我说的，是咱们两个的小秘密哦，不要告诉方拓。”她有些心虚，虽然对方拓来说，这些都不是秘密，但要是知道她又这样声情并茂地叙述给别人听，搞不好要收拾她。

想着想着，夏小橘垂眸，瞥见手机上的照片。看着方拓笑得没心没肺的样子，她忽然觉得心里甜甜的，被幸福的情绪装满。

能遇到他，和他相知相守，她是多么幸运。

临别时，夏小橘送张佳敏去公交车站，想要说两句鼓励的话，又觉得那些大家常常挂在嘴边，用来描绘未来幸福图景的字句，更像不知是否会实现的空头支票。

“你值得更好的男生。”

“你会遇到真正懂得你、欣赏你，也被你喜欢的人。”

“爱情来得晚一些，不等于会缺席。”

哪一句听起来都前景光明，然而，作为一名科学工作者，本着严谨求实的态度，夏小橘知道，这些美好的祝愿，并不一定会实现，至少，没人知道它们什么时候才实现。

说默契美好的感情一定会来，那是骗人的。

她决定略过这些，只说出自己最诚挚的祝福：“佳敏，你是个特别好的姑娘，一定会幸福、快乐的。”

送走佳敏，走在冬夜的街上，寒风迎面而来，夏小橘裹紧围巾，忽然十分想念方拓——虽然几乎每天都能见到，但还是迫不及待想要听到他的声音，和他偎依在一起。正想着要给他拨个电话，方拓又发了信息过来，问：“你们还在聊不？我买好礼物了，在地铁站，可以来找你。”

夏小橘心中甜甜暖暖，嘴角扬起：“好啊。”

二人约在中途的咖啡店碰面，夏小橘远远便看到方拓，背着户外双肩包，手中还拎着方方正正一个大纸盒。找了沙发座坐下，脱下大衣，抖落一身寒意，夏小橘把纸盒拖到面前，是红蓝相间的变形金刚。

方拓颇为得意，一边指点一边解释："你看胸口都是合金的，轮胎是仿真橡胶，头部的细节也精致多了。"又叹了口气，"哪像我小时候，想买个粗制滥造的盗版我妈都不给买。"

夏小橘看他兴奋得两眼闪光的样子，打趣道："你到底是买给川川，还是想自己玩？"

"当然买给川川，我这么大人了。"方拓做不屑状，"就是觉得现在的小朋友好幸福。"

夏小橘嘻嘻一笑："没事，川川这孩子大方懂事。你要是蹲在他前面抹抹眼泪，他肯定会借给你玩两天的。"

方拓瞪她："你怎么能这么看我？亏我还给你买了礼物。"

夏小橘不解道："我也不过生日。"

"送礼物还需要日子吗？看着适合你就买了。"

夏小橘心里甜滋滋的，看着方拓打开双肩包，从里面掏出一个金黄色圆头圆脑的长毛绒玩具，是只小猴子。她笑了一声，刚要伸手去接，方拓又飞快地将手收回来，将小猴子捧在胸前，扬了扬眉："知道怎么玩吗？"

只见小猴子一边点头，一边重复道："知道怎么玩吗？"就是录播了方拓的话，语速更快，声音尖细，带着莫名的喜感。

夏小橘伸手去接："给我玩玩。"

小猴子不住点头："给我玩玩。"

夏小橘连拉带拽，从方拓手里抢过来，问他："你吃了吗？"又举着小猴子对着方拓，听它重复，"你吃了吗？"

方拓轻哂："你会不会玩啊？"接过来道，"我叫夏小橘，我爱吃橘子。”

小猴子快速点头，一迭声道：“我叫夏小橘，我爱吃橘子。”

夏小橘：“……”

方拓乐不可支，又连着说了几句。

夏小橘哭笑不得：“是给我买的，还是你自己想玩？”

方拓一时无语，白她一眼，佯装不屑：“你废话好多啊，就说喜不喜欢吧！？”

夏小橘笑得十分开心：“喜欢，喜欢极了。”

小猴子频频点头：“喜欢极了。”

点了热饮，夏小橘大概讲了和张佳敏见面的情形，略有担忧：“她可能想离开，而且应该挺有挫败感，觉得不管怎么努力，都不能获得莫大的认可。”

“如果拿这个定义成功，那也太难了。”方拓评论道，“其实我倒觉得，离开也好。如果当初不是师兄，她也不会来北京。留在这儿或许更钻牛角尖，就把自己存在的意义和某个人捆绑在一起了。换个喜欢的环境，做真正擅长的事，或许更好。”

夏小橘应道：“我也是这样想。”她简单复述了几句开导对方的话，当然，和程朗有关的话题只字未提。

方拓一边听，一边点头，语气夸张，但也充满赞许：“对，你说得很到位了。夏老师，可以啊！最近理论水平节节攀升，开导别人头头是道，这就是所谓‘近朱者赤，近墨者黑’啊。”

夏小橘还以为他要评论自己是受了梁忱的影响，就听方拓继续说道：“都是因为和我在一起吧？我这么积极向上、开朗乐观！”

夏小橘失笑：“对对，都是被你影响的，离你近，我就变赤了，是这个意思不？”

方拓瞪她，拿着小猴子：“夏小橘你才是猪。”

小猴子说："夏小橘你才是猪。"

方拓大笑："你看，二比一。"边说边侧身躲开，一来防备夏小橘抢走小猴子，二来防备她的拳脚相加。

她果然扑过来，但出乎意料的是，只额头在他胸口轻轻撞了一下，就扑到他怀里，紧紧抱着他。方拓垂下手，拍她的肩膀，笑道："喂喂，公众场合呢！我是没关系哈，你怎么忽然这么勇敢了？"

夏小橘感受到他的胸腔随着话音隐隐共鸣，只觉得心中十分安稳，刚才和佳敏聊天时，心中涌起的那一瞬的感慨和怅然，此时早已烟消云散，无影无踪。

方拓听她复述刚刚的言语，知道她触动心事，但也并不点明。和夏小橘一样，他心中也拂过一丝感慨，如果不是此前的种种波折，他和她之间的路，未必会交错重合。他抚着夏小橘的头发，轻声笑道："你是去了澳洲吗？"

"嗯？"

"怎么变成树袋熊了？"

夏小橘的脸颊在他胸口蹭了蹭："没事，就是，有点想你了……"刚刚那个坐在张佳敏面前侃侃而谈，让对方和自己刮目相看的她好像不见了，现在的她脑袋里什么也不想，只想窝在方拓的怀里。

他坏笑，低头道："怎么个想法？有点表示不？"声音很轻，呵气一般，柔柔地钻进她耳朵里。

夏小橘攥着拳，在他脊背上捶了两下。

她万般留恋此时的温馨，一个念头在心中越来越清晰，不由得脱口说道："我不想申请耶鲁的交流了。"

"这么突然！"方拓松开手，佯装大惊。

"本来也不是板上钉钉的事儿啊。"夏小橘奇道。

“你不能说不去就不去呀，考虑一下我的感受！”方拓做顿足捶胸状，翻出钱包，掏出一张收据来。

夏小橘接过，是美国签证的收费单，不禁莞尔：“你交费了？打算申请签证？”

“是啊，我看美签面谈都要约到两个月之后了，还不保证一次过。”他掰着指头细数，“拿到签证才能做行程吧，才能找伴去攀岩吧，才能买机票订酒店吧，折腾折腾就半年，不早点办，等你回来了我也去不了啊。我都交了一千块钱了，你怎么能说不去就不去了呢？”

夏小橘强忍笑意：“你要和我去美国？缴费前怎么不和我说一声？要是我不去了呢？”

“也就一年，去呗。中间你回不来，我就去找你咯。你包吃包住一个月，我自己去玩一个月。”方拓说得云淡风轻，“因为我知道，你想去啊。我觉得，没有什么理由要放弃。”

夏小橘心中一热，唇边忍不住笑意：“当然，有理由啊。”

想要和你在一起，就是最大的理由。

她想了想，又问：“要是我说，不想去呢……你会觉得压力很大吗？”

方拓笑道：“大，相当大啊！我压倒了耶鲁啊！不过，也感到好开心啊。其实无论去也好，不去也好，不管是你，还是我们之间，大走向都不会变。你说是不？”

夏小橘点了头。

“这不就得了？别杞人忧天啦。”方拓哼了一声，“你真二。”

不知触碰到小猴子哪个按键，它也重复了一句：“你真二。”

二人笑作一团，互相对望了一眼，异口同声道：“那还去不去了？”

夏小橘忽然觉得，做出怎样的选择，其实并不重要。决定未来的每一步，是现在的选择，是面对的态度，更是身边的这个人。

而过往的每一天，都是成长的淬炼。

张佳敏向银行递交辞呈，在年终总结会后选择离开。此时她的试用期尚未结束，离去时心情难免有些黯淡。办公室的行政主管和她聊了几句，对她的细心和踏实赞许有加，但也提及，或许这份职业并不是她兴趣所在，感觉不到她的主动与投入，只是习惯性地认真对待。因此知道她另有打算，也并未挽留。

张佳敏整理办公桌，在抽屉里还看到几本成功学与金融学的热销读物。这都是刚来北京时，为了和莫靖则多一些共同话题，一时头脑发热在网站上购得的。但实在看不进去，书依旧是簇新的。这大概是她所保留的，为数不多和他尚有连带关系的事物。她想要扔到垃圾桶里，但平整的书本依旧散发着淡淡的墨香。

张佳敏抿了抿嘴唇，心中不忍。这毕竟是她的一片真心和曾经的梦想与期许，纵然落空，也狠不下心肠弃若敝屣。她掂在手中，几次拿起又放下。

帮她整理箱子的小保安忍不住问："敏姐，这几本书你还要带走吗？"

她尴尬地笑了笑："东西有点多，不过，还蛮新……"

小保安略羞涩地问："你要是带不动，我想先看看，回头帮你拿过去。"

"不用，我就要离开北京了。"张佳敏长舒一口气，道，"送给你吧。"

她用最后的积蓄买了一张返程的机票。

这一路山长水远，来时坐二十个小时的火车也不觉得漫长，只觉得奔向光明与幸福，每分每秒，窗外万千变化，都是好风景。

而现在，她只希望合眼睡上片刻，睁眼就看到故乡的青山碧水。纷纷扰扰的一切，便当它是一场梦吧……

离开的那天，罗超要去机场送她，张佳敏婉言推辞，对方态度坚决，她便也没坚持拒绝。她随身带了一个大行李箱，另有一部分衣物打包寄回家中，还有些锅碗瓢盆的生活用品也没拿走，送给了小安和合租的室友。

从莫靖则家里带走的那盆蝴蝶兰，她本来想修剪一下也送给朋友们，但拆去盆中的水苔，发现根部也略枯萎，交到别人手中，怕是就活不过来了。她心中不忍，还是决定带在自己身边。

几位朋友也去机场送她，送上各色小礼物。邵一川还带来自己画的一幅蜡笔画，青山碧水的背景下，有一位欢快地烤着蛋糕的女孩子。

“佳敏阿姨，听说你家乡很漂亮，以后我去找你玩好不好？”

张佳敏蹲下来，轻轻抱了抱邵一川：“好呀，我们那儿有好多好吃的，一定要来哦。”

她转向众人，有些赧然：“其实也不算远，东西也不多，还麻烦大家来送我。”

方拓笑道：“他们都是要和你搞好关系，都想去找你玩，让你好好招待呢！”

张佳敏笑：“那当然欢迎啊。”

罗超依依不舍，嘱咐道：“回去还要继续练习烘焙和摄影啊，拍照和修图有什么不明白的，随时问我……多发帖子，现在蛮多人关注你呢，你有潜力，不要松懈呀。”

张佳敏点头应允。

他又说道：“等春天到了，漓江烟雨，是出片子的好时候，没准有个什么项目，很快就能过去了。你要带我们多转转呀。”

“那是一定的。”张佳敏微微一笑，“这段时间，多亏了你帮忙，太感谢了。”

她和大家寒暄了几句，在喧嚣的机场，有那么一瞬，神魂却如同飘荡在身外，静默地注视着大门的方向。

明知道，他不会出现的。但在离开前，却有一阵忽如其来的惶恐，只觉自此一别，相隔数千里，或许再也没有重逢的机会。

方拓在和邵声聊天，说起最近的看房进程，看似无意地说了一句：“现在有两三个备选，我和小橘都拿不定主意，师父和莫莫姐帮我们参考一下吧。本来想问莫师兄，他出差又没回来。”

张佳敏轻叹一声，悬起的心又落了下来。知道他不在北京，没有什么可盼望，反而也就没有了失望的理由吧。

可是心中，依旧空落落的。

出发的时间临近，张佳敏换好登机牌，和众人一一道别，随着行色匆促的旅客走向闸机。她沉默着不想再说话，明明是要将过往的一切都抛诸身后，但向前的每一步依旧沉重。

手机振铃响起，传来一个令她泫然欲泣的低沉声音，带着久违的温和：“你在哪儿？我刚下飞机。”

张佳敏捏着机票，看着时间分秒流逝，站在航站楼阔大的穹顶下焦急地等待着。远处人群中有若有似无的波动，有人分开众人，喘着气大步奔跑过来。

她视线模糊，抑制不住胸口翻涌的情绪，“嘤”的一声啜泣起来，三两步跑过去，扑进他怀中。

莫靖则稍一迟疑，但并没有躲开，他轻轻地拍着她的后背，只能说出：“多保重，好好照顾自己。”

张佳敏哽咽着点头，说不出话来。

她知道一切再不能重来，但哪怕能在对方心上留下细若游丝的痕迹，也让她感到或多或少的欣慰。

莫靖则的出现，于她并不会带来什么虚假的期望，反而更像是一个完整的句点。没有什么还需要惦念，没有未完的牵挂和缺席的道别。

她将回到熟悉的地方，青山依旧，绿水长流。然而，在生活了二十几年的故乡，她要学习适应陌生的生活——再也没有他存在的生活。

莫靖则本来应该夜里返回，得知张佳敏离开，特意缩短了下午会议的时长，紧急赶赴机场，改签了早一班的航班。

他拥着泣不成声的张佳敏，心中无比歉疚。曾经牵手走在凤尾竹丛生的河畔，在月光下微笑聊天，同样是人生可遇不可求的一场幻梦。只是，那更像是追求安逸的避世之举。

他看清了心之所在，能够给她的，只有最后这微不足道的拥抱。

送别张佳敏，莫靖则和小妹等人聊了两句，又搭他们的车回到公寓。

家政公司定时清洁，无论他如何忙碌，房间依旧干净整齐。但旋开门，温暖的公寓里却透出一丝清冷空寂的气息来。玄关似乎少了什么，细细一想，是那一抹明媚的亮黄色——每次进门便跃入眼帘的黄色蝴蝶兰不见了。之前不觉得，现在莫靖则却不得不承认，当张佳敏在的时候，生活就是会简单一些，热闹一些，欢快一些。他已经亲手断绝了这条归路，以后的日子有可能会继续这样清冷下去，也颇是一种考验。

莫靖则自嘲地笑了笑，扪心自问：怎么？后悔了吗？

略一静心，便觉得，并没有。他不想再走一次弯路，再一次寻找无法长久心安的寄托——即使，再不能和梁忱在一起。

自从被梁忱拒绝，他便醉心工作，手下带的几位小同事叫苦不迭。在夜以继日的奔忙中，他斗志昂扬，精力充沛，脑海中很少闪现梁忱的身影，恋爱这件事更是可有可无。他依旧可以谈笑风生，挥斥方遒。

然而此时忽然想起梁忱，想起和她之间无法完满的未来，才发现，根本不能动这个念头。

固然，没有她又能怎样？这么多年都过来了。

他依旧清醒自律，不会沉溺其中，消磨锐气。然而此时此刻，想起她告别时恬静淡然的一张脸，胸口却如同压了一块巨石，沉闷得呼吸不畅。

期末考试结束，梁忱完成了试卷批改和大作业的评定，核算出学生们的综合成绩，又在实验室里盘桓数日。距离春节还有一周，她飞往海南，看望在那边居住疗养的母亲。

之前梁忱本来想租一幢靠近海岸的联排别墅，再聘请护工照顾母亲。但梁母并不热衷，说这样冷冷清清，和留在美国没多大差别。她更喜欢热热闹闹，加之也有老友定居此处，于是便租了距离市场不远的酒店式公寓。

几幢公寓楼围绕着一方宽敞的绿地，紫红色的三角梅和水粉、朱红的木槿次第开放，绿地中央还有一泓清澈的泳池。附近的住户多数是来避寒的老人，也有短期前来小住的儿女和孙辈，临近过年更加热闹起来。

儿童乐园和泳池每天都热闹喧哗。梁母自搬来以后，很快便和邻居们热络起来，一同买菜做饭、打牌聊天、练太极拳。梁忱再见到她，只觉得比上次来探望时气色又好了许多。

然而来了不几日，就发觉周围的气氛有些怪异，周围的阿姨伯母见到她，都露出一副熟稔的表情，纷纷说着“早就听说于姐家的女儿特别优秀”“你就是梁忱吧，本人比照片还好看，还有气质”一类的话。

梁忱自小便在亲友的夸赞声中长大，近几年距离这样的氛围稍远了一些，此刻又陷入到众人的品评中，隐隐觉得众人并非是客套一下那么简单。

果然，隔几日便和母亲去朋友家参加了两次聚餐，席间总会有年龄相仿的单身男子在列。刘阿姨的儿子小周也在北京的研究机构工作，内向拘谨，话也不多；另一位 Steven 同样刚从美国回来不久，看好国内发展的趋势，归国创业，踌躇满志，讲起世界风云、国策民生时慷慨激昂，滔滔不绝。出于礼貌，梁忱还是客客气气地吃完了饭，做一个耐心的聆听者，偶尔回应，也在对方的不断询问下大致讲了自己的研究方向。

满以为照顾了母亲的情绪，已经完成任务，没想母上大人还格外关注后续。

这一日天气格外闷热，母女二人又不想躲在房间里吹空调，于是收拾妥当去楼下的泳池边乘凉，恰好看到对门的祖孙二人也在戏水。小朋友勇气十足，想要摆脱游泳圈的束缚；爷爷不通水性，拽着他不肯放手。梁忱游了几圈，便过来打了招呼，带着小孩子在浅水区练习起来。小朋友胆量过人，也不娇气，站起来时滑了一跤，喝了一口水，咳嗽两声，依旧笑个不停。梁忱把他捞起来，托着他的肚子游了一会儿，小朋友开心地拽着她的手臂漂来荡去。

有别家家长看到，笑道：“你儿子真勇敢，学得真快。”

梁忱微笑道：“这是邻居家的小朋友，学得是挺快的。”

从泳池出来，披上浴巾，和小朋友挥手告别。梁母意味深长地说道："我在你这个年纪，孩子可不就已经学游泳了？"

梁忱微微一笑，擦着头发，也不答话。

梁母又道："其实这样懂事的小朋友，也蛮可爱。"

梁忱整理物品，和母亲向家中走去，应道："最可爱的小朋友，都是别人家的。只需要逗他玩，不需要负担他的成长教育。"

梁母循循善诱："这要是自己家的孩子，当然什么都得照顾呀，哪能就是玩？不过到时候不管怎么看，都是自己家的孩子最可爱。"

梁忱笑："对，我知道，在你心里，我最可爱。"

梁母板脸："你还拿自己当孩子呢？"

梁忱早已听出母亲的弦外之音，每每说到孩子的话题，总会引回到她的个人问题上，常常说着说着气氛就僵了。她不想和母亲争论解释，只是笑了笑，不再说话。

梁母格外惦记日前两顿见面餐的下文，忍不住追问："他们有没有再联系你？"

"谁？"梁忱明知故问。

"你刘阿姨的儿子小周，还有 Steven。"

梁忱没直接回答："他们都是来看望家人的，当然是多陪爸妈。"

"你们年轻人，有共同话题嘛。"梁母早有准备，"我问过，说小周和 Steven 都对你印象不错呢。"

梁忱莞尔："妈，你这样带我两头吃饭，要是人家两家知道了，怎么想？你以后还和不和这些老姐妹打交道了？"

"吃个饭而已，我说什么了？"梁母摊手，"就是让你多认识几个人。我要说有别的目的，且不说他们，你就先不干了。现在人家觉得你还不错，你就别总姿态太高，给别人个机会，也就是给自己个机会。”

梁忱暗自叹气，答道：“你来这儿就开开心心的，锻炼身体，安心静养，其他事情先不用想太多。”

“你是我女儿，我怎么就想太多呢？”梁母反驳道，“别人的事，让我想，我都不想呢。”

“我刚回国，实验室刚起步，还要适应国内项目申请、科研教学的各种流程，现在也没有太多的精力去想这些。”

“这都不耽误的，总不能一天二十四小时都住在实验室吧？哦对，你们学院有没有什么合适的年轻人？自己也多留心，或者请行政上的老师帮你留心一下。”

“妈……”梁忱哭笑不得，“我哪儿能天天抓着人家说这些？”

“所以啊，我看到有合适的，就介绍给你，你别回了北京就绕着人家走。像上次似的，我同学介绍的那个小伙子也不错啊，人家说一找你，你就忙。”

梁忱应道：“我是真忙。”

“是真忙，还是没看好人家？”

梁忱不语，只笑了笑。

梁母叹气：“你也不要太挑剔了，总要考虑一下自己的年纪。”

“过一辈子的人，当然是要挑出来的。”梁忱笑道，“你去市场买个菜都要精挑细选。有时候嫌贵，有时候嫌不新鲜，我陪你去两三趟，总有一趟是空手而归的。”

“我那就是和你溜达着玩啊。”梁母道，“我怕你心高气傲，又忙着做研究，回头再把自己耽误了。你又不是不喜欢小孩子，要是自己还想生，可就得规划规划了。”

梁忱失笑，摇了摇头：“妈，当初是你鼓励我，要坚强、独立，要把自己的事业放在第一位，不能为别人做无谓的牺牲。现在正是我回国后打根基的时候，你怎么又改主意了？”

“我是看，你对这事根本不上心。你看你在美国时交往过的人，又自由又散漫，也没奔着结婚去，当时就是为了和我们对着干吧？”梁母叹气，“没错，当初我是想着要你出人头地，别像我一样，为了家庭和孩子，把自己发展的机会都错过了。可是……我现在就是怕，我和你爸爸的事情，给你带来的负面影响太大……会让你，对婚姻和家庭，失去信心。”

梁忱揽着母亲的肩膀，温言安慰：“妈，你放心，我不是不婚主义者，只不过确实没有合适的对象和机会。”

“那就考虑一下，小周和Steven，他俩背景都还不错。”

“背景不错，不等于就适合我呀。”

“不相处一下，怎么知道合适不合适？”

梁忱摇了摇头：“两个人是否适合，可能要相处很久才能知道；但是有的人，真的是见过一次，就知道不适合。我和他们说话都不在一个频率上。”

梁母揶揄：“是是，你是未来的杰青。你倒是说说，有谁和你说话在一个频率上？可别再给我找个嬉皮士！”

梁忱回过身来，热带冬季的阳光依旧耀眼，她眯起眼睛，露出一个似有若无的微笑：“还是有的。以后也还会有的。”

第十五章

美丽心情

接连几日阴雨连绵，空气湿凉，小区里的游泳池和绿地稍显冷清。梁忱和美方高校有合作项目，那边已经开学，通讯联络密切起来，她在假期中也免不了伏案工作。风雨稍歇，梁忱觑个空，换上运动装，披上一件皮肤风衣，去沿海公路上跑步。

细雨绵密，更像是天地间弥漫着浓雾，水汽就从空气中缓缓渗透出来，沾在皮肤上，湿漉漉的。泥土和植物的气息格外清新，满眼都是浓郁流淌的绿意，还有点缀其间的各色繁花，茁壮茂盛，像是生机勃勃的春夏之交。对于常年生活在北方的人而言，这种景象没有丝毫春节的气氛。

空中深深浅浅的灰云像是泼墨画，流淌到海天交界的地方。海也是沉静的灰，迤逦的海岸线看不到尽头，白浪涌上浅黄的沙滩。

海风拂面，梁忱的心中只觉得宁静平和。跑了两公里后，身体苏醒过来，越来越轻盈，脚步逐渐加快。她挺直背脊，和着耳机中的音乐，规律均匀地呼吸着，感受着坚实的每一步落在柏油路上，又再弹起腾跃的力量与速度。

她一向喜欢身体的舒展，跑步是读研究生后养成的习惯，因为最简单，也最自我。她喜欢时常享受这样不被打扰，与自己独处的时间。虽然忙于工作时，总想着闲下来要多陪陪母亲；但相处几天，又免不了要被她各种叮咛嘱咐。梁忱不禁想，如果朋友和学生们知道了她们母女之间的对话，会是惊讶、感叹，还是会心一笑？

面对来自母亲的压力，有那么一瞬她也想要据理力争，但是想到母亲大病初愈，而且彼此都知道无法让对方改弦易辙，何必逞一时口舌之快呢？最重要的是，她并不因此而感到焦虑或窘迫。或者说，已经不再感到焦虑或窘迫。

面对夏小橘和学生们提出的烦恼或困惑，梁忱知道自己无法都给出所谓的最优解。因为世事多变，每个人的情况又千差万别，没有人能替别人规划人生，选择一条康庄大道。然而在她们身上，梁忱似乎也能看到曾经的自己，也曾焦虑不安，迷茫彷徨，用桀骜叛逆来宣泄对现状的不满。所以她愿意和她们分享自己的看法，也希望她们能够拨开眼前的迷雾，看到未来更多的可能。

当初她和父母的关系曾一度降到冰点，既憎恶父亲的背叛欺瞒，也不屑于母亲的偏执狂躁。她依靠学业上出类拔萃的表现争取到奖学金，经济独立也带来了更多的自主权。她一心想要摆脱家庭带来的负面影响，但又无法彻底割裂感情上的羁绊。

学术研究也并非一帆风顺，遇到长期无法突破的瓶颈，她也会质疑自己的选择与能力。通宵达旦又毫无进展的坚持，极大地消耗着她的体力和意志，让她变得敏感脆弱，焦躁不安。同时，她也不想被贴上“谨小慎微、呆板无趣的书呆子”的标签。既然无法离开，就竭尽所能融入周围的环境，像美国同学一样交谈、说笑，参加社团活动，了解和适应他们的文化。

她学得快，也用心，自信开朗的形象也颇为周围的人接受。但是她时常睡不着，或者在清晨醒来，半梦半醒间没来由地感到低沉茫然，觉得并没有谁能真正理解她，宽慰她，给她支持和依靠。

她最强大的后盾，只有她自己。

曾有一段时间，她怀疑自己患上了轻度抑郁，无法控制自己的饮食，压力大时便极度迷恋高热量的甜品；随后在体育馆挥汗如雨，却不能换取精神上的纾解和轻松。

只是，她从来没有放弃自己，无论何时，她看着镜中的那张脸，都会反复告诉她：一切都会好起来的，会的。

长胖了，便努力瘦下来；就算一时无法恢复体重，但长期跑步健身，总可以保证身体的健康和精力的充沛。

感情上的不如意，随它去；就算一时不能忘记，但是苦是乐，生活总要继续，挨过去最辛酸的一段，时间必然会将它冲淡，或带来新的惊喜。

无法攻克的学术难题，换一个思路或是暂时放下。她依旧沉浸在课堂、图书馆和实验室里，丰富知识储备，关注最新的学术动态，磨炼自己的技能，或许某一天，发现一两年前困扰自己的问题，竟然能迎刃而解。

曾经经历过的坎坷和历练，都是成长的磨砺，塑造了今时今日的她。没有人告诉她未来的路要怎么走，她也不再需要别人精神上的指引。她对目前的状态感到自足和自信。她相信自己有能力把控自己的人生，让生活继续充实而有意义。

这源于她对自己能力的信任，不会随着时间和处境而改变。

梁忱跑过新区，穿过老城，沿着曲折的小路，跑过一座小小的天后庙。已经到了路的尽头，海滩延伸出漫长的沙坝，探向河流宽阔的入海口。

她放缓脚步，站在防波堤上，伸直手臂，舒展身体。看了看手机，四十多分钟，想来跑了七八公里。她找了一处台阶，充分拉伸，眼前海天辽阔，身体和心灵也轻松舒畅起来。

手机响起来，是夏小橘打来的电话，说方拓这边承办了户外品牌的推广活动，晚上有聚餐和抽奖，问她要不要一起来。梁忱笑着解释，说自己已经到海南来探望母亲。

夏小橘惊讶道："我就说那边有杂音，是海浪的声音吧？！"

"是呀，沿着海边跑步来着。"梁忱应道，"正好刚跑完。"

"我都不知道你已经出发了。"夏小橘赧然道，"最近忙着看房，还说要请你吃饭，拖着拖着都要明年了。"

"那就过了年再说，也没关系呀。你们怎样？选定了吗？"

"嗯，定啦，已经签了合同，交了定金。"夏小橘答道，"本来犹豫过是要买个远点的、稍微大点的，还是近点的、小一点的。后来方拓说，我们也不是每天都要待在家里的人，第一套房或许就是个过渡，以后总还会调整的，不要把时间花在通勤上。"

"也对，现在主要是他那边承担首付和贷款吧……"梁忱笑道，"等下次调整，应该就是两个人一起了，会比现在宽裕，选择余地也大。"

那怎么也得领个结婚证呢。夏小橘想到这一点，又有些赧然，人家方拓又没求婚呀，自己要怎么应对朋友的调侃呢？她略带尴尬地笑了笑："那……不知道什么时候的事呢。"

梁忱逗她："我看也不用太久，过些天我还要去美国出差，大概又吃不成了。我想下次和你还有方拓一起吃饭，没准就是你们的喜酒了。"

虽然没有真正和方拓打过交道，但是从夏小橘最近的状态来看，她遇到了和自己契合的人，话语间也常常带着少女般的活泼与羞涩。梁忱觉得这样的她很可爱，这种简单自然的感情，也令人觉得美好而可贵。

有那么一瞬，她也在想，自己是不是会放下所有思量，只凭心中的好感去接受一个人。心思一动，又笑着摇头否定了。

感情毕竟是两个人的事，需要真诚坦率地接受对方原本的样子，而这一切并不是她自己就能左右的。已经过去的事，回忆也没有用，分析也没有用。能走到一起的人，不需要那么多的波折和犹豫。

他们的心，就能指引彼此的方向。

夏小橘面露羞怯，收线时却忍不住笑了起来。

方拓走过来，胳膊搭在她肩膀上，抬手揉了揉她的头发："梁老师怎么说？"

"她去海南了，看她妈妈。"

"啧，有假期的人真幸福！"方拓揪她耳朵，"你们聊什么了？你笑得这么开心？"

夏小橘支吾道："哦，就是说买房的事啊。"

方拓看她神色躲闪，欢喜中又透出羞涩来，猜测道："是说回头要换个户口本的事吧？"

"嘁，你自己换呗。"夏小橘白他一眼，但嘴角笑意更浓。

前两天，方拓参与组织了户外新品试用会，带着若干户外团队的代表和媒体去了郊区攀冰。这一日赶回来，举行正式的发布会和晚宴。户外圈说大也不大，活跃的领队和高手们彼此相熟，更像是朋友间的聚会。

活动开始之后，方拓忙着招呼前来捧场的朋友们。夏小橘在自助餐台前游来荡去，不禁仔仔细细打量身边的黄骏：“我说，你怎么也来了？”

“我怎么不能来？我也帮这家公司做过品牌推广呀。”黄骏向着和众人畅谈的方拓努了努嘴，“要全方位覆盖，又不是只组织爬个山就行。”

夏小橘纠正他：“攀冰。”

“有什么区别呀？不都是往上爬吗！”黄骏揽着她肩膀，附耳道，“其实这点事哪里需要我亲自出马？我是来看看你俩，帮你考察一下。”

夏小橘失笑：“让您费心了。”

方拓远远看到，退出众人的交谈，疾步走过来。夏小橘扭了扭肩，想甩掉黄骏的手臂，他故意不肯松手，直到方拓走到近前，才懒洋洋伸出手来：“阿拓同学，好久不见呀。”

方拓弯了弯嘴角，脸上却没有笑意，在他手上打了一下，用力握了握，顺势将对方从夏小橘身边扯开：“是啊，好久不见，黄总还是老样子。”

“别绕弯子啦。好久不见，你也不是因为想我才赶紧过来的。”黄骏拉过夏小橘，挽着她的胳膊，“看你那小心眼。我们俩是铁哥们，在一起聊个天都不行啊。”

“行啊，那咱俩也聊会儿。”方拓说着，挽过黄骏的胳膊，将他拉到一旁。

“别别，非得这么聊吗？”黄骏甩手，“我可不习惯和男人勾肩搭背。”

“就是，”方拓将夏小橘半挡在身后，“非得这么聊吗？”

“真是，你担心个什么劲啊！”黄骏哼了一声，“我们俩多少年的铁哥们了？要是我有别的想法，还轮得到你？幼稚不幼稚？”

夏小橘忍不住笑道：“你今天一来就故意和我套近乎，幼稚不幼稚？”

“你女大不中留，胳膊肘向外拐了哈！”黄骏食指点着她，“我可是来帮你的。这小子太鬼，回头把你卖了，你都乐呵呵帮他数钱呢。”

方拓不冷不热道：“有劳黄总，太替我们费心了。”

“没替你费心，主要是她。”黄骏冲着夏小橘扬扬下巴，“就你，一转眼睛八个鬼心眼，她可算计不过你。”

方拓笑起来：“没事儿算计自己女朋友，这是黄总的习惯吗？”

“别装了。”黄骏嗤之以鼻，“你也就哄哄夏小橘这个傻丫头。你这种人精，想什么可瞒不过我，谁让咱们都差不多呢？”

方拓轻哂：“我可不能和黄总相提并论，道行差太远。”

“别和我贫了。”黄骏甩甩手，“反正她现在是猪油蒙了心，拉也拉不住。你可别和她耍心眼哈，有什么小伎俩，我一眼就看穿。到时候可别怪我没提前警告你啊！”

方拓失笑：“你怎么忽然表现起来了？想当我大舅哥，压我一头？”

黄骏笑了一声：“就你嘴厉害！你以后不得欺负死夏小橘？她笨嘴拙舌的。”

夏小橘：“喂喂，你太小看我了。”

方拓：“欺负欺负，死不了。”

夏小橘：“……”

黄骏：“呦，当面都敢这么说，有胆量啊！”

方拓笑着牵起夏小橘的手：“只有我能欺负她。习惯了，没办法呀。”小腿被夏小橘踢了一脚。

黄骏大笑：“小橘，走走，我去给你买个榴莲，让他回家去跪。”

两人又针锋相对地斗了几句，方拓这边还要招呼来宾，不得不离开，还不忘威吓黄骏道：“小心你的爪子，我包里可有冰镐。”

黄骏向着夏小橘叹气：“你这男朋友，真幼稚！”

夏小橘莞尔：“你俩在一起，格外贫。”

“我知道现在是拉不住你，多保重吧。”黄骏语重心长，拍了拍夏小橘的肩膀。

她瞟了一眼他的手，提醒道：“冰镐。”

黄骏吃了点东西，喝了口香槟，继续道：“我是说不了他什么好话。不过吧，他肯主动争取你，多少也算有心。这功劳得分我一半。”

夏小橘笑：“怎么哪儿都有你？”

“哎，你怎么过河拆桥呀？你忘了？顾星群。”黄骏提醒道，“那次顾星群去草原找你，方拓也去了吧？”

夏小橘点头。

“所以他紧张了，不敢拖下去了。就像你们女生逛商场买衣服啊，本来还在犹豫要不要买，这时忽然有别人拿过去试了，还就那么一件，你立刻就紧张了！”

“嘁，”夏小橘轻哂，“他又不是那时候和我表白的。”

黄骏继续引导：“但你想，你们的关系是不是从那时候开始转变的？比如说，更加暧昧了？”

夏小橘白他一眼：“你管我们什么时候开始的？”

“良药苦口，忠言逆耳啊！”黄骏说道，“你怎么知道，他不是那种攀比心理？过不了多久，大概就厌倦了，怎么办？”

夏小橘略一沉吟，笑了起来：“我相信，方拓他不会为了攀比，就来选择我。我知道你为我好，不过，你的判断也只是基于你的见闻和经历。”

黄骏嘿嘿一笑："激将法对我没什么用，但我也的确不喜欢谁在我这儿虎口夺食。"

"他的确很机灵，也会哄女生，这点或许你们有相似……"夏小橘看过去，望着方拓的背影，微微一笑，"但他哄的那个人，是我呀。能力相似，但不一定用在同一个地方。比如说，武功高强，可能是扶危济贫的侠客，也可能是江洋大盗。"

黄骏翻白眼："你还挺能说，谢谢啊！"

"嗯？"

"谢谢你没说我是采花大盗。"

夏小橘笑起来："不管怎么说，还是谢谢你，我知道你是为了我好。够哥们！"

"话说回来，方拓这小子虽然滑头，这些年也没太招蜂引蝶，至少我没听说过。"黄骏叹了一声，"我姑且说，祝你好运吧，到时候我给你包个大红包。"

夏小橘羞怯道："哪儿和哪儿呀？没影的事呢。"

"你就看你那笑吧，春风得意的，估计也不远了。"黄骏摇着头，啧啧道，"看着你开开心心嫁出去，我也能向大土交差啦。"

说着黄骏拿出手机，把屏幕亮给夏小橘。她探头一看，是偷拍的方拓，他正在听朋友说话，嘴里不知吃着什么，左腮鼓鼓的。

她警觉起来："你想做什么？"

"发给大土看看呀。"

"能不能好好拍！"夏小橘伸手去抢，"还有你那个角度，都拍成五短身材了。"

"我看挺好呀。"黄骏闪身，避开她的抢夺，嬉笑道，"我眼里他就这样。怎么？我还得给他PS得风流倜傥？没那个义务。"

晚宴到九点才散，方拓送走嘉宾，清理场地，已经将近十点。夏小橘也帮忙收拾、清点装备，将几个大箱子装车运走。方拓还在和协办方讨论后续宣传活动的执行方案，她找了一把椅子，侧身坐着，倚着靠背，觉得有些困倦。方拓不时看过来，见她枕着胳膊昏昏欲睡，匆忙几句结束讨论，约好见面详谈的时间，便背了双肩户外包，又拎起夏小橘的背包，走到她面前。

夏小橘迷迷糊糊，感觉灯光被挡住，眼前昏暗下来。睁开眼，方拓站在一旁，将她揽过来，抚着她的头发，笑着轻声问："困了？这就睡着了？"

"还好，白天开了一天会，有点乏。"她靠在他腰间，揉了揉眼睛，"你那边都谈完了？可以走了？"

"嗯，完事了。"他举了举手中的背包，"你东西都装好了？咱们回家。"

夏小橘"哦"了一声，有些发蒙。

咱们回家，回谁家呀？

二人回去的大方向一致，坐在出租车上，驶过立交桥。夏小橘点着车窗："咦，那边是你新家呢。"

"对，就是那个小区。"方拓搭着她的肩膀，一起看向车外，微笑纠正道，"咱们新家。"

夏小橘脸上发热，却忍不住握住他搭在自己肩头的手掌，轻轻向后仰着，靠在他怀里。

方拓在她耳边轻声问："如果你申请成功，秋天就要去美国了吧？"

夏小橘握紧他的手，"嗯"了一声，虽然还有大半年，心中已经满是不舍和惆怅。

"正好呀。"他轻松地笑起来，"原来的业主也是要跟着儿女去国外，说想过几个月再交房。开始装修估计也要秋天了，等我忙完，就有时间去美国找你了。家具再散散味，等你回来，正好搬进来。”

虽然之前看房、选房都是二人一同出面，也常常构想今后的装修布置，然而现在又说起来，夏小橘依旧觉得胸腔里一颗心剧烈地跳起来，蜜意随着血液在身体中流淌。她又不好表现得急迫或欢欣，便拐弯抹角道：“嗯，也是，省得你送完我再回家。到时候还能省点打车费。”

“你啊，就想着打车费。”方拓忍着笑，下巴摩挲着她的发丝，“这个想省，现在也能省。”说着他将夏小橘抱紧，身体的重量倚过来，拖长尾音，倦倦地说，“这两天好累啊，攀冰的时候又要挂线又要打保护，刚才还帮忙搬东西，腰酸背疼。”

夏小橘十分体谅，关切地应道：“那……你别送我了，反正也是先到你家。我自己回去吧。”

方拓撒娇一般道：“你真是一点都不心疼我呀。”

“我这不都说了先到你家？”夏小橘一怔，“怎么？还得送你上楼？”

方拓夸张地狞笑两声，阴谋得逞一般：“可以啊，我没意见。还需要一个大保健。”

夏小橘羞窘片刻，也没拒绝，只是轻声道：“上次牙刷被我拿走了，今天没带……”

方拓笑起来：“买买买。”

在便利店里，夏小橘躬身挑选，想买一只小巧的软毛牙刷。方拓看了一眼，信手从货架取了一只：“适合你。”

是机器猫图案的儿童牙刷。

夏小橘没抬头，挑着眼睛瞪他。方拓又笑：“这以后就放我那儿了，我都没意见，你有啥意见？”

夏小橘红着脸，低头不说话。

方拓说：“你看看还有什么要买的，毛巾、洗脸的什么的，备一套放我那儿吧。要不这大晚上的，送来送去，太耽误睡眠时间了。”

他音量压得低，不过店里本来就没几位顾客，夏小橘总觉得店员只要支起耳朵，就能听清两个人的对话。她支吾道：“谁说总来呀……”

方拓笑道：“那你欢迎我去你那儿不？不过你周围同事多，你面皮又那么薄。”

活动时方拓忙于和各路人马交谈，吃得不多，又在店里买了拌面、烤肠、关东煮和牛板筋等林林总总的小吃，还有夏小橘喜欢的焦糖布丁。回到家，他找出一身宽大的运动服给夏小橘当家居服，趁她换衣服，把充气床垫和气泵拿出来。

夏小橘一愣，心中说不上是轻松还是失望。她并不排斥和方拓并肩躺在一起嬉闹玩耍，隐隐还有些期待，但又想起上次险些误伤方小弟，大概他还心有余悸？或者这两天真的是累了，他想要早早休息。

她想问，还需要气床吗？就挤挤呗……但又忸怩着，问不出口。

方拓没等她问，一边脚踩着气泵充气，一边半开玩笑地感慨：“过两天回家过年，春节之后，等暖和了，你们又该出动了吧？”

夏小橘点头：“是啊，可能还要去坝上。”

“当冰雪消融，春回大地，”方拓压低嗓音，用《动物世界》旁白一般的语气故作深沉地说道，“蛰伏了一冬的黄鼠、兔子、狐狸、棕熊……和夏小橘们，又活跃在这片土地上。”

她“扑哧”一声乐了：“你才是棕熊。”

“所以呢，抓紧时间，一起吃宵夜。”他在茶几上铺了报纸，把各类吃食摆出来，又从阳台上拿了两听啤酒，打开递给夏小橘。

就是，要吃个宵夜呀……夏小橘心不在焉地转着啤酒罐。二人又闲聊了两句，方拓吸溜吸溜地吃着拌面，看似不经意地问道：“刚才黄骏又说什么了？”

“没什么啊，随便聊聊。”夏小橘想起黄骏对方拓的质疑，遮掩道，“他说的话也不用在乎，嘴上没个把门的。”

“是，当着我面也没说什么好话。”方拓灌了一口啤酒，笑道。

夏小橘想到黄骏的“买衣服理论”，她心中并没有多少芥蒂，但也想满足一下自己的好奇心，于是倚到方拓旁边，试探地问道：“我想起一件事……”

“嗯？”

“你什么时候开始喜欢我的？”

“我一直喜欢你呀。”方拓笑眯眯地看着她，“你被狗咬的时候，我多着急！”

夏小橘踢他：“我不是说朋友那种。”

“那是哪种？”

侧腰被夏小橘掐了一下。方拓手一抖，啤酒差点没洒出来，他笑着缩向一旁：“哎呀，你温柔点，人家还没准备好。”他见夏小橘几口就把焦糖布丁吃完了，于是把牛板筋向她面前推了推，“来，再吃点，让我准备准备。”

她摇头：“刚才自助餐我没少吃，你多吃点吧。”

“你要是吃多了，就运动一下吧。”方拓说着，从沙发上起身，走到气床上坐下，笑眯眯脱下外衣。

夏小橘脸一红，下意识地揪着衣角。

还没等她应答，方拓转过身去，指指肩膀：“好累哦，帮我按按呗。”

她哭笑不得，脚掌踩在他腰背上，用力蹬了一下。

“别乱踢，再踢坏了！”他抗议道，随手从茶几拿了一毛钱硬币，“喏，赏你的。”

夏小橘在他头顶轻轻打了一下：“你可真是个大爷，用不用再找姑娘给你唱个小曲？”

方拓笑：“那样最好。”头顶又挨了一巴掌。

说归说，夏小橘还是按在他肩膀上，认认真真地捏起来。她手上力气很足，捏到筋肉之间，方拓酸痛之余更觉得轻松舒畅，不禁咝咝哈哈地吸着凉气，笑道：“这小妹新来的吗？手上很有劲儿呢。多少钱一个钟？”

夏小橘手上加力。

“还挺犟，我喜欢。”方拓一边笑，一边回手，恰好摸在她小腿上，“怎么样？能加钟吗？”

夏小橘一愣：“什么加钟？”

他的手指从她的小腿肚轻轻滑到脚踝：“讨厌，非得让人家说那么清楚？”

他的轻抚像羽毛滑过皮肤，夏小橘面红耳赤，掐他脖子：“还加钟，你都和谁学的？门清啊。”

方拓呛得直咳嗽，握着她的手，又回手挠她的痒痒肉。

夏小橘一边躲闪，一边顺手扭住他胳膊：“别乱动，你还按不按了？”扭头看到放在一旁的攀岩绳，顺口说道，“是不是还得把你捆起来呀？”

方拓笑得直不起腰，扑倒在气床上，虽然没怎么笑出声，但肩膀抖个不停。夏小橘跪在旁边，大力将他翻过来，威胁道：“笑什么笑！再笑给你打个布林结。”

方拓捂着肚子，眼泪都笑出来：“加钟还得捆起来？小妹你还有这个爱好？”

她恍然大悟，扑过去捂他的嘴。

方拓仰头避开：“还……还得打个布林结……你让我以后还怎么面对布林结，嗯？”

夏小橘扯过冲锋衣，蒙在他脸上，就要起身离开。方拓抓紧她的脚踝，她一下没起来，跌坐在方拓旁边。他掀开衣服，盘腿坐起来，依旧攥着她的脚踝。

夏小橘向后抽了抽，没抽出来。方拓撩起她的裤脚，仔细看了看小腿下方：“这儿还有一道疤呢。”

她嘴硬：“是啊，好多年前你咬的。”

“是吗？”他抬起手来，手指在略微凸起的疤痕上轻轻抚摸，“那就再咬一口吧！”说着低下头，吻在她小腿的伤疤上。他的手指和嘴唇都那么轻柔，温热湿润的气息让夏小橘打了个抖，好像那道伤痕刚刚愈合一般，麻酥酥的。

她的脚踝被方拓捉到手中抬起，身子向后仰，手臂支在后面。他从脚踝握到膝盖，向下带了带，手臂撑在她身侧。脸颊就在近前，嘴唇将贴未贴，彼此都能感觉到对方呼吸之间的热气。

夏小橘不禁合上双眼，微微侧头。两个人的鼻尖轻轻擦过，嘴唇胶着，又张开来，缠绵地吻在一起。

她手臂撑不住，索性环住方拓的脖子，任他揽着自己的背，缓缓放在垫子上。他的手探进她宽大的衣服里，抚摸过那些隐藏至深的柔嫩肌肤，在她心中荡起层层涟漪。

长吻过去，二人都有些难舍难分。夏小橘的脸颊泛起红潮，发丝凌乱，散在两人之间。方拓将她脸庞上微湿的头发一点点拨开，啄了啄她的嘴唇，轻声笑道：“你怎么这么可爱？怎么亲都亲不够。”

夏小橘弯着眼睛笑起来，回应他的亲吻，低声道：“我也是。”

方拓抱紧她，在她耳畔说道：“我第一次想亲你，是在桦林镇。”

夏小橘心中略有感慨。原来，黄骏说的也有道理。可是那又有什么关系？就算他因为顾星群的出现而产生了危机感，但之后的感情都是真真切切的，又何必在意过程中那一点波折。

方拓随即又说道：“可是，周围一堆灯泡呀。”他和她鼻尖顶着鼻尖，有些懊恼，孩子一般抱怨，“尤其是……只有他会照相吗？我也会啊。还没看到他，我就照了。”

夏小橘咯咯地笑起来：“过了好久了，你在吃醋吗？”

“嘁，吃什么醋？他从头到尾都没戏。”方拓不以为意，板脸道，“夏小橘，你有多好，从来不需要任何人告诉我。”

他看似不经意，又有些小别扭，却偏要用自得的语气说出来，还带了一丝平时没有的霸道，却格外让她舒心。夏小橘忍不住笑起来，手臂环着他，仰头吻了过去。

她心中各种情绪奔腾交织，有好奇，有欢喜，有对方拓无穷无尽的爱意，还有一种前所未有的冲动，想要和他肌肤相亲，撕扯纠缠。

一种她难以克制，也不想克制的野兽般的力量。

除夕，一家人欢聚一堂，其乐融融。

吃过年夜饭，支起麻将桌，一边修长城，一边顺带看着电视里的春晚。夏小橘不擅长打麻将，也无心看节目，和方拓在网上聊了几句，便躲到厨房里和他讲起电话来。

她问：“你过两天来，东西都收拾好了？”

“嗯，初三就到啦，我妈买了好多特产。”

“少爷也去莫莫家了吧？希望一切顺利。”

“嗯，她爸妈都首肯了，问题不大。”方拓难得笑得有些腼腆，“不过，我好紧张啊，心特别慌，怎么办？”

夏小橘道：“出去跑一圈，冷静冷静。”

“大过年的，我有病吗？”方拓轻哂一声，“我决定吃个橘子压压惊。”

“我家的这个橘子，皮可薄了，又很甜，入口即化……”

夏小橘面红耳赤：“流氓。”

“吃橘子也有错吗？”他语气无辜，“看来你对‘流氓’两字有误解，下次我和你说道说道。对了，你和爸妈商量好没，我住哪儿呀？”

她捂着发烫的脸颊，背过身，看着窗外邻家的红灯笼：“那个，我家又住不下，我帮你订了旁边的宾馆。”

“你不是自己有个房间吗？”

“你说呢？”

“真小气。”方拓笑起来，“好吧，我大方，酒店客房可以分你一半。”

这时候表弟探头过来：“小橘姐，打扑克去啊，还差个人。”

她应了一声，对方拓低声道：“先不说了，回头再聊。”

“好，”他笑，“考虑一下我的建议。”

表弟贼笑着问：“这是谁呀，男朋友吧？”

她嗔道：“大人的事，小孩别多嘴。”

“嘁，这种事我比你有经验好不好？”表弟不屑地翻了个白眼，“看你那脸红的，咱家暖气没那么热吧！”

真的吗？夏小橘急忙冲到洗手间，拿水拍了拍脸。手机收到一条消息，打开来，是方拓发的照片。他拇指和食指间捏了一枚小橘子，放在嘴边，作势要亲吻。

夏小橘忍不住笑出来，看着他半眯着眼的神情，不禁想起这些天来亲昵旖旎的场景，心跳骤然加速，刚洗过的脸又热了起来。

刚走出洗手间，电话又响，却是莫靖言。夏小橘刚接起来拜了个年，就听对方说："咱们回头聊，我替我哥问点事。"又听那边窸窸窣窣，似乎是扭过头去和身后的人说，"你自己问小橘，还是我帮你问？"

这次春节是邵声第一次登门拜访。莫靖言父亲经过一段时间的休养，身体已经康复，邵声前后奔波，悉心照顾，俨然已经得到了莫莫父母的认可。一旦他们心软松了口，之后的事情便顺水推舟，迅速进展。

因为他的来访，春节的家宴显得格外隆重，莫莫爸特意贡献了两瓶珍藏的佳酿，他大病初愈不能多喝，陪未来姑爷喝酒的重任自然就落在莫靖则肩上。他一方面要代表主人一方，和其他亲友对邵声展开车轮攻势；一边又得不断承接小妹挤眉弄眼的暗示，明里暗里在轮番轰炸中放放水，帮邵声挡掉一些来势汹汹的劝酒。

大家说说笑笑，好不热闹，莫莫爸喝不了酒，只能眼巴巴看着，不断夸赞自己的珍藏："怎么样？这酒好吧？喝多了也不上头！"

莫靖则可不这么觉得。他和邵声喝了几杯，又替他挡了不少，喝得急，头晕晕沉沉的。酒过三巡，他也不想留在饭桌上和众人天南海北地闲谈，找了个借口，便闪身躲到书房里。

墙角立着老式的落地钟，钟摆"嘀嗒嘀嗒"地摇摆着。房门外的笑闹声都变得遥远起来，他倚在书桌旁，静听着时间点点滴滴地流逝。窗户雾蒙蒙的，街上薄薄一层积雪。如果不去看镜中的自己，这一切和少年时似乎并无变化。

他搭乘昨天深夜的航班回来，今天一早出门跑步。天寒地冻，穿得多，跑不快。脸颊和鼻尖冻得发木，但身体渐渐热起来。他跑步经过当初想要和梁忱一起打球的小公园，经过回家路上和梁忱说再见的丁字路口，经过初中的校门，经过两个人并肩而坐的博物馆……城市早已在日新月异的发展中变了模样，曾经宽敞的、宁静的街景都变得拥挤喧嚣起来。记忆中漫长遥远的路，原来跑不了半个小时就到了尽头。

暂时离开紧张忙碌的工作环境，回到这座和她有关的城市，才觉得，心中的想念没有一丝一毫的消减。他甚至想，如果当初梁忱没有出国，他们会走上怎样的路。是否会去同样的大学，是否会一起回到家乡。有没有可能，他们早早安守在对方身边，过着平凡却安然的日子。

想到这儿，他轻笑着摇了摇头。不会的，他们都是习惯了拼搏奋进的人，不愿辜负和埋没自己的实力，要将存在的意义证明给别人看，也要证明给自己看。

他摸出手机，想着给梁忱发一条春节祝福，字斟句酌，写了又删，只留下“新春快乐”几个字，看着亮起的屏幕，不知道要不要发出去。

这时有人敲了敲门，闪身进来。

“你怎么不声不响躲起来了？是喝多了吗？”莫靖言关切地问。

“没事。”莫靖则不动声色地将手机放在书桌上，屏幕朝下扣过来。

莫靖言心思敏锐，疑惑地看他，促狭地挑眉一笑：“你躲起来看手机？给谁发消息呢？”

他淡然应道：“拜年短信，随便看看。”

“哦……”莫靖言若无其事地点了点头，忽然伸出手，探头问，“让我看看呗。”

莫靖则蹙眉：“你懂不懂什么叫个人隐私？”

莫靖言莞尔一笑：“看来，你有什么不能和我说的隐私？”

莫靖则哼了一声：“这是你的事情都解决了，有时间消遣我了？”

“说起来，这次也多亏你帮我们说话。”莫靖言走过来，挽着堂兄的胳膊，“前段时间因为我俩的事，还有爸爸生病，都没能多关心你一下。”

莫靖则笑了笑。

“我本来以为，这个春节你会带佳敏回来……可是没想到，你们会分手……”莫靖言顿了顿，“大哥，是你……遇到了什么人吗？”

莫靖则沉默片刻，也不隐瞒，点了点头：“我没想到，还能在北京遇到她。”

他第一次，将和梁忱之间的种种过往，讲述给别人听。其实并没有太多波折，漫长的那些年，不过是个简短的故事。他自己都觉得有些好笑，自嘲道：“其实，我们之间也没有太多的交集。你是不是觉得，我头脑发热了？”

莫靖言抬头问他：“以前你面对感情的时候，头脑都不发热的，是吗？”

莫靖则一怔。

“我挺心疼佳敏的，和你分手对她是很大的打击。你之前的感情状态对她就是不公平的……或许分开，对她，对你都是最好的。”莫靖言轻声叹息，望了一眼桌上的手机，“你现在有什么打算？去追梁忱姐？”

“她的态度已经很明确了。”莫靖则说起二人平安夜的对白，“她说自己是个目标明确的人，喜欢的就会去争取，还说不想有什么改变，说我们都过了为对方改变自己人生轨迹的年纪。”

“然后呢？你就决定放弃了？”

“我不想太纠缠，去打扰她的生活……”

莫靖言打断他的话：“还是因为，你怕失败？”

莫靖则没作声，尴尬地笑了笑，揉了揉鼻子。

“大哥，我从来没有见过你对哪个女生这么上心。现在就要放弃，是不是太可惜了？”

莫靖则沉默片刻，缓缓道：“是。我从来没像现在这样盼望，和谁一起过一辈子。”

“既然这样想，你就应该再去和人家说啊。梁忱姐是不可能主动回头来找你的。”莫靖言扯了扯他的袖子，“也不用怕失败，反正现在已经这样了，留着面子有什么用呢？”

莫靖则失笑：“谢谢你的‘鼓励’。”

“大哥你也没追过女生，更没被谁拒绝过吧？说一句‘我喜欢你’，对方就一定会欢天喜地地答应吗？更何况你说梁忱姐不需要依附任何人。参照以前的经历，你也给不了对方什么安全感。”

莫靖则蹙眉，但也没反驳。

“看你之前的选择，无论孙师姐还是佳敏，都是要以你为中心的……梁忱姐要怎么样才能相信，你对她的这份心思，是足够让你产生变化的呢？”

莫靖则垂眼看她：“你是觉得，我没什么希望了？”

“我也没这么说。”莫靖言侧头，眨了眨眼，“我有种感觉，梁忱姐对你，并不是完全没有感情的。你说你们在博物馆遇到过，她并没有告诉你自己回国了，后来又删了你的号码。但在我看来，如果对方是个无所谓的人，漠然处之就是了，需要这么决绝吗？

就算她后来对你感到失望，但你在她心中，曾经总是特别的，而不是一个无所谓的人。你自己在家愁肠百转，对方是根本看不到的。”

莫靖则沉思片刻，站直身体：“你说得对，不尝试，或许就一点希望都没有。”他拿起手机，“看来，我在家待两天就得走了。我要是和家里说国外市场有事，你得替我保密。”

“你要去找她？”莫靖言嘻嘻一笑，“她也回来了吗？”

“没，只知道去海南看她妈妈……”莫靖则想了想，“只能问夏小橘，她或许知道。”

莫靖言主动拨了电话，又递给堂兄。

夏小橘起初心存戒备，听得出，她并不想告诉他梁忱的下落。她说道:“莫师兄如果想知道梁老师在哪儿，可以直接打电话问她。我也不是很清楚。”

莫靖则道：“她会三言两语就打发掉我。”

夏小橘反问：“那我为什么就要告诉你呢？”

“因为我想找到她，也只能想到找你帮忙。”莫靖则借了三分酒意，一字一顿道，“她是我喜欢的第一个女生，也是我现在喜欢的那个人。”

电话这边的莫靖言和那端的夏小橘，第一次听到他如此直白地讲出心声，都是一脸的错愕、惊讶。

夏小橘听到那边隐约传来莫靖言的声音：“我觉得，大哥是认真的，看在我的面子上，帮他一次吧。”

打过电话，莫靖言忽然想起什么，问道：“大哥，小时候你都不怎么带我玩，有一次表现特别好，带我去花鸟鱼市场，好像就是去你们学校的半路……”

莫靖则咳了一声，不接话。

莫靖言忍着笑，说道：“那天买了两条鱼，我爸养得可好了，后来又下了好多小鱼。我家客厅放着的就是，要不要送你两条，你带去找梁忱姐？”出门时不忘又揶揄他，“大哥加油！我给你两张面膜吧，你坐飞机的时候，可以敷一下。”

“别操心我的事了。”莫靖则笑着呵斥，“快出去解救你家少爷吧，我先订票，是管不了你们了。”

两天后，莫靖则搭乘早班飞机直飞海口美兰机场。抵达后他租了一辆车，沿着环线高速一路向南疾行赶路，也顾不得吃午饭，他抵达琼海时，正是下午太阳最猛的时候。

多亏那天买票之前给夏小橘打了电话，才知道梁忱来了博鳌，而不是三亚。然而梁忱具体住在哪个小区，夏小橘也说不清楚，只说小区里有一个能看到海的游泳池。在新兴的高档住宅区里，这几乎是个标配。莫靖则思考再三，决定直接问梁忱，如果她冷淡拒绝，再去问当地的出租司机和房屋中介，大不了沿着海滨几处一一找来。

他停在交叉路口，给梁忱发了一条短信：“祝新春佳节万事如意。”

不多时便收到回复：“新春愉快。”

电话定然就在她手边，莫靖则没犹豫，立时回拨过去。

梁忱正在整理行装，手机刚放在身边的茶几上，铃声就响了起来。她瞥见名字，略一迟疑，看到母亲已经在探头张望，只能看似自然地接起。

对方大概没想到她这么快就接听，愣了一下，有些僵硬地道了一句：“新年快乐。”

“嗯，新年快乐。”

“我刚到海南，去你家拜个年吧。”

梁忱客气地应道：“多谢了，不过我不在三亚。”

“我也没在三亚……我马上就到博鳌了，开过去就是。”

梁忱抿了抿唇：“我在这儿也待不久，别跑来跑去了。”

“不是还在寒假，没这么快开学吧？”

“有个联合项目，正好去趟美国。”

“那什么时候去？”

“今天回北京，一会儿就出发。”

莫靖则不禁坐正身体：“我就在滨海路。你几点的航班？我去送你。”

“你刚来，休息一下吧。”梁忱语气和缓，“我订了出租。”

“我也不是来度假的。”莫靖则笑了一声，“有些事，还是想开诚布公地聊一下。”

梁忱没想到他如此直接，顿了顿，声音略低：“要说的事情，我大概都知道，也不必再重复了，大家还可以是朋友……”

莫靖则打断她的话：“不，你不是我的朋友，一直都不是。”

梁忱一时无言，知道他不会轻易退缩，再看一眼厨房的门口，母亲的身形影影绰绰，总像要晃过来一样。她不想继续在电话中辩驳，便应道：“好，要么就机场见吧。”

放下电话，母亲果然走过来，问：“怎么了？谁呀？要去机场送你？”

梁忱应道：“算是吧，我都订好车了。”

“在这儿也有熟人呀？男生吗？”母亲打探的目光投过来，又叹气，“你看你的态度，唉。”

梁忱浅浅一笑，没往心里去，也不辩驳。

两人站在路边等出租。梁忱说：“太阳这么大，你先回家吧。我订的出租车马上就到了。”

母亲摇头："不，我要陪我姑娘多待会儿。"

梁忱笑："怎么和我小时候送你出差似的？"

说话间，一辆出租车开过来，司机探头问："是梁女士订的车？"

梁忱应了一声，拉着行李箱走向车后。

这时一辆 SUV 从斜里插过来，挡在出租车前方。莫靖则拉开车门，三步并作两步赶到梁忱身边，想要接过她手中的箱子："不好意思，我来晚了，正好也要去机场，我带你过去。"

出租车司机不高兴了："我这儿之前就定下来了，别的生意都推了，这算怎么回事？"

梁忱暗暗攥紧拉杆箱的把手不放："是啊，师傅都来了……"

莫靖则颔首致歉，掏出钱包："对不住，是我们没商量好，让您白跑一趟。这样，车费我照付。"

"也不用那么多啦。"司机接过一张，嘴上还抱怨着，人却退了回去，"下次你们约好再定。"

出租车向后退了几米，打方向绕开。莫靖则松了一口气，这才顾得上和梁忱的母亲打招呼，只说自己是梁忱的同学，也来这边度假，刚刚知道她要去机场，顺路去送一趟。刚才沿着海滨大道疾驰时，他就想好了说辞，此时很是坦荡、镇定。

梁忱看他神色自若，明明刚到，却一副已经来了好久，正巧顺路的样子，暗暗觉得好笑，又不想当着母亲的面说破，索性站在一旁不言语。

梁母也将他赶来时的急迫看在眼里，又看他谈吐文雅、风度翩翩，自然心中欢喜，语气也颇为亲切，问他在哪儿工作，家在哪里，这次是否和家人一同来，又顺带问了问婚恋与否。

梁忱在一旁听得直皱眉，几次想打断。梁母听说莫靖则也在北京工作，更和梁忱是初、高中同校同学，大抵猜到他的来意，不禁喜笑颜开。

莫靖则也没客气，和梁母拉着家常，还说如果去北京有什么需要，都可以找他帮忙，随后顺理成章地留下了自己的手机号码。

梁忱忍不住插话："我们先走了，万一堵车，就赶不上飞机了。"

"哦，也对。"梁母恍然，"你们先走吧。靖则，咱们有机会北京见。"

"好的，等天暖和一些您就过来住一段时间呗。"莫靖则应道，"阿姨您有我电话，需要接机什么的尽管和我说。"

莫靖则帮梁忱放好行李，为她拉开车门。

"稍等我一下。"她将母亲拉到一旁，莫靖则知趣地转过身去。

"妈，我和他不熟，恰好碰到而已。"梁忱皱眉，低声道，"不要见到谁都这么热情，以后同学们说起来，都成了笑话。"

"我也没见到谁呀。"梁母佯装不解，"都是老乡，客气一下，打个招呼怎么了？"

梁忱也不想多说，正要叮嘱她注意身体，母亲忽然想起什么："哎，我觉得莫靖则这个名字有点耳熟。"

梁忱心头一紧："都是同学，也许听说过，不多说了，我走了。"

梁母眉头一展，拉住她："是不是以前初中的时候，成绩特别好的那个男生？总和你不相上下？"

"嗯，对。"

"那我想起来了，不也是他往美国给你写过信？"梁母想起往事，豁然开朗，心情很是愉快。

梁忱不作声，心想：当初你还和我说，天南地北的，小孩子没定性，别把心思用在没用的地方。

梁母也想起这件事，笑道："我当时说了你两句，你还我行我素，还用英语大声和我说，那是你的隐私。”

虽然莫靖则已经回到车里，母亲声音也不高，梁忱却总觉得会被他听到耳朵里，一时有些尴尬：“很多年没联系了，不说这个了。”

“以前的事，不说就不说；等着说以后的。”梁母笑起来，望着车中莫靖则的背影，满意地感叹道，“有心人呢。”

SUV驶出博鳌。梁忱面无表情，她穿着短袖衬衫，空调的风开得有些大，她下意识抱着手臂。

莫靖则瞟了一眼，问：“冷吗？”随即调小了空调的风量，又将出风口的扇叶变了方向。

她淡淡应了一句：“谢了。”

莫靖则打开音响，调低音量，一首首老歌的旋律在车厢里轻柔地回响着，《把悲伤留给自己》《再回首》《一生何求》《我终于失去了你》《当爱已成往事》……

“能不能让我陪着你走，既然你说留不住你，无论你在天涯海角，是不是你偶尔会想起我。”

“今夜不会再有难舍的旧梦，曾经与你有的梦，今后要向谁诉说……曾经在幽幽暗暗反反复复中追问，才知道平平淡淡从从容容才是真。”

“爱情它是个难题，让人目眩神迷，忘了痛或许可以，忘了你却太不容易。”

……

梁忱抿了抿唇，侧头看向窗外。

莫靖则打破沉默，略有些局促地笑了笑：“走得匆忙，莫莫说在手机里拷些歌，让我带着听。在她心里我就适合这个年代的歌？”

正说着，李宗盛的《给自己的歌》响起，沙哑的声音悠悠地唱着：“想得却不可得，你奈人生何；想得却不可得，情爱里无智者……”

莫靖则长吁了一口气：“总算有首新一点的。以前我也听他的歌，现在仔细品，才发现他这把嗓音后面，歌词直白又感性。”

沉默许久的梁忱坐正身体，不疾不徐地应道：“有不切实际的求而不得，才有那么多无可奈何。所以，何必呢？”

“当然不会有‘想得’就‘可得’这种好事，哪有那么多称心如意？”莫靖则自嘲地笑笑，“但如果只是因为怕无可奈何，就退避三舍，不努力不就更没有翻盘的机会了？”

“有很多事情，不是努力就能改变的。”

“但总得尽全力，才对得起自己，对得起心中的‘想得’。”莫靖则顿了顿，“更何况，我从来没有过这种‘想’。你说过，我们都过了为别人改变自己人生轨迹的年纪，但是，我并不希望你做出什么样的改变。现在的你，就是我觉得最好的样子。”

“那你眼中的我，是怎样的人呢？”梁忱侧头看他。

“这是要我夸你？”莫靖则略带拘谨地笑了笑，“我开车呢，一时想不到那么多词。”

“没事，不用多想。我只想说，我没有你想象的那么好……”

“你不用急于否定自己。”莫靖则打断她的话，“而且，有一点是你否定不了的……”他微张着嘴，另半句在心中冲撞，心跳快得手指尖都要颤抖起来。他攥紧方向盘，努力想要遏制心中陌生的慌张，尽量平静地继续说道：“那就是，你是我喜欢的人。”

她知道，她自然都知道。

然而之前就算有百分之九十九的把握，毕竟也没有对方亲口说出这句话时那种一锤定音的笃定感。

梁忱抿了抿唇，目光从他脸上移开，投向斜前方车窗外飞掠而过的葱茏绿树。面对对方的直白和坦诚，她想，应当回报以同样的开诚布公。更何况潦草的敷衍，也不大可能蒙混过关。

她深吸了一口气："我承认，我对你有过不一样的感情。直到现在，你也是我欣赏的人。可是，这并不意味着我们应该再向前走一步。因为我们之间的这种欣赏，不足以支撑彼此做出太大的改变，甚至是牺牲。你真的相信，事业和家庭能够完全平衡吗？需要协调的太多了。为了维系相对正常的家庭生活，双方都需要，或者说至少有一方，要做出让步。不可能还有同样的精力，百分之百投入原有的工作中去。你有你的事业追求，我也有我的，忙起来可能见一面都很难，没有人能够照顾对方的生活，我也不会成为你想象中以及符合世俗眼光的那种好伴侣。"

车厢里有片刻的无言，虽然音响依旧播着老歌，但两个人都只听到了对方的沉默。

忽然，莫靖则低低地笑了起来，不是为了打破沉默，而是带了一丝真正的开怀："原来，你已经想到了'家庭'这一层。至少说明，如果条件许可，我是在你考虑范围内的。"

"你千里迢迢赶来找我，这份心意我很感动，所以我也不想隐瞒什么。"梁忱刚刚便已经想到他会关注的重点，此刻坦然应道，"是，我想过，有那么一瞬想过；但后来，我否定了这个幻想。"

"我错过了最好的时机，是吗？"莫靖则收敛笑容，缓声道，"是我错了。那时候，真觉得自己一败涂地，和你也不会再有什么交集。"

"这些我都可以理解，你没再联系我，我也不怪你。在我看来，那次相遇也不过是少年时代浪漫心事的回应，而不是后续感情关系的开端。所有的一切，停在那时候就好，不需要再刻意争取什么。我也只是想过，如果有缘或许会重逢，我们应该都有更好的状态，更加从容……”说到这儿，她记起刚刚回到家乡时，和莫靖则在博物馆重逢的那一幕。有一瞬间，她甚至都相信缘分天定的说法；然而下一秒，他的手机里传来另一个女孩清脆的声音。

“是我自己做的选择，没有什么好狡辩的。”莫靖则也明白她没说出口的下文，“因为我，给别人带来了伤害，也让你失望了。”

“其实，我是对自己有点失望呢。”梁忱淡淡地笑了笑，“以为自己与众不同，然而发现，到底是江山易改，我们在彼此的生活里，也只适合做一个过客。有点挫败感，但我可以接受，不如整理心情，面对现实。”

莫靖则轻叹：“如果，你没有带来改变，我怎么可能在这里呢……”

梁忱略一犹疑，还是不留情面地讲了出来：“并不是因为我，而是因为，我回国了……”她欲言又止，将后面的话咽了回去。她已经说了足够多，每个人都有权利选择自己的生活和感情模式，她不想妄加评论，过于犀利的言辞，难免会显得尖酸刻薄。

阳光明晃晃地洒下来，她拉低遮光板，额头和眼睛上方笼了一层淡淡的阴影。

莫靖则眉头轻蹙，坦言道：“我承认，你回国是一个契机。知道你就在同一个城市，给我带来的冲击，是我没有预料到的。来之前，我和小妹聊了很久。她说，我很难给女生安全感，因为会趋利避害，总是选择容易得到的感情。这一路我也都在想，在你眼中，我是怎样一个人。大概就是自私又冷酷，很难被信任的吧。”

梁忱不作声。

莫靖则继续说道：“但是，困难和容易，都是相对的。对我来说，”他深深地吸了一口气，“现在最难的，是……不去想你。是，我的感情是不够多，但是我愿意都给你。当然，这些还远远不够。但小妹说，我还不算不可救药，还有潜力可以再挖掘。你说的问题我也想过，在事业和家庭之间，我不敢信口开河，说自己能给你多少助力，但是我能保证不拖你的后腿。如何处理感情，怎么和恋人相处，我可以一点点学。我开窍晚了一些，但学习能力应该还不错，就看，你愿不愿意给我这个机会。”

梁忱良久没有回应。长路蜿蜒，也渐渐驶到尽头。机场的指示牌就在前方，她才缓缓开口：“如果我说‘不愿意’呢？”

“你不肯接受，也是预料之中。”莫靖则自嘲地笑了笑，“但希望你也不要彻底拒绝我，至少不要躲开我。”

说话之间，已经到了机场的停车场。

莫靖则退还了中午刚刚租来的车，前往航空公司柜台购票。工作人员抱歉道：“先生，不好意思，这趟航班所有座位已经售空，最早的一班是明天早晨八点的。”

“可以把我列在候补吗？”

“这个没问题，不过这两天返京的乘客较多，临时改签的不多。”

“没关系，总算还有一点希望。”莫靖则微微一笑，“如果没有直飞，有没有今天可以转机回北京的？”

他预订了一张今夜前往上海，明晨飞回北京的机票，又问梁忱：“你明天几点的飞机去美国？”

“下午一点。”

“如果我正点到北京，还能赶上去接你，然后送你去机场。”

“不用，太奔波了。”

莫靖则不和她争辩，直截了当道："十点二十分，你家楼下见。如果我没出现，就是飞机晚点了，那我就在机场等你。"

梁忱知道他说到做到，争论无益，便点了点头。

莫靖则又问："哪天回来？"

"还没最后定下来，open ticket。"梁忱应道，"还有一个合作伙伴在东京，返程时停留一下。"

莫靖则点头："我还没去过日本，如果恰好有个周末，我们可以一起去转转。"

梁忱抬眼看他："我是去工作，大概没有什么时间。"

莫靖则微笑着看她："总要吃饭。每顿都要合作伙伴请吗？不大合适。"

梁忱不置可否。莫靖则趁热打铁，继续说道："提前告诉我你的行程，我好尽量安排。如果到时候我爽约，一定是真的走不开。不然哪怕只有大半天时间，我也会赶过去。"

他心中忐忑，只怕梁忱会冷言拒绝，或是继续保持客气的疏离。她摇了摇头："别规划太早，我可没有答应。"

莫靖则反而欣喜："那就是还有希望。"

梁忱拿他没办法："希望我的态度没让你产生误会。还是你觉得迎难而上更有成就感？"

莫靖则应道："也希望我的努力没让你产生误会，以为我是满足什么征服欲。我和你说过吧，我总去攀岩。"

梁忱点了点头。

莫靖则说："我最多将它当作是对自己的历练，从来没想过去征服哪条路线。的确，越是难的路线，越能激发人的斗志，但是不能片面地将它解释为征服欲。在斗志昂扬的同时，你会研究它，惦记它，对它有越来越多的了解，并因此有更多的尊敬和喜爱。"

目送梁忱的航班离开，莫靖则拨通堂妹的电话。

她在那边急切地问："怎么样？有没有找到梁忱姐？都说了什么？她态度如何？有进展吗？"

莫靖则简略陈述，问："你觉得，算有进展吗？"

她略有些失望："这么远赶来，就见了一面……不过，总算让她见到了你的努力，应该也算是有一点点进展吧。我觉得你在她心中，还是占有一席之地的，只不过之前留下的印象太不好。说实话，你能改变到什么程度，能坚持多久，我都不是很有信心。"

莫靖则应道："我也不敢保证，对现在的这种状态，我自己也感到陌生。"他习惯了计划和掌控一切，此时难免对未来感到一丝茫然，也正因为如此，反而生出对未来更多的渴望和期盼。

望着悠悠云天，他的心情豁然开朗。

梁忱在前往北京的航班上，穿破层层浮云，俯瞰波光粼粼的碧海。她反复回想刚刚和莫靖则的对白，发现自己并没有坚守最初断然回绝的底线。抛却种种前尘旧事，她是否愿意去重新了解这个人，相信他的诚意，期待他的改变？

未来会怎样，她并不清楚，也不想现在就做出明晰的应答。

兵来将挡，水来土掩。她已经不再对未来感到惶恐和茫然，只需要坦然地过好当下的每一天，便能从容面对生活中出现的各种可能。梁忱看着波涛一般起伏的重云，想起莫靖则坚定的表白，心中隐约有一丝欣慰与感慨。

夏小橘在机场等待方拓到来。他还没落地，手机依旧是关机状态。这时却有一个短信进来，是陆湜祎发来的，简单的几个字："新春快乐！"

夏小橘笑起来，回道：“这都初几了才想起来拜年，你那边时差有那么多天吗？”

陆湜祎反驳：“还说我，你连拜年都没有！”

似乎又是当年相互揶揄的语气。

夏小橘莞尔：“我错了，回头给你家娃补个红包。”

“我是才听黄骏说的，你要去美国交流？”

“嗯。下半年出发，去交流一年。”

“我可能那段时间会回国，想敲你一顿饭，你又不在。”

夏小橘问：“回来探亲？”

“工作。”

“嗐，那还不容易？我肯定要回来的，到时候请你们一家哟。”

“也是。你男朋友在国内吧？”

“啊，这也是听黄骏说的吧？”夏小橘想起黄骏对方拓的评价，内心愤愤不平，“他还说什么了？”

“给我发了照片，说了一堆，我也没怎么记住。”陆湜祎应道，“我都没往心里去，他说的那些话，感觉都像说他自己。”

“哈哈，还是你了解他。”

陆湜祎应道：“是我相信你。”

“相信我的眼光？”

“相信能看上你的男生不多，又能疯，又能闹，别人说一句能顶十句。”

夏小橘想起当年他也是如此评价自己的，捧着手机撇了撇嘴：“这是夸我？”

“所以……他一定是看到了你与众不同的地方，真心觉得你好。”

她心中温暖，诚心答道：“谢谢。”

“小橘，你一定会幸福的。”

看着屏幕上的字，夏小橘仿佛听到了对方真挚而温柔的祝福，她微笑着应道：“你也是。”

“结婚别忘了告诉我，给你包个大红包。”

她咧嘴笑起来：“嗯，那是一定。”

方拓的身影出现在出闸口。夏小橘向着他大力挥手，两个人不觉一同笑起来。他拖着箱子一路小跑，在栏杆尽头和她热烈拥抱，忍不住在她唇上用力地亲了一下。人潮汹涌，罔顾南来北往的乘客打探的目光，她只沉醉在他的拥抱和气息中，心中坦荡而喜悦。

回程时，她和他双手紧握，倚在他坚实的肩膀上，两个人迫不及待地讲着这两日的趣事，互相揶揄，笑得停不下来。无论未来的路如何延伸，她都充满兴奋与期待，因为身边的这个人，是她最知心的朋友、最默契的搭档、最志同道合的旅伴，也是最心爱的恋人。

夏小橘想，她会带方拓走遍她的这座城市，给他看自己成长的每一个历程。她心中磊落，也略有感慨，没有那一次次的坎坷和转折，或许也没有她和他的相遇和相知。有悲有喜，有笑有泪的过往，已经散尽唏嘘，都成了闪亮的青春记忆。

她想起梁忱说过的话，决定人生未来走向的不一定是某一次选择，更重要的是态度。

又是新的一年，她依旧是坚强快乐的夏小橘。

过去，未来，一样笃定，一样幸福。

番外一

在莫靖则看来，梁忱去美国的一个多月里，时间显得格外漫长。她离京赴美那天，莫靖则一早从上海飞回北京，又立刻取了车去送她。梁忱没有拒绝，在车上还和他闲聊了几句各位老同学的近况。说不上亲近，但毕竟没有拒人千里的冷漠。

莫靖则欣喜了几日，但旋即隔了万水千山，除了嘘寒问暖，又不知要说些什么好。

他从大雪纷飞的家乡飞去繁花似锦的海南，再回到北京灰蒙蒙的冬天里。天气一点点暖起来，原本枯黄的草坪透出星星点点的绿意，街角的迎春也绽出几朵嫩黄的小花来。他在一天一天的时光流转间看到了季节的更替，但没有她的城市，人潮再汹涌也显得空旷落寞。

莫靖则关心全球经济的同时，也顺便关注美国东部的天气。只要听到那里的新闻，就感觉离她也近了一些。他去信询问梁忱的归期，她简短回复，说回程路过东京，会短暂停留几日。

莫靖则估算时间，办了赴日的旅游签证，打电话给梁忱："我还没去过日本，三月也有樱花吧？周末有空一起去看如何？"

她应道：“我不一定有空。而且，东京的早樱要过几周才开。”

莫靖则道：“看不看得到都没关系，我自己四处转转也好，吃两顿正宗日料。”

梁忱的态度依旧疏离，他已着手预订机票。然而工作中总有变数，不得脱身。莫靖则几次想一走了之，但他入职不过大半年，根基未稳，无奈只好向梁忱致歉，说自己无法前往东京。

梁忱语气淡然：“我周末也不在东京，朋友邀请我去东北大学，在仙台。”

“藤野先生的仙台？”

“对，所以想去看看。”

莫靖则小心询问：“你哪天回来？日程发给我，我去机场接你。”

对方笑了一声，似乎是对他不信任。但她思索片刻，应道：“好。”

梁忱归期将近，莫靖则的心情也舒畅起来，连带窗外灰蒙蒙的天空似乎都日渐明媚。下午会议茶歇，他和客户谈笑风生，偶一得空，心思就飘走一半。

眼看便是周末，他计划这两日加班赶完项目，就给自己放两天小假。还没来得及细想要约梁忱去哪里，稍后是否要找莫莫推荐几家环境优雅的餐厅。只吃饭似乎过于尴尬，游山玩水季节尚早，莫靖则心中灵光一闪，北京有这么多博物馆，总有她感兴趣的，倒是可以一家家看过去。

要怎样邀请，才不会被她婉言谢绝？想到这里莫靖则就觉得心底有些慌，喝口咖啡，收拢心神，专心回到工作上来。

正要回到会议室，忽然有人自电脑前抬头，惊慌地喊了一声：“日本地震了！”

莫靖则心头一紧，咖啡险些晃出来。他放下杯子，三两步跑过去：“具体在哪儿？多少级？”

同事指着电脑上的新闻，念道：“当地时间14时46分，日本东北地区发生里氏7.9级地震，东京震感强烈。日本气象厅已经向本州太平洋沿岸地区发出高级别海啸警报。”

旁边一人插话道：“国家地震台测的是8.6级，震源深度20公里，震中距离仙台180公里。沿海地区已经遭到海啸袭击了。”

强震袭来，也将波及日本乃至全球的经济、金融市场。同事们议论纷纷。莫靖则早顾不得这些，他拿出手机，一边拨打梁忱的号码，一边走向人群外围。

电话无法接通。

站在明亮的落地窗前，恐慌和无力感从脚底一点点升起。他反复拨打，握着电话的手轻轻颤抖。

众人关心市场动态，后半程会议仓促结束。莫靖则神色凝重，一遍遍继续拨打电话。梁忱的手机依旧无法接通，他略一迟疑，拨给夏小橘，从她那里问了梁忱办公室的电话。接听的是她的学生，说已经有几位老师和朋友来电问询，他们也没有梁忱的消息，只知道她这两日已经抵达仙台。

学生说：“梁老师本来前两天就应该回来的，好像是临时改了航班，所以具体行程我们也不清楚。”

莫靖则问：“你们和东北大学有合作吗？有没有他们的联系方式？”

“好像上次开会时有那边的教授来。”

莫靖则尝试联络对方大学，同时查看前往日本的机票。手机振铃，他连忙接起。莫靖言在那边问：“我听小橘说你给她打电话了，梁忱姐在日本？”

“对。”

“联系到她了吗？”

“还没有。”

“那……你打算怎么办？”

“我要去找她。”

“人海茫茫，怎么找？这么高的震级，航班是不是都取消了？”

“不知道。”莫靖则颓然地靠在办公椅上。从没有什么事，让他如此方寸大乱。

随着时间流逝，更多让人不安的新闻出现在网上：震级调整为9.0，日本东北地区遭受海啸袭击，死亡和失踪人数不断上升，仙台机场已被海啸袭击，房屋、车辆淹没在波涛之下……莫靖则只要拿起电话，就忍不住拨打梁忱的号码，回到家中，也顾不得吃晚饭，只是不断刷着新闻，盯着手机亮起的屏幕发呆。

午夜时依旧辗转难眠，手机忽然响起来，是一个陌生的号码，来自日本的国际长途。莫靖则连忙接起，线路信号不好，延迟了片刻，那边传来让人安心的声音：“是我。”

他举着电话，几乎喜极而泣。

莫靖则在机场焦急地等待着，几日来梁忱几经辗转，终于从新潟返回。身边不少人翘首以待，想来同样有亲友从日本撤离。果然，当乘客陆续走出闸口，守候的人群中就爆发出一阵阵的欢呼声。

他挤在最前排，翘首以待，终于看到梁忱的身影转过玻璃门，向着甬道走来。她拉着行李箱，神色有些疲惫，脚步也略显迟缓。隔着栏杆，莫靖则扬起手来，正要招呼她的名字，旁边早有学生摇着手大喊：“梁老师，梁老师！”还有男生直接翻过栏杆，跑到她身边接过行李。

梁忱欣慰地说道："你们怎么都来了？"

学生们拥上来和她热情拥抱，七嘴八舌地诉说着连日来的担忧，簇拥着她走向大厅。莫靖则站在人群边缘，眼睛一眨不眨地看着梁忱。周围的人声仿佛都安静了，只有她的身影鲜活灵动，让人心里安宁，又泛起一丝酸涩。他想要拨开众人，将梁忱紧紧拥在怀里。可是那些欢欣雀跃的小孩子围得那么紧，叽叽喳喳说个不停，如果他贸然冲过去，像一个鲁莽少年，她会不会眉头轻蹙，闪身避开？莫靖则还是忍不住向前走了几步，迎面站在她面前。

梁忱看到了他，抬起头，和他目光相对，莞尔一笑。莫靖则仿佛得到鼓励，走过来从学生手中接过拉杆箱："你终于回来了。"

"是啊。让大家担心了。"她的语气依旧礼貌客套，"麻烦你过来接我，到很久了？"

"不久。"和这几日的焦灼比起来，一两个小时的等候都是让人欣慰的。莫靖则继续说道，"我开车来了，送你回家吧。"

"也好，正好同学们也要回学校，方便把几位女生也送回去吗？"梁忱又转向学生们，"不好意思，男同学们辛苦一下，打车回去吧，我给你们报销。"

有女孩子傻乎乎就要跟上二人，立刻被机灵的朋友拉住："梁老师，不用了，你赶紧回去休息吧，我们一起走，人多热闹。"大家纷纷附和，态度坚决。

梁忱和学生们聊了一会儿，又叮嘱了几句，笑道："好，那过两天请你们吃饭吧。"

看二人走远，学生们议论起来。

"你是不是没有眼力见儿？跑去当什么电灯泡？"

女生无辜地摊手："我怎么知道那个人是谁？是梁老师的男

朋友吗？”

“不知道，还挺帅的……怎么看起来有些眼熟呢？”

“啊，我想起来了！”有人举着手指，兴奋地说道，“那天颁奖典礼，就是他帮忙照相的呀。”

“对哦，好像还在咱们系楼下见过他。”

“那真有可能是梁老师的男朋友呢！”

“嗯，至少也是个追求者吧。”

有人望着二人的背影感慨道：“这么看，还有点般配呢。”

莫靖则拉着行李箱，侧头看向梁忱。她眉心轻蹙，步履缓慢，竭力让自己的步态看起来自然，但明显走得艰难。他伸手去搀她的手臂：“扭到脚了？”

梁忱拢了拢头发，不动声色收回手来：“没，疏散的时候摔了一下，膝盖有些疼。”

莫靖则指了指行李箱：“你坐在箱子上，我推你。”

“就是走得慢点，没事的。”梁忱笑笑，“我可不想机场的人都看我。”

“去医院看过吗？”

梁忱摇头：“应该没什么大事，在日本顾不上。”

“膝盖还是要仔细检查，韧带和骨头都得看看。”莫靖则道，“今天好好休息，明天我陪你去医院拍个核磁。”

“没事，我自己去就好，离得不远。”

他似乎充耳未闻，继续说道：“说定了，我早晨来接你。”

梁忱弯了弯嘴角，也不再和他争执。

天色将晚，从机场高速通往市区车行缓慢，红色、黄色的车灯亮起，星星点点汇成一条光带。莫靖则毫不介意，宁可这一路拥堵得更严重一些。

他轻咳一声，打破车里的宁静：“你回来就好，总算让人松一口气。那天打电话打不通，我都想联系你妈妈来着。不过想到万一她不知道你去日本，又要让阿姨多担心了。”

“幸亏你没打，她只知道我去美国。我忙起来经常好几天不和她联系，她也习惯了。”

想起当日的惶恐不安，莫靖则依旧心有余悸。他笑了笑，佯装轻松道：“要是那天你没消息，我可能就买张机票飞过去了。”

“飞过去做什么？”梁忱浅笑，“和大家一起滞留吗？现在回国的机票一票难求，你就不要再增加运力负担了。”

“如果不是好多航班取消，我真就去接你了。”莫靖则握紧方向盘，“对不起，之前说要周末去找你，又临时取消。要不然，你早几天回来，就不会遇到……”

“这个没关系的，本来早就和东北大学的朋友约好的。”梁忱打断他的话，“咱们之间，又没有什么约定。”

她望着车窗外的流光溢彩，天色灰蒙蒙的，光秃秃的树木举着嶙峋的枝杈，初春的城市说不上有多美好，但在她心中这座城市变得越来越熟悉，越来越亲切，连日来绷紧的神经终于可以松懈下来。

之前莫靖则说已经办好了日本旅游签证，约她去看樱花。她心中不禁暗笑这个人的借口过于笨拙，距离赏樱的季节还有数周。打过电话，她恰好经过地铁站的灯箱广告，看见连绵不绝的粉色花树，像动漫里一样亮丽明媚。原来伊豆的河津樱，真的已经盛开了。

梁忱取了一本宣传手册，一个念头从心中闪过。如果他真的来了，或许有机会，可以一起去看樱花。因此她推迟了回国的行程，决定在日本多停留一个周末。

然而他并没有出现。梁忱微一侧头，余光瞟向莫靖则。他本人和她做出的评判，基本没有什么不同。对这个人，果然不能有太高的期待。

但是他的关心和忧虑，也是做不了假的。那天午夜时分手机终于有了微弱的信号，在作为避难所的学校里，她看见了他发来的一连串信息。他说如果联络不到她，就来日本找她。

会吗？也许会，也许不会。

路上莫靖则建议先去吃晚饭。梁忱揉了揉额头："前两天都没有好好休息，有点累，也不是很有力气说话。"

"那也得吃点东西。"莫靖则看她的确神色困顿，心生怜惜，"我先送你回去，叫个外卖。"

"我自己点餐就好，今天已经很麻烦你了。"

莫靖则无奈："你和我说这些，是不是太客气了？"

梁忱浅浅一笑，算是应答。

来到她的公寓楼下，才发现这是学校早些年修建的低层住宅楼，没有电梯。莫靖则说："我送你上去。"他问清了楼层，先把行李箱送上去，又折返回来向梁忱伸出手来，"你腿行吗？"

她扶着栏杆道："慢点上，还没事。"莫靖则轻叹一声，跟在她身后，张开手臂护着。

梁忱打开房门，莫靖则帮她把箱子放进去。她话不多，看起来也不打算请他小坐。莫靖则有些局促："你自己记得吃饭。"

"好，你也早点回家休息。"

"那……我先回去，明早八点来接你去医院。"

梁忱点了点头。

莫靖则还想再说些什么，但是眼前的她，素净的一张脸上，眼神澄明，看不出半分暧昧和留恋。他鼓足勇气想要表达的那些心声，在她面前都显得有些自作多情。莫靖则只能绅士地颔首道别，推门而出。站在走廊里，他半是尴尬，半是自嘲地笑了笑，又要表现出洒脱的风度来。

下了几阶楼梯，听到身后轻微的“嗒”的一声，是大门落锁的声音。似乎有一道锁也在心里落了下来。

回到车里，莫靖则系上安全带，却迟迟不肯离开。他隔着车窗望向梁忱的阳台，心中百感交集，有她平安脱险的欣慰庆幸，有终于重逢的欢欣喜悦，也有无可奈何的失落，但最多的，还是浓浓的不舍，后悔自己为什么笨嘴拙舌，竟然想不到什么理由，可以在她身边多待片刻。

短信“叮”的一声，莫靖言问：“顺利接到梁忱姐了？没打扰你们互诉衷肠吧？”

莫靖则轻哂，回复道：“接到了，平安。仅此而已。”

转瞬小妹的电话就打了进来，在那边急切地让他重述详情。

莫靖则道：“你今天不是去考察婚礼场地？赶紧忙你自己的事。”

莫靖言振振有词：“这种时候我不关心你，还有谁关心你？你们见面都说了些什么？”

两个人一路对白不多，莫靖则又言简意赅，很快就复述了一遍。他自嘲道：“我想也是，她也不会为了这些事感动得热泪盈眶。”

莫靖言叹了口气，恨铁不成钢道：“大哥，你会追女生吗？梁忱姐不让你扶，你就不扶。这时候不是应该蹲下来，背她上楼？或者果断一些，就抱她上去吗？”

莫靖则轻哼一声：“你言情剧看多了吧？”

莫靖言在电话那边轻快地笑起来，又说道：“大哥，你真觉得，没什么进展吗？”

“梁忱姐肯让你送她，告诉你她家的住址，就已经不再和你划清界限了，否则她有一百个理由，在机场就和你说拜拜。

“我不是教你乘虚而入，但是这些天她没回来，你一直吃不好，睡不好，如果能买到票，能确定她从哪个城市回来，你也早就去日本了吧？

“不管心理多强大的人，经历这么惊心动魄的大事，总是希望有亲友陪在身边的吧？更何况，你对她而言，从来也不是个普通朋友吧……”

梁忱送走莫靖则，落了锁，左膝有些肿胀，隐隐作痛。她靠着墙，半坐在箱子上，将腿伸直。

莫靖则的欲言又止和留恋不舍，她都看得清清楚楚，只是不想积极回应，但似乎也说不出什么清冷决绝的话。她知道莫靖则不会夸夸其谈，更不会甜言蜜语，他说想去找她，就是真的做了打算；看到他在机场焦灼地等待，她心中释然，甚至是有一丝欢喜的。

但她还没有心力去分辨，内心的欣喜有多少来自他的关切，有多少来自劫后重生的庆幸。这几天连日奔波，精神状态高度紧张。从飞机上下来，双脚踩在坚实的地面上，才真正松了一口气。现在不是思考和判断的好时机，她需要一个人安安静静，消解连日来心中的惶恐和不安。

梁忱倒也不觉得焦躁，因为没有什么事需要她立刻做出回答。无论山势如何起伏跌宕，奔腾的溪流总会蜿蜒曲折，找到它前行的路。无论奔向大海或湖泊，都不需要提前设定一条轨迹。

她轻快地吐了一口气，刚站起身，就听到楼梯间传来急促的脚步声。有人大踏步疾奔而上，脚步声有些熟悉。下一刻，便传来短促有力的敲门声。

莫靖则气喘吁吁跑上楼，耳旁响起小妹的话：“为什么不告诉她，你有多想她，有多在乎她呢？”

为什么没有告诉她呢？是自尊心作祟，还是不敢轻易表达，唯恐再次听到她委婉但坚决的推辞？

莫靖则来不及细想，发现自己已经站在梁忱门前。他略一犹疑，不知哪里来的勇气，不想再给自己反悔的机会，果断地叩响大门。

房门打开。他看见梁忱依旧穿着大衣，箱子还放在门口。她露出一个欣慰的微笑，像是一种鼓励。

为什么不告诉她，自己真的很怕再也见不到她，再也不能说出心底的思念呢？

莫靖则眼眶潮湿，这才真切意识到，她是真的回来了。连日来悬着的一颗心终于可以放下来，胸腔里澎湃的感情就要满溢出来。

如果和她再次错过，他该有多痛恨自己。

莫靖则终于做了一直想做的事，他向前跨了一步，伸开手臂，将梁忱紧紧拥在怀里。

“你回来，真是太好了。”他的下巴抵在她额头，喃喃自语般低声叹息。

面对他突如其来的拥抱，梁忱一时错愕，没有回应，但似乎也没有挣扎脱身。莫靖则不禁将她抱得更紧，感觉她陷在自己怀里，温暖而真切地存在着，让他的一颗心无比柔软，又生出从未有过的一丝酸楚。

“我……很想你，真的，你走之后每一天，我都在想你什么时候回来。”一旦敞开心扉，莫靖则发现，他并非不善于表达，只是从未有过这样浓烈的情绪，现在在她面前已经无法隐藏，“前几天我真的特别怕……”

他说不出来，只能将梁忱抱得更紧。她身上带着淡淡的馨香，这气息那么熟悉，让人觉得亲切而心安。现在才发觉，这味道一直萦绕在记忆深处，他从未遗忘，依旧深深迷恋。

莫靖则忍不住低头，吻在梁忱额头上。

梁忱一颤，身子向后仰，从他怀中挣脱出来。她抬起头来，定定地望着莫靖则。她神色平静，眼神却无比深邃，目光仿佛透过他的双眼，看到他心里去。

莫靖则心中涌起浓重的无力感，他的胳膊还环在梁忱腰间，但她的身影却仿佛瞬间就会远离，让他无可挽留。

时间无限拉长，他仿佛在等一个判决。

不知过了多久，也许只是几秒，却令他备受煎熬。莫靖则几乎不敢再直视梁忱的目光，正要移开视线，听见她的声音：“你今早刮胡子了。”

莫靖则将手背抵在下巴上，略尴尬地笑了笑：“是啊。”

“下巴还有些青呢。”

“前两天顾不上，今天要去机场才想起来。”

“怪不得，没刮干净呢。”梁忱微微一笑，抬手在他下巴上点了点。她的目光变得柔和，眉毛轻挑，又带了一丝俏皮，仿佛整个人一瞬间更灵动起来。

莫靖则捉着她指尖，心中欣喜，仿佛要开出一朵花来。

他觉得眼眶一热，有些发酸，一时手足无措，又不想梁忱发觉，只能继续笑着，将她抱紧。

梁忱只觉得重心不稳，拍了拍他的手臂：“我这只脚站不住。”

“啊，我都忘了。”莫靖则连忙扶她站稳，搀着她走到客厅，坐在沙发上。他也坐在一旁，将她的左腿搭在自己腿上，“膝盖什么位置疼？我看看。”

梁忱笑他：“哪儿来的江湖郎中？”

莫靖则也笑：“以前在攀岩队，见得也多。”

“那看出什么来了？”

莫靖则有些尴尬：“感觉膝盖下方有点儿积液，估计是软组织挫伤，明天去拍核磁吧。”

“好，我自己去就好。”

“没事，我本来也请假了，就是没说具体哪天。”

“嗯？工作走得开？”

“没什么走不开的。”莫靖则轻咳一声，鼓足勇气，“我告诉老板，我女朋友在日本，我要去找她。”

“哦？”梁忱揶揄道，“我还不知道原来你在日本有个女朋友。”

莫靖则哭笑不得：“她已经回来了。”

梁忱向着门口扬扬下巴：“那你去找她呀。”

莫靖则攥着她的手，心中欣慰：“已经……找到了。”

梁忱眉毛一挑，笑容中带了狡黠，问他：“也许过两天，就发现你找到的，并不是自己想要的呢？”

“不会。”莫靖则不假思索应道，“我很确定自己想要什么。想明白这一点，已经用了太久时间了。”

“很多事情都是会变的，周围的环境，人们的想法……”

莫靖则的声音有些艰涩：“你不喜欢这种不确定性，还是说，对我没有信心？”

梁忱笑了起来：“我们平时做研究，每天都要和不确定性打交道，说不上喜欢还是不喜欢。只是，有些我说过的问题，依旧还在。你想过吗？”

“问题？”

“我们的职业规划，各自有各自的追求，工作和生活中，总要有人做出妥协和让步。”

莫靖则踌躇不语。因为这个问题，似乎没有完美的解决方案，他也没办法拍着胸口对梁忱承诺，自己有能力做她坚强的后盾，让她在职业生涯中毫无后顾之忧；同样，他也不会这样去要求梁忱。莫靖则向来谨言慎行，做不到的事，便不会开出空头支票来。

他想了想，对梁忱说：“没有十全十美的办法，但我会尽己所能。决定人生走向的不一定是选择，更是态度。”

梁忱笑了起来。

莫靖则有些尴尬：“你觉得我说得太冠冕堂皇？”

“不是。”她微微摇头，莞尔一笑。不知道他是否听说，自己也说过类似的言语。

这天正好方拓去接夏小橘下班，两个人商量着一起去吃烤鱼。

走到一个路口，夏小橘忽然想到什么，停下脚步指了指：“梁老师家就在这附近呢，走路五分钟。”

“你不是说她今天回来？”

“嗯，刚下飞机时就和她通话了。她说有学生去接，不知道是不是请小朋友们吃饭去了。”夏小橘瞟了一眼路边的便利超市，“要不我问问梁老师几点回来，咱们买点水果，去看看她？”

“也好啊。”方拓点头。

二人走进小超市，夏小橘摸出手机，他无所事事，四下随意扫了两眼。只听门铃“叮”的一声，一个身材修长的男人推门而入，做工考究的大衣和拥挤杂乱的小店面有些格格不入。

“老板，有挂面吗？哦，还有鸡蛋、酱油、醋、蒜……”他从口袋里掏出一张纸条，在门口的收银台询问着。

听到他的声音，方拓一愣，扯着夏小橘躲在一排货架后。她正在翻电话号码簿，被拽着趔趄了两步，正要数落方拓："你怎么……"话没说完，就被他捂住嘴。

方拓将食指贴在唇边，示意她不要喊叫，在她耳边低声道："你看那是谁？"

夏小橘反应比他还大，如果不是方拓的手挡在嘴边，她早就大喊出来。她转了转眼睛，冲方拓做了个吃惊的表情，好像在说：真的是莫大？

方拓点点头，一副了然的神色，指了指夏小橘手中的手机，又微微摆手，示意她不要再打给梁忱。

脚步声传过来，莫靖则得了老板的指点，沿着货架找过来。方拓和夏小橘蹑手蹑脚地绕到货架另一侧，听他轻声念着，一样样翻找调料。

夏小橘听他念了两次"香醋、陈醋"，似乎犹疑不决，忽然觉得十分好笑。她紧抓着方拓的手，憋得五官扭曲，眼看就要笑出声来，就听莫靖则又问："老板，水果、蔬菜和鸡蛋在哪边？"

"转过来就是。"

方拓和夏小橘正守在一堆水果旁边，听到这句话，二人你看看我，我看看你，不约而同地大步冲向门外。

莫靖则只听货架那边脚步声仓促，等他转过来，只听店门呼啦啦作响，似乎有谁跑了出去。不知道是哪个心急的顾客，他也没心思多想，看着面前的水果。草莓鲜嫩饱满，香蕉也黄澄澄的，想到要买给梁忱，便说不出地喜悦，只想挑最好的给她。

莫靖则脑海中努力回想的，都是那些沉睡多年的食谱。他挑好水果，又选了最简单的蔬菜。刚刚他心血来潮，说看看冰箱里有什么可做的，打开来只看到速冻饺子。

"还是叫外卖吧。"梁忱笑道，"家里连酱油和醋都没有。"

“应该吃面条。”莫靖则说，“上车饺子，下车面。”

“这是什么讲究？”

“反正家里老人都这么说。”莫靖则笑，“就是用面条绑住了，免得再走。要不，咱们饺子和面条一起吃。”

他自告奋勇去附近的小超市买调料、鸡蛋和青菜，下一碗素面。

“也好啊，刚下飞机，我也不想吃油腻的。”梁忱浅浅一笑，像是鼓励，又好像在说：已经给了你机会，就看你能不能好好表现。

在美国读书的前几年，莫靖则和几个男生合租，也常做些简单的饭菜，当时并不觉得有多难。但时过境迁，加上这一餐并不是只要糊弄自己的胃肠，他心中难免惴惴。他又不想让梁忱多等，大脑飞速运转，想做几道简单又保险的菜品——蔬菜沙拉、西红柿炒鸡蛋、水煮大虾，嗯，翻炒一下加点番茄酱也是不错的……呃，这儿好像没有虾，要不要换个大的超市看看？

哪里有心情留意路边鬼鬼祟祟的两个人。

方拓拉着夏小橘冲到路边，迅速扫了一眼，看到不远处莫靖则的路虎：“那边那边！”便带着她向反方向跑去，到了一家饭店门口才停下，二人喘着气，互看一眼，一同大笑起来。

“看把你吓得！”方拓笑着揉她头发，“和翘课逛街，看到班主任似的。”

“我……尴尬呀。正说梁老师，他就冒出来了。”夏小橘反应过来，“再说，是你先拉着我躲的呀。”

“我是好奇，不能打草惊蛇。”方拓扬了扬下巴，“本能告诉我，这个时间，这个地点，他在这儿出现，就是古怪。”

“莫大和柴米油盐扯到一起，就是，好不搭啊。”夏小橘依旧笑个不停，“你看他念叨半天不知道买哪个，我都忍不住想问，师兄你分得清陈醋和香醋吗？”

“他也不是神仙，也不至于不食人间烟火吧？”方拓笑道，“我听莫莫姐说，刚出国那两年他也得自己做饭。还总说请小弟们吃饭，每次都是一锅大乱炖。”

“那不是在国外？”夏小橘道，“现在随便下个饭店、点个外卖，多方便。”

二人说着，就看莫靖则从小超市出来，拎了一口袋瓶瓶罐罐的调料，外加一口袋水果、蔬菜。

“他真的买了菜，去梁老师家？应该是去梁老师家吧？都到这儿了，还能去哪儿啊！”夏小橘自问自答，依旧不敢相信。

方拓笑：“那你说还能去哪儿？在这儿买菜，开车四五十分钟回他自己家吃？”

夏小橘摊手：“拎着水果去看人家就罢了，酱油、醋都带上了，这是什么节奏啊？”

“这还用问？”方拓用侦探小说的语气说道，“当你排除所有的不可能，剩下的选项无论多匪夷所思，它就是唯一的可能啊。”

“真是太不可思议了。”夏小橘扬了扬手机，“我们……要去验证一下不？虽然我很好奇，但总觉得有些不合适。”

“去什么去？”方拓揽着她的肩膀，“我也想看莫大下厨，不过，咱们还是别影响他发挥了。”

“莫大啊莫大，居然还有这一面……”夏小橘由衷感叹，“想想他以前……还真有些感慨。”

“走吧，咱们不替别人操心了，吃咱的烤鱼去！”方拓笑起来，“总有一天，答案会揭晓的。”

二人相视一笑，看着莫靖则的路虎掉头而去，转入夏小橘刚刚指点的路口。北京的春风吹起，不知何时已经消弭了乍暖还寒的寒凉气息，带了一丝融融暖意，让人懒散得，只想和心爱的人偎依在一起。

番外二

邵声和莫靖言的婚礼在仲春的一个周末举行。

前几日下过一场雨，枝头的叶子越发浓密，在阳光下格外青翠剔透；草坪周围的晚樱和白桃次第开放，甬道和拱门上装饰着浅紫和淡绿的鲜花，微风送来沁人心脾的芬芳。

婚礼的规模不大，二人只邀请了至亲好友出席，仪式环节也颇为简单。但身为伴郎和伴娘的方拓和夏小橘一刻也没闲着，来回奔波查看新人是否准备妥当，也帮忙招呼熟识的宾客。莫靖则站在场地入口，陪着两家老人和几位亲友寒暄。

方拓走上前："客人到得差不多了，师兄你陪叔叔阿姨们先进场，坐下来聊吧。"

莫靖则口头答应，看了一眼嘉宾签到簿，又向通往大门的小径张望了一眼。

方拓站在他身边，顺着他的视线一起眺望，问道："还有谁没到？"

"哦，昭阳和楚羚。"

方拓拍他肩膀："没事，我认识傅队和楚师姐，交给我了！"

莫靖则点了点头，欲言又止。

方拓笑道："还有哪位神秘嘉宾？不过，估计我也认识。"

莫靖则轻哼一声："是，你谁都认识。"

"我的交游没那么广阔。"方拓揽过夏小橘，"不过，未来杰青我们总认得。"

"谁？梁老师？"夏小橘故作惊讶，表情夸张，"莫师兄你邀请她了？梁老师也认识莫莫他们吗？"

"算是吧。"莫靖则不知如何作答，随口应了一声，"你俩在这儿等着吧，我陪几位老人进去。"

转身之间，好像听到了方拓和夏小橘的窃笑。好吧，就算是幻听，也能想象他们一脸揶揄，掩嘴偷笑的模样。莫靖则不知道邵声要怎么应对婚礼这种场面，他自己仅仅是想象和梁忱一起站在众人面前，掌心都微微渗出汗来。

前两天小妹问他，婚礼当天梁忱是否能到场。莫靖则如实相告："请柬我送给她了，也转达了你的原话，说你很感激她，希望在婚礼当天能够表示感谢。"

梁忱收到请柬时，淡淡地应了一声："嗯，知道了。"听不出语气，到底是来，还是不来，他还想追问，梁忱已经开口，"需要现在统计嘉宾人数吗？我可以考虑一下再给你答复吗？"

他不敢催促，唯恐她给自己一个否定的答案。

自从梁忱从日本回来，两个人的关系的确亲近了许多，周末一同参观科技馆、天文馆、博物馆，和一群带着小朋友的家长们一起排队。其实去哪里并不重要，他只是喜欢和梁忱一起说话，无论什么话题，都可以顺畅自如地聊下去，总能听到对方说出自己想说的话，默契地会心一笑；或是灵光一闪，讲了一个自己都意想不到的笑话。

这段感情让他的思维变得更活跃，他从没有那么多话想要诉说；也让他变得更幼稚、笨拙，絮絮地讲的都是以前认为无聊的话题。

然而梁忱始终没有提及要将他介绍给自己的家人、朋友。莫靖则曾建议和莫靖言、邵声见面吃饭，也被梁忱借口时间冲突婉转地谢绝了。在莫靖则看来，真的只是“借口”而已，不管两个人有多亲密，他似乎都还在考察期，尚未转正。

他们各自的工作依旧忙碌，梁忱膝盖复原，行动自如之后，二人相聚的频率和时间的确都大幅度下降，莫靖则的项目隔几日便要出差，在北京时他已经尽可能抽身陪伴梁忱，但她日程也满，两个人未必能凑到一起。

重逢不久就这样聚少离多，莫靖则想起梁忱曾说过的话，心中也暗自担忧，只怕某一天，她心中的那一点感动消失殆尽，就会转身离去。

莫靖言问了几次，见堂兄都没约到梁忱和大家聚会，婚礼前特意预备了一封请柬给梁忱，托莫靖则转交。她笑道：“大哥，我只能帮你到这里了。你和梁忱姐到底有没有进展啊？”

莫靖则不想和她详述：“小孩子，不要关心大人的事。”

小妹不识时务，又问：“现在和佳敏还有联系吗？她给我寄来亲手做的曲奇和牛轧糖，味道很棒。我看了她的博客，很多人关注呢。”

莫靖则道：“我听阳朔的朋友说，有岩友集资开了咖啡馆，她提供蛋糕，也在和网上的一些达人学习小店的经营管理，还想着和爸妈一起在村子里做民宿。不过都是爱好吧，她最喜欢的工作，还是和那群孩子在一起。”

莫靖言轻叹一声，由衷地说道："希望她能开开心心的。"

莫靖则点了点头："我也是。"

"大哥，我也希望，你能开开心心的。"莫靖言看向他，"然而感情就是没那么简单，尤其是，当你真在乎一个人的时候。"

莫靖则当然明白。他不清楚的是，对方又有多在乎他呢？

婚礼现场，宾客陆续抵达。

夏小橘和方拓东奔西跑，险些在化妆间门口撞了个满怀。方拓连忙扶住夏小橘肩头，将她稳住，这才松了一口气："好险！"

不待夏小橘答话，他继续说道："你那大红嘴唇差点就蹭在我的白衬衣上了，让别人看了，以为人家结婚咱俩偷偷搂搂抱抱，多不像话啊！"

"哪有那么红？瞎说。"夏小橘佯怒，作势要踩他。

方拓告饶："别，你今天可穿了高跟鞋。"说着伸直手臂，和她隔了一段距离，仔细打量，"不过你穿这一身，还挺好看。"

夏小橘心中甜蜜羞涩，脸上一热，依旧嘴硬："你就跑来和我说这个？"

"对，不过说完了，让我看看新娘子呗。"他一边应着，一边敲了敲门，"我能进来吗？"

"你身为伴郎，跑到女生化妆间这儿来干什么？"夏小橘拉住他的手臂，"快回去陪你师父。"

"那新娘也是我姐啊，我来看看不行吗？"方拓振振有词，"再说了，是师父把我赶出来的。他还在准备一会儿的发言呢，紧张。"

二人还在拉扯，里面传来莫靖言的声音："可以，进来吧。"

方拓哈哈一笑，反手拉住夏小橘的手腕，推门进去。

莫靖言已经换好婚纱，造型师正在帮她整理头纱的位置。她凭窗而立，脖颈纤细，优雅地侧转身体浅浅一笑，流转的眼波中是说不出的欢喜和妩媚，又带了三分少女般的娇憨。

“哇，别说师父，我的心跳都停了一拍！”方拓夸张地捂住胸口，感慨道，“当初在岩壁下，我就盼着你嫁给师父这一天，盼了十年终于被我盼到了。”

莫靖言本来在微笑，听到这句话，鼻子些微一酸，眼眶竟有些湿润。

化妆师笑道：“新娘不要太开心，眼妆都要花了。”

方拓连忙摆手：“我今天真是高兴坏了，说话都不过脑子了。我想说的是，师父今天也特别帅，看得我都想结婚了！”

莫靖言笑出声来：“这你得问问小橘。”

方拓用胳膊肘推推夏小橘：“要不，等我去美国找你玩的时候，考虑一下？不是说那边登记特别容易？阿拉斯加。”

夏小橘纠正：“什么阿拉斯加？拉斯维加斯！”

“我这不是这两天做攻略，顺口就说了嘛。”方拓大笑，“原来你研究过在哪儿登记啊！”

“看过《老友记》都知道的好吗！”夏小橘脸孔一热，转移话题，“别在这儿逗乐子了。你不是还要作为新郎好友发言？都准备好了？”

“写了。”方拓从口袋里掏出一张纸，清了清嗓子，“我第一次遇到师父，就觉得，谁能嫁给他，是一件幸福的事。真没想到，今天竟然能有机会，一起站在这里……”

夏小橘哭笑不得：“你故意的吧？这么说会不会被你师父打？”

方拓道：“我原来写的那才叫找打，‘我第一次遇到莫莫姐，就觉得，谁能娶到她，是一件幸福的事。’”

几个人一同笑了起来。

莫靖则引导各位来宾就坐，一抬头，看见傅昭阳和楚羚二人出现在场地那端。没等他迎上去，邵一川已经喊着“安安”，飞奔过去。

安安今天和几位小朋友一起做花童，是现场年纪最小的，她穿着白纱小裙，戴了粉色的花环。邵一川热情地给了她一个拥抱，还和她贴了贴面颊。

莫靖则走上前来，和两位老友打招呼。

楚羚递过礼物和两个红包，说道：“这是我们的，另一份是左君委托我转交莫莫和少爷的。她说很想来，但这两天恰好出差，不在国内，等下次来北京再和大家聚。”

莫靖则点头道：“好啊，也有很久没见她了。”

“其实，我觉得……”楚羚还想再说什么，叹了口气，又转了话题，“前两周我们带安安去动物园，好像看到你了。”

莫靖则一愣：“我从来没去过动物园啊。”

“不是在里面。”楚羚笑着解释道，“逛完了出来吃快餐，隔着窗户好像看到你走过去，而且，不是自己一个人哟。”

莫靖则尴尬地笑笑：“不会是认错了吧？真是我的话，为什么不喊我？”

“隔着窗，怎么喊？”楚羚狡黠一笑，“我是想给你打电话，被昭阳拦下了。我想也对，万一打扰你这个大忙人约会，罪过就大了。反正今天也能见到，当面问。”

“什么约会啊……”莫靖则不善于编造借口，只好转移话题，“今天是少爷和莫莫结婚，别喧宾夺主啊。”

正说着，余光瞥见一个秀颀的身影在签到台前站定。

“您是新郎还是新娘的朋友？”

她应道："都算吧。"

莫靖则惊喜交加，匆忙对傅、楚二人说道："我去招呼一下。"然后转身大步走过去。

傅昭阳追随着莫靖则的身影看过去，若有所思。

楚羚也随着他目光望过去："那是谁？好像没见过。莫大对人家……好热情的样子。"

傅昭阳蹙眉："有点眼熟，但想不起来在哪儿见过。"

"是你们大学同学？我不记得见过这位师姐。"

傅昭阳摇头。

二人向座位席走去，傅昭阳脚步略缓："难道是……高中同学？"

说话之间，莫靖则已经引着梁忱过来，和傅昭阳夫妇迎面碰上，一时间有些无措，只好硬着头皮，先挑容易的来介绍："这是我好哥们，傅昭阳；他太太，也是我们学校的师妹，楚羚。"

说完他有两秒的迟疑，不知如何开口介绍梁忱。

"昭阳我认识的，咱们一个高中呀。"梁忱笑起来，"我是四班的梁忱，学校组织数学竞赛提高班，大家一起上过一学期的课。"

"哦，我就说看着眼熟。"傅昭阳恍然大悟，"果然是高中同学。"

"我也听说过楚羚师妹，今天还是第一次见。"梁忱微笑，向她点头致意。

楚羚笑着寒暄两句，眼神却疑惑地瞟向莫靖则，似乎在问：只是老同学？来的不都是至亲好友？

莫靖则进退两难，索性下定决心，对众人的目光一概视而不见，顾左右而言他。梁忱能来，已经让他松了一口气，便不要再有什么令她尴尬为难的言行。

正在想着，只觉得指尖一沉。

是梁忱，垂下手来，不动声色地轻轻握了握他的手指。

莫靖则起初不敢相信，只当她无意碰到自己的手。但稍一凝神，便感觉到她的指尖的确和他的钩在一起，像是一种鼓励。他喜不自禁，恨不得捉着梁忱的手，对所有人宣布："这是我的女朋友。"

他心中忽然有了勇气，笑道："本来是打算组织大家聚会，不过我前段时间总是出差，梁忱也要写项目策划书，始终没碰到合适的时间。不如过些天去白河，大家一起。"

楚羚啧啧叹了两声："师兄，深藏不露呀！"

莫靖则引导几人入座。楚羚扯住他衣袖，探身低声问："你们两位老同学，是刚联系上的？"

莫靖则笑她："你都是当妈的人了，还那么急性子，不能一会儿再问？"

"好奇而已，真没见你对哪个女生那么热情过。"楚羚忍不住望了一眼梁忱，"你女朋友气质蛮好，看起来脾气就不错，很温和。"

听到"女朋友"这个词，莫靖则心情不错，脸上不禁挂了笑容："是很有涵养，但其实她是我认识的女生里面，个性最强的。"

"是吗？真看不出来呢。"楚羚评论道，"刚才你说话的时候，她就微笑着看着你，眼神很温柔。你们站在一起还蛮般配。"

莫靖则忍不住嘴角都弯起来。

楚羚笑他："你看我一说，你就喜形于色了。要不要收敛一下？"

她又打趣了两句，主持人走上台来，邀请各位嘉宾落座，典礼即将开始。

楚羚看向已经进入场地等待的邵声，又和他一同回望红毯的入口，心中感慨：“其实，我们一直都想和莫莫说一句抱歉。就算不能改变当初的一切，但是真心希望，他们以后幸福开心，平安顺遂。”

“我相信莫莫都懂，她主动邀请你们来，就是真的放下那些过去了。”莫靖则微笑道，“我想，现在我能够理解她的心情，她只想向前看，因为相信，未来的日子，会比过去更幸福。”

悠扬的音乐响起，邵一川一身笔挺的小西装，安安穿着蓬松的白纱裙，几位小花童挽着提篮，撒下一路花瓣。

莫靖言一袭白纱，挽着父亲的手臂，出现在红毯彼端。她身姿优雅，整个人像笼罩在一团柔和的光线里。即使笼着头纱，看不到面容，宾客心中也都已经暗暗赞叹新娘的美好了。

仪式并不繁冗。只是有几次新郎看向新娘时，时间便如同静止一样，都要忘记下一步要做什么。

邵声事先准备了一段发言，虽然反复酝酿默诵，但一开口，声音还是略微发紧。他对双方父母致谢，感谢莫靖言的父母对自己的信任，也感谢命运，在带给二人坎坷与磨砺之后，依旧慷慨地给予他们未敢奢望的重逢。

说到这里，他的声音有些颤抖：“最应当感谢的人，是莫莫，是她的坚强和勇敢……”他的眼眶湿润起来，将讲稿折好，揣回怀中，深吸一口气，努力平复心情，“我想了许多话，但是没有哪句，能够表达我对莫莫的感情。我只想说，自己真是一个太幸运的人，能够有机会，牵着她的手站在这里。我希望，在未来，她不需要再用自己的勇敢和坚强去面对风雨。因为在有生之年，让她幸福快乐，是我最重要的事。”

莫靖言轻掩着嘴，泪水扑簌簌落下。

那些知道二人坎坷往事的朋友，和新郎、新娘一样，眼眶湿润，看着他们拥抱、亲吻，都鼓起掌来，送上最诚挚的祝福。

夏小橘和方拓站在新人两侧，为他们感到欣慰和开怀，偶尔对望一眼，心中也感到深深的幸运和甜蜜。

秋天夏小橘就要去美国进修一年，本来她心中满满的离愁别绪，犹豫再三是否要接受这次交流研修的机会。但方拓比她还积极，早就描绘了这一年的美好图景，他做了细致的规划，只要是夏小橘那边的长假，他就飞去美国，和她一起四处游玩。两个人可以在东西海岸自驾游，去吃鲜美的龙虾，游览二人心仪已久的各大国家公园，甚至还会远上阿拉斯加。

方拓发挥高效的策划能力，日程策划细致入微，将夏小橘的假期塞得满满当当。看着那些美好的地名一个个出现在计划表上，夏小橘甚至都有些期待美国之行了，算算看，一年好像都不够。

此刻他们望向彼此，心中并没有太多离别的酸涩，他们还有漫长的可以共度的未来，充满无限美好的可能。

梁忱微微侧身，低声在莫靖则耳畔说道："你看少爷的眼神就知道，他有多喜欢莫莫。他俩真的很般配。"

莫靖则想起楚羚的话，微笑着轻声反问道："那我们呢？"

梁忱眉眼一扬，笑得有些俏皮："那要看你的表现。"

莫靖则轻哂一声："后悔也晚了。"

梁忱的声音有一丝狡黠，但也温柔坚定："我什么时候做过自己后悔的选择？"她伸出手来，挽着莫靖则的手臂，手指轻轻穿过他的指间，和他十指交握。

莫靖则心中感慨，看着她，竟一时说不出话来。

未来怎样，去向何方，他们都无法预知。

然而在此时此刻，每个人都和自己最爱的人在一起，牵着手，沉浸在宜人的春风里。

无论未来如何曲折起伏，记得此刻的幸福，便可以鼓起勇气，向着最初的方向全力以赴。

他们这样希冀着。许愿每个尚未到达的明天。

后记

比花儿更自在

这是一篇可有可无的后记。

（1）

其实这个故事不大需要后记。想说的似乎有很多，但又似乎都已经在故事中说过。

此前在《直到春天过去》里，左君对莫莫说，多希望有人在她尚且懵懂时，把一些道理说给她听。

其实我想，这也是很多人成长过程中的感慨，多希望当时有一个人能告诉自己，在人生初升的迷雾中，蜿蜒的前路通向何方。

她（他）的阅历不见得比你丰厚许多，或许只是在你的前方摸索了几步，踏过一些你尚未经历却又避之不及的坎坷；这位朋友的话不一定正确，她（他）自己也会不断摔倒，但这样也好，可以对你的经历感同身受，同时也展示了未来不同的可能。

我希望，《世上唯一的花》就是这样一个故事，说的是几个不同的人，也是几个不同的人生阶段。像是朋友们坐下来一起聊聊天，说说这些年经历的并不惊天动地的平凡琐事，陪你共度几段悠闲的下午茶时光。

（2）

距离《眼泪的上游》完结出版已经过了许多年，一直有人对夏小橘的"结局"耿耿于怀。当时我便写过，虽然那篇小说完结了，但是她的人生还在继续。某一个时间点的悲欢离合，实在不能预测未来命运的走向。

书写她的后续也不算是一种执念。只是在写作过程中，恰好构思了方拓这个和她契合度很高的角色，两个人能走到一起，几乎是顺理成章的。我只是用了一些时间去构建他们相遇后的小世界。

在这个故事中，主人公逐渐步入社会，不过小橘、方拓两位主人公的生活环境相对简单，加之作为《眼泪的上游》与《直到春天过去》两部作品的后续，《世上唯一的花》关注更多的也是几位朋友的情感变迁。

（3）

这些年马拉松从一项小众的运动逐渐进入大众视野。长跑于我是多年的运动习惯了，之前也曾在其中探寻过和人生相通的道理，以此激励自我。不过人生并不是某一项运动或某一场比赛，我们更像是十项全能选手，不断面对一段又一段不同的考验。有时候越过一座山，攀到顶峰后又要下降到谷底，抬头看，前面又是一座似乎无法翻越的屏障。

当然，没准还可能如李宗盛唱的——"越过山丘，才发现无人等候"。

不过话说回来，有没有人等候，该翻越的山丘一个都不少，该面对的考验也还是要硬着头皮去面对。属于自己的路，只有自己一步步走下去。

而且，一个人如果连自己的生活都过不好，又怎么能经营好两个人的感情呢？

便是在一场一场的长途跋涉中，拥有了更多的经验与能力。今天的积淀，才是明天上路最需要的行囊和勇气。就像 RPG 游戏一样，不断升级，不断打怪，对手越来越强，我们也如此。

很多算得上感悟的话，都写在小橘的北马和厦马参赛过程中了。她依旧是那个勇敢坚强的夏小橘，还是乐观开朗，笑起来没心没肺，却如同一棵经历了风雨洗礼的树，枝干变得更加结实强韧，姿态更加镇定从容。

相比较而言，张佳敏的成长才刚刚开始。正如同《眼泪的上游》结束时夏小橘的状态，这篇文章结束了，但属于佳敏的人生还在继续。小橘曾经经历过的那些自卑、迷茫与失望，也是佳敏所不能避免的。她也要自己去摸索，去闯荡，因为这些没有谁能给一个一成不变的正确答案。而有时候探索的过程，也是答案本身的一部分。

（4）

其实我在修改的过程中几次犹豫，不想让莫大和梁忱确定地在一起，或者说暗示有类似的可能性。

因为我觉得这样或许会冲淡故事的表达，让人觉得最后两人还是没有逃脱世俗意义上的完满，尤其是梁忱。

但后来又想，也不用那么刻意地去否定两个人尝试在一起的段落。她也有柔软和浪漫的情感故事，也会根据对方来调整自己的生活方式，只是不会再被其中的起落和挫折击倒。未来二人的发展也未可知。无论此后梁忱的生活中有没有莫大，或者说其他人，都不会影响和折损她所拥有的独立与自我。

（5）

后记用了序号，是对《眼泪的上游》和《直到春天过去》的一种呼应吧。

其实我还想过把这篇文和《忽而今夏》联动。梁忱的父亲和何洛的父亲以前是同事，后来一个出国，一个下海经商。

写了开头，暂且还是不要继续给自己挖坑了。

（6）

每一个姑娘，都是这世界上独一无二的花。

每一朵花，都有适合它绽放的季节与土壤。

只是和花儿比起来，我们拥有更大的自由度；我们是自己的花儿，也是自己的守护者。

愿你我比花儿更加自由自在。